꿈의 도시

오쿠다 히데오 장편소설 ― 양윤옥 옮김

은행나무

1

얕은 잠 속에서 아이하라 도모노리는 계속 알람시계의 전자음을 듣고 있었다. 요란한 소리지만 얼른 일어나지지는 않는다. 알람이 울리기 전부터 이미 각성과 수면 사이를 오락가락하는 상태에서 이제 곧 울릴 거라고 마음의 준비를 하고 있었다. 알람은 오전 7시로 맞춰졌다. 그 몇 분 전에 몸이 저절로 눈뜰 준비를 하는 게 어느새 버릇이 되었다.

팔을 뻗어 알람을 껐다. 이불을 머리까지 뒤집어쓰고 한숨을 내쉬었다. 방 안 공기는 엄청 썰렁하다. 어젯밤에 본 텔레비전 일기예보에서는 예상 최저 기온이 영하 5도라고 했다. 방 안도 그 바깥 기온과 별 차이가 없을 것 같았다. 봄은 아직 한참 멀었다. 당장 다음 주가 대한(大寒)이다.

마음을 굳게 먹고 침대에서 내려왔다. 양말부터 주워 신고 파자마 위에 플리스 재킷을 걸쳤다. 소변을 보고는 우선 주방 석유 스토브를 켰다. 그 앞에 쪼그리고 앉아 언 손바닥을 맞비볐다. 얼굴이 얼얼하니 뜨끈해진다. 냉동식품을 해동하듯이 5분쯤 그대로 있었다.

주방 싱크대에서 이를 닦았다. 욕실 세면대를 쓰지 않은 지도 어느 덧 1년이 되어간다. 전처가 집을 나간 뒤부터다. 잔소리할 사람이 없어지면서 그렇게 됐다.

아침식사 준비를 한다. 주전자에 물을 끓이고 연어 한 조각을 구웠다. 냉동건조 된장국을 공기에 털어 넣고 끓인 물을 부었다. 냉장고에서 달걀과 배추절임을 꺼냈다. 밥은 어제 저녁에 먹고 남은 것이다.

다 된 음식을 식탁에 차려놓고 텔레비전을 보면서 아침을 먹었다. 된장국은 인스턴트지만 그래도 내 손으로 끓인 것보다는 맛있었다. 그 대신 국 한 그릇에 150엔이나 든다. 연어 조각도 비싼 부위였다. 독신으로 살다 보면 절약 따위는 전혀 생각하지 않는다.

이혼한 직후에는 아침식사를 거의 편의점 샌드위치로 때웠지만, 거기서 매일 아침마다 얼굴을 마주치는 이웃의 혼자 사는 노인네들이 친한 척하는 바람에 당장 때려치웠다. 자기들과 똑같은 처지라고 생각하다니, 큰 모욕을 당한 듯한 기분이 들었다. 그래서 직접 밥을 해먹기로 했는데, 의외로 그리 힘들지 않았다. 밥만 해두면 반찬거리는 어떻게든 때워진다.

텔레비전 뉴스에서 도쿄 긴자에 새 해외 명품브랜드 점포가 들어와서 손님들이 밤새 줄을 섰다는 소식을 전했다. 도쿄도 많이 변했겠다, 라고 마음속으로 중얼거렸다. 도모노리는 대학 4년을 도쿄에서 보낸 경험이 있다. 거기서 살 때는 별로 의식하지 않았는데, 다시 고향으로 내려와 시간이 흐를수록 지방과 수도권의 격차를 실감했다. 시골에서 살면 어디를 가건 아는 얼굴을 만난다. 세상 사람들의 눈을 피할 수 있는 곳은 도쿄뿐이다.

생달걀을 넣어 밥을 비비고 거기에 뜨거운 녹차를 부어, 신문을 읽

6

으면서 먹었다. 역 앞 백화점이 문을 연다는 뉴스가 1면에 큼직하게 실리는 지역 신문이다. 아사히신문도 요미우리신문도 이 지역에서는 빛을 발하지 못한다. 각 직장마다 지역 신문을 보라고 은근히 압력을 넣기 때문이다.

변의를 느껴 화장실에 갔다. 다시 독신으로 돌아온 다음부터 화장실 문을 열어놓은 채 볼일을 본다. 이 문을 닫아야 하는 생활이 내게 다시 찾아올까, 혼자서 멍하니 생각하곤 했다.

침실로 돌아가 출근할 채비를 했다. 셔츠에 넥타이를 맨다. 카디건을 입고 그 위에 시청 근무복을 걸쳤다. 양복은 거의 입지 않는다. 가정방문을 해야 하는 일이 많기 때문이다.

8시에 다시 그 위에 다운재킷으로 중무장을 하고 맨션을 나섰다. 맨션이라고 해봐야 열두 세대밖에 안 되는 3층짜리 연립주택이다. 부모와 함께 살기를 원하지 않는 신혼부부가 점점 많아져서 유메노 시에는 이런 연립주택이 많다. 대부분 새 건물이고, 날림으로 얼른 뚝딱 지어낸 분위기를 꽉꽉 풍긴다.

뒤쪽 주차장으로 돌아가 자가용 세단에 올랐다. '프레미오'라는 차종이다. 내 소유의 차지만 별 관심도 없었다. 직장에 찾아온 세일즈맨이 권해서 무심코 샀을 뿐이다. 요즘 나오는 차 종류는 전혀 모른다. "예전의 코로나 같은 것"이라는 말을 듣고서야 겨우 실감이 났다.

엔진을 켜고 잠시 엔진을 덥혔다. 하얀 배기가스가 온천장의 수증기처럼 주위를 떠돌았다. 같은 맨션에 사는 사람들이 차례차례 나타나 차를 타고 떠나갔다. 입주민들끼리 인사를 나누는 일은 없다. 젊은 부부의 경우에는 눈인사조차 하지 않는다.

도모노리도 차를 출발시켰다. 여기서 근무지인 유메노 시청까지 국도를 타고 20분쯤 걸린다. 아침에도 길이 막히는 일은 없었다. 유메노 시는 합병한 지 얼마 안 되는, 인구 12만 명의 그저 휑하니 넓기만 한 지방 도시다.

하늘은 찌무룩하게 흐렸다. 일기예보에서는 눈이 내릴 것이라고 했다.

정시 5분 전에 시청 주차장에 차를 대고 새로 지은 청사 현관으로 들어갔다. 출근하는 다른 직원들과 인사를 나누며 엘리베이터 홀에 섰다.

"아이하라 씨, 오늘 밤에 이거, 어때?"

다른 부서의 동료가 뒤에서 말을 건네왔다. 하얀 이를 내보이고 웃으며 손끝으로 패를 집는 시늉을 한다.

"또 마작? 그저께도 했잖아?"

도모노리는 어이없다는 얼굴로 대답했다. 유메노 시청은 이제 막 합병되어 아직 혼란기인 탓인지 하릴없이 빈둥거리는 부서가 한두 군데가 아니다. 물론 자기들이야 입이 찢어져도 '불필요한 부서'라는 말은 하지 않는다. 열심히 일하는 척하며 종일 사무실 책상에 딱 붙어 있다.

"어허, 마작이라니? 어디까지나 중국어 연구회야. 유메노 시에는 중국인도 많으니까 공부 좀 해야 한다고."

"흥, 어련하시겠어. 듣기 좋네, 중국어 연구회."

실제로 연구회라는 명목의 모임이었다. 업무일지에 그렇게 써넣는 것이다.

엘리베이터 문이 열리자 홀에서 기다리던 직원들이 줄줄이 올랐다. 여직원이 몇 명 섞여 있어서 화장품 냄새가 가득했다.

"일찍 집에 가면 무슨 좋은 일이라도 있어?" 동료가 귓가에 대고 속 닥였다.

"아니, 그건 아니고."

"그럼 5시 반에 다이산겐(大三元) 마작장으로 나와."

"또 또, 억지 쓴다." 도모노리가 얼굴을 찌푸리며 짜증스럽게 쳐다보 았다.

"제발 나와라. 초밥도 배달시켜줄게." 눈썹을 여덟팔자로 늘어뜨리 며 손을 맞대고 사정한다.

도모노리의 대답은 들을 것도 없이 동료는 자기 층에서 엘리베이터 를 내렸다. 시청 안에는 연구회라는 명목의 모임이 몇 개나 있었다. 모 임의 활동비는 군청이던 시절부터 비축해온 자금으로 충당했다. 세금 으로 시청 직원의 마작비까지 나간다는 걸 알면 시민들이 핏대를 세 우며 나무랄 것이다.

도모노리는 사회복지사무소가 있는 5층에서 내렸다. 유메노 시 출장 소에 배속된 지 1년이 되어간다. 그전에는 합병 이전의 유다 읍에 1년 동안 나가 있었다. 원래는 현청 소속이었다. 아내가 친정이 있는 유다 에서 살고 싶다고 해서 자원해 내려왔는데, 지금은 물론 후회스럽기 짝이 없다.

새로 생긴 지방자치단체라서 현재는 출장소 급의 현 관할이지만, 4월부터는 복지행정 전반이 시로 이전될 예정이다. 그렇게 되면 도모 노리는 자동적으로 현청에 복귀할 수 있다. 이 따분한 곳에서 드디어 탈출하는 것이다.

타임카드를 찍고 로커에 다운재킷을 넣어둔 뒤, 책상에 앉아 노트북 컴퓨터를 꺼냈다. 개인정보 보호를 위해 노트북 컴퓨터는 청사 밖 반출이 금지되어 있다. CD도 과장이 관리하는 체제다.

데스크에 나가 그 과장에게 인사를 했다. "안녕하십니까. 오늘은 눈이 온다는데요?"

"응, 제발 쌓이지 말아야 할 텐데. 눈 치워 달라, 석유 사다 달라, 마크리스트들이 마구 전화질 할까봐 벌써부터 걱정된다."

과장 우사미가 신문에 눈을 떨어뜨린 채 대답했다. 위궤양으로 수술한 적이 있는 우사미는 아직 40대인데도 마른 나무처럼 바짝 말랐다. 컨디션이 안 좋을 때는 입 냄새가 지독해지기 때문에 금세 알 수 있다. 참고로 '마크리스트'라는 건 생활보호 수급자 중에서도 요주의 마크가 붙은 인물들을 가리킨다. 물론 청사 안에서만 쓰는 은어다. 도모노리가 일하는 부서는 생활보호과였다.

"지난 연말 폭설 때 나도 아사이 초에 사는 케이스한테 어지간히 시달렸어요. 자기 집으로 나를 호출해서 지붕에 눈이 쌓여 텔레비전이 안 보인다고 떼를 쓰더라구요."

"아, 그 버럭 영감? 민생위원도 병원도 그 노인네한테는 두 손 두 발 다 들었어."

생활보호 수급자를 '케이스'라고 한다. 생활보호과 공무원은 '케이스 워커'다. 이쪽으로 온 뒤에 비로소 알게 된 세계였다. 이 세상에는 양심도 없고 상식도 없는 인간이 너무나 많다.

"아이하라 씨, 아스카 초의 70세 신청자가 어제부터 계속 전화 연결이 안 돼요. 어떻게 된 걸까요, 오늘 방문하기로 약속했는데."

맞은편 책상의 새내기 직원이 떨떠름한 표정으로 말했다. 이 새내기가 시골 사회복지사무소에 배속된 건 트럼프에서 조커를 뽑은 것과 같은 일이다.

특히 생활보호과는 시청 안에서도 다들 손사래를 치는 인기 최악의 부서다. 면접을 볼 때 어리석게도 "어떤 일이든 경험해보고 싶다"고 말한 모양이다.

"방문이라니, 나도 함께 가자고?" 도모노리가 물었다.

"네, 가능하시면……."

"알았어. 같이 나가자. 근데 오후에." 간결하게 대답하고 노트북을 열었다.

"드디어 저도 시체를 목격하는 건가요?"

"어허, 재수 없는 소리 하지 마."

"아뇨, 지난번에 갔을 때 가스가 끊겼더라구요. 그 다음은 전기잖습니까?"

"그 신청자, 제출 서류는 어떻게 됐어?"

"구비된 게 거의 없어요. 날짜도 안 지켰고."

그 말을 듣고 도모노리는 안도했다. 아직 서류를 제출하지 않았다면 일단 우리 쪽이 책임 추궁을 당할 일은 없다. 생활보호 신청 서류를 반려한 뒤에 그 대상자가 자칫 굶어죽기라도 하면 사회복지사무소는 한바탕 비난의 태풍을 맞는다.

사무 담당 아이미가 타준 차를 마셨다. 고졸에 공무원 생활 6년째인 아이미의 요즘 관심사는 온통 결혼에만 쏠려 있다. 통통하고 애교가 있지만, 업무는 최소한으로 필요한 만큼만 하려고 한다. 잔업을 부탁하면 일생일대의 손해라는 듯한 표정을 지었다.

"과장님, 차가 떨어질 거 같아요."

"그럼 사와. 일일이 보고하실 거 뭐 있나."

"지난번에 품목 문제로 뭐라고 하셨잖아요."

"그거야 재스민 차 같은 걸 사들이니까 그렇지. 그냥 녹차로 사와."

둘이서 만담 같은 대화를 한다. 아이미는 매사에 스스럼이 없는 무던한 성격이라 그런 점에서는 다루기가 쉬웠다. 섹시한 매력이 없는 것도 정신 사납지 않아서 좋았다.

근무 시간이 시작되고 15분쯤 지났을 때 "안녕들 하쇼?"라고 우렁우렁한 목소리를 내며 상담 담당 이나바가 나타났다. 회색 머리를 짧게 깎아 올렸고 가느다란 눈썹 아래로 작은 눈이 번들거린다. 더블 양복 차림은 척 보기에도 동네 금융업자로 보였다.

"어이구, 춥네. 이런 날은 밖에 안 나가는 게 최고야."

뜨거운 찻잔에 손을 녹이며 큼직한 등판을 웅크리고 있다.

이나바는 현직 경찰로, 유메노 경찰서 생활안전과 형사였다. 인재 교류라는 명목으로 이곳 사회복지사무소에 파견되었다. 생활보호 부정 수급자 중에는 폭력단과 관계된 자들이 많아서 그런 쪽에 대비하기 위한 파견 근무였다.

내년부터 시로 편입되기 때문에 시청 간부급들이 경찰 간부에게 건의해서 실현되었다. 현청에 대한 감사가 들어오기 전에 최대한 생활보호 수급 건수를 줄이자는 생각인 모양이었다. 정식으로 인사 수속을 밟은 파견 근무인지, 도모노리는 알지 못한다. 하지만 밖에 나가서는 되도록 얘기하지 말라고 입단속을 하는 걸 보면 윗선에서 애매한 채로 추진하는 것이다.

"이나바 씨, 장애인 수첩을 자꾸 들이대는 그 케이스, 어떻게 처리 좀 할 수 없을까요? 아직 증거가 없는 단계라서 죄송합니다만……."

우사미가 공손한 어조로 말했다. 가장 나이가 많은 이나바는 이 사무소에서 손님 대접을 받고 있다.

"아, 그 건은 나한테 맡겨. 그런 조무래기들이 마음대로 날뛰게 놔둘 수야 없지. 진단서 써준 의사까지 바짝 다그쳐서 반드시 토해내도록 할게."

이나바가 자신만만하게 대답했다. 대화 내용은 부정 수급자에 관한 것이다. 야쿠자에게 생활보호 사퇴 신고서를 제출하게 하고, 거기에 더해 과거에 지급한 돈까지 토해내게 하려는 것이라서 이것이야말로 형사가 할 일이다.

지금까지는 폭력단에게 실컷 휘둘렸다. 한 마디 잘려나간 새끼손가락을 책상에 턱 올려놓고 "내가 요 모양 요 꼴이라 취직을 못하겠소!" 라고 깡을 부리면 직원들은 서로 눈치를 보며 일을 떠밀었다. 도모노 리도 반쯤은 야쿠자 같은 생활보호 수급자를 몇 명 안고 있지만, 이나바가 와준 덕분에 전보다는 강경한 태도를 취할 수 있었다. 생활보호 비를 타러 나왔다가 카운터 안에 버티고 앉은 이나바를 발견하고 얼굴이 새파래지는 조폭 출신들도 적지 않았다.

하지만 이나바라는 인물은 성실한 공무원이라고 하기는 어려웠다. 태도가 위압적이어서 시민을 받드는 공복(公僕)이라는 의식은 희박하다. 찾아온 주민이 친하게 말을 건네기만 해도 "건방진 놈"이라고 얼굴 빛이 홱 변한다. 긴 세월 경찰에 있다 보면 다들 자기 앞에서 설설 기는 데 익숙해지는지도 모른다.

직원이 모두 모인 참에 우사미가 프린트를 나눠주었다. 현에서 내려온 공문으로, 각 사회복지사무소의 전월 생활보호비 수급 상황이 그래프로 그려져 있었다.

"이 그래프를 보면 알겠지만, 생활보호 신청자 및 수급자가 모든 출장소 중에서 우리가 가장 많다. 일단 신청서는 더 이상 받지 않기로 하고, 각자 다시 한 번 자신이 담당한 케이스를 철저히 점검해서 적정한 수준을 목표로 뛰어주기 바란다. 마크리스트한테서는 한 건이라도 더 많이 사퇴 신고서를 받아내고……."

우사미가 진지한 얼굴로 업무 지시를 내렸다. 처음 한동안은 다른 부서에 들리지 않도록 목소리를 낮췄지만, 요즘은 훈시조로 떠드는 게 일상이 되었다. 때로는 말투가 거칠어지는 일까지 있었다.

"아무튼 각종 구비 서류를 다시 한 번 제출하라고 해. 부양 의무자와도 연락을 취하고, 그걸로 물꼬를 터나간다. 할당량까지 정하지는 않겠지만, 각자 분명한 수치가 나오도록 성과를 낼 것. 그러지 않고서는……."

매주 성과를 내놓으라고 하니 마치 민간 기업의 영업직이 된 듯한 착각까지 들었다. 하긴 여태까지 직원 각자가 비용에 대한 의식이 없었기 때문에 줄곧 부정 수급의 온상이 되었다. 무사안일주의의 허술한 대응이 시의회에서 문제로 떠오르면서 비로소 현실을 깨달아가고 있는 참이었다.

유메노 시는 3개 군이 합병하여 1년 전에 만들어진 신도시다. 시로 승격하자마자 생활보호 가정이 급증했다. 지금까지 이웃 간에 체면을 차리며 조심조심하던 게 일시에 약해진 것이 원인이라고 어느 시의원은 분석했다. 의외로 맞는 말일 것이다. 분모가 커지면 개개인은 한없이 뻔뻔스러워진다.

미팅이 끝나자 도모노리는 서류와 디지털카메라를 가방에 넣고, 나갈 준비를 했다. 날마다 케이스의 가정방문이 있다. 그것이 케이스워커의 주요한 업무였다.

청사 밖으로 나오자 이미 눈발이 흩날리고 있었다.

첫 번째로 방문한 곳은 역 앞 상점가 근처의 아파트에 사는 스물두 살의 여자였다. 아버지가 다른 세 살과 한 살의 자녀가 있다. 현재, 모자가정(母子家庭)이면서 무직 상태로 되어 있다. 생활보조비 지급액은 집의 임대료 보조금 5만5천 엔을 포함하여 한 달에 23만 엔, 의료비는 전액 무료다. 일반 시민이 이런 실상을 안다면 아마 입이 떡 벌어질 것이다. 생활보호 신청서를 통과시켜준 건 업무를 대충대충 날림으로 하던 시절의 우사미 과장이다. 생활보호비를 타먹은 지 벌써 반년이 다 되어간다.

벨을 눌러도 대답이 없었다. "사토 씨!" 이름을 부르며 문을 두드렸다. 귀를 기울이자 어린아이의 "엄마, 엄마" 하는 목소리가 들렸다.

"사토 씨, 안에 계시죠? 사회복지사무소의 아이하라예요."

도모노리는 문에 입을 대다시피 하며 속삭이는 소리로 말했다. 이웃에 생활보호 수급자라는 게 알려지는 것을 꺼리는 케이스가 많기 때문에 일단 이런 부분은 조심해줘야 한다.

안에서 부스럭거리는 소리가 났다. 잠시 뒤에 그것이 발소리로 바뀌더니 문이 열렸다.

"네에……." 아직 나이도 어린 여자가 술에 찌든 컬컬한 목소리다. 이제야 일어났는지 파자마 차림이었다. 풀어헤친 가슴팍으로 하얀 속살이 내보였다.

"안녕하세요? 가정방문차 나왔습니다."

"어머, 오늘이었어요?" 여자가 눈을 비볐다. 뒤에는 딸아이가 달라붙어 있었다.

"예, 오늘이에요. 지난번에 약속했잖아요. 잠깐 들어가도 되겠죠?"

"방이 어질러져 있는데, 어디 커피숍에서라도……."

"애들은 어떻게 하고? 아이들이 아직 어려서 어디 일도 못 나간다고 생활보호비를 받고 있잖습니까. 현황 파악을 위해서도 집 안에 들어가 봐야 합니다."

도모노리가 문 틈새로 몸을 들이밀었다. 여자는 부루퉁하게 얼굴을 홱 돌리더니 들어오라는 말도 없이 앞장을 섰다.

구두를 벗고 방 두 개에 주방이 딸린 집 안으로 들어섰다. 입구 옆에 있는 주방에는 바닥까지 온통 쓰레기가 가득하고, 여기저기 다 먹은 편의점 도시락이 어질러져 있었다. 제 손으로 밥은 전혀 안 해먹는 모양이다. 여자는 두 아이를 방으로 몰아넣더니, 파자마 위에 스웨터를 걸치고 아무 말 없이 거실 고타쓰(일본식 탁자 난로)에 발을 넣고 앉았다. 이 케이스는 찾아온 공무원에게 차 한 잔 대접하는 배려도 없다.

"요즘 좀 어때요?" 도모노리는 고타쓰 앞에 반듯이 앉았다.

"어떻기는요, 그냥 그래요." 눈을 똑바로 보지 않고 대답한다. 인사치 레로 하는 말도 듣기 싫은 모양이다.

"그럼 바로 용건을 말하죠. 지난번에 말한 양육비, 아드님의 친아버 지에게 요구는 해봤어요? 애기엄마는 그럴 권리가 있는데."

"그런 건 그쪽에서 말해주세요. 난 이제 그 사람하고는 말도 하기 싫 어요."

"아뇨, 그런 얘기는 애기엄마가 직접 해야 돼요. 연락쯤은 하고 지 내죠?"

"걸핏하면 때리는 사람이에요. 혹시 죽이기라도 하면 어떡할 건데 요?" 이런 말을 할 때만은 매섭게 노려본다. 사전 탐문 조사에 의하면, 생활보호 신청을 하던 당시 첫 남편은 주소 불명의 전직 바텐더였고, 두 번째 남편은 무직이었다.

"전 남편들, 현재는 직업을 갖고 있죠?"

"난 모른다니까요."

"그쪽 시부모님들은 손자를 만나고 싶다든가, 그런 얘기는 없어요?"

"모르죠. 얼굴 본 적도 없어요."

침묵이 흘렀다. 정말 그 자식에 그 부모다.

친정집에서 도움을 받을 수 없느냐는 이야기는 지난번에도 몇 번이나 했었다. 그때마다 돌아오는 대답은 "아버지도 어머니도 수입이 없다"는 것이었다. 부모도 일찌감치 이혼해서, 아버지 쪽과는 연락이 두절되었다고 한다. 아마 친정엄마라는 사람은 딸이 한 달에 20만 엔이 넘는 생활보호비를 탄다는 소식에 펄쩍 뛰며 좋아하고 있을 것이다. 절대로 생활보호비는 놓치지 말라고 부추길 게 뻔하다. 놀고먹는 사람들은 평생을 놀고먹으려 든다.

도모노리는 슬쩍 방 안을 둘러보았다. 남자와 함께 사는 흔적이 없는지 체크하기 위해서다. 하긴 그런 남자가 있어도 절대로 아니라고 잡아떼면 확인할 도리가 없다.

옷이 여기저기 쌓여 있었다. 먼지도 수북하다. 청소도 안 하는 모양이다. 텔레비전 옆에는 루이비통 가방이 놓여 있었다.

"애기엄마, 저건 뭐예요? 자산 신고서에는 저런 가방이 없었는데?"

"친구한테서 빌려온 거예요."

일순 여자의 표정이 살짝 바뀌어 얼굴을 붉히면서 대답했다. 분명 거짓말이지만, 더 이상 따지지 않았다.

여자가 갈색 머리칼을 쓸어 올렸다. 달콤한 냄새가 코끝까지 다가온다. 피부는 방금 쪄낸 떡 같다. 이런 한심한 여자도 젊음만은 빛나고 있었다.

"날마다 뭐해요?"

"아이들 돌봐주죠."

"그럼 친정 어머니를 오시라고 해서 아이들을 맡기는 건 어때요? 그러면 일하러 나갈 수 있을 텐데."

"친정 엄마는 따로 가정이 있어서 안 돼요."

그 이야기도 전에 들었다. 내연남이 있다고 한다. 남자관계가 복잡한 건 엄마나 딸이나 똑같다.

"이렇게 살아서야 되겠어요? 23만 엔을 벌려면 다른 사람들은 매일매일 직장 다니면서 고생해야 돼요. 생활보호비는 세금에서 나온 돈이라는 거, 알죠? 아주 긴급할 때만 받는 거라구요. 계속해서 나올 거라고 생각한다면 그건 큰 착각이에요."

도모노리가 얼굴을 마주보며 타일렀다. 여자는 뾰로통해서 고개를 숙이고 있었다. 이건 마치 어린애를 꾸짖는 듯한 꼴이다.

"아무튼 직장을 찾아봐요. 보육원은 우리 쪽에서도 찾아보기로 하죠. 여기저기 알아보면 밤늦게까지 맡아줄 곳도 틀림없이 있어요. 그리고 부양 의무자 신청서를 일주일 이내에 제출하세요. 그게 없을 경우에는 사퇴 신고서를 받아야 합니다."

그때 옆방에서 아이가 울음을 터뜨렸다. 딸아이가 쪼르르 달려와 "엄마, 쇼타가, 쇼타가……"하고 제 엄마에게 열심히 설명했다.

여자가 옆방에 가서 울고 있는 아기를 끌고 나왔다.

"네가 빽빽 울어대니까 엄마가 일도 못 나가잖아!" 갑자기 어린것을 향해 소리를 지른다.

"아니, 그런 문제가 아니죠. 아이들이란 원래 우는 거예요." 도모노리가 엉거주춤 몸을 일으키며 분위기를 수습해보려고 했다.

"나더러 어쩌라구요? 자동차도 없어요. 차 없으면 직장도 못 다니잖아요!"

여자는 태도가 홱 변해서 도모노리에게 대들었다. 매번 이렇다. 뾰로통하게 토라져 있다가 끝에는 반드시 화를 낸다. 어른스러운 대화가 이루어진 일은 단 한 번도 없다.

붉어진 얼굴로 입술을 파르르 떠는 스물두 살의 케이스를 올려다보며, 이 여자의 미래에는 아무것도 없을 거라는 생각에 측은한 마음마저 들었다. 이 여자의 인생은 이미 내리막인 것이다. 이쪽 부서에 온 뒤로 도모노리는 인간이 완전히 싫어졌다. 지적인 이미지의 여자 탤런트가 "사람이 좋아요"라고 말하는 텔레비전 광고는 볼 때마다 화가 났다.

말씨름을 해봐야 결론이 나오는 것도 아니고, 이행 요구 사항이 적힌 서류를 내려놓고 그만 일어서기로 했다. "기간은 일주일. 이번에는 유예가 없습니다." 마지막으로 다짐을 해두었다. 아기가 악을 쓰며 우는 소리가 등에 쏟아졌다. 애는 때리지 말아주길 기도하는 마음으로 케이스의 집을 나섰다.

겨드랑이에 흠뻑 땀이 나 있었다. 가정방문 뒤에는 항상 이렇다. 바깥의 찬 바람이 도모노리의 체온을 단숨에 빼앗아갔다.

차로 국도를 달렸다. 다음 방문지는 파친코다. 케이스가 날이면 날마다 파친코에 들락거린다고 이웃 주민에게서 신고가 들어온 것이다. 시민의 신고는 드문 일이 아니었다. 이웃집 사람이 생활보호비를 받으며 빈둥빈둥 놀고 있다면 누구라도 분통이 터질 것이다.

오늘은 카메라로 증거 사진을 찍을 예정이었다. 아무리 말로 해봤자 "오늘 딱 한 번 갔다" "우연히 들렀다"고 둘러대며 빠져나가기 때문이다. 꼼짝 못할 증거를 잡으면 사퇴서도 쓰게 할 수 있다. 이 케이스는 건설 일용직으로 일하던 사람인데, 허리에 탈이 났다고 진단서까지 제출했다. 케이스라는 게 온통 이런 사람들이다. 국민의 세금으로 지급되는 생활보호비의 약 50퍼센트가 자신을 약자라고 주장하는 일하기 싫은 사람들에게 나가고 있다. 전에는 도모노리도 '설마 그렇게까지'라고 생각했지만 사회복지사무소에 근무한 뒤로는 그야말로 몸으로 실감하는 중이다. 인간의 50퍼센트는 정직하지 않다.

4차선 국도 양옆에는 원색의 대형 간판이 볼품없는 테마파크처럼 늘어서 있었다. 구두, 술, 책. 그곳에 내걸린 글자들은 아무튼 눈에 두드러지기만 하면 장땡이라고 떠드는 것 같았다. 그리고 어처구니없을 만큼 자연경관을 파괴하고 있었다. 어렸을 때 가족과 드라이브를 하며 이 근처를 지나가곤 했지만, 그때는 일대가 온통 아름다운 전원 풍경이었다. 동네 아이들이 연날리기를 하고 있어서 부러워했던 기억이 난다. 이제는 대형 아울렛과 패밀리 레스토랑과 파친코의 격전지가 되었다. 덕분에 역 앞 재래 상점가는 쇠락해서 가게마다 셔터를 내린 우중충한 거리로 변해버렸다.

수많은 간판들 속에 '꿈의 신도시, 유메노'라고 적힌 큼직한 보드가 있었다. '유다', '메카타', '노카타'라는 세 개 읍이 합병해 탄생한 곳이다. 각각의 머리글자를 따서 '유메노 시'가 되었다. 시의 이름에 대해 딱히 반대 운동이 없었던 걸 보면 '유메노'라는 말의 어감이 그리 나쁘지 않게 받아들여진 모양이다. '무코다 군(郡)'이라는 역사적인 지명은 아예 묻혀버렸다.

희끗희끗 뿌리던 눈이 그 밀도를 더해가서 본격적으로 쏟아지고 있었다. 바람이 강해서 눈발이 가로선을 그은 듯이 옆으로 누웠다. 인도를 걸어가는 사람은 한 명도 보이지 않았다. 차가 없으면 시장에도 나갈 수 없는 도시다.

　도모노리는 히터 스위치를 최강으로 올렸다. 앞 유리에 비치는 풍경은 하늘도 길도 가로수도 온통 회색빛이었다.

2

　오후 3시. 6교시 수업이 끝나는 벨 소리를 들으며 구보 후미에는 학원의 영어 예습을 하고 있었다. 창밖에서 옆으로 긋듯이 후려치는 눈 때문에 유리창이 덜컹덜컹 소리를 내며 흔들렸다.

　"자, 오늘은 여기서 끝낸다." 선생님이 억양 없는 목소리를 내며 교과서를 덮었다. 머리가 허연 수학Ⅱ 선생님은 학생들에게서 '부처님'이라는 말을 들을 만큼 화를 낸 적이 없는 아저씨다. 드러내놓고 말한 적은 없지만, 대학 입시에 수학 과목이 필요 없는 사람은 다른 공부를 해도 좋다는 태도였다. 그래서 아이들 반절쯤은 아예 수업을 듣지 않았다. 작년 말 입시 상담에서 후미에는 사립대 문과를 선택했다. 이제 이과 쪽은 아예 안중에 없었다. 이차함수 다음부터는 수학 계산식은 쳐다보기만 해도 귀에서 연기가 폴폴 났다.

　"차렷, 경례."

　주번 남학생이 나른한 소리로 말하자 의자가 바닥을 긁는 소리가 울렸다. 뒤쪽의 남학생 몇 명은 일어나지도 않는다. 책상에 엎드려 잠이 든 채 깨어나지 못하는 애도 있다. 선생님이 나가자마자 번화가의 북새통처럼 교실이 와글거린다.

　"야, 게임센터 가자."

"난 아르바이트야, 아르바이트."

그런 남학생들의 목소리가 여기저기서 튄다.

고2 2학기로 접어들면서 학급 아이들이 분명하게 두 그룹으로 나눠졌다. 진학반과 취업반이다. 고3이 되는 4월부터 본격적으로 진로에 따라 반이 갈라지지만, 지금은 그 전초전이라고 할 시기다. 후미에가 다니는 현립 무코다고등학교는 명목상으로는 인문계 고등학교다. 하지만 수준은 별로 높지 않다. 작년에는 이 지역 국립대학인 도호쿠(東北)대학에 두 명이 합격했다고 선생님들이 엄청 기뻐했다. 중퇴자는 해마다 두 자릿수를 헤아린다. 그런 정도의 학교다. 후미에가 지망하는 대학은 도쿄의 릿쿄대학, 아니면 아오야마가쿠인대학 문학부다. 모의고사 성적이 엉망으로 나와서 '좀 더 노력 필요'라는 판정을 받긴 했지만.

학생의 약 40퍼센트는 대학에 진학하지 않는다. 그렇다고 제대로 된 취직도 하지 않는다. "프리터는 직업이 아니야"라고 진로 담당 지도교사가 열심히 설명해주었다. 하지만 이런 시골에 그럴싸한 취직자리가 있을 리 없다. 후미에와 친한 3학년 선배 언니는 학교에서 작은 철공소 사무직을 소개해주는 바람에 자신이 겨우 그런 수준인 거냐며 우울해하고 있었다.

종례 시간에 담임 선생이 주의사항을 말했다. 우리 학교 학생들이 역사 바닥에 주저앉아 있는 일이 많다고 철도 회사에서 항의가 들어왔다고 한다.

"역사 바닥은 세균이 버글버글해. 누군가 개똥 밟은 신발로 돌아다녔는지도 모르잖니."

웃음을 유도할 생각으로 한 말인 모양인데, 아이들은 무반응이었다. 담임은 서른다섯 살의 지독히도 못생긴 독신 여성이다. 장점이라면 가슴이 크다는 것 정도. 남학생들은 그런 담임 선생을 처음부터 끝까지 무시하는 태도로 일관하고 여학생들은 바보로 여겼다. 전에 브라질에서 온 젊은 남자와 팔짱을 끼고 다니는 걸 학생들이 목격하고 한바탕 떠들썩했던 일이 있다. "남자한테 갖다 바치고, 남자는 그 돈으로 브라질의 부모형제를 먹여 살린다더라"하고 소문이 쫘악 퍼졌다. '앞으로 저렇게는 되고 싶지 않다'라고 생각되는 어른에 대해 10대는 철저히 냉랭하다.

따분한 학교 수업이 끝나고, 후미에는 배낭을 메고 옆 반으로 갔다. 옆 반 친구 오쓰카 가즈미와 함께 학원에 가기 위해서였다. 학교에서 같은 학원에 다니는 학생은 100명이 넘는다. 그래서 방과 후에도 똑같은 얼굴들과 함께 보낸다. 후미에와 친구들 사이에서는 학원 수업을 '잔업'이라고 했다.

"눈도 오고, 잔업 하러 가기 싫다." 가즈미가 떨떠름한 얼굴로 입을 툭 내밀었다.

"응, 진짜." 후미에도 고개를 끄덕였다.

"우리 오늘만 빠질까? 드림타운 노래방, 포인트 쌓였으니까 공짜로 갈 수 있어."

"안 돼. 지난번에도 그러면서 땡땡이쳤잖아. 이제 슬슬 학원에서 집으로 연락 날아간다?"

"에이, 지겨워."

"어린애처럼 징징거리지 마."

"후미에, 넌 정말 열심히 한다. 나는 고리야마 아니면 센다이 전문대학도 괜찮겠다는 생각이 드는데. 학교 추천으로도 갈 수 있다잖아."

"아이 참, 가즈미!" 후미에가 정색을 하는 얼굴로 흘겨보았다.

"아, 아냐, 거짓말. 그냥 한번 해본 소리."

"우린 죽어도 도쿄 4년제 대학이야. 애초에 그러자고 한 건 가즈미 너잖아."

작년 여름방학에 친한 친구 몇몇이 디즈니랜드와 도쿄 여행을 했을 때, 둘만 있던 호텔 방에서 가즈미가 제안했었다. 고등학교 졸업하면 함께 도쿄 쪽 대학에 가자고. 그 즉시 의기투합, 이후로 그건 둘만의 약속이 되었다.

"나, 공부 싫어하나봐." 가즈미가 창밖을 내다보며 한숨을 내쉰다.

"그건 다 똑같아. 공부 좋아하는 사람이 어디 있어? 하지만 우린 꼭 도쿄 여대생이 되기로 했잖아."

"그래도 우리 아빠 엄마는 아직도 못마땅해서 툴툴거려. 도쿄 대학에 가려면 돈이 얼마나 드는지 아느냐고."

"우리 집도 마찬가지야. 아르바이트해서 벌겠다고 우기는 수밖에 없어."

"그건 그래……." 가즈미가 머리 위로 두 손을 깍지 끼고 기지개를 켰다. "이런 허접한 시골구석, 기필코 탈출해야겠지?"

"그래, 이제 조금만 더 참으면 돼."

둘이 나란히 교문을 나섰다. 똑같이 산 피코트의 옷깃을 세우고 버스 정류장으로 향했다. 눈이 심술궂게 정면으로 들이쳤다. 미니스커트 아래로 빠져나온 맨다리가 금세 찌릿찌릿 얼어붙는다. 스커트 속에 짧은 쫄바지를 입는 여학생도 있지만, 몸매가 예쁘게 나오지 않아서 후미에는 아무리 추워도 입지 않았다.

만원 버스에 올라타자 뒷좌석에서 2학년 불량 서클 아이들이 떠들고 있었다. 창문을 열고 의기양양하게 담배를 피운다. 요즘 3학년 선배들이 거의 학교에 나오지 않으니까 천하를 얻은 것 같은 기분인 모양이다. 시골 불량 학생답게 바지를 한껏 아래로 내려 입어 질질 끌고 다닌다. 영락없이 원숭이다. 눈곱만큼도 폼이 안 난다.

역에 도착하자 역사 안은 같은 학교 학생들로 넘쳐났다. 선생님들의 주의는 아무 효과가 없는듯 남학생이고 여학생이고 바닥에 덜퍼덕 주저앉아 있었다. 역원은 이러니저러니 잔소리하기도 귀찮은지 아예 사무실에서 나오지 않는다. 대합실의 어른들은 불쾌한 얼굴을 할 뿐 입을 여는 일은 없다.

"어이, 오쓰카." 가즈미를 부르는 소리였다. 같은 반 남학생이다. "이제 제발 대답 좀 해주라, 응?" 코맹맹이 소리를 내며 몸을 배배 꼬고 있다. 주위에 모여 있던 남학생들이 와그르르 웃었다.

"흥, 웃기시네." 가즈미는 상대도 하지 않고 개찰구로 걸어갔다. 후미에도 뒤를 이어 들어갔다. 전에 말해준 적이 있어서 후미에도 알고 있었다. 남학생들 사이에서 과연 누가 오쓰카 가즈미의 첫 남자가 되느냐를 걸고 내기 중이란다. 가즈미는 화려한 얼굴이라서 입학 당시부터 남학생들에게 인기가 있었다.

같은 반 여학생 절반 가까이가 이미 '첫 경험'을 했지만 후미에와 가즈미는 아직이다. "도쿄에 있는 대학에 가서 부자 꽃미남 대학생하고 하자"라고 둘이서 맹세했기 때문이다.

지난번 도쿄 여행 때는 도시 여고생들의 세련된 모습에 잔뜩 기가 죽었다. 시부야 번화가에 몰려나온 진한 화장의 여자들이 아니라 일류 사립고 교복을 입은 여고생의 날렵한 모습에. 그녀들은 불량 학생 같지 않은데도 유난히 성숙한 모습이었다. 귀걸이 하나에도 기품이 있었다. 슬쩍 훔쳐본 손톱은 깨끗이 손질되어 있었다. 후미에와 가즈미가 처음으로 맡아본 상류 사회의 향기였다. 세상에 이런 세계가 있구나. 단번에 그곳을 열망하지 않을 수 없었다. 그 후로 종아리까지 올려 신던 느슨한 흰색 양말은 절대 신지 않는다.

"유메노 같은 시골구석에서 어떻게 남자친구를 사귀니?"

가즈미의 말에 후미에도 100퍼센트 공감이었다. 유메노 시는 3개의 읍이 합병하여 1년 전에 생긴 신도시다. 공부 좀 한다는 애들은 고등학교 졸업과 동시에 모두 대도시로 떠난다. 뒤에 남는 건 불량 학생 아니면 아무 특징도 없는 애들.

한 시간에 세 번뿐인 전차를 탔다. 차 안에 상업고등학교 학생들이 있었다. 그들은 무코다고등학교보다 훨씬 더 물이 안 좋다. 대부분이 바닥에 주저앉았고 짐칸에 올라가 누운 남학생까지 있었다. 불량 학생들끼리 걸핏하면 치고받는 통에 그런 패싸움을 열 번도 넘게 목격했다.

"후미에, 문 쪽에 금발 삼인조 좀 봐."

가즈미가 작은 소리로 말했다. 바라보니 그야말로 금빛 찬란한 머리 염색에 눈 주위는 시커멓게 메이크업을 해서 공포 영화 등장인물들처럼 보이는 여학생들이 덜퍼덕 주저앉아 있었다.

"중학교 때 나랑 같은 반이던 애들이야. 쟤들 세 명 모두 미소노 초의 카바레에서 아르바이트한대."

"엇, 정말?" 후미에는 미간을 찌푸렸다. 역시 무코다고등학교는 아직 그렇게까지 심한 여학생은 없다.

"시급 7천 엔이라는데?"

"에, 말도 안 돼." 코에 주름을 잡으며 대답했다.

"노브라로 만지라고 한대."

"우웩, 개기름 줄줄 아저씨들한테 만지라고?"

"그렇다니까. 틀림없이 매춘도 할걸? 루이비통 가방, 심심하면 사들이잖니."

"부모들이 아무 말도 안 한대?"

"포기했겠지, 뭐."

"으그그……." 너무도 세계가 달라서 후미에는 적당한 감상도 떠오르지 않았다.

최근 반년여 만에 같은 반 친구들이 완전히 변해버렸다. 좀 과장해서 말하자면, 노는 세계에 따라 각자 성을 쌓은 것 같은 느낌이다. 함께 어울리는 친구들이 다르면 모든 게 달라진다. 그리고 그 안의 친구들이 모든 것에 우선한다. 분명 카바레에서 일한다는 여학생들에게 죄책감 따위는 없을 것이다. 내 친구가 소개해줬다. 그걸로 이유는 충분한 것이다.

"얘들아, 거기 앉아 있으면 사람이 타고 내릴 때 거치적거리잖아?"

그때 작은 목소리가 터졌다. 옷차림이 점잖은 초로의 아주머니였다. 차 안의 시선이 일제히 쏟아졌다. 금발 삼인조가 얼굴색이 변해서 아주머니를 노려보았다.

"여자가 그렇게 다리 벌리고 앉는 거 아니야."

다시금 점잖게 나무란다.

"참내, 뭐래! 시끄럽게." 한 명이 중얼거렸다.

"자기가 무슨 상관이야?" 다른 한 명이 맞장구를 친다.

아주머니는 엉거주춤 선 채로 난감한 얼굴을 하고 있었다. 그 참에 옆 차량에서 한 중년 남자가 나타났다. 팔뚝에 찬 학교 이름이 적힌 완장을 보고 상업고등학교 교사라는 걸 알았다. 요즘 들어 선생님들이 통학 전차를 돌아가며 순찰하는 것이다.

"어이, 얌전하게 지내냐?" 환한 목소리로 말한다. 상냥함을 가장한다는 느낌이 당장 전해져왔다. 생긴 것도 나약해 보이는 아저씨다.

"네에, 물론이죠." 삼인조가 바닥에 주저앉은 채 장난스럽게 대답했다. 선생님에 대한 긴장감은 전혀 없다.

"여보세요, 이 아이들 선생님이세요?" 아주머니가 물었다. "주의 좀 시켜주세요. 전차 바닥은 앉는 곳이 아니잖아요."

"얘들아, 이거 봐. 선생님이 대신 혼나잖아." 교사가 연극적인 몸짓으로 턱을 쑥 내밀며 사정사정하고 있다.

"자리가 없잖아요, 선생님. 철도 회사에 좌석 좀 늘려달라고 말 좀 해주세요." 금발 삼인조 중의 한 명이 말했다.

"그래, 소파도 준비해달라고 해라!" 다른 곳에서 야유가 날아왔다. 웃음소리가 터졌다.

"무슨 말도 안 되는 소릴. 자자, 어서 일어나, 일어나." 교사가 손을 내밀었다.

"아이, 발 저려. 선생님, 나 좀 일으켜줘요."

"어머, 어딜 만지세요? 선생님, 징그러워."

교사는 완전히 장난감이 되어 있었다. 말없이 지켜보던 아주머니는 깊은 한숨을 내쉬더니 경멸의 시선을 던지고 다른 차량으로 옮겨갔다. 그래봤자 옆 칸도 똑같은 상태다.

"완전 저질." 가즈미가 경멸하듯이 내뱉었다. 요즘 가즈미의 입버릇이다. "쟤네들, 도쿄 지하철 한번 타보라고 하고 싶다."

"누가 아니래. 거긴 초등학생들도 다 똑똑한데." 후미에가 고개를 끄덕였다.

도쿄 지하철에서는 교복 차림의 초등학생들을 봤다. 가방에 '가쿠슈인(學習院) 초등과'라는 자수가 있어서 그 학교 아이들이라는 걸 알았다. "어머, 아이코사마(일본 왕세자의 딸—옮긴이)가 다니는 학교잖아?" 라며 둘이서 흥분해서 속닥거렸다. 다들 착하고 영리해 보였다.

상업고등학교에는 중학교 때 친구들이 많지만, 더 이상 친근한 느낌은 들지 않았다. 남학생들이 말하는 대로 '서당 애들'이라고 부르며 내심 경멸했다. 어차피 이런 시골구석에 남게 될 낙오자들이다.

유다 역에서 내려 상점가를 지나갔다. 어렸을 때는 북적거리는 시장통이었지만, 요즘은 아무도 장보러 나오는 사람이 없다. 국도변에 대형마트가 생겨서 개인 상점들이 연달아 망해버렸기 때문이다. 지나다니는 사람도 없고 가게 대부분이 셔터를 내렸다.

아케이드가 끊기는 사거리 모퉁이에 대형 학원 '유메노 분교'가 있다. 예전에는 '무코다 분교'였지만, 시로 승격하면서 학원 이름도 바뀌었다. '유메노'라는 이름이 그나마 이미지가 좋다고 생각한 모양이다. 후미에도 그건 찬성이다. 전에는 자기 주소를 무코다 군이라고 밝힐 때마다 그 어감이 너무 싫었다.

학원 계단을 올라 교실로 들어갔다. 온풍기에서 나온 그 따스한 공기에 내내 웅크리고 있던 어깨의 긴장이 스르르 풀렸다. "안녕~!" 낯익은 학원 친구들과 인사를 나눴다. 이제야 겨우 제대로 된 친구들을 만난 것 같다. 이웃 도시에서 오는 학생들도 있어서 비슷한 수준의 친구들이 많아지는 게 흐뭇했다.

창가에 기타(北)고등학교 남학생들이 한데 모여 있었다. 학군 내에서 가장 좋은 인문계 고등학교다. 역사와 전통이 있는 남자고등학교여서 해마다 도쿄대학 합격자도 몇 명쯤 나왔다. 후미에와 가즈미는 머리를 매만지고 그쪽으로 수다를 떨러 갔다.

"무슨 얘기 하는 거야?" 가즈미가 애교 있게 말했다.

"또 못된 짓 꾸미고 있지?" 후미에도 얼굴에 웃음과 교태를 담으며 말했다.

"응, 도쿄대학 폭파 계획. 어차피 못 들어갈 거면 아예 없애버릴까 하고."

남학생 하나가 말하는 바람에 후미에와 가즈미는 깔깔깔 웃었다. 성적이 좋은 아이들은 순간적인 조크도 재미있다.

"그랬다가는 도호쿠하고 와세다, 게이오대학이 훨씬 더 어려워질 텐데?" 후미에가 말했다.

"에헤, 됐네요. 우린 머나먼 오키나와 쪽 대학에 가기로 했어. 남쪽 섬에서 인생 느긋하게 살 거야."

후미에가 은근히 마음에 두고 있는 야마모토 하루키가 하얀 이를 내보이며 말했다.

"오키나와 쪽은 수영 시험을 본다던데? 시험 보는 날 수영 팬티 지참이래."

다들 손을 마주쳐가며 웃었다. 이 남학생들은 모두 도쿄에 있는 대학을 목표로 삼고 있다. 공부만 잘하는 게 아니라 외국 영화나 음악에 대한 것도 줄줄 꿰고 있고, 무코다고등학교 남자애들과는 딴판으로 취미가 고상하다.

"아참, 우리 이번 봄방학 때 도쿄 갈 거야." 한 남학생이 말했다.

"그래? 디즈니랜드에도 가겠구나?" 가즈미가 묻는다.

"아니, 놀러 가는 게 아냐. 도쿄대학 견학 투어라는 거. 우리 학교 출신의 도쿄대학 선배가 캠퍼스를 안내해주는 행사. 1년 뒤의 입시에 대비해 의욕을 북돋우려는 기획인 거 같아. 학교 선생님하고 함께 갈 거야. 우리 실력으로 도쿄대학 가기 힘들다는 거 다 알면서도 부모들이 그런 투어라면 선뜻 돈을 대준다니까."

"그래서 그때 폭파하려고?" 가즈미가 한마디 던졌다.

"앗, 어떻게 알았어?" 다시 모두 함께 배꼽을 잡고 웃었다.

"좋겠다, 기타고등학교는." 후미에는 한숨을 내쉬었다. "우리 학교는 도쿄대학 선배가 한 명도 없어. 끽해야 도호쿠하고 와세다 아니면 게이오야."

"거기만 갈 수 있어도 좋지. 우리 중에 도쿄대학 갈 만한 실력은 하루키뿐이야."

친구들의 말에 하루키가 눈을 내리깔며 쓴웃음을 지었다. 야마모토 하루키는 교복 대신 스웨터 차림이었다. 가슴팍에 폴로 마크가 있었다. 아버지가 유메노 시의회 의원이고, 옛날부터 대대로 대지주 집안이다. 비오는 날이면 깜짝 놀라게 세련된 어머니가 벤츠를 타고 마중을 나오기도 한다.

하루키의 기품 있는 그레이 톤의 스웨터가 무척 따듯해 보였다. 후미에는 거기에 얼굴을 묻고 있는 자신을 상상했다.

"후미에도 도쿄 쪽 대학에 갈 거지?"

그 하루키가 갑작스레 물어보는 바람에 후미에는 속마음을 들킨 것 같아 얼굴을 붉혔다.

"응, 릿쿄대학이나 아오야마가쿠인대학." 깜빡 지망 대학 이름을 술술 불어버렸다.

"그럼 릿쿄대학으로 가. 6개 대학 야구 응원석에서 만나자."

"그럴게."

어쩐지 마음이 환해졌다. 목표가 보다 명확해진 듯한 기분이 들었다.

"흥, 나만 빼놓고? 어차피 난 여대로 가겠지만." 가즈미가 옆에서 토라진 목소리로 말했다.

"여대가 더 인기 있어. 우리가 미팅 신청할게." 다른 남학생이 틈을 놓치지 않고 달래고 나섰다.

기타고등학교 남학생들은 여학생에 익숙하지 않은 탓인지 전체적으로 다정다감하다. 애초 본바탕이 착실하니까 분명 여자 경험도 없을 거라고 후미에는 생각했다.

그때 창 밖에서 오토바이의 폭음이 울렸다. 폭주족인 모양이었다.

"저 폭주족도 참 수고가 많으시네, 이렇게 눈 오는 날에." 남학생들이 앞쪽 도로를 내려다보며 업신여기는 투로 말했다.

"반절은 상업고 애들일걸? 학교 동아리 중에 폭주부가 있다더라."

"그럼 학교에서 동아리 활동비가 나오나?"

"강제 헌금 뜯겠지."

다시 웃음소리가 터져 나왔다. 같은 고등학생이라도 기타고등학교 남학생들과 상업고 학생들은 전혀 다른 하루하루를 보낸다. 졸업 후 진로에 큰 꿈을 품은 열일곱 살과 졸업 후에 이 지역에 남을 수밖에 없는 열일곱 살이 한 도시에서 살고 있다. 물론 자신은 반드시 이곳을 탈출하는 쪽이어야 한다고 후미에는 다시 한 번 마음을 다졌다. 이런 시골 구석은 진짜 지긋지긋하다. 아무리 멋을 내봤자 갈 데도 없는 곳이다.

강사가 들어오자 각자 자리에 가 앉았다. 교과별 시험을 통해 반이 나뉘지기 때문에 학교에서처럼 멍하고 있을 수는 없다. 수업을 방해하거나 삐딱하게 구는 학생도 없다. 의욕이 있는 사람부터 앞자리에 앉는 것이다.

"지금 눈이 온다. 공부하기 딱 좋은 날이야. 여러분은 축복 받은 학생들이다." 젊은 강사가 낭랑한 목소리로 선언해서 아이들을 웃겼다.

학원 강사는 모두 팽팽한 긴장감이 있다. 학생들의 상담에도 마치 부모나 형제처럼 진지하게 응해준다.

"그야 학원 강사는 공무원이 아니니까 당연하지." 유메노 시의 부품 공장에 다니는 아버지가 그렇게 말한 적이 있다. 아버지는 공무원을 싫어한다. 하는 일도 없이 월급만 많이 받아 간다고 나무란다.

옆자리의 가즈미가 진지한 표정으로 노트 필기를 시작했다. 오기 싫다느니 어쩌느니 했던 건 그냥 하는 말이었던 모양이다. 우리 둘의 목표는 도쿄에서 여대생이 되는 것이다.

후미에도 강사의 설명을 한마디도 놓치지 않으려고 수업에 집중했다. 옆으로 후려치는 눈발이 창을 하얗게 덮고 있었다.

3

벨을 누르자 요란한 전자음이 현관 밖에까지 울렸다. 소리가 너무 커서 벨을 누른 자신이 깜짝 놀라버렸다. 사전 조사 정보에서 노부부 가정이라고 하더니 사실인 모양이다. 현관 벨소리를 최대로 해둔 건 주인 부부의 귀가 어둡다는 뜻이다. 가토 유야는 한 차례 헛기침을 한 뒤에 모자를 반듯하게 고쳐 쓰고 옆머리는 귀 뒤로 깔끔하게 밀어 넣었다.

다시 한 번 벨을 눌렀다. 빈 우물에 돌을 던진 것처럼 집 안에 벨소리가 메아리친다. 응답은 없었다. 있으면서 없는 척하는 거라고 대충 감이 잡혔다. 아까 뒷길 쪽에서 집 안에 전기불이 켜져 있는 걸 확인했다.

"실례합니다, 실례합니다!" 큰 소리로 불렀다. 그 사이에도 계속 벨을 누른다.

세일즈맨인 줄 알고서 내다보지 않는 것이다. 이렇게 되면 끈기 싸움이다.

일단 현관에서 좀 떨어져 2층을 살펴봤다. 아침부터 희끗희끗 내리던 눈이 오전 10시를 넘어설 때쯤부터 본격적으로 내리기 시작했다. 회색으로 흐려진 하늘까지 통째로 쏟아져 내릴 것 같다.

어깨에 묻은 눈을 털어냈다. 유야는 베이지색의 수수한 작업복을 입고 있었다. 홈센터 매장에 전시되어 있을 듯한 옷이다. 가슴에는 '무코다 전기 보안센터'라는 회사명이 박혀 있었다. 사장이 새로운 시의 명칭인 '유메노'가 아니라 예스럽고 착실한 이미지를 보여주려고 일부러 전의 군 이름인 '무코다'로 했다고 한다. 처음 이 작업복을 받았을 때는 정말 우울했지만 이제는 익숙해졌다. 스물셋 나이에 계속 백수로 지낼 수는 없다.

한참 2층을 지그시 쳐다보고 있었더니 창문 커튼이 슬쩍 흔들렸다. 드디어 꼬리를 드러내는구나. 흐응 웃음이 터졌다. 돌아갔는지 아닌지 확인해본 것이다.

다시 벨을 눌렀다. "실례합니다, 안에 계시지요?" 한층 큰 소리를 질렀다. 할당량이 있기 때문에 간단히 물러설 수는 없다. 먹고사는 일이 걸리면 사람은 얼마든지 힘을 낼 수 있다는 걸 요즘에야 깨달았다. 예전의 자신이라면 벌써 포기했을 것이다.

잠시 뒤에 가까스로 안에서 응답이 있었다. "누구세요?" 노부인의 가느다란 목소리다.

"네, 저는 무코다 전기 보안센터에서 온 사람입니다. 배전반(配電盤)

을 보수 점검하려고 나왔습니다."

유야는 힘차게 말했다. 등도 빳빳이 세웠다.

"우린 그런 거 해달라고 안 했는데? 뭘 잘못 안 거 아니에요?"

"아뇨, 보수 점검입니다. 요즘 누전으로 인한 화재가 많이 발생해서요. 그것 때문에 검사하는 거예요."

노부인은 여전히 문을 열어주지 않았다. "미안한데, 지금 남편이 외출 중이니까 다음에 와요." 이쪽을 경계하는 기색이 고스란히 드러나는 목소리였다.

"아뇨, 이 구역 점검일이 오늘입니다. 이 근처 집들은 모두 다 검사하는 거예요."

물론 거짓말이지만, 이웃과는 거리가 한참 떨어져 있어서 지금 당장 확인해볼 걱정은 없었다.

그제야 겨우 문이 살짝 열렸다. 칠십 넘은 조그마한 노부인이 문 손잡이를 움켜쥔 채 불안한 표정으로 멀거니 서있었다.

유야가 틈을 놓치지 않고 얼른 신분증을 보여주었다. 신분증이라야 그냥 사원증이다. 이어서 신문 기사를 복사한 서류를 내보였다. 현 내에서 누전으로 인한 화재가 자주 발생한다는 제목의 기사다. 벌써 5년이나 지난 기사지만, 아무도 그런 것까지는 확인하지 않는다.

"잘 아시겠지만, 지은 지 20년이 넘은 가옥은 전기 배선이 구식이라서 사고가 날 우려가 많거든요. 이 집은 지은 지 몇 년이나 됐죠?" 유야가 물었다.

"1968년에 지었어." 노부인이 대답했다. 1968년이라니. 그게 언제인지 선뜻 감이 잡히지 않았지만, 아무튼 오래되었다는 것만은 분명하다.

"누전 차단기는 설치되어 있습니까?"

"글쎄, 난 그런 거 잘 모르는데."

"그렇다면 점검을 해봐야겠군요. 배전반은 어디 있어요?" 유야는 자기 손으로 문을 열고 현관 안에 들어서서 구두를 벗었다. 당황하는 노부인에게 웃는 얼굴로 "아, 안심하세요. 무료예요"라고 말하고는 복도로 올라섰다.

"배전반, 부엌에 있죠?"

"그렇긴 한데……."

"그럼 즉시 봐드리겠습니다."

복도 안으로 척척 들어간다. 노부인이 머뭇거리며 뒤를 따라왔다.

부엌 문 위에 배전반이 있었다. 예상했던 대로 구형이고 먼지가 수북이 쌓여 있었다.

"저런, 미안하네. 지저분하니까 내가 닦아줄게." 뒤에서 노부인이 말했다.

"아이, 괜찮아요. 누전 차단기가 정상인지 아닌지 그것만 조사하면 되니까요. 1분이면 끝납니다."

유야는 가방에서 소형 테스터를 꺼냈다. 배전판 커버를 열고 두 줄의 클립을 퓨즈에 연결했다. 이건 완전 사기다. 유야는 전기에 관한 지식이라고는 아무것도 없었다.

"아, 역시. 너무 오래된 기종이라 문제가 있군요." 과장스럽게 얼굴을 찌푸렸다. "아주머니, 이 누전 차단기 고장 났어요. 이것 좀 보세요. 바늘이 전혀 움직이지 않죠?"

그렇게 말하고 테스터의 미터를 내보였다. 노부인은 우울한 얼굴이었다.

"이런 상태로는 누전이 되어도 전기가 자동적으로 끊어지지 않습니다. 위험하니까 되도록 빨리 교환하시는 게 좋아요."

시치미를 뚝 뗀 얼굴로 말했다. 낚시로 말하자면, 지금이 낚이느냐 마느냐 하는 중요한 순간이다.

"저기 국도변에 전기점이 있고, 아니면 홈센터에 가셔도 구입하실 수 있습니다. 취급 설명서가 있으니까 아마추어라도 교환하실 수 있어요."

말을 하면서 무심한 척 거실 쪽으로 시선을 던졌다. 큼직한 평면 TV, 고급스러운 가구형 고타쓰, 그리고 거실에는 값비싼 족자도 걸려 있었다. 유유자적 연금으로 생활하는 집으로 보였다. 얼마를 뜯어낼 것인가. 유야는 바쁘게 머리를 굴렸다.

"그건 돈이 얼마나 들려나?" 노부인이 물었다.

"등급에 따라 다르지만, 싼 건 만 엔짜리부터 있을 겁니다. 하지만 안전이 걸린 문제니까 되도록 제대로 된 메이커의 물건을 쓰시는 게 좋아요."

노부인이 응응 고개를 끄덕이며 귀를 기울였다. 유야는 잠시 뜸을 들였다가 "아, 괜찮으시면 우리 물건을 설치하셔도 됩니다"하고 팸플릿을 내보였다.

"제 차에 누전 차단기 몇 개는 싣고 다니거든요. 지금 설치하시겠다면 10분 만에 교환해드릴 수 있습니다. 최상급 기종이라서 가격은……." 순간적으로 판단을 내렸다. 반쯤은 도박이다. "소비세 포함해서 31,500엔입니다. 지금 전기 안전 캠페인 중이라서 설치비는 무료예요."

물건 값은 이 자리에서 받아내야만 한다. 은행 송금이나 나중에 수금하는 것이면 아무래도 주위 사람들과 상의한 끝에 취소하는 경우가 많다.

노인들은 의외로 집 안에 현금을 쌓아둔다는 것을 유야는 회사 영업
회의를 통해 배웠다. 신용카드는 만들지 않고, 현금인출기 같은 기계
는 무서워하기 때문이다.

"이런 조그만 물건이 3만 엔이야?" 노부인이 미간을 찌푸리며 팸플
릿을 찬찬히 들여다보고 있었다.

너무 비싸게 불렀나. 내심 초조했다. 하긴 그 다음에는 2만 엔짜리
기종도 있다고 하면 된다. 실제로는 모두 다 똑같은 상품이고, 원가라
고 해봐야 5백 엔이다.

"아무래도 안전 문제가 걸린 상품이니까요. 지난주에도 노카타 초
에서 화재가 났는데, 누전이 원인이었어요. 아무리 불조심을 해도 누
전만은 직접 눈에 보이는 게 아니잖습니까? 이런 걸로 불이 나서 집이
타버리면 참 딱한 일이지요."

유야가 은근슬쩍 밀어붙였다. 잠시 망설인 끝에 노부인이 "젊은이,
믿어도 되지?"라고 말했다. 마치 손자에게 조곤조곤 묻는 것처럼 진지
한 표정이었다.

"물론이죠 이 구역만 해도 벌써 50집 넘게 배전반을 갈아드렸는데요?"

"요즘에 물건을 강매하는 일이 너무 많아서 덜컥 겁부터 나. 우리 같
은 늙은이들은 어려운 전문 용어로 이러니저러니 하면 참말인지 거짓
말인지 알 수가 있나."

"그러시겠죠. 집을 개축하는 공사에 사기꾼이 많다고 텔레비전 뉴스
에 나오더라구요. 엉터리 사기 공사로 몇 백만 엔씩 청구한다잖아요?
어떻게 그런 나쁜 짓을 하는지 모르겠어요."

유야가 맞장구를 쳐주었다. 거짓말에는 이미 익숙해졌다. 죄책감도

없었다.

"……그럼, 부탁해볼까?"

노부인이 희미하게 미소를 지었다. 체념이 섞인 것처럼도 보였다.

"감사합니다." 유야는 깊숙이 머리를 숙였다. "그럼 금세 바꿔드리겠습니다." 잰걸음으로 복도를 나왔다. 우왓, 성공이다! 현관을 나와서 작게 부르짖었다. 회사와 4대 6으로 나누니까 1만2천 엔 정도가 내 주머니에 들어온다. 하루 목표치는 총 매상 10만 엔이다.

다음은 옆 동네의 대형 주택단지로 걸음을 옮겼다. 40여 년 전에 산을 깎아 조성한 주택지인데, 자식들이 모두 타지에 나가 가정을 꾸리기 때문에 이 동네에 남은 건 모조리 노인들뿐이다. 눈이 와서 그런지 길거리에는 사람 그림자도 없었다. 그야말로 죽은 듯한 동네다. 앞으로 10년 후에 이 주택단지는 어떻게 되는 걸까. 남의 일이지만 참 걱정스럽다.

도로 갓길에서 같은 회사의 밴을 발견했다. 운전석을 들여다보니 시바타 선배가 도시락을 먹고 있었다. 곧바로 그 옆에 나란히 차를 대고 창문을 열며 말을 건넸다.

"선배, 잘 돼요?"

서로 세일즈가 겹치지 않도록 담당 구역은 회사에서 상세히 지시해주었다. 대규모 주택단지는 블록별로 각각 나뉘어졌다.

밥을 입에 가득 문 시바타가 말없이 턱짓을 했다. 이쪽으로 건너오라는 뜻이다.

유야는 차를 세워놓고 시바타의 밴 조수석으로 기어들었다. "으휴, 춥네요." 언 손을 히터 분출구에 대고 녹였다.

"밥은 먹었냐?" 시바타가 물었다. 쳐다보니 부인이 직접 싸준 도시락을 먹고 있다. 하얀 밥에 반찬은 달걀부침과 닭튀김뿐이다.

"아직요. 국도변 라면집에 가서 먹으려고요."

시바타가 밥 먹던 손을 멈추고 자신의 손목시계를 가리켰다. "점심에는 가정방문을 해봤자 식사 시간이라고 문 안 열어줘. 1시까지 기다렸다가 나가라." 밥풀이 차 안에 튀었다.

시바타는 옛날부터 함께 해온 선배였다. 똑같이 상업고등학교를 중퇴했고, 폭주족 선후배로 사방을 내달리던 사이다. 웬만한 못된 짓은 다 해봤다. 오토바이를 죄다 훔쳐서 베트남 브로커에게 속속 팔아먹은 일도 있었다.

"유야, 오늘은 몇 건이나 했냐?"

"아직 한 건밖에 못했어요. 하지만 매상이 3만이니까, 뭐 그럭저럭 괜찮아요."

"난 세 건이야. 그래도 전부 합쳐서 4만 엔 남짓이니, 이것 참 맥 빠진다."

"역시 대단하신데요?" 유야가 슬쩍 치켜세워주는 투로 말했다.

"내가 전부터 말했잖아. 우리 막내딸이 이번 봄에 유치원 들어가. 입학금이니 원복이니, 돈이 보통 많이 드는 게 아니야."

시바타는 스물네 살에 아이가 둘이다. 결혼은 열아홉 살 때 했다. 상대는 커피숍에서 일하던 동갑내기 여자였다.

"너, 쇼타는 가끔씩 만나보냐?" 시바타가 물었다.

"아뇨, 한 번도 못 봤어요. 그보다 아야카가 어디 사는지 주소도 모르고." 유야는 그렇게 대답하고 콧물을 훌쩍 들이켰다.

사토 아야카라는 건 유야의 전처다. 쇼타는 둘 사이의 아들이다. 아야카는 한 살 아래였지만, 유야와 결혼할 때 이미 한 차례 이혼한 경력이 있고 딸린 아이도 있었다. 임신했다고 해서 혼인 신고를 했지만, 둘의 결혼 생활은 1년도 채우지 못하고 깨졌다.

"그래도 네 자식인데 양육비 정도는 줘야지."

"그게요, 최근에 들은 소문으로는 아야카가 생활보호 수급자가 됐대요. 한 달에 23만 엔씩이나 받는답니다. 참내, 진짜 말도 안 돼."

"한 달에 23만 엔이나?" 시바타가 눈을 휘둥그렇게 떴다. "거, 직장 다니는 것보다 훨씬 낫네. 너 당장 그 여자 찾아가서 반절 떼어달라고 해라. 이건 뭐 놀고먹는 사람한테 돈을 척척 내주는구나."

둘이서 침을 튀기며 전처와 정부의 행정을 비난했다. 유메노 시에는 생활보호비를 타내서 먹고사는 젊은 싱글맘이 우글우글했다.

"슬슬 출동해볼까?" 시바타가 도시락 뚜껑을 닫으며 말했다. "이달에도 보너스를 듬뿍 타야지. 난 앞으로 2년 이내에 집 살 거야."

"엇, 진짜요?"

"음. 사장이 그러더라. 사내란 집을 가져야 비로소 한 몫을 하는 거래."

유야는 말없이 한숨을 내쉬었다. 시바타라면 그것도 가능할 거라고 생각했다. 언제 봐도 활력이 넘치는 선배. 영업 실적은 항상 베스트 파이브에 들고, 월수입은 100만 엔 가까이 된다.

자기 차로 돌아와 담당 구역으로 향했다. 눈이 본격적으로 쏟아져서 길을 하얗게 칠하고 있었다. 미끄러지지 않도록 신중하게 핸들을 조작했다. 영업차는 고물인 데다 타이어 역시 닳을 대로 닳았다. 와이퍼도 끼이이이 울었다. 회사 영업 경비는 엄격하게 제한되어 있었다. 주행 거리와 휘발유 값이 맞지 않으면 가차 없이 내 주머니를 털어야 한다.

단지의 가장 깊숙한 곳까지 들어가 방문지를 물색했다. 문에 인터폰이 있는 집은 피하기로 했다. 문을 열어주기까지의 절차가 너무 번거롭기 때문이다.

낡은 목조 가옥이 있어서 그 집에서부터 시작하기로 했다. 차에서 내려 현관 벨을 눌렀다. 여든을 넘긴 듯한 허리 굽은 노파가 별말 없이 금세 미닫이문을 열어주었다.

"안녕하세요? 저는 무코다 전기 보안센터 직원입니다. 배전반 보수 점검을 위해 나왔습니다."

"어, 그래?" 노파는 느릿느릿한 말투였다. 이건 분명 성공하겠다고 벌써 가슴이 두근두근 설렌다.

"최근 누전에 의한 화재가 많이 발생하고 있어서요. 이 집은 언제 점검을 하셨습니까?" 귀가 잘 안 들리는 것 같아 큰소리로 말했다.

"글쎄, 그런 건 우리야 모르지."

"그러시면 잠깐 한번 볼까요? 점검은 무료예요." 웃는 얼굴을 지으며 슬슬 거리를 좁혀갔다.

"어, 그래?"

별 어려움 없이 부엌까지 들어갈 수 있었다. 매뉴얼대로 점검하는 척한 뒤에 테스터의 미터를 보여주었다. 그리고 누전 차단기의 교환을 제안했다. 자아, 이 집은 얼마로 할까. 살림살이가 검소해 보이니까 3만 엔까지는 아무래도 어렵겠다. 그렇다면 2만 엔으로 하느냐 아니면 1만 엔으로 하느냐, 그것이 문제다.

"무라타 씨, 안에 계세요?" 그때 현관에서 여자 목소리가 들렸다. "누구, 손님이 오셨어요?"

노파의 얼굴에 금세 반가운 웃음이 번졌다. "아하, 민생위원이 오셨구먼"이라고 중얼거리며 현관으로 나갔다.

유야는 그 자리에서 가만히 숨을 죽이고 기다렸다. 난데없는 훼방꾼이 나타났다며 혼자 혀를 끌끌 찼다. 귀를 기울여보니 노파가 "무슨 점검을 한다고 젊은 사람이 왔구먼"이라고 설명하고 있었다.

복도를 걸어오는 발소리가 들렸다. 게다가 두 사람이다. 유야는 몸을 바짝 긴장시켰다.

"당신, 어디서 나온 사람이에요?"

나타난 것은 험상궂은 인상에 콧구멍이 큼직한 중년 여자였다. 유야를 수상쩍은 눈빛으로 바라본다.

"네, 저는 무코다 전기 보안센터에서 나왔습니다." 유야가 눈을 맞추지 않고 대답했다.

"그럼 시의 위탁업자예요?"

"그게 그러니까, 보안센터예요."

유야가 말을 얼버무렸다. 직접적인 말로 꼬투리를 잡히면 곤란하니까 항상 예스라고도 노라고도 하지 말라고 회사에서 교육을 받았다.

"그럼 도호쿠 전력과 관련된 회사예요?"

"그러니까요, 보안센터입니다."

"그건 대답이 안 되죠." 여자가 가슴을 툭 내밀었다. "당신들이군. 누전 차단기니 뭐니, 그런 거 팔고 다니는 회사죠? 나도 다 알아. 저 앞의 고바야시 씨라는 노인네도 반 강제로 구입했다고 하던데? 나중에 그쪽 담당 민생위원이 도호쿠 전력에 문의해봤더니 전혀 아무 관계도 없다고 하더라고요."

유야는 얼굴이 뜨거워졌다. 노파는 불안스럽게 중년 여자 곁에 멍하니 서있었다.

"명함 있으면 좀 줄래요?" 여자가 말했다.

"지금은 좀, 명함이 없는데요." 땀이 났다. "그럼 오늘은 점검만 하고 이만 실례하겠습니다." 허리를 낮게 숙이고 도구를 주섬주섬 가방에 챙겨 넣었다.

"이쪽 주택단지에 요즘 당신들 같은 세일즈맨이 너무 많이 온다구요." 등판에 여자의 목소리가 쏟아졌다. "소화기니 프로판가스 경보장치니, 노인네들한테 마구 팔고 다닌다니까. 나중에 조사해보면 전부 다 사기 물건이더라고."

"아뇨, 우린 그런 거 아닙니다." 분통이 터지려는 걸 꾹꾹 누르며 대꾸했다.

"그래요? 어떻게 다르죠? 설명해봐요."

"그러니까요, 아직 아무것도 안 팔았잖아요!" 저도 모르게 목소리가 거칠어졌다.

여자와 노파가 금세 얼굴이 새파래져서 두세 걸음 주춤 물러섰다. 중년 여자가 "뭐야, 이 사람? 경찰 부를까?"하고 날카로운 소리를 올린다.

유야는 어금니를 악문 채 가방을 들고 현관으로 향했다. 주민과 절대로 트러블을 일으켜서는 안 된다는 것도 회사의 명령이다. 자칫 경찰이 눈독을 들이면 장사하기가 어려워진다.

"당신, 부끄럽지도 않아?" 여자가 뒤를 쫓아왔다. "노인네들 속여서 엉터리 물건 팔아먹고, 정말 부끄럽지도 않아?"

무시하고 급히 구두를 신었다.

"당신도 할아버지 할머니 있잖아? 이런 식으로 사기를 당하면 기분이 어떻겠어?"

감정을 꾹꾹 누르며 현관을 나섰다.

"아직 젊은 사람이 반듯한 일을 해야지 이런 일을 하면 쓰겠어? 좁은 동네라 어디 사는 누군지 금세 다 알아. 부모가 울고 있을걸?"

"아, 그만 좀 해요!"

유야는 저도 모르게 큰소리를 냈다. 그 목소리가 조용조용 눈 내리는 주택가에 울려 퍼졌다.

빠른 걸음으로 차로 향했다. 얼른 올라타고 차를 출발시켰다. 아직 따뜻해지지 않아 몇 번이나 노킹을 거듭했다. "에잇, 제기랄." 혼자 투덜거리며 핸들을 내리쳤다.

머리에 피가 솟구쳐 곧바로는 일도 못할 것 같다.

큼직한 한숨을 내쉬었다. 머리를 쥐어뜯었다. 밥이라도 먹자고 스스로에게 중얼거렸다.

와이퍼 소음만 규칙적으로 울리고 있었다.

영업을 마치고 5시에 회사로 돌아가자 임시 미팅을 한다는 간부의 지시가 내려왔다. "어이, 전원 남으래." 작은 소리로 귀엣말을 한다. 유야는 암울한 기분이었다. 급한 미팅은 대개 사장의 기분이 안 좋을 때다.

스물여덟 살의 가메야마 사장은 가라테 유단자에 공갈과 상해 전과가 있었다. 사원은 거의 대부분 폭주족 출신이라 성질들이 거칠었지만, 가메야마가 한차례 쏘아보면 다들 몸이 움츠러들었다. 그 대신 시내에 나가면 나름대로 말발이 섰다. '가메야마 씨네 사람들'이라고 하면 이 지역 야쿠자들도 한 수 높게 쳐주기 때문이다.

전원이 사무실에 정렬한 참에 양복 차림의 사장이 안쪽 방에서 모습을 드러냈다. 측근들 사이에서 머리가 불쑥 튀어나올 만큼 키가 크다. 중학교 때 스모 협회에서 스카우트 제의가 들어왔을 만큼 체격도 좋다. 30여 명의 사원들 앞에서 연설을 하면 목소리가 우렁우렁 울렸다.

"다들 잘 들어라. 오늘 모리타가 사표를 제출했다. 너희도 잘 알다시피 모리타의 영업 실적은 D등급이다. 입사한 지 반년 동안 한 번도 그 위로 올라선 적이 없어. 참고로 말하겠는데, 애초에 이 회사에 들어오겠다고 한 건 모리타 쪽이다."

가메야마가 턱짓을 했다. 벽 쪽에 스무 살의 모리타가 조그맣게 오그라들어 있었다.

"너희들은 어떻게 생각하나?" 미간에 주름을 잡고 목소리를 한 단 낮춘다. "어이, 시바타. 의견이 있으면 말해봐."

지명을 받은 시바타가 고개를 옆으로 갸웃하며 위협하는 듯한 목소리로 대답했다. "어리광이 너무 심한 거 같은데요?"

"흠, 어떤 점이 그렇지?"

"첫째로 영업하는 놈이 머리를 누렇게 염색하고. 이건 뭐, 장난하자는 거죠."

"그렇군." 가메야가가 입 끝을 슬쩍 들어올렸다.

시바타가 새파래진 얼굴의 모리타를 향해 말했다.

"너, 본격적으로 뛰어볼 생각이라면 그 머리부터 말끔하게 바꿔. 네가 무슨 연예인이냐? 망토 개코원숭이같이 귀밑머리를 수북하게 기르고. 회사를 그만두네 마네 하는 얘기는 우선 그런 태도를 바로잡은 다음에 해."

모리타는 말없이 고개를 숙였다. 이미 사장실에서 어지간히 시달림을 당했는지 입술만 파르르 떨고 있었다.

"그밖에는? 누구 의견 있는 사람은 없나?" 가메야마가 물었다. 다른 선배 사원이 손을 번쩍 들더니 입을 열었다.

"모리타에게 질문 좀 하겠습니다. 너 여기 관두고 뭐할래? 시급 800엔 짜리 프리터?"

모리타는 대답하지 않았다. 모든 사람의 차가운 시선을 한 몸에 받고 있다.

"프리터가 아니어도 마찬가지야. 혹시 취직자리가 있어서 일을 하게 됐다고 치자. 너 거기서 얼마나 벌겠어? 고등학교 중퇴 학력으로는 세금 빼고 실수입 15만 엔, 대충 그 정도야. 그걸로 되겠어? 분하지도 않아?"

다른 사원도 저마다 한마디씩 발언을 했다. 엄살 피우지 마라, 초심을 잊지 마라, 그런 근성으로 험한 세상 살아갈 수 있겠냐─.

자신도 한마디 하는 게 좋겠다는 생각에 유야도 가담했다. "언제까지 폭주족 기분으로 살 거야?" 말을 하면서도 정말 자신의 목소리라는 실감이 나지 않았다.

모리타 규탄대회 같은 미팅 중에 문득 창밖으로 시선을 던졌다. 펑펑 쏟아지는 눈 속에 앞의 도로 건너편 빌딩의 학원에서 수업을 하고 있었다. 고등학생들이 진지한 표정으로 칠판을 응시하고 있다. 강사가 무슨 우스갯소리를 했는지 소리도 없이 교실이 끓어오른다. 그렇게 생각해서일까. 그 교실 쪽이 훨씬 조명이 환한 것처럼 보였다.

무코다고등학교 아니면 기타고등학교 학생들일 것이다. 고등학교 시절에는 모범생들이 영 마음에 안 들어 몇 차례 공갈을 쳐준 적이 있다. 이제는 그 모든 게 아득히 먼 옛날 일처럼 느껴졌다.

"좋아, 너희들의 마음은 잘 알겠다." 가메야마가 사원들의 목소리를 제지하며 말했다. 목뼈를 우드득 소리 나게 빙그르르 돌리고 한 차례 헛기침을 한다. "간단히 말해, 우리는 이제 패밀리라는 얘기야. 우리 함께 힘을 합쳐 위로 치고 올라가자고 맹세한 사이란 말이야. 야쿠자 조직도 아닌데 퇴사하겠다는 놈은 용서하지 않겠다느니, 그런 말을 할 생각은 없어. 하지만 이 일이 힘들어서 그만두겠다고 해서야 한 가족으로서 너무 한심한 일이지. 안 그러냐, 엉?"

때가 왔다는 듯이 큼직한 고함을 내지른다. 모두들 튕겨진 듯이 등을 빳빳이 세웠다. 예전에는 현 내의 폭주족을 통솔하던 인물이었던 만큼 충분히 박력이 있었다. 정식 야쿠자가 되지 않은 게 이상할 정도다.

"너희들이 요즘 벌어들이는 돈을 한번 생각해봐! 가네무라, 지난달에 월급 얼마 받아갔어?"

"80만 엔입니다."A등급의 간부 사원이 허리를 꼿꼿이 펴고 대답했다.

"우리 회사에 오기 전에는 게임센터에서 점원으로 일했지? 그때는 얼마 받았냐?"

"실수입 15만 엔이었습니다."

"전에는 실비아 중고차 탔었지? 지금은 뭐 타냐?"

"새로 뽑은 렉서스입니다."

"그래, 가네무라. 넌 대단한 놈이야. 고교 중퇴 학력이면 대개는 꾀죄죄한 회사에서 남의 심부름이나 할 테지. 하지만 지금 가네무라는 연봉을 천만 엔 가깝게 받는 어엿한 사내가 됐어. 스물다섯 살 나이에 이제 곧 집도 지을 예정이야. 나는 말이다, 너희들 모두가 그렇게 살아줬으면 하는 마음밖에 없어!"

가메야마가 침을 튀기며 뜨겁게 연설을 했다. 거무스레한 얼굴이 한층 검게 보였다.

"다들 목표를 가져, 목표를! 자동차든 손목시계든 브랜드 양복이든, 뭐든 좋다. 한 가지 목표를 정하고 그걸 어떻게든 실현시켜봐! 그렇게 목표를 정하면 누구라도 열심히 뛸 수 있단 말이야, 내 말은!"

주먹으로 벽을 내리친다. 엄청나게 센 힘이어서 도저히 연기로는 보이지 않았다.

사원들 중에는 가메야마에게 심취한 자들이 상당수 있었다. 시바타도 그중 한 사람이다. 술자리에 불러주면 강아지처럼 기뻐한다. 분명 흔히 말하는 '카리스마'라는 건 이런 인물을 두고 하는 말일 것이다. 유야는 아직까지도 가메야마 사장와 직접 말을 섞어본 적이 없다. 영업 실적은 아직도 C등급이다.

미팅은 30분 넘게 계속되었다. 사표를 낸 모리타는 전원에게서 꾸지람을 듣고, 마지막에는 눈물까지 흘렸다. 전에도 이런 일이 있었지만, 결국 모리타도 사표를 취소하고 내일부터 다시 방문 세일즈를 위해 뛰어다닐 것이다. 상납금을 받는 회사로서는 졸병이 많으면 많을수록 좋다. 쉽게 그만두게 할 수는 없는 것이다.

유야의 배가 두꺼비처럼 꼬르륵 소리를 냈다. 끝나는 대로 친구들과 불고기라도 먹으러 가야겠다고 생각했다. 잔뜩 먹고 기력을 회복해 용기를 내서 내일부터 다시 열심히 뛰어보자. 목표는 '페어레디Z' 자동차다. 방금 정했다.

바깥은 완전히 해가 저물었다. 한적한 상점가에 네온사인은 없었다. 창문의 불빛이 하늘에서 떨어지는 눈을 은빛으로 띄워 올렸다.

4

점내 방송으로 오후 3시를 알리는 종소리가 울렸다. 띠링또롱 하는 가볍고 동글동글한 느낌의 전자음이다.

호리베 다에코는 자신의 손목시계가 2분이나 빠른 것을 보고 옆의 꼭지를 돌려 긴 바늘을 12 위치로 되감았다. 벌써 10년 넘게 차고 다니는 시계라서 날마다 시간을 맞춰주지 않으면 안 된다. 요즘 세상에 손목시계 같은 건 만 엔짜리 한 장만 내면 정확한 전자시계로 당장 바꿀 수 있다는 것쯤은 마흔여덟 살의 다에코도 잘 알지만, 그 만 엔이 아쉬웠다. 아마 딱 멈춰버릴 때까지 차고 다닐 것이다. 명품브랜드 손목시계를 차고 있는 자신 따위 지금껏 단 한 번도 상상해본 일이 없다.

종소리에 이어서 스키 영화 〈눈꽃 사랑〉의 멜로디가 흘러나왔다. 아직도 눈이 내리는 모양이다. 점내의 종업원들에게 바깥 날씨를 알려주는 신호 음악이다. 비가 쏟아지면 진 켈리의 '사랑은 비를 타고'가 흘러나온다. 영화 음악은 하나도 알지 못하는 다에코였지만, 여기서 일하면서 몇 가지 테마곡을 외우게 되었다. 어쨌거나 눈이 내리면 저녁 시간의 혼잡도 조금쯤은 완화될 것이다.

쇼핑 바구니를 들고 지하 1층 식료품 매장을 돌았다. 유니클로의 밤색 플리스 재킷에 베이지색 바지를 입고 있었다. 발은 스니커즈다. 화장은 그저 시늉 정도만 했다. 눈에 두드러지지 않는 복장이 이곳 업무의 기본이기 때문이다. 다에코는 1년 전부터 경비 보안 회사에 사복 보안요원으로 채용되어 지난달부터 이곳 '드림타운'의 지하 1층 슈퍼에서 파견 근무 중이다. 드림타운이란 국도변에 점포를 개설한 유메노 시의 유일한 복합 상업 시설이다. 인근 시에 있는 '자스코', '이토요 카드' 같은 대형마트와 치열한 고객 유치 경쟁을 벌이고 있었다.

찬찬히 상품을 구경하는 척하며 곁눈으로 거동이 수상한 고객은 없는지 감시했다. 2천 평방미터 정도의 식료품 매장에는 항상 두 명의 보안요원이 배치되었다. 다른 한 사람은 분명 제과 코너 진열대 부근에 있을 터였다.

당장 초로의 한 남자가 눈에 띄었다. 가방도 바구니도 들지 않았고 점퍼 차림으로 주위를 둘레둘레 살펴보고 있다. 저 사람, 일 저지르겠네. 척 감이 왔다. 지퍼를 위까지 올린 점퍼 안으로 상품을 슬쩍 집어넣는 패턴이다. 보안요원들 사이에서 '캥거루'라고 불리는 수법이다.

남자는 키가 작고 마른 편이어서 전체적으로 궁색한 티가 흘렀다. 나름대로 옷차림에 신경을 쓴 모양인데 죄다 싸구려 옷들이었다. 어울리지도 않게 연한 색깔의 선글라스를 썼다. 그나마 건장한 체격의 남자가 아니어서 다에코는 안도했다. 잡을 때에 저항하는 사람들이 있어서 몹시 힘들었던 경험이 적지 않았기 때문이다.

남자는 생선 매장을 탐색하고 있었다. "어서 옵쇼, 어서 옵쇼!" 점원의 힘찬 호객 소리가 울려 퍼지는 가운데, 주부들 틈에 섞여 냉장 진열대 앞에 달라붙어 있다. 아마 주위에 사람이 없을 때 그 자리에서 집어넣을 생각일 것이다.

다에코는 오른쪽으로 5미터쯤 떨어진 곳에서 상황을 지켜보았다. 물론 똑바로 쳐다보지는 않는다. 시선이 마주치면 끝장이다. 몸을 웅크리고 상품을 고르는 척하며 곁눈으로 온 신경을 남자에게 집중했다.

다음 순간, 남자의 오른손이 움직였다. 진열대의 생선회 팩을 집어들어 정면을 바라보면서 그야말로 자연스러운 동작으로 슬그머니 점퍼 가슴팍 쪽으로 밀어 넣는다. 저런, 완전 상습범이군. 다에코는 입 안에서 중얼거렸다. 방금 그 동작은 절대로 초범의 것이 아니다.

서둘러 주머니에서 PHS를 꺼냈다. 같은 층에 있는 보안요원에게 연락을 넣었다. 진동 기능이 있어서 상대의 호주머니를 부르르 흔드는 기계다. 그게 '범행 현장 포착'이라는 연락이다.

소매치기들은 즉각 현장을 벗어나려고 한다. 이 남자도 예외가 아니었다. 가장자리 통로를 총총히 돌아 나가 계산대를 거치지 않고 식품 매장 밖으로 나갔다. 그대로 에스컬레이터를 탄다. 여기서 마트 밖으로 나가는 출구는 1층 정면이 가장 가깝다. 그곳을 나선 순간에 말을 붙이는 게 통상적인 포착 수순이다.

다에코가 뒤를 밟았다. 미리 와있던 동료 보안요원 오시마 요시코가 1층 입구에 서있었다. 이 남자야. 눈으로 신호를 보냈다.

남자는 아무 일도 없었다는 얼굴로 마트를 나섰다. 손목시계를 확인했다. 15시 25분, 범행 대상자 매장 퇴출 확인. 머릿속에 메모를 했다. 눈이 내리는데 우산도 받지 않고 남자는 자전거 세워놓는 곳을 향해 걸음을 서두르고 있었다. 오시마 요시코와 함께 총총걸음으로 그 뒤를 따라가 양 옆에서 포위했다.

"손님, 잠깐만요. 계산대를 거치지 않은 상품을 갖고 계시죠?" 다에코가 말을 건넸다. 긴장되는 순간이다. 냅다 튀어버리는 소매치기가 결코 적지 않다.

몸무게 70킬로그램의 요시코가 앞쪽을 가로막고 섰다. "드림타운의 보안요원입니다. 잠깐 사무실로 함께 가실까요?" 요시코가 언제라도 뛸 수 있는 자세를 취하고 있었다.

"엉, 무슨 소리야? 난 그런 거 몰라." 남자가 눈을 부라렸다. 요시코를 피해 앞으로 걸어가려고 한다. 둘이서 가로막았다. 눈 속에서 세 사람이 오른쪽 왼쪽으로 피해가며 게걸음을 했다.

"정말 몰라요? 다 봤는데. 거기 점퍼 안에 상품 있잖아요?"

다에코의 말에 남자는 떠밀기라도 한 듯이 발을 딱 멈췄다. "아차,

내가 깜빡했어. 돈을 내야 하는데 잊어버렸네." 그야말로 어설픈 연극을 한다. 억지로 웃음을 지으려고 하지만 남자의 얼굴은 굳어 있었다. 크게 동요하고 있다는 게 고스란히 보였다.

"그건 말이 안 되지요. 아무튼 사무실로 같이 좀 가시죠."

"글쎄, 돈을 내겠다니까?"

"그건 사무실에서 얘기한 다음에 하세요."

"아니, 그게 그러니까……."

"아무튼 사무실로 가자구요."

여전히 횡설수설하는 남자의 몸을 오른쪽으로 돌렸다. 요시코가 뒤에서 허리 벨트를 잡았지만 남자는 "뭐야, 왜 이래?"라고 할 뿐 그리 큰 저항은 하지 않았다. 포착에 성공한 것에 다에코는 안도했다.

뒤편 사무실로 남자를 데려가 의자에 앉히고 부점장 하시모토에게 연락했다. 소매치기에 대한 처리는 어느 매장이나 부점장이 맡았다. "그러잖아도 바빠 죽겠는데 왜 내가 이런 일까지?"라고 30대 후반의 하시모토 부점장은 항상 불만이 많았다.

"손님, 점퍼 안의 물건 여기 테이블에 꺼내 놓으세요." 다에코가 명령했다.

"글쎄, 아까부터 내가 말하잖아. 돈 내는 걸 깜빡 잊어버렸다니까!" 남자가 다리를 쩍 벌리고 파이프 의자에 등을 기댄 채 앉아 있었다. 말투는 끝까지 명랑하다.

"빨리 상품 내놔요." 다에코가 내려다보며 강한 어조로 말했다. 요시코도 뒤쪽에 다가서서 은근히 압력을 넣었다.

두 사람 사이에 낀 남자가 겸연쩍은 얼굴로 점퍼 안에서 생선회 팩을 꺼냈다. 참치 최상급 부위였다. 가격표를 보니 1980엔이다. 이걸로 소매치기 현행범이 성립되었다. 더 이상 예의를 갖춰줄 이유는 하나도 없다.

"아저씨, 호주머니 속에 있는 거 전부 꺼내 봐요." 요시코가 말했다.

"허참, 그런 것까지 해야 돼?" 남자가 두 보안요원을 번갈아 바라보았다. 여자들이라 대충 둘러대고 넘어갈 수 있다고 생각했는지 반성의 빛이라고는 눈곱만큼도 없었다.

"빨리요, 시간 낭비 하지 말고."

"어이쿠, 무서워라." 남자가 짐짓 놀라는 척하며 호주머니를 뒤적였다. 그러자 담배와 지갑과 열쇠, 그리고 튜브에 든 고추냉이가 나왔다.

"이 아저씨 고추냉이도 세트로 넣었네?" 다에코는 어이가 없었다. "참치 회에 고추냉이라니. 이 정도면 잠깐 정신이 나가서 손을 댔다는 정도로는 절대로 안 통하죠." 말을 하다 보니 화가 솟구쳤다.

"아, 글쎄 몇 번을 말해야 알아듣나? 깜빡하고 돈을 안 냈다니까? 내가 잠깐 다른 생각에 빠져 있었어. 그러면 다른 건 잊어버리는 버릇이 있어요, 내가."

"거짓말도 잘하네. 쇼핑하면서 자기 점퍼에 상품을 집어넣는 사람이 어디 있어요? 이건 분명한 범죄라고. 아저씨 알아요?"

다에코가 고함을 쳤다. 험악한 기색에 남자가 멈칫했다. 이어서 지갑을 열어보라고 했더니, 천 엔짜리 한 장과 동전 몇 개밖에 없었다.

"아저씨, 이걸로 어떻게 물건 값을 내겠다는 거예요?"

"어라, 이상하네……." 아직도 시치미를 떼려고 한다.

그러는데 부점장 하시모토가 나타났다. 부루퉁한 얼굴로 머리를 긁적이고 있다. 요시코의 보고를 듣더니 남자 앞에 앉아 팔짱을 꼈다.

"이봐요, 변명을 할 거면 경찰에 가서 해줄래요?" 내던지듯이 말한다.

"아니, 내가 애당초 물건을 훔칠 생각은 전혀 없었고……." 경찰이라는 말을 듣자 남자의 얼굴빛이 바뀌었다.

"아무튼 그런 얘기는 경찰에 가서 하세요. 우리는요, 당신 같은 사람의 변명을 듣고 있을 만큼 한가하지 않아요. 우리 층의 소매치기로 인한 손실이 한 달에 얼만 줄 알아요? 백만 엔이에요, 백만 엔! 드림타운 중 최고라구요. 날마다 당신 같은 사람들이 돈도 안 내고 상품을 쌔벼가요. 우리가 참다 참다 이젠 속이 확 뒤집혀버렸어요!"

하시모토가 테이블 위의 상품을 집어 들더니 흥 코웃음을 쳤다. "소매치기로 참치 최상급 부위를 훔쳐? 참내, 이런 건 나도 돈이 없어서 못 먹어봤네." 입을 비뚜름하게 틀고 어깨를 들썩거리며 웃고 있다.

하시모토는 항상 고객을 상대로 굽실거리기만 하는 게 스트레스였는지, 소매치기가 잡히면 인정사정 봐주지 않았다. 한 등급 아래의 인간으로 취급하고 철저히 경멸했다. 하긴 상사가 그런 태도를 취해줘야 보안요원도 일하기가 쉽다. 공연히 인정에 얽매여 찔찔거리면 보안요원은 소매치기를 잡아올 마음도 나지 않는다.

"경찰에 전화하죠." 다에코가 전화기를 집어 하시모토에게 건넸다.

"아, 아니, 잠깐만. 나 좀 봐줘." 남자가 얼굴을 뒤틀더니 엉거주춤 몸을 일으키며 애걸에 나섰다.

"그러면 일단 인정을 하세요. 물건을 훔쳤다고 자백을 하라구요!" 다에코가 다시 큰소리로 몰아붙였다.

하시모토 부지점장을 포함하여 다에코와 요시코, 세 사람은 이제 완전히 환상의 팀워크로 호흡이 척척 들어맞는다. 솔직히 인정하지 않는 소매치기에게는 경찰을 내미는 게 가장 효과적이다.

"죄송합니다." 남자가 그제야 머리를 숙였다. 말씨도 공손해졌다.

"물건을 훔쳤죠?"

"네에, 훔쳤습니다." 남자는 고개를 떨구었다.

"그럼 여기에 주소와 이름을 쓰세요."

다에코가 준비해둔 경위서를 내밀었다.

남자는 어쩔 줄 모르고 어물거리다가 새파래진 얼굴로 애걸했다. "지금 집에 가서 돈 가져올 테니까 좀 봐줘요."

"이보세요, 돈만 낸다고 해결되는 게 아니에요. 가족 있죠? 가족이 인수하러 나와야 하고, 가족이 없다면 경찰행이에요. 다른 방법은 없습니다."

하시모토가 말하고 몹시 피곤하다는 포즈로 의자에 등을 기대고 담뱃불을 붙였다. 연기가 천장으로 흐늘흐늘 올라간다.

"실은 집사람이 병이 나서 자리에 누워 있어요. 참치회라도 한 점 먹여서 기운 차리게 하려고……."

"예예, 그런 얘기는 귀가 아프게 많이 들었어요. 거짓말이죠? 괜히 시간 낭비 하지 말자구요. 얼른 주소하고 이름 쓰세요."

하시모토는 상대해주지 않았다. 남자는 이제 얼굴빛까지 핼쑥해졌다.

"그, 그게, 집사람이 알면 이혼하자고 길길이 뛸 텐데……." 남자가 갑자기 자리에서 일어나 의자를 옆으로 치웠다. 그 자리에 무릎을 꿇었다. "제발 용서해주쇼. 돈은 내리다. 두 번 다시 안 할게요." 바닥에 이마를 비볐다.

"일어나세요. 우린 무릎 꿇는 거 딱 질색이에요." 다에코가 틈을 두지 않고 말했다. "마지막 수단이라고 생각하시는 모양인데 그런 거 안 통해요."

처음 보안요원 일을 시작했을 때는 무척 당황했지만, 이런 장면에는 이미 익숙해졌다. 한심한 인간이라는 느낌이 들 뿐 전혀 믿어줄 마음은 나지 않았다. 대부분이 상습범인 것이다.

남자는 끈덕지게 애걸복걸 물고 늘어졌다. 환갑을 넘긴 나이라 일할 데도 없다, 연금은 아직 안 나온다, 평생소원이니 제발 좀 봐달라— 어떻게든 동정을 사려고 열심이었다. 물론 아무도 상대해주지 않았다. 엉엉 울어도 용서해주는 일은 없다.

결국 20분쯤 애걸복걸한 끝에 남자는 체념하고 경위서에 필요사항을 기입했다. 나이는 62세, 인근에 사는 전직 트럭 운전기사였다. 현재는 무직이고, 아내가 빌딩 청소부로 일해서 근근이 생계를 이어나가는 모양이었다.

다에코가 집으로 전화를 했다. 하시모토가 이 일만은 손사래를 치는지라 어느새 다에코가 전담하게 되었다. 남자의 아내는 집에 있었다. 미안하다는 말만 수없이 되풀이해서 수화기 너머에서 고개를 숙이는 모습까지 눈에 선히 떠올랐다.

15분쯤 뒤에 남편을 닮아 자그마한 몸집의 예순 남짓한 여자가 나타났다. "당신 대체 왜 이래, 왜 이래……"하며 남편의 얼굴을 보자마자 눈물을 쏟았다. 눈발이 날리는 속에 자전거를 타고 달려왔는지 퍼런 얼굴에 볼만 빨갛게 얼었다.

"이런 일 처음 아니시죠?" 다에코가 묻자 여자는 부정하지 않고 손수건을 얼굴에 댄 채 몇 번이고 고개를 숙이며 미안하다고 말했다.

아내의 태도를 괜찮게 봤는지 하시모토의 말투가 누그러들었다. "이번만은 물건을 구입하시는 걸로 처리하지요. 두 번 다시 이런 짓 하지 마세요." 씁쓸하게 웃으며 더 이상 추궁하지 않기로 했다. 하지만 실제

속사정을 밝히자면 대부분 경위서 정도로 끝을 냈다. 신고해봤자 경찰서에서 귀찮아하기 때문이다. 그쪽에서 알아서 좀 처리하라며 밀쳐버리는 경우가 한두 번이 아니었다.

"고맙습니다." 초로의 부부가 나란히 고개를 깊숙이 숙였다.

"이렇게 아주머니를 울리시면 안 되죠." 요시코가 말했다.

"이래저래 힘들겠지만 예순둘이라면 아직 일할 데가 있을 거예요. 헬로워크(서민의 직업 안정을 위해 정부에서 설치한 공공 직업안내소—옮긴이)에 가서 알아보세요. 사람이라면 이마에 땀을 흘리며 일해야죠. 아주머니만 일 내보내지 말고 부부가 함께 열심히 사세요." 다에코도 말했다. 저절로 가슴이 당당하게 펴졌다. 콧구멍이 벌름벌름 열렸다.

이마가 땅에 닿도록 사과하게 한 다음에는 실컷 설교를 한다. 다에코가 이 나이가 되도록 한 번도 맛본 적이 없는 쾌감이었다. 이래서 경찰이나 교사들이 위세를 부리는구나. 이런 특권을 자신은 생각지 못한 기회에 손에 넣었다.

"눈이 내리니까 넘어지지 않게 조심해서 돌아가세요." 다정한 말도 한 마디쯤 덧붙여준다.

"정말 고맙습니다." 부부의 감사를 받고 다에코는 만족했다.

자신이 우위에 설 수 있는 곳이 있다. 겁에 질려 변변히 말대답도 못하게 남을 꾹꾹 밟아주는 시간이 있다. 보안요원 일을 시작한 뒤로 다에코는 대담해졌다. 위에서 사람을 내려다보는 건 기분 좋은 일이었다.

노부부는 몇 번씩 고개를 숙인 뒤에 등을 웅크린 채 돌아갔다.

이날 또 한 건의 소매치기를 잡았다. 여고생 4인조로, 세 명이 주위를 둘러싸고 한 명이 그 안에서 몰래 과자류를 가방에 집어넣는 집단

소매치기였다. 눈에 익은 그룹이다. 현장 포착을 못하고 그동안 몇 번이나 아쉽게 놓쳤기 때문에 이번에야말로 반드시 잡아내자고 요시코와 함께 양쪽에서 밀착 감시를 한 결과였다. 악질적인 상습범이라 봐주는 건 일절 없었다. 마트 출입문을 나선 순간, 달려가서 숄더백을 붙잡고 양다리를 버텼다. 경비원에게도 부탁해 한 사람도 놓치지 않도록 주위를 포위했다.

사무실에 데려오자 여고생들은 소매치기는 인정했지만 한마디도 사죄의 말을 하지 않았다. 못마땅하다는 듯 삐딱한 태도로 다리를 꼬고 앉아 있었다. 완전 묵묵부답이다. 그 모습에 우선 하시모토가 폭발했다. 휴대전화와 학생증을 몰수하고 "부모가 데리러 올 때까지 절대로 풀어주지 않겠다"며 얼굴이 붉어지도록 화를 냈다. 곁에서 다에코도 나무랐다.

"너희 같은 애들이 앞으로 엄마가 되면 너희 자식도 틀림없이 물건을 훔쳐. 그럴 때 어떻게 아이들을 타이르겠어? 엄마도 소매치기였으니까 괜찮다고 칭찬해줄래? 이건 범죄야. 너희는 범죄자라고."

지금껏 보안요원을 바보로 알고 날뛴 데 대한 미움이 더해져서 큰소리로 실컷 꾸짖어주었다.

30여 분 뒤, 네 명의 부모가 사무실에 달려왔을 때 본인들에게 경위서를 쓰라고 했다. 엄마들은 평범한 40대 주부였다. 상식은 있는지 훔친 물건을 구매하는 데 동의하고 고개 숙여 사죄했다. 하지만 딸들은 여전히 반성하는 말을 하지 않았다.

"얘들이 아까부터 단 한마디도 미안하다는 말이 없어요. 이거 가정교육을 제대로 하신 겁니까?"

다에코는 엄마들에게로 화살을 돌렸다. 그 중 한 사람, 고급스런 옷을 입은 여자가 있어서 비위에 거슬렸다.

"원래는 경찰에 신고하고 학교에도 연락해야 하는데, 그래도 많이 봐드린 거예요. 끝까지 사과를 안 하겠다면 지금이라도 전화할까요?"

분명 부유한 집안이다. 넓은 정원에 애완견도 키우고 남편은 화이트 칼라일 것이다. 다에코는 이들이 무릎을 꿇고 싹싹 비는 꼴을 보고 싶다는 충동에 휩싸였다.

"에이미, 제발 부탁이다. 어서 사과드려. 다시는 안 하겠다고 약속해." 한 엄마가 울상이 된 얼굴로 애원했다. 다른 엄마들도 딸들을 타이르고 있었다.

"죄송합니다." "다시는 안 하겠습니다." 여고생들이 가까스로 사과하는 말을 내뱉었다. 고개를 숙인 채 꺼져가는 목소리로.

"의자에 버티고 앉아서 사과를 한다고? 일어서서 정식으로 고개를 숙여야지!" 옆에서 요시코가 고함을 쳤다. 요시코도 쌓인 게 많았던 모양이다.

더 이상 뻐딱한 태도로는 통하지 않겠다고 깨달았는지 여고생 넷이 나란히 서서 머리를 숙였다. 분명 진심에서 우러난 반성이 아닐 것이다. 마음속으로 별꼴을 다 당한다고 분하게 생각하는 게 빤히 보였다. 이 아이들은 개나 고양이와 다를 게 없다.

여고생에게 너무 오래 시간을 빼앗기는 바람에 저녁시간 이후 성과는 두 건뿐이었다. 회사에 제출하는 보고서에는 '오래 전부터 문제가 됐던 여고생 집단 소매치기를 마침내 적발했음'이라고 약간 과장되게 썼다. 실적을 쌓으면 급료도 올라간다. 현재 다에코의 실수입은 한 달에 16만 엔 정도다.

오후 8시까지 근무를 마치고 직장이기도 한 마트에서 장을 봤다. 이 시간쯤이면 할인 판매에 들어가기 때문에 생선류는 가격이 뚝 떨어진다. 이날은 반액으로 파는 모듬 생선회를 샀다. 준비실에서는 친하게 지내는 종업원이 팔다 남은 크로켓을 공짜로 줬다.

밖으로 나오자 눈이 5센티미터쯤 쌓여 있었다. 자전거는 아무래도 안 될 거 같아 시영버스를 타기로 했다. 10분 늦게 들어온 버스에 승객은 거의 없었다. 유메노 시에서는 노인과 아이들 외에는 대부분 자가용으로 이동한다. 서점이든 술집이든 주차장이 없으면 영업을 못할 정도다.

대형 아울렛이 줄줄이 늘어선 국도에서 버스가 옆길로 돌아들자 주변이 갑작스레 컴컴해졌다. 불빛이라고는 가로등과 군데군데 서있는 민가의 창문밖에 없었다.

낡아빠진 시영아파트에 돌아와 즉시 저녁밥을 준비했다. 준비라고 해봐야 반찬을 접시에 옮겨 담는 것뿐이다. 냄비에 조개를 넣고 된장국을 끓였다. 밥은 아침에 해놓고 간 것이다.

거실 고타쓰에 발을 넣고 텔레비전을 보면서 저녁을 먹었다. 천장의 형광등 하나가 불안하게 파르르 떨더니 잠시 뒤에 꺼졌다. 사온다면서 깜빡 잊어버렸다고 혼자서 혀를 끌끌 찼다.

다에코는 3년 전에 이혼했다. 두 아이가 모두 독립해서 다른 도시로 떠난 참에 남편과 상의해서 헤어지기로 결정했다. 더 이상 같이 살고 싶지 않다고 다에코가 제안했던 것이다. 남편은 점잖은 성품에 박봉의 샐러리맨이었다. 왜 결혼을 했었는지 지금 생각해보면 정말 이상하기만 하다.

문득 옆을 보니 방 창문에 자신이 비치고 있었다. 늙수그레한 얼굴의 아줌마였다. 보기가 싫어서 자리에서 일어나 커튼을 닫았다. 손으로 머리를 더듬어보며 벌써 두 달 넘게 미용실에 가지 않았다는 게 생각났다. 새 옷이라고는 1년 넘게 산 적이 없다.

식사를 마치자 고타쓰 위를 치우고 향불을 피웠다. 서랍에서 30센티미터 정도의 대리석 불상을 꺼내 눈앞에 놓았다. 텔레비전을 끄고 다에코는 앉음새를 바로잡았다. 눈을 감고 두 손을 맞대고 경전을 외웠다.

"나무아미타불, 나무아미타불, 나무아미타불, 나무아미타불……."

나지막한 목소리가 조용한 거실에 울렸다. 2년 전부터 시작한 매일 밤의 기도다.

다에코는 옛 친구의 권유로 '사슈카이(沙修會)'라는 불교 계열 종교 단체의 신자로 가입했다. 신흥 종교는 한 번 빠지면 무섭다고들 해서 처음에는 무척 긴장했지만, 설교회에 한 번 따라간 뒤로 그 생각이 바뀌었다. 불행에는 총량이 있어서 현세에서 그 불행을 모조리 써버리면 내세에서는 즐거움이 기다린다는 가르침에 크게 공감한 것이다.

매달 2만 엔의 회비를 내지만 조금도 아깝지 않았다. 지역 리더가 너무 성실하고 착한 사람이어서 자주 이런저런 상담을 해주었다.

"나무아미타불, 나무아미타불, 나무아미타불, 나무아미타불……."

다에코는 일심으로 경전을 외웠다. 창 밖에서는 타이어에 체인을 감은 자동차가 달려가는 소리가 들려왔다.

5

전화가 울리고 있었다. 젊은 비서가 사온 최신식 디지털 전화기는 전화가 오면 SF 영화에 나오는 우주선 계기판처럼 번호 버튼에 번쩍 번쩍 빛이 내달린다. 나름대로 멋을 부려본 것이겠지만, 영락없이 장난감 같다. 그 비서는 지금 외근을 나가고 없었다. 옆 사무실에서 아무도 전화를 받지 않는 걸 보니 아르바이트 중년 아줌마도 자리를 비운 모양이었다. 벽시계를 보니 정오였다. 1층 식당에 점심을 먹으러 내려갔을 것이다.

야마모토 준이치는 전화기에 뜬 발신 번호를 보고 혼자서 얼굴을 찌푸렸다. 너무 극성스럽게 항의 전화를 해서 일부러 번호를 등록해둔 시민단체 사람이었다.

준이치는 그냥 무시하기로 하고, 싸구려 사무 의자를 뒤로 한껏 젖히고 철제 책상에 다리를 올렸다. 등받이의 스프링이 끼이익 소리를 냈다.

'야마모토 준이치 사무실'에서 일부러 값싼 의자와 책상을 쓰고 있는 건 방문하는 유권자들의 반감을 피하기 위해서였다. 자동차도 사람들 앞에 나설 때는 국산 왜건을 타고 나간다. 자가용 벤츠는 완전히 아내의 전용차가 되었다. 그 대신 본업인 '야마모토 토지개발'의 사장실은 최대한 호사스럽게 꾸몄다. 데스크는 오크 목재, 응접세트는 이탈리아산 수입품이다.

전화벨이 스무 번쯤 울리더니 이윽고 멈췄다. 참, 할 일도 없는 인간들이다. 입 속에서 욕을 퍼붓고 의자를 빙그르르 돌렸다. 창밖으로 시선을 던지자 아침부터 슬슬 내리기 시작한 눈이 본격적으로 쏟아지고 있었다. 바람이 강해서 전봇대는 한쪽 편에만 눈이 쌓였다.

창 안쪽에 선거용 포스터가 붙었다. '자민당 공인 유메노 시의회 의원 야마모토 준이치—유메노를 꿈의 신도시로 만듭니다'. 합병 전부터 헤아려보면 준이치는 시의회 의원으로 2기째를 맞이하고 있었다. 군의회 의원이던 아버지가 은퇴한 것을 계기로 그 지반을 고스란히 물려받아 서른일곱 살에 처음 당선됐다. 그로부터 8년이 지나 돌아오는 봄에는 3기째 선거를 앞두고 있다.

앞으로 3기까지 해먹은 다음에 현(縣)의회로 진출할 계획이었다. 작년에 세상을 떠난 아버지는 "현정과 국정에 진출하는 건 괜한 헛고생"이라고 했지만, 그건 바로 코앞의 이권을 얻느냐 마느냐 하는 얘기다. 하수도 청소 같은 안건에는 이제 질려버렸다. 좀 더 큰일을 해보고 싶었다.

잠시 우편물을 정리하고 있으니 비서 나카무라가 외근에서 돌아왔다. 자동차 딜러 중에서 뽑아온 서른두 살의 가장으로, 겸손하다는 게 장점이다. 부동산 회사 쪽에도 적을 두게 해서 그 나름의 월급을 주고 있다.

"의원님, 유다 초 상공회에서 역 앞 로터리 정비 외에 시민회관 유치도 조건으로 붙여줬으면 좋겠답니다."

나카무라가 책상 앞에까지 다가와 보고했다.

"억지소리 좀 작작하라고 해. 그 회장 제정신이야? 시민회관은 다들 눈독을 들이는 중요 사업이라고."

준이치는 눈을 둥그렇게 뜨고 목소리를 높였다.

"안될 줄 뻔히 알면서 일단 한번 찔러보는 소리 같기는 합니다만……."

"아무리 그래도 그건 너무 뻔뻔하지. 20년 전에는 무코다에서 제일가는 역 앞 상점가였는지도 모르지만, 요즘은 죄다 문 닫은 가게뿐이라서 강아지 한 마리 얼씬하지 않는 재래시장이잖아. 아니, 그보다 대체 어디에 시민회관을 지을 거야?"

"그 앞의 공원을 없애도 괜찮다고들 하는 모양입니다."

"어이가 없군. 새 시민회관은 드림타운 옆의 국도변에 지을 거야. 그러지 않고서는 시의회가 대형마트 쪽에 명함도 못 내밀어. 나 혼자 힘으로 어떻게 할 수 있는 일이 아냐."

"움직여주는 척만 하는 것도 좋을 거 같은데요."

"안 돼. 그런 어설픈 짓을 했다가는 적이 늘어날 뿐이지."

준이치는 책상 서랍에서 목캔디를 꺼내 입에 던져 넣었다. 스트레스 해소로 먹기 시작한 게 완전히 버릇이 되어버렸다.

선거에 대비해 표 모으기 작업이 한창이었다. 지역 상공회에서는 때가 왔다는 듯이 차례차례 억지 요구를 해왔다.

"한 번 더 머리를 숙여볼까? 가로수 정비쯤이라면 간단히 선물해줄 수 있잖아?" 준이치는 깊은 한숨을 내쉬며 말했다. "아참. 아까 그 시민 단체에서 또 전화가 왔어."

"'유메노 시민연락회' 말입니까? 이번에는 또 무슨 불만이래요?"

"내가 그런 전화를 받겠나? 전화번호 뜬 거 보고서 그냥 없는 척 안 받았어. 어차피 아스카 산의 산업폐기물 처리시설 건설에 대한 반대운동일 거야."

"요즘 그 시민단체가 곳곳에서 홍보지를 나눠주는 모양이에요." 나카무라가 걱정스러운 얼굴로 말했다.

"봄 선거 때까지는 그냥 모르쇠로 일관해. 여기 사무실로 쳐들어와도 일절 대꾸하지 말라고."

"알겠습니다."

"그나저나 슬슬 배가 고프네. 배달 좀 시켜봐. 중화요리가 좋겠다. 날도 춥고. 광동면으로 주문해."

나카무라를 내보내고 컴퓨터로 자신의 홈페이지를 열었다. 요즘 한 참동안 블로그를 관리하지 못했다. 슬슬 새 글을 올려야 한다.

"의원님, 눈이 많이 와서 배달은 좀 어렵겠다는데요?" 나카무라가 문밖에서 얼굴만 내밀고 말했다.

"그럼 그 옆의 메밀국수집에서 닭고기덮밥이라도 사와." 준이치는 혀를 끌끌 차며 오만하게 대답했다.

개인이 운영하는 가게들은 하나같이 늘쩍지근하기 짝이 없다. 그런 마음가짐으로 장사를 하니 체인점이나 대형마트의 식당에 손님을 죄다 빼앗기는 것이다.

재래시장 상점가는 시의원을 붙잡고 장사해먹고 살기 어렵다고 노상 죽는소리를 해댄다. 그 대부분은 별다른 경영 노력도 없이 무조건 대기업의 횡포라고 몰아붙인다. 음식의 맛이나 서비스로 당당히 승부해볼 생각은 없는 건지, 정말로 유권자만 아니면 한바탕 호통을 쳐주고 싶은 얼간이들이다.

메일함에 시민들이 보낸 메일이 몇 개 있어서 열어봤다. 버스 노선을 자기네 집 앞으로 조정하라느니, 쓰레기 수거 시간을 늦추라느니, 집 근처에 시영 탁아소를 지어달라느니 하는 소리들뿐이다. 그중 '도서관의 영화 DVD를 충실하게 갖춰야 한다. 납세자로서 요구한다'라는 어느 노인네의 메일을 읽고 준이치는 인간의 이기적인 욕심에 그만 짜증이 났다. "그렇게 영화를 보고 싶으면 당신이 사서 보면 되잖아!" 저도 모르게 소리 내 말해버렸다.

시민들은 무슨 비장의 카드라도 내밀듯이 걸핏하면 '내가 낸 피 같은 세금'이라고 하지만, 그 대부분은 납부한 세금보다 더 많은 행정 서비스를 받아 챙기는 사람들이다. 평균 소득층조차 비용에 합당한 세금을 납부하지 않는다.

준이치는 그쯤에서 메일 확인을 중단했다. 역시 시의회 의원은 3기까지만 해먹고 끝내자고 생각했다. 그 다음은 현정으로 진출하자. 주민들의 이기주의에는 이제 정말 진절머리가 난다.

오후에는 회사로 돌아가 사장실에서 산업폐기물 처리업자와 회합을 가졌다. 야부타 게이타라는 이름의 50대 사장은 야쿠자 출신이고 오른손 새끼손가락이 없었다. 아우인 야부타 고지는 전무이면서 동시에 우익 단체를 주재하고 있었다. 지역 토건업계에서 무서운 형제라고 다들 두려워했다.

게이타가 야쿠자 조직을 탈퇴할 때 준이치의 부친이 중간에서 도와준 걸 계기로 야마모토 토지개발과 관계를 맺었다. 그 아버지를 아직까지도 진지한 얼굴로 '큰 어르신'이라고 부른다. 준이치에게는 오래도록 '도련님'이라고 했지만, 제발 그러지 말라고 부탁했더니 요즘에야 겨우 '선생'으로 바뀌었다.

"올 겨울은 눈깨나 퍼붓네." 게이타가 창밖의 눈을 내다보고 언 손을 부비면서 말했다. "연비도 떨어지고 트럭 기름 값이 많이 들어서 감당을 못하겠어." 어깨를 들먹거리며 소파로 걸어간다. 작은 몸집에 마른 편이지만 날카로운 눈매는 야쿠자 시절 그대로였다. 펀치파마 이외의 머리형은 본 일이 없다.

"시에서도 제설 비용 때문에 큰일인 모양이에요. 한 번 내릴 때마다 3백만 엔씩 든답니다. 그것도 시가지만." 준이치가 말했다.

"펑펑 노는 시청 직원들한테 삽 하나씩 쥐어주고 치우라고 하면 될 건데. 지난번에 시청에 갔더니 꼭대기 층 휴게실에서 줄줄이 낮잠 자고 있더라고."

동생 고지가 소파에서 기지개를 켜며 말했다. 이쪽은 몸집이 크고 퉁퉁하다. 검은 터틀넥 스웨터 위로 금 목걸이가 번쩍거리고 있었다. 손목시계도 순금이다.

"선생, 아스카 사업 측량 정도는 해도 되지 않을까? 이제 슬슬 시작해야지, 안 그러면 도면도 못 만들어."

게이타가 차를 한 모금 마시고 테이블에 지도를 펼쳤다. 빨간 펜으로 다양한 표시가 되어 있었다.

"아이, 선거 끝날 때까지만 좀 기다려요." 준이치는 쓴웃음을 지으며 대답했다. "시의회 자리가 정해져버리면 그 다음부터는 저절로 우리 몫이 돼요. 아스카 초는 공민관 건설 건으로 우리 쪽으로 넘어왔고, 중요한 관계자들도 미리 손을 써둔 데다 시장이 지사에게 얘기해주겠다고 말했으니까 이건 벌써 다 된 거나 마찬가지예요."

일정 규모 이상의 산업폐기물 처리시설의 건설은 지사의 허가가 필요했다. 미리 손을 써놓고 신청하자마자 단숨에 일을 추진해버릴 계획이다.

"시장은 아직도 못 만나? 언제든지 한턱 크게 낼 생각인데 말이야."

"그것도 선거 끝난 뒤에 해요. 헌금이라면 언제라도 가능하니까."

"현 외의 동업자들이 어지간히 보채야 말이지. 좋은 뉴스를 빨리 듣고 싶어서 안달이야."

게이타가 금니를 내보이며 웃는다.

"그보다 유메노 시민연락회라는 단체 들어봤어요? 역 앞에서 산업폐기물 처리시설 건설 반대 홍보지를 나눠주는 모양인데."

"아, 나도 봤어." 고지가 목 뒤를 긁적이며 말했다. "어디서 냄새를 맡

있는지 모르겠지만 토지 거래도 아직 덜 끝난 단계에서 떠들어대다니,
정보도 빠른 자들이야."

아스카 산의 건설 예정지는 원래 준이치의 회사가 소유한 산림이었
다. 그걸 1년 전에 이웃 시의 부동산 업자에게 매각했다. 물론 산업폐
기물 처리시설의 건설을 예상하고 이뤄진 거래였다. 그렇게 한 차례
우회하면 야마모토 토지개발의 이름은 공식적으로 드러나지 않게 된
다. 매매 차익은 전매한 업자와 절반씩 나누기로 이미 얘기가 되었다.

"어차피 뒤에 다른 의원이 있겠지?" 게이타가 말했다.

"그럴 거예요. 그 시민단체 대표가 공산당 쪽하고 은밀히 통하는 거
같아요."

"선생, 그자들 이름 좀 알려줘. 우리가 꼼짝 못하게 눌러버릴 테니까.
요양원 건설 때도 별별 놈들이 다 달려들어 떠들어댔지만 큰 어르신
지시로 싹 쓸어버렸어."

"어허, 안 돼요. 지금은 시대가 다르다니까." 준이치가 쓴웃음을 지으
며 살살 달랬다.

3개 읍이 합병하여 유메노 시가 된 뒤로 곳곳에서 시민단체들이 만
들어졌다. 지역 개발을 하려고 하면 반드시 뛰어나오는 게 반대 세력
이다. 그들은 환경 보호를 앞세우며 한사코 공공사업을 저지하려고 한
다. 세상 떠난 아버지가 "돈을 쥐어줘도 안 넘어가는 놈들은 대체 뭔지
모르겠어"라고 탄식했던 게 생각난다. 그런 자들은 한마디로 돈이 싫
고 성공한 사람이 미운 것뿐이다. 준이치는 그렇게 받아들였다.

"야부타 씨, 신청 서류는 빠짐없이 준비했죠?" 준이치가 물었다. "사
전 협의는 단기간 승부니까 철저히 준비하세요."

"그야 똑똑히 준비해뒀지. 처음에는 보관 시설로 신청하고, 2년쯤 상

황을 지켜본 뒤에 소각로 건설로 옮겨갈 거야. 그보다 검토위원회 쪽은 선생이 어떻게 손 좀 써줘."

"거긴 괜찮아요. 애초에 유메노 시에는 소각로가 벌써 열두 군데나 있어요. 현에서도 새삼스럽게 이러니저러니 토를 달진 않을 겁니다."

그때 사장 비서 교코가 다시 차를 내왔다. 야부타 형제가 젊은 여자의 몸을 노골적인 중년 남자의 시선으로 훑어본다. 타이트한 스커트라서 풍만한 엉덩이 모양이 금세 상상되었다. 저런저런, 구경한 값을 물려야겠네. 준이치는 마음속으로 피식 웃었다. 전문대 출신에 스물세 살인 교코는 준이치와 애인 관계였다. 월급과는 별도로 다달이 25만 엔씩 건네준다. 통통한 편이라 절세미인이라고 하기는 어렵지만, 젊은 육체는 준이치에게 활력을 주었다. 아버지도 첩을 두었고 숨겨둔 자식도 있었다. 여색을 즐기는 건 유전이다.

"그런데 선생, 다른 건으로 부탁할 게 좀 있는데." 게이타가 안주머니에서 메모를 꺼내 테이블에 내밀며 말했다. "내가 아는 놈 중에 트럭 운전기사가 있는데, 면허가 취소되는 바람에 일을 못하고 있대. 그래서 생활보호 대상자로 올려줬으면 좋겠는데."

준이치가 메모를 들여다보니 남자의 이름과 주소가 적혀 있었다.

"사회복지사무소에는 가봤답니까?"

"가봤는데 쫓겨났대. 얼굴 뻔히 아는 형사가 창구에 버티고 앉아 있어서 깜짝 놀랐다고 하더라고."

"형사가요?"

"나도 그냥 농담인 줄 알았다니까. 그게, 생활보호 부정 수급자를 줄이려고 경찰에서 파견 근무를 나왔다는 게야."

게이타가 껄껄거리며 웃었다. 있을 법한 얘기라서 준이치도 피식 웃음이 터졌다. 그러고 보니 시의회에서 같은 자민당 의원이 생활보호 수급자가 지나치게 많은 것을 문제 삼고 있었다. 대기업의 후원을 받는 의원은 가난한 서민의 표 따위 전혀 무서워하지 않는다.

"알았어요. 적당한 사람을 알아봐서 조치하지요."

이 정도의 부탁은 식은 죽 먹기다. 비서를 잠깐 내보내면 대부분 처리된다. 지연과 혈연이 강해서 친척 중에 경찰 하나만 있어도 교통 법규 위반을 눈감아주는 지역이다.

야부타 형제가 돌아간 뒤 야마모토 준이치는 사장으로서의 업무에 들어갔다. 직원의 영업 보고를 받고 지시를 내리고 서류를 훑어보았다. 중간에 10여 분쯤 교코를 무릎에 앉히고 젊은 여자의 냄새를 즐기며 몸을 더듬었다.

"사장님, 너무 야해." 교코가 준이치의 목을 팔로 감으며 귀에 대고 섹시한 목소리를 낸다.

"눈 오는 날에는 사람의 살이 그리운 법이야. 오늘 밤 같이 밥이나 먹자."

남의 눈을 피하기 위해 교코는 옆 도시에 맨션을 얻어주었다. 맨션 임대료는 회사 경비로 나간다. 일주일에 한두 번 저녁식사를 하고 데려다주는 길에 한 침대를 쓰는 게 항상 하는 패턴이다. 하지만 거기서 밤을 새고 오는 일은 없었다. 아내의 체면은 세워주지 않으면 안 된다.

창 밖에서는 조용히 눈이 내리고 있었다.

집에 돌아온 건 오후 11시를 넘긴 시각이었다. 높직한 곳에 자리잡은 대지 500평의 일본 전통 가옥으로, 정원에는 대나무 숲과 벚나무도 있었다. 조부가 전후에 지은 집이라서 벌써 60년을 넘어섰다. 기품은 있지만 현대적인 생활에는 역시 불편한 점도 많았다.

목욕을 마치고 나왔더니, 파자마 차림의 아내 도모요가 침대 위에 인테리어 잡지를 펼쳐놓고 있었다. 술 냄새가 났다. 아내가 또 술을 마신 모양이다.

"여보, 거실에는 난로가 있었으면 좋겠어." 준이치를 보자마자 또 집 고치는 얘기다.

아버지가 돌아가셨기 때문에 집을 개축하기로 했다. 도모요가 졸라 대는 통에 올해 들어 준이치가 마침내 승낙했다. 그 후로 도모요는 신축 계획에 흠뻑 빠져들었다. 온갖 잡지와 팸플릿을 들여다보며 이래저래 아이디어를 짜냈다. 건축사가 매일같이 집에 불려왔다.

"좋을 대로 해. 나는 서재만 확보해주면 돼." 준이치는 별로 내키지 않는 대답을 하고 옆자리 이불 속으로 기어들었다.

"키친은 남쪽에 만들 거야."

"응, 마음대로 해." 천장을 보고 누워 눈을 감았다.

도모요가 집의 설계에 빠져 있는 건 준이치에게는 고마운 일이었다. 의원은 선거 때 아내의 협력을 얻지 않으면 안 된다. 그때를 위해서라도 계속 기분 좋게 해줘야 한다. 그래서 아내의 음주나 낭비벽도 대충 눈을 감아줬다. 이건 암묵의 거래 같은 것이었다. 부부간의 섹스는 벌써 5년 넘게 전혀 없었다. 밖에 여자가 있다는 것을 아내는 분명 눈치 채고 있을 터였다.

"아참, 하루키가 모의고사에서 전교 2등 했대." 도모요가 말했다.

"뭐야, 1등이 아니고?"

"아이, 그러지 말고 칭찬 좀 해줘. 등수가 올랐으니까."

"알았어. 선물 좀 사줄까?"

장남인 하루키는 고등학교 2학년으로 내년이 대학 입시다. 날마다 시내 학원에 다니고 있었다. 도쿄대를 노려볼 만하다는 얘기를 들었을 때는 준이치가 흥분해버렸다. 아들이 도쿄대에 들어간다면 야마모토 가의 품격이 부쩍 올라간다.

하지만 하루키는 사춘기라서 그런지 아버지에게는 항상 부루퉁하다. 얼굴을 마주쳐도 입을 열려고 하지 않았다. 하긴 자신도 그랬다. 10대 시절에는 권위적인 아버지를 증오했다.

"리카는 새 방에 붙박이 옷장이 있었으면 좋겠다는데?" 도모요가 웃으며 말한다.

"아직 중3인데 그렇게 옷이 많아서 뭐하려고?" 탄식을 섞어 대답했다.

장녀 리카는 명랑하고 순진하지만, 엄마의 영향을 받아 겉치장에 푹 빠졌다. 준이치가 뒤에서 손을 써서 이웃 시의 사립여고에 진학하기로 내정이 되어 있다. 분명 고등학생이 되면 명품 브랜드 가방을 사달라고 할 터였다.

정원 나뭇가지에 쌓인 눈이 투둑 떨어지는 소리가 났다.

피곤해서 금세 잠들 수 있었다.

6

오늘은 오전 중에 시청 회의실에서 세미나가 있었다. 현청 복지부에서 부장대리라는 인물이 나와 생활보호 수급의 적정 실시에 관한 강의를 했다. 현장 직원의 의식을 높이는 게 목적이라지만, 실제로는 정식 감사에 들어가기 전에 한차례 압박을 넣을 생각일 것이다. 익숙한 말솜씨를 보니 이 부장대리가 현 내의 사회복지사무소를 돌면서 훈시 중이라는 게 뻔히 보였다. 아이하라 도모노리는 노트 필기를 하는 척 하며 하품을 삼켰다.

"우리가 해야 할 일은 기본적으로 자립 지원입니다. 수급자가 안고 있는 사회로부터의 소외 요인을 하나하나 제거하는 것이죠. 잠에 빠진 수급자의 파자마를 벗기고 옷을 입혀 집 밖으로 나오도록 돕는 거예요. 스스로 땀 흘려 일하고 그 급여에 감사하는 사회 경험을 하게 해야 합니다. 조용한 연못에 돌을 던져 파문을 일으키는 것이죠. 그저 아무 행동도 취하지 않고 있으면 어떤 변화도 일으킬 수 없어요."

부장대리가 열변을 토했다. 고개를 흔들 때마다 숱이 적은 머리칼이 이마로 흘러내리고 그때마다 손으로 쓸어 올린다. "정식 통계 수치는 아직 나오지 않았지만, 유메노 시의 금년도 생활보호 수급자가 4천 세대가 넘어요. 대략 20세대에 한 세대가 생활보호 가정인 셈입니다. 거기에 들어가는 수급비가 시 예산의 13퍼센트에 달해요. 이게 대체 무슨 짓이냐고 엄청난 비판을 받는 오사카 시와 비슷한 수준입니다. 전체 세비의 10퍼센트 이상이 생활보호비에 들어가다니, 이건 결코 시민의 동의를 얻을 수 없죠. 어떻게 해서든 생활보호 수급을 적정화하고, 신청 창구에서는 최전방에서 부정 수급을 철저히 파악해서……."

부장대리는 지역적 문제도 가차 없이 지적했다. 유메노 시에 중졸자와 모자세대가 많다는 점, 저소득층과 고령자 독거세대의 증가가 뚜렷하다는 점. 이혼율은 3퍼센트를 돌파하여 전국 평균의 1.5배에 달한다고 한다. 도모노리는 그 말을 듣고 자신도 거기에 일조했다는 생각이 들어 마음속으로 쓴웃음을 지었다. 지방의 이혼율이 높은 것은 젊은 남녀의 데이트 기회가 한정된 속에서 무작정 결혼하는 경우가 많기 때문이다. 서로에게 별다른 호감을 품고 있지 않아서 너무도 쉽게 바람을 피운다.

"생활보호 가정에서 자란 아이가 성인이 되어 또 다시 생활보호 수 급자가 되는 악순환을 어떻게든 끊어야만 합니다. 한마디로 더 이상 빈곤층이 증가하지 않도록 해야 한단 얘기예요."

그 말에 도모노리는 일순 흠칫했다. 고도 경제 성장 이후의 일본에서는 '빈곤층'이라는 건 없다고 알려져 있었다. 하지만 어느새 '중산층 신화'는 과거의 것이 되고 만 것이다.

세미나는 그 뒤에 지역 기업체의 협력을 얻어 고용촉진 조성사업 추진 계획에 대한 토의에 들어갔다. 조성금을 대줄 테니 생활보호자를 고용해달라고 요청하는 것이었지만, 그 조성금이 최고 월 18만 엔이라는 말을 듣고는 '그렇다면 지출 명목이 바뀔 뿐 달라지는 것도 없지 않으냐'고 자신이 속한 관청을 비판하고 싶은 심정이었다. 이윽고 부장대리가 질문이 있냐고 물었고, 분위기를 파악하지 못한 어느 직원이 "쓸 만한 인재가 아닌 케이스에게도 조성금을 지급합니까?"라는 발언을 해서 실소를 샀다. 쓸 만한 인재가 못 되니까 지침금을 쥐어주면서 써달라고 사정하는 것이다.

회의 마지막에 과장 우사미가 마이크를 들었다.

"다들 잘 들었으리라고 생각한다. 아무튼 감사가 들어오기 전까지 최대한 실적을 올리도록 한다. 더 이상 문제 케이스에게 달콤한 꿀물을 대줘서는 안 된다. 각자 의연한 태도로 적정 실시라는 목표를 향해 달려보자. 시의회도 지역 신문도 후원해줄 것이다. 두려움 없이 강하게 밀고 나가라."

현청 사람 앞이기도 해서인지 평소보다 강한 어조였다. 최근 우사미 과장의 언동을 보면 승진을 의식한다는 게 생생하게 보였다. 새로 판을 짠 시의 요직에 앉고 싶어서 항상 태평하던 사람이 비로소 의욕을 가진 모양이다.

책상에 돌아와 서류를 처리하고 있는데 담당 지역의 민생위원에게서 전화가 걸려왔다.

"다름이 아니라 여기 공영단지에 노인네하고 아들 둘이 사는 가족이 있는데……."

미즈노 후사코라는 쾌활하고 남 잘 도와주는 아주머니다. 이야기를 들어보니 무릎이 안 좋아 거동을 못하는 72세의 어머니와 그 어머니를 돌봐주느라 직장을 그만둔 45세의 독신 아들 둘이서 사는 가정으로, 하루하루 식사조차 곤란한 형편이다, 가까운 친척도 없고 이웃에 친한 사람도 없다, 생활보호자로 선정해줄 수 없겠느냐, 라는 문의였다.

물론 거절해야 할 케이스다.

"아이하라 씨, 나하고 함께 그 집에 가보자구요. 너무 늦기 전에." 미즈노 후사코가 너무도 당연한 일처럼 말하는 바람에 도모노리는 "우선은 본인이 사무소 창구에 찾아와야지요. 그게 순서 아니겠습니까?"라고 대답했다.

"근데 그 아들이 노이로제 기미가 있는지 바깥 출입 한 번 하기가 힘든 사람이라서 그래."

"노이로제에 대한 진단서는 있어요?"

"아니, 의사한테 진찰을 받은 적은 없나 봐."

"미즈노 씨, 우리가 무슨 119도 아니고 전화 한 통으로 즉시 출동할 수는 없어요."

"그야 그렇지만, 어제 그 집에 가봤더니 냉장고도 쌀통도 텅텅 비었더라구. 추워서 덜덜 떨고 있는 그 아들에게 물어봤더니 가진 돈도 이제 바닥이 났다는데…….”

도모노리는 수화기를 쥔 채 코로 한숨을 내쉬었다. 민생위원 중에는 삶의 보람을 찾기 위해 오지랖 넓게 관여하는 사람들이 있었다. 그런 위원일수록 실로 열성적이다.

“너무 딱해서 내가 편의점에서 삼각 김밥을 사다줬다니까. 그랬더니 몇 번이나 미안하다면서 절을 하는데, 참 착한 사람이더라고.”

“미즈노 씨, 그런 일은 되도록 삼가시는 게 좋아요. 값싼 동정은 자립을 방해할 뿐입니다.” 도모노리는 되도록 온화하게 말했다.

“아니, 그래도…….” 미즈노 후사코는 불만인 모양이었다.

“아무튼 자기 발로 창구까지 나오는 게 첫째 조건입니다. 중중 환자가 아닌 한 우리 쪽에서 퍼스트 콘택트를 할 수는 없어요.”

“퍼스트 콘……?”

“과보호는 금물이라는 얘깁니다. 민생위원 연수회 때도 이야기했을 테지만, 일단 생활보호비를 받기 시작하면 거기에 의존하는 사람들이 몇 십 퍼센트나 돼요. 그러니까 우선은 헬로워크에 가서 일자리부터 찾아보도록 유도해야 합니다.”

도모노리는 찬찬히 설명해주며 방문을 거절했다. 혹시 그 사람이 창구에 나온다면 그때는 신청서를 수리해주지 않으면 된다. 마흔다섯 살의 멀쩡한 사람이 무직이라니. 그런 케이스를 받아줄 수는 없다.

사무실 한쪽에서는 현직 형사 이나바가 창구 상담을 하고 있었다. 신청자는 머리가 나빠 보이는 스무 살 남짓한 여자였다. 일부러 귀를 기울일 것도 없이 우렁우렁한 이나바의 목소리가 날아들었다.

“이봐, 아가씨. 아기는 아가씨가 원해서 낳은 거니까 어떻든 자기 손

으로 키워내야지. 부모한테 도와달라고 매달리든지, 헤어진 애 아빠한
테 양육비를 내라고 하든지. 아무튼 방법을 찾아봐. 복지 사무소가 보
호자를 대신할 수는 없는 거라고.”

야쿠자의 애인이라도 타이르는 듯한 말투였다.

“아가씨, 솔직히 말해봐. 모자가정이랍시고 어떤 친구가 생활보호비
두둑하게 받는다는 얘기를 듣고 자기도 그거 좀 받아보려고 온 거 아
니야? 에이, 그러면 안 되지. 아기 돌봐줘야 한다고 핑계대고 지금 나
가는 호스티스 일 때려치우려고? 흥, 그런 거면 당장 조사 들어간다?
친구들 샅샅이 조사해서 누구든 생활보호비 받는 모자가정이 있으면
거기도 재심 들어갈 거야.”

자칫 위협으로 들릴 수 있는 대응이었지만, 딱 맞춘 말이었는지 여
자는 얼굴을 붉히며 고개를 숙였다.

“이봐, 아가씨, 호스티스도 아주 좋은 직업이야. 당당하게 일하면 돼.
아가씨는 얼굴도 예쁘니까 열심히 해서 카바레클럽 넘버원 아가씨가
되라고, 응?”

이나바가 친한 아저씨처럼 살살 달래가며 웃는 얼굴로 여자의 팔을
툭툭 쳤다. 여자는 하얀 이를 내보이며 “아이, 그래도~”라고 달콤한 목
소리를 냈다.

역시나 형사와 일반 공무원은 다르다고 도모노리는 감탄했다. 이나
바는 사람을 보자마자 어떻게 다뤄야 하는지 정확하게 파악한다. 자신
이었다면 정해진 매뉴얼대로 설명만 하고는 상대의 본심은 알아내지
도 못했을 것이다.

“아가씨, 얼마 전까지 이 근처에서 폭주족으로 활약했지? 어떤 그룹
소속이었어? 아이, 아냐. 아저씨가 그쪽으로 좀 알거든. 조커, 화이트

스네이크, 도호쿠 연합, 그런 그룹의 최근 5년 동안의 두목들이라면 다들 나하고 친한 사이야."

"어머머, 그래요? 아이, 시청 분 아니신 거 같아." 여자가 눈을 반짝였다.

"근데 말이야, 그 친구들 중에 몇 명이나 생활보호비를 받는대?"

금세 여자하고 친해져서 정보까지 탐색하고 있다. 이걸로 옛 폭주족 수급자들을 일소할 수 있다면 이나바는 큰 공을 세우는 거다.

젊은 모자가정 여자가 돌아가고 나자 데스크에서 귀를 쫑긋 세우고 듣고 있던 우사미 과장이 악수라도 청할 기세로 이나바에게 달려갔다.

"역시나 이나바 씨는 다르시네. 감탄했어요. 우리하고는 경험이 전혀 다르시다니까. 정말 대단하십니다." 과장스럽게 추켜세우고는 몇 번이나 고개를 끄덕인다. 그리고는 목소리를 낮춰서 "방금 그 신청자, 아무래도 생활보호비를 타는 사람들끼리 네트워크가 형성된 거 같은데요? 그걸 고구마 줄기처럼 줄줄이 색출해낼 수는 없을까요?"라고 상담을 시작했다.

도모노리는 담당 케이스인 사토 아야카가 생각났다. 아버지가 다른 두 아이가 있고, 월 23만 엔의 보호비를 타가는 젊은 여자다. 분명 저런 지저분한 여자들과 서로 정보를 교환하며 생활보호비 연장할 궁리를 하고 있을 것이다.

복지 예산의 상당 부분을 비도덕적인 인간들이 파먹고 있다. 도모노리는 날마다 그걸 실감하고 있었다.

오후에는 디지털 카메라를 들고 국도변의 파친코로 자동차를 몰고 나갔다. '케이스'가 파친코에 들락거리는 증거를 잡기 위한 감시로, 벌써 사흘째다. 검은 구름이 낮게 드리워서 최근 며칠 동안 유메노 시는 최고 기온이 5도를 넘은 적이 없었다. 지난주에 쌓인 눈이 주차장 구석에서 지저분한 산을 만들었다. 엔진을 켜둔 채로 운전석에서 담요를 두르고 파친코에 드나드는 자들을 체크했다.

지금까지 시청에서는 본격적인 부정 수급자 적발을 위해 나선 적이 없었다. 이번 감시로 실적을 올린다면 우사미 과장이 펄쩍 뛰게 좋아하며 현에 보고할 것이다. 도모노리 자신도 묵은 체증이 풀린다. 부정 수급자에게 꼼짝 못할 증거를 들이대며 고함을 쳐주고 싶었다. 타깃이 된 케이스는 이웃에서 얻어온 정보대로 날마다 파친코에 출근하다시피 하고 있었다. 오늘도 사진을 찍는 데 성공하면 사흘 연속이라 더 이상 상대는 변명도 못할 터였다.

평일 대낮인데도 파친코는 반절쯤 손님이 찼다. 직업이 없는 듯한 사내들과 한가한 주부들이 대부분이다. 학생과 노인네는 의외로 적었다. 이제 더 이상 게임으로서 세련된 맛이 없는 데다 시간 때우기로 잠깐 놀기에는 부담이 너무 크기 때문일 것이다. 며칠 전에 재미 삼아 잠깐 들어갔다가 그 자리에서 2만 엔을 잃고서야 실감했다. 요즘 파친코는 날마다 드나들지 않고서는 이길 수 없는 구조로 바뀌었다.

주차장의 같은 줄에 빨간 경자동차가 들어왔다. 무심코 바라보니 서른 살 전후의 여자가 운전하고 있었다. 인상을 보니 주부인 듯했다. 꽤 예쁘장한 편이다. 누군가와 휴대전화로 이야기를 하고 있었다. 전화를 끊자 차에서 내려 파친코를 향해 잰걸음으로 뛰어갔다. 핑크색 머플러가 살랑살랑 흔들린다.

남편이 밖에서 땀 흘려 일하는 사이에 여자들은 파친코나 들락거리고 참 팔자도 좋구나. 도모노리는 비아냥거리듯이 코웃음을 쳤다. 헤어진 아내도 낮에는 저렇게 놀러 다녔을까. 문득 분노의 감정이 치밀어 뭔가를 꿀꺽 삼키듯이 지그시 눌러 참았다. 이혼한 것을 떠올리기만 해도 패배감이 엄습한다.

10분도 안 되어 조금 전의 여자가 나왔다. 파친코를 하려고 들어간 게 아니었나? 하긴 가게 안에 커피숍이 있으니까 싸구려 커피를 마시러 들어가는 일도 있을 것이다.

여자는 주차장 앞에서 주위를 둘러보더니 한 대의 하얀 밴을 발견하고 그쪽으로 뛰어갔다. 안에 넥타이 차림의 남자가 앉아 있었다. 여자가 꾸벅 머리를 숙이며 하얀 이를 내보인다. 차 문을 열고 조수석에 올라탔다. 둘이 밀회를 하는 거라고 척 감이 잡혔다.

남자의 표정이 싱글벙글 풀어졌다. 남의 눈이 없다고 생각했는지 몸을 옆으로 틀어 둘이 껴안고 있다. 제대로 밀회 장면을 목격한 셈이다.

도모노리의 사타구니가 열기를 띠었다. 저런 망할 놈. 대낮에 회사 일도 젖혀놓고 여자와 바람을 피워? 도모노리는 저도 모르게 중얼거리고 있었다.

여자를 태운 하얀 밴이 출발했다. 바로 코앞을 가로질러 간다. 변장을 할 마음이었는지 여자는 야구모자를 깊숙이 쓰고 있었다. 옆얼굴은 친근하고 귀여운 느낌의 젊은 엄마다. 남자는 30대 후반의 제법 멋을 부린 세일즈맨 같은 인상이다. 두 사람 모두 얼굴이 상기되어 있었다.

도모노리는 자동차 열쇠를 돌렸다. 뒤를 밟아보고 싶은 욕구가 늪에 떠오른 기포처럼 뽀글뽀글 피어올랐다. 기어를 넣고 액셀을 밟았다. 약간 거리를 두고 하얀 밴을 따라잡았다. 케이스 감시 따위는 어떻게 되건 상관없다는 마음이었다.

편도 2차선 국도를 차량의 흐름을 타고 달렸다. 나름대로 교통량이 있는 편이라서 뒤에 붙은 도모노리의 세단을 이상하게 여기는 기색은 없었다. 빨간 신호에서 멈춰 서자 남자는 몸을 돌려 발정기의 원숭이처럼 여자의 몸을 더듬었다. 여자는 몸을 배배 꼬며 좋아하고 있다.

무슨 관계일까. 도모노리와는 별 관계도 없는 사람들이지만, 아무튼 궁금했다. 여자가 결혼 전에 다니던 회사의 동료일까. 아니면 이웃에 살던 어린 시절의 친구? 그것도 아니면 요즘 유행하는 채팅 사이트를 통해 섹스만 하는 관계일까.

어떻든 그들은 즐거워 보였다. 옆얼굴의 표정만으로도 알 수 있었다. 이제부터 저 두 사람은 완전히 벌거벗고 정사를 벌일 것이다. 배우자가 아닌 이성과 살을 맞대는 것이다.

잠시 달려 국도를 벗어나자 좌우로 논밭이 펼쳐진 외줄기 길을 달렸다. 좀 더 거리를 두었다. 분명 이 앞의 산모퉁이에 모텔 몇 채가 있을 터였다.

예상했던 대로 하얀 밴은 '파리젠느'라는 간판이 붙은, 엉성하게 장식된 케이크 같은 모텔 건물로 들어갔다. 속도를 줄여 울긋불긋한 비닐 포럼 안으로 들어가는 것을 도모노리는 차 안에서 바라보았다.

도모노리의 가슴속에 허탈한 것인지 화가 난 것인지 알 수 없는 꾸무럭한 감정이 치밀었다. 이혼한 아내도 저런 식으로 다른 사내를 만났던 것일까. 남편이 일하러 나간 평일 오후에?

전처 노리코는 결혼 전에 다니던 직장의 동료와 3년이나 밀회를 거듭했다. 그 틈에 첫 아이까지 낳아가면서, 재주도 좋게 지속해온 불륜 관계였다. 그런 사실이 드러났을 때 도모노리는 눈앞이 캄캄해질 만큼 화를 내며 노리코를 나무랐다. 어렸을 때부터 싸움 한 번 해본 적이 없는 도모노리로서는 태어나 처음으로 남을 증오한 순간이었다.

변명할 도리도 없다고 깨달았는지 노리코는 눈물 한 번 보이는 일 없이 생판 타인처럼 형식적인 사과를 하고 이혼에 동의했다. 한 살이던 딸 유나의 친권은 노리코에게 넘겼다. 내 자식에 대한 애정은 있었지만, 그보다는 아내에게서 받은 상처가 더 컸다. 딸이 자라면서 제 엄마를 닮는다면 자신은 도저히 냉정해질 수 없을 거라고 앞일까지 걱정이 되었다.

안 좋은 추억이 떠올라 얼굴이 달아올랐다. 자동차를 몰면서 크게 한숨을 토해냈다.

그때 이래로 도모노리는 어딘가 자포자기의 심정으로 살고 있다. 진심으로 웃어본 일이 단 한 번도 없었다. 웃기는커녕 느닷없이 그 일이 머릿속에 떠올라 비참함과 억울함에 부르르 떨곤 했다.

파친코 주차장으로 돌아와 우울한 마음으로 감시를 계속했다. 그러자 30분도 안 되어 대상 케이스가 어제와 마찬가지로 자전거를 타고 유유히 나타났다. 허리가 안 좋아 직장에도 못 다닌다던 남자가 담배를 피워가며 느긋하게 자전거 페달을 밟고 있다. 주차장에 자전거를 세우더니 주머니에 손을 찌르고 건들건들 파친코 안으로 들어갔다.

도모노리는 그 모습을 디지털 카메라에 담았다. 즉시 찍은 사진을 확인해봤다. 얼굴까지 제대로 잘 찍혔다. 흥 코웃음을 쳤다. 내일 남자의 집에 찾아가 생활보호 사퇴서를 쓰게 하기로 결심했다. 증거 사진을 들이대고 즉각 보호비를 끊는 것이다. 이러니저러니 잔소리를 한다면 지금까지 지급한 생활보호비 전액을 반환하라고 요구할 것이다.

차에서 내려 캔 커피를 사들고 와 차내에서 잠시 휴식을 취했다. 창을 조금 열어놓고 담배를 피웠다.

감시의 목적은 달성했지만 도모노리는 그 자리를 떠나지 않았다. 아까 미행했던 불륜 커플이 돌아오는 것을 너무도 보고 싶었기 때문이다. 아마 두 시간 정도면 이 주차장으로 돌아올 터였다. 평일의 모텔은 저녁 시간까지 일반 요금이지만, 주부와 샐러리맨이 그렇게까지 한가할 리는 없다.

차를 이동시켜 여자가 타고 온 빨간 경차동차의 대각선 뒤쪽에 붙였다. 무릎 위에 카메라를 놓고 언제라도 몰래 찍을 수 있는 태세를 갖췄다. 촬영에 딱히 목적은 없다. 그저 찍고 싶을 뿐이다.

할 일이 없는지라 파친코에 드나드는 사람들을 지켜보았다. 대개는 센스라고는 눈곱만큼도 없는 옷차림에 교양도 없고 수입도 없어 보이는 자들이다. 물론 그런 생각은 자신의 편견이겠지만, 그렇다고 딱히 경멸할 마음도 없었다. 어차피 유메노 시에는 부유층도 지식층도 없다. 자신도 그 일원이라는 건 잘 알고 있었다.

요란하게 화장을 한 30대 여자가 킬힐을 또각또각 울리며 걸어간다. 틀림없이 미소노 초 술집의 호스티스다. 저소득층 손님에게서 만 엔, 2만 엔의 돈을 뜯어내 생계를 유지하는 여자다. 프리터 같은 느낌의 젊은 남자가 비쩍 말라서 어디 병이라도 든 것 같은 여자의 손을 잡고 들어간다. 파친코에서 몇 푼 따면 그걸로 살아가고, 못 따면 아르바이트로 대충 땜질을 하는 것이다. 그들의 젊음은 아무런 도움도 되지 않는다. 손님 중에는 주부도 많았다. 5만 엔 정도 한 번 따면 파트타임 일이 우습게 느껴질 것이다. 아무튼 인간이란 딱히 할 일이 없으면 혼자서 할 수 있는 게임을 향해 내달리는 족속이다.

저러니 파친코가 돈을 긁어모으지. 도모노리는 묘하게 감탄했다. 하긴 파친코가 없다면 아무 할 일 없이 시간을 보내야 하는 사람들은 갈 곳이 없을 것이다. 단순한 시간 때우기라도 들어갈 곳이 있다는 건 그들에게는 구원인지도 모른다.

작은 도시인지라 아는 얼굴도 더러 눈에 띄었다. 시청 청소과 직원들이다. 오후는 아예 놀기로 작정을 했는지 사복으로 갈아입고 담소하면서 활보하고 있다. 저러고도 월급은 똑같이 받아간다고 생각하니 화가 났다.

두 시간쯤 오고가는 사람들을 바라보고 있으려니 싸구려 엔진 소리를 울리며 하얀 밴이 돌아왔다. 두 사람이 아무 일도 없었다는 얼굴로 타고 있었다. 흥, 재미는 다 보셨어? 마음속으로 비웃어주었다. 새삼 바라보니 여자는 상당히 예쁜 얼굴의 젊은 주부였다. 조수석의 남자는 플레이보이처럼 헤어스타일을 가다듬고 있다. 이 두 사람이 조금 전까지 살을 맞대고 뒹굴었을 거라고 생각하니 도모노리는 겨드랑이에 땀을 흘릴 만큼 흥분을 느끼고 말았다.

차는 주차 공간에 들어오지 않고 통로에서 여자 혼자만 내렸다. 잘 가라고 여자가 말하는 걸 입의 움직임으로 알았다. 소녀 같은 몸짓으로 살짝 손을 흔든다. 도모노리는 그 모습을 카메라에 담았다.

남자의 하얀 밴은 그대로 주차장을 빠져 나갔다. 여자는 자기 차로 돌아와 엔진을 켜고 곧바로 그 자리를 떠났다.

잠깐 생각한 끝에 도모노리도 차를 출발시켰다. 케이스 감시에서 괜찮은 성과도 올렸겠다, 이런 정도의 한눈팔기는 괜찮다고 스스로에게 변명을 했다.

여자를 좀 더 미행해보기로 했다. 단순한 호기심일 뿐 특별한 의도는 없다. 어디 사는 누구인지 알아보고 싶었다. 그 정도의 흥미일 뿐이다. 남자보다는 여자에게 관심이 있었다.

여자의 차는 옆길로 들어가 논 사이 길을 달려갔다. 빨간색 자동차

85

라서 100미터쯤 떨어져도 놓치는 일은 없었다. 10분쯤 달려 주택단지 변두리에 있는 보육원 앞에서 차를 세웠다. 이 여자, 아이가 있구나. 의미 없이 한숨을 내쉬었다. 도모노리는 보육원 앞까지는 가지 않고 공터를 끼고 옆길에서 상황을 지켜보았다.

1분도 안 되어 여자가 남자아이의 손을 잡고 나타났다. "선생님, 안녕히 계세요!" 사내아이의 건강한 목소리가 겨울 하늘에 퍼진다. 흠, 보육원에 아이를 맡기고 바람을 피웠군. 예쁘장한 얼굴로. 여자란 참 여우다. 도모노리는 여자의 남편이 가엾었다.

여자는 휴대전화로 어딘가에 연락을 하더니 아이를 차에 태우고 다시 차를 몰았다. 도착한 곳은 주택단지 안의 단독 주택이었다. 문 앞에 정차하고 클랙슨을 두 차례 울린다. 그러자 집 안에서 비슷한 또래로 보이는 주부가 두 살 정도의 어린아이를 안고 나와 여자의 가슴에 안겼다.

"미안해."

"아이, 괜찮아."

여학생처럼 둘이서 친하게 인사를 나눈다. 차 문을 열고 뒷자리 어린이 시트에 아이를 앉혔다. 도모노리는 그 광경을 30미터쯤 떨어진 사거리 모퉁이에서 목을 빼고 지켜보았다.

그렇군. 큰아이가 보육원에 가 있는 사이에 작은아이는 친구한테 맡기고 바람을 피운 거였어. 그렇다면 저 친구도 한 패다. 점점 더 남편이 딱하게 느껴졌다.

어차피 올라탄 배라는 생각에 마지막까지 미행해보기로 했다. 여자는 그 옆 강가에 조성된 주택단지의 단독 주택으로 돌아갔다. 신문 속에 끼어온 광고지가 있어서 도모노리는 이 근처의 주택 가격을 알고 있었다. 작년에 2800만 엔으로 팔려나간 물건이다. 그렇다면 남편은 자신과 비슷한 나이에 연봉 5백만 엔 정도의 회사원일 것이다. 유메노 시에서는 중상에 속하는 가정이다.

그 집 앞을 지나칠 때 문패를 보았다. 나무 보드에 'WADA'라는 글자판을 붙인 문패였다. 홈센터에서 파는 DIY 종류다. 이 집의 젊은 부인께서는 소꿉장난처럼 집안일을 하고 육아를 하면서 한편으로 바람까지 피우는 것이다.

노리코 같은 여자가 한둘이 아니구나. 예전에 아내였던 여자도 바람을 피우는 데 대해 죄책감은 전혀 없는 기색이었다. 오히려 성적인 욕망을 스스럼없이 발산할 파트너로서 상대 남자를 필요로 하고 있었다. 노리코는 이혼 후에 "그쪽이 더 속궁합이 잘 맞았어"라고 친한 친구에게 말했고, 그 말이 돌고 돌아 도모노리의 귀에도 들어왔다. 처음 그 말을 들었을 때는 누런 흙탕물의 강에 처박힌 떠돌이 개 같은 기분이었다. 분명 밤에는 남편, 낮에는 그자와 두 번씩 섹스를 한 날도 있었을 것이다. 그 장면을 상상하니 제 가슴을 쥐어뜯고 싶었다.

주택가를 벗어나 시청으로 차를 돌렸다. 오늘은 더 이상 일할 기분이 나지 않는다. 정시까지 일하는 척하다가 5시부터는 마작이라도 하자. 한가한 부서의 동료에게 말하면 금세 멤버가 만들어질 것이다. 그리고는 미소노 초의 술집에 나가자. 가끔은 여자 냄새를 맡고 싶다. 이혼하고 1년이 되었지만 한 번도 여자와 잔 적이 없었다.

두툼한 구름이 하늘을 온통 뒤덮고 있었다. 오후 4시인데도 바로 저만치까지 밤이 다가왔다. 동네에 제대로 된 불빛이 없어서 무저항으로 어둠에 먹혀버릴 것 같다. 도모노리는 다 큰 어른 주제에 왠지 그 밤이 몹시도 두려웠다.

감시까지 해서 '도촬'에 성공한 파친코 케이스는 그 다음 날 즉시 가정방문을 했다.

절대 아니라고 시치미를 떼는 건설 일용직 남자의 코앞에 증거 사진을 들이대자 당장 얼굴이 핼쑥해졌다. 그 자리에서 사퇴서를 쓰라고 했다. 강경한 자세로 케이스를 굴복시킨 첫 경험이었다.

"당신, 하는 짓이 지저분하네." 투덜투덜 원망의 말을 쏟아놓는 남자에게 "지저분한 게 누군데?"라고 도모노리는 경찰처럼 눈을 부라리며 되받아쳤다. 이나바의 영향을 받았는지 전혀 겁나지 않았다. 자신에게 권력이 있다는 것을 새삼스럽게 깨달은 사건이었다.

과장 우사미는 크게 반색했다. 부정 수급자를 적극적으로 적발한 예로서 현에 보고해야겠다고 좋아하며, 비축해둔 맥주 상품권을 상으로 내주었다.

단순하게 기뻤다. 앞으로 열 명쯤 더 적발해내자고 생각했다. 공복이라고 해서 시민에게 늘 굽실거릴 수만은 없다.

7

요즘 들어 계속 날이 춥다. 기온도 한낮에 겨우 0도를 넘어설 정도고, 때로는 한겨울 날씨처럼 꽁꽁 얼어붙는 일도 있었다. 북쪽 지방은 진짜로 싫다. 구보 후미에는 도호쿠의 지방 도시에서 태어난 건 말도 안 되게 재수 없는 일이라고 생각했다. 아무리 멋을 부려봤자 나갈 곳이라고는 대형마트 한 군데뿐이고, 차를 마실 곳이라고는 스타벅스 같은 체인점뿐이다. 골목 안쪽의 세련된 부티크도, 숨은 집처럼 운치 있는 카페도 이 도시에는 없다. 분명 영원히 없을 것이다.

오늘은 일요일이지만 학원 모의시험이 있어서 아침부터 시험지와 씨름을 했다. 영어와 국어는 그럭저럭 괜찮았는데, 선택 과목인 국사는 죄다 찍어서 답을 쓰다시피 해서 후미에는 우울했다. 1868년 아이즈 번의 백호대(白虎隊)가 공부한 학교라니. 그런 걸 알아서 대체 어디에 쓸 거냐고 문부성에 한번 따져보고 싶은 심정이다.

시험이 끝나고 기분도 풀 겸 유메노 시에서 가장 번화한 복합 상업 시설 '드림타운'에 가서 런치를 먹기로 했다. 드림타운이라니, 이름이 너무 촌스럽다. 가즈미와 기타고등학교 남학생들도 함께 갔다. 가즈미는 처음 보는 스웨이드 부츠를 신고 있었다. 미니스커트도 같은 색이어서 부쩍 어른스럽게 보인다. 이그, 저런 여우. 후미에는 조금 화가 났다. 기타고등학교의 야마모토 하루키에게 교복 차림이 아닌 모습을 보여주려고 잔뜩 멋을 내고 온 것이다. 후미에는 평소에 입던 면바지와 운동화였다. 아무래도 뒤떨어진 기분이 들었다.

다섯 명이 우동집에 들어갔다. 5백 엔짜리 동전을 내면 잔돈을 내주는 저렴한 가게다. 하긴 드림타운에는 고급 레스토랑 같은 건 없었다. 그나마 스테이크하우스 체인점이 가장 비싼 식당이다. 생선초밥집도 당연히 회전식이다.

추워서 몸이 얼어있던 터라 따스한 우동 국물을 마셨다. 남학생들은 주먹밥을 추가해서 먹고 있었다.

"오늘 국사 문제 진짜 짜증났어." 가즈미가 지겹다는 듯이 말했다.

"나도야. 그런 문제 만들어낸 사람, 뺑 차주고 싶어." 후미에도 얼굴을 찌푸리며 맞장구를 쳤다.

"별수 없지. 사회 과목은 원래 암기력 테스트야. 한마디로 달달 외우지 않는 학생을 떨어뜨리자는 시험인 거야. 난 세계사 선택했는데 그쪽도 어려운 건 마찬가지라네."

하루키가 도 닦은 사람 같은 소리를 했다. 아, 그렇구나. 지금 우리는 선별당하는 거였어. 후미에는 신경질은 나지만 이해가 됐다.

"너희는 겨우 세 과목이면서 무슨 불평이야? 우린 다섯 과목이라 어제도 헥헥거렸는데."

하루키는 버버리 스웨터를 입고 있었다. 물론 그가 입은 거라면 정품이다.

"대학은 일단 들어가기만 하면 돼. 도쿄대 간 선배가 그러더라. 꼴찌를 해도 일류 기업에 들어갈 수 있대."

"정말 그렇겠지?"

후미에는 고개를 끄덕였다. 자신들은 학력이라는 평생의 브랜드를 손에 넣기 위해 지금 뛰고 있는 것이다.

식사를 마치자 모두 함께 쇼핑몰 안을 흔들흔들 걸었다. 바깥 날씨가 추워서 그런지 일요일의 드림타운은 잡다한 사람들로 복잡했다. 길이 교차하는 분수 광장에서는 어린애들이 뛰어다녔다.

벤치 하나를 잡아서 소프트 아이스크림을 먹었다. 시험이 끝난 해방감에 왠지 마음이 가볍다.

"아, 아유미 선배다!"

가즈미가 졸업생 선배를 발견했다. 패션 잡지에서 빠져나온 것처럼 멋쟁이 선배가 남자친구와 손을 잡고 지나갔다. 남자 쪽도 최고 신상 브랜드 옷을 스마트하게 차려입었다. 두 사람 모두 스타일이 좋아서 지나가던 사람들이 부러움 섞인 눈빛으로 바라본다. 말 그대로 사람들의 시선을 한 몸에 받는 커플이다.

"패션 센스가 너무 좋아." 가즈미가 탄성과 함께 말했다.

"응, 멋있다." 후미에도 동감이었다.

하지만 대답은 그렇게 하면서도 마음 한쪽에 또 다른 느낌이 있었다. 그래봤자 '유메노 시의 최고 커플'일 뿐이다. 저 정도의 커플이라면 도쿄 하라주쿠에서는 2군. 아무도 돌아보지 않을 것이다. 게다가 두 사람은 고졸의 노동자다.

작년 여름에 도쿄 여행을 다녀온 뒤부터 이 도시의 '최고'라는 게 모두 다 시들하게 보였다. 드림타운의 관람차는 그저 창피할 뿐이다. 야경도 없는 주제에.

광장 구석의 커피 코너에 불량 학생들이 한데 모여 있었다. 상업고 남학생이 대부분이지만, 무코다고등학교 학생까지 몇 명 섞여 있었다. 바닥에 주저앉아 지나가는 여자들을 놀리고 있다.

하루키를 비롯한 이쪽의 남학생들은 가급적 그쪽은 쳐다보지 않았다. 자칫 눈이라도 마주치면 왜 노려보느냐고 시비를 걸기 십상이다. 기타고등학교 남학생들은 싸움은 별로 잘하는 편이 아니다.

그때 헐렁한 바지를 질질 끌면서 10여 명의 남자들이 나타났다. 젊은 브라질인이다. 나이는 제각각이어서 열세 살쯤부터 스무 살까지 섞여 있는 것 같았다.

"어이, 디뉴들이 왔다." 남학생 하나가 작은 소리로 말했다.

이 도시의 브라질 사람을 주위의 남학생들은 '디뉴'라고 불렀다. 브라질 축구 선수에 그런 이름이 많기 때문이라고 한다. 유메노 시에는 큰 부품 회사 공장이 있어서 최근 몇 년 사이에 브라질에서 수많은 노동자들이 들어왔다. 그중에는 가족을 불러들여 정착한 일본계 브라질인도 있어서 그 자녀들이 패거리를 만들어 나쁜 짓을 하고 다니는 게 문젯거리가 되었다. 노카타 초의 허름한 공영단지에는 벌써 브라질촌이 형성되어 그쪽 중학교에 전학생이 꽤 많은 모양이었다. 후미에의 아버지가 다니는 곳이 그 부품 회사라서 브라질인에 대한 이야기는 자주 듣는 편이었다. "대부분 대범하고 착한데 뻔뻔한 면이 있다"라는 게 아버지의 평가였다.

브라질 남자들은 분수대에 나란히 앉아 히죽히죽 웃으며 불량 학생들 쪽을 흘끔거리고 있었다. 라틴계 혈통이 섞여서 그런지 다들 이목구비가 일본인과는 전혀 달랐다. 모델처럼 얼굴이 작고 깜짝 놀랄 만큼 잘생긴 남자애도 있었다.

잠시 뒤에 중학생쯤으로 보이는 작은 남자애가 불이 붙지 않은 담배를 입에 물고 어깨를 으쓱거리며 흡연 코너 쪽으로 걸어갔다. 뒤에서 친구들이 웃고 있었다. 아무래도 한판 붙어보려는 기색이었다.

지역 불량 학생들이 일제히 긴장하는 게 보였다. 브라질 소년을 노려보고 있었다.

소년은 불량 학생들 속으로 들어가 재떨이 옆에 서서 담배에 불을 붙이고 유유히 피웠다. 그게 도발 행위라는 건 후미에도 느껴졌다.

불량 학생들이 소년을 에워쌌다. 얼굴을 가까이 들이대고 뭔가 말을 던진다. "이 애송이 새끼가." 그 한마디만 이쪽으로도 들려왔다. 그러자 키가 큰 일본계 브라질 남자가 껌을 질겅질겅 씹으며 성큼성큼 다가왔다. 가죽점퍼의 칼라를 세우고 엔지니어부츠를 신고 있다. 마침내 보스가 등장하는 듯한 느낌이었다.

"저런, 쟤네들 싸우겠네. 일본 불량 학생 대 브라질 디뉴." 하루키가 얼굴을 찌푸리며 속닥였다.

"디뉴는 나이프를 갖고 다닌다던데?"

"나이프라면 그나마 낫지. 리오라면 서로 총질도 할 거야."

"그자들은 공장에 다니니까 개조총쯤은 간단히 만들 수 있을걸?"

"멍청한 놈들끼리 얼마든지 싸우라고 해."

남학생 한 명이 히히히 웃었다. 싸움이 커지기를 바라는 듯한 눈치다.

가죽점퍼의 남자가 가슴을 젖히고 험악한 눈으로 뭔가 말했다. 덤벼봐라, 아니면 돈을 내놔라. 그런 말을 하는 것 같았다. 양쪽 패거리가 모두 자리에서 일어섰다. 서로 노려보기가 시작되었다.

심상치 않은 분위기에 주위의 쇼핑객들이 급히 자리를 피했다. 총총걸음으로 광장을 벗어난다.

후미에 일행은 무서운 것은 더 보고 싶은 호기심에 그대로 자리를 지켰다. 일단 시작하면 일대 난투극이 벌어질 것 같은 분위기였다.

그때 제복을 입은 경비원들이 우르르 달려왔다. 방범 카메라로 감시하고 있었던 모양이다. 이전에 유아 대상의 치한이 방범 카메라 영상으로 체포된 일이 있어서 모두 알고 있었다. 전 통로를 감시한다는 걸 알고 후미에는 상당히 불쾌했었다.

경비원이 불량 학생들 틈으로 파고 들어가 양쪽을 갈라놓았다.

"너희들, 드림타운 안에서 말썽을 부렸다가는 전원 경찰서에 보낼 거야!"

경비원이 건장한 몸집에 말투까지 거칠어서 후미에는 깜짝 놀랐다. 드림타운의 경비원이라면 좀 더 부드러울 거라는 이미지를 갖고 있었는데.

"엇, 나카타 형이잖아?" 기타고등학교 남학생이 젊은 경비원을 가리키며 말했다.

"그래, 도호쿠 체육대학 럭비부. 나카타가 제 형이 여기서 경비 아르바이트 한다고 했어."

"체육대 학생이 경호원? 적재적소의 인재 등용이네." 하루키가 개그처럼 말하는 바람에 모두 함께 웃었다.

두 개의 불량 학생 그룹은 서로에게 욕설을 내뱉으며 각각 반대 방향으로 헤어졌다. 분명 그들 중에는 싸움으로 번지지 않아 다행이라고 안도하는 어린 학생도 있을 것이다. 다들 겉으로 잘난 척하고 싶어 하는 나이일 뿐이다.

"뭐야, 이대로 끝나는 거야?"

"특등석이었는데."

기타고등학교 남학생들도 잘난 척 허세를 부린다. 싸움에 휘말리면 가장 먼저 도망칠 거면서.

"브라질 애들, 고등학교는 다닐까?" 후미에가 물었다.

"글쎄, 기타고등학교에는 한 명도 없어."

그러고 보니 무코다고등학교에도 브라질 학생은 없었다. 자신들이 알지 못하는 세계가 이 도시에 존재하는 모양이다.

그 후 관내 볼링장에 갔다가 사람이 꽉 차서 멀티플렉스 영화관에서 철 지난 호러 영화를 봤다. 그 후 게임센터에서 놀다가 모두 함께 스티커사진을 찍었다. 사실은 하루키와 둘이서만 찍고 싶었지만, 그런 말을 할 용기는 없었다. 오후 5시까지 겨우 반나절의 휴식을 즐겼다. 아무리 곧 고3이라지만 열일곱 살인데 공부만 하면서 살 수는 없다.

혼자만 집에 가는 방향이 달라서 후미에는 친구들과 헤어져 북쪽 출구의 버스 정류장으로 향했다. 하늘은 완전히 깜깜하고 눈이 내리는 탓에 별도 뜨지 않았다. 운동화 고무 바닥으로 아스팔트의 냉기가 올라와 발바닥이 금세 차갑게 얼어붙었다.

버스 정류장에 서있는 건 중고등학생과 노인들뿐이었다. 유메노 시에서는 가족이나 젊은 직장인은 모두 자가용차를 몰고 나온다. 후미에도 자동차로는 집까지 10분에 갈 수 있지만, 버스를 타면 빙 돌아가기 때문에 20분 넘게 걸렸다. 게다가 이 시간대의 버스는 한 시간에 네 번뿐이다. 역 앞 재래시장이 쇠락한 뒤부터 유메노 시는 자동차 없이는 쇼핑도 할 수 없는 도시가 되었다. 후미에의 집에도 아빠 차 외에 엄마의 쇼핑용으로 경자동차가 한 대 더 있다.

머플러를 턱까지 올리고 버스를 기다렸다. 북풍이 정면으로 들이쳐 앞머리를 밀쳐냈다. 드림타운 부지 너머는 온통 휑한 논밭이라 바람을 막아주는 게 아무것도 없었다.

바로 근처에 관람차 타는 곳이 있고 거기에 커플들이 줄을 서있었다. 순서대로 기다렸다가 핑크색 곤돌라를 타면 그 커플은 깨어진다느니 초록색 곤돌라를 타면 맺어진다느니 하는 소녀틱한 얘기가 퍼져있었다. 괜찮은 오락 시설이 별로 없으니 이런 것에까지 사람들이 몰린다.

뒤쪽에서 젊은 남학생들이 몰려왔다. 낮에 분수 광장에서 본 불량 학생들이다. 세 명이었다. 큰 소리로 한심한 농담들을 주고받는다. 후미에는 공연히 휘말리고 싶지 않아 구석 쪽으로 피했다. 그리고 앞을 보니 승차장 한쪽 구석에 아까 싸움을 벌였던 브라질 소년이 혼자 서있었다. 패거리에서 벗어나자마자 눈에 띄지 않는 존재가 되는 모양이다.

불량 학생들이 금세 소년을 발견하고는 수적으로 우위라고 생각했는지 늑대가 입맛을 다시는 듯한 표정으로 가까이 다가갔다.

"여어, 디뉴가 여기 있네? 아, 디뉴가 아니라 호날두인가? 카를로스.

질베르토. 산토스. 늬들 이름이야 아무 거나 갖다 붙이면 되지?"

불량 학생들이 주위를 둘러싸고 킬킬거렸다. 브라질 소년의 얼굴이 팽팽히 긴장했다. 그 얼굴에 이제 겨우 중학교를 졸업한 정도의 어린 티가 보였다.

"아까는 우릴 만만하게 보고 덤볐지? 처음에 담배 물고 까불던 놈은 중딩이었어. 그런 애송이한테 당하고 살아서야, 나 원 참. 머리 깎고 절에 들어가는 수밖에 없겠네."

"어이, 디뉴. 절에 들어간다는 게 뭔 말인지 알아? 일본어 공부는 좀 하냐?"

한 사람이 브라질 소년의 니트 모자를 벗기고 난폭하게 머리칼을 비볐다. 소년은 얼굴색이 바뀌며 모자를 잡아챘다. 3대 1로 서로를 노려본다. 노인들은 미간을 찌푸리며 비척비척 옆으로 피했다. 후미에도 그 뒤에 붙었다.

"야, 리프팅 한번 해봐. 너희들 축구 잘 하잖냐? 축구 하나는 끝내주게 잘하지."

"남의 나라에 와서 괜히 거들먹거리지 마라. 너무 까불면 삼바춤 추라고 할 거야."

불량 학생들이 저마다 놀려대며 와하하 웃었다.

"입 닥쳐! 저리 꺼져!"

브라질 소년이 소리쳤다. 얼굴 모습은 명백히 혼혈이고, 일본어 발음도 어색했다. 불량 학생들이 다시 그 어색한 발음을 놀려먹으며 낄낄거렸다.

어쩌면 저렇게 잔인할까. 후미에는 지켜보는 것만으로도 가슴이 아팠다. 저들에게 타인을 배려하는 마음 따위는 없다. 깡패 같은 친구 이

외에는 모조리 적이다.

브라질 소년들에게도 잘못은 있었다. 패거리로 곳곳에서 싸움을 벌이고, 오토바이를 훔쳐서 팔아치운다. 음료 자판기를 털어가는 건 대부분 그들의 소행이라는 소문이 돌았다.

예상했던 대로 세 명의 불량 학생들이 번갈아가며 소년을 툭툭 쳤다. 버스 승차장에 서있는 사람들은 모두 보고도 못 본 척하고 있었다. 관람차를 기다리는 커플들 사이에서는 "어머, 가엾다"라고 속닥거리는 소리가 들려왔다. 휴대전화로 사진을 찍는 남녀도 있었다.

다음 순간, 어둠 속에서 뭔가 허연 것이 번뜩였다. 건들거리던 불량 학생 한 명이 갑자기 친구들 틈에서 나와 허리를 꺾으며 바닥에 고꾸라졌다. 다른 두 명은 팅기듯이 풀쩍 뛰어 뒤로 물러선다. 브라질 소년이 두 다리를 버틴 채 필사적인 얼굴로 나이프를 쳐들고 있었다.

"앗, 괜찮아?" 불량 학생 한 명이 쓰러진 친구에게로 달려갔다.

"이, 이게 뭐야……." 또 한 명은 목소리가 떨리고 있었다.

칼에 찔린 학생은 얼굴을 뒤틀며 자신의 허벅지를 붙잡고 있었다. 그 손가락 틈새로 빨간 피가 주르륵 새어나왔다. 후미에는 큰 충격을 받았다. 피 흘리는 장면을 직접 목격한 건 태어나서 처음이었다.

"이 새끼!" 칼에 찔린 소년이 비틀거리며 일어섰다. "죽여버린다!" 흥분할 대로 흥분한 표정으로 앞으로 나섰다.

"야, 가만히 있어. 움직이면 피가 안 멈춰!"

"그래, 누워 있어!"

다른 두 명은 잔뜩 겁에 질려 있었다.

브라질 소년은 나이프를 쥔 채 주춤주춤 뒷걸음질을 치더니 몸을 돌려 그 자리를 떴다. 빠른 걸음으로 미끄러지듯이 게이트를 벗어나자마자 전력으로 뛰었다. 그 뒷모습을 후미에는 멍하니 바라보았다. 소년의 하프코트 옷자락이 바람에 휘날렸다. 머리가 작고 팔다리가 길어서 영화의 한 장면처럼 멋진 모습이었다.

노인들이 모여들어 칼에 찔린 학생에게 말을 건넸다. "우, 움직이지 마라." "구급차 불러줄 테니까 가만있어!"

아스팔트에 핏물 웅덩이가 생긴 걸 보고 후미에는 다시 한 번 깜짝 놀랐다. 가로등 불빛을 받아 빨간색이 더욱 두드러졌다. 이건 평생 눈에 낙인으로 찍혀버리겠다. 후미에는 이런 자리에 함께 있게 된 자신의 불운을 저주했다.

그러는 참에 버스가 들어왔다. 잠깐 망설이다가 후미에는 타기로 했다. 다른 목격자도 많고, 자신은 별 도움도 안 된다. 칼에 찔린 남학생도 생명에 지장은 없을 것 같았다. 여기에도 방범 카메라가 있는지 경비원들도 우르르 뛰어나왔다.

노인들도 반쯤은 버스에 탔다. "허참, 말세로구먼." "어린놈이 대뜸 흉기를 들이대다니." 차 안에서 서로 모르는 사람들끼리 이야기를 나누고 있었다.

이 노인들이 어렸을 적에 이 동네에는 슈퍼도 없고 멀티플렉스도 없었다. 외국인 노동자도 없었고, 그저 농사를 지으며 평화롭게 살던 곳이었다. 근처에 사는 외할아버지는 세상이 참 편리해졌다고 하면서도 이런 변모를 걱정하고 있었다. 인심마저 각박해져서 거듭되는 악질적인 전화 세일즈, 방문 세일즈 때문에 초인종 소리에도 깜짝깜짝 놀란다고 했다.

노인들은 말 상대가 그리웠는지 버스 안에서 조금 전의 사건에 대해 한참이나 이야기하고 있었다. 그 말을 들으며 후미에는 가즈미에게 문자를 보냈다. 충격적인 장면을 목격했는데 친구에게 문자 메시지를 보내지 않는 고등학생은 없다.

곧바로 답신이 왔다. 기겁을 하며 놀라줘서 후미에는 만족스러웠다. 역시 '완전 저질!'이라고 항상 하던 말을 끝에 붙이는 것도 잊지 않았다.

버스는 비어있는 국도를 달려갔다. 멀리서 폭주족의 멜로디 클랙슨 소리가 울렸다.

집에 돌아오자마자 식구들에게 드림타운에서의 사건을 말했다. 아버지는 지역 치안이 엉망이라고 탄식하고, 어머니는 자식들의 안전을 걱정하고, 중학교에 다니는 남동생 다츠로는 얼굴을 들이밀며 좀 더 자세히 얘기해달라고 졸랐다. 다츠로의 말에 따르면, 자기네 중학교에도 벌써 20명 정도의 브라질 학생이 있고 나름대로 세력을 형성했다고 한다. 그중에서 싸움을 일삼는 건 네다섯 명이지만, 친구가 당하면 철저히 보복하기 때문에 이쪽의 불량 학생들도 내심 두려워한다는 모양이다.

"걔들은 절대로 잘못했다는 말을 안 해." 다츠로가 얄미워 죽겠다는 표정으로 말했다.

"그러고 보니 그 사람들 공장에서도 그렇더라." 아버지가 이야기에 가담했다. "본바탕은 그리 나쁘지 않은데 실수를 해도 절대로 잘못을 인정하지 않고 미안하다는 말도 안 해. 거참, 조금만 일본의 관습에 맞춰주면 좋을 텐데." 그렇게 말하고 어깨를 으쓱 치켜든다. "다츠로, 그래도 학교에서 괜히 그 애들 따돌리면 안 돼. 그 사람들도 먼 이국땅에 건너와 살자면 힘든 일이 얼마나 많겠어?"

"따돌리기는 누가? 그랬다가는 칼에 찔릴 텐데."

"그런 편견도 좋지 않아. 햇볕정책으로 나가야지."

"그게 뭐야?"

"해와 바람 이야기 몰라?"

부자간에 괴상한 대화를 하고 있다.

후미에는 도망치던 브라질 소년의 뒷모습이 생각났다. 어린 사슴처럼 후다닥 내달려 어둠 속으로 사라졌다. 방범 비디오를 보면 신원이 금세 판명될 터였다. 지금쯤 경찰에 체포되었는지도 모른다. 나이는 분명 자신과 비슷한 정도일 것이다. 고등학교는 다니지 않는 것 같았다.

그가 안고 있는 트러블이 가엾게 느껴졌다. 결과적으로는 가해자지만, 그때 저항하지 않았다면 그도 어딘가 다쳤을 것이다.

온 가족이 지구 반대편으로 돈벌이를 나온다면 어떤 기분이 들까. 인종 차별을 받으면 어떤 마음이 들까. 사람을 칼로 찔렀을 때는 어떤 감촉이었을까.

그 사건이 머릿속에서 떠나지 않아 밤에 예습하기로 한 건 포기했다. 거실에서 텔레비전을 보고 있었더니 아버지가 "넌 공부 안 해도 돼?"라고 하면서 대학 진로에 대해 다시 못을 박았다. 상당한 수준의 대학이 아니면 도쿄까지는 못 보낸다는 것이다.

못 보낸다는 말에 신경질이 나서 후미에는 "내 앞길 내가 정해!"라고 입을 삐죽거려주고 2층 공부방으로 올라와버렸다.

한사코 이곳에 묶어두려는 이유가 대체 뭐냐고. 이 지역에 아무 매력도 없는 건 어른들이 무능한 탓이잖아. 관람차 따위 진짜 멍청이, 바보, 찌질이의 아이디어다.

후미에는 침대에서 이불을 둘둘 감고 저녁때 목격한 사건을 내내 생각하고 있었다.

8

　단지 내의 공원 옆에 차를 세우고 가토 유야는 편의점에서 사온 불고기 도시락을 먹었다.

　전자레인지에 데워달라고 했지만, 방문 세일로 한 집 들렀다 나오는 사이에 다 식어버렸다. 쇠고기 기름이 허옇게 굳어서 도시락 용기에 들러붙어 있었다. 밥은 나무젓가락이 부러질 정도로 딱딱하다. 이것도 모두 몇십 년 만의 한파라는 놈 때문이다. 최근 며칠 동안 유메노는 도시 전체가 냉장고 속처럼 꽁꽁 얼어붙었다.

　자판기에서 사온 따뜻한 녹차로 언 속을 녹이면서 한 젓가락씩 크게 떼어 먹었다. 근처에 식당이 없으니 한가하게 음식 타령을 할 형편이 아니다. 제대로 된 점심을 먹으려면 국도까지 나가야 하고, 그러면 왕복 30분은 허비하게 된다. 가능하면 낭비를 줄이고 세일즈에 집중하고 싶었다.

　유야가 이렇게 열의를 보이는 데는 이유가 있었다. 지난주 영업 실적에서 처음으로 베스트 텐에 들어서 화이트보드의 순번이 B등급까지 올라간 것이다. 사장 가메야마에게서 직접적인 말을 들은 건 없었지만 그 대신 전무가 칭찬을 해주었다.

　"가토, 아주 잘하고 있어! 너 분명 잘될 놈이라고 내가 진즉에 딱 알아봤어. 이런 식으로 A등급을 향해 더 열심히 뛰어보자!"

　악수까지 해주는 바람에 유야는 진심으로 뛰어볼 마음이 났다. 남에게 칭찬을 받아본 건 도무지 기억도 안 날 만큼 먼 옛날이다. 중학교 때부터는 마냥 교사의 욕설만 얻어먹었다. 학교에 안 와도 좋다는 소리까지 들었다. 자신은 낙오자라고 생각했었다. 하지만 지금 자신은 회사에 도움이 되고 있다. 30여 명의 사원 중에서 영업 실적이 상위까지 치고 올라갔다. 다음 달 월급은 55만 엔을 넘을 것이다.

태어나서 처음으로 경쟁이 재미있다고 느꼈다. 몸이 가루가 되도록 뛰어보자고 결심했다. 어쩌면 집도 지을 수 있겠다는 상상도 했다. 집을 짓는다면 결혼도 다시 한 번 하고 싶다. 제대로 된 한 가족의 가장이 되고 싶다.

식사 중에 휴대전화가 울렸다. 화면을 들여다보니 전처와 친한 치하루라는 여자한테서 온 것이었다. 얘기하고 싶지도 않았지만 무시할 수도 없어서 받았다. 치하루는 전화 받기 괜찮으냐는 말도 없이 대뜸 용건으로 넘어갔다.

"아야카 때문에 전화한 거야. 지금 걔가 생활보호 대상자잖아. 근데 그게 좀 요상하게 됐어. 헤어진 남편한테 양육비를 받아내라고 사회복지사무소에서 자꾸 얘기한대."

"뭐라고? 그건 나하고는 관계없는 얘기지. 애초에 집을 나간 건 아야카 쪽이야. 아이도 친정에 맡길 거니까 괜찮다면서 자기가 데려갔단 말이야."

"그게 글쎄, 친정엄마한테 또 애인이 생겨서 애를 돌봐줄 수가 없나봐."

"그 망할 할망구. 내 친구한테도 눈웃음을 살살 치더니만."

유야는 생각이 났다. 전 장모라는 이가 어처구니 없는 색마였다. 신문 대금 받으러 온 놈하고 하는 장면을 덜컥 목격한 일까지 있었다.

"아무래도 사회복지사무소에서 아야카의 생활보호비를 이제 안 주려고 하나 봐."

"그래서 날더러 어쩌라고? 나도 그 소식 들었어. 아야카가 한 달에 20여 만 엔씩이나 타먹는다면서? 참내, 일 좀 하라고 해. 나는 휴일에도 출근해서 뛰어다니고 있어."

"아이, 그렇게 말하면 안 되지. 생활보호비가 끊기면 가토가 양육비 내야 한단 말이야."

"그걸 내가 왜 내? 나보다 먼저 결혼한 남자한테 받으라고 해."

불끈 화가 났다. 아야카는 아이 키우는 엄마다운 짓은 하나도 하지 않고 늘 펑펑 놀기만 했었다.

"그 남자는 어디 사는지도 모른대. 남자네 집에 확인해봤으니까 그건 진짜야. 아무튼 내가 왜 전화했느냐면 너한테 서류 한 장만 써달라고 부탁하려고."

"무슨 서류?"

"응, 사회복지사무소에 제출할 서류. 나는 사정이 있어서 아이의 양육비를 낼 수 없다, 그러니 전처 사토 아야카의 생활보호비를 계속 달라고 써주는 거. 양육비를 못 주는 이유는 실업 중이라고 하면 되지 않을까? 제발 부탁이야. 아야카가 지금 어쩔 줄 모르고 있어."

치하루가 마치 자기 일처럼 아야카를 변호해주고 있었다. 고등학교 때부터 카바레클럽에서 아르바이트를 하던 걸레 같은 여자다. 당연한 수순처럼 일찌감치 결혼했고 아이 낳았고 이혼했다.

"웃기는 소리 하시네. 나를 옛날의 나라고 생각하지 마. 난 지금 내 직업에 프라이드를 갖고 있는 사람이야. 가메야마 씨 회사에서 촉망받는 사원으로 일하고 있단 말이야."

"어머, 가메야마 씨 밑에서 일하고 있어? 그거 위험한 일 아냐?"

"참내, 그 사람이 무슨 야쿠자냐? 너희들 마음대로 괜히 무서운 사람 만들지 마라."

"응, 알았어. 그러니까 서류는 써줘."

이야기가 좀체 진전되지 않는다. 여자 상업고등학교를 중퇴한 치하루에게 다시 한 번 자세히 설명해보라고 했더니, 생활보호비를 계속 받고 싶다면 전 남편에게서 이러저러한 사정으로 양육비를 낼 수 없다는 내용의 서류를 받아오라고 사회복지사무소에서 아야카에게 강력히 요구하고 있다는 것이었다.

"놀고 있네. 내가 왜 그런 걸 써줘야 해?"

무지하게 화가 났다. 한마디로 그런 거짓 서류를 만들어서 전처의 생활보호비 부정 수급에 앞잡이가 되라는 얘기인 것이다.

"아이, 제발 부탁이야. 아야카가 지금 위기에 몰렸다니까? 어린애가 둘이나 되는데 어디 일하러 나갈 수도 없잖아."

"넌 왜 그렇게 아야카 편을 들어주는데? 너희 둘이 편짜고서 뭔가 꾸미고 있지?"

"그야 수고비 정도는 받기로 했지."

"내가 서류 써주면 얼마 받기로 했는데?"

"아이, 그런 건 너하고 상관없잖아? 너무 심한 말은 하지 말고 그냥 서류 한 장 써줘."

"그럼 나한테도 수고비 내라고 해. 20만 엔 내면 써줄게."

"어머, 말도 안 돼." 치하루가 내뱉었다. "쇼타는 네 아들이잖아. 조금쯤은 책임감을 가져야 하는 거 아니야?"

아들 이름이 나오는 바람에 유야는 말문이 막혔다. 이혼하고 1년이

지났지만 한 번도 아이 얼굴을 본 적이 없다. 헤어질 때는 아직 갓난아기여서 거무스름한 원숭이 같았다.

"벌써 아장아장 걸어 다녀. 그러면 아이 보느라 잠시도 눈을 뗄 수 없단 말이야."

"그래서 날더러 어쩌라고? 한 달에 20만 엔씩 척척 받았으면서 뭔 불만이야?"

아무리 그래도 헤어진 여자가 편안하게 나랏돈을 빨아먹는 것에는 화딱지가 났다.

"알았어. 그럼 아야카한테 수고비 얘기는 해볼 테니까 오늘 밤에라도 한번 만날까? 우리 집으로 와. 나도 아이가 있어서 밖에는 나갈 수가 없어. 어때, 됐지?"

"알았어……." 내키지 않는 채로 억지 약속을 했다.

전화를 끊고 큰 한숨을 내쉬었다. 창밖을 보니 추운 날씨에도 공원에 나온 아이들이 있었다. 여럿이서 공을 차며 이리저리 뛰어다닌다. 근처에서 한 노인이 드럼통에 폐자재로 불을 피우고 엄마들이 그 불을 쬐며 수다를 떨고 있었다. 검은 연기가 회색 하늘로 흩어진다.

쇼타에 대해서는 별로 생각도 해보지 않았다. 어쩌다 생각나기도 했지만 보고 싶다든가 안아주고 싶다든가, 그런 감정은 전혀 들지 않았다. 유야의 아버지와 어머니도 마찬가지였다. 친손자니까 그래도 한마디쯤 친권 주장을 하려나 했더니만 그냥 깨끗이 물러섰다. 아야카의 첫 남편도 자신이 씨를 뿌린 아이를 한 번도 만나러 오지 않았다.

자신과 주위 사람들은 혈육에 대한 정이 별로 없는 걸까. 너무 어린 나이에 아이를 낳은 터라서 이래저래 모르는 것투성이다.

유야는 남은 도시락의 밥을 입에 쓸어 넣었다. 녹차를 마시고 크게 트림을 한다. 오후에는 누전 차단기를 최소한 세 대는 팔아야 한다고 생각했다.

저녁에 회사에 돌아와 전표를 정리하고 있는데 폭주족 시절의 후배가 유야에게 상담을 해왔다. 그가 돌봐주는 고등학교 후배가 그저께 어린 브라질 놈한테 칼을 맞고 중상을 입었는데 반드시 복수를 해야겠으니 좀 도와달라는 부탁이 들어왔다는 것이었다.

"바보냐, 너? 지금 나이가 몇이냐? 벌써 스무 살이잖아." 유야는 들고 있던 자로 후배의 머리통을 따악 쳤다. "꼬맹이들끼리 투닥투닥 싸우는데 왜 네가 끼어드느냔 말이야."

그따위 얘기 듣는 것만으로도 화가 났다. 제발 착실히 일 좀 하라고 후배들을 죄다 모아놓고 설교를 하고 싶을 정도였다.

"그래도 디뉴 패거리들은 위에서 아래까지 똘똘 뭉쳐서 덤비니까 일이 쉽지 않아요. 이번 사건에서도 스무 살 먹은 보스라는 놈이 찾아와서 또 시비를 걸면 다음에는 두 명을 칼로 찔러버리겠다고 도리어 협박을 했답니다. 그러니까 최소한 나이 든 놈들만이라도 우리가 맡아줘야……."

"엉, 그래? 그럼 네가 뛰어들어서 치고받고 싸우든지 말든지 맘대로 해. 그래서 경찰에 잡혀가고 회사에서도 잘려보라고."

"형님. 화이트 스네이크가 개무시를 당하고 있단 말입니다. 우리 OB들이 그걸 그냥 보고만 있을 수는 없잖습니까."

'화이트 스네이크'라는 건 유야가 예전에 활동하던 폭주족 이름이다. 이 회사 멤버의 반절이 그 '화이트 스네이크' 출신들이다. 사장 가메야마는 바로 그 모임의 총장이었던 사람이다.

"흥, 사장한테 그렇게 말해봐라. 너 한 방에 날아갈걸?"

후배는 불만스러운 듯 입을 툭 내밀더니 다른 사람과 상의하러 갔다. 네 맘대로 해라. 유야는 그 등판을 향해 욕을 했다.

그러고 보니 최근에 유메노 시 곳곳에서 브라질인이 눈에 띄었다. 부품 공장에서 대량으로 외국인 노동자를 고용하더니 그들이 가족까지 불러들여 어느새 브라질 사람들만 모여 사는 동네까지 생겼다. 부근에는 브라질 요리의 식재료 가게까지 들어섰다.

자신이 현역으로 뛰던 시절에는 적이라고 해봐야 다른 폭주족밖에 없었다. 하지만 이제는 피부색이 다른 자들까지 상대해야 하는 모양이다. 시골 동네가 느닷없이 국제화된 것이다. 자신이 지금 열여덟 살이었다면 눈빛이 확 달라진 채 죽을 둥 살 둥 싸우고 있을 것이다. 타지에서 온 놈들이 잘난 척 거들먹거리고 다니게 해서야 이 지역 불량 그룹의 체면이 안 서는 것이다.

책상에 붙어 앉아 있는데 이번에는 시바타가 어깨를 툭 쳤다.

"어이, 오늘 실적은 어땠나?"

시바타는 '나는 승승장구 중'이라는 표정이었다.

"10만 엔 좀 넘었으니까 뭐 그럭저럭 괜찮은 편이에요."

"나 처음으로 30까지 올렸다."

"우와, 굉장하시네!"

"살짝 치매가 있는 독거 노인이 있어서 말이지. 그 집에서만 20만을 쓱싹."

"집에 그런 현금이 있었어요?"

"글쎄, 현금을 엄청 갖고 있더라고. 살짝 치매라니까." 시바타가 어깨를 숙이며 크크크 웃었다. "신용금고에 맡기고 싶어도 비밀번호를 자꾸 잊어버리니까 다달이 연금이 들어오는 대로 전액을 찾아다 집에 쌓아둔다는 거야. 내가 딱 그 다음 날을 노린 거지."

"그걸 어떻게 알았는데요?"

"신용금고 창구 아가씨가 내 중학교 때 후배걸랑. 지난번에 술자리에 불러내서 한 번 해주고서……."

시바타는 말을 하다 말고 배를 잡고 웃으며 책상을 탕탕 내리쳤다.

"어휴, 너무했네. 이거야 완전 짐승이잖아요."

유야도 한 덩어리가 되어 웃었다. 세상이란 참 재미있는 일도 많다.

"오늘밤에 사장이 카바레클럽에 데려간다고 했거든. 그 자리에서 이야기 해줄 거야."

시바타는 의기양양한 얼굴이었다. 완전히 가메야마의 신임을 얻은 것이다. 유야는 그게 무엇보다 부러웠다.

"너도 조금 있으면 불러주실 거다. 어떻든 베스트 텐에 들었잖냐. 축하한다."

시바타에게서 이런 다정한 소리가 나올 줄은 생각도 못했기 때문에 유야는 내심 놀랐다. 날마다 착실히 일을 하다 보면 불량 폭주족 출신이라도 남을 배려하는 마음이 생기는 걸까.

어쩐지 모두 함께 제대로 된 인간으로 변해가는 듯한 마음이 들었다. 동료가 있다는 건 참으로 든든한 일이다.

저녁때 치하루가 살고 있는 시영아파트에 갔다. 새로 지은 7층 철근 콘크리트 건물이다. 치하루의 집은 50평방미터가 넘어서 방 두 칸에 제법 큰 거실과 주방이 있었다. 모자 둘이서 살기에는 충분한 넓이다. 천장도 높았다.

"언제부터 이런 좋은 집에서 살았냐?"

유야는 집 안을 둘러보며 미간을 찌푸렸다. 자신이 사는 집은 좁아터진 원룸 아파트다.

"모자가정이라서 우선 입주시켜주고, 게다가 임대료는 공짜야."

치하루가 아이를 안고 키득키득 웃으며 말했다.

"참내, 유메노도 좋은 동네가 됐네. 설마 너까지 생활보호 대상자는 아니겠지?"

"아니, 나도 받아. 한 달에 15만 엔."

치하루가 고소하다는 듯 실눈을 뜨며 웃는다. 유야는 할 말을 잃고 얼굴을 일그러뜨렸다.

"그래서 아야카 혼자만 생활보호비가 끊기면 우리 우정에 금이 간단 말이야. 가토, 좀 도와줘."

자리를 권해서 상의를 벗고 고타쓰에 발을 넣고 앉았다. 새 텔레비전이 있고 가구도 번듯하게 들여놓고, 제법 그럴싸한 살림이었다.

"이놈의 세상, 왜 점점 더 이상하게 돌아가는지 모르겠어."

"진짜. 나도 좀 이상하다고 생각해. 나하고 아야카가 처음 신청했을 때는 금세 생활보호 대상자로 인정해줬는데, 요즘에 이혼한 내 친구가 창구에 갔더니 무서운 아저씨가 나와서 쫓아내더래. 시청이 기분 내키는 대로 돌아가는 거 같은 느낌이랄까?"

"너하고 아야카는 완전 재수가 좋았구나."

"그렇다니까. 하지만 요즘 재심사가 들어와서 전 남편한테 양육비를 받아내라느니 부모의 도움을 받으라느니, 아주 귀찮게 굴어. 지금은 액정 텔레비전을 꺼내놨지만, 케이스워커가 올 때는 벽장에 감춰야 하고 화장품 같은 거도 전부 치워야 해. 생활보호비 곧 끊길지도 모르지만, 어떻든 아야카하고 둘이서 최대한 오래 받아보려고…….”

“제기랄.” 유야는 한숨을 내쉬었다. “일본이라는 나라, 엉터리로 운영되고 있는 거 아냐?”

“누가 아니래. 글쎄 국민연금을 만기까지 착실히 납부해도 연금이 겨우 월 6만 엔쯤 나온다는 거야. 근데 혼자 사는 노인네가 생활보호 대상자가 되면 최저로 받아도 8만 엔이야. 꼬박꼬박 국민연금 납부하는 사람만 바보지 뭐야. 야쿠자들이 노숙자 모집해서 자기들이 대신 생활보호 신청해주고 그게 통과되면 반절씩 뜯어간대.”

유야는 그만 힘이 빠져서 바닥에 벌렁 누워버렸다. 돈이란 일단 손에 쥐는 놈이 장땡이다. 높은 데 앉은 놈들부터 정의롭지 못하니까 자기들 같은 사기 그룹도 나타나는 거다. 사기도 정당방위다.

어린 사내애가 방석에 눕혀져 콜콜 자고 있었다. 치하루는 낳을 생각이 전혀 없었지만, 고등학교 때 임신 중절을 한 적이 있어서 두 번은 안 좋을 것 같아 낳은 아이라고 전에 아야카에게서 들은 적이 있다.

“치하루, 날마다 뭐하나?”

“애 키우지.”

“거짓말도 잘하네.”

“애 본다니까. 가끔 친구한테 맡기고 파친코 들락거릴 때도 있지만.”

“일주일에 며칠이나 다니는데?”

“……3일 정도?”

“참내, 하루걸러 한 번씩이네. 사회복지사무소에 일러버린다?”

“어머머, 그랬다간 평생 저주할 거야.”

치하루가 커피를 타주었다. 유야는 벌렁 누워서 주방과 거실을 오락가락하는 치하루의 엉덩이와 젖가슴을 쳐다보았다. 예전부터 오동통

한 타입이었다. 헤어진 남편도, 그 전의 남자친구도, 고등학교 시절에
사귄 남자들도 모두 다 알고 있다.

"너 요즘에 남자 있어?" 유야가 물었다.

"아니, 빈 집."

"거짓말. 벽장 열어보면 젊은 놈이 머리 긁적이며 튀어나올걸?"

"아하하." 치하루가 덧니를 내보이며 수더분하게 웃었다.

유야는 몸을 일으켜 치하루의 팔을 잡았다.

"어머, 안 돼." 치하루가 짐짓 놀라며 말했다. 하지만 화를 내는 건 아
니었다.

"뭐, 어때. 그 서류 써줄 테니까, 응?" 유야가 눈 꼬리를 축 늘어뜨리
며 느물느물 말했다.

"안 된다니까. 아야카한테 이를 거야." 치하루는 몸을 뒤로 뺐다.

"거긴 나하고는 완전 남남이야. 우리 둘 다 독신인데 거리낄 게 뭐냐
고, 응? 그치?"

유야는 슬금슬금 치하루에게 다가가 그대로 덮쳤다.

"끼야아, 안 돼. 애가 깬단 말이야."

"그러니까 조용조용 하자니까." 유야는 치하루의 목덜미를 쭉쭉 빨
았다. "나, 전부터 치하루가 마음에 들었어."

"거짓말."

"거짓말 아냐. 아야카 친구라서 좀 조심했었지. 우리 사이좋게 지내
자구."

유야는 치하루를 바로 눕히고 가슴을 맞비비며 키스를 했다.

"아이, 싫다니까." 말은 그렇게 하면서도 치하루는 유야의 혀를 받아
들였다. 분명 전혀 예상하지 못한 일은 아니었을 것이다. 남자를 집 안

에 들일 때는 조금쯤 그럴 가능성도 생각하는 법이다.

"서류 꼭 써줘야 돼?"

"알았다니까."

일단 자리에서 일어나 옷을 벗으려고 하자 치하루가 "저기 옆방에서"라고 턱으로 가리켰다. 둘이 옆방으로 이동했다. 엉뚱하게도 혼례 가구가 윗목을 차지했고 굵은 테이블이 놓인 작은 방이었다.

"에이, 이 방은 춥잖아."

"금방 따뜻해질 거야."

전기 팬히터를 켜고 꼭지를 흔든다. 기름이 모자라는지 푸슈슉 하고 이상한 소리가 났다.

치하루가 스웨터를 벗어던졌다. 하얀 살빛이 어슴푸레한 속에 떠올라 히터의 불빛을 받아 붉게 물들었다. 유야는 그 풍만한 젖가슴에 그만 참을 수 없어서 강제로 쓰러뜨리고 덥석 입에 물었다.

"아앙." 치하루가 달콤한 소리를 냈다. 전라가 되어 서로 몸을 더듬었다. 방 안보다 자신들이 먼저 뜨거워졌다.

전희도 대충 끝내고 삽입에 들어갔다. 몸을 움직이기 시작하자 치하루도 허리를 흔들어 리듬을 맞춰주었다. 그렇구나, 치하루는 이렇게 섹스를 하는구나. 유야는 한껏 흥분했다. 예전부터 알고 있던 여자와 비로소 자본다는 건 특별한 흥분이었다.

"이봐, 치하루. 나도 부탁할 게 있어." 몸을 밀착시키고 천천히 움직이면서 귓가에 대고 말했다.

"이런 때, 비겁하게." 치하루가 헉헉거리며 대답한다.

"누전 차단기 파는 거 좀 도와줘라."

"그게 뭔데?"

"나 기필코 실적을 올려야 해. A등급에 들어서 사장한테 칭찬 좀 받고 싶다고."

"뭔 소리야, 그게?"

"나중에 설명해줄 테니까, 응? 응?"

피니시로 향하려고 하자 치하루는 깜짝 놀랄 만큼 큰 소리를 질렀다. 거기에 화답하듯이 옆방에서 아이가 울음을 터뜨렸다.

"어, 우는데?"

유야가 말을 해도 치하루는 끼잉끼잉 강아지 같은 소리를 지를 뿐 애 울음소리는 전혀 들리지 않는 모양이었다. 팬히터가 파닥거리는 기계음도 거기에 겹쳐졌다.

유야는 열심히 움직였다. 콧등에서 땀이 떨어져 치하루의 물결치는 배 위에 뚝뚝 떨어졌다.

9

뒤쪽 사무실에서 포착한 소매치기를 조사하고 있으려니 부점장 하시모토가 블루종 칼라를 세우고 뭔지 못마땅한 얼굴로 외근에서 돌아왔다. 호리베 다에코는 "수고하셨습니다"라고 인사를 건네고 현황을 보고했다. 잡혀온 사람은 젊은 주부로, 피해 품목은 고급 유정란 6개 들이 한 팩이었다. 악질적인 것은 어린애와 함께 와서 그 아이가 등에 진 배낭에 넣어 가져가려고 한 것이었다.

"달걀 한 팩? 참내, 그 정도는 돈 내고 사먹으쇼, 좀."

하시모토는 정말 지긋지긋하다는 듯이 말하고, 파일로 책상을 탕

쳤다.

"뭐? 한 개에 70엔짜리 고급 달걀은 어떤 맛인지 한 번 먹어보고 싶었다고? 그런 게 소매치기 이유가 됩니까? 당신, 난민이야? 아니면 바보야?"

아이 앞에서 사정없이 나무라는 건 딱하다는 생각이 들어서 다에코는 적절히 조절을 했었는데 하시모토는 그런 건 전혀 아랑곳하지 않았다. 오늘은 평소보다 몇 배나 기분이 안 좋은 모양이다.

소매치기 여자는 겉으로 보기에도 정서가 불안정한 느낌이었다. 아까부터 서글픈 눈빛으로, 한 개 70엔짜리 달걀이 어떤 맛인지 알아보고 싶었다면서 계속 미안하다는 말만 되풀이하고 있었다. 모자가정이라고 해서 시내의 친정집에 전화를 걸라고 했지만 부모가 모두 집에 없었다. 이렇게 되면 경찰을 부를 수밖에 없다.

"제기랄, 미치겠네." 하시모토는 마구잡이로 말을 뱉고 있었다. 아무래도 다른 일로 화가 잔뜩 난 모양이다. 상사인지라 어쩔 수 없이 슬슬 기분을 맞춰주면서 물어보니, 본사에서 드림타운의 영업을 한 시간 연장하라는 지시가 내려왔고 그에 따른 노사 교섭을 자신에게 떠맡겼다는 얘기였다.

"전국 드림타운 점포들이 밤 9시까지 연장 영업을 하니까 국도변의 대형 아울렛들도 덩달아 따라했잖아요. 그중에 밤 10시까지 연장하는 가게가 나오니까 또 그걸 쫓아가는 가게가 나오고……. 참내, 이런 시골에서 밤늦게까지 어떻게 영업을 하라는 건지 모르겠어요. 종업원 대부분이 파트타임 주부들인데 대체 무슨 수로 인원을 확보하라는 거냐고."

소매치기 따위 안중에 없는 기색으로 머리를 싸쥐고 있다.

"정말 큰일이네요." 애매하게 고개를 끄덕이며 맞장구를 쳐주었다.

대형 매장들이 영업 시간을 놓고 경쟁을 벌이니 종업원의 근무 교대는 갈수록 빡빡해질 뿐이다. 휴일은 없는 거나 마찬가지여서 다에코도 이번 정월에는 2일부터 출근하라는 지시를 받았다.

"이런 경쟁을 해서 좋아할 사람이 누가 있겠어요? 도무지 이유를 모르겠어. 이러다 그쪽에서 밤 11시까지 하겠다고 나오면 어쩔 거냐고요. 서로 자꾸 상승할 거잖아요."

하시모토는 파일을 챙겨들더니 "잠깐 점장실에 다녀올 테니까 이 일은 대충 알아서 처리하세요"라는 말을 남기고 사무실을 나갔다.

동료 오시마 요시코가 어깨를 들썩 쳐올렸다. 최근 몇 년 사이에 시내 대형 매장은 하나같이 연중무휴로 밤늦게까지 영업을 하고 있다. 10여 년 전만 해도 일주일에 하루씩은 정기 휴일이 있었고 오후 6시면 가게 문을 닫았다. 한 번 시작된 경쟁은 멈추지 않는 것이다.

어쨌거나 소매치기를 처리하지 않으면 안 된다. 다에코는 자신의 판단에 따라 훔친 물건은 구입하고 경위서를 쓰게 하는 선에서 끝내기로 했다. 사과하는 태도가 그리 나쁘지 않아서 굳이 큰소리를 낼 것도 없었다. 이런 경우는 잠깐 설교를 한 다음에 돌려보내면 된다.

가방 안의 소지품을 모두 꺼내라고 해서 다른 상품은 없는지 점검했다. 싸구려 화장품과 구형 휴대전화, 그리고 각종 카드와 자동차 면허증을 넣은 지갑 등이 테이블 위에 늘어섰다. 그 속에 특이하게도 비취로 만든 보살상 열쇠고리가 있었다. 어라라, 싶어서 물어보았다.

"이건 뭐야, 당신 거야?"

"네. 행운이 온다고 해서 갖고 다니는 거예요."

"무슨 행운?"

"그, 글쎄요, 이런저런 행운이……."

"행운이 오기는커녕 소매치기하다 잡혀온 신세인데?" 다에코는 피식 웃으며 말했다.

"네, 정말 그렇군요······."

여자는 우울한 얼굴로 고개를 숙이고 있었다. 다에코의 머릿속에서 한 가지 생각이 떠올랐다.

"오시마 씨, 미안하지만 잠깐 아이하고 좀 놀아줄래?"

다에코가 말했다. 마흔 중반에 벌써 손자까지 있는 오시마 요시코가 씨익 웃으면서 다섯 살이라는 여자아이에게 말했다. "자, 아줌마하고 나가서 놀까?" 손을 잡고 옆의 창고로 나갔다.

사정을 들어보니 여자는 이름이 미키 유카리, 나이는 서른한 살이고 이 근처 아파트에서 딸과 함께 살고 있었다. 빌딩 청소 일과 집에서 우편 봉투에 수신인 이름 쓰기 아르바이트를 하고 있고 이따금 아는 사람의 술집 일을 거들고 있다고 한다.

"이봐요, 미키 유카리 씨." 다에코가 온화한 말투로 여자의 이름을 불렀다. "이혼한 남편에게서 양육비는 받고 있어?"

"네, 한 달에 3만 엔씩 받아요."

유카리가 고분고분 대답했다. 본성이 순박하고 경계심은 별로 없는 편인 것 같았다.

"겨우 3만 엔? 아파트 임대료도 내야 할 텐데, 최소한 10만 엔은 받아야지."

딱한 마음에 그렇게 말했더니 유카리는 쓴웃음을 지으며 고개를 끄덕였다.

"변호사한테 부탁해서 지금이라도 다시 청구해봐. 여자만 죽도록 고생할 필요는 없어."

"네, 그건 그렇죠."

"근데 이 보살 열쇠고리 말인데…….." 다에코는 손끝으로 열쇠고리를 집어들고 슬쩍 흔들며 물었다. "혹시 만신쿄(萬心敎)에 다녀?"

유카리가 놀란 듯 고개를 번쩍 들었다. "아세요?" 당황하는 표정이 역력했다.

"알지, 그 정도는. 노카타 초 변두리에 사원이 있는 그 종교 단체지? 이상한 모자 쓰고 부채 같은 북을 치면서 경전 읊고 다니는 사람들."

"어떻게 아세요?"

"만신쿄 아주 유명하잖아. 역 앞에서 홍보지도 나눠주고, 신문에도 껴서 들어오고."

다에코가 열쇠고리를 돌려주자 유카리는 그걸 가슴에 대고 크게 숨을 내쉬었다.

"유카리 씨, 거기 신자구나?"

"아뇨, 신자라고 할 정도는 아니고……. 그냥 연구회에 몇 번 참석했을 뿐이에요."

"만신쿄에서는 어떤 가르침을 주는 거야?"

유카리는 5초쯤 생각하더니 입을 열었다. "공덕을 많이 쌓은 사람에게 행복이 찾아온다고 했어요."

다에코는 흥 코웃음을 쳤다. "그럼 왜 소매치기를 해?"

"아, 그건 소매치기하고는 상관없어요. 공덕이라는 건 부처님께 쌓는 것이거든요."

"무슨 소린지 모르겠네." 이번에는 어깨를 들썩이며 웃었다. "하지만 결국 그 만신쿄라는 데는 현세에서의 행복을 원하는 거겠지?"

미키 유카리가 선뜻 대답하지 못하고 있었다.

"유카리 씨, 이번 소매치기 없었던 일로 해줄까?"

천천히 등을 꼿꼿이 세우며 다에코를 빤히 바라본다.

"유카리 씨가 나쁜 사람은 아닌 거 같아서 그래. 내가 생각하기에는 현세의 행복에 매달리려고 하는 그 만신쿄에 문제가 있어. 그런 사이비 종교를 믿어서는 안 돼."

"아, 네……." 유카리가 귀를 쫑긋 세우고 듣고 있다.

"소매치기는 없었던 일로 해주는 대신 이번 일요일에 더 좋은 종교의 설교회에 한번 참석해볼래? '사슈카이'라는 덴데, 본부 건물이 골프장 가는 길 중간쯤에 있어. 만신쿄보다는 허름한 사원이지만, 그건 신자들의 돈을 갈취하는 종교가 아니라는 증거야. 다들 착한 사람들만 모인 곳이지."

"아, 저는 좀……." 유카리가 입술을 깨물었다.

"괜찮아. 거기 참석한다고 꼭 그 종교를 믿으라는 건 아니야. 사슈카이의 사라님 말씀을 한번 들어보라는 얘기지. 그러면 오늘 일은 내가 봐줄 거야."

"그렇게 봐주실 수도 있어요?"

"당연하지. 나도 그런 정도의 재량권은 있어. 반성의 기미가 뚜렷하고 재범의 가능성이 낮다. 그래서 훈계하고 풀어줬다. 그런 식으로 보고서 써줄게."

"그렇게 해주시면 저는 정말 고맙지요."

유카리가 무릎에 손을 얹고 깊숙이 고개를 숙였다. 눈물까지 글썽거리고 있었다.

"그럼 정해졌네. 이번 일요일에 나하고 함께 가자. 사슈카이의 지역 리더가 이웃에서 사니까 그 사람 차로 데리러 갈게. 딸아이는 가능하면 친정에 맡기고 가는 게 좋아."

"네……."

거절을 못하는 성격인지 유카리는 힘없이 고개를 끄덕였다. 찬찬히 보니 미녀라고 할 만한 여자였다. 몸매도 나쁘지 않았다. 이 여자가 박복한 건 불행을 뛰어넘는 방도를 알지 못했기 때문일 거라고 다에코는 확신했다. 틀림없이 사슈카이의 가르침에 공감하고 회원이 되어줄 터였다.

"유카리 씨, 아마 크게 깨닫는 게 있을 거야. 내가 그랬거든."

옆의 창고에서 딸아이가 깔깔거리며 웃는 소리가 들려왔다. 그 천진함과 눈앞의 여윈 엄마의 차이가 가슴 아팠다. 모자가정이라면 더욱더 행복하게 살아줬으면 좋겠다고 다에코는 생각했다.

일요일 아침 일찍 지역 리더 야스다 요시에와 둘이서 유카리를 데리러 갔다. 보안요원 일이 있었지만 동료에게 날짜를 바꿔달라고 억지를 쓰다시피 해서 휴일을 냈다. 다에코 대신 근무하게 된 동료가 "내 일요일 망치는 거니까 한턱내야지?"라고 은근히 보상을 바라는 말을 하길래 다에코는 불끈 화가 났다. 제 잇속만 챙기는 천박한 인간은 친절한 마음을 베풀 줄도 모른다. 그래도 어쩔 수 없이 천 엔짜리 과자상자 하나를 건네주었다.

유카리가 사는 아파트는 그야말로 싸구려 건자재로 지은 2층 건물이었다. 이름만은 그럴싸하게 '메종'이다. 은행에서 바람을 넣어서 땅주인이 대출로 임대 사업에 나선 케이스다. 결혼하고서도 부모와 함께 살지 않는 젊은이들이 늘어나면서 인구가 줄었는데도 유메노 시에는 이런 건물들이 자꾸 들어서고 있었다.

아이를 벌써 친정에 맡기고 왔다는 유카리는 미니스커트 정장 차림으로 기다리고 있었다. 잠깐 집 안에 들어갔을 때 사는 형편을 은근슬쩍 관찰했다. 요시에가 창문으로 밖을 내다보더니 "응, 이쪽 집이라면 다니기도 아주 좋지"라고 크게 고개를 끄덕였다.

"유카리 씨, 저기 저 산 모퉁이가 사슈카이 본부야. 여기서 교주님의 기원당(祈願堂)이 일직선으로 보이네. 그분의 기가 여기까지 전달되었다는 뜻이야."

"네에, 그런가요……." 유카리가 떨떠름하게 대답한다.

추운 날씨 속에 여자 셋이서 자동차를 타고 본부로 향했다. 요시에의 자동차는 녹슬어가는 몸체에 '야스다 상회'라고 적힌 오래된 소형 왜건이다. 평소에는 가업인 폐품 수집에 쓰이는 차였다. 서스펜션이 먹통이 되었는지 길이 조금만 울퉁불퉁해도 난파선처럼 크게 흔들린다. 엔진과 히터 소리도 시끄러웠다. "난 날마다 이걸 타고 세상을 둘러본다우." 요시에는 항상 그렇게 말했다. "좋은 옷에 마크Ⅱ를 타고 다녀서는 인간의 본성이 보이지 않는 법이야"라고 덧붙인다. 왜 하필 마크Ⅱ인지는 모른다. 분명 그녀가 유일하게 아는 자동차 이름이자 중산층의 상징인 모양이다.

차 안에서 둘이 유카리에게 이런저런 질문을 했다.

"만신쿄에서는 어떤 공덕을 쌓으라고 했지?"

"태내에서 죽은 아이를 위한 공양을 하지 않으면 조상이 고통에서 헤어나지 못한다고……."

"저런저런, 그럴 줄 알았어."

다에코와 요시에는 소리 높여 웃었다. 사이비 종교의 상투수단이다.

"사슈카이에서는 그런 일로 신자를 협박하는 일은 없으니까 안심해." 다에코가 말했다.

"절대 그런 짓은 안 하지. 우리 모임에는 50대 중반의 교주님이 계시는데, 오랜 세월 불교 수행을 쌓으신 분이고 신자를 진심으로, 마치 혈육처럼 걱정해주셔." 요시에가 사슈카이의 교주를 자랑했다.

"신앙이라는 건 그 교의에 공감할 수 있느냐 아니냐에 달려있어. 남의 불행을 들쑤셔서 위협하고 불안을 부채질해서 신자로 끌어들이다니, 우리 사슈카이에서는 그런 건 상상도 못 해. 그건 그렇고, 만신쿄에서는 헌금을 얼마나 냈지?"

"지금까지 이것저것 해서 50만 엔쯤 들었는데……." 유카리가 머뭇머뭇 말했다. 그리고는 뒷좌석에서 몸을 내밀어 안타까운 얼굴로 하소연을 했다. "나도 그 종교 뭔가 이상하다는 생각은 했어요. 보살상 열쇠고리도 5만 엔을 주고 샀는데, 지도원이 내 경우에는 10만 엔짜리쯤은 구입해야 태내에서 죽은 아이에게 공덕이 된다고 나무라더라구요. 그래서 지금은 돈이 없다고 했더니, 우선 5만 엔짜리를 사고 나중에 기회가 되면 업그레이드를 하라고……."

"저런저런, 완전 사기꾼이네. 그런 건 단호하게 거절하는 용기를 가져야 해."

다에코는 유카리의 손을 꼬옥 잡아주었다. 그러자 매달리듯이 마주 잡는다. 이 여자는 2년 전의 자신과 똑같다고 생각했다. 장래에 불안을 품고, 상의할 사람도 없이 고독에 허덕였던 것이다. 서른한 살의 여자가 영락없이 어린애로만 보였다. 구해주지 않으면 안 된다고 다에코는 다시 한 번 마음을 다졌다.

설교회에는 백 명이 넘는 회원이 모였다. 예전에 농가로 쓰이던 건

물을 개축해 장지문을 떼어내고 네 개의 방을 터서 회장으로 사용했다. 이날은 신자들이 미처 다 들어가지 못해 마루에까지 앉아 있었다. 요시에가 연락원에게 "신규 회원을 데려왔어"라고 귀엣말을 해서 중앙의 좋은 자리를 얻어냈다.

바깥 날씨가 꽁꽁 얼어붙은 가운데, 난방은 구석에 놓인 스토브 한 개뿐이어서 사람들의 입김으로 창문이 부옇게 흐려질 정도였다.

회원은 거의가 40대 이후의 여자들이었다. 어쩌다 20대도 있지만, 엄마에게 억지로 끌려온 딸인 경우가 많았다. 그러니 젊은 유카리는 사람들의 시선을 한 몸에 받았다. 호기심이 아니라 자애의 시선이었다. 이곳에 있는 사람들 모두가 젊은 여자의 행복을 빌어주는 것이다. 현세가 아니라 내세에서의 행복을.

별채 기원당에서 연결 복도를 지나 교주가 등장했다. 회원들은 교주를 '사라님'이라고 불렀다. 석가가 열반에 들었을 때 주위 사방에 두 그루씩 생겨났다는 나무의 이름이 사라(沙羅)라고 한다. 요시에한테 들은 바로는, 부처님이 교주에게 처음 빙의하셨을 때에 직접 그런 이름을 내려주셨다고 한다.

교주는 순백의 법의로 몸을 감싸고 있었다. 뚱뚱하게 살이 쪘고 코끝이 위를 향하고 있어서 너구리를 닮았다. 화장이 진해서 형광등 아래에서는 얼굴이 하얗게 빛난다. 처음 사라님을 봤을 때, 호통을 잘 치는 걸로 인기가 있는 텔레비전 여자 MC하고 꼭 닮았다고 생각했었다.

"여러분, 안녕하십니까?" 교주가 콕콕 집는 듯한 강한 말씨로 첫 말을 뗐다. 회원들의 인사를 들으면서 주위를 한껏 내려다보며 회장을 한 바퀴 비잉 돌았다.

"올 겨울은 몹시 춥지요? 오늘 아침에도 물웅덩이가 꽁꽁 얼었더군요. 휘발유 값이 부쩍 올랐는데 날씨가 이렇게 추우니 다들 집안 살림이 걱정이지요?"

연극을 연상시키는 독특한 말투였다. 때때로 연극 무대를 바라보는 듯한 착각에 사로잡히는 일도 실제로 있었다.

"하지만 겨울이 추운 건 당연한 일. 최근 30년 동안 일본이라는 나라는 현세에서 오로지 편할 궁리만 하면서 괴로운 일, 힘든 일은 최대한 뒤로 미루며 살아왔습니다. 내가 분명히 말하나니, 점점 뜨뜻미지근해지고 있어요, 일본의 겨울이. 옛날에는 그렇지 않았어요. 내가 어렸을 때만 해도 정월이면 눈싸움도 하고 눈사람도 만들고 처마에는 고드름도 열렸어요. 이만큼 굵은 게 열렸어요!"

교주가 두 손으로 허공에 긴 고드름을 만들었다. 기둥을 세우듯이 온몸을 사용하는 제스처를 반복한다. 허리까지 크게 틀었다.

"아, 이렇게까지 굵지는 않았나?"

회원들 사이에서 웃음소리가 일었다. 교주는 자주 최근의 이상 기온을 들먹이면서 올해의 추운 날씨가 정상인 것이고, 그건 즉 천상의 석가모니 부처님께서 이제 슬슬 인간을 본연의 삶으로 되돌리겠다는 뜻을 시사하는 것이라고 몸짓 손짓을 섞어가며 설교했다.

다에코의 옆자리에서는 유카리가 진지한 표정으로 집중해서 듣고 있었다. "어때, 좋은 말씀이지?" 작은 소리로 묻자 뺨이 불그레해진 채 절이라도 하듯이 고개를 끄덕였다.

"자아, 스피치 타임이에요. 스피치 타임! 앗, 오늘은 영어네? 아니, 별 깊은 뜻은 없어요. 너무 심각해지는 게 싫어서 한번 써봤지. 평소에 여러분이 하는 얘기. 있어요, 그런 사람. 자신의 불행에 심취하는 사람, 아아, 나는 비극의 여주인공이구나, 흑흑흑. 도대체 슬퍼하는 건지 기뻐하는 건지 알 수가 없는 사람, 있어요! 내가 분명히 말하나니, 그런 사람은 불행을 처분한 게 아냐! 불행을 처분한다는 건 분명하게 부처님의 시점에서 보고, 전체상을 파악하고, 이해하는 것이야! 내가 몇 번이나 말했지요? 그게 불행을 올바르게 처분하는 거예요!"

사슈카이의 가르침의 키워드라고 할 수 있는 것이 바로 이 '불행의 처분'이었다. 덮쳐드는 불행을 그대로 덮어쓰지 않고, 그렇다고 도망치지도 않고, 정면으로 처분해버리라는 가르침이었다. 교주는 그것을 야구의 배팅에 비유하여 말하곤 했다. "좋지 않은 코스로 들어오는 볼은 파울로 넘겨버리라는 얘기야! 알아듣겠어요?"

아줌마들은 대부분 스포츠에는 무지한 편이지만 그 정도는 이해할 수 있었다. 처음 그 말을 들었을 때 다에코는 눈앞이 환해지는 듯한 감동이 밀려왔다. 뒤이어 불행에는 총량이 있으니 현세에 그것을 최대한 많이 써버리는 게 오히려 득이 된다는 '총량법'에는 진심으로 큰 위로를 받아, 마치 오셀로 게임에서 대역전한 듯한 기쁨을 맛보았다. 현세의 불행은 지금 여기서 미리 갚아버리는 이자라고 생각하면 되는 것이다.

"자아, 그러면 오늘 이야기할 사람은⋯⋯." 교주가 손을 위로 쳐들고 회장을 둘러보았다. "와타나베 구미코 씨? 아, 저기 있네. 당신 편지, 내가 아주 소중히 읽었어요. 참 힘드셨겠어. 시아버지 병간호로 빚까지 지고, 막상 돌아가시니까 시동생 시누이들이 줄줄이 나타나서 유산을 나누자고 한다면서요? 그 스트레스로 위장에 탈이 나서 지난주까지 병원 신세를 지고⋯⋯. 자아, 여기서 다 토해내세요! 모두 가족 같은 사람들이잖아! 욕심 많은 친척들보다 여기 이 자리의 우리 회원들이 훨씬 더 가족 같아!"

소개를 받고 와타나베라는 쉰 살 정도의 여자가 머뭇머뭇 자리에서 일어났다. 최근에 입회한 주부였다. 교주의 대단한 점은 한 번 만난 사람은 죄다 이름을 외워버린다는 것이었다. 이 여자도 풀 네임으로 불리는 바람에 뺨이 빨갛게 물들어 있었다.

"예, 나는 와타나베라고 합니다. 말을 잘할 수 있을지 어떨지는 모르겠지만……."

"괜찮아! 모두 한 가족이야!" 교주가 힘차게 말했다.

"제 형편은 방금 사라님께서 말씀해주셨지만, 시아버지가 남긴 재산이라는 게 겨우 200만 엔밖에 안 돼요. 입원비니 장례비를 빼고 나면 100만 엔도 안 되는 돈인데, 그걸 나눠라 마라 하고 덤비니 내가 도저히 이해할 수가 없어서……. 막내 시동생은 지금 우리가 임대 주차장으로 쓰는 땅까지 나눠달라고 하더라고요. 그 시동생이 가난하게 산다면 내가 그나마 이해를 하겠어요. 하지만 시청에 다니는 공무원이면서 그런 소리를 하니……. 이제는 인간이라면 아무도 믿을 수가 없고……."

여자의 불행 이야기가 길게 이어졌다. 남편이라는 사람은 소심하기만 해서 큰누님이 하라는 대로 다 한다, 원래 건어물 장사를 하던 집안이었는데 대형마트에 눌려 진즉에 문을 닫고, 현재는 임대 주차장으로 겨우겨우 생계를 이어가는 형편이다……. 다에코로서는 그녀의 한마디 한마디가 살 속을 파고드는 듯한 느낌이었다. 아마 결혼생활을 계속했다면 분명 자신도 그 꼴이 났을 터였다.

와타나베가 이야기하는 중간 중간에 회원들 사이에서 "그렇지, 그렇지!" "정말 너무했네" 하는 맞장구가 터져 나왔다. 가만히 입 다물고 있기가 미안해서 다에코도 "절대로 지지 마라!" 하고 한 차례 고함을 쳐주었다. 가슴의 체증이 단숨에 내려갔다. 항상 그렇듯이 회장의 분위기가 점점 달아올랐다.

"내가 시동생하고 시누이한테 말했어요. 이렇게 나를 괴롭힌다면 그래, 좋다, 당장 이혼하겠다, 위자료로 재산의 반을 내놔라…….."

거기서 와타나베는 더 이상 말을 잇지 못한 채 흐느꼈다.

"울지 마라! 울지 마라! 그래서는 처분이 안 돼!"

교주가 고함을 내질렀다. "울지 마라!" "울지 마라!" 회원들이 뒤를 이었다. 다에코도 요시에도 엉거주춤 엉덩이를 쳐들고 함께 소리쳤다.

"그런데요, 사실은 나, 돈 같은 거 필요 없어요. 행복하게 사는 건 다음 생의 몫으로 남겨 둘랍니다."

"오호, 처분이다앗!" 교주가 손을 옆으로 흔들어 유도 심판의 기술 효과 판정 같은 포즈를 취했다.

"이번 생에서는 이 정도면 족하다고 생각하기로 했어요……."

"오호, 또 처분이다앗!"

"내세가 있다는 걸 깨달은 덕분에 현세가 참말로 편안해졌어요. 지저분한 싸움은 이제 지긋지긋해요. 나는 욕심 많은 친척의 공격에 반격한다는 뜻에서 시아버지가 남겨준 돈을 모조리 여기 사슈카이에 바치기로 결심했습니다!"

여자가 목소리를 쥐어짜 외쳤다. 한순간의 침묵 뒤에 우레와 같은 박수가 터져 나왔다.

"아, 잠깐, 잠깐! 와타나베 씨, 당신 마음대로 그렇게 해도 되는 건가요?" 교주가 미간을 찌푸리며 말했다. 회장이 일순 고요히 가라앉았다. "나 역시 와타나베 씨와 똑같이 돈 따위는 필요 없는 사람이에요."

"잘 알지요, 사라님. 그래도 꼭 기부하게 해주세요!" 다시 여자가 울음을 터뜨렸다. "시슈카이의 한 사람으로서 앞으로 내 인생을 여기서 살아가고 싶어요!" 교주를 응시하며 와타나베는 부들부들 어깨를 떨었다.

"오호, 처분이다앗~!"

교주가 섬광 같은 소리를 내질렀다. 박수 소리가 끊이지 않았다. 다에코도 열심히 손뼉을 쳤다. 옆을 돌아보니 유카리가 감격하여 마지않는 표정으로 눈물을 흘리고 있었다.

다행이다ㅡ. 다에코는 자기 일처럼 기뻤다. 이걸로 새롭게 한 사람, 현세의 행복에 연연하지 않는 자유로운 인간이 불어났다. 그녀는 우리의 가족이다.

설교회가 끝나는 대로 간부를 만나게 해주자고 생각했다. 가능하면 교주와도 직접 대화하게 해주고 싶었다.

"사라님, 아아, 사라님……."

당당하신 교주의 모습을 우러러보며 저절로 입 속에서 그 이름을 읊조리고 있었다. 감동이 몸속에서 끓어올라 다에코는 한참이나 떨림이 멈추지 않았다.

10

유메노 시민연락회 멤버들이 사무실로 쳐들어온 건 동네 방재(防災) 방송의 정오 차임벨이 한창 울리던 중이었다.

야마모토 준이치는 비서 나카무라에게 배달 메뉴를 가져오라고 해서 점심에 뭘 먹을까 궁리하고 있던 참이었다. 간밤에 상공회를 상대

로 거나하게 술판을 벌인 뒤라 가볍게 우동이나 먹자고 나카무라에게
막 말을 하려는데 옆 사무실이 시끌시끌해졌다.

"마음대로 들어가시면 곤란해요."

"무슨 소리야? 홈페이지에서는 언제라도 마음 편히 방문해달라고
했잖아!"

사무실 스태프와 날카로운 목소리로 몇 마디 주고받는가 싶더니 곧
바로 집무실 문이 노크도 없이 벌컥 열렸다.

"아, 여기 계시네, 야마모토 씨. 오늘은 절대로 안 놓칠 겁니다."

리더 격인 여자가 말했다. 예전에 시의회에서 준이치에게 수전노라
고 야유를 날린 적이 있는 여자다. 나이도 지긋한데 이마의 앞머리가
가지런한 단발머리여서 금세 얼굴을 외워버렸다. 사카가미 이쿠코라
고 했던가. 분명 그런 이름의 시민운동가다. 지난번 시의회 의원에 입
후보해서 말도 안 되는 표로 낙선했었다.

"뭡니까, 당신들? 사전 약속도 없이 이건 너무 난폭한 짓 아닙니까?"

준이치는 짜증스러운 표정으로 항의했다. 느슨하게 풀어놓은 넥타
이를 다시 매고 손으로 머리를 다듬었다.

"아니, 야마모토 씨가 도무지 만나주질 않잖아요. 전화를 해도 자리
에 없는 척하고, 약속을 잡으려고 해도 도망만 다니고."

"도망 다닌 적 없습니다. 내가 이래저래 바쁜 일이 많을 뿐이에요."

"그럼, 지금 얘기하시죠. 어차피 점심은 드실 테니 그 사이에 시간
좀 내주세요."

"그렇게 억지를 쓰시면……."

"정치가시니까 참으세요, 그 정도는. 시민의 대표다운 겸손함을 보
여주세요."

사카가미 이쿠코는 권하지도 않았는데 소파에 자리를 잡더니 멤버들을 향해 "거기, 다들 앉아요"라며 손을 저었다. 멤버들은 모두 30대에서 40대의 주부로, 직장에는 다니지 않는 모양이었다. 씩씩한 건 사카가미 이쿠코 한 사람이고, 나머지 사람들은 그녀에게 이끌려 다니는 것처럼 보였다. 시골의 시민운동은 주로 단 한 명의 활동가에 의해 좌지우지되는 것이다.

　준이치는 떨떠름한 얼굴로 점심 주문을 포기하고, 일단 대화에 응해주기로 했다. 맞은편 자리에 앉았다. 여자들의 화장품 냄새에 숨이 턱 막혔다.

　"그러시다면 의견을 들어보기로 하지요. 하지만 시간이 없으니까 20분 정도로 끝내주세요." 괜한 트집은 잡히지 않도록 준이치는 정신을 가다듬었다.

　"아스카 산에 산업폐기물 처리시설을 건설한다는 그 계획, 야마모토 씨가 한 다리 걸치고 있다는 거 우리가 이미 다 알아요."

　사카가미 이쿠코가 등을 꼿꼿이 세우고 말했다. 앙상할 만큼 말라서 주름살이 한층 두드러지는 여자다. 준이치와 비슷한 나이로 보이는데, 여자다운 구석이라고는 전혀 느껴지지 않는 아줌마였다. 리사이클 숍을 운영하고 있고, 남편은 일반 회사원이라고 들었다. 이 여자에게 남편이 있다는 게 준이치는 도무지 믿어지지 않았다. 이런 여자와 어떻게 잠자리를 함께하는지, 남편이라는 사람에게 한번 물어보고 싶은 기분이다.

　"한 다리를 걸치다니, 아예 처음부터 나쁜 짓을 하는 사람으로 몰아세우시는군요. 하지만 유메노 시에는 이미 열 개가 넘는 산업폐기물 시설이 있어요."

"그러니 더 이상 건설할 필요가 없단 얘깁니다. 아스카 초의 주민들에게도 이건 큰 민폐라구요."

"딱히 반대 운동은 없었습니다만."

"앞으로 일어날걸요?" 사카가미 이쿠코가 노래하듯이 말하고는 두려울 것 하나도 없다는 표정으로 웃었다. "그쪽에 공민관 하나 지어주는 걸로 입을 막을 생각이셨다면 그건 큰 착각이죠. 반대하는 사람들이 당연히 있다구요."

준이치는 콧숨을 내쉬었다. 아마 시간이 남아돌아 사방으로 서명을 받고 다닐 것이다. 그 동네에 사는 주민도 아닌데 이렇게 나서서 반대하다니, 대체 이 열정은 뭔가.

"사카가미 씨, 그야 주민이 백 퍼센트 찬성하는 일은 없겠지요. 다리 하나를 놓을 때도, 길 하나를 만들 때도 반드시 반대하는 목소리는 나옵니다. 하지만 정식으로 사전 협의도 거쳤고 검토위원회도 설치했고, 그런 식으로 민주적인 절차를 밟아 결정한 일입니다. 혹시 사카가미 씨의 단체에서 반대를 하신다면 그때는 의견을 들어볼 테니까……."

"아뇨, 더 이상 속일 생각은 마세요." 가슴을 툭 내밀며 말을 가로막았다. "첫째로, 주민 설명회를 열 예정은 없는 모양이던데요? 우리도 다 조사해봤어요. 동네 대표 모임을 접대하고 그걸로 끝내시려고요? 흥, 그런 식으로 하시면 안 되죠."

"접대? 그런 건 모르겠는데요. 내가 들은 이야기로는 업자가 타 지역 산업폐기물 시설의 견학에 초대해서 연구회를 열었다는 것뿐인데?"

"흥, 시치미 떼시기는." 사카가미 이쿠코가 입을 움츠리며 무례한 웃음을 지었다. "그날 저녁에 시내 클럽에서 접대를 했고, 그 자리에 야마모토 씨도 나오셨다던데 왜 이러세요? 젊은 호스티스를 잔뜩 준비했고, 그 속에 2차도 가능한 필리핀 여자까지 끼워서……."

준이치는 미간을 좁히며 얼굴 표정을 가다듬었다. 어떻게 그것까지 알고 있을까. 내부에 밀고자라도 있었나. 아니, 그럴 리는 없다. 그저 시골 사람들은 입이 가벼운 것이다.

"어머나, 야마모토 씨 당황하시네."

나이 들고 못 생긴 여자 주제에 교태어린 목소리다. 마치 친구라도 되는 듯이 스스럼없는 그 태도에 불끈 화가 솟구쳤다.

"전혀 기억에 없군요. 어디서 들은 얘긴지는 모르겠지만, 그런 소문 이 유포되는 건 내 명예와 관계되는 일이에요."

준이치는 일단 부정하기로 했다. 인정했다가는 일이 커져버린다.

"아, 그러세요? 부정하시려고요?"

사카가미 이쿠코가 얼굴을 빤히 들여다보며 의미심장한 미소를 지었다.

하지만 증거 따위는 없다. 분명 몇 차례 건넌 소문을 들은 거다. 이 건 공갈이다. 준이치는 마음속으로 스스로에게 말했다.

"아무튼 내 명예에 관계된 발언은 신중을 기해주십시오. 그리고 산 업폐기물 처리시설 건설에 관해서는 지역 활성화 사업이기도 하니까 그 점을 충분히 이해해주시고……."

"야마모토 씨, 의외로 허술하시던데요? 의원님이시라면 좀 더 주변 정리를 철저히 하셔야죠."

"무슨 말입니까?"

"건설 예정지 등기부를 살펴보면 금세 다 알 일이라구요. '야마모토 토지개발'이라는 회사명이 똑똑히 나와 있어요."

얼굴이 후끈 달아올랐다. 당황한 것을 들키지 않으려고 손목시계를 보는 척했다. "이봐 나카무라, 슬슬 다음 회의 시간이지?" 어떻게든 이 자리를 모면해보려고 했다.

"대답하세요. 자기 회사 소유지를 전매해서 거기에 산업폐기물 처리 시설을 건설하다니. 게다가 업자는 오래 전부터 관계가 있는 야부타 건설이죠? 이보세요, 야마모토 씨. 이런 걸 정경유착이라고 하는 겁니다. 정치 헌금 받으셨지요? 여기저기 산업폐기물 관련 업자들한테 받으셨을걸요?"

"그만 돌아가시죠. 나도 이래저래 바쁜 사람입니다." 준이치는 자리에서 일어나 나카무라에게 턱짓을 했다.

"도망치지 마세요!" 사카가미 이쿠코의 날카로운 목소리가 날아왔다. "비겁합니다!" "분명하게 대답하세요!" 다른 여자들도 목소리를 높였다.

"아무튼 약속한 20분이 지났어요. 이만 돌아가세요. 그다음 얘기는 서면으로 질문해주시면 성실히 답하지요."

준이치는 책상으로 돌아와 노트북 컴퓨터를 켜고 화면을 보는 척했다. 나카무라가 앞을 가로막고 서서 여자들을 밖으로 밀어냈다.

"조사해보면 다 나와요. 그런 허술한 수법으로 밀고 나가려고요? 시민을 바보로 아는군요. 선거 전에 시의회에서 반드시 추궁할 겁니다!"

사카가미 이쿠코가 허리에 손을 짚고 버티며 도전하듯이 말했다.

"여러분, 그만 돌아갑시다. 배도 고프고, 시청 식당에 가서 런치나 먹고 가죠. 5백 엔에 디저트까지 주는데, 세금 낸 우리가 자주 이용해야지 안 그러면 손해예요."

해일이 빠져나가듯 여자들이 떠나갔다. 나이 든 여자들의 욱한 냄새가 방 안에 가득했다. 나카무라에게 창문을 열어 얼른 공기를 바꾸라고 지시했다.

"뭐야, 저 사람들? 공산당 앞잡이들인가?"

"……모르겠습니다."

"전혀 관계가 없진 않을 거야."

"죄송합니다. 그것도 잘 모르겠는데요." 동안의 나카무라가 쩔쩔 매며 굽실거린다.

"당장 조사해. 흥신소에 부탁해서라도 샅샅이 파보란 말이야. 인터넷 시대야. 가만두면 무슨 짓을 할지 모르는 인간들이야. 앞으로 저 시민단체는 자네가 맡아. 자네가 나서서 살살 달래든지 어르든지, 뭐든 해보라고."

"제가요?" 나카무라가 불안한 눈빛으로 말했다.

"자네는 붙임성도 있고 주부들한테 인기가 있으니까 잘할 수 있어. 무슨 다른 요구사항이 있는지 그것도 알아봐."

"알겠습니다." 어두운 얼굴로 어깨를 떨어뜨리고 있다.

준이치는 우울해졌다. 시민의 반대운동 정도로 계획이 뒤집힐 일은 없지만 허가를 내주는 시장이나 지사는 이미지가 나빠지는 건 질색한다. 작은 뇌물 사건 한두 개쯤 드러난다고 해도 자신의 선거구는 반석이지만, 그래도 나쁜 소문은 남는다.

"아, 그리고 점심. 식욕이 없으니까 메밀국수로 시켜줘."

의자에 깊숙이 몸을 묻고 목캔디 한 알을 입에 던져 넣었다.

예전에 무코다 지역에는 시민운동 따위 없었다. 유권자는 순종적이어서 겉으로 드러내놓고 이의를 주장하는 일도 없었다. 자신들이 태어나고 자란 동네, 혹은 일터마다 똑같은 이해관계를 가진 공동체가 있었고 주민은 모두 그중 어딘가에 속해 있었다. 개인이라는 건 없었던 것이다.

그래서 정치와 행정은 편한 직업이었다. 약간의 뇌물은 윤활유로서 묵인되고, 공공사업은 알짜배기 단물이었다. 야마모토 가문이 부를 형성한 것은 대대로 지역 정치가였기 때문이었다.

하긴 그런 만큼 정은 있었다. 돈줄이 막힌 사람에게는 일거리를 대주고, 서로 도우며 지내왔다. 누구든 이권을 독차지하는 건 허용되지 않고 부자에게는 베풀 의무가 있었다. 치안이 좋았던 것도 그 덕분이다. 모두 어딘가에서 서로 연결되기 때문에 안심하고 살 수 있었다. 그랬는데 지금은—.

한마디로 시골 주제에 도회지의 급진적인 부분만 흘러든 것이다. 유메노 시민연락회라는 단체가 그 상징이다. 그 여자들은 바로 눈앞의 정의에만 몰두할 뿐 큰 판은 보려고 하지 않는다. 이론만 앞세우면 더욱 더 뒤처지는 사람들이 생겨난다. 그런 걸 전혀 알지 못한다.

시의회에 미리 손을 써둬야겠군. 준이치는 눈을 감고 구상에 들어갔다. 뿌려야 할 돈이 대폭 늘어나겠지만, 우선은 그게 안전책이다. 어차피 공산당 따위, 의석이라야 한 자리밖에 없다. 그들에게 실효력은 없다.

혹시나 해서 산업폐기물 업자 야부타 게이타에게 전화를 걸어 앞으로 눈에 두드러지는 행동은 최대한 삼가달라고 요청했다. 야쿠자 출신의 게이타는 수화기 너머에서 크게 분개하며 "덤프트럭으로 그것들을 싹 깔아 뭉개버리겠다"고 씩씩거렸다.

"글쎄, 아무것도 하지 말고 조용히 있으면 내가 해결하겠다니까요." 준이치는 당황해서 살살 타일렀다. 야부타 형제는 이쪽 편이지만 상식이 통하지 않는 사람들이라서 잠시도 마음을 놓을 수가 없다.

전화를 끊고는 다시 비서를 불러들였다.

"나카무라, 홈페이지에서 '언제든지 마음 편히 방문해달라'는 부분은 삭제해. 사전 약속도 없이 저런 사람들이 몰려오면 도저히 감당 못 해."

"네, 알겠습니다."

창문을 열어 환기를 한 탓에 실내 온도가 뚝 떨어졌는지라 카디건을 꺼내오라고 했다. 클럽 마담이 선물해준 것이라서 집에는 가져갈 수 없는 옷이다. 그러고 보니 요즘 유흥가에는 거의 나가지 못했다. 비서 겸 애인인 교코만 귀여워해주다 보니 호스티스 쪽은 오래도록 뜸했다.

몇몇 여자들의 벗은 몸을 떠올리며 바지 위로 사타구니를 쓰다듬었다. 지금 자신은 수많은 여자들을 마음대로 누릴 수 있다. 남자의 능력이란 좋은 여자를 얼마나 많이 내 것으로 만드느냐에 달려 있는 것이다.

하지만 아까 그 여자들이라니. 특히 사카가미 이쿠코라는 리더는 여자로 태어나서 좋았던 일이라고는 한 번도 없었을 것이다. 다들 예쁘다고 칭찬받는 처녀 시절에도 남자들에게서 욕망 어린 시선 한 번 받아본 적이 없을 것이다. 그러니 피해의식으로 똘똘 뭉쳐 엉뚱한 일에 동분서주하는 것이다.

정말로 그 남편이라는 작자를 한번 확인해보고 싶다. 당신, 그리도 여자가 없었어? 실컷 비웃어주고 싶다.

오늘 밤에는 후원회 간부들을 불러 밤의 유흥가에 나가보자고 생각했다. 준이치는 마흔다섯 살이지만, 하반신은 아직껏 쇠퇴를 알지 못한다. 그것이 은밀한 자랑거리다.

집에서는 아내 도모요가 집의 개축 계획을 짜는 데 골몰하고 있었다.

간밤에는 2차로 클럽 마담의 맨션에 가서 30대 여자의 몸을 듬뿍 즐겼다. 새벽녘에야 귀가해서 오전 10시가 넘도록 잤다. 일어나서 1층으로 내려갔더니 응접실에 남자 손님이 와있고 테이블에는 사진들이 펼쳐져 있었다. 아내의 소개를 받고 건축가라는 것을 알았다. 긴 머리를 뒤로 묶은 아티스트 풍의 남자로 괴상한 모양의 안경을 쓰고 있었다. 유메노에서는 웬만해서는 볼 수 없는 도회적인 스타일이었다.

"처음 뵙겠습니다. '아틀리에 구로키'의 대표, 구로키 스구루라고 합니다."

자리에서 일어나 정중하게 머리를 숙인다. 얼굴을 보니 아직 30대였다. 몸짓이 유연하고 전체적으로 세련되었다. 도모요의 마음에 쏙 든 사람이라는 게 금세 느껴졌다. 가슴이 깊이 파인 블라우스를 입고 있는 것이다.

"반갑습니다. 차림새가 이래서 미안하군요."

준이치도 인사를 건넸다. 아직 세수도 하지 않았고, 파자마에 가운만 걸치고 내려왔다.

"여보, 이것저것 검토해본 끝에 우선 구로키 씨에게 견적을 부탁하기로 했어요. 지금까지 지은 작품을 사진으로 보여주셨는데 아주 훌륭해요. 이거 좀 보세요. 중앙공원 옆의 이탈리안 레스토랑, 구로키 씨가 설계한 건물이래요."

도모요가 흥분한 기색으로 입을 열었다. 그리고 말이 나온 김에 덧붙인다는 느낌으로 "아, 아침은 식당에서 드세요. 파출부 아줌마가 차려드릴 거야"라고 말했다. "아니면 목욕부터 할래요? 어제 저녁에 안 했지? 목욕할 거면 탕에 물 받으라고 미리 말해요."

"응, 알았어."

준이치는 부스스한 머리를 긁적이며 대답했다. 선 채로 무심히 테이블 위의 샘플 사진들을 들여다보았다. 콘크리트를 처바른 무기질적인 외벽의 건물들이었다. 얼굴이 저절로 굳어버렸다.

어떻게 할까. 3초쯤 생각하다가 분명히 말해둬야겠다고 판단했다. 애매한 채로 넘어갔다가는 나중에 귀찮아진다.

"흠, 글쎄, 이런 집은 시골에는 좀 어울리지 않을 거 같은데?" 설계한 본인이 있는 앞이라서 최대한 온화하게 말했다. "나는 주위와 조화가 되는 목조 건물이 좋다고 생각했는데 말이야."

"괜찮아요. 지대가 높은 단독 주택이고 나무들이 울창하게 둘러싸고 있는데, 뭘."

"그래도 내 입장을 고려하면 지나치게 하이칼라스러운 건물은……."

"어머, 하이칼라라니. 당신 지금 몇 살인데 그런 옛날 말을?" 도모요 가 손으로 입을 가리고 깔깔 웃었다.

"우리 집이 본가라서 친척들도 자주 모이고 후원회도 여기서 하는데, 지금 쓰는 큰 다다미방은 꼭 있어야지 안 그러면 곤란해."

"괜찮아요, 지하실을 파티룸으로 만들 거니까."

"지하실? 파티룸?" 준이치의 눈이 휘둥그레졌다.

"지하라고 해도 반지하야. 채광창이 있으니까 괜찮아요."

반론할 말을 찾고 있는데 문득 시야에 빨간색이 뛰어들었다. 자신의 왼쪽 손등에 립스틱이 묻어있는 것이었다. 당황해서 손을 급히 가운 호주머니에 집어넣었다.

목욕도 하지 않고 자는 바람에 지운다는 걸 깜빡 잊어버렸다. 간밤에 술 취한 클럽 마담이 손등에 여자의 성기를 낙서한 것이다. 준이치 는 등에 진땀을 흘렸다.

도모요가 남편을 빤히 바라보더니 "어서 목욕부터 하시지? 회사 지 각하겠어요"라고 미소를 보이며 말했다. 아내가 봤을까? 표정을 읽어낼 수가 없었다. 자꾸 커져가는 의심에 사로잡혀 준이치는 점점 더 당황했다.

"그럼, 잘 부탁합니다." 건축가에게 고개를 끄덕여주고 욕실로 향했다.

노송나무 탕에 몸을 담그고 다시금 손등을 보니 도저히 감추기 힘든 자국이었다. 빨간색이라 여지없이 눈에 띈다. 도모요가 알아차리지 못했을 리 없다. 준이치는 얼굴을 찌푸리며 크게 한숨을 내쉬었다. 이걸로 당분간 도모요는 한껏 오만하게 나올 것이다.

외도는 어제오늘 시작된 것도 아니지만, 어쩌다 발각되어도 도모요는 캐묻거나 따지는 일 없이 쇼핑으로 복수를 했다. 모피 코트, 다이아몬드 목걸이 같은 값비싼 물건은 대부분 준이치가 바람을 피웠을 때 사들인 것이다. 자신에게 껄끄러운 약점이 있기 때문에 준이치는 강력하게 나무라지도 못하고 그때마다 대충 넘어가곤 했다. 분명 이번 복수는 새로 짓는 집이 될 것이다.

한동안 기분을 맞춰주는 수밖에 없겠군. 준이치는 손으로 뜨거운 물을 퍼서 얼굴에 끼얹었다. 잠시 시간을 번 다음에 내 요구 사항을 말하자. 이건 예산도 많이 드는 문제다.

복도 너머 도모요의 웃음소리가 욕실까지 들려왔다. 완전히 조증(躁症) 상태다. 아니면 아침부터 샴페인 병이라도 딴 건가.

창문으로 정원을 내다보니 회색 하늘 아래 대나무 숲이 북풍에 크게 뒤흔들리고 있었다. 오늘도 추울 모양이다. 새해 들어 유메노 시는 태양의 버림을 받은 것처럼 날마다 구름만 잔뜩 낀다.

11

문제 케이스 중의 하나인 모자가정의 사토 아야카가 전 남편이 써준 상신서(上申書)를 제출하러 사회복지사무소 창구에 나타났다. 초등학생보다 못한 치졸한 글씨에, 편지지 한 장 안에서 맞춤법이 서너 군데나 틀려버린, 지능지수를 충분히 짐작할 만한 상신서였다.

아이하라 도모노리는 그 상신서를 보며 울화통이 터지려는 것을 지그시 어금니를 물고 견뎠다.

현재 실직자라서 양육비를 지불하기가 어렵다, 따라서 생활보호비를 계속해서 지급해주기 바란다는 내용이었다. 서명 뒤의 날인은 지장이었다. 아마 앉은 자리에서 대충 쓰면서 인감도장이 없으니 지장도 괜찮을 거라고 자기들 마음대로 판단한 모양이다. 가토 유야라는 스물세 살의 전 남편은 어지간히 공부도 못했는지 '書'라는 한자가 '一' 한 획이 부족했다.

사토 아야카는 두 명의 아이를 데리고 왔다. 한 살짜리 아들은 무릎 위에 앉히고 세 살짜리 딸은 옆에 앉혔다. 동정심을 유발하려는 의도가 뻔히 보였다. 어린아이가 있으면 엄하게 추궁하지 않을 거라고 생각했는지도 모른다. 상담 코너가 따로 있었지만 도모노리는 카운터에서 만나기로 했다. 지나가는 사람들이 다 쳐다보게 하기 위해서였다.

"그래서 이 가토 씨라는 사람은 날마다 뭘 하는데요?" 도모노리가 질문에 들어갔다.

"난 모르죠." 여자가 퉁명스럽게 대답했다. 무릎 위의 아이가 즉시 꼼지락거리기 시작했다. 옆에 앉은 딸아이는 스툴을 빙빙 돌리며 놀고 있었다.

"실직했다고 하는데, 헬로워크 같은 데서 구직 활동은 하고 있어요?"

"하는지 마는지 나는 모른다니까요."

"실직했다는 건 사실이에요?"

"네." 여자는 시선을 맞추지 않았다.

"그럼, 사실인지 아닌지 우리 쪽에서 조사하지요." 도모노리는 여자의 얼굴빛을 살펴보며 말했다. "이 가토 유야 씨라는 분이 날마다 뭘 하는지 근처에 물어보면 금방 알아요. 그래서 만일 일을 하고 있다면 이 상신서는 위증이니까 생활보호비가 끊기는 건 물론이고 사법처리도 받게 될 겁니다."

"쇼타, 가만히 있어."

여자는 아들아이를 어르며 태연한 척했지만, 표정의 작은 움직임을 통해 당황하고 있다는 게 느껴졌다.

"참고로, 이 상신서는 가토 유야 씨에게서 직접 받았어요?"

"아뇨. 친구한테 부탁해서 받아오라고 했어요."

"알았어요. 우선은 접수하겠습니다."

"저기요……." 여자가 윗몸을 앞으로 내밀며 작은 소리로 말했다. "전 남편이 걸핏하면 폭력을 휘두르는 사람이에요. 혹시 찾아가실 거면 조심하는 게 좋을 거예요."

"아, 그래요?"

협박을 하자는 건가. 도모노리는 점점 비위가 틀어졌다. 덤빌 테면 덤벼보라지. 우리 쪽에는 파견 근무 중인 형사가 있다. 게다가 며칠 전 파친코에 들락거리는 건설 작업원의 사퇴서를 받아내는 데 성공한 것이 자신감으로 이어졌다. 더 이상 저자세로 굽실거리지는 않을 것이다.

"아참, 사토 아야카 씨, 휴대전화 있어요?"

"네······."

"생활보호비로 휴대전화 요금을 내는 건 인정되지 않습니다. 즉시 해약하든지, 아니면 과거로 소급해서 휴대전화 요금만큼 반납하세요."

화가 나서 반격에 나섰다. 지금까지 휴대전화를 조용히 묵인해준 건 온정을 베풀려는 마음이 반절이었고, 굳이 그런 것까지 따지기가 귀찮았기 때문이기도 했다.

"어머, 그런 것까지······." 여자가 뾰로통하게 입을 내밀었다. "집에 전화가 없어서 그 대신 휴대전화를 쓰는 거예요. 휴대전화가 없으면 부모하고 연락도 못한다구요."

"이건 규칙이에요. 자가용이나 에어컨과 마찬가지로 법규상 휴대전화는 인정되지 않습니다."

여자는 이해할 수 없다는 표정으로 콧구멍을 벌름거렸다. 천진한 딸아이가 의자에서 내려와 바닥에서 데굴데굴 구르며 놀고 있었다.

"어떻게 할래요? 해약하겠습니까, 아니면 요금분을 반납할 거예요?"

"휴대전화가 없으면 구직 활동도 못한다니까요?"

"그런 거라면 우리 사무실에 와서 쓰세요. 그보다 지금까지 집전화가 없다니 그건 사회적인 상식에 어긋나는 일 아닙니까?"

미운 소리도 해주었다. 애초에 젊은 모자가정 케이스 대부분이 고정전화조차 놓지 않는 황당한 정신으로 이 세상을 살려고 한다.

여자를 마주하고 10여 분쯤 설교를 했다. 구직 활동을 적극적으로 해라, 아이들을 맡길 보육원을 직접 나서서 찾아봐라, 친척에게 도움을 청해라— 지방 교부세 감액에 따라 각 지자체마다 재정난에 허덕이고 있어서 모자가정이라도 더 이상 과다한 도움은 줄 수 없다는 속사정도 덧붙였다.

"일주일 뒤에 다시 이야기하죠. 그 사이에 최소한 헬로워크에 나가는 정도의 성의는 보여주세요."

"네……."

여자는 잔뜩 토라져서 얼굴을 홱 돌리더니 작은아이는 유모차에 태우고 큰아이는 손을 잡고 돌아갔다.

매주 사무실에 출두하게 해주마. 도모노리는 여자의 등을 향해 마음속으로 내뱉었다. 문제 케이스와는 끈기로 승부해야 한다.

"오호, 여간 아니시네." 뒤에서 말이 건너왔다. 돌아보니 이나바가 의자에 한쪽 무릎을 세우고 앉아 개처럼 웃고 있었다.

"저 여자 폭주족 출신이야. 헤어진 남편도 폭주족 출신. 저런 애들이 생활보호비에 맛을 들여 끼리끼리 짜고서 보호비를 가로채다니, 참내. 어떤 놈이 그런 꾀를 냈는지 모르겠어."

"지금 그 케이스는 어떻게든 적당히 조정해줘. 다달이 23만 엔은 너무하지."

과장 우사미도 파일을 들여다보면서 한마디 끼어들었다. 애초에 저 여자의 신청서를 검토도 없이 통과시켜준 사람이 누군데?

한참 서류 정리를 하고 있으려니 민생위원 미즈노 후사코 씨가 나타났다. 한 중년 남자가 그 뒤에 서있는데 얼핏 보기에도 패기라고는 찾아볼 수 없는 사람이었다. 어제 면담 신청이 들어와 오전 중이면 언제라도 좋다고 대답했었다.

"아이하라 씨, 전화로 말했던 그 공영단지 사람, 니시다 하지메 씨야."

미즈노 후사코가 손을 들어 가리키며 소개했다. 무릎 아픈 어머니는 자리보전 상태고, 자신은 노이로제로 일을 할 수 없다는 사람이다. 생활보호 대상자로 선정해달라는 말에 우선 창구에 나오는 게 순서라고 대답했었다.

카운터에 앉으라고 했더니 민생위원 미즈노 후사코가 당연한 듯이 "에이, 아이하라 씨 상담 코너로 가야지"라고 요구했다. 어쩔 수 없이 칸막이 안쪽으로 옮겨 테이블에 마주앉았다.

"어제 시민 병원에서 우울증 진단서 받아왔어. 진찰해준 의사 선생 얘기로는 불면증에 섭식장애까지 있어서 투약 치료와 동시에 링거 주사도 맞아야 한대."

미즈노 후사코가 진단서를 탁자 위에 펼치고 빙글 위아래를 돌려 도모노리 쪽으로 밀어주었다.

"지금 치료비 낼 형편이 안 돼서 나중으로 미뤄달라고 했어. 생활보호 대상자로 선정되면 자동적으로 의료비는 전액 면제될 테니까 그 다음에 시에 청구하면 되지?"

니시다 하지메라는 남자는 옆에서 쉴 새 없이 눈을 깜빡거리고 있었다. 우울증이라는데 그리 심약한 모습은 아니고, 섭식 장애가 있다는데 그리 쇠약한 편도 아니다. 오히려 뚱뚱한 사람이다. 턱이 각져서 고집스러운 인상이었다. 도모노리는 심한 우울증 환자도 몇 명 본 적이 있지만, 그들은 똑같이 피부는 납빛이고 눈은 움푹 꺼지고 금세라도 자살할까 걱정스러운 모습이었다. 지금 눈앞에 앉은 남자는 그런 게 거의 느껴지지 않았다.

"전에는 어떤 일을 하셨어요?" 도모노리가 물었다.

"회사원이었어. 공사 현장 일도 한 모양이야." 미즈노 후사코가 대답했다.

"아주머니가 아니라 본인이 대답하게 해주세요."

니시다가 한 차례 헛기침을 하고 조용히 입을 열었다. "나, 나, 나는 산업폐기물 처리장에서 중장비를 몰았습니다." 얼굴과는 어울리지 않게 목소리가 높직하고 허스키했다.

"특수 차량 운전면허가 있군요?"

"예에……."

"그럼 우리 쪽에서 일자리 지원은 필요 없겠군요." 도모노리는 들으라는 듯이 반색을 하며 말했다. "마흔다섯 살이면 아직 나이도 젊으시고, 헬로워크에 가면 충분히 일자리 찾으시겠네, 뭘."

"아니, 무릎이 아파서 자리보전 중인 어머니가 계시고 니시다 씨 본인은 우울증으로 밖에 나가는 것도 힘들다니까?" 미즈노 후사코가 냉큼 옆에서 말을 끼웠다. "오늘도 어머니한테 기저귀를 채워드리고 겨우겨우……."

"미즈노 씨, 본인과 이야기하게 해주세요. 니시다 씨, 헬로워크에는 가보셨습니까?"

"아, 아, 아니오……."

"내일 한번 나가보세요. 중장비를 다룰 줄 알면 반드시 찾는 사람이 있어요. 그것도 좋은 조건으로. 어머님이 걱정된다는 건 잘 알겠는데, 니시다 씨가 일을 해서 돈을 벌면 간호도우미도 부를 수 있고 시청 복지과에서도 어떤 식으로든 도움을 줄 겁니다. 우리 그렇게 합시다. 우선 구직 활동부터 하세요."

"아, 그, 그게……."

"네, 뭡니까?"

"내, 내, 내가 일을 못하니까 회, 회, 회사에서 그만두라고 해서……."

니시다는 시선을 허우적거리며 목소리를 쥐어짰다. 심한 말더듬이었다.

"그만두라고 했어요? 그럼 해고를 당한 거예요?"

"그, 그, 그게 아니라 사, 사, 사표를 낸 건 나지만, 회사에서 내라고 해서, 그래서, 어, 어, 어쩔 수 없이……."

트럼펫이라도 한바탕 불고 난 것처럼 얼굴이 빨개져서 헉헉거린다.

"그래요? 하지만 자진 퇴사라고 해도 근무를 했었다면 실업 보험이 나와요. 그쪽으로는 알아봤어요?"

"아, 아니, 나는, 그, 그……."

"일반 회사라면 실업 보험은 반드시 가입해요."

"그, 그, 그게 내가 임시 고용직이라 그, 그, 그런 보험 같은 건 전혀 없고……."

니시다의 말에 도모노리는 '이 회사도 또 그거구나'라고 생각했다. 정사원을 최대한 줄이고 임시 고용직으로 인력을 조정하는 방식이 이제는 말단 산업폐기물 업자에게까지 퍼져 있는 것이다. 경영자들은 리스크를 짊어지려고 하지 않는다.

"니시다 씨가 말을 심하게 더듬는 건 요즘에 나타난 증상이야. 회사에 다니며 일할 때는 이런 증상이 없었어. 말을 더듬는 것도 심리적인 압박감 때문이라고 의사가 그러더라니까. 이런 상태로는 점점 사람 만나기를 피하게 될 거래. 어때, 아이하라 씨도 이해하겠지?"

미즈노 후사코는 진심으로 딱하게 여기는 기색이었다. 남의 일이라면 팔을 걷어붙이고 도와주는 성격의 아주머니다.

그녀에 의하면, 니시다에게는 형과 누나가 있지만 두 사람 모두 타지역으로 떠나서 몇 년째 소식이 없다고 한다. 한 가족인데 그렇게까지 서로 연락도 없이 산다는 건 일반적인 상식으로는 이해가 안 될 일이지만, 생활보호 가정은 대부분 부모형제에게서 버림받은 경우가 많왔기 때문에 도모노리는 딱히 놀라지도 않았다. 전과자, 알코올중독자, 가정 내 폭력 같은 속사정들이 있는 것이다.

형제간에 도움은 받을 수 없느냐고 물었더니 "혀, 혀, 형은 폭력조직원이고, 누나는 그, 그, 그게 싫어서 처, 처, 처녀 때 집을 나갔다"는 대답이 돌아왔다. 아무래도 졸지에 부모를 떠맡게 된 막내아들인 모양이었다. 그리고 어머니는 당연히 연금 수급 자격이 없고, 아버지는 벌써 20여 년 전에 실종되었다고 한다. 니시다 본인은 이혼 경력이 두 번. 자세한 건 물어보지 않았지만 어째서 두 번씩이나 이혼했는지는 대충 짐작이 갔다. 분명 상대도 비슷한 가정 환경의 여자였을 것이다.

"아이하라 씨, 최대한 빨리 생활보호 대상자로 올려줘요. 전기세가 벌써 세 달이나 밀려서 당장 내일이라도 끊길 거 같아. 게다가 난방 기름도 떨어져가는데 살 돈이 없어. 이번 겨울은 왜 또 이리도 추운지, 내가 정말 걱정돼서 밤에도 잠을 못 자겠어."

미즈노 후사코가 손을 맞대며 애원했다. 니시다는 침착하지 못하게 눈을 깜빡거리고 동시에 입술을 파들파들 떨고 있었다. 이건 틱 증상이다. 사회복지사무소에 근무하면서 정신병 환자를 너무 많이 봐왔는지라 척하면 삼천리였다.

"미즈노 씨, 우울증 진단서가 있다고 금세 생활보호 대상자가 되는 건 아니에요. 그랬다가는 다들 병원으로 달려가겠지요. 정신질환은 대부분이 자진 신고니까요."

"아니, 그래도 니시다 씨는……."

"네, 알고 있습니다. 분명한 우울증이겠지요. 하지만 현재 외관상으로는 중증이라고 할 정도는 아닌 거 같아요. 자기 발로 돌아다닐 수 있고, 말도 할 수 있고, 아무튼 몸을 쓸 수 있잖아요? 그러니까 우선은 헬로워크에 가봐야죠. 생활보호는 그런 다음에 검토해보는 겁니다. 우선 니시다 씨의 자산은 어떻게 되어 있죠? 에어컨만 있어도 신청에서 떨어져요."

"아, 그게, 말하기가 좀 저거한데, 실은 자가용이 있어."

"그럼 얘기가 안 되죠." 도모노리는 두 팔을 펼치며 천장을 올려다보았다. "미즈노 씨, 민생위원을 오래 하셨으니 잘 아실 거 아닙니까. 우선은 그 자가용부터 매각해주세요."

"근데 자가용이라고 해봐야 차체에 녹이 슬었고 겨우겨우 움직이는 고물차야. 니시다 씨, 미안해. 하지만 사실이라니까. 그 차 절대로 안 팔려. 오히려 폐차 요금을 내라고 할걸?"

"아무튼 자가용이 있으면 생활보호 신청은 안 돼요."

"차, 차, 차……" 니시다가 온 얼굴에 땀을 흘리며 목소리를 쥐어짰다. "차, 차, 차가 없으면 시내에도 못 나가요."

"버스 타시면 되죠."

"버스가 없다니까, 글쎄." 미즈노 후사코가 곁에서 고개를 저었다. "공영주택 단지 앞은 작년 가을에 노선이 폐지됐어. 온통 은퇴한 노인네들만 사는 동네라서 지금 다들 어쩔 줄을 모르고 있어. 시에서 운영하는 버스잖아. 그런 건 좀 융통성 있게 해주면 얼마나 좋겠어. 노인네들이 기댈 데라고는 하루에 다섯 번 오는 드림타운 무료 순환 버스뿐이야. 그걸 타고 드림타운 나가서 슈퍼에서 장보고 다시 분수 광장에서 시간 때우다가 돌아온다니까. 날마다 그 짓을 하고 있어."

그 말에 문득 생각이 났다. 시의회에서 시영버스의 적자 경영이 도마에 올라 채산성이 없는 노선은 순차적으로 폐지하기로 결정했다. 공영주택 단지는 그 여파를 가장 먼저 받은 것이다.

도모노리는 노인들이 드림타운의 순환 버스를 기다리는 모습을 상상했다. 추운 날씨 속에 하얀 입김을 뿜으며 등을 웅크리고 곱은 손을 비벼가며—. 거대자본이 지방도시를 제압하는 건 그야말로 간단하다. 기존의 개인 상점을 흡수하고 자연스럽게 독주 체제가 형성된다. 그리고 역 앞 재래 상점가는 온통 셔터를 내린 가게들의 폐허가 된다.

　"아이하라 씨, 가정방문 한 번 가보자구요."

　"알겠습니다. 어머님 쪽도 조사해볼 겸 가정방문을 해야겠군요. 그래도 내일 헬로워크에 가보고, 자가용차를 처분하는 게 먼저예요. 그런 다음에 의사와 상담하고, 필요하다면 사회복지사무소가 지정하는 병원에서 재검사를 받고, 그 다음에 제가 가정방문을 나가죠."

　"아휴, 뭘 그렇게까지……."

　미즈노 후사코가 불만스러운 듯 볼이 불룩해졌다. 니시다는 뭔가를 견디는 사람처럼 이를 악물며 고개를 돌리고 있었다.

　"취업할 수 있는 방법부터 찾아보자구요. 풀타임이 아니라 단기간 노동이라도 좋고, 간단한 작업이라도 좋잖아요? 덮어놓고 생활보호에 의지하는 사람은 빠져나오기도 힘들어요."

　"아니, 그래도……."

　"그럼 오늘은 이쯤에서 끝내지요."

　도모노리는 먼저 자리에서 일어나 인사를 건네며 두 사람의 퇴실은 은근히 종용했다. "아휴, 기름 값이라도 있어야 이번 겨울을 나지." 미즈노 후사코가 한숨을 내쉬며 걱정스러운 얼굴을 보였다. 도모노리는 더 이상 상대하지 않고 자기 책상으로 돌아왔다.

　니시다가 안짱다리 걸음으로 뒤뚱뒤뚱 걸어가는 뒷모습을 지켜보았다. 유도 선수처럼 키가 크고 엉덩이도 큼직하다. '당신 정도면 충분히 일할 수 있어'라고 속으로 중얼거렸다. 말을 더듬고 우울증에 걸린 건 딱하지만 그렇게 중증으로는 보이지 않았다. 건설 현장에서 일한다면 굳이 말을 잘 할 필요도 없다.

역시 생활보호 대상자로 인정해줄 수는 없다고 다시 한 번 마음을 다졌다. 그건 약자에게 제공되는 것이다. 첫째로 장애인, 다음으로 독거노인과 모자가정이다. 저 남자라면 그래도 일할 능력이 있지 않은가.

우사미가 얼른 보고하라고 해서 그쪽으로 건너가 대강 얘기했더니 "그건 검토할 사안도 못 돼"라고 일축했다. 전에는 대충 읽어보고 신청서에 도장을 꽝꽝 찍어주던 사람이 참 변해도 많이 변했다.

창밖에는 겨울바람이 불어치고 있었다. 이번 겨울 일조 시간이 너무 짧은 거 아닌가. 올해 들어 맑은 날이 언제였는지 기억도 나지 않는다.

면담 다음에는 가정방문을 나가 케이스들의 상담을 받았다. 윗선에서는 부정 수급자를 근절하라는 지시가 연일 내려오지만, 실제로 현장을 돌다보면 복지의 필요성을 실감하는 일도 적지 않았다. 모자가정은 파트타임 일만으로는 살아갈 수가 없다. 멀쩡한 성인의 시급이 7백 엔이라는 말을 들으면 남의 일이지만 정말 암담한 기분이 들었다. 복지 행정은 자본주의의 엉덩이를 닦아주는 일인 셈이다.

덮밥 체인점에서 간단히 점심을 때우고 오는 길에 드림타운 앞을 지나면서 문득 생각이 나서 지난번에 잠복 감시를 했던 그 옆 대형 파친코 주차장에 차를 댔다. 식후에 잠시 쉬는 시간이라고 스스로에게 변명을 하며 자판기에서 캔 커피를 사다가 차 안에서 마셨다.

엔진을 켜둔 채로 부근을 살펴보았다. 마음속에 작은 기대감이 있었다. 지난번 그 불륜 커플을 다시 목격할지도 모른다는 기대였다. 그때는 스스로도 놀랄 만큼 흥분해버렸다. 남의 사생활을 엿보는 쾌감이라는 걸 처음으로 깨달았다.

담배에 불을 붙이고 푸른 연기를 내뿜었다. 추운 날씨 탓에 창을 열지 않고 공기 순환 버튼을 눌렀다. 물론 싸구려 차라서 연기가 빠지지 않고 안에 고일 뿐이다.

평일의 파친코는 항상 그렇듯이 장사가 잘 되었다. 인구라야 겨우 12만 명밖에 안 되는 유메노 시에 어떻게 대낮에 놀면서 먹고사는 사람들이 있는지 알 수가 없다. 국도변만 해도 파친코가 열 개가 넘는다. 모두 타지에서 진출해온 업자들이다.

빨간 소형차가 눈에 띄면 저도 모르게 목을 빼고 찬찬히 쳐다보게 된다. 어느새 간절히 기다리고 있었다. 물론 그 젊은 주부가 그리 쉽게 나타날 리는 없겠지만.

가방에서 디지털 카메라를 꺼내 그때 도촬했던 사진을 화면에 불러냈다. 주차장에서 바람피우는 상대 남자를 향해 손을 흔드는 장면이다. 귀여운 얼굴에 목이 가늘고 전체적으로 야리야리하게 보였다. 눈에 띄게 화려하다기보다 지켜주고 싶은 가냘픈 타입이다.

이 여자의 평범한 반생이 쉽게 상상이 되었다. 고등학교를 졸업하고 시내 중소기업에서 일하다가 친구의 소개로 한 남자와 사랑을 한 끝에 스물세 살에 결혼한다. 신혼여행은 하와이. 부모의 씀씀이가 좋은 편이라면 오스트레일리아. 회사를 사직하고 전업주부가 되어 스물다섯 살에 첫 아이를 낳는다. 두 번째 아이를 임신한 참에 단독 주택을 사들여 지금의 단지로 옮긴다—.

나, 바보인가. 도모노리는 자신을 비웃었다. 생판 타인을 두고 대체 무슨 공상을 하고 있는 건가. 약아빠지게 불륜까지 즐기고 다니는 요즘 흔한 젊은 주부에 지나지 않는다.

눈앞의 주차 공간에 하얀 경자동차가 들어왔다. 30대로 보이는 여자가 혼자 타고 있었다.

차를 세우고도 좀체 내리지 않는다. 휴대전화를 들고 한참이나 통화를 하고 있었다. 오늘은 이 여자의 불륜 현장을 목격하는 건가. 반쯤은 농담처럼 생각하며 지켜보고 있었는데 정말로 남자가 등장하는 바람에 도모노리는 어이가 없어서 입이 떡 벌어져버렸다.

남자는 사십 줄의 회사원인 듯했다. 자동차 뒤편에서 나타나 여자를 향해 친근하게 손을 흔든다. 여자는 얼굴이 환해져서 자기 차에서 내리더니 남자를 향해 뛰어갔다. 둘이서 주차장 안을 이동한다. 일단 모습이 보이지 않더니 잠시 뒤에 회색 승용차가 나타나고 그 안에 두 사람이 타고 있었다.

"이건 또 뭐야?" 도모노리는 혼잣말을 중얼거렸다. 유메노 시의 주부들이 이렇게들 바람을 피우고 다닌단 말인가. 겨우 두 건을 봤을 뿐이지만 이 주차장에 두 번 나와서 두 번 다 목격한 셈이다.

아무런 의도도 없이 이 남녀도 사진을 찍었다. 왠지 수집품이 불어난 듯 뿌듯한 기분이었다.

자동차가 주차장을 나간다. 드림타운과는 반대 방향이다. 바보 같은 짓이라고 생각하면서도 도모노리는 이번에도 뒤를 밟았다. 국도를 달려 곧바로 산이 보인 참에야 비로소 감이 잡혔다.

그 산 모퉁이의 러브호텔에 가려면 방금 그 파친코 주차장에서 만나는 게 가장 가깝고 편리한 것이다. 그 주차장이 불륜의 메카로 활용되는 셈이다. 게다가 아이를 유치원이나 학교에 보내고 오후 두 시간 남짓이 바로 여자들의 자유 시간이다.

다시 전처의 얼굴이 떠올랐다. 노리코도 저런 식으로 어딘가 주차장에서 남자를 만나고 러브호텔에서 노닥거렸을까. 노리코도 경자동차를 갖고 있었다. 이 동네는 차가 없으면 쇼핑도 못한다면서 부모가 사준 결혼 선물이었다. 그 차가 어떻게 사용되었는지 도모노리는 지금껏 생각해본 적도 없었다. 자동차로 이동하면 남의 시선은 거의 의식하지 않게 된다. 경자동차가 여자를 해방시켰다. 지방은 온통 경자동차 투성이다.

차는 당당하게 러브호텔 건물로 빨려 들어갔다. 도모노리는 서행 운전을 하며 그 뒤꽁무니를 지켜보았다. 지난번처럼 흥분되지는 않았다. 여자가 별로 호감이 가는 타입이 아니었기 때문이다. 뚱뚱하고 얼굴 생김새도 평균 이하였다. 스토커 같은 짓을 하면서 남의 여자에게 별 트집을 다 잡고 있다.

어떻든 속이 풀렸는지라 시청에 돌아가기로 했다. 하지만 잠깐 길을 돌아 지난번에 목격한 젊은 주부의 집 앞을 지나서 갔다. 'WADA'라는 문패는 기억하고 있었다.

강변 주택단지에 차를 탄 채로 들어가 여자의 집으로 향했다. 다시 주위를 둘러보니 레고를 쌓아올린 듯 네모난 집들뿐이다. 하얀 벽과 빨간 지붕, 2층에는 모두 똑같이 출창(出窓)이 있다. 집 한 채당 대지가 40평도 안 되어서 다들 촘촘하게 붙어 있다. 어차피 한 세대만 살다가 버릴 건축업자의 주택이다. 대를 이어 살 만한 집은 유메노 시에서는 팔지 않는다.

여자의 집을 발견했다. 빨간 경자동차는 카포트에 세워져 있었다. 창에는 레이스 커튼이 드리워졌고 안에 사람이 있는 기척은 없었다. 그대로 통과했다. 자신은 정말 말도 안 되는 짓을 하고 있었다.

주택가를 빠져나와 제방 길로 올라갔다. 하천부지에서 주부들이 아이들이 뛰어노는 걸 지켜보고 있었다. 거기에 그 여자가 있었다. 한 번척 보고 금세 알아봤다. 저도 모르게 시선이 그쪽으로 빨려들었다.

금세 눈이 내릴 듯한 회색빛 하늘 아래 두툼한 옷을 입은 아이들이 건강하게 뛰어노는 곁에서 엄마들이 선 채로 이야기를 하고 있었다. 그 여자는 지난번과 마찬가지로 핑크색 머플러를 두르고 하얀 다운재킷을 입었다.

옆을 지나칠 때 여자들이 이쪽을 보았다. 수상쩍게 생각하지 않을 만큼만 도모노리도 그 여자의 얼굴을 확인했다. 마음에 쏙 드는 얼굴이다. 완전히 내 타입이다. 하지만 내 여자가 될 리는 없다. 결혼도 했고, 게다가 바람피우는 상대까지 있다. 그래도 이름이 뭔지 알고 싶었다. 와다라는 성씨 다음의 이름까지.

서른두 살이나 먹은 사내 주제에 내가 지금 뭐하는 짓인가. 이혼한 독신남자는 영락없이 끈 떨어진 연 같은 신세다. 바람이 슬쩍만 들이쳐도 팽글팽글 돌아버린다. 도모노리는 자기 자신이 처량하기만 했다.

휴대전화가 울렸다. 함께 마작을 하는 동료의 전화여서 갓길에 차를 세우고 받았다. 오늘 밤에 필리핀 주점에 놀러 가자는 얘기였다.

"2차 데이트는 2만 엔이야. 토목과 사람들하고 가기로 했는데 같이 갈래?"

동료가 전화 너머에서 이히히 하고 천박스럽게 웃고 있다.

"글쎄……." 도모노리는 저도 모르게 쓴웃음을 지었다.

젊은 필리핀 호스티스가 몸을 파는 주점이라는 건 이 동네 남자라면 누구나 알고 있었다. 지방은 매춘도 공공연하다. 공무원이 버젓이 손님으로 찾아가는 것이다.

"좋죠. 한판 신나게 놀아볼까?"

도모노리는 박자를 맞춰주었다. 억지로라도 밝게 행동하고 싶었다. 우울한 마음을 잠시나마 발산하고 싶었다. 벌써 1년 넘게 진심으로 웃어본 일이 없다. 나야말로 우울증이다.

"오늘밤은 현 내에서 젊은 애들을 잔뜩 데려온다네?"

동료가 장난스럽게 크으윽 하고 신음한다. 도모노리도 푸훗 웃음이 터져서 조금쯤 기분이 풀렸다.

혼자서 우울해봤자 별 볼일도 없다. 단조로운 하루하루에 가끔은 숨통이 트이는 일도 있어야지.

시청에 돌아가기 위해 액셀을 밟았다. 그 여자를 닮은 호스티스가 있었으면 좋겠다고 생각을 했다.

12

상업고등학교 남학생이 열일곱 살의 브라질 공원에게 나이프로 찔렸다는 뉴스는 잠깐 사이에 도시의 10대들 사이에 퍼졌다. 하지만 그 소문에 몇 가지 버전이 있었다. 범인은 아직도 도주 중이라느니, 피해자는 출혈 과다로 일시 위독 상태였다느니, 불량 그룹이 복수를 위해 브라질인 사냥을 시작했다느니, 갖가지 소문이 어지럽게 떠돌았다.

엉터리 같은 이야기도 있었다. 둘이서 일본도를 들고 싸웠다든가, 사실은 사망자가 나왔다든가.

목격자였던 구보 후미에는 학교와 학원에서 그때 얘기를 수없이 들려줘야 했다. 때로는 무책임한 소문을 부정하는 역할도 떠맡았다. 불량 남학생에게서 "너 디뉴한테 습격당했다면서?"라는 질문을 받았을 때는 화도 나고 맥도 빠졌다. 작은 도시에서 일어난 사건은 할 일 없는 사람들에게는 딱 좋은 썹을 거리인 모양이다.

어중간한 소문이 떠도는 이유는 그 사건이 신문에 실리지 않았기 때문이다. 최소한 지역 신문에 작은 기사쯤은 나올 거라고 도서관에 가서 신문을 뒤적여봤지만 아예 없었던 일처럼 깨끗이 무시하고 있었다.

이 일에 대해 기타고등학교의 야마모토 하루키가 흥미 깊은 정보를 갖고 있었다.

"칼로 찌른 디뉴가 에이신 부품공업에서 일한대. 연수생이라는 명목으로 일본에 건너온 외국인 노동자야. 그러니 에이신이 발 벗고 나섰지. 이 사건이 신문 기사에 오르면 브라질 사람의 이미지가 나빠져서 자칫 인종 차별로 이어질 수 있으니까 공표하지 말아달라고 시의회 의원을 통해 경찰에 부탁했다는 거야. 뭐, 자기 회사의 이름이 오르내리는 게 싫어서 그랬겠지."

실로 앞뒤가 딱 맞아떨어지는 설명이었다. 에이신 부품공업은 후미에의 아버지가 근무하는 회사다. 유메노 시에서 유일하다고 할 수 있는 큰 공장이어서 시에서 상당히 우대를 받는다는 얘기를 들은 적이 있다. 세수와 고용을 생각하면 이런 회사를 함부로 대할 수는 없는 것이다.

"참고로 그 시의원이라는 게 바로 우리 아버지야."

하루키는 그렇게 말하고 빈정거리듯이 웃었다.

"대단하다. 경찰하고도 통하시는구나."

후미에가 감탄하자 하루키는 "그래봤자 시골 정치가야"라고 경멸하는 투로 말했다.

이 지역 불량 학생들은 동료가 칼에 찔린 것에 큰 충격을 받았는지 다들 호신용 나이프를 갖고 다니게 되었다고 한다. 이 소문은 상당히 신빙성이 있었다. 드림타운 안의 아웃도어 숍에서 접이식 나이프가 하루 만에 매진되었기 때문이다. 후미에는 '현재 입하 중'이라는 팻말을 실제로 보았다. 미성년자에게 그런 걸 파는 쪽도 진짜 제정신들이 아니다.

그날 2학년은 모두 5교시만 하고 수업이 끝났다. 방과 후의 진로 설명회 때문이다. 하지만 오늘은 대학에 진학할 학생들만을 위한 설명회였다. 취업반은 따로 다른 날에 하기로 했기 때문에 무시험으로 전문대학에 가는 반까지 포함하여 약 반절의 학생들이 동아리 활동도 없이 바로 집에 돌아갔다.

학교 측이 꽤 신경을 써준다는 것을 후미에도 느낄 수 있었다. 같은 날에 진학반과 취업반이 양쪽으로 나뉘어서 진행하면 어쩐지 서로 틈이 생긴다. 1년 뒤에 대학생이 될 학생과 고졸로 취업할 학생은 앞으로의 청춘이 확연히 달라진다. 어쩌면 인생까지도.

3학년 선배에게 물어봤더니 취업반은 프리터는 되지 말라고 설득한다고 한다. 유메노 시는 현 내에서도 꼴찌를 기록할 만큼 취직률이 저조해서 교육위원회가 고민에 빠져 있다는 것이다. 프리터를 하면 10년 후, 20년 후에 수입이 얼마나 큰 차이가 벌어지는지 그래프로 그려가며 설명해주는 바람에 그 선배는 별로 내키지는 않지만 취업하기로 결정했다.

하지만 학교 측의 그런 노력에도 불구하고 올해도 100여 명에 달하는 프리터가 나올 것 같다고 한다. 후미에는 당연하다고 생각했다. 이

지역에서 취직해봤자 별 볼일 없는 따분한 인생이 기다릴 뿐이다. 이건 일류냐 이류냐를 따지는 선택이 아니다. 아예 처음부터 이류나 삼류 중에서 골라야 하는데 누가 그런 걸 진지하게 고민할까.

200여 명의 진학반 학생들이 강당에 모여 각자 자유롭게 자리를 잡고 앉았다. 왠지 레크리에이션 시간 같은 분위기여서 남학생들은 장난삼아 프로레슬링을 하고 있었다. 여학생들은 끼리끼리 모여서 수다를 떨었다. 간밤의 텔레비전 드라마나 인기 배우 얘기 같은 거. 이제 곧고3이 되는데도 여전히 텔레비전만은 꼭꼭 챙겨본다.

교사들이 강당에 들어왔다. 자리에서 일어나 인사를 하고 다시 앉았다.

"너희들, 대학 입시까지 앞으로 1년이야. 알고들 있냐? 다들 아주 태평하게 보이는데, 그래서야 대학에 붙겠어?"

학년 주임이 마이크를 잡았다. 무릎이 튀어나온 바지를 입은 뚱뚱한 아저씨다. 와세다대학 교육학부를 나왔다는 게 자랑거리인지 "너희들, 나를 뛰어넘어봐"라는 게 입버릇이다. 후미에는 진짜 바보 같다고 생각했다. '와세다대학을 나와도 기껏 저 정도라니'라며 학생들의 희망이 꺾일 뿐이다.

"잘 들어라. 앞으로 1년이 고비야. 이 시간이 너희의 인생을 좌우한다고 해도 그리 과장된 말이 아니다. 너희가 한창 놀고 싶을 때라는 건 나도 잘 알아. 하지만 그걸 참아야 해. 대학교에 가면 즐거운 4년이 기다리고 있어. 남자친구나 여자친구를 사귀고 싶다면 앞으로 1년만 꾹참아라. 1년만 지나면 선생님이 얼마든지 소개해줄 테니까."

학생들의 웃음이 와그르르 끓어오른다. 일단 웃기기부터 시작할 모양이다.

"작년 연말에 교사와 학부모와 학생의 삼자면담 때 각자 희망하는 대학에 대해 파악했다. 아직은 상황에 대한 인식이 부족한 때니까 높은 대학을 바라는 건 상관없다. 하지만 대학만 생각하고 어떤 학부 어떤 학과든 상관없다는 식의 지망은 바람직하지 않아. 같은 대학의 상학부(商學部)와 사회과학부, 경제학부와 법학부 정도면 그나마 봐줄 만하겠지. 하지만 약학부와 정보공학부라든가, 영문과와 심리학과라는 식의 선택은 너무 엉뚱하잖냐? 식당에 가서 장어덮밥과 야채 스프를 주문하는 식이야."

다시 웃음이 일었다. 반절쯤은 냉소였다.

"원하는 대학에 들어가기만 하면 그걸로 끝이 아니야. 이런 이야기는 학원 강사라면 하지 않겠지. 하지만 이 자리에서 분명히 말해두겠는데, 흥미도 없는 학과를 4년씩이나 다닌다는 건 고통 이외의 아무것도 아냐. 여학생이니까 그냥 문학부, 남학생이니까 대충 경제학부라는 식으로 선택하지 말고 다시 한 번 자신이 하고 싶은 게 뭔지 잘 생각해봐."

그 말에 후미에는 뜨끔했다. 자신이 바로 그런 경우였기 때문이다. 문학 같은 건 별로 좋아하지도 않는다. 무라카미 하루키조차 세 페이지 읽고는 좌절한다. 하지만 경제니 법률이니 하는 건 더더욱 캄캄했다.

"선생님, 그건 아직 알 수 없는 거 아닌가요?" 남학생 한 명이 이의를 제기했다. 아이들의 시선이 일제히 그쪽으로 향한다. "하고 싶은 게 뭔지 열일곱 살에 결정하기는 어렵잖아요?"

그 발언에 많은 아이들이 고개를 끄덕였다. "그래, 그건 못 해"라는 목소리가 여기저기서 들렸다.

"너희 마음은 알아. 하지만……." 학생주임이 눈을 큼직하게 떴다. "그건 엄살이야. 왜냐고? 올해 우리 학교 진학 상담실에 개인 면담을 신청한 학생이 한 명도 없었어. 상담실에 있는 각 대학의 안내문을 열람한 학생도 열 명이 안 돼. 한마디로 너희는 대학 입시가 다른 누구도 아닌 자신의 일이라는 의식이 부족한 거야."

학생주임이 손을 치켜들고 열변을 토했다. 너희는 긴장감이 없다, 집중력이 없다, 1년만 꾹 참고 공부하면 된다, 아르바이트는 당장 때려치워라, 게임은 졸업해라, 집에 가면 휴대전화 전원을 꺼라, 눈썹 다듬을 시간이 있으면 영어 단어 하나라도 더 외워라─. 아무래도 이 설명회는 진학반 아이들을 정신차리게 할 목적인 모양이다. 연극적인 몸짓을 섞어가며 "자신의 장래를 진지하게 고민하라"고 거듭해서 격려의 말을 날렸다.

후미에는 학생주임의 말을 들으며 나름대로 반성했다. 릿쿄나 아오야마가쿠인 정도의 대학이 아니면 분명 아버지는 비싼 돈 들여 도쿄까지 보내주지 않을 것이다. 그러면 현 내나 센다이의 사립대에 진학해야 한다. 자신에게 그건 천국이냐 지옥이냐의 갈림길이다.

학과 선택은 역시 어떤 과든 상관없었다. 어지간한 수재가 아닌 한 공부하고 싶어서 대학에 가는 아이들은 없는 것이다. 무엇보다 전국 40퍼센트 이하의 성적으로도 들어갈 수 있는 대학이 있다는 것을 어른들은 어떻게 설명할 것인가.

진학 지도 교사에게 마이크가 건너갔다. 수능 시험의 구조, 각 대학 시험의 원서 제출 방법, 지방 대학의 추천 입학까지 설명해주고, 화이트보드에는 내년 3월까지의 입시 스케줄이 빽빽하게 적혔다.

"너희들 노트 필기 안 해도 되는 거야?" 학생주임이 옆에서 끼어들어 말했다. "아까부터 가만 보니까 이 중에 필기도구 가져온 사람이 10퍼센트도 안 돼. 나머지는 다 외워갈 거야? 그렇게 머리가 좋아? 나중에 프린트로 나눠주는 거 없어! 끝나면 화이트보드는 바로 지울 거야!"

학생들 사이에서 에엣 하는 소리가 울렸다.

"그런 긴장감 없는 태도로 뭘 하겠어? 너희들 너무 태평해." 목소리가 한층 커지고 콧등에는 주름이 잡혔다.

마지막으로 학년주임이 진지한 얼굴로 "이건 좀 예민한 문제인데 말이다"라고 전제를 한 뒤에 친구 관계에 대해 이야기했다.

"서로 진로가 달라지면 지금까지 해왔던 대로 친구를 사귀기는 어려울 거야. 대학 시험을 치르지 않는 친구가 놀러 가자고 하는데 몇 번씩 거절을 하면 아무래도 섭섭해 하겠지. 하지만 입시 공부를 방해하는 사람을 진정한 친구라고 할 수 있을까? 친구의 입장을 생각한다면 조용히 공부해줄 수 있도록 해줘야지. 그게 진정한 친구야. 너희는 마음을 독하게 먹고, 자꾸 놀자고 하는 친구는 정리하는 게 좋아. 다른 학교 친구도 마찬가지야. 친구 사이에서 소외되는 걸 두려워하지 마라. 3학년 진학반에 올라가면 새 친구도 생겨. 우리 학교는 3학년 때 진학반과 취업반으로 갈라진다. 너희도 잘 알겠지만, 진학반은 다섯 개 반으로 나란히 4층을 쓰게 된다. 4층의 다른 교실은 실험실과 전산실뿐이야. 즉 4층에는 너희들뿐이다. 일부에서는 차별이라고 말들이 많지만 선생님은 이게 가장 좋은 방법이라고 생각한다. 선생님은 너희가 꼭 꿈을 이루어주기를 바란다. 그게 바로 선생님의 꿈이야."

학생주임의 설명을 들으며 후미에는 가슴이 뭉클해졌다. 의외로 좋은 선생님인지도 모른다는 마음이 들었다. 이 진학 설명회가 수험생으로서의 정신 무장을 위한 자리였다면 크게 성공한 셈이다. 평소에는 까불까불하던 남학생들도 얌전한 얼굴로 귀를 기울이고 있었다. 앞으로 한참 동안은 다들 열심히 공부할 것 같은 분위기다.

설명회가 끝나자 학생들이 화이트보드 앞으로 우르르 몰려들었다. 손바닥에 볼펜으로 메모를 하는 아이도 있었다.

"흠, 어쩔 수 없네. 내일 특별히 프린트 나눠주마."

그 모습을 본 학년주임이 흐뭇한 얼굴로 발표하자 학생들 사이에서 환성이 올랐다. 여학생들이 주위를 둘러싸고 "선생님, 심술쟁이"라고 쿡쿡 쑤셔댔다.

후미에는 한번 열심히 해보기로 결심했다. 어떻게든 도쿄 대학에 합격해야 한다. 세련된 옷차림으로 도쿄의 번화가와 대학가를 멋지게 걸어보고 싶다. 그 무대가 유메노의 드림타운으로 변해버린 뒤에는 아무리 후회해도 소용없다.

방과 후에는 학원으로 향했다. 설명회에 참석한 아이들 대부분이 그대로 자리를 옮기는 것이다. 전차에서는 항상 그렇듯이 상업고 학생들과 한 차량에 섞였다. 바닥에 주저앉은 그들이 평소보다 훨씬 바보들로 보였다.

학원에서는 어디서 정보를 얻었는지 수업 시작 전에 젊은 강사가 "무코다고등학교, 오늘 진학 설명회 했다면서?"라고 물었다.

"학부나 학과 선택에 대해 이러쿵저러쿵 설명을 했겠지만 그건 그냥 교육부의 지시 사항이야. 쉽게 말해서 형식적인 얘기지. 내가 어느 쪽에 소질이 있는지는 고등학생 때는 사실 알 수 없어. 선생님도 학원 강사 하기 전에는 식품 회사 영업직이었어. 입사하고 2년이 지난 뒤에야 나한테 맞지 않는다는 걸 깨닫고 전직한 거야. 인생이란 서른 살까지는 그런 시행착오의 반복이야. 아직 뚜렷한 방향이 정해지지 않은 사람이라면 우선 이름 있는 대학에 들어가는 게 좋아. 상위권 대학에 들어간다는 건 앞으로 선택의 범위가 넓어진다는 뜻이야."

강사는 항상 그렇듯이 빠른 말투였다. 그 속도감이 상쾌했다. "자, 그럼 수업한다. 다들 열심히 해라." 강사가 교재를 손에 들고 칠판에 영어 문장을 줄줄이 써내려갔다. 후미에와 아이들은 당황해서 급히 필기에 들어갔다. 오늘 하루, 양쪽에서 두 번이나 등 떠미는 격려를 받은 듯한 느낌이다.

평소보다 더 수업에 집중할 수 있었다. 가즈미까지 손을 들고 질문을 했다. 여러 사람의 응원을 받는다는 건 우쭐해지는 일이다. 혼자라면 이렇게까지 열심히 할 수는 없다.

오후 6시 반에야 학원 수업이 끝났다. 자동판매기의 캔 커피를 마시며 잠시 선 채로 수다를 즐겼다. 기타고등학교 남학생들도 함께였다. 하루키는 새 코트를 어깨에 걸치고 있었다. 백화점이 일제히 바겐세일에 들어가서 어머니가 도쿄까지 가서 사왔다고 한다.

"진정한 부르주아라니까, 하루키 도련님은. 속옷까지 랄프로렌이야."

남학생들이 놀리고 있었다.

"야야, 그러지들 마라. 우리 엄마가 쇼핑광이라서 어쩔 수 없이 입는 거야. 중학교 다니는 여동생은 에르메스 배낭, 엄마는 모피 코트시란다. 쳇, 이런 시골에서 그런 거 입고 나다닐 데도 없는데."

하루키는 얼굴을 찌푸리며 거리낌 없이 자기 집안일을 털어놓았다.

이제 슬슬 집에 가려고 교실을 나서는데 강사가 불러 세웠다. "후미에, 너만 자기 진단표 안 냈잖아!" 짐짓 무서운 얼굴로 흘겨본다.

깜빡 잊고 있었다. 과목별로 잘하고 못하는 부분을 자기 진단하는 표를 분실하는 바람에 여태 제출하지 못했다.

"지금 바로 써서 제출해. 다른 반까지 모두 모아서 분석하는 중인데

한 사람이라도 빠지면 집계를 못한단 말이야."

"네, 알겠습니다."

후미에는 목을 움츠리며 대답했다. 가즈미가 "구보 후미에, 교무실로 따라와요~"라고 선생님 흉내를 내며 놀리자 남학생들이 웃었다. 후미에는 교무실로 가서 한쪽 구석 테이블에서 표를 작성했다.

창밖은 벌써 컴컴하고 그 어둠 속에 눈가루가 휘날리고 있었다. 역에서 자전거를 타고 돌아갈 일을 생각하니 저절로 얼굴이 찌푸려졌다. 그렇지, 화장실에서 쫄바지를 입고 가야겠다. 기타고등학교 남학생들은 이미 다 갔으니까 괜히 멋 부릴 필요도 없다.

오후 7시쯤에 혼자서 학원 빌딩을 나섰다. 휴대전화를 손에 쥐고 역을 향해 걸음을 서둘렀다. 상점가는 반절 넘게 폐업 상태여서 바람이 몰아칠 때마다 셔터가 덜컹덜컹 흔들렸다. 인적은 전혀 없었다. 눈이 내리는 탓도 있겠지만 평소보다 훨씬 더 휑하게 느껴졌다. 드문드문 문을 연 가게도 매장에 주인들이 보이지 않았다. 손님이 없으니까 안에서 저녁이라도 먹는 모양이다.

거리는 한적한데도 새로 설치한 가로등은 10미터 간격으로 서있었다. 연지색의 세련된 쇠기둥이다. 생뚱맞은 그 환한 불빛이 더욱 더 적막감을 빚어냈다. 게다가 스피커가 내장되어서 스물네 시간 음악이 흘러나온다. 이런 쓸데없는 짓은 대체 누가 아이디어를 내고 결정했는지 진짜로 이해가 안 된다.

역에서 한 블록 남은 길을 걸어가는데 길가에 선 은빛 새 자동차가 눈에 띄었다. 뒤 트렁크를 열어놓고 웬 젊은 남자가 서있었다. 이쪽을 빤히 쳐다보고 있다. 키는 중간쯤, 마르지도 뚱뚱하지도 않고 별다른 특징이 없는 남자였다. 올리브색 점퍼를 입고 있었다. 미국 공군 같은 점퍼.

혹시 나를 납치하려는 거 아냐? 더럭 겁이 나서 후미에는 시선을 돌려버렸다. 그러자 남자가 빙글 몸을 돌려 트렁크 쪽에 머리를 숙이고 안을 정리하기 시작했다.

괜히 겁먹었네. 후미에는 안도했다. 컴컴한 길을 혼자 걸어가면 괜스레 남을 경계하게 된다.

차 옆을 지나쳤다. 카스테레오를 요란하게 켜놓고 있었다. 곁눈으로 흘끔 쳐다보았다. 남자의 모습이 사라지고 없다. '어라' 하고 생각한 순간, 누군가 뒤에서 후미에의 입을 틀어막았다. 거칠거칠한 장갑의 감촉이 얼굴을 짓눌렀다. 심장이 덜컥 멈춰버릴 것 같았다.

왼쪽 겨드랑이로 남자의 팔이 파고들면서 후미에의 몸이 번쩍 쳐들렸다. 시선 끝에는 차 트렁크가 있었다. 순간적으로 머릿속이 하얗게 비어버렸다. 납치되는 거야, 나? 하지만 왜?

남자의 콧숨이 귀에 훅 끼쳤다. 몸이 옆으로 기울어졌다. 휴대전화를 떨어뜨렸다. 오른쪽 팔꿈치와 허리에 충격이 느껴졌다. 트렁크에 내던져진 것이다. 입을 막은 손은 풀렸지만 패닉 상태에 빠져 아무 소리도 나오지 않았다.

덜컹하는 소리와 함께 세상이 깜깜해져버렸다. 차가 급발진했다. 타이어의 비명이 귀에 꽂혔다. 어둠 속에서 머리를 앞뒤로 쿵쿵 부딪쳤다. 후미에는 전율했다. 어딘가에 끌려가고 있어—.

숨을 들이쉬었다. 트렁크를 안쪽에서 발로 걷어찼다. 아냐, 아냐, 말도 안 돼. 온몸에 오한이 내달렸다.

비명을 질러야 한다고 생각했지만 목구멍에 마개라도 끼운 것처럼 소리가 나오지 않았다. 고막을 뒤흔드는 건 카스테레오의 중저음뿐이었다.

무릎이 덜덜덜 떨렸다. 위아래 턱이 캐스터네츠처럼 맞부딪쳤다. 어째서? 왜? 누군가 나 좀 살려줘요. 아아, 틀림없이 살해될 거야. 죽음이라는 글자가 머릿속에 떠오르고 정신이 아득해졌다.

머리가 빙빙 돌았다. 태어나서 처음 겪는 엄청난 공포감은 그것을 느끼기도 전에 후미에의 머리를 제어 불능으로 만들고 있었다.

13

아침에 회사에 가려고 아파트 주차장으로 들어가는데 관리인이 대빗자루로 청소를 하고 있었다.

"안녕하세요?" 가토 유야는 먼저 상냥하게 말을 건넸다. 폭주족 출신이라도 인사 정도는 한다. 세일즈를 하다 보니 여기저기 친절하게 대하는 게 완전히 습관이 되었다.

시든 나무처럼 늙은 관리인은 귀가 어두운지 항상 큰 소리로 대답을 한다. "어, 날이 춥지?" 하얀 입김을 내쉬는 얼굴이 온통 주름투성이다. 뒤이어 "아참, 어제 오후에 사회복지사무소 사람이 찾아와서 자네에 대해 꼬치꼬치 물어보고 갔어"라는 말에 유야는 저도 모르게 발을 멈췄다.

"사회복지사무소요?"

"응. 무슨 짐작 가는 일이라도 있어?"

"……아, 아뇨." 생각하는 척하며 유야는 고개를 가웃했다. 물론 충분히 짐작이 간다. 치하루의 부탁으로 써준 그 서류 때문이다.

"그 사람이 204호의 가토 씨는 직장에 다니느냐고 묻길래 '물론이다. 아침마다 넥타이 메고 나간다'라고 대답했어."

관리인은 실눈이 되게 웃으며 고개를 끄덕였다. 좋은 일을 했다고 생각하는 모양이다.

"어떤 회사에 다니는지, 그것까지는 모르겠지만 인사도 잘하고 아주 예의 바른 젊은이라고……."

"그러셨어요? 고맙습니다."

유야는 맞장구를 치며 머리를 숙였다.

"혹시 흥신소에서 나온 사람인지도 모르잖아? 결혼할 사람, 취직시킬 사람을 알아보는 거 말이야. 그래서 내가 아주 착실한 젊은이라고 잔뜩 칭찬을 했지."

"하하, 그럴지도 모르겠네요."

적당히 대꾸하고 차에 올랐다. 엔진을 켜고 잠시 있었다.

일찌감치 들켜버렸구나. 언 손을 비비며 혼잣말을 했다. 하긴 들켰다고 해도 내가 손해 볼 건 없다. 전처가 생활보호비를 못 받는 것뿐이다. 한 달에 23만 엔이라니, 그건 정말 말이 안 된다. 아주 쌤통이다.

기어를 넣고 출발했다. 주택가를 천천히 달리면서 문득 머릿속에 한 가지 생각이 스쳤다. 혹시 아이의 아버지랍시고 양육비를 대야 하는 거 아니야?

유야는 혀를 끌끌 찼다. 첫 남편은 자식이고 뭐고 다 팽개치고 행방불명인데, 왜 나만 부양 의무를 져야 하는가. 애초에 나는 아이를 원하지도 않았다. 아야카가 한 명 낳으나 두 명 낳으나 마찬가지라면서 자기 멋대로 낳은 것이다. 그런 여자들은 도무지 머릿속에 생각이라는 게 없다. 결혼한 뒤에도 좀 더 편하게 놀면서 살고 싶다고 친정으로 가버렸다.

에이, 어떻게 되건 상관없어—. 가슴속에서 내뱉었다. 전처 따위 내 알 바 아니다. 나는 지금 내 일만으로도 벅차다.

회사에 가보니 어째 분위기가 뒤숭숭했다. 스무 살 먹은 사원이 세일즈를 위해 찾아간 집에서 문제를 일으켜 경찰에 신고된 것이다. 혼자 사는 노인에게 항상 하던 대로 누전 차단기를 팔려고 하는데, 하필 그 순간에 딸 부부가 찾아와 이러니저러니 따지고 들자 폭주족 시절의 버릇대로 꽥꽥 고함을 질러버린 것이다. "집에 불을 싸질러버린다"고 내뱉은 모양이었다.

공포심을 느낀 피해자가 자동차 넘버를 메모해서 유메노 경찰서 생활안전과에 신고했다. 거기서 무코다 전기 보안센터라는 회사 이름이 밝혀졌고, 당장 출두하라는 통지서가 날아왔다.

하지만 그보다 더 큰 문제는 화가 뻗친 가메야마 사장이 그 사원을 사정없이 두들겨 패서 부상을 입히고 만 것이었다. 그 자리에 함께 있었던 간부 사원은 "진짜로 애 죽이는 줄 알았다"며 당시 분위기를 전했다. 당연히 얼굴 모습이 울퉁불퉁 변해버린 사원을 경찰서에 내보낼 수 없게 되었다.

즉시 전 사원을 소집하여 사장이 설교에 들어갔다. 붉으락푸르락 화가 난 가메야마는 딱 도깨비 같은 형상이었다.

"너희들 똑바로 안 하면 연대 책임 물을 거야. 까불지들 말란 말이야. 슬쩍 좀 건드렸다고 일반인을 상대로 협박을 해? 그래서야 폭주족 때하고 하나도 다를 거 없잖아. 회사에 피해 끼치고 경찰한테 찍히고.

그러고는 미안하다고 하면 끝이냐? 이 일로 장사해먹기 어려워지면 우리 모두 다 피해를 입어. 너희는 한 사람이 아니야. 팀워크야, 팀워크! 머리를 좀 써라, 머리를 좀 써. 에잇, 너희들 다 죽일 거야!"

책상을 탕탕 내리친다. 내로라하는 불량배 출신의 사내들이 일제히 목을 움츠렸다.

그 옆에는 얼굴이 수박처럼 퉁퉁 부은 문제의 사원 이시이가 정좌하고 있었다. 폭력에는 이미 익숙해졌지만 이렇게 지독하게 얼굴이 변해버린 놈은 처음이었다. 유야는 이시이를 똑바로 바라볼 수가 없었다. 용케도 살아남았구나, 하고 안도했을 정도다.

"이제 어쩔래? 협박을 했다고 이시이한테 임의 출두 통지서가 날아왔어. 근데 이 얼굴로 보낼 수 있겠냐?"

그렇게 두들겨 팬 건 사장이잖아요. 분명 사원들 모두가 생각했을 것이다. 물론 다들 겉으로는 심각한 표정만 짓고 있었다.

"무시할까? 모른다고 잡아뗄까? 어쩔래? 경찰은 자기들 체면을 안 세워주면 작심하고 물고 늘어져. 이런 콩알만 한 회사는 눈 깜짝할 사이에 뭉개버려. 그럼 너희는 다 실직이야. 고등학교 중퇴한 놈들한테 다른 일자리가 금세 튀어나올 거 같냐? 유메노 부품 공장에서 브라질 놈들하고 함께 일할래? 온통 기름칠 하고서? 이제 넥타이고 양복이고 더 이상 볼일 없어. 애써 몇 벌씩 샀는데 말이지. 어쩔래, 엉?"

사무실에 괴괴한 정적이 감돌았다. 가메야마는 항상 문젯거리를 사원들에게로 떠넘겼다. 사원들에게 책임을 전가하고 그 문제를 해결하기 위해 열심히 뛴 사람에게 상을 주는 것이다.

"사장님, 질문 좀 해도 되겠습니까?" 시바타가 손을 들었다. 시선이 일제히 쏠렸다. "이시이는 결국 그 집에서 상품을 판매했습니까?"

가슴을 당당히 내밀고 말한다. 요즘 시바타는 유야의 눈에도 자신감이 넘치는 사내로 보였다.

"아냐. 세일즈 하던 중에 딸 부부가 찾아오는 통에 물건은 팔지도 못하고 성질만 부렸어. 어이, 그렇지?"

가메야마가 정좌한 이시이의 어깨에 발을 얹고 앞뒤로 흔들었다.

"그렇다면 아직 피해 신고서는 들어오지 않았을 겁니다. 일단 경찰의 체면을 세워주면 조용히 끝날 일이라고 생각합니다. 제가 피해자댁에 가서 백배 사죄하겠습니다. 그 길로 경찰에 출두해서 머리를 숙이고 오겠습니다."

"응, 시바타, 그렇게 좀 해줄래?" 가메야마가 반색하는 목소리로 말했다.

"저를 꼭 보내주십쇼. 머리를 조아리든 무릎을 꿇든, 뭐든 다 하겠습니다." 시바타는 야자와 에이키치(히로시마 출신의 록 뮤지션. 1949년 생—옮긴이)가 빙의한 것처럼 멋진 말들을 줄줄 이어갔다.

"좋아, 아주 든든하네. 근데 사죄를 할 거면 한 명 더 데리고 가라. 너희도 잘 들어. 사죄는 페어가 기본이야. 둘이 나란히 머리를 숙이면 효과도 두 배가 돼. 그리고 진심. 연기든 뭐든 사죄에는 진심이 있어야지. 자, 또 한 사람, 누가 갈래?"

"제가 가겠습니다." 틈을 두지 않고 유야가 손을 번쩍 들었다. 가메야마에게 자신을 강하게 어필할 수 있는 찬스라고 생각했다. 게다가 시바타는 사이좋은 선배다.

"그래, 가토 네가 가줄래?" 가메야마가 눈을 반짝였다.

이름을 불러준 것이 기뻤다. 사장은 자신의 얼굴과 이름을 알고 있는 것이다.

"먹을 거라도 사들고 가. 노인네니까 딱딱한 건 안 돼. 양과자라든가 양갱이라든가, 그런 걸로 해. 그쪽에서는 우릴 무서워하니까 무조건 스마일. 지난번 세일즈맨은 즉각 해고했다고 말해. 경찰에서도 마찬가지야. 업무 내용을 물어보면 팸플릿에 적혀 있는 대로만 대답해. 어디까지나 보수 점검 회사고, 누전 차단기는 주문을 할 때만 정가로 판매한다고 해. 어차피 경찰 생활안전과에 들어온 시민의 소리니까 우리 회사까지 조사할 용의는 없어. 혹시 형사과가 나오면 특히 주의하라고. 그냥 무조건 모른다고만 해."

가메야마가 빠른 말투로 지시를 내렸다. 그 정확성에 유야는 새삼 감탄했다. 공부는 잘 못했지만 머리 회전은 빠른 사람이다. 이 사회에서 세력을 잡는 건 역시 요령 좋은 인간이다.

미팅이 끝나자 시바타가 얼굴에 웃음을 지으며 다가왔다. "그래, 우리 둘이서 문제를 수습해보자." 어깨를 두드려서 유야는 고개를 끄덕였다. 서로가 서로를 인정해주는 관계란 사나이의 가슴을 설레게 한다.

이시이라는 젊은 사원은 한 달 동안 전화 당번과 세차 당번을 하기로 한 뒤에 풀려났다. 회사를 그만두고 싶은 심정이 그의 얼굴에 쓰여 있었다. 하지만 가메야마의 비위를 거슬렀다가는 이 도시에서 살 수 없다. 뱀의 노림수에 걸려든 개구리라는 게 바로 이런 경우일 것이다.

사죄하러 가는 차 안에서 시바타는 기세가 등등했다. "이번 주 매출액, 잘하면 100만까지 갈 거 같다." 콧구멍을 벌름거리며 조수석에서 담배를 피우고 있다.

"엇, 이번 주에만?"

"응, 새로운 지역을 뚫었어. 지난 주말에 마누라가 친정에 갔거든. 나 혼자 심심해서 가와타 초까지 세일즈를 나가봤지. 영업 구역 밖이니까 담당 구역이고 뭐고 없잖아. 거기가 노인네들만 드문드문 사는 동네더라고. 이틀 동안 한 바퀴 쫘악 돌았는데, 다들 사람 좋은 할아버지 할머니들이야. 50만 엔을 쓱싹 팔아치웠어."

"히야!" 유야는 진심으로 감탄했다. 고등학교 중퇴에 매일같이 파친코에서 죽치고 노닥거리던 시바타가 자진해서 휴일 세일즈까지 나서다니.

"내가 말이지, 사장하고 약속한 게 있어. 월간 실적에서 1위에 오르면 롤렉스 사준대."

"롤렉스? 와아, 진짜 좋겠네." 유야는 한숨을 내쉬었다.

"어차피 이 장사 앞으로 반년이면 끝이야. 한 바퀴 다 돌면 더 이상 팔 데가 없거든. 돈을 벌자면 지금이야." 시바타가 냉정한 분석도 한다.

"그럼 우리 회사 앞으로 반년이면 끝이에요?"

"야야, 앞서가지 마라. 그건 무코다 전기 보안센터가 그렇다는 얘기지. 그 다음에는 간판 바꿔 달고 오리털 이불이나 건강 기구 같은 거 팔면 돼. 우리 사장 머리가 좋으니까 앞일까지 다 내다보고 있어. 내가 말이지, 사장한테서 3년 후에는 중고차 판매 체인을 시작할 거란 얘기도 들었어. 그렇게만 되면 내 목표는 지점장이야."

그렇구나. 어떻든 가메야마만 따라가면 좋은 일이 생긴다. 유야는 그야말로 든든했다. 이 시골구석에서 살아남으려면 역시 장사를 하는 수밖에 없다.

시바타가 손을 머리 뒤에 깍지 끼고 눈을 감았다. "어휴, 또 눈 내릴 거 같네"라고 유야가 말을 건네려고 하자 "아, 잠깐 입 좀 다물고 있어.

사죄할 말 생각하고 있으니까"라고 낮은 목소리로 중얼거렸다. 유메노의 하늘은 요즘 들어 색깔이 전혀 없다.

피해자의 집에 도착하자 두 사람은 넥타이와 머리를 단정하게 가다듬고 문의 인터폰을 눌렀다. 머뭇머뭇 인터폰을 받는 할머니의 목소리가 들리자 시바타가 마이크를 향해 속삭이는 소리를 냈다.

"네, 무코다 전기 보안센터입니다. 어제는 저희 사원이 참으로 큰 실례를 했습니다. 오늘 그 일로 사과를 드리려고 찾아왔습니다. 정말 죄송합니다. 그 사원은 이미 해고했습니다. 사원 교육을 제대로 못하고 세일즈를 내보낸 점, 저희 모두 깊이 반성하고 있습니다. 그런 사람을 채용한 저희 회사의 책임입니다."

막힘없이 말을 줄줄 이어나간다. 하지만 할머니는 "아, 이제 됐어요"라고만 할 뿐이었다. 한참을 말해도 현관문을 열어주려고 하지 않자 시바타는 경찰을 들고 나섰다.

"실은 유메노 경찰서에서도 크게 꾸지람을 들었어요. 지나친 세일즈 행위에 대해 피해자 분께 확실히 사죄하고 용서를 받아오라는 명령을 받았습니다. 제발 잠깐만 뵙고 사과드릴 수 있게 해주십시오."

유야는 존경의 눈빛으로 시바타를 지켜보았다. 이렇게 말을 잘하는 사람인 줄은 몰랐다. 자신은 그 발뒤꿈치도 못 따라갈 것 같다.

잠시 뒤에 현관문이 반절만 열리더니 할머니가 얼굴을 내밀었다.

"이번 일은 참으로 죄송합니다."

한차례 등을 쭉 편 뒤 둘이 나란히 90도로 머리를 숙였다. 그대로 천천히 다섯을 센다. 아까 둘이서 그렇게 하기로 정하고 온 것이다.

이윽고 고개를 들자 노파는 이쪽의 저자세에 당황했는지 멍하니 입만 벌리고 있었다. 시바타가 팔꿈치로 툭 쳐서 유야는 선물로 들고 온

화과자를 내밀었다.

"보잘 것 없습니다만, 사죄의 뜻으로 들고 왔습니다. 부디 너그럽게 받아주십시오."

이 말은 유야가 했다. "부디 너그럽게 받아주십시오"라는 점잖은 말이 졸지에 튀어나온 것에 스스로 만족했다.

"아이, 뭘 그렇게까지." 노파의 얼굴에 안도의 빛이 퍼졌다. "그럼, 고맙게"라면서 선물도 받아주었다. "어제는 그 젊은 사람이 너무 험악해서 우리 딸이 경찰에 전화했구먼. 그 바람에 일이 이렇게 커져서……."

"정말 죄송합니다." 다시 90도로 고개를 숙였다.

"아이, 됐어. 이제 걱정 없네." 할머니의 얼굴이 환하게 풀어졌다. "일부러 이렇게 와줘서 고마워." 시바타도 유야도 손자 같은 나이라 용서할 마음이 들었는지도 모른다.

마지막까지 굽실굽실 머리를 숙이고 집을 나왔다. 이걸로 첫 번째 관문은 통과했다는 생각에 한결 어깨가 가벼워졌다. 시바타가 어떠냐는 듯이 가슴을 쓰윽 내밀었다. 차로 돌아오자마자 둘 중 누가 먼저랄 것도 없이 웃음이 터졌다.

"오늘 선배 모습, 폭주족 출신이 아니던데요?"

"야, 너야말로 사과하는 데 소질 있더라."

서로가 서로의 어깨를 토닥였다.

경찰에서는 생활안전과 총무계로 찾아가 사복형사에게 머리를 숙였다. 문제 사원은 해고했으니 더 이상 말썽날 일은 없다고 설명했다. "야야, 그러잖아도 바빠 죽겠는데 더 이상 일거리 만들지 마라. 알았어?" 형사는 의자에 한껏 버티고 앉아 야쿠자처럼 으르댔다. 불끈 화가 났지만 무조건 고분고분 머리를 숙였다. "엉뚱한 짓 했다가는 어디서든 피해 신고서 받아다가 너희들 다 처넣을 거니까 그런 줄 알아."

이쪽이 폭주족 출신이라는 걸 알고 있는지 여지없이 쏘아붙이는 말투였다.

바로 옆에 청소년과가 있어서 나이 든 형사가 "어이, 거기, 가메야마네 젊은 치들이지?" 하고 친한 척 말을 건네 왔다. 어떻게 대답해야 좋을지 몰라 둘이서 얼굴을 마주보았다.

"화이트 스네이크 멤버들이라는 거 다 아는 데 숨길 거 없어. 가메야마한테, 또 무슨 짓을 꾸미는지 모르겠지만 너무 험악한 짓은 하지 말라고 전해. 10년 전에 그놈을 소년원에 넣었던 게 나야."

그 시절이 그립다는 듯 실눈을 뜨며 웃고 있다. 시바타가 "네, 알겠습니다"라고 얌전히 대답하며 고개를 숙였다.

유야는 폭주족 시절부터 경찰은 자기들 마음 내키는 대로 수사를 한다는 의심을 품었다. 웬만한 나쁜 짓은 대충 눈감아 준다는 걸 알고 있었다. 공을 세울 만한 거리가 안 되는 일은 되도록 피하는 것이다.

경찰서를 나서자 날아갈 듯 발걸음이 가벼워졌다. 이걸로 회사에서의 평가가 단숨에 높아질 것이다. 사장과 간부들이 한 단계 높게 봐주리라는 건 확실하다.

"점심에는 초밥이나 먹을까? 근사한 초밥집에 가자. 내가 한턱 쏠 테니까."

이번에는 시바타가 핸들을 잡고 차를 출발시켰다.

"선배, 고맙습니다! 벨트 풀어놓고 마음껏 먹어야겠네."

유야는 배를 쓰다듬으며 두 다리를 앞으로 쭈욱 폈다.

"야, 유야." 시바타가 불쑥 말했다. "우리 완전히 좋은 패 뽑은 거 같지 않냐?"

"그, 그런가요?" 예기치 못한 질문에 조금 당황했다.

"우리 또래에 우리만큼 버는 사람이 없잖냐."

"예, 그렇죠."

"스네이크 멤버 중에 데쓰오라는 놈이 있었지? 오토바이 조립에 선수여서 자동차 수리 공장에 취직한 놈."

"아, 시바타 선배하고 함께 친위대 했던 그 데쓰오 선배요?"

"그 새끼, 공장이 부도나서 파친코로 근근이 먹고산단다."

"그래요?"

"기술은 좋은데 자격증이 없어서 재취업도 안 돼."

"그 선배, 자격증이 없었군요."

"그리고 예전에 혼다 조커 몰고 다니던 무라타. 그놈은 부모한테 돈 타서 커피숍 시작했는데, 근처에 패밀리레스토랑이 생기는 바람에 반년 만에 문 닫았잖냐."

"패밀리레스토랑 상대로는 이길 도리가 없죠. 그쪽은 커피 리필 무제한인데."

"폭주족 동창회하면 아마 내가 최고일 거야. 그렇잖아, 처자식 거느리고 스물네 살에 이제 곧 집까지 살 계획이니까. 다른 놈들은 쥐꼬리만한 월급으로 시원찮은 회사에 다니거나 정규직도 못 돼서 비척거리고 있어."

시바타는 핸들에 턱을 얹다시피 고개를 쑥 내밀고 운전하고 있었다. 자동차 히터가 허접한지라 앞 유리 대부분이 흐려져서 시야를 가로막기 때문이다.

"내가 생각해봤는데, 남자는 역시 돈을 잘 벌어야 해. 요즘 우리 마누라도 아주 얌전해졌어. 밤늦게 들어가 밥 달라고 해도 제대로 멋진 밥상 차려주고 말이지. 전에는 오차즈케든 뭐든 맘대로 챙겨먹으라고 쏘아붙였는데 말이야. 지난달에 진주 목걸이 하나 사줬더니 내가 도리어 깜짝 놀랄 만큼 좋아하더라. 여자는 뭐니 뭐니 해도 현금이야. 사랑보다 돈이라니까."

"그렇죠. 좋은 옷에 좋은 차 타고 나가면 여자 헌팅도 끝내주게 잘 되더라고요."

"결국 우리처럼 학교에서 낙오한 인간들은 말이다, 돈 왕창 벌어서 자신을 증명하는 수밖에 없어. 일류 기업에 들어갈 수도 없고, 이제 새삼스럽게 연예인이나 레이서가 될 수도 없잖아. 어떤 집에서 사느냐, 어떤 차를 타느냐, 자식새끼에게 어떤 옷을 입히느냐. 그런 걸로 치고 올라가지 않으면 아무도 우릴 상대해주지 않아. 무조건 빅이 되어야 해. B, I, G, 빅."

시바타의 말에는 강물처럼 도도한 힘이 있었다. 분명 남자가 자신감을 갖는다는 게 바로 이런 거다. 지금의 시바타라면 혹시 야쿠자하고 붙더라도 깨끗이 처리해버릴 것 같다.

"그래, 빅이 되자."

시바타가 되풀이한다. 정말로 야자와 에이키치가 빙의한 듯한 말투였다.

차는 찬 바람이 휘몰아치는 국도를 달려갔다. 길가에 몇 미터 간격으로 늘어선 대형 아울렛의 깃발이 옆으로 후려치는 바람에 거세게 나부끼고 있다. 유야 같은 젊은이의 눈에도 그 색감은 불쾌하게 비쳤다. 유메노에 좋은 경치라고는 하나도 없다.

그날 밤, 시바타와 함께 가메야마 사장의 회식에 불려갔다. 유야는 처음 가보는 자리였다. 회사 근처 불고기집에서 간부들 틈에 섞여 테이블에 앉았다.

"어이, 가토. 수고했어. 너 일 꽤 잘한다면서?"

가메야마가 직접 맥주를 따라주자 유야는 감격해서 몸이 후끈 달아올랐다.

"야야, 편히 앉아. 오늘 이 자리는 위아래 없이 툭 터놓고 놀자고."

"감사합니다." 황송해서 몇 번이고 머리를 숙였다.

"영업 실적도 오름세를 탔다고 하더만. 나는 말이다, 내 사원이 한 꺼풀 벗고 성장하는 모습을 보는 게 너무 좋아. 정말 좋아서 어쩔 줄을 모르겠어."

가메야마가 정이 듬뿍 담긴 눈빛으로 말했다. 두툼한 입술 사이로 하얀 이가 내보였다. 바로 스물네 시간 전에 사원 하나를 피범벅으로 만든 인물이라고는 상상도 할 수 없는 다정함이었다.

"사장님, 이 친구 사죄하는 거, 아주 프로급이었어요."

옆에서 시바타가 바람을 넣어주었다.

"아유, 별 말씀을. 저는 시바타 선배를 따라서 그냥 머리만 숙였어요."

유야가 손을 저으며 겸손을 보였다. 가메야마는 그 대화에 실눈을 뜨고 웃으며 "좋아, 먹자, 먹자고" 하고는 자신이 직접 우설(牛舌) 고기를 석쇠에 올렸다. 치이익 하는 소리가 나면서 하얀 연기가 피어오른다.

"가토의 목표는 뭐지?" 가메야마가 물었다.

"일단 페어레디 Z라도 한 대 살까 합니다." 유야가 대답했다.

"왜 포르쉐가 아니지?"

"아, 아뇨……."

"왜 벤츠가 아니냐고."

"아뇨, 그, 그건……."

"Z 따위는 당장이라도 사버려. 그보다 좀 더 높은 걸 노려야지."

가메야마는 혼잣말처럼 내뱉더니 젓가락으로 고기를 집어 잘 익었는지 들여다보고 있었다.

"집은 안 지을 건가, 집은?"

"지금은 저 혼자 살고 있어서……."

"좋아, 구워졌네. 먹어라."

그 말이 떨어지자 일제히 젓가락을 내밀었다. 유야도 따라했다. 두툼한 우설의 고급스러움에 깜짝 놀랐다.

"음, 불고기는 역시 맛있어. 일주일에 두 번은 먹어줘야 안 그러면 컨디션이 엉망이 된다니까." 가메야마가 기분이 좋아져서 말했다. "어이, 거기. 아직 갈비는 없지 마. 석쇠가 지저분해지잖아. 대체 몇 번을 말해야 아냐?" 옆자리 화로를 에워싼 사원들에게 주의를 주었다. 항상 무서운 사장이지만 자상한 일면이 있는 모양이다.

"사내란 말이지, 집을 지어야 비로소 어른이 돼. 문에 내 문패를 딱 걸어보라고. 마치 성의 영주가 된 기분이 든다니까. 우선 적금부터 들어. 월 5만 엔이라도 좋으니까 정기예금을 들라고. 차곡차곡 은행에 신용을 쌓으란 말이야."

"네에……." 유야가 고개를 끄덕였다.

"어이, 갈비는 상추에 싸서 먹어. 그 맛에 주문한 거니까."

가메야마는 남의 말은 듣지 않고 거의 혼자서 떠들고 있었다.

남자만 여덟 명이서 곱창, 안창살, 로스까지 몇 접시를 금세 비웠다. 가메야마의 먹성은 대단했다. 고기 두 점을 함께 몰아넣고 씹어대고 술도 세서 한국 막걸리를 맥주처럼 꿀꺽꿀꺽 들이켰다. 원래부터 혈색이 좋은 얼굴이 더욱 불그레해져서 무시무시한 전통 가면을 연상시켰다. 몸이 평소의 두 배쯤은 커 보였다.

다 먹고 나자 가메야마가 현금으로 지불했다. "아주머니, 계산서!" 두툼한 지갑에서 손가락이 잘릴 것 같은 만 엔짜리 지폐를 되는 대로 꺼내 테이블에 내려놓는다. "영수증 좀 챙겨주쇼." 잣이 떠있는 차를 단숨에 마신다. 유야에게는 그런 몸짓 하나하나가 카리스마로 보였다.

"자, 2차는 항상 하던 대로 미소노 초 카바레클럽에 가볼까?" 가메야마가 말하자 간부들이 "그 말 나오기만 기다렸습니다!"라는 맞장구와 함께 박수를 쳤다.

"가토는 오늘밤 처음이지? 네가 호스티스 골라봐라. 가토의 여자 취향을 알아볼 기회야. 캬캬캬."

간부들까지 나서서 유야를 놀리며 머리를 툭툭 쳤다. 일개 평사원에서 준간부쯤으로 승진한 듯한 기분이었다.

불고기집을 나와 각자 차에 타는데 유야의 휴대전화가 울렸다. 치하루에게서 온 전화였다. 혀를 끌끌 찼다. 용건은 대충 짐작이 갔다.

"가토, 지난번 그 서류 안 통한 거 같아." 치하루가 우울한 목소리로 말했다.

"알아. 나 직장 다닌다는 거 들겼지? 사회복지사무소 공무원이 알아보러 왔는데 아파트 관리인이 술술 불어버린 모양이더라."

엔진을 켜고 한 손으로 차를 출발시켰다. 선배들의 뒤를 따라 달렸다. 휴대전화는 귀에 댄 채였다. 음주운전에 휴대전화까지, 제대로 위반이다.

"어머, 그랬구나. 왜 미리 입단속을 안 했어?"

"알 게 뭐냐? 지구는 너희 생각대로 돌아가는 게 아니라구."

어이없이 트집을 잡는 게 화가 나서 거만하게 대꾸했다.

"그거 들켜버렸으니까 이제 네가 부양 의무를 져야 해. 그런 줄 알아."

"흥, 재판이든 뭐든 마음대로 해봐. 나는 한 푼도 못 내. 아야카가 제멋대로 집을 나가버렸으면서 이제 와서 무슨 소리야?"

"쇼타는 너한테 보내기로 했어. 내일 우리 집으로 아이 데리러 와."

무슨 말인지 언뜻 이해가 안 돼서 유야는 잠시 대답을 하지 못했다.

"큰아이는 제 아빠가 행방불명이니까 문제가 없어. 문제는 쇼타야. 친아빠가 수입이 있는 경우는 이래저래 귀찮단 말이야. 그러니까 데려가."

"뭐야?" 이의를 제기하려고 했지만 그만 말문이 막혀버렸다. 그보다 신호등이 바뀌는 통에 급히 브레이크를 밟았다.

"아야카는 아이가 하나 줄어들면 그만큼 생활보호비도 줄겠지만, 그래도 15만 엔은 나올 거란 말이야."

"어이, 이봐. 지금 농담하는 거지?"

"내일 우리 집에 와서 아이 데려가. 아야카하고 직접 얼굴 마주치고 싶진 않잖아?"

"아, 잠깐잠깐. 내가 어떻게 아이를 키우냐고!"

"아무튼 내일 봐."

전화가 뚝 끊겼다. 멍해진 머리로 유야는 생각을 해보려고 했다. ……아이를 데려가라고?

갑작스러운 일에 머리가 돌아가지 않았다. 우선은 선배들의 뒤를 따라갔다. 쇼타라니, 그 아이가 어떻게 생겼더라? 생각해보려고 했지만 그림자도 떠오르지 않았다.

14

보안요원 일을 쉬는 날이어서 호리베 다에코는 일주일 만에 집안 청
소를 했다. 공식적으로는 일주일에 이틀이 휴일이지만, 실제로는 일주
일에 하루밖에 쉬지 못하게 회사 측에서 시간표를 짜놓고 있었다. 휴
가 신청서를 내면 언제라도 추가할 수 있다지만, 그것도 회사에 나가
관리부의 도장을 받아야 한다. 일을 쉬기 어렵게 만들어놓은 것이다.

카펫의 먼지를 청소기로 빨아들이고, 테이블이며 장식장을 걸레로
닦았다. 창은 안쪽만 닦기로 했다. 어차피 또 눈이 내려 더러워질 테고,
너무 추워서 베란다에 나갈 마음이 나지 않았다. 올 추위는 장난이 아
니다. 태어나서 지금까지 이 동네에서 살았지만 길고양이가 얼어 죽었
다는 얘기는 처음 들었다. 근처 절의 처마 밑에 세 마리가 한꺼번에 죽
어 있어서 스님이 뒤편 대나무 숲에 묻어줬다고 한다. 스토브를 켜도
방이 훈훈해지려면 30분 넘게 걸렸다. 하긴 그거야 틈새 바람이 쇄쇄
들어오는 헌 아파트라서 그렇긴 하지만.

세탁기를 돌려 빨래를 방 안에 널었다. 일주일분이라 좁은 거실이
정글 같은 꼴이 되었다. 오늘은 여동생이 오기로 했지만 모양 잡을 여
유는 없었다. 빨래 건조기는 5년 전에 고장이 나서 베란다에 방치해두
고 있었다.

텔레비전에서 원유 가격 상승으로 물가가 오르고 있다는 뉴스가 나
왔다. 다에코도 스토브 기름 값 때문에 살림에 큰 타격을 받는 중이다.
어디 농가에라도 찾아가 화로를 좀 얻어올까 하는 궁리까지 하고 있다.

세 살 어린 여동생 하루코는 12시쯤에 자동차를 타고 찾아왔다. 드
림타운에서 도시락을 사들고 와서 레인지에 데워 둘이 고타쓰에 마주

앉아서 먹었다.

하루코는 회사에 다니는 남편과 전문대생, 고등학생의 두 아이가 있다. 유메노 시내에 살면서 가계를 돕기 위해 근처 작은 슈퍼에서 파트타임으로 일했다. 자신이 근무하는 가게의 도시락이 아니라 일부러 드림타운까지 가서 사온 건, 자린고비 사장이 얄미워 그쪽에는 단돈 1엔도 주고 싶지 않아서라고 입을 삐죽거렸다. 시급은 3년 동안 제자리걸음이고, 팔다 남은 반찬은 반값을 내고 사가라고 한단다.

"그나저나 날씨 참 춥네. 언니, 이 추위에 드림타운까지 어떻게 자전거 출퇴근을 해?"

하루코가 찰밥을 입에 넣은 채 말했다. 가까이에서 보니 눈가의 주름이 두드러졌다. 뺨도 축 늘어졌다. 예쁘장하던 여동생이 이제는 완전한 아줌마다.

"핫팩을 허리춤에 끼우고 머리에는 점퍼 후드 둘러쓰고, 으랏차차 기합을 넣고 가. 내가 원래 강하잖아."

다에코는 가슴을 내밀며 말했다. 가족들 앞에서는 왠지 강한 척하고 만다.

"언니, 보안요원 시작한 뒤부터 당당해진 거 같아."

"그래?"

"응. 자신감이 넘친다고 할까?"

"아냐, 그건 사슈카이 덕분이야."

다에코가 사슈카이 얘기를 꺼내자 하루코는 대답할 말이 없는지 입을 꾹 움츠렸다.

"아직도 그 종교 단체 계속 나가?" 얼굴빛을 살피듯이 말한다.

"아직이라니? 앞으로 지도원도 되고 이사(理事)도 해볼 생각인데."

"헌금은 얼마나 많이 내?"

"그럴 여유는 없어. 지금은 그냥 월 회비 2만 엔밖에 안 내."

"'지금은'이라니. 그럼 앞으로 더 많이 내야 해?"

"이사까지 올라가려면 수련회나 인도 연수 같은 것도 가야겠지."

"언니, 이제 그만 좀 해."

"너하고는 관계없는 일이야. 내 돈 내가 쓰겠다는데."

하루코는 뭔가 더 할 말이 있는 듯한 표정으로 묵묵히 도시락밥만 떠먹었다.

전에는 여동생에게도 사슈카이에 나오라고 권했지만, 그쪽의 가르침에 흥미를 가지기는커녕 언니가 사기를 당하는 거라고 계속 우기는 통에 화가 나서 전도고 뭐고 관뒀다. 하긴 어렸을 때부터 이익이냐 손해냐, 그런 것만 따지던 아이였으니 사슈카이를 이해할 수 있을 리 없다.

하루코가 자리에서 일어나 주방에서 제 손으로 차를 타왔다. "언니, 돈 얘기가 나와서 말인데……"라고 슬며시 말문을 열었다.

"엄마가 이제는 진짜로 노쇠해져서 아무래도 병원으로 모셔야 하는가 봐. 오빠네가 그 비용을 마련하기가 힘든 모양이야. 언니한테도 좀 보태줄 수 없느냐고 물어보래. 입원비를 일부 부담해줬으면 좋겠다는데……."

다에코는 그 말을 듣고 금세 우울해졌다. 여든 살의 어머니가 이제 곧 세상 떠나시겠다는 건 지난 정월에 갔을 때 예상은 했었다. 머리칼이 한꺼번에 백발이 된 채 미라처럼 바짝 말라 있었기 때문이다. 그때 이미 계단을 오르지 못했다. 올케언니는 그런 어머니를 돌보기가 얼마나 힘들까, 안타까운 마음이 들었다.

하지만 입원비라면 얘기가 다르다. 자신과 여동생은 아버지가 돌아가셨을 때 상속을 포기했다. 사실은 몇 푼이라도 받고 싶었지만, 예금은 별로 없고 토지뿐이었기 때문에 어쩔 수 없이 포기했었다. 오빠는 그 땅에 새 집을 짓고 어머니와 함께 살고 있었다.

"엄마는 그냥 그 집에 계시고 싶을 텐데." 다에코가 말했다.

"하지만 제대로 걷지도 못하시니 오빠네도 어쩔 수가 없겠지. 아예 드러누우시는 것도 이젠 시간 문제야. 그럴 때 설마 올케언니한테 똥오줌까지 받아내라고 할 수는 없잖아."

"그래도 우리한테 입원비를 내라는 건 좀……."

"내 생각도 그래. 땅도 상속받았고 엄마 연금도 오빠가 관리하니까 그래도 마지막까지 오빠가 돌봐드리는 게 옳지 않으냐고……."

"그렇게 말을 했어?"

"아이, 그런 말을 어떻게 해?"

하루코가 얼굴을 찡그리며 손을 저었다.

"……올케언니는 뭐래?"

"나야 모르지. 어쨌거나 오빠네가 전부 부담하겠다는 말은 안 할 거야. 아직 시집 안 간 딸이 둘이나 있잖아."

다에코는 한숨을 내쉬었다. 오빠가 이쪽의 사는 형편을 모를 리 없다. 하지만 그보다는 자기가 늘 손해를 봤다는 피해 의식이 더 강할지도 모른다.

공업고등학교를 나와 지역 기계 공장에 취직한 오빠는 예전부터 식구들에게 들으라는 듯이 "나도 도시에 나가서 살고 싶었어"라고 말하곤 했다. 그 말을 들으면 부모가 아무 소리도 못한다는 걸 뻔히 알고 자동차를 사내라, 신혼 여행비를 내라, 은근히 압력을 넣곤 했다. 오빠야말로 사슈카이의 가르침을 들으러 설교회에 가봐야 하는데.

"그래서, 얼마나 내라는 건데?"

"나하고 언니하고 각자 10만 엔씩 내래."

"10만 엔? 안 되지, 그렇게는."

다에코는 얼굴을 찌푸렸다. 수입이 16만 엔밖에 안 되는 자신에게는 너무도 부담스러운 지출이다.

"난 안 그렇고? 파트타임 월급이 고스란히 날아가."

"노인네들은 의료비 체계가 어떻게 되어 있지?"

"나도 잘은 몰라. 30퍼센트 부담이라던가?"

"어떤 병실에 들어갈 건데?"

"그것도 모르겠어. 언니가 한번 물어봐."

"아이, 싫어. 그런 걸 어떻게 물어봐."

둘이서 한숨을 내쉬었다. 어깨를 떨어뜨리고 우울한 기분으로 차를 마셨다. 오빠의 평소 행동으로 봐서는 분명 입원비를 정확히 삼등분해서 요구했을 것이다. 오빠 생각으로는 그게 평등한 것이다.

"이런 말 하기 좀 그렇지만, 입원비는 한 번 정도만 내면 끝날 거야." 하루코가 불쑥 말했다. "의사 말로는 이상적인 노쇠래. 그래서 한 석 달쯤이면……."

다에코는 대답하지 않았다. 하지만 내심 안도했다. 그러다가 문득 위화감을 느꼈다. 어머니가 이제 곧 세상 떠나신다는 말을 듣고도 마치 남의 일처럼 느끼고 있었다. 물론 유난히 모녀 사이가 좋았던 건 아니다. 세상 이목에만 신경을 쓰는 부모라고 객관적으로 평가하곤 했다. 자신은 부모 형제에 대한 정이 얇은 것일까.

다음 설교회 때 사라님께 상의해보자고 생각했다. 그건 따로 헌금을 준비해야 하지만.

"요시히코하고 아사코는 잘 지내?"

하루코가 다에코의 아이들 일로 화제를 바꾸었다.

"응, 잘들 지내. 어제도 아사코가 전화했더라."

다에코는 거짓말을 했다. 실제로는 두 아이 모두 거의 연락도 없었다. 아들은 도쿄에서 프리터 생활을 하고 딸은 센다이에서 양복점 점원으로 일한다는데, 자세한 내용까지는 알지 못한다. 이번 설날에 돌아오기는 했지만 하룻밤 자고는 도망치듯이 돌아갔다. 젊은 애들은 자기들 앞가림만으로도 정신이 없을 거라고 이해는 하지만, 그들의 머릿속에 어머니라는 존재는 없었다.

"마미는 올해 취직해야지?"

이번에는 다에코가 여동생의 딸에 대해 물었다.

"응. 근데 정사원으로 취직할 데가 없어서 계약직이나 비정규직으로 들어갈 거 같아."

하루코가 어두운 얼굴로 콧숨을 내쉬었다. 기업이 정사원 채용을 꺼린다는 건 다에코도 알고 있었다. 우선 자신도 계약직 신세. 실직을 해도 실업보험조차 나오지 않는다.

"마미는 여자애니까 그나마 괜찮지만, 아들애가 걱정이야. 어중간한 대학 나와 봤자 눈곱만큼도 도움이 안 되고, 정말 어떻게 해야 할지……. 세상이 언제부터 이렇게 살기 힘들어졌는지 모르겠어. 우리가 젊었을 때는 이렇게 동동거리지 않았는데."

정말 그렇다. 옛날에는 멀쩡한 어른이 아르바이트를 하는 일은 없었다. 노숙자라는 것도 도시에 나가지 않고서는 구경도 못했다.

하루코는 한참 이런저런 이야기를 하다가 무릎에 손을 얹고 에구구 신음을 하며 중년 나이가 고스란히 드러나는 동작으로 자리에서 일어섰다. "그럼 언니 몫은 언니가 직접 갖다줘"라고 힘없이 마무리를 한다. 우는소리는 했지만 그래도 돈을 낼 모양이다. 돌아가는 길에 걱정스러운 얼굴로 "언니, 그 종교 너무 빠져들지 마. 응?"이라고 덧붙였다.

"얘가 진짜 오해하고 있네. 사슈카이는 요즘 흔한 사이비 종교하고는 달라. 설교회에 한 번만 나가보면 안다니까."

"에휴, 그래, 알았어. 오빠가 입원비 더 내라고 조르면 나도 그 설교회 나가볼게."

하루코가 쓴웃음을 지으며 말했다. 핑크색 다운재킷을 입은 여동생은 몸이 뚱뚱해진 탓에 거대한 햄처럼 보였다. 세월은 여지없이 젊음을 앗아간다.

여동생을 배웅하고 현관 거울을 보니 거기에도 아줌마가 있었다. 얼굴 살이 축 늘어져 턱은 윤곽이 거의 없었다. 더 이상 남자에게서 호색한 시선을 받을 일도 없을 것이다. 딱히 아쉬울 것도 없다만.

찻잔을 씻어놓고 나갈 채비를 했다. 오늘은 사슈카이 지역 멤버들과 우편함에 광고지 넣는 작업을 하기로 했다.

머리를 빗고 화장을 했다. 찬바람을 쐴 것 같아서 파운데이션을 처덕처덕 발랐다. 텔레비전 일기예보에서는 최고 기온을 2도라고 했다. 두툼한 타이츠를 신고 나일론 바지를 입었다. 죄다 싸구려 옷가지를 파는 가게에서 천 엔 이하로 사들인 것이다. 싼 것치고는 무지 따뜻해서 깜짝 놀랐다. 일회용 핫팩을 허리에 꽂고 위에는 플리스를 입고 후드가 달린 코트를 걸쳤다. 발에는 방한 부츠. 굽이 낮아서 걷기 쉬운 것이다.

장갑을 끼고 마스크까지 쓰고 아파트를 나섰다. 자전거에 걸터앉아 페달을 밟았다. 기름이 없는지 끼이끼이 쇠가 마주치는 소리가 났다.

골목길을 빠져나와 큰길로 나서자 찬바람이 앞에서 휘익 달려들었다. 눈도 뜰 수가 없다. 후드를 머리에 쓰고 한껏 자세를 숙였다. '에잇, 누가 이기나 보자'라며 자신에게 기합을 넣었다. 이 따위 추위에 질까 보냐. 내세에 낙원이 기다리고 있는데. 그걸 생각하면 추위 따위 아무것도 아니다.

부부가 폐품 수집을 하는 야스다 요시에의 집으로 갔다. 오래된 목조 1층집으로, 함석지붕의 창고가 바로 곁에 있었다. 그 안에 벌써 멤버들이 속속 모여들었다. 잡동사니가 산처럼 쌓인 실내 한 귀퉁이에는 드럼통에 나무를 넣어 만든 모닥불이 피워졌다. 그 주위에 둥그렇게 서서 뜨거운 차를 마시고들 있었다.

"정말 춥네. 우리 동네, 대체 올 겨울에 왜 이런대?" 요시에가 쾌활하게 말한다.

"누가 아니래요. 통째로 냉장고가 된 거 같아." 누군가 대답한다.

모두가 웃는 얼굴이었다. 동료가 있다는 든든함에 다에코는 마음이 훈훈하게 풀렸다.

둥그렇게 모인 동료들 속에 지난번 설교회에 처음 출석한 미키 유카리가 있었다. "올 수 있으면 와"라고 말은 했었지만 반쯤은 안 올 거라고 생각했었다.

"유카리, 왔구나?" 다에코가 반가운 인사를 건네자 유카리는 소녀처럼 수줍어하며 꾸벅 고개를 숙였다.

"청소 일이 오전 중에 끝나서요. 주점은 밤이고……."

"그래, 고마워." 저도 모르게 손을 잡고 있었다.

"유카리, 우리 사슈카이에서 승진하겠지?" 요시에가 실눈을 뜨고 웃으며 말했다. "얼굴이 예쁘잖아. 미인은 박복하니까 현세에서 불행을 처분하기가 쉬워. 그렇게 되면 내세는 그야말로 장밋빛이지."

"어이구, 미인은 내세에서도 이익을 보는 거야?"

한 아줌마가 농담을 하는 바람에 모두 함께 웃었다. 유카리는 겸연쩍은 듯 고개를 숙인 채 웃고 있었다.

"유카리, 우린 억지로 권하진 않으니까 스스로 결정해. 만신교하고는 달라서 절대 강제로 권하지는 않아. 그리고 헌금이라면 걱정하지 않아도 돼. 일단 입회비가 1만 엔이고 다달이 회비가 2만 엔이긴 한데, 돈이 있을 때만 내면 돼. 우리 사라님은 돈에는 관심이 없으셔. 가끔 잔소리를 하는 이사도 있지만 전체적으로 적당한 편이야."

다에코가 말했다. 유카리는 어떻게든 회원으로 만들어야 한다. 젊고 예쁜 신자는 그것만으로도 선교 효과가 높다. 게다가 권유한 자신에게도 점수가 붙는다.

몸이 따뜻해진 참에 요시에가 작업대에 지도를 펼쳤다. "자, 담당 구역을 정합시다." 빨간 펜으로 선을 그려나갔다.

"호리베 씨는 사카에 초 1번지에서 4번지까지, 기시모토 씨는 5번지에서 8번지까지, 가타야마 씨는……."

솜씨 있게 지시를 내린다. 이런 때의 요시에 씨는 공부 잘하는 학급 위원 같다. 젊을 때 각성제에 빠져 몇 번씩 체포되었던 일 따위, 털끝만큼도 느껴지지 않는다.

이어서 하늘색 종이에 인쇄된 광고지 다발을 각자에게 나눠주었다. 설교회 개최 소식이 실렸고 당일 회장에 와서 이 광고지를 내면 공짜로 향을 받을 수 있다.

광고지는 각 지역별로 색깔이 달랐다. 설교회에 나온 사람이 어떤 지역의 광고지를 받고 왔는지 구별하기 위해서였다. 하늘색 광고지가 많이 들어오면 다에코가 속한 구역은 자랑스러운 기분이 들었다. 교주에게서도 참 애 많이 썼다는 칭찬을 듣는다.

"그럼 다들 열심히 뛰어보자." 요시에가 환한 목소리를 냈다.

"좋아, 가자!" 모두들 고개를 끄덕인다.

이어서 대리석 불상을 작업대 한가운데 놓고 둥그렇게 둘러섰다. 각자 합장을 하고 경을 외운다. "나무아미타불, 나무아미타불……." 여자들의 목소리가 겹겹이 겹쳐져서 창고 안에 메아리쳤다. 창 밖에서는 요시에의 남편이 고철 분류 작업을 하고 있었다. 이제는 익숙해졌는지 이쪽은 돌아보지도 않는다. 쾅쾅 망치로 내려치는 금속음이 울리고, 어느 집의 개가 항의하듯이 짖고 있었다.

하늘은 회색이었다. 하늘만이 아니라 길도 논밭도 집도 어슴푸레하게 가라앉아 마치 수묵화의 세계에 내던져진 듯한 착각이 들었다. 산에서 불어오는 바람은 차갑게 얼어붙은 대지를 훑고 한기 덩어리가 되어 모든 것의 온도를 빼앗아간다.

광고지가 든 토트백을 짐칸 바구니에 넣고 다에코는 자전거 페달을 밟았다. 요시에의 집에서 기름칠을 했더니 금속 마찰음은 사라졌다. 스쿠터가 한 대 있었으면 좋겠지만 돈 들어가는 게 아깝다. 게다가 면허를 따긴 했는데 30년 동안 장롱면허다. 뭔가가 슬쩍 뺨에 닿았다. 눈이 내리는 거였다. 달리면서 후드를 머리에 썼다. 바람이 귓가에서 쇄아쇄아 소리를 낸다. 들려오는 건 망망한 바람 소리뿐이다.

길모퉁이에 자전거를 세우고 한 블록씩 해치우기로 했다. 30장쯤 광고지를 들고 한 집 한 집 우편함에 꽂아나간다. 꽂을 때마다 집을 올려다보며 그 집 사람들이 어떻게 사는지를 상상해본다. 현관에 꽃이 장식되어 있으면 '아, 이 집은 선교하기 힘들겠구나'하고 포기했다. 어째 황량한 느낌이 드는 집이면 '어서 빨리 사슈카이의 설교회에 나오면 좋을 텐데'라고 생각했다.

공동 주택은 우편함이 한 군데 주욱 늘어서 있어서 광고지 돌리기에는 편하다. 유메노 시에는 고급 맨션이라는 게 없으니까 공동 주택이라면 대개는 단독 주택을 마련하지 못한 가난한 사람들의 거주지다. 그런 만큼 더더욱 간절한 마음을 담아 광고지를 넣어주었다. 사슈카이 일을 하다 보면 세상사에 담담해진다. 내세에 희망을 품으면 현세에서 일어나는 일 따위 아무것도 아니다.

공영주택 단지의 우편함에 하나하나 광고지를 꽂고 있는데 계단 통로에서 웬 큼직한 남자가 쓰윽 나타났다. 다에코는 흠칫해서 두세 걸음 뒤로 물러섰다. 이 단지 사람인 모양이다. 뚱뚱한 몸집에 얼굴빛이 푸르스름하다. 나이는 40대 중반쯤일까.

"안녕하세요?" 다에코는 웃는 얼굴로 인사를 건넸다. 무슨 나쁜 짓을 하는 것도 아닌지라 계속해서 광고지를 꽂아나갔다.

"미, 미, 미……." 등 뒤에서 남자가 소리를 냈다. 저도 모르게 뒤를 돌아보았다.

"미, 미, 미, 미안합니다만." 이번에는 거꾸로 얼굴이 벌게져 있었다. 다급하게 눈을 깜빡깜빡하고 있다. 뭔가 심상치 않은 기색이었다. "아, 예에." 다에코가 머뭇머뭇 대답했다.

"우, 우, 우, 우리 어머니가……."

"예, 무슨 일 있어요?" 심하게 말을 더듬는 통에 다에코는 당황스러웠다.

"우, 우, 움직이지를 않아서……."

"움직이지를 않아요?" 무슨 뜻인지 알 수 없어 미간을 좁혔다.

"미, 미, 민생위원 미즈노 씨에게 저, 저, 전화를 해야 하는데……."

"미즈노 씨요?"

"그, 그, 그럼 구급차를……."

"구급차?"

그 말을 듣고 다에코는 문득 긴장했다. 자세한 사정은 모르겠지만 이 사람이 도움을 청하고 있다는 건 분명해보였다.

"119에 전화는 했어요?"

남자가 고개를 저었다.

"왜 안 했어요?"

"저, 저, 전화가, 끄, 끄, 끊겨서….."

"어머니는 어디 계시는데요?"

"바, 바, 방에. 이불 속에, 주, 주, 죽었어……."

"죽어요?"

저도 모르게 목소리가 뒤집혀 나왔다. 한순간에 핏기가 가셨다.

"흐, 흐, 흔들어도 이, 이, 일어나지를 않아서……."

남자는 말 한마디 하는 게 엄청난 일인 듯 힘겹게 가슴을 쥐어뜯었다. 중년인데도 아직 어린애처럼 보였다.

어쩌지? 귀찮은 일에 말려들고 싶지는 않지만 부탁을 받고서 도망칠 수는 없다. "우선 가서 좀 볼까요?" 다에코는 턱으로 계단 위를 가리켰다.

남자의 뒤를 따라 계단을 올라갔다. 큼직한 등판을 바라보며 이자가 덮친다면 자신은 한주먹거리도 안 되겠다는 경계심이 머리를 스쳤다. 복도를 들어가 2층 맨 끝의 현관문을 열어주었다.

"아이쿠, 왜 이렇게 어두워? 전깃불 좀 켜요."

"저, 저, 전기가 끄, 끄, 끊겨서……."

부츠를 벗고 안으로 들어서자 찌르는 듯한 냉기가 몸을 감쌌다. 집 안이 왜 이렇게 꽁꽁 얼어붙었을까. 어슴푸레한 속에 자신의 하얀 입김이 비쳤다.

집 안이 어질러진 느낌은 없었다. 오히려 잘 정돈된 편이다. 이상한 냄새 같은 것도 없었다. 주방을 지나 방으로 들어갔다. 누군가 이불을 둘러쓰고 있었다. 이게 어머니? 다에코는 등줄기에 오한이 내달렸다.

조심조심 다가가서 들여다보았다. 노파가 눈을 감고 누워 있었다. 뺨은 움푹 파이고 미라 같았다. 왠지 어머니의 얼굴이 떠올랐다. 이번 설에 만났을 때 모든 생기를 잃어버린 그 모습에 깜짝 놀랐었다. 이 세상에 마침내 작별을 고하려는 인간의 모습이었다.

"돌아가셨어요?" 작은 소리로 물었다.

"아, 아, 아마……." 남자가 고개를 끄덕인다.

"그럼 내 휴대전화로 구급차부터. 여기 몇 호예요? 당신 이름은?"

"니, 니, 니시다 하지메. 2, 2, 201호."

다에코는 그 자리에서 119에 구급차를 요청했다. "죽었는지도 모른다"라고 말했더니 전화 담당자가 맥은 있느냐, 동공은 열려 있느냐고 물었다. 손을 대기가 겁이 나서 "나는 그냥 지나가던 사람"이라며 사망 확인은 거부했다. 구급차를 곧 보내겠다고 한다. 경찰 쪽으로 연락하는 게 더 나았을지 모른다고 생각했다. 아니야, 무슨 살인 사건은 아닌 거 같으니까.

남자는 우두커니 서 있었다. 다시 바라보니 멀쩡한 어른이라고는 볼 수 없는 행동이었다. 뭔가 장애가 있는지도 모른다. 순간, 사슈카이에

권유할까 생각했지만 이런 남자를 데려가봤자 점수도 안 될 것 같아 마음을 돌렸다.

추위에 부르르 떨면서 다시 한 번 노파의 모습을 확인하기로 했다. 무서운 건 더 보고 싶은 단순한 호기심 때문이었다.

"어머니, 몇 살이에요?" 그렇게 물으며 사체를 들여다보았다. 남자는 대답이 없었다. 얼굴 가까이 다가가자 곰팡이 같은 냄새가 났다. 이게 사취(死臭)라는 걸까.

다시금 어머니의 얼굴이 떠올랐다. 어머니도 이렇게 말라비틀어져 죽을까. 갑자기 위가 찌르르하며 구역질이 났다. 아냐, 이렇게 죽는 건 어머니가 아니라 나 자신이다. 머지않아 나 또한 피붙이들은 사라지고 돈은 떨어지고 아무도 없이 혼자 죽어갈 것이다.

온몸의 관절이 후르르 떨렸다. 두 손으로 가슴을 부여잡았다. 식은 땀이 왈칵 쏟아졌다. 돌연한 패닉이었다. 두개골 속에서 뇌가 뒤흔들렸다. "나무아미타불, 나무아미타불……." 작은 소리로 경을 외웠다. 침착해야지, 침착해야지. 자신에게 들려주었다. 남자는 아무 반응도 없이 멀거니 서 있었다.

다에코는 비척비척 걸음을 옮겼다. 평형 감각이 없어졌는지 밖으로 나오며 두 번이나 넘어졌다. 누군가 날 좀 도와줘요. 비명이 터질 것 같은 공포를 꾹꾹 누르며 다에코는 공영주택 단지의 복도에 주저앉았다.

15

아내의 충동적인 낭비벽에 불이 붙었다. 처제와 함께 도쿄 쇼핑을 다녀오겠다고 하길래 무심코 허락해줬더니 데이코쿠호텔에서 1박2일로 명품 브랜드 물건을 산더미처럼 사온 것이다.

처음 집에 들어설 때는 작은 상자 몇 개만 들고 있어서 이번에는 액세서리 정도만 구입하고 끝낸 모양이라고 가슴을 쓸어내렸다. 하지만 그 다음 날, 도쿄에서 줄줄이 택배가 도착해 현관 옆 응접실이 옷이며 구두며 가방이 든 상자로 가득 찼다. 야마모토 준이치는 그 광경을 바라보며 아내가 단단히 고장이 났다는 섬뜩한 느낌마저 들었다. 마치 아랍 부호의 쇼핑 같다. 절약이라는 개념이 전혀 없었다.

머뭇머뭇 얼마나 썼느냐고 물었더니 "글쎄, 모르겠네?"라는 대답이 돌아왔다.

"모르다니, 그게 말이 돼?" 결국 분통이 터져서 목소리가 거칠어졌다.

"청구서가 오면 알 텐데, 뭘." 도모요는 기가 죽는 기색이 없었다. "당신 옷도 사왔단 말이야."

그 양복이라는 게 에르메스 실크 셔츠와 미소니 스웨터였다.

"저런 화려한 걸 사람들 앞에 입고 나갈 수 있겠어? 경박스럽다고 손가락질 당하고 싶어?"

"여보, 다들 좀 꾸미고 다녀야지 안 그러면 유메노 시는 언제까지고 면바지와 운동화가 활보하는 동네가 돼요. 그거 알아요? 드림타운 뒤에 생긴 프렌치 레스토랑, 벌써 메뉴 바꾸고 단가를 낮춘대요. 유메노에는 세련되게 차려입고 나오는 상류층 부부가 전혀 없으니까 젊은 커플을 상대로 장사하지 않으면 살아남지를 못 한다잖아. 딱하기도 하지. 거기 셰프, 프랑스에서 유학하고 오신 분인데. 이 지역의 풍성한 야채로 마음껏 실력을 발휘하겠다면서 레스토랑 개업했는데 말예요. '돼지 목에 진주'라는 게 바로 이런 경우지 뭐야. 한마디로 지방 도시에는 지식층도 부유층도 없단 얘기예요. 당신, 시의원이라면 어떻게든 좀 해봐요. 시 주최로 오페라 콘서트를 열든가 영화제를 유치하든가. '삶의 질'이라는 말, 들어는 봤어요?"

도모요가 차가운 눈빛으로 말했다. 반론이라면 얼마든지 할 수 있다는 투였다.

물론 아내의 말에도 일리가 있었다. 도시와 지방의 가장 큰 격차는 문화다. 정장을 차려입고 나갈 기회라고는 남의 결혼식뿐이다.

하지만 그것과 낭비와는 관계가 없다. 인터넷으로 이용 내역을 조사해보니 이틀 동안 3백만 엔에 가까운 돈을 썼다. 다른 때보다 훨씬 심하다. 게다가 데이코쿠호텔은 1박에 20만 엔이나 들었다. 스위트룸이라도 썼나. 준이치는 깊은 한숨을 내쉬며 위 근처에서 꿈틀거리는 화를 꾹 견디고 있었다.

하지만 자신은 도모요가 도쿄에 간 날 밤에 이때다 하고 애인의 집에서 보냈다. 아내만 나무랄 수도 없는 처지였다.

준이치는 우선 세무사와 상의해보기로 했다. 아내는 '야마모토 토지 개발' 임원이라서 출장과 답례품 등으로 처리하면 약간은 회사 경비로 돌릴 수 있을지도 모른다.

회사 쪽은 순조로웠다. 선조 대대로 물려온 산림으로 무차입 경영을 계속하고 있다. 적당히 분수를 지켜서 산다면 야마모토 가는 태평성대다.

그날은 사무실에서 산업폐기물 업자 야부타 형제와 면담을 했다. 처리시설 예정지 앞에 건설 반대 입간판이 섰다는 것이다. 형제가 디지털 카메라로 그걸 촬영해서 핏대를 올린 채 달려왔다.

"의원 선생, 이건 도저히 내버려둘 수 없어. 국도에서 산으로 들어가는 측면 도로 입구에도 서 있더라니까. 그 밭 주인이 누군지 알아봤더니 노카타 초의 예전 구의원이라잖아. 이건 대체 어떻게 된 거야?"

형인 게이타가 눈을 치뜨고 말했다. 준이치는 제 귀를 의심했다.

"예전 구의원이라니, 그럼 후지와라 영감 말입니까?"

"그렇다니까. 여기를 좀 봐."

사진을 들여다보니 분명 밭 가운데 가로 세로 2미터는 될 듯한 간판이 서 있고, 거기에 굵직한 글씨로 '유메노 시에 산업폐기물 처리시설은 더 이상 필요 없다!'라고 적혀 있었다.

"이 간판이 후지와라 씨 땅에?"

"그렇다니까. 건설 예정지 바로 앞의 풀밭도 후지와라 씨 땅이야."

준이치는 미간을 찌푸렸다. 선뜻 믿어지지 않는 얘기였다. 이게 만일 사실이라면 후지와라는 반대 운동에 찬성하고 있다는 뜻이다.

세 개의 읍이 합병하여 유메노 시가 되었을 때 후지와라는 고령을 이유로 정치 일선에서 물러났다. 새로 선출된 민선 시장과 사이가 안좋다는 이야기를 들은 적이 있다. 더구나 시민단체 같은 혁신 세력과 관계가 있으리라고는 도저히 생각할 수 없다. 굳이 따지자면, 오히려 케케묵은 수구파의 냄새를 물씬 풍기는 사람이다. 친동생에게 러브호텔을 경영하게 할 정도다.

"잠깐 전화로 물어봐야겠네. 대체 무슨 일이야. 지역구는 서로 다르지만 아버지와는 오랜 친분을 쌓아온 분인데."

"큰 어르신을 배신한 거라면 내가 절대로 용서 못해."

게이타가 콧구멍을 벌름거리며 말했다. 옆에서는 동생 고지가 험상궂은 얼굴로 담배를 태우고 있었다.

"아마 뭔가 잘못된 걸 거예요. 무단으로 간판을 세웠거나, 아니면 후지와라 영감이 치매에 걸렸거나."

준이치는 나카무라에게 지시해서 전화를 걸라고 했다. 차를 마시며 다리를 달달 흔들었다. 후지와라는 마침 집에 있어서 곧바로 연결되었다.

"후지와라 선생님, 오랜만입니다. 야마모토 가이치의 아들 준이치입니다."

되도록 저자세로 말했다. 후지와라는 반가운 목소리로 "어라, 가이치 선생의 아드님이시구면"이라고 인사를 받더니, 최근의 준이치의 활동상을 과장스럽게 칭찬했다.

"내 자네 소식은 듣고 있었어. 곤겐야마(權現山) 산길, 자네가 포장해 줬다면서?"

"아이, 아닙니다. 그저 지역 주민의 요청을 받들어서……."

수화기를 쥔 채 저도 모르게 머리를 숙였다. 후지와라는 너구리같은 사람이라 허허 웃건 화를 내건 죄다 연극처럼 느껴진다.

"다름이 아니라 잠깐 확인 드릴 일이 있어서요……."

준이치가 본론을 꺼냈다. 시민운동의 입간판이 후지와라의 소유지에 서있다는 얘기를 격식을 차려가며 우회적으로 지적한 뒤에 무슨 착오가 있었던 게 아니냐고 질문했다.

"아하, 그거 말인가? 그건 어차피 모내기 때까지는 노는 땅이야. 시민들께서 이번 봄까지 좀 빌려달라고 간곡히 부탁을 하시기에 그런 거라면 뭐 괜찮겠다 싶어서 허가했네만?"

후지와라가 소 풀 뜯어먹듯 느릿느릿한 어조로 대답한다.

"하지만 그 간판의 내용이 좀……."

"아하, 그거 말인가? 나도 아주 놀랐어요. 설마하니 반대 운동 간판일 줄은 짐작도 못했네, 어허허허. 요즘 주부들은 참으로 활동적이에요, 아하하핫."

수화기 너머에서 높직하게 웃어댄다.

준이치는 마음속으로 혀를 끌끌 찼다. 이건 확신범이다. 어디선가 산업폐기물 처리시설을 둘러싼 토지 거래에 대한 정보를 듣고 야마모토 토지 개발을 견제하려는 것이다. 물론 그 자신이 건설 반대에 동조하는 건 아니다. 자신에게도 이익을 좀 나눠달라고 이쪽에 요구하고 있는 것이다.

"선생님, 잘 아시겠습니다만 지방 교부세의 삭감에 의해 각 지자체는 지역 산업의 활성화를 위해 더욱 매진하는 중입니다. 세수를 늘리기 위해서는 어떻게든……."

"그럼, 그럼. 그런 거야 나도 아주 잘 알지. 야마모토 선생 말씀이 정확한 말씀이야. 허나 시민의 목소리를 너무 무시하는 것도 정치가로서는 좀 그렇지 않겠나? 흠, 나는 말일세, 의원직에서는 사퇴했으나 거, 뭐라고 할까, 아직도 정치가의 피가 흐르고 있다네. 본바탕이 딱한 사람을 역성드는 편이라서 말이지, 아하하핫."

후지와라의 말에 준이치는 힘이 쭉 빠져버렸다. 소파 등에 머리를 기대고 천장을 바라보았다. 이렇게 되면 한몫 떼어주는 수밖에 없다고 생각하며 한숨을 내쉬었다. 상대의 기분이 상하지 않도록 특별 자문료라는 명목으로.

"선생님, 그 일에 대해서는 제가 꼭 찾아뵙고 의견을 여쭈었으면 합니다. 자리를 한 번 마련할 테니 이번 주 중에라도 시간을 좀 내주시겠습니까?"

"음, 거 좋지. 그런데 말이야, 내가 이제 기름기 있는 건 별로 몸에 좋지를 않아. 생선회 같은 걸로 해주게나."

그리고 마지막으로 다시 한 번 "아하하핫"하고 웃는다. 여든 노인의 능청맞은 시치미 떼기였다.

전화를 끊고 야부타 형제에게 후지와라와 나눈 이야기를 설명했다. 게이타는 눈을 부라리며 비난을 퍼부었다.

"그 망할 영감, 아무튼 욕심도 많아. 드림타운에 농지 팔아서 삼대까지 대대로 놀고먹으며 살 만큼 보상금 받고, 성 같은 저택 짓고, 러브 호텔 운영하고, 그것뿐이야? 주차장까지 해먹으면서……"

"그 영감 욕심은 옛날부터 유명하니까요." 준이치가 달랬다.

"큰 어르신이 살아 계셨으면 이런 짓은 절대 못하지. 젊은 도련님으로 바뀌니까 그쪽에서 만만하게 보고 덤비는 거야."

게이타는 당장이라도 쫓아갈 것처럼 분노한 모습이었다. 야부타 형제의 회사는 이미 건설 회사와 약속을 해둔 터라서 이 일이 동결되면 체면이 엉망이 된다는 속사정이 있었다. 그들과 관련된 회사 대부분이 폭력단과 얽혀 있다.

"이봐요, 형님. 문제는 후지와라 영감보다 시민연락회라는 단체예요." 고지가 다리를 흔들어가며 말했다. "후지와라는 돈이면 해결돼. 하지만 그자들은 돈으로는 처리가 안 된다고요."

"유메노 시민연락회의 리더가 어떤 사람인지는 알아봤어?"

게이타가 준이치에게 물었다. 사카가미 이쿠코라는 단발머리 중년 아줌마에 대해서는 나카무라에게 조사해보라고 지시했었다. 준이치는 파일을 가져오라고 해서 서류 한 장을 뽑았다.

"현재까지 알아낸 건 도베 초에 새로 들어선 주택단지에 사는 마흔

네 살의 전업주부로서 중학교 임시 교사 경력이 있고, 남편은 에이신 부품회사 사원이고……."

"분명 노동조합 전임자일 거야, 그 남편이라는 사람은." 게이타가 지긋지긋하다는 듯이 말했다.

"아니, 그런 건 아닌 모양이에요. 비서가 조사해본 바로는 그 남편은 정치적인 성향은 전혀 없는 점잖은 인물이랍니다. 오히려 아내가 시민운동에 나서는 걸 싫어한다는군요. 예전에 시의회 선거에 출마했을 때도 전혀 노터치였어요."

"그럼 욕구 불만이군. 잘 못해주니까 그렇지." 고지가 천박한 웃음을 지으며 말했다.

"아이는 둘인데, 둘 다 고등학생. 상업고하고 사립고라는 걸 보니 성적은 그리 좋지 않은 모양이군요."

말을 뱉은 뒤에야 아차 했다. 눈앞의 형제가 그 상업고등학교를 중퇴했다고 들은 적이 있다. 하지만 게이타는 별로 신경 쓰는 기색 없이 "흥, 집안이 잘 안 돌아가니까 시민운동을 한답시고 설치고 다니는 거지"라고 사카가미 이쿠코만 나무라고 있었다.

"의원님, 그 여자 주소 알면 좀 알려주쇼." 고지가 깍두기머리를 긁적거리며 낮은 목소리로 말했다.

"고지 씨, 아무리 그래도 우리는 점잖게 나가야 해요. 선거도 앞두고 있고, 시민운동을 뭉개버릴 생각까지는 없어요. 게다가 고지 씨도 또 문제를 터뜨렸다가는 이번에는 쉽게 풀려나기 힘들어요."

준이치는 웃으면서 그의 행동을 견제했다. 고지는 공갈과 상해 등으로 벌써 세 차례나 교도소를 들락거렸다. 젊어서부터 난폭한 성질 때문에 늘 말보다 손이 먼저 나가는 사람이다. 형인 게이타의 말을 빌리자면 "고지는 말이 좀 딸리거든. 그러니 말싸움으로 넘어가기 전에 미리 해치워버리는 것"이라고 한다.

"물론 내가 손을 대는 건 아니야. 잘 아는 흥신소에 부탁해서 뭔가 협상할 만한 문젯거리는 없는지 찾아보려고 그래. 전에 무소속 시의원이 이러쿵저러쿵 잔소리했을 때, 그 아들놈이 여고생 임신시켰다는 걸 알아내서 눈 깜짝할 사이에 쓰러뜨렸거든."

"뭐, 그런 거라면……." 준이치는 잠시 생각해본 뒤에 사카가미 이쿠코의 주소를 적어 건네주었다. "하지만 나는 이 일은 전혀 모르는 것으로. 잘 아시죠?"

"알지. 내 독단으로 처리하는 걸로 할게."

그 뒤 야부타 형제는 산업폐기물 처리시설이 들어설 아스카 초의 지도를 펼쳐놓고 시설 앞 도로의 확장 및 포장 공사를 요청해왔다.

"사장님, 이건 국도라서 그리 간단히는 안 돼요." 준이치가 말한다.

"아이, 의원님 정도면 문제없어. 어서 빨리 현의회로 올라가셔서 대형 공공사업 좀 많이 따줘."

"그럼요. 의원님은 큰물에서 나랏일을 하시고, 우리는 뒤에서 귀찮은 일들을 싹싹 처리해드릴 테니까."

형제가 나서서 치켜세우는 바람에 준이치는 쓴웃음을 지었다. 아버지 야마모토 가이치 의원도 기업 유치와 공공사업으로 군의 보스가 되었다. 담합과 선거 위반으로 두 차례 체포되었지만, 그래도 매번 1위로 당선했다. 지방 정치가는 지역에 얼마나 이익을 가져다주느냐로 평가받는다. 그런 구조가 바뀌는 일은 없다.

야부타 형제를 배웅하고 잠시 쉬는 시간을 가졌다. 차를 마시며 창밖을 바라본다. 여전히 구름이 무겁게 내려앉아서 해는 보이지 않았다. 멀리 보이는 드림타운의 관람차도 전체가 회색빛이어서 공장의 중장비처럼 보였다. 아들 하루키와 딸 리카가 노상 도쿄, 도쿄 하는 심정이 충분히 이해가 되었다. 자신 역시 큰아들만 아니었다면 대학 졸업 후에도 도쿄에서 살았을 것이다. 아내가 탄식했던 대로 인공 쇼핑몰에는 문화 따위 싹틀 여지가 없다.

바로 앞 도로로 경찰차가 지나갔다. 그러고 보니 아침부터 경찰차가 몇 대나 눈에 띈다. 무슨 사건이 터졌나.

문득 생각이 나서 나카무라에게 지시를 내렸다.

"이봐, 유메노 경찰서 기무라 부서장에게 전화 좀 넣어봐. 야마모토 준이치 사무실이라고 하면 받을 거야. 부서장이 나하고 같은 반 친구거든."

작은 동네는 이래저래 편리한 점도 많다. 경찰도 신문사도 지역 기업도 간부급은 모두 친구 사이다.

전화를 받은 부서장은 일이 바쁜지 급한 말투였다. "무슨 일이야?" 친절함이라고는 요만큼도 없다.

"그냥 인사차. 가끔은 밥이라도 함께 먹자 싶어서 전화했어."

"앞으로 한참동안 안 돼."

"왜? 사건 터졌어? 그러고 보니 오늘 유난히 경찰차가 오락가락하더라. 그거 현경 본부에서 나온 경찰차 같던데?"

"너 중학교 다니는 딸이 있지?"

"응, 있지. 리카. 자네도 몇 번 만났잖아."

"당분간 외출하지 말라고 해. 아직 발표할 수는 없는데 시내 여고생 한 명이 행방불명 상태야."

"가출한 거 아니야?"

"교복 차림으로 학원 끝나고 나오는 길이었고 가진 돈도 겨우 천 엔 정도였어. 그보다 자동차 트렁크에 강제로 밀어 넣는 걸 할머니 한 분이 목격했어. 그 할머니가 살짝 치매기가 있어서 그거 알아내는 데까지 엄청 고생했다만."

"언제 그랬는데?"

"어제. 금품을 노린 유괴일 가능성이 있어서 언론에 엠바고를 걸어둔 상태야. 혹시라도 외부에 말 내지 마."

"근데 어느 집 아이야?"

"내가 그런 걸 말하겠냐? 그럼 끊는다."

난폭하게 전화를 끊어버린다. 오랜 친구의 다급한 목소리가 귓속에 남았다.

"참으로 험악한 세상이네"하고 혼잣말을 중얼거렸다. 유메노 시의 범죄 발생률은 최근 10년 사이에 두 배로 늘어났다. 경찰은 지방의 범죄 증가를 일찍부터 예측하고 있었다. 외곽에 대형마트와 아울렛이 진출하면서 재래 상점가가 무너지고 커뮤니티가 붕괴하는 모습이 눈에 잡힐 듯이 뚜렷했다. 바이패스 도로가 시의 중앙을 관통하면서 타지에서 범죄자가 찾아올 것도 예견되었다. 나아가 외국인 노동자가 유입되면서 새로운 마이너리티 그룹이 생겨나고 있다. 이제 위험한 곳은 도시가 아니라 지방인 것이다.

준이치는 딸 리카에게 휴대전화로 문자를 보내기로 했다. 아직 수업 중일 테지만.

예전에는 학교에 휴대전화를 가져오지 못하게 했지만, 학부모 모임의 강력한 요청으로 결국 인정해주지 않을 수 없었다. 긴급 사태가 발생하면 어떻게 할 것이냐는 물음에 교육위원회에서는 아무 답변도 할 수 없었던 것이다.

　—케이크 사간다. 오늘은 곧장 집에 들어와.

　그렇게 문자를 보냈더니 수업은 듣지도 않는지 바로 답장이 왔다.

　—왠지 모르겠는데 오늘 단체로 줄서서 하교한대. 중학생인데 이게 뭥미?

　준이치는 안도했다. 유메노 시도 위험 관리 체계는 나름대로 잘 돌아가는 모양이다.

　어느새 바깥에는 눈이 내리고 있었다. 드림타운의 관람차는 손님이 없는지 계속 멈춰 있었다.

16

　아이하라 도모노리가 민생위원 미즈노 후사코에게서 니시다 하지메의 어머니가 사망했다는 소식을 들은 건 시청에 출근한 직후였다. 오전 9시가 되기를 기다렸다는 듯이 책상의 직통 전화가 울렸다. 아침 첫 전화치고 좋은 소식은 없다는 불길한 예감을 안고 받아보니, 아니나 다를까 수화기 너머에서 미즈노 후사코의 낮게 우물거리는 목소리가 들려왔다.

　"니시다 하지메 씨 어머님이 어제 돌아가셨어……."

　언뜻 무슨 말인지 알아듣지 못했다. "니시다 씨요?" 도모노리가 되묻자 "지난번에 데려갔던 그 사람 말이야. 공영 주택 단지에 사는 사람"이라고, 기억하지 못하는 것을 비난하는 듯한 목소리로 어제 있었던 일을 얘기해주었다.

"어제 저녁에 시민 병원에서 전화가 와서 나는 그제야 니시다 씨 어머님이 돌아가신 걸 알았다니까. 글쎄 구급차는 광고지 돌리던 아줌마가 불러줬대. 왜인 줄 알아요? 니시다 씨네는 전화가 끊겼잖아. 1층에 뛰어 내려가 다행히 광고지 돌리던 사람을 만나서 119에 전화해달라고 한 거야. 우선 구급차 불러서 병원에 실어갔고 사망 확인을 받고 저녁에야 겨우 나한테 연락이 왔더라니까."

도모노리는 그 얘기를 듣고 당장 우울함이 몰려왔다. 생활보호 신청자의 가족이 사망했다는 것보다 그게 문제가 될까봐 두려웠다. 생활보호 신청을 받아주지 않았는데 그 대상자가 굶어죽는 바람에 매스컴에 실컷 두들겨 맞은 예가 전국적으로 한두 건이 아니다.

"니시다 씨가 얼마나 충격을 받았는지 계속 입을 꾹 다물고 아무 말도 안 해. 우리 집에 걸려온 전화도 간호사가 대신 걸어줬어. 어휴, 이게 대체 뭔 일인지……."

"잠깐만요. 그래서 사인은 뭡니까?" 도모노리가 물었다.

"동사(凍死)래요, 동사. 전기도 끊기고 석유난로 기름 살 돈도 없고. 게다가 어제 얼마나 추웠어? 그 공영 주택 단지가 오래 돼서 외풍은 또 얼마나 센지."

도모노리는 아사(餓死)가 아닌 것에 우선 안도했다. 물론 동사한 것도 보통 일은 아니고, 몸이 쇠약해진 것도 크게 영향을 미쳤을 것이다. 어떻든 동사했다는 게 아사했다는 것보다는 이미지상 그나마 낫다.

"그래서 말인데, 아이하라 씨. 장례에 대해서도 상의해야 하니까 잠깐 여기 병원으로 나올래요?"

미즈노 후사코가 당연히 그런 정도는 해줘야 한다는 듯이 강한 말투로 나왔다.

"그건 시청 복지과에서 할 일인데요……."

"그런 매정한 소리 하지 말고. 정 그렇다면 아이하라 씨가 복지과에 말 좀 해봐."

마치 어머니가 자식을 나무라는 듯한 말투다.

도모노리는 우울한 마음을 억누르며 몇 초 동안 머리를 굴렸다. 정식으로 생활보호 대상자 신청을 받은 건 아니라서 얼마든지 피할 수 있지만, 혹시라도 매스컴이 관심을 보일 경우를 대비하는 게 낫겠다고 판단했다. 병원에도 나가보지 않았다는 건 자칫하면 마이너스 요인이 된다.

"알겠습니다. 지금 그쪽으로 가지요."

전화를 끊고 우사미 과장에게 상의하자 그 즉시 표정이 흐려졌다. "혹시 그 친척들을 만나더라도 괜히 책잡힐 말은 하지 않도록 조심해" 라고 작은 소리로 말한다.

"어차피 찾아올 친척도 없어요. 그 지경인데도 전혀 도와주는 사람이 없었거든요."

"그럼 그 아들이란 사람을 조심해. 만나더라도 섣불리 미안하다고 하면 안 돼."

"알았어요. 조의를 표하고, 화장 등의 수속은 복지과에 맡기겠습니다."

"우리 쪽에서 그 노친네가 동사할 것까지 예측할 순 없잖아. 이건 불가항력이야."

"나도 그렇게 생각해요."

"아무튼 우리 쪽에는 아무 잘못도 없어."

"물론이죠. 그 남자가 우리 사무소에 나온 건 딱 한 번뿐이고, 게다가 겨우 사흘 전입니다."

둘이서 주거니 받거니 얘기를 나누고 마주 고개를 끄덕였다. 서로의 의견을 확인하자 우사미는 긴장이 풀렸는지 "그나마 굶어죽은 게 아니어서 다행이다"하고 본심을 드러내며 엷은 웃음을 지었다. 그 얼굴은 제 몸 보전에만 급급한 공무원의 모습 그 자체였다. 그렇게 바라보는 자기 자신 역시 완전히 똑같은 얼굴일 거라고 도모노리는 냉소적인 마음으로 생각했다.

자리에 돌아와 외출할 채비를 했다. 이제부터 시체를 보러 가는 건가. 절로 한숨이 터지면서 어깨가 축 처졌다. 그래, 조금만 더 참으면 돼. 이번 봄에는 현청으로 복귀할 수 있어. 억지로 자신을 격려했다.

막 나서려는데 나이 많은 문제 케이스에게서 전화가 걸려왔다. 강풍때문에 텔레비전이 안 보인다면서 지금 당장 자기 집에 와달라는 것이었다. 울화통이 터지려는 것을 꾹 참으며 "전기 수리점에 얘기해보세요"라고 했더니 "수리점에서 공짜로 그런 걸 해주겠어? 안 그래?"라고, 미안해하는 기색도 없이 말대꾸를 한다.

도모노리는 심호흡을 하고 말했다. "오늘은 못 갑니다." 그리고는 그쪽에서 더 말하기 전에 전화를 끊어버렸다.

그래, 봄까지만 꾹 참자. 이번에는 입 속에서 중얼거려 보았다.

청사에서 차를 타고 국도로 나가 언덕길을 내려갔다. 그 앞으로 '드림타운 사거리'가 오목한 사발처럼 계곡을 이루고 있다. 고갯길 위의 사방으로는 드림타운, 대형 아울렛, 시청과 경찰서 같은 큼직한 건물이 늘어섰고, 거기서 아래로 내려갈수록 땅값이 떨어지는지 중고차 가게와 주유소가 원색의 휘장을 내걸고 경쟁하는 풍경이 펼쳐진다. 바람이 불면 수백 개의 휘장이 일제히 펄럭여서 마치 공항 활주로의 램프웨이 같다.

사거리 네 귀퉁이의 땅은 아직 팔리지 않았는지 모조리 광고판이 점령하고 있다. 결혼식장, 장의사, 병원, 임대 의상집. 거대한 간판이 병풍처럼 도로를 향하고 서 있었다. 살아가면서 한 번은 거쳐야 하는 업종들이 줄줄이 늘어선 모습은 이 지역이 얼마나 경기가 안 좋은지를 대변해주는 것 같았다.

이 사거리를 통과할 때마다 도모노리는 항상 우울했다. 유메노에는 관혼상제밖에 없냐며 자조적인 웃음이 터지는 것이다.

시민 병원에 도착하자 로비에서 미즈노 후사코가 목을 빼고 기다리고 있었다. "아이하라 씨, 여기, 여기야." 주위는 아랑곳할 것 없이 큰 소리로 부른다. 안으로 널찍한 대합실은 통원 환자들로 넘쳐나고 있었다. 그 대부분이 노인이었다.

둘이서 간호사 센터로 갔다. 빼빼 마른 초로의 의사가 나와서 부원장이라며 자신을 소개했다.

"올해는 유난히 춥군. 이번 겨울을 넘기지 못하는 노인네가 몇이나 될지 모르겠어. 나도 이제 남의 일이 아니네만."

부원장은 한차례 기침을 하더니 안경을 꺼내 매부리코 위에 얹었다. 젊은 간호사가 재빨리 파인더를 건네준다. 차트를 멀찌감치 쳐들고서 신체 소견이라는 것에 대한 설명을 해주었다.

"음, 무릎 부위에 사반(死斑)과는 무관한 선홍색 반점 있음. 그 외에 폐울혈, 요 충만(尿 充滿), 수종도 보임. 따라서 동사로 진단함."

"저어, 실내에서 동사하는 경우도 있습니까?" 도모노리가 물었다.

"있지. 인간이 생명을 유지할 수 있는 건 체온 35도 이상이야. 실내

온도가 낮으면 점점 체온이 저하되어서 35도보다 떨어지면 죽음에 이르게 돼. 뭐, 그리 드문 일도 아니야."

부원장이 의자 등받이를 삐걱거리며 오만하게 말했다.

"영양실조라든가, 혹시 그런 게 원인일까요?"

옆에서 미즈노 후사코가 물었다. 도모노리는 자기 들으라고 일부러 하는 말인가 하고 내심 기분이 상했다.

"그건 모르겠군요. 무릎이 안 좋아 내내 자리보전 상태였다니까 아마 체력도 쇠했겠지. 좀 더 자세히 알고 싶다면 경찰에 연락해서 대학 병원으로 신고 가 부검을 해봐요. 우린 거기까지는 몰라."

안경을 벗고 코를 한 차례 훌쩍이며 묵직해 보이는 눈꺼풀로 도모노리와 미즈노 후사코를 번갈아 바라보았다. "이상입니다." 퇴실을 재촉하듯이 의자를 빙그르르 돌려 책상으로 향했다.

복도로 나오자 미즈노 후사코는 "무슨 의사가 저렇게 쌀쌀맞은지"라고 얼굴을 찌푸렸다.

"아까는 사망진단서를 써주면서 장례는 어떻게 할 거냐고 묻더라고. 니시다 씨가 지금 돈이 없다고 했더니만 흥 콧방귀를 뀌면서, 그럼 시청 사람을 부르라나? 분명 단골 장례업자가 있어서 뒷돈을 받을 거야. 시민 병원이면서 대체 뭔 짓인지 모르겠어."

도모노리는 그럴싸한 그 말에 어깨를 움츠렸다. 이 도시의 병원은 의사 대부분이 입원환자에게서 사례금을 받았다. 아무도 거스를 용기가 없는 탓에 좀체 개선될 기미가 없다.

계단을 이용해 지하로 내려갔다. 소독약 냄새가 코를 찔렀다. 형광등이 깜빡깜빡 꺼져가는 복도의 벤치에 니시다 하지메가 부루퉁한 표정으로 어금니를 악물고 팔짱을 낀 채 앉아 있었다. 그 앞이 영안실이었다.

도모노리가 그 앞에 가서 "심심한 조의를 표합니다"라고 인사를 건넸다. 니시다 하지메는 "아, 아……" 하고는 말이 막혀서 얼굴이 붉어진 채 고개를 끄덕였다.

"형제분들에게는 연락했어요?"

"아, 아, 아니……."

"그렇군요. 아, 수고스럽겠지만, 사망신고서를 병원에서 줄 테니까 거기에 필요 사항을 적어서 7일 이내에 시청 호적과에 제출해주세요. 그리고 시민 화장장은 노카타 초에 있습니다. 화장 비용은 6만5천 엔이지만, 시청 생활복지과에 말하면 아마 면제될 겁니다."

"이봐요, 아이하라 씨. 그거 말인데……." 미즈노 후사코가 사이에 얼굴을 들이밀었다. "아까 그 생활복지과에 전화했더니 그건 고령자 복지과하고 얘기하라고 하더라고. 그래서 고령자 복지과로 다시 전화했더니 가족이 있는 경우는 생활복지과에서도 받아줄 수 없다고……." 볼이 불룩해져서 비난하는 눈으로 쳐다본다.

"엇, 그러셨어요?" 도모노리는 자조적인 웃음을 흘렸다. 시로 승격한 지 얼마 안 된 탓인지 여전히 시청 내부에서는 이리저리 떠넘기는 일이 많다.

"알겠습니다. 제가 들어가서 문의해보죠."

그때 휴대전화가 울렸다. 복지 사무소에서 온 것이었다. 마침 곁을 지나가던 간호사가 "병원 내에서 휴대전화 사용은 삼가주세요"라고 주의를 줘서 미안하다고 고개를 숙였다. 급히 계단을 올라가 뒤편 정원으로 나갔다. 찬 바람이 들이쳐 저절로 몸이 움츠러들었다. 통화 버튼을 누르자 사무 보는 아이미의 짜증난 목소리가 귀에 뛰어들었다.

"사사키 씨라는 그 안테나 할아버지, 아침부터 계속 사무실에 전화하고 있어요. 어쩌죠?"

"어휴, 정말?"

"정말이죠. 10분에 한 번씩 와요. 아이하라 씨는 외출했다고 말했는데, 그러면 휴대전화로 연락해보라고 완전 고집불통이에요. 지금 과장님도 이나바 씨도 외근이라서 나 혼자 어쩔 줄을 모르겠어요. 아이하라 씨가 연락 좀 해주시면 안 돼요?"

"알았어. 수고했어." 도모노리는 아이미에게 위로의 말을 건네고 전화를 끊었다. 바람이 너무 심해서 소각로 뒤편으로 피난했다. 찬 기운이 등판을 후려친다. 이런 데서 자칫 감기라도 걸리면 진짜 재수 없다.

곱아드는 손으로 수첩을 펼쳐 전화번호를 찾아서 사사키라는 문제의 케이스에게 전화를 했다.

"어이구, 드디어 연락이 됐네. 글쎄, 빨리 좀 와. 안테나가 기울어져서 텔레비전을 못 본다니까. 화면이 흔들흔들해서 배멀미 하는 거 같단 말이야."

사사키 영감이 마치 호텔 프런트에 지시하는 투로 말했다. 도모노리는 정말로 화가 나서 "그건 사회복지사무소에서 할 일이 아니에요"라고 거부 의사를 분명히 했다.

"그럼 이 늙은이한테 지붕에 올라가라는 게야? 그러다 떨어지면 어쩌라고?"

"이웃에 부탁할 데 없어요?"

"이 시간에 시영 주택에 젊은 놈은 하나도 없어. 있어도 인사 한 번한 적 없고, 다들 쌀쌀맞아. 혼자 사는 노인네는 아무도 상대를 안 해준단 말이야."

"그럼 바람이 잠잠해질 때까지 기다리세요. 날씨가 좋으면 텔레비전이 잘 나올 수도 있어요."

"아, 글쎄 안테나가 기울어졌다니까? 내가 아까 밖에 나가서 봤어. 이건 철사 줄을 새로 매야 고쳐져."

"그럼 전자 제품 가게에 가서 얘기하세요. 텔레비전을 판 가게가 있을 거 아닙니까."

"그런 가게는 진즉에 다 망했지. 이 동네 전자 제품 가게는 국도변의 대형매장 때문에 다 망했어. 게다가 큰 매장은 보증서가 없으면 출장비만 5천 엔을 내래. 지난번에도 그랬어. 고타쓰가 먹통이 되어서 수리해달라고 했더니 사는 게 더 싸다고 아예 말도 못 붙이게 하더라니까."

도모노리는 말이 막혔다. 분명 개인이 경영하는 전자 제품 가게는 대부분 사라졌다. 나이 든 사람들에게는 번쩍거리는 대형 매장은 어쩐지 들어가기 어려운 곳이다. 하지만 그 뒷감당을 자신이 해야 할 이유는 없다.

"미안하지만 오늘은 못 갑니다."

"그럼 딴 사람이라도 보내줘."

"딴 사람도 없어요."

"텔레비전도 못 보면 일흔다섯 살 늙은이한테 하루 종일 뭘 하라는 거야, 엉?"

독서라도 하시면 되잖아요, 라고 말하려다가 관뒀다. 책 살 돈이 없다, 도서관에 가려도 날씨가 너무 춥다, 라는 식으로 밑도 끝도 없는 대화가 길게 이어질 뿐이다.

"……알았어요. 점심시간에 갈게요."

도모노리는 지쳐서 결국 져주었다. 이 노인네는 연금 수급 자격이 없어서 한 달에 8만 엔의 생활보호비를 지급받고 있다. 지은 지 40년 된 단층 시영 주택은 임대료 전액 면제다.

얼굴에 뭔가 걸려서 올려다보니 희끗희끗 눈이 내리고 있었다. 출입구 처마 밑으로 자리를 옮겨 내친 김에 시청 생활복지과 담당자에게 전화했다. 남자 직원에게 사정을 설명했더니, 같은 직원이라 편하게 느꼈는지 "우리가 장의사도 아니고 대체 뭐야"라고 한숨 섞인 목소리로 말했다.

"그렇게 따지자면 나도 마찬가지죠." 도모노리가 대꾸했다.

"하지만 그쪽 케이스잖아."

"아녜요, 신청을 하려고 창구에 딱 한 번 나왔던 사람이에요."

"아예 독거노인인 걸로 하면 어떨까? 그러면 시에서 처리해줄 수 있는데."

"그건 안 돼요, 아들이 있어서."

"아이, 그렇다면 더구나 우리하고는 상관이 없지. 노숙자도 아닌데 장례 비용을 시에서 대줬다가는 다른 사람들까지 우르르 몰려와. 요즘에 죄다 그런 사람들뿐이야. 건강보험증이 없는 사람들의 치료비까지 우리 쪽으로 떠넘긴다니까. 이체해주는 게 너무 많아. 그건 회수하기도 너무 힘들고, 들어가는 수고와 경비를 생각하면 아예 실종되었으면 하는 마음이 들 정도야. 실은 우리가 요즘 다른 사정도 있어……." 여기서부터 갑자기 목소리가 낮아졌다. "이번에 과장이 바뀌면서 여간 쪼는 게 아냐. 이제 곧 현의 감사도 들어오는데 그런 사람까지 봐줬다가는 승진 심사에 영향이 있어. 죽은 사람에게 돈 들이는 것보다는 지금 어렵게 살고 있는 사람들을 도와주는 게 더 시급하잖아. 미안하지만 그쪽에서 좀 알아서 처리해줘."

"감사가 들어오는 건 우리 쪽도 마찬가지예요."

"아무튼 우리는 그 건은 처리 못해."

"부탁 좀 합시다."

"나야말로 부탁 좀 하자. 우리 좀 그만 괴롭혀." 멀쩡한 남자가 사정 사정하고 나선다.

"괴롭히기는 누가……."

말이 끝나기도 전에 전화가 뚝 끊겼다. 도모노리는 건물 안으로 들어가 언 팔뚝을 비볐다. 한숨이 나왔다. 고령자 복지과에는 전화할 힘도 없었다. 이미 죽은 할머니에게 어떤 조처도 취해줄 것 같지 않았다.

복지 행정이 뒤흔들리는 시기에 이르렀다는 건 도모노리도 알고 있었다. 어느새 직원들 사이에서는 시민의 '자기 책임'을 따지는 게 당연한 일이라는 풍조가 생겼다.

그러면 어떻게 해야 하는가? 하긴 골치 아프게 생각해봤자 자신에게는 아무런 의무도 책임도 없는 일이었다.

지하 영안실 앞으로 돌아갔더니 양복차림의 젊은 남자와 미즈노 후사코와 간호사, 셋이서 뭔가 상의를 하고 있었다. 표정을 보아하니 그리 좋은 이야기는 아닌 듯했다.

"장례는 필요 없어요? 그런 얘기는 전화로 미리 해주셔야죠."

남자가 말한다. 완장의 회사명을 보고 장의사라는 걸 알았다. 하지만 장의사답지 않게 눈썹은 가늘게 다듬고 머리는 풀숲처럼 치켜세운 요즘 젊은이였다.

"미안해. 나도 자세한 것까지는 알지 못했거든."

어깨 폭이 널찍한 부장 간호사가 허리에 손을 짚고 사과하고 있었다. 아무래도 사망자가 나오면 지정 장의사에 연락이 가게 되어 있고,

사정을 알지 못한 병원 직원이 그 관례에 따라 연락을 해버린 모양이었다. 벤치에서는 니시다 하지메가 굳은 표정으로 허공만 멍하니 바라보고 있었다.

그들 쪽으로 다가가자 미즈노 후사코가 사회복지사무소의 케이스워커라고 소개를 해주었다. "어머, 그래요? 그럼 뒷일은 부탁합니다." 간호사가 가볍게 말했다.

"아뇨, 우리는 이 건에 대해서는……."

"돌아가신 분은 오늘 중으로 인수해주세요."

얼른 그 말만 하고 바쁜 걸음으로 사라진다. 도모노리는 불끈했다. 어째서 아무 관계도 없는 내게 떠넘기는가.

장의사도 그냥 가려는 것을 미즈노 후사코가 붙잡았다.

"이봐요, 젊은이. 어쨌거나 관에 넣어서 화장은 해야 하니까 우선 거기까지는 해줘요. 비용을 어디로 청구할지는 나중에 생각해볼 테니까."

"아이, 나 좀 봐주세요. 과장님한테 엄청 혼나요." 남자가 슬슬 몸을 빼면서 손을 좌우로 흔들었다.

"아이하라 씨, 법률적으로는 어떻게 되어 있지?" 이번에는 도모노리를 향해 묻는다.

"친족이 없는 분이라면 시읍면에서 화장과 매장을 할 의무가 있어요. 그럴 경우의 비용은 사무관리비로 처리가 가능합니다."

"그럼 그걸로 좀 해줘. 친척을 찾아서 연락했는데도 인수를 거부하는 사람들이 더러 있을 거 아니야?"

"안 돼요." 도모노리는 딱 잘라 말하고 조용히 고개를 저었다. "관청이 그렇게까지 관대하지는 않아요." 이어서 니시다 하지메 쪽으로 몸을 돌렸다. "니시다 씨, 당신은 어떻게 하고 싶어요? 유일한 가족이니까 당신이 인수해서 매장하는 게 맞잖습니까."

얼굴이 납빛이 된 중년 남자가 천천히 고개를 들었다. "지, 지, 집에 데리고 가겠어." 쥐어짜듯이 목소리를 발했다.

"그럼 뒷일은 맡겨도 되겠지요?"

"아, 글쎄 안 된다니까. 전기도 가스도 다 끊긴 집에서 뭘 어떡하려고?" 미즈노 후사코가 다시 끼어들었다. "게다가 집안 묘도 없잖아. 본가와는 인연이 끊겼고."

도모노리는 도무지 방법이 없다는 뜻으로 양손을 펼치는 제스처를 내보였다. 멀쩡한 성인 남자가 어쩌면 이렇게까지 사회성을 상실해버리는가.

"그럼 이렇게 합시다. 우선 장의사에 부탁해서 화장해달라고 하고, 유골은 니시다 씨가 보관하세요. 묘지는 좀 안정이 된 다음에 찾아보구요. 그리고 화장에 드는 비용은 니시다 씨 본인이 마련해서 차후에 내는 걸로 하죠."

"글쎄, 아이하라 씨. 이 사람은 돈 나올 데가 없어. 돈을 마련할 수 있었으면 전기까지 끊기도록 놔뒀겠어?"

"그러니까 자가용이든 뭐든 처분하시면 되잖아요."

저도 모르게 말투가 거칠어졌다. 니시다 하지메는 입을 꾹 다문 채 팔짱만 끼고 있었다.

"아이 참, 왜 우리만 덤터기를……." 장의사 남자가 얼굴을 찌푸렸다.

"딱한 사람 도와주는 셈치고 좀 봐줘요." 도모노리가 남자의 어깨에 손을 얹었다. "이럴 때 도와주면 회사 신용도 올라갈 거 아니야."

"그렇고말고, 편의를 봐줘야지. 사람이 죽었잖아. 회사하고 상의 좀 해봐요." 미즈노 후사코가 밀어붙였다.

"내가 알 게 뭐냐고요. 난 그냥 파견 사원이에요. 할당량도 있는데, 이런 사체를 들고 가면 회사에서 무슨 소리를 들으라고……."

남자의 태도가 홱 바뀌었다. 눈을 치켜뜨고 야쿠자 똘마니처럼 노려본다.

그때 도모노리의 휴대전화가 울렸다. 저장되지 않은 번호였다. 밖으로 나가기가 귀찮아 간호사가 없는 것을 확인하고 그 자리에서 받았다. 조금 전에 통화했던 사사키였다.

"아, 아이하라 씨? 번호가 통화 기록에 남아 있어서 걸었어. 요즘 전화는 참말로 똑똑하구먼."

"무슨 일이세요, 지금 상담 중인데요."

"이쪽에 올 때 가게에 잠깐 들러서 김밥 도시락 좀 사와. 눈이 내려서 내가 집밖에 한 발짝도 나갈 수가 없어."

사사키의 천하 태평한 목소리였다. 도모노리는 감정이 터지려는 것을 꾹 참고 "알았어요"라고 대답했다. 한마디라도 대꾸했다가는 기어코 고함을 내지르고 말 것 같았다.

"그럼 나는 이만." 전화를 끊자마자 도모노리는 한 차례 손을 쳐들고 발걸음을 돌렸다.

"어라, 아이하라 씨, 그냥 가려고?" 미즈노 후사코가 눈이 둥그레졌다.

"제가 좀 바빠요. 담당하는 케이스가 서른 명이 넘습니다."

"그럼 나도 이만 갑니다. 내가 알 게 뭐람."

장의사 남자가 불퉁불퉁 말했다. 젊은이의 본성이 그대로 드러난 느낌이었다. 바지 호주머니에 손을 찌르고 등을 웅크린 채 재빨리 걸음을 옮긴다. 불러 세울 틈도 없이 남자는 계단을 두 칸씩 뛰어서 사라져버렸다.

"뭔 저런 장의사가 다 있어?" 미즈노 후사코가 분개했다. 도모노리는 더 이상 말도 나오지 않았다.

"부탁 좀 하자, 아이하라 씨. 복지 사무소에서 좀 처리해줘."

어머니와 비슷한 나이의 미즈노 후사코가 애걸을 하는데 도저히 그냥 두고 갈 수는 없었다.

"……알았어요. 화장 비용은 우리 사무관리비에서 대체해드릴게요. 변제 기한은 한 달로 하겠습니다. 됐지요?"

벤치에 앉은 유일한 유족 니시다를 향해 말했더니 좋다는 말도, 고개를 끄덕이는 것도 없이 콧김을 씩씩거리며 눈을 치뜨고 흘끔 올려다본다. 도대체 어떤 감정을 드러낸 것인지 도모노리는 짐작도 가지 않았다.

"알았어요? 꼭 갚기로 약속해야 합니다." 다짐을 했다.

"도, 도, 도……." 니시다 하지메가 입을 열었다. "돈 좀 놓고 가. 배, 배, 배가 고파."

아이하라는 제 귀를 의심했다. "이봐요, 무슨 소리예요?" 도모노리는 저도 모르게 말소리가 거칠어졌다. "어머니가 돌아가셨다고 해서 조문차 일부러 와봤더니만, 배가 고프니 돈을 놓고 가라고?"

"아이하라 씨, 미안해. 이 사람이 말을 이렇게밖에 못하는 사람이야." 미즈노 후사코가 사이에 들어서 도모노리의 가슴팍을 밀었다. "공사현장에서 일하던 사람이라 말을 공손하게 할 줄 몰라서 그래."

"말투 문젭니까, 이게? 돈을 놓고 가라니. 지금 장난치는 겁니까?" 미즈노 후사코를 옆으로 밀쳤다. "이봐요, 생활보호 대상자로는 절대로 못 올려주니까 그리 알아요. 멀쩡한 사람이 일도 안 하고, 어머니는 얼어죽게 하고, 게다가 행정 공무원한테 돈을 달라니? 사람을 그렇게 만

만하게 보면 오기로라도 한 푼도 못 줍니다!"

그러자 니시다 하지메가 주먹을 움켜쥐고 자리에서 일어섰다. 다시 보니 영락없이 유도 선수 같았다.

"폭력을 쓰시려고? 예, 어디 한번 쳐봐요." 도모노리가 가슴을 젖히며 들이댔다.

"도, 도, 돈 놓고 가. 조금만 놓고 가." 정말로 팔을 내미는 바람에 급히 뿌리쳤다. 이 남자, 머리가 완전히 돌아버린 사람이다.

"당신, 완전히 깡패네. 나이도 마흔이 넘은 사람이 이런 바보짓을 해?"

도모노리는 큰 소리를 지르고 있었다. 몇몇 간호사가 복도에 얼굴을 내밀었다.

"아이, 이러지 마. 아이하라 씨, 이러지 마."

"미즈노 씨, 이 사람은 동정의 여지가 없어요. 자업자득입니다. 미안하지만 나는 이만 가겠습니다. 아까 그 얘기도 없던 걸로 하죠. 우리한테서는 한 푼도 안 나올 겁니다. 시청 생활복지과하고 상의해주세요."

이번에야말로 발길을 돌렸다. 미즈노 후사코가 몇 번을 불렀지만 무시했다. 뛰는 걸음으로 계단을 올라갔다. 가슴의 두근거림이 가라앉지 않았다. 감정을 겉으로 드러낸 일은 최근 몇 년 동안 한 번도 없었기 때문에 스스로도 놀랄 만큼 흥분하고 있었다.

어쩌면 인간이 저렇게도 궁상일 수 있는가. 인류의 반절은 열등한 생물인 거 아닐까.

사사키의 도시락과 안테나는 무시하기로 했다. 더 이상 그런 노인네는 상대하고 싶지 않다. 전화가 걸려오면 고함을 질러주자고 결심했다.

현관을 나와 주차장으로 들어서자 더럽고 낡아빠진 도요타 세르시오가 눈에 띄었다. 딱 공사일 하는 사람들이 좋아할 듯한 위압적이고 어이없이 큼직한 차다. 직감으로 니시다 하지메의 차라고 생각했다. 차체에 녹이 슬어 있었다. 미즈노 후사코가 너무 고물이라 팔 수도 없다고 했었다. 정말로 그럴 수도 있겠지만, 이렇게까지 가난해지기 전에 왜 미리 생활 수준을 낮추지 않았는가. 펑펑 써댈 때 조금이라도 저금을 해뒀어야 하는 거 아닌가. 세르시오를 타고 다니는 사람이 생활보호를 신청하다니. 그런 얘기는 들어본 적도 없다.

점점 더 화가 났다. 눈이 흩뿌리는 속에 차에 올라탔다.

손목시계를 보았다. 아직 점심시간 전이다. 사무소에 들어가는 대신 파친코에나 잠깐 들르자고 생각했다. 오늘은 더 이상 일할 마음도 나지 않는다. 어둠침침한 하늘이 한층 더 기분을 우울하게 했다.

엔진을 예열하는 사이에 차 앞 유리에 눈이 쌓여 시야가 막혔다. 라디오 뉴스에서는 유메노에서 사흘 전에 고등학교 2학년 여학생 한 명이 행방불명이 되었다는 소식이 흘러나왔다.

흥. 도모노리는 피식 웃었다. 이런 한심한 도시에 딱 어울리는 흉악한 사건이구나.

그 여고생은 혼자서 학원을 나온 뒤 교복 차림으로 행방이 묘연해진 모양이다. 가출했을 가능성이 낮고 가족에게 금품을 요구하는 등의 연락도 없었기 때문에 경찰이 공개수사에 나섰다고 아나운서가 담담하게 원고를 읽고 있었다.

뭘, 벌써 살해됐겠지. 그런 무책임한 생각을 했다. 가엾네. 아직 한창 어린 나이에. 어딘가 산에 묻어버렸는지도 모른다. 범인은 틀림없이 변태다.

와이퍼를 작동했다. 기어를 넣고 액셀을 밟았다. 속도를 최고로 올려 기분을 풀고 싶은 마음이 간절하지만, 일반 타이어인지라 음울함을 꿀꺽 삼켜버리고 조심조심 차를 출발시켰다.

17

1년 2개월 된 아기를 과연 인간이라고 해도 좋은 것일까. 감정 표현은 우는 것뿐이고 언제 어디서나 제멋대로 똥오줌을 갈긴다. 가토 유야는 익숙하지 않은 손놀림으로 종이 기저귀를 빼내고 똥이 묻어 더러워진 엉덩이를 물티슈로 닦아주었다. 쇼타는 얼굴을 쭈글쭈글 일그러뜨리고 사이렌처럼 울부짖고 있었다.

시계를 보니 새벽 1시였다. 제기랄, 어떻게 이런 시간에 줄줄 싸지르는가. 시끄러운 울음소리에 자다가 벌떡 일어나 기저귀를 만져봤더니 사람 살갗 정도의 온기가 있었다. 혀를 끌끌 차며 벗겨보니 카레 스프 같은 누런 오물이 번져 있었다.

설명서를 읽어가며 겨우겨우 종이 기저귀를 갈고 다시 옷을 입혀줬지만 아들은 울음을 그쳐주지 않았다. 그치기는커녕 자리에서 일어나 온 방을 우왕좌왕하고 있었다.

"대체 어쩌라는 거냐. 울지 좀 마라."

통하지 않는다는 걸 알면서도 유야는 소리 내어 중얼거렸다.

침대에 주저앉아 한숨을 내쉬며 담배를 입에 물었다. 불을 붙이려다가 '아차, 애가 있지'하고 다시 담뱃갑에 넣었다.

에어컨의 난방 스위치를 켰다. 아이가 감기라도 걸렸다가는 도저히 감당 못한다.

몇 시간 전 치하루의 아파트에서 아들 쇼타를 받아왔다. 전처 아야카가 아이를 데려가라고 일방적으로 통보를 하고 친구 치하루를 통해 떠넘긴 것이다. 그 참에 큼직한 보퉁이도 함께 내주었다. 갈아입을 옷가지와 기저귀, 분유와 분유병 등이 들어 있었다.

"장난이지?" 유야가 미간을 찌푸리며 말하자 치하루는 "네가 못 키우겠다면 이번에 삭감된 생활보호비만큼 다달이 내면 돼"라고 입가를 치켜들며 말했다.

"얼마야?"

"8만 엔."

"웃기고 있네."

불끈 화가 뻗쳐서 그 제안은 즉시 무시했다. 고생고생해서 번 돈을 날마다 빈둥빈둥 놀아대는 전처에게 빼앗길 수는 없다.

홧김에 아이를 안고 집에 돌아온 뒤에야 유야는 정신이 번쩍 들었다. 자신은 육아에 대해 아는 게 하나도 없다. 쇼타는 아장아장 걸을 수 있지만 아직 말도 못한다. 뭘 원하는지 알 수가 없었다. 그보다 뭘 먹여야 하는지도 모른다. 이가 하나둘 나기 시작한 모양이지만, 설마 자신이 먹는 걸 똑같이 먹일 수는 없다. 그렇다고 계속 분유만 주는 것도 아닐 것 같다. 게다가 집에 데려오자마자 미친 듯이 울부짖었다. 갑작스레 엄마와 떨어져 낯선 집에 왔으니 그야 당연한 일이겠지만.

우선 자동차로 20분 거리인 부모님 집에 전화해봤지만, 아버지도 어머니도 안 계셨다. 아버지는 택시 운전기사, 어머니는 친구네 주점에서 주방 일을 거들고 있다. 자식들이 독립한 뒤로 아버지와 어머니는 집을 비우는 일이 많아졌다. 인근 도시에 사는 형 부부의 집에 전화를 걸까 했지만, 잠깐 고민해본 뒤에 관뒀다. 두 살 많은 형은 걸핏하면 동생에게 잔소리를 해댄다. 만나기만 하면 "제대로 잘 사냐?"하고 바보 취급을 했다.

혼자 고민해봤자 결론도 안 날 것 같아 선배 시바타에게 전화를 했다. 사정을 얘기했더니 캬캬캬 웃으면서 "야, 잠깐 기다려"하고는 두 아이의 엄마인 자신의 아내에게로 전화를 넘겼다.

"1년 2개월? 그럼 이유식 후기니까 밥을 좀 질게 해서 먹이면 될 거야. 오믈렛 같은 것도 괜찮은데 달걀은 잘 익혀서 먹여. 반숙 같은 거 먹었다가는 설사하기 쉬워. 그리고 두부라든가 흰살 생선이라든가, 아무튼 부드럽고 영양가 높은 걸 주면 돼."

한자도 제대로 못 쓰는 멍한 여자였는데 아이 키우는 지식은 정확했다.

"그럼 분유는 안 줘도 되나?"

"분유는 별도야. 하루에 두세 번 따로 줘야 해. 밤중에 젖을 주면 영양 과다가 될 수 있으니까 주지 말라는 의사도 있는데, 난 먹였어. 젖을 물고 늘어지는데 못 먹게 할 수도 없잖아. 아참, 우유는 아직 안 돼. 아이들은 위장이 약하거든. 목이 마른 거 같으면 두유나 요구르트 같은 게 좋을 거야."

"기저귀는 어떻게 하지? 언제 뗄 수 있어?"

"우린 작은애가 두 살 반인데 아직도 기저귀 차고 있어. 요즘 변기에 앉히는 연습 중이야. 세 살까지 기저귀 떼면 성공적인 거고……. 아니, 아이들은 저마다 개인차가 있으니까 다른 집 애하고 비교하면 안 돼. 성장은 제각각인 거야."

"울 때는 어떻게 해?"

"기저귀가 젖었거나 열이 날 때 우는 거야. 그것도 아니면 안고 얼러주는 수밖에 없어. 살살 흔들어주다 보면 울음을 그쳐."

유야는 메모를 하면서 선배 부인의 변모에 감탄했다. 바로 몇 년 전까지만 해도 금발 염색에 본드를 흡입하던 여자다.

"너무 힘들면 우리 집에 데려와. 혼자서 애 키우다 보면 육아 노이로제에 걸리거든."

친절한 말도 덧붙여주었다. 유야는 동료가 있다는 든든함에 한결 마음이 놓였다.

다시 시바타를 바꿔서는 내일 친가에 아이를 맡겨야 하니까 회사는 오후에 나간다고 전해달라고 부탁했다.

"응, 전무에게 내가 말할게. 힘들면 하루 쉬어라. 넌 실적이 좋아서 회사에서도 별로 잔소리는 안 할 거야."

일은 열심히 하고 볼 일이다. 유야는 회사 안에서 자신의 지위가 부쩍 높아졌다는 것을 실감할 수 있었다.

전화를 끊고 즉시 통에 적힌 '만드는 법'을 보며 분유를 탔다. 하지만 입에 물려줘도 울기만 하고 먹지 않았다. 맛을 봤더니 영 싱겁다. 이렇게 하는 게 맞는지 아닌지 아무리 고민해봤자 알 도리가 없었다. 별 수 없이 품에 안고 얼러주었다. 쇼타는 몸을 뒤로 뻗대며 도리질을 쳤지만 억지로 꼭 안아주었다. 등을 쓰다듬으며 방 안을 왔다 갔다 했다. 그러면서 1년 전을 떠올렸다.

쇼타가 태어나고 이혼하기까지 몇 달 동안 아들을 품에 안고 얼러주곤 했었다. 그 무렵에는 아직 목을 가누지 못해 행여 부서질까봐 조심조심 안았다. 아빠가 된 기쁨이나 책임감 같은 건 없었다. 전 남편의 아이가 있었기 때문에 이걸로 조금쯤 대등해졌다는 마음은 들었지만, 그것 말고는 아무런 느낌이 없었다. 1년 전의 자신은 아무것도 생각하지 않는 놈이었던 것이다. 여자가 없으면 친구들 사이에 면목이 서지 않아서 우연히 싱글이던 아야카와 짝이 됐던 것뿐이다. 제대로 피임을 하지 않은 탓에 바로 임신했다. 아야카가 낳겠다고 해서 별 생각 없이 결혼했다. 친구들도 모두 결혼이 빨랐기 때문에 딱히 망설일 것도 없었다. 자기 주위에는 그런 놈들뿐이었다. 장래 일 따위 아무도 고민하지 않았다.

울다 지쳤는지 쇼타는 10여 분쯤 뒤에 잠이 들었다. 그게 바로 몇 시간 전의 일이다.

새벽 1시에 일어난 쇼타는 여전히 얼굴이 빨개지도록 울고 있었다. 이건 거의 절규라고 해야 맞을 것이다. 작은 손을 움켜쥐고 도쿄 만에 상륙한 고질라가 입으로 불길을 토해내듯이 온 힘을 다해 악을 쓰고 있었다. 게다가 느닷없이 벽을 향해 돌진하고 커튼을 잡아채고, 도무지 예측할 수 없는 행동을 한다.

"시끄러워. 제발 울지 마."

유야는 혼잣말을 어린 아들에게 퍼부었다. 잠든 얼굴은 천사처럼 귀여웠는데 일단 울음을 터뜨리면 이건 완전히 고장난 사이렌이다. 한밤중에 이런 소음을 내다니, 아무래도 문제가 되겠다 했더니만 역시나 벽을 통통 치는 소리가 들려왔다. 옆집은 젊은 남자가 혼자 살고 있을 터였다.

불끈 화가 나서 유야도 반사적으로 벽을 통통 쳤다. 그래도 화가 가라앉지 않아 쇼타를 남겨둔 채 점퍼를 걸치고 샌들을 꿰고 복도로 뛰어나가 옆집 현관의 벨을 난폭하게 꾹꾹 눌렀다.

잠시 뒤에 문 너머에서 "뭡니까?"라는 긴장된 목소리가 들렸다.

"옆집 사람이야. 잠깐 나와 봐." 유야가 딱딱거리며 말했다.

"지금 몇 시인 줄 알아요?"

"몇 시가 됐든 나와!" 아파트 안이 우렁우렁 울리도록 고함을 쳤다.

아마 몇몇 주민은 잠이 깨어 이 싸움에 귀를 기울이고 있을 것이다. 그러거나 말거나 알 게 뭐람. 중학생 때부터 만만하게 보였다가는 끝장나는 환경에서 살아온 몸이다. 그 습성이 뼛속까지 배어 있다.

체인을 푸는 소리가 나더니 문이 열렸다. 비슷한 나이의 얌전해 보이는 남자가 얼굴이 굳은 채 멀거니 서있었다.

"공동 주택에 사는 처지에 말이지, 소리가 나는 것쯤은 서로 마찬가지 아냐? 게다가 어린애가 우는 거야. 넌 어렸을 때 안 울고 컸어? 엉? 그렇게 불만이면 네가 와서 달래봐, 달래보라고!"

남자를 노려보며 말도 안 되는 소리를 했다. 말도 안 되는 소리를 얼마나 강력하게 주장하느냐가 불량배의 기량이라고 할 수 있다.

"이 아파트는 어린아이가 있는 사람은 입주가 안 될 텐데요……."

남자가 새파래진 얼굴로 말했다. 그 사이에도 쇼타의 울음소리는 복도까지 들려왔다.

"이혼한 마누라가 애를 버리고 갔는데, 그럼 날더러 어쩌라고? 보건소라도 데려가랴? 애완동물인 줄 알아? 너는 인정머리도 없어?"

유야가 한 걸음 앞으로 쓰윽 나서자 남자는 떠민 듯이 화들짝 물러서며 눈에 공포의 빛이 서렸다.

"야, 됐다, 됐어. 내가 그냥 봐줄 테니까 미안하다고 사과나 해."

"내, 내가 사과를 해요……?" 얼굴을 일그러뜨리고 있다.

"당연히 사과해야지. 네가 사과를 안 하면 나는 갈 수가 없어. 어때, 아침까지 이러고 있을래?"

"알았어요, 사과하죠. 미안합니다." 비굴하게 꾸벅 머리를 숙인다.

"미안한 줄 알면 됐어. 없었던 일로 해줄게."

다시 한 번 쓰윽 눈을 흘겨주고 복도에 침을 뱉었다. 오랜만에 남을 위협해보니 역시 묘한 쾌감이 있었다.

집에 돌아오자 여전히 쇼타는 발로 바닥을 구르며 울고 있었다. 이번에는 아래층에서 잔소리를 할 것 같다.

"어휴. 어지간히 좀 해라, 이 녀석아."

그만 지겨워졌다. 냉장고를 열고 페트병 스포츠음료를 꺼냈다. 침대에 걸터앉아 목을 축였다. 담배에 불을 붙이고 벌렁 누워서 천장을 바라보았다.

문득 한 가지 생각이 머리를 스쳤다. 혹시 목이 마른 게 아닐까? 처음 타준 분유를 밀어내버려서 여기 온 뒤로 쇼타는 먹은 게 없다. 즉시 일어나 담배를 비벼 껐다.

울고 있는 쇼타를 안고 물을 끓여 다시 분유를 탔다. 잘 흔들어 맛을 봤다. 그리 생각해서 그런지 아까 낮에 만들었을 때보다 제법 맛이 난다.

앙앙 우는 쇼타의 입가에 대주었더니 분유병 꼭지를 덥석 물고 쭉쭉 빨기 시작한다. 아, 배가 고파서 울었구나. 유야의 가슴속에서 문 하나가 활짝 열렸다. 자동차의 고장난 부분을 어렵사리 찾아낸 듯한 기분이었다. 아이가 울음을 그치자 갑자기 정적이 찾아왔다. 겨울밤이 이토록 고요한 것인가. 어울리지도 않게 시적인 감상에 잠겼다.

마음이 풀리면서 어깨 힘도 스르르 풀렸다. 동시에 피곤이 몰려와 쇼타를 안은 채 침대에 누웠다.

슬금슬금 이불을 덮어주었다. 열심히 분유병을 빨고 있는 쇼타를 20센티미터쯤 떨어진 거리에서 바라보았다. 눈가가 나를 닮았구나. 앨

범에 붙어있는 어릴 때 사진하고 똑같다.

그래, 내 새끼—. 새삼스럽게 찬찬히 뜯어보았다. 감개무량이라기보다 생명의 신비감에 흠뻑 빠져들었다. 내 분신 같은 것이 이 세상에 왔다는 게 너무도 신기하다.

쇼타의 눈꺼풀이 점점 감겼다. 분유병을 입에 문 채 스르르 잠이 든다.

살그머니 분유병을 빼내 침대 밑에 내려놓았다. 자신에게도 수마가 덮쳐 왔다. 눈을 감았더니 금세 의식이 가물가물해졌다.

다음 날 아침 일어나자마자 어머니에게 전화했다. 쇼타를 떠맡게 된 사정을 이야기하고 지금 데리고 가겠다고 말했다. 어머니는 분개한 목소리로 "어떻게 제 배 아파 낳은 자식을 떼놓을 수 있다니?"라고 당장 예전의 며느리를 비난했다.

일어나자마자 울어대는 쇼타에게 옷을 입히고 자신도 준비를 하고서 맨션을 나왔다. 뒤쪽 주차장으로 나갔더니 청소를 하던 관리인이 유야의 품에 안긴 아이를 보고 눈을 둥그렇게 떴다. "친구네 아이인데 하룻밤 봐준 거예요"라고 되는 대로 거짓말을 둘러댔다. "아, 그랬구먼." 관리인은 어색하게 웃음을 짓기는 했으나, 그 얼굴에는 제발 귀찮은 일은 일으키지 말아달라고 쓰여 있었다.

베이비시트가 없어서 그대로 조수석에 털썩 앉혔다. 대번에 엉엉 울면서 발버둥을 쳐서 어쩔 수 없이 안전벨트로 꽁꽁 묶어 고정했다.

부모님 집은 논 가운데의 조성지에 선 평범한 목조 가옥으로, 유야가 아직 철도 들지 않았을 때쯤에 지은 집이다. 당시에 아버지는 작은 운송 회사에 다녔고, 그 뒤로 어떤 경위가 있었는지는 모르지만 택시 운전기사로 전직했다. 유야가 제 손으로 돈을 벌고 있는 지금, 부모들의 수입이 시원찮다는 건 쉽게 상상이 되었다. 텔레비전은 브라운관이 두툼한 구형이고, 냉장고도 세탁기도 유야가 어렸을 때부터 쓰던 것을 그대로 사용하고 있다. 컴퓨터 같은 건 당연히 없고, 분명 사용법도 모를 것이다.

집에 도착하자 파자마 차림의 아버지가 거실 고타쓰에 앉아 "허참, 무슨 그런 어미가 다 있냐? 자식을 버리고도 아무렇지도 않대?"라고 어이없다는 듯이 말했다. 그래도 금세 반가운 얼굴로 손자를 안아보려고 두 팔을 내밀었다. 주방에 있던 어머니도 달려 나와 손자의 얼굴을 요리조리 들여다본다. 쇼타는 낯선 어른들에 둘러싸여 불안한 듯 울먹거리고 있었다.

"아휴, 어디 보자. 내가 네 할미야." 어머니가 쇼타를 안고 얼러주었다. 남자와 여자는 팔의 부드러움에서도 차이가 나는지 쇼타는 별다른 저항 없이 몸을 맡겼다. 어머니가 "우리 쇼타, 참말로 예쁘네"하고 이름을 불러가며 스킨십을 해대자 어제부터 한 번도 웃은 적이 없는 쇼타가 어렴풋이 작은 미소를 보였다.

"뭐 좀 먹었니?"

"아냐, 일어나자마자 데려왔지. 분유하고 젖병은 가져왔어."

"밥하고 어제 먹다 남은 국이 좀 있으니까 그걸로 죽을 끓여서 먹여볼까?" 어머니가 혼잣말처럼 중얼거리면서 쇼타의 입 안을 들여다본다. "어라라, 이가 예쁘게 났네!" 벙글벙글 웃어가며 품에 안은 채 부엌으로 나갔다.

"엄마, 나도 밥 좀 줘." 유야가 말했다. 고타쓰에 발을 넣고 등을 둥글게 말고 텔레비전을 보았다.

"일은 착실히 다니고?" 아버지가 물었다. "응"하고 억지 대답을 했다.

지난달에 받은 월급을 자랑하고 싶은 충동이 몰려왔지만, 반쯤은 사기 세일즈라서 말하지 않았다.

"아버지는 몇 시부터 일 나가?"

"점심때 지나서 나가지. 오전 중에는 영업소에 나가봤자 택시 부르는 전화는 한 통도 안 들어와. 저녁에나 겨우 역 앞에서 몇 명 걸릴 정도야. 그다음에는 술집 많은 쪽으로 나가서 술 취한 손님 기다리고. 장거리는 거의 없어. 다들 시내 아니면 기껏해야 산 하나 넘어가는 손님뿐이야."

"경기가 안 좋은가?"

"좋을 리가 있냐? 경찰에서 음주 운전 단속을 좀 더 철저히 해야지, 안 그러면 아무도 택시를 안 타."

어머니가 밥을 차려왔다. "너도 먹어라." 조그만 밥공기를 난폭하게 내려놓는다. 맛난 냄새를 풍기는 죽이었다. 감자며 닭고기 건더기도 섞여 있었다.

"엄마, 달걀 하나만 넣어줘."

"네가 갖다 넣어."

별 수 없이 직접 냉장고로 갔다. 유야는 돌아볼 것도 없이 어머니는 실눈을 뜨고 연신 웃어가며 쇼타에게 죽을 호호 불어 떠먹이고 있었다.

"얘가 지금 몇 살이래?"

"1년 2개월."

"그럼 혼자서도 먹겠네."

어머니는 수건을 가져오더니 그걸 테이블과 쇼타 사이에 걸쳐놓았다. 숟가락을 쥐어주고는 "쇼타, 네가 먹어봐라"하고 채근한다.

쇼타가 숟가락을 움켜쥐고 죽을 떴다. 입에 들어가기 전에 반절은 흘리고, 한 숟갈 먹더니 그대로 숟가락을 놓아버려 제 무릎에 떨어뜨렸다.

"어라라." 어머니가 숟가락을 집어 들어 다시 쥐어주려고 하자 이번에는 밀쳐버리고 죽 그릇에 손을 덥석 넣었다.

"쯧쯧, 숟가락을 잡아본 적이 없구나. 애를 어떻게 키웠는지 알 만하다. 노상 혼자 내버려뒀을 거야. 그렇지?" 아버지가 물었다.

"내가 어찌 알겠어."

"참말로 예단 비용을 다시 물러달라고 하고 싶네. 그쪽은 애 데리고 재혼한 거였으면서." 어머니가 말했다.

"아이, 그런 얘기는 나한테 해봤자 소용없어. 그거 대준 건 아버지하고 엄마잖아."

"예전에 마을 이장님이었다는 친척을 보내서 경사스러운 결혼이니 30만 엔은 넣어달라고 하는데 어떻게 안 줄 수가 있어? 1년도 안 돼 집 나갈 줄 누가 알았니? 정말 우린 사기당한 기분이야."

어머니가 예전의 며느리를 나무라면서도 끈기 있게 손자에게 밥을 떠먹이고 있었다. 쇼타는 칭얼대는 일 없이 "부—부—" 소리를 내며 입을 오물거린다.

"아무튼 엄마가 잠시 쇼타 좀 맡아줘." 유야가 말했다.

"뭐라고? 그럴 생각으로 애를 데려왔어? 잠시라니, 언제까지?" 어머니가 눈을 둥그렇게 떴다.

"그거야 모르지. 1년이 될지 2년이 될지."

"그렇게는 안 돼, 나도 일 나가야 하는데. 오늘도 오후까지는 괜찮지만 5시에는 일하러 나가야 해. 가게 문 열기 전에 마담하고 음식 준비해야 한다니까."

"5시? 최소한 6시 반이면 안 될까? 내가 회사 일 끝나고 아무리 빨리 와도 6시 반인데."

"우리가 지금 네 사정 봐줄 형편이 아냐. 오후에는 보육원에 맡기든지 해야지."

"아이, 그러지 말고 좀 봐줘요. 손자가 귀엽지도 않아?"

유야는 낙담했다. 부모라면 기꺼이 손자를 맡아주는 것인 줄만 알았다.

"귀엽기야 이루 말할 수 없이 귀엽지. 하지만 종일 애를 봐줘야 한다면 그건 얘기가 달라."

"그럼, 안 되지." 아버지도 거들고 나섰다. "주말에만 데려온다면 얼마든지 봐줄 수 있어. 하지만 날마다 봐달라는 건 힘들어. 갑자기 열이라도 나면 병원에도 데려가야 하고, 내내 집 안에서만 놀 수도 없으니 이웃 젊은 엄마들하고도 친해져야 할 텐데 그런 건 우리는 이제 못해. ……그러지 말고, 유야. 아예 집으로 들어올래? 그러면 서로 번갈아가며 쇼타를 돌봐줄 텐데."

"아이, 싫어요. 뭘 이제 새삼스럽게 집에 들어와?"

"얘, 유야." 어머니가 몸을 돌려 유야를 바라보았다. "요즘 우리가 돈 때문에 쩔쩔 매는 형편이야. 아버지 월급은 예전의 반절 이하로 줄어버렸고, 엄마가 주점에 일을 나가기는 하는데 학생 아르바이트 같은 시급밖에 못 받아. 집 대출금은 아직도 20년이나 남았고, 정말 먹고살기도 허덕거릴 지경이야. 그 대출금, 네가 좀 갚아주면 좋으련만."

"엇, 말도 안 돼. 그런 얘기는 형한테 해야지."

유야는 제 귀를 의심했다. 얘기가 이렇게 흘러갈 줄은 생각도 못했다.

"네 형이 얼마나 매정한 줄 알아? 이번에 센다이 시로 전근 신청서

를 냈다더라. 아예 유메노 시를 떠날 꿍꿍이야. 네 형한테는 기대 안
한다."

"나한테도 기대할 거 없어."

"아이, 그런 소리 하지 말고. 너 요즘 벌이가 괜찮은 모양이던데, 집
안도 좀 돕고 그래야지."

"글쎄, 도움을 받아야 할 사람은 나라니까."

유야가 얼굴을 찌푸리며 탁자에 엎드려버렸다. 남의 속도 모르는 쇼
타가 벌떡 일어나 "아—아—" 하는 소리를 내며 아장아장 돌아다닌다.

"1년 2개월 만에 이렇게 잘 걷고, 참말로 빠르네."

"그러게 말이야. 유야는 이맘때쯤에 겨우 걸음마밖에 못 했는데."

"얘기를 딴 데로 돌리지 마. 아버지하고 엄마가 못 봐준다면 쇼타를
어떻게 해야 돼?"

"아야카한테 미안하지만 다시 데려가라고 사정해봐. 그리고 주말에
만 여기로 데려와."

아버지가 텔레비전으로 얼굴을 향한 채 차를 마시며 말한다.

"그건 절대로 안 돼. 내가 왜 그런 여자에게 미안하다고 사정을 해?"

"그럼 네가 여기 와서 함께 살아."

"그것도 싫어."

"네 아버지가 사채 빚을 썼어." 어머니가 원망스러운 눈빛으로 아버
지를 흘끔 쳐다보며 말했다. "이제 곧 차도 뺏길 거 같아."

"쓸데없는 소리는 하지 마." 아버지가 얼굴색이 달라져서 나무란다.

"쓸데없기는? 차를 뺏기면 장 보러도 못 갈 텐데."

"아, 글쎄 다음 주까지 내가 마련한다잖아!"

"어떻게 마련해? 어디 돈 들어올 데라도 있어?"

"경륜에서 한탕 따면 돼."

"말도 안 되는 소리를 하시네. 경륜에까지 손을 댔다가는 집에서 내쫓을 줄 알아요."

"왜 갑자기 부부 싸움을 하고 그래?" 유야는 짜증이 나서 그 자리에 벌렁 누워버렸다. 부모가 이런 꼴이니 아무리 사기 세일즈라도 열심히 땀 흘려 일하는 자신이 더 착실한 것 같다.

"아버지, 빚이 얼마야?"

"응? 한 20만 엔쯤 되나……."

"거짓말하시네. 돈 빌린 데가 한두 군데가 아니야. 다 합치면 50만 엔은 넘을걸?" 어머니가 나무랐다.

"알았어, 알았어. 내가 우선 50만 엔 빌려줄게." 유야가 몸을 일으키며 말했다. "그 대신 쇼타는 하루 종일 맡아줘."

"정말?" 아버지가 꽃이라도 핀 듯 얼굴이 환해졌다. "우리 유야가 역시 효자구나."

"얘, 미안해." 어머니는 눈썹을 여덟팔자로 늘어뜨린 채 말했다. "네가 이렇게 효도할 줄은 생각도 못했어. 예전에는 하도 경찰서에 들락거려서 이웃에서 손가락질까지 받았는데 어른이 되더니 이렇게도 착실해졌네."

"아이, 옛날 얘기는 왜 또 꺼내고 그래? 아무튼 쇼타는 잘 봐줘요."

"그래, 알았다. 네가 일 끝내고 돌아올 때까지 내가 봐주마."

쇼타가 곁으로 다가와서 유야는 제 무릎에 앉혔다. 제법 얼굴이 익었는지 전혀 어려워하지 않았다. 분명 아야카는 제대로 사랑해주지도 않았을 것이다. 그러니 이렇게 금세 아빠를 따르는 것이다.

그때 텔레비전 지역 뉴스에서 유메노 시의 여고생이 3일 전부터 행방불명이라고 아나운서가 말했다. 가출 가능성이 낮고 별다른 단서도 없어서 경찰이 공개수사에 나섰다고 한다.

"그 없어진 여학생이 무코다고등학교 2학년이란다." 어머니가 말했다.

"엄마는 이 뉴스 알고 있었어?"

"그럼, 어제부터 온 동네에 소문이 쫙 퍼졌어. 유다 역 앞에서 끌려갔다고들 하더라."

"유다 역? 우리 회사 바로 옆이네?"

유야는 고개를 쭉 빼며 텔레비전 화면을 열심히 들여다보았다. 쇠락한 역 앞 재래 상가의 풍경을 비추면서, 학원을 마치고 이 길을 따라 역으로 간 게 마지막 발자취라고 말하고 있었다.

"브라질 애들이 그런 거래." 어머니가 말했다.

"정말?"

"그렇다니까. 요즘 이 근처에 브라질 사람들이 우글우글하잖니. 드림타운에서 자꾸 소매치기하고 걸핏하면 싸움질에 오토바이 개조해서 굉음을 울리고 다니는 게 다 그 애들이야."

"그건 우리도 했던 건데?"

"아니, 브라질 사람은 경찰의 지시도 아예 무시를 하니까 훨씬 더 무서워. 갱단하고 똑같다니까."

아무래도 근거가 있는 얘기는 아닌 것 같았다.

"쯧쯧, 안 됐다. 아마 진즉에 죽었을 게야." 아버지가 말했다.

"그럼, 진즉에 파묻어버렸겠지." 어머니도 동조했다.

쇼타가 벙실벙실 웃으면서 유야의 얼굴을 만지작거렸다. 겨드랑이에 간지럼을 먹였더니 까르르 소리를 내며 좋아한다.

"벌써 친해졌네. 역시 부자지간이야." 어머니가 말했다.

들척지근한 분유 냄새가 코를 간질였다. 이 냄새, 그리 나쁘지 않네. 유야는 왠지 그 냄새가 그리운 마음이 들었다.

18

호리베 다에코는 사슈카이의 활동으로 갑작스럽게 바빠졌다. 자원해서 '봉사단'에 참가했기 때문이다. 봉사단이란 일반 회원들 중에서 본부의 잡무를 도맡아서 하는 사람들이다. 주로 전업주부들이 하고 있었다. 보수는 없고 교통비도 나오지 않는다. 다들 함께 해서 먹는 저녁밥 재료를 무료로 대주는 것뿐이다.

아침에는 출근하기 전에 본당 청소를 하고, 밤에는 보안요원 일을 마친 뒤에 나이 든 출가 회원들의 수발을 들었다.

사슈카이 본부는 전철역도 버스 정류장도 없는 산모퉁이라서 차가 없는 다에코는 자전거를 타고 다녔다. 집에서 족히 30분은 걸린다. 한겨울이고 보니 이 길은 거의 고행이라고 해도 좋을 정도였다. 얼굴 살갗이 얼어붙어서 본부에 도착하고 한참동안은 제대로 웃어지지도 않았다. 뱃속까지 얼어붙는다는 게 이런 거구나. 밤에 욕실에 들어가서야 비로소 다시 살아난 느낌이 들곤 했다.

"다에코, 괜찮겠어?" 지역 리더 야스에 요시에가 걱정하며 물어왔다. 어지간히 힘들어 보였는지 폐품 속에서 전지식 라이트를 찾아내 자전거 바구니 앞에 붙여주었다. "이것만 달아도 밤에 달릴 때 페달 밟기가 한결 수월해." 요시에가 다정하게 웃어주어서 다에코는 눈두덩이 뜨거워졌다.

다에코가 봉사단을 자청하고 나선 것은 혼자 있는 시간을 1분이라도 줄이기 위해서였다. 낡아빠진 시영 아파트 한 칸에서 얼어 죽은 노파의 모습은 선명한 기억으로 뇌리에 박혀있었다. 그날은 몸도 마음도 멍하니 떠버린 채 하루 종일 억지 줄타기라도 하는 것처럼 불안정했다. 견딜 수 없는 불안감에 휩싸여 몸의 떨림이 멈추지 않았다.

그 노파는 30년 후의 자신이라고 생각했다. 그렇게 먼 미래가 아니라 당장 내일 그런 날을 맞이할 가능성도 있었다. 서민 아파트 한 칸에서의 고독한 죽음. 그건 다에코가 상상할 수 있는 가장 비참한 죽음이었다. 그걸 피할 수만 있다면 차라리 노예가 되는 게 낫다는 심정이었다. 아무튼 사람들 곁에 있고 싶었다. 다에코는 그날 사슈카이의 회원이 되기를 정말 잘했다고 절실히 느꼈다.

양동이의 찬 물에 손을 담고 걸레를 헹궈 꾸욱 짰다. 살갗이 에이는 것 같은 차가움이 몰려온다. 닦아낸 복도에 자국이 날까봐 본당 바닥을 닦을 때는 양말까지 벗는다. 손끝과 발끝에서 감각이 사라지고 그 대신 마비가 점점 파고들었다.

긴 복도를 무릎을 꿇고 걸레질을 했다. 처음에는 두 손을 앞으로 짚고 통통통 달렸지만, 마흔여덟 살의 자신에게 그런 동작은 이미 불가능하다는 것을 깨달았다. 한 차례 왕복했더니만 당장 숨이 헉헉거리고 허리가 아파왔다.

"다에코 씨, 혼자 산다면서? 남편은 어쩌고?" 예순 살 남짓한 아주머니가 말을 건넸다.

"이혼했어요." 바닥을 닦으며 대답했다.

"그래? 아휴, 마음은 편해서 좋겠네. 난 백수 남편이 있어. 이제 나이도 많고 어디 취직할 데도 없어서 노상 집에서 빈둥거리고 있어. 거치적거려서 견딜 수가 없다니까. 게다가 남편이나 나나 똑같이 연금도 없으니 앞으로 어떻게 살아야 할지 모르겠어."

아주머니는 허술한 옷차림에 머리도 제대로 빗지 않고 있었다. 하지만 얼굴 표정만은 환했다.

"자식이 둘인데 여기 떠난 지 오래 됐어. 돌아올 생각은 아예 없는 거 같아."

"우리도 그래요."

"그걸 어떻게 말리겠어."

"그럼요, 못 말리죠."

"집 대출금이 남았는데 더 이상 낼 도리가 없어서 그냥 팔아버릴 생각이야. 그러고도 또 돈 떨어지면 그 다음에는 생활보호를 신청해야지 뭐."

"그게 신청이 돼요?"

"요즘은 대상자로 선정되기가 하늘에 별 따기라고는 하더라만. 자식들한테까지 연락해서 부모를 부양할 의무가 있다고 협박을 한다네?"

다에코는 자신의 아들과 딸을 떠올렸다. 혹시라도 그런 연락이 간다면 아이들이 어떤 반응을 보일까. 분명 노골적으로 싫은 내색을 할 것이다.

"남편이 없으면 얼마나 좋을까. 나 혼자라면 대출금 청산해버리고 남은 돈은 전부 여기에 기부해서 당장 출가할 수 있잖아."

아주머니가 장난스럽게 혀를 쏙 내민다. 그렇구나. 출가하는 방법도 있었어. 하긴 지참금이 없으면 받아주지 않는다고 하니까 자신은 그것도 어렵다.

"이런 것도 현세에서 받는 불행이라고 생각하면 얼마든지 처분할 수 있겠지?"

"그럼, 처분할 수 있지." 가까이에 있던 지도원이 두 사람의 대화에 끼어들었다. 그리고는 "실은 나도……"라면서 마치 경쟁이라도 하듯이 자신의 불행담을 펼쳐놓았다. 그녀의 남편은 알코올중독자여서 가까스로 정신병원에 입원시켰다고 한다.

사슈카이의 사람들은 한결같이 인생이 제대로 풀리지 않은 사람들이다. 앞으로 역전될 가능성도 없었다. 이제는 내세가 있다는 것을 믿고 서로서로 격려하며 살아가는 수밖에 없다.

안쪽 방에서 독경 소리가 들려왔다. 사라님이 아침 기도를 시작한 것이다. 봉사단 회원들은 모두 입을 다물고 귀를 기울이며 새삼 힘주어 걸레를 잡았다. 날마다 교주님 곁에 있으니 힘겨운 노동도 견뎌낼 수 있다.

무념무상으로 손만 움직이고 있으려니 점점 몸이 훈훈해졌다. 공덕을 쌓고 있다는 충실감이 몰려왔다. 무엇보다 혼자가 아니라는 안심감이 있었다.

아침 봉사를 마치자 드림타운의 슈퍼로 향했다. 이번에도 자전거를 타고 30분을 달려야 한다. 집과 드림타운과 사슈카이 본부가 정확히 삼각형을 그리는 위치에 있어서 아침저녁으로 도합 두 시간은 자전거를 타야 한다.

오늘도 해는 두툼한 구름에 가려 어두침침한 빛만 겨우 비치는 풍경이다. 뉴스에서 일조 시간이 기록적으로 적다고 보도했다. 다에코가 되짚어 봐도 새해 들어 날씨가 좋았던 날은 단 하루도 없었다. 날마다 추위와의 전쟁이다.

중간에 '드림타운 사거리'에 접어들었다. 전체적으로 큼직한 골짜기 모양이어서 자전거를 타고 가기에는 가장 힘겨운 곳이다. 내려갈 때는 편하지만 그 다음에는 길고 긴 오르막길이 기다리고 있다. 바람이 지나가는 길인지 항상 강한 맞바람이 불어왔다. 허리를 처들고 고개를 폭 숙인 채 열심히 페달만 밟았다. 언제나 중간쯤에는 자전거에서 내려 끌고 가야 했다. 마침 그 근처에 큼직한 자전거 가게가 있어서 다에코를 비웃기라도 하듯이 전동 어시스트가 딸린 자전거를 가게 앞에 진열해놓고 있었다. 흥, 웃기지 마라. 내가 그딴 거 살 줄 알아? 숨을 헐떡거리면서 마음속으로 중얼거렸다.

개점 15분 전에 도착해 사무실에서 몸을 녹였다. 히터 앞에 쪼그리고 앉아 한참이나 손을 맞비볐다. 동료 오시마 요시코가 뜨거운 차를 타주었다.

"요즘 실적이 통 안 오르네."

"날이 추워서 그렇지. 소매치기도 다들 집에 틀어박혀 안 나오는 모양이야."

그런 대화를 나누었다. 요즘 들어 보안요원 일이 한가했다. 날씨가 추워서 슈퍼를 찾는 손님들이 뜸해진 탓이다. 하지만 그래도 누군가는 기어코 상품을 훔쳐가는 통에 재고를 조사해보면 피해 액수가 금세 드러났다. 드림타운에서는 층별로 복수의 보안 회사를 고용해서 항상 경쟁을 시켰다. 다에코와 요시코의 회사에서도 실적을 올리라는 지시가 뻔질나게 내려왔다.

출동 준비를 하고 있으려니 부점장 하시모토가 나타났다. 부루퉁하게 껌을 씹고 있다. 다에코를 흘끔 바라보더니 턱짓을 했다. "호리베 씨, 잠깐 나 좀 볼까요?"

무슨 일일까. 자리에서 일어나 사무책상 앞으로 다가갔다. 하시모토는 껌을 종이에 싸서 쓰레기통에 버리더니 한 차례 한숨을 내쉰 뒤에 작은 소리로 말했다.

"익명으로 불만 전화가 들어왔어요. 우리 보안요원이 식품 매장에서 소매치기를 잡았는데, 물건 훔친 건 눈감아줄 테니까 사슈카이라는 신흥 종교에 들어오라고 협박했다는 거예요."

다에코는 그 말을 들은 순간 얼굴의 핏기가 싹 가셨다. "말도 안 돼. 완전 거짓말이에요." 불끈해서 즉시 답했다. 적어도 협박을 했다는 건 거짓말이다.

"아무튼 그런 전화가 왔어요. 그쪽에서 호리베 씨 이름까지 말한 건 아니지만, 오십 전후의 중키에 평범한 몸집의 아줌마라면 호리베 씨밖에 없잖아요?"

오십 전후라는 말에 더욱 더 화가 났다. 마흔여덟 살이라면 물론 오십 전후이기는 하지만, 막상 그 나이를 들먹이는 말에는 불끈 화가 났다.

"그래서 말인데요, 호리베 씨. 정말로 그 사슈카이라는 신흥 종교의 신자예요?"

"그, 그건…… 예, 맞아요."

다에코는 고개를 끄덕이며 인정했다. 여기서 거짓말을 할 수는 없다.

"흠, 그래요? 나야 뭐, 호리베 씨가 뭘 믿건 상관할 수는 없죠. 종교의 자유가 있으니까." 하시모토는 의자 등받이를 삐걱거리더니 다에코의 얼굴빛을 살펴보듯이 눈을 가늘게 떴다. "이번 일, 혹시 짐작 가는 거 없어요? 또 전화가 걸려올 수도 있으니까 사실대로 말하세요. 사실무근이라면 우리 쪽에서도 강력히 대응할 수 있지만, 조금이라도 그 비슷한 일이 있었다면 다른 식으로 대응해야 하니까."

다에코는 말이 막혀 대답하지 못했다. 대답을 못한다는 것 자체가 사실무근이 아니라는 것을 인정하는 일이었다.

"그런 일이 있기는 있었군요?" 하시모토가 차갑게 물었다.

"아니, 있었다고 해도 사실은 좀 달라요."

"뭐가 어떻게 다른데요?"

"물건 훔친 젊은 여자가 만신쿄 열쇠고리를 갖고 있더라구요. 그런 걸 믿느니 사슈카이로 오는 게 어떠냐고 잠깐 권한 것뿐이에요."

"뭔데요, 그 만신쿄라는 건?"

"있어요, 그런 사기꾼 같은 종교가."

다에코가 콧김을 씩씩거리며 말하자 하시모토는 얼굴을 찌푸리며 불쾌한 듯 고개를 저었다.

"어쨌거나 호리베 씨는 오해 받을 일을 했어요. 그쪽 회사에 보고하겠습니다."

"죄송합니다."

다에코는 공손히 머리를 숙였다. 가슴 속에서 음울한 기분이 뭉클뭉클 피어올랐다. 회사에서도 분명 처벌이 떨어질 것이다. 경우에 따라서는 벌금이 부과될지도 모른다.

개점 차임벨이 울려 매장으로 향했다. 요시코가 무슨 일이냐고 물었지만 아무 일도 아니라고 말끝을 흐렸다. 걸음을 옮기면서 퍼뜩 생각했다. 그 일이 어떻게 외부에 알려졌을까. 그보다 불만 전화를 한 사람은 대체 누구인가.

상식적으로 생각해보면 소매치기를 한 장본인 미키 유카리의 입을 통해 얘기가 새어나갔을 것이다. 만신쿄에서 탈퇴하겠다고 하자 왜 탈퇴하느냐고 캐물었을 것이고, 드림타운 슈퍼 보안요원이 절도는 눈감아줄 테니 사슈카이 쪽으로 오라고 했다는 것이며, 실제로 설교회에 참가했다는 말까지 해버린 것이다. 그렇다면 이쪽에 전화한 사람이 누군지 대충 짐작이 간다. 만신쿄 간부 중의 한 사람일 것이다.

다에코는 나중에 유카리에게 전화해보자고 생각했다. 분명 만신쿄에서 절대로 탈퇴해서는 안 된다고 붙잡고 있을 터였다. 어떻게든 우리 쪽 신자로 만들지 않으면 안 된다. 이건 유카리 본인을 위한 일이다.

사무실 통로를 지나 식품 매장으로 들어서자 달걀 깜짝 세일을 하고 있어서 그 코너에만 손님이 몰려 들었다. 척 보기에도 저소득층으로 보이는 늙수그레한 아줌마들이다. 정가보다 기껏 50엔을 깎아주는 것인데도 이 추운 날씨에 일부러 모여든 것이다.

남자 판매원이 왜건에 산더미처럼 쌓아놓은 달걀 팩을 하나씩 꺼내 손님들에게 척척 건네준다. 먹이에 몰려드는 연못의 잉어들처럼 사람들이 밀려든다. "한 사람에 하나씩입니다~!" 판매원의 힘찬 목소리가 한산한 매장 안의 공기를 오히려 썰렁하게 했다.

장바구니를 들고 매장 안을 한 바퀴 돌았지만, 다에코의 머릿속에는 조금 전 하시모토의 말이 남아 있어서 일에 집중이 되지 않았다. 종교를 권유했다는 사실을 들킨 것에도 깜짝 놀랐지만, 오십 전후라는 말에는 그보다 더 큰 충격을 먹었다. 그 말은 즉 쉰두 살로도 보일 수 있다는 얘기다.

나이에는 웬지 낙관적인 편이었다. 사슈카이에는 할머니들이 많았기 때문에 자신은 아직 젊다고만 생각했다. 하지만 마흔여덟이라는 나이는 오갈 데 없는 중년이다.

매장 거울 앞에 서서 자신의 온몸을 비춰보았다. 피하지 않고 직시하니 금세 우울해져버렸다. 윤기 없는 피부, 처진 볼, 보잘 것 없는 옷

차림. 어느 부분을 봐도 여자로서의 매력은 없었다.

깊은 한숨을 내쉬고 기분을 바꿔보려고 배에 힘을 넣었다. 현실은 생각하고 싶지 않다. 장래도 상상하고 싶지 않다. 이 세상이 온통 행복한 사람들뿐이라면 분명 자신은 미쳐버릴 것이다.

잠시 매장을 둘러보는데 중앙 통로쯤에서 어떤 여자 손님이 뒤에서 장바구니로 허리를 툭 치고 지나갔다. 아얏. 뒤를 돌아봤지만 여자는 사과는커녕 눈길 한 번 주지 않았다.

손님인지라 나무랄 수도 없어서 그 뒷모습을 혼자 흘겨보았다. 그랬더니 여자가 근처의 상품 진열대 앞에 멈춰 서서 갑자기 주위를 두리번거리기 시작했다.

"어라?" 입 속에서 혼자 중얼거리고 다에코는 그 자리를 슬슬 이동했다. 거동이 수상하다. 우선은 시선이 마주치지 않도록 해야 한다.

다에코는 기둥 뒤편에서 살금살금 상황을 살펴보았다. 여자는 게살 통조림을 들고 있었다. 헐렁한 코트를 입었고 어깨에는 토트백을 메고 있다. 장바구니에는 아무것도 든 게 없었다. 소매치기다. 미리 점찍어둔 상품을 노리고 찾아온 '한 품목 소매치기'다. 이런 범인은 행동이 빠르다. 대각선으로 뒤편에서 지그시 지켜보았다. 놓치지 않으려고 신경을 집중했다.

여자는 왼손으로 통조림을 집더니 토트백 속에 털썩 떨구었다. 잡았다―. 매번 그렇지만 범행 목격 순간에는 맥박이 빨라진다. 여자는 곧장 걸음을 옮겨 가장 안쪽의 생선 매장을 따라 쭉쭉 걸어 나가 외곽 통로로 들어섰다. 한 번도 멈춰서는 일 없이 장바구니를 계산대 옆에 내려놓고 곧장 에스컬레이터를 타고 올라갔다.

다에코는 서둘러 뒤를 따라갔다. 요시코와 연락을 취할 틈이 없었다. 혼자서 포착하자고 마음속으로 기합을 넣었다. 에스컬레이터를 뛰어올라갔다. 여자의 등 뒤 10미터까지 따라잡을 수 있었다.

여자는 잰걸음으로 매장 입구 옆의 약국으로 들어갔다. 여기서도 뭔가 슬쩍할 생각인가. 진열대 위로 여자의 머리가 이동하는 모습을 뚫어져라 지켜보았다. 시선은 앞을 향한 채였다. 뭔가 집어 드는 기척은 없었다. 여자는 약국을 그대로 지나쳐 출구로 향했다. 이중 자동문이 각각 열렸다가 닫힌다.

다에코는 뛰는 걸음으로 그 뒤를 따라가 자전거 하치장 앞에서 여자를 불러 세웠다.

"손님, 잠깐만요. 깜빡 잊으신 게 있죠?"

여자의 얼굴이 팽팽히 긴장했다. 자신과 비슷한 또래일까. 나이도 많은 주제에 진한 화장을 하고 있었다.

"뭐예요?" 여자가 날카로운 소리를 냈다.

"그 가방 안에 계산대를 거치지 않은 상품이 있지요?"

"무슨 소리예요? 생사람 잡지 마세요."

강한 향수 냄새가 코를 찔렀다. 코트 아래로 고급스러워 보이는 터틀넥 스웨터를 차려 입고 있었다. 가슴팍에서 진주 목걸이가 흔들렸다. 돈 많은 유한마담인가. 그렇다면 인정사정 봐줄 거 없다.

"아무튼 사무실까지 같이 가시죠."

"어머, 말도 안 돼. 내가 물건을 훔쳤다는 거예요?"

"그러니까요, 일단 사무실에 가셔서……"

다에코가 손을 뻗어 코트자락을 잡았다. 여자가 그 손을 뿌리쳤다.

"어딜, 손대지 말라구요!" 눈을 치켜뜨고 히스테릭하게 소리쳤다.

다에코는 취조하면서 실컷 혼을 내주자고 마음먹었다. 남편까지 불러서 부부가 나란히 내 앞에서 무릎을 꿇고 싹싹 빌게 해줄 것이다.

입구의 경비원에게 도움을 청해 양쪽을 지켜 섰다. 등을 슬쩍 밀면서 연행했다. 그만 체념했는지 중간부터 여자는 입을 꾹 다물고 저항하지 않았다.

사무실에서는 하시모토가 컴퓨터를 마주하고 사무를 보고 있었다. 들어서는 다에코 일행을 보더니 흥 코웃음을 한 번 치고 다시 일로 돌아갔다. 시시한 절도범과 그걸 잡아들이는 보안요원을 한데 몰아 업신여기는 듯한 태도였다.

"거기 앉아요. 가방 속에 있는 걸 전부 꺼내 봐요."

다에코가 앞에 서서 낮은 목소리로 명령했다. 목젖이 큰소리로 혼내줄 준비를 하고 있었다.

여자는 얼굴이 핼쑥해지며 뺨이 딱 굳어 있었다. 고소하다, 잘난 척은 혼자 다하더니. 마음속으로 욕을 퍼부었다. 분명 생리 중에 신경이 날카로워져서 무의식중에 훔쳤다는 둥의 이유일 것이다. 가족에게 전화하겠다고 하면 눈물을 질질 짜면서 사과할 타입이다.

여자가 가방 속의 물건들을 꺼내 테이블에 늘어놓았다. 화장품 파우치, 손수건, 지갑, 수첩, 문고본……. 이제 더 이상 없다고 가방을 거꾸로 들고 흔들었다.

여자를 보니 엷은 웃음을 짓고 있었다. 다에코는 흠칫 얼굴의 핏기가 가셨다.

"주머니 속에 있는 것도 꺼내 봐요."

여자는 코트 주머니에서 열쇠다발과 휴대전화를 꺼내 조용히 내려놓았다.

"그밖에 다른 호주머니는?" 다에코의 목소리가 갈라졌다.

"없어요. 몸수색까지 하실래요?"

다에코는 현기증을 느꼈다. 내가 잘못 봤나? 아니, 그럴 리 없다. 통조림 하나를 토트백에 넣는 순간을 내 눈으로 똑똑히 봤다.

"이봐요, 거기 있는 분. 슈퍼 직원이시죠? 점장을 좀 불러주세요. 여기 이 여자가 나를 소매치기로 몰았어요."

여자가 목을 빼면서 하시모토를 향해 낭랑한 목소리로 말했다.

하시모토는 튕기듯이 자리에서 벌떡 일어서더니 경악한 표정으로 이쪽으로 다가왔다.

"이봐요, 호리베 씨. 어떻게 된 거예요?"

"아니, 그게……."

어떻게 된 일인지 알 수가 없어서 다에코는 멍하니 서버렸다. 무릎이 떨렸다. 생사람을 잡은 것은 처음 겪는 일이었다.

"호리베 씨, 이런 일만은 절대로 안 된다고 내가 누누이 말했잖아요!" 하시모토의 목소리가 거칠어졌다. "어쩔 거예요? 손님께 누명을 씌우다니. 이건 미안하다는 말로는 해결이 안 된다고요." 괴롭다는 듯 얼굴을 뒤틀며 다에코의 팔을 잡고 흔들었다.

"이봐요. 점장을 불러달라니까요?" 여자가 의자에 몸을 기대고 다리를 꼬았다.

"죄송합니다. 저는 부점장 하시모토라고 합니다. 제가 이곳 책임자입니다. 저희 보안요원이 실수를 한 것 같군요. 부디 용서해주십시오."

테이블에 손을 짚고 이마가 닿도록 머리를 숙였다.

"호리베 씨도 얼른 사과해." 하시모토의 재촉에 다에코도 말없이 허리를 숙였다.

"그래서요? 당신 말대로 이건 미안하다는 걸로 해결될 일이 아니죠.

248

자전거 주차장에서 난 아예 구경거리가 됐어요. 이거, 엄청난 명예훼손 아닌가요? 창피해서 밖에 나올 수도 없다구요."

"정말 죄송합니다."

"죄송하다니, 그래서 어쩔 거냐구요!"

여자는 험악한 얼굴로 항의했다. 사과 정도로는 물러서지 않을 기세였다.

하지만 어쩌다가 일이 이렇게 되었나. 자신은 분명 훔치는 장면을 확인했다. 그 통조림은 대체 어디로 사라졌는가.

문득 여자가 약국을 가로지르던 광경이 뇌리에 떠올랐다. 다에코는 조금 떨어진 진열대 너머로 머리가 움직이는 것만을 지켜봤다. 아차, 그 약국 진열대에 통조림을 놓고 나왔나? 하지만 왜 그런 짓을?

테이블 위에 놓인 여자의 휴대전화 쪽으로 눈길이 갔다. 줄 끝에 작은 보살상이 매달려 있었다. 아차, 당했구나. 순간적으로 피가 거꾸로 솟았다.

"당신, 만신쿄지?" 다에코는 저도 모르게 큰소리를 내질렀다.

"뭐라고? 지금 무슨 소리예요?" 여자가 가슴을 뒤로 젖히고 노려보았다.

"호리베 씨, 소, 소, 손님에게 그, 그런 소리를……" 하시모토는 혀까지 꼬여서 다에코를 향해 말했다.

"당신, 날 함정에 빠뜨리려고 일부러 이런 짓을 했지? 훔친 통조림은 약국 진열대에 놓고 왔어. 당신네 신자를 데려왔다고 앙갚음을 하자는 거야? 이런 비겁한 짓을 하고도 무사할 줄 알아?"

다에코는 확신이 있었기 때문에 망설임 없이 큰소리로 꾸짖었다.

"이봐, 미쳤어요?" 하시모토가 다에코를 팔꿈치로 홱 밀쳐내더니 여자를 향해 말했다. "죄송합니다. 잘못은 전적으로 저희에게 있습니다."

"당연하죠. 대체 뭐야, 이 가게?" 여자가 입술을 파르르 떨며 말했다. "저 여자, 틀림없이 해고할 거죠?"

"흥, 그거야. 역시 그걸 노린 거였어!" 다에코가 말했다.

"호리베 씨, 저쪽으로 나가요!" 하시모토가 큰소리를 냈다.

"슈퍼에 왔는데 왜 아무것도 안 샀지? 당신의 그 행동 자체가 수상해!"

"다른 볼일이 생각나서 그냥 나왔어. 물건을 사든 안 사든 그건 내 마음이지."

"장바구니로 일부러 내 허리를 툭 쳐서 주의를 끌고서……. 어쩌면 그렇게도 교활한 짓거리를……."

"그만하라니까, 이 아줌마가? 누구 모가지 날아가는 거 보고 싶어서 이래요?" 하시모토가 결국 감정이 폭발해서 소리쳤다. 다에코의 팔을 끌고 문 앞으로 밀쳐냈다. "아줌마, 여기 이제 관둬요. 그쪽 회사에 단단히 따질 테니까 그리 알아요. 당장 나가요!" 난폭하게 등을 떠밀었다.

복도 벽에 몸을 부딪쳐 다에코는 아파서 얼굴을 찡그렸다. 끓어오른 분노가 가라앉지 않았다. 다에코는 미끄러지듯이 계단을 올라가 1층 약국으로 달려갔다. 그쪽 진열대에 놓고 온 통조림을 찾기 위해서였다. 자신은 절대로 잘못 본 게 아니다.

출입구를 지나 매장으로 들어갔다. 한달음에 그 진열대로 가서 통조림을 찾아보았다. 얼굴 표정이 어지간히 험악했는지 계산대 젊은 여점원이 이상하게 생각하고 안으로 직원을 부르러 갔다.

"수상한 사람 아니야. 나, 여기 보안요원." 그 등에 대고 소리쳤다.

통조림은 금세 발견되었다. 화장품이 진열된 선반 안쪽에 옆으로 누운 채 놓여 있었다. 이거 보라지. 생각했던 대로다. 뺨이 움찔움찔 경련을 일으켰다.

다에코는 흥분으로 몸을 파르르 떨며 통조림을 집어 들고 사무실로 돌아왔다. 더 이상 변명은 통하지 않는다. 만신쿄의 교활한 짓거리를 반드시 인정하게 할 것이다.

이렇게 분노가 끓어오른 건 태어나서 처음이었다. 다에코는 자신의 피가 펄펄 끓는 것에도 놀라고 있었다.

하지만 사무실에 돌아와 통조림을 코앞에 들이댔어도 다에코의 입장이 호전되는 일은 없었다. 하시모토는 이미 사과문을 쓰기 시작했고, 거기에는 실수한 보안요원을 해고한다는 내용이 담겨 있었다. 여자는 "흥, 그게 무슨 증거가 되죠?"라면서 그야말로 별 이상한 사람 다 보겠다는 듯 시치미를 뗐다. 끝까지 자신은 완전히 억울한 누명을 쓴 피해자인 척하는 것이었다. 하시모토는 더욱 더 화가 나서 당장 나가라고 으르렁댈 뿐이었다.

다에코가 퍼뜩 정신을 차린 건 한참 지난 뒤였다. 약국에서 통조림을 찾아냈어도 여자가 시치미를 떼버리면 아무 증거도 되지 않는다. 절도 행위는 매장 밖으로 들고 나갔을 때 비로소 성립된다. 다에코는 자신의 어리석음을 후회했고, 동시에 만신쿄의 보복에 공포감마저 느껴졌다. 그자들은 싸움을 두려워하지 않는 집단이다.

적어도 사실 관계만은 밝혀야 한다는 생각에 하시모토에게 자초지종을 설명하려고 했지만 "허참, 글쎄 그게 사실이라고 해도 호리베 씨는 멀쩡한 사람에게 누명을 씌운 꼴이라니까요!"라면서 상대도 해주지 않았다.

"종교 대립에 괜히 우리까지 끌어들이지 마세요!"

경멸의 시선으로 그렇게 내뱉고는 업무 시간이 끝나기도 전에 그만 돌아가라고 했다.

터덜터덜 돌아서는 길에 경비 회사에서 휴대전화가 걸려왔다. 즉시 출두하라는 명령이었다. 틀림없이 잘리겠구나. 오히려 냉정하게 생각했다. 이제 직업도 없는 아줌마가 된다.

"기운 내요. 일할 데는 여기 말고도 또 있을 거야."

요시코가 딱하게 여기고 위로의 말을 해주었다.

하지만 유메노 시에서 아무 자격도 없는 중년 여자에게 그리 쉽게 일자리가 걸릴 것 같지는 않았다.

19

유메노 시에서 가장 호화스러운 호텔의 일식집 한 방에서 야마모토 준이치는 옛 구의회 의원 후지와라 헤이스케를 기다리고 있었다.

호화롭다고 해봐야 빤한 등급이어서 객실은 비즈니스호텔과 별반 차이가 없다. 지방 도시의 호텔은 수익 대부분을 결혼식 등의 연회나 각종 모임에서 벌어들이기 때문에 유난히 연회 설비만 화려하게 꾸며놓은 왜곡된 공간이다. 예전에는 지방에도 유곽이며 요정이 있었지만, 벌써 30여 년 전에 죄다 없어져버렸다. 우회도로가 뚫려서 어디로든 나갈 수 있기 때문이다.

아내 도모요의 탄식처럼 지방에 부유층 대상의 인프라가 없는 건 일본 전국 지자체의 고민이라는 것을 준이치는 새삼 실감했다. 성공한 사람들은 미련 없이 이 도시를 빠져나간다.

후지와라는 전통복 차림으로 나타났다. 정치계의 거물답게 한껏 거들먹거리는 태도로 두루마기를 종업원에게 내주더니 비서에게 "자네는 카운터에서 초밥이라도 먹고 있어"라고 말하고는 혼자서 방으로 올라왔다.

"어허, 야마모토 선생, 이럴 수야 없지. 내가 상석을 차지해서야 쓰나. 은퇴한 처지에 현역 의원 선생을 아랫자리에 앉힐 수는 없네. 부디 자리를 바꿔주시게."

준이치를 마주하자마자 과장스럽게 손짓을 해가며 말한다. 빤히 연극이라는 걸 알면서도 그 박력에는 압도되어버렸다.

"천만의 말씀이십니다. 저처럼 한참 나이 어린 사람이 30년씩 구의원을 하시고 국가 훈장까지 받으신 대 선생님을 앞두고 상좌를 차지할 수 있겠습니까."

덩달아 준이치까지 과장된 말을 뱉으며 시대극이라도 연출하듯이 손을 바닥에 짚고 머리를 숙였다.

"어, 그런가? 그럼 그 말씀을 고맙게 받아들여서 내가 앉아볼까."

후지와라가 얼굴이 환히 풀리며 어영차 하고 아랫목 기둥을 등지고 자리에 앉았다. "어허허"하고 의미도 없이 기괴한 소리로 웃는다. 준이치는 다른 세계의 동물을 보고 있는 듯한 마음이 들었다.

우선은 맥주를 주문하고 먼 걸음을 하시게 해서 죄송하다는 인사부터 차렸다. 얼굴을 마주한 건 몇 년 만이었다. 머리칼은 깨끗이 빠져버렸고 검버섯이 산산이 튄 먹물처럼 온 얼굴에 지저분하게 퍼져 있다. 죽은 아버지보다 다섯 살이 많았으니까 올해로 여든이 되는 노장이다.

"노카타에 있는 온천랜드 말이야, 내가 조금 전까지 거기 있었네. 늙은이들에게는 아주 좋은 시설이야. 온천 시설에, 마사지 기계에, 노래방까지 갖춰져 있거든. 우리 지역 은퇴자들의 휴게실이라니까. 헌데 그 시설이 이번 봄부터 보조금이 끊기는 바람에 실버 할인이 폐지된다는구먼. 의원 선생, 이건 어떻게 된 일인고?"

후지와라가 난처하다는 표정을 지으며 갑작스럽게 아무 관계도 없는 이야기를 꺼냈다.

"아, 그렇습니까? 저는 처음 듣는 얘기군요. 시청에서 관여하는 일이라서요."

"어허, 그건 아니지. 의원이라 하는 자가 관청의 움직임에 소원해서야 쓰나."

"죄송합니다. 곧바로 확인해보겠습니다. 하지만 잘 아시다시피 유메노는 시정 발족 이래로 줄일 수 있는 부분은 최대한 줄이려는 움직임이 있는 터라서……."

"그거야 나도 잘 알지. 하지만 늙은이들을 힘들게 하는 정책에는 찬성할 수 없네."

"아뇨, 온천랜드는 민간 기업이라……."

"민간 기업이라도 시의 재산이야. 고용 문제도 있고 세금 문제도 있잖은가. 그런 지역 기업을 함부로 대한대서야……."

후지와라가 일방적으로 자기 논리를 줄줄이 늘어놓았다. 필시 온천랜드 경영자가 우는소리를 한 모양이었다. 구의원을 사퇴한 지가 언젠데 아직도 자신이 나서서 배후 조정자 노릇을 하려고 든다.

"알겠습니다. 아마 후생과 담당일 테니까 한번 얘기를 해보지요."

"아암, 그래야지. 역시 야마모토 가이치 선생의 아드님이시라서 참으로 미덥구먼. 핫핫핫."

원래 얼굴이 어떤지 알 수 없을 만큼 후지와라의 얼굴은 가면처럼 변해 있었다.

요리가 나왔다. 미리 주문을 해서 미야기 현 시오가마에서 광어며 성게 알을 구해오게 했다. 특별히 주문하지 않는 한 유메노에서 구할 수 있는 식재료는 죄다 싸구려뿐이다.

"그건 그렇고, 우리 밭에 들어선 간판 얘기를 하셨던가?"

생선회를 한 젓가락 입에 넣더니 후지와라 쪽에서 먼저 서두를 꺼냈다.

"그렇습니다. 간판을 세운 유메노 시민연락회라는 곳은 아무래도 공산당 계열이라서 혹시라도 그런 쪽에 관여하신다면 선생님의 명성에도 흠집이 나지 않을까 하고……."

"아하, 그렇구먼. 그건 내가 깜빡했네." 도미를 한 입 넣고는 시치미를 뚝 떼며 깜짝 놀라는 척한다.

"게다가 아스카 초 산업폐기물 처리시설의 건설은 지역 경제의 활성화를 위해 빠뜨릴 수 없는 사업입니다."

"흠, 이보게나." 접시에 눈을 떨군 채 말한다. "아스카 산으로 들어가는 도로는 어차피 확장 공사를 해야 할 게야. 그 공사를 어디서 입찰할지는 모르겠네만, 하청업체로 우리 사위가 하는 토목 회사도 한몫 거들게 해줄 수 있겠나?"

댓바람에 이렇게 나오는가. 준이치는 마음속에서 한숨을 내쉬었다. 그건 야부타 형제도 원하고 있는 공공사업이다.

"선생님, 도로 확장 공사를 할 예정은 없습니다. 게다가 그건 현의 도로거든요."

"아니, 의원 선생이라면 얼마든지 편의를 봐줄 수 있어. 내가 현 의회의 스즈키를 소개해줄 테니 다음에 한 번 만나봐."

"예에……."

"선생, 마침내 현 의회로 치고 올라가신다고?"

"아뇨, 그건 아직……."

준이치는 후지와라가 그걸 어떻게 알고 있는지 내심 놀랐다. 이 일은 극히 일부의 지지자 외에는 상의한 적이 없었다.

"뱀의 길은 뱀이 안다고 하질 않나. 정보라는 건 이리저리 돌고 도는 법이라네."

후지와라가 여전히 눈을 맞추지 않는다. 생선조림 요리를 젓가락으로 뒤적이고 있었다.

"아니, 혹시 올라간다고 해도 그건 한참 나중 일입니다. 다음 시의회 선거에는 물론 입후보할 예정입니다만."

"호오, 그런가?" 여기서 얼굴을 들었다. 일부러 그러는 듯 미간을 잔뜩 찌푸린다. "거참, 난처하구먼. 실은 내 셋째 아들놈, 은행에 다니는 다이조 말이야. 그 아이가 시의회 선거에 3구 자민당 공인으로 출마한다는 게야."

"다이조 씨가 3구에서요?" 준이치는 저도 모르게 엉거주춤 엉덩이를 쳐들었다. "아니, 그건……." 말문이 턱 막히고 얼굴이 후끈 달아올랐다.

"노카타 2구는 내 밑에서 일하던 사토에게 이미 맡겨버렸으니 이제 새삼 양보해달라는 말은 못하겠고, 선생의 선거구가 비게 된다면 마침 딱 좋겠다 싶어서 말이야."

"저어, 자민당 공인이라는 말씀은……?"

"음, 사실이야. 당의 현 연합회 쪽에도 분명하게 얘기를 해두었네."

그런 말도 안 되는 일은 있을 수 없다고 생각했다. 우선 준이치에게 보고가 없었던 걸 보면 당 내부에서 상대도 해주지 않았거나 티격태격하고 있다는 얘기다. 도리에 어긋난 억지를 쓰고 있는 건 후지와라 쪽이다.

"선생님, 다이조 씨의 3구 출마만은 부디 물려주셨으면……."

"아냐, 의석수가 세 개가 되니까 나는 낙관하고 있네만."

"당에서 난처해집니다. 표가 갈라지잖습니까."

"그건 그럴지도 모르겠으나……."

후지와라가 막 나온 송이버섯과 닭고기찜 요리의 뚜껑을 열었다. "호오, 송이버섯인가? 이건 참 향기가 좋구면." 얼굴을 가까이 대고 실눈을 뜨며 웃는다.

"아비가 이런 말을 하는 건 낯 뜨거운 일이네만, 우리 다이조가 아주 우수한 인재야. 와세다 대학 상경학부를 나와서 제일권업 은행에 10년을 다녔고, 헤드헌팅으로 지방 은행으로 내려온 사람 아닌가. 핫핫핫."

거짓말이다. 모조리 뒷구멍으로 들어간 것이다. 이 지역 사람이라면 다들 아는 일이다. 준이치는 후지와라의 시치미 떼는 태도에 화가 났다.

"우선은 도로 확장 공사 건부터 손을 좀 써주겠나?"

"예에, 뭐, 의사 타진은 해보겠습니다만……."

"아, 그래, 다행이구면, 다행이야." 송이버섯을 젓가락으로 집어 입에 넣는다.

"그래서, 다이조 씨의 출마 건은……."

"내 쪽에서도 의사 타진을 해보겠네."

이런 너구리 같은 영감. 애초에 자신이 밑그림을 그렸으면서 의사 타진이라니. 한없이 욕심 사나운 노인네의 모습에 준이치는 속이 부글 부글 끓었다.

모처럼 만난 귀한 음식인데 전혀 맛이 나지 않았다. 앞으로 후지와라는 걸핏하면 아들의 출마 건을 내비치며 이런저런 요구를 해올 것이다. 얼마나 오래 살 지는 모르지만. 준이치는 그 불경한 생각에 스스로도 깜짝 놀라 꼬리뼈 근처가 써늘해졌다.

"그나저나 이 요릿집 안주인께서는 인사도 없으신가?" 후지와라가 복도 쪽을 턱으로 가리키며 말했다.

"호텔 요릿집에는 안주인이라는 게 없습니다. 매니저는 일개 직원이라서 요리부 과장이라든가 그런 호칭으로 부를 겁니다. 어쨌든 다들이 지역 사람은 아니지요."

"허어, 거참. 풍류가 사라졌어. 옛날에는 유바 역 뒤편에 요정이 있어서 게이샤를 불러들여 흥을 돋웠건만. 어허험."

"시대가 달라졌어요. 유바 역 주변은 요샛말로 고스트타운입니다. 다른 현에서 유곽 두 군데가 진출하려고 해서 지역 주민이 반대 운동을 하는 참입니다."

"아이, 그런 건 좀 도와줘야지."

"주민들 쪽을요?"

"그야 당연한 얘기 아닌가."

후지와라의 말투가 강경해진다. 제 집안 식구에게 러브호텔을 경영하게 하고 있는 자가 자기 일은 시렁에 얹어놓고 남의 유곽만 비난하고 있다.

"그나저나 3개 읍이 합병해서 유메노 시가 된 게 발전인지 아니면 살기 어렵게 된 것인지 그걸 모르겠네."

"그렇습니다. 실업률도 늘고 범죄 건수도 늘어나고 있어요."

"허참, 그러고 보니 그 여고생은 어떻게 되었나?"

"여전히 행방불명입니다."

"그런 건 외국인의 소행이야. 틀림없지. 참으로 험악한 세상이 되었구먼. 우리 집 근처에서도 여기저기서 외국어가 튀어나오고 있네."

거기에는 대답하지 않았다. 브라질을 비롯해 수많은 외국인 노동자가 유메노에 정착했지만, 그런 저임금 노동력이 없다면 기업은 당장 철수할 터였다.

잠시 노인의 시절 타령을 들어주었다. 요즘은 장남이 부모를 돌보지 않는다, 대를 이을 생각들이 없다, 여자들은 하나같이 밖에 나가 일하려고 안달이다—. 준이치는 대충 맞장구를 쳤다. 그런 소리를 해봤자 이제는 돌이킬 수 없는 일들뿐이다.

역시 나이는 속일 수 없는지, 후지와라는 고기와 디저트에는 손도 대지 않고 마지막으로 물을 받아 약을 먹었다.

나오는 길에는 마치 방금 생각난 일이라는 듯 취직 부탁까지 했다.

"아참, 그렇군. 청소과 행정직 채용에 의원 앞으로 몇 자리 나와 있지? 그걸 한 사람분만 내 쪽으로 돌려주겠나? 내 아는 친구의 손자가 올해 고등학교를 졸업한다고 해서 말이야."

의원에게 나온 자리라는 건 시청과의 암묵적인 관행에 따른 뒷구멍의 이권이다. 준이치는 완전히 적의 페이스에 말려든 것에 혐오감이 들어서 별다른 저항도 없이 떨떠름한 얼굴로 승낙했다.

계산은 비서의 초밥까지 준이치가 했다. 너무나 빈틈없는 후지와라에게 준이치는 거의 존경심 비슷한 마음까지 품었다. 시골의 정치란 분명 이래야 한다. 아버지도 생전에 뒤에서는 똑같은 짓을 했을 터였다. 자신은 아직도 한참 풋내기다.

후지와라를 배웅하고 준이치는 최상층 객실로 향했다. 애인 교코를 대기시켜뒀기 때문이다. 어차피 스트레스가 쌓이는 자리일 것으로 예상하고 기분 풀이를 위해 불러들였다.

잠시나마 젊은 육체에 탐닉하자고 생각했다. 지방의 겨울은 이런 정도밖에는 즐거움이랄 게 없다.

다음 날, 경찰서 부서장 기무라에게서 적잖이 걱정스러운 전화 연락이 들어왔다. 유메노 시민연락회 대표의 자택에 누군가 죽은 닭을 던져놓은 사건이 있었는데 혹시 짐작 가는 게 없느냐는 문의였다.

"미안해, 이런 이상한 얘기를 해서. 실은 신고가 들어와서 파출소 순경이 출동했는데, 그 대표가 펄펄 뛰면서 산업폐기물 처리시설 건설에 반대하는 데 대한 보복이다, 시의회 의원 야마모토 준이치가 뒤에서 조종하는 거다, 하고 소리를 질렀다는 거야. 현장의 순경이 느닷없이 자네 집에 찾아갈 수도 없어 우선 상사한테 문의를 했고, 그게 돌고 돌아서 나한테까지 올라왔어."

유메노 시민연락회의 대표라면 사카가미 이쿠코다. 당장 짐작 가는 게 있었다. 야부타 형제다.

"무슨 소리야? 나한테 물어봤자 알 리가 있나."

준이치는 아무것도 모른다는 태도로 부정했다. 설마 사실대로 말할 수는 없다.

"미안해. 그럴 거라고 생각했는데 혹시나 해서 확인해봤어. 어떤 못된 망아지가 한 짓이라도 그게 혹시 자네하고 연결되기라도 했다가는 의회 반대 세력들이 얼씨구 좋다 하고 달려들 거 아냐. 요즘 세상에는 방범 카메라라는 게 있으니까 조심하는 게 좋을 거야."

260

"방범 카메라에 범인이 찍혔어?"

"아냐, 그런 건 없어. 앞으로 설치한다면 그렇다는 얘기지."

일순 간담이 서늘해졌다. 거대한 몸집의 야부타 고지가 성큼성큼 어둠 속을 걸어가는 모습이 뇌리를 스쳤다.

"알았어. 혹시라도 내 쪽 사람이 바보짓을 했을지도 모르니까 한번 알아봐야겠군."

"근데 자네, 다음에는 현 선거에 나갈 거라면서?" 기무라가 이죽거리는 어조로 말했다.

"그런 소리는 대체 누구한테 들었어?" 수화기를 손에 든 채 얼굴을 찌푸렸다. "그건 그냥 소문이야. 나는 이번 봄 선거에서 3선을 노릴 거야."

"아이, 화내지 마라. 후지와라의 셋째 아들이 다음 시의원 선거에 나온다나 어쩐다나. 뭐, 이런저런 정보가 떠돌더라."

동창생이 가볍게 웃는 소리를 듣고 준이치는 우울해졌다. 이 동네는 왜 이리 좁은지. 이런 식으로 가다가는 의회 사람들의 귀에도 들어갈 것 같다.

"그나저나 여고생 실종 사건은 어떻게 됐어?"

온 도시의 화젯거리인지라 통화하는 김에 물어보았다.

"여전히 수사 중이야." 기무라가 말끝을 흐렸다. 그 뒤부터는 목소리가 작아졌다. "서장이 잔뜩 화가 났거든. 4월 인사이동 때 현경 본부 국장으로 승진하기로 내정이 되어 있어서 오점을 남기고 싶지 않은 거야. 무조건 해결하라고 연일 쪼아대는 통에 요즘 경찰서 안이 하루하루 긴장의 연속이다."

"어쨌든 빨리 범인을 잡아. 딸이 있는 처지라서 정말 걱정스럽다."

"알아, 나도 딸이 있는데."

기무라는 약간 노기를 담은 목소리로 대꾸하고 전화를 끊었다.

창밖으로 시선을 던졌다. 변함없이 구름이 잔뜩 끼어서 드림타운 관람차는 오늘도 멈춰 서있었다. 마지막으로 해를 본 날이 언제였는지 잊어버릴 것만 같다.

준이치는 즉시 야부타 형제에게 확인해보기로 했다. 관계가 없다면 다행이지만 아무래도 불길한 예감이 들었다. 성질 급한 야부타 고지가 저질렀을 만한 짓이었기 때문이다.

비서 나카무라에게 전화를 걸어보라고 했더니, 야부타 형제는 아스카 산 건설 예정지의 측량을 위해 외출했다고 한다. 준이치는 자신이 직접 그쪽으로 나가기로 했다. 그 참에 후지와라의 밭에 선 입간판이 철거되었는지도 확인해야 한다.

오리털 반코트를 입고 혼자서 사무실을 나왔다. 바깥의 추운 날씨에 저절로 몸이 부르르 떨렸다. 일기예보에서는 오늘도 한겨울 날씨가 될 것이라고 했다. 왜건 차에 올라타고 바로 차를 출발시켰다. 시가지는 교통량이 거의 없었다. 평일 낮 시간에도 이러니, 참 우리 동네지만 걱정스럽다. 인프라는 모조리 국도 부근으로 옮겨가버렸다.

마주 지나친 버스에는 승객이 한 명밖에 없었다. 창문으로 언뜻 드러난 노파의 얼굴이 너무도 쓸쓸하게 보였다.

도중에 후지와라의 밭 옆을 지나가는데, 건설을 반대한다는 입간판은 말뚝이 뽑힌 채 엎어져 있었다. 약속은 지킨 모양이다. 하긴 시민연락회 쪽에서는 다른 땅을 찾아 다시 꽂아놓을 터였다.

후지와라에게 감사하다는 전화를 걸까 하다가 분명 큰 은혜를 베풀었다는 식으로 말할 것 같아 그만두기로 했다. 이쪽에서 연락을 하면 기다렸다는 듯이 이런저런 요구를 해올 게 틀림없다.

인가가 없는 산길을 2킬로미터쯤 달려 건설 예정지에 도착했다. 그곳에는 어느새 허접스러운 조립식 창고가 들어섰고, 그 앞에서 야부타 건설의 젊은 직원들이 드럼통에 각목을 넣고 모닥불을 피워놓고 있었다.

인상이 험악한 남자들이 노골적으로 경계심을 드러내며 날카로운 시선을 던졌다. 준이치가 차에서 내려 "시의회의 야마모토인데, 사장님 계신가?"라고 물었더니 그 즉시 태도가 바뀌면서 "예, 안에 계십니다"하고 등을 빳빳이 세운다.

서릿발이 아직 풀리지 않은 그늘진 땅을 서걱서걱 밟으며 창고로 들어서자 야부타 형제는 책상에 도면을 펼쳐놓고 있었다.

"아, 의원 선생, 어서 와. 그나저나 그 간판 건, 고마워. 역시나 작은 도련님은 힘이 있으시네. 아무리 후지와라라도 말을 안 들을 수가 없겠지."

형인 게이타가 담배를 재떨이에 비벼 끄고 얼굴을 환하게 펴면서 말했다.

"일이 그렇게 단순하지를 않아요. 후지와라 영감, 거창하게 교환 조건을 내밀더라고요."

"뭐야, 그게?"

"이쪽으로 들어오는 현 도로의 확장 공사, 자기 사위 회사도 한몫 끼워달라는군요."

준이치는 코트를 입은 채 파이프 의자에 앉아 스토브에 손을 쬐었다.

"뭔 소리야? 도로 확장 공사라면 당연히 우리가 맡아야지."

게이타가 얼굴을 붉히며 말했다. 동생인 고지도 금세 표정이 험악해졌다.

"알죠. 하지만 그 조건을 받아들이지 않으면 다음 선거에서 셋째 아들을 3구에 출마시키겠답니다."

"셋째 아들을? 장난하나, 지금? 그 영감 대체 언제까지 거물급이랍시고 거들먹거릴 거야?"

"아이, 사장님, 그렇게 흥분하지 마시고. 어차피 그냥 위협해보는 소리예요."

젊은 직원이 내온 뜨거운 차를 마셨다. 움츠러들었던 내장에 따뜻하게 퍼진다. 한숨 돌린 참에 용건을 꺼냈다.

"그건 그렇고, 마음에 좀 걸리는 게 있어서 확인하러 왔어요. 그 시민연합회 대표 집에 누군가 죽은 닭을 던졌다는군요. 사장님, 뭔가 짚이는 거 없습니까?"

"아, 그건 나야."

고지가 시원하게 인정하고 나섰다. 마치 분실물이 자기 것이라고 나서는 것처럼 가벼운 말투였다.

준이치는 저도 모르게 얼굴을 찌푸렸다. "고지 씨, 그런 경솔한 짓은 제발 하지 말라고 몇 번이나 부탁했잖아요." 강한 말투로 항의했다.

"그래봤자 겨우 닭 한 마리야. 죽은 개나 고양이를 던져둔 거라면 또 모르지만……."

"야, 고지, 정말로 그런 짓을 했어?" 게이타가 얼굴을 붉히며 말했다.

"왜 형까지 화를 내?"

"당연하지. 누구한테 들키기라도 하면 어쩔래?"

"내가 그렇게 어설픈 짓을 하겠어? 한밤중에 슬쩍 현관 앞에 놓고 왔어." 고지는 반성하는 기색이 없었다. 오히려 '왜들 이러시나'하고 놀라는 투였다. "그런 거라도 해야 그쪽에서 조금쯤은 겁을 먹고 조심할 거 아니야?"라고 수훈을 자랑하듯이 말한다.

"고지 씨, 그 대표라는 여자가 경찰을 붙잡고 처리시설 반대 운동과 관련된 보복이라고 떠들고 있다니까." 준이치는 일단 말투를 누그러뜨렸다. "그런 정도로 쉽게 물러설 만한 인물이 아니에요."

"그야 사카가미라는 그 대표는 더 강하게 나올지도 모르지만, 다른 여자들은 그냥 뒤만 따라다니는 사람들이야. 한 차례 위협을 해두면 틀림없이 겁을 먹고 운동에서 손을 뗄 거라고."

준이치는 깊은 한숨을 내쉬며 게이타를 향해, 거칠게 날뛰는 동생을 어떻게 좀 해달라고 눈짓으로 호소했다.

"고지, 앞으로는 행동을 조심해. 의원 선생은 지금 선거를 앞둔 중요한 때야. 만에 하나 잘못되면 어쩔 거야? 우리와 의원 선생은 일련탁생(一蓮托生)이란 말이야."

"일련탁생이라니, 그게 뭔 말이래?"

"의원 선생이 3선에 성공하지 못하면 우리 사업도 끝장이란 얘기야."

"그래? 뭐 그렇다면야, 알았어……."

그제야 고지가 수긍을 했다. 떨떠름한 얼굴로 머리를 긁적이고 있다.

"죽은 닭 정도라면 경찰도 본격적으로 조사에 나서지는 않을 겁니다. 그러니 그 일은 절대 밖으로 새나가지 않게 해주세요." 준이치가 말했다.

"음, 알았어." 고지가 고개를 끄덕인다.

"오늘 내가 여기 다녀갔다는 것도 비밀입니다. 내가 고지 씨의 행동을 알고 있었다고 하게 되면 뭔가 일이 터졌을 때 아주 난처해져요."

"그건 나한테 맡겨. 절대로 말이 새어 나갈 일은 없어."

이번에는 게이타가 대답했다.

어느새 창 밖에는 희끗희끗 싸락눈이 내리고 있었다. 젊은 직원들이 모닥불을 둘러싸고 등을 웅크린 채 발을 동동거렸다.

"또 눈이야? 왜 이런지 모르겠네, 올 겨울."

게이타가 지겹다는 표정으로 중얼거렸다. 그리고는 바깥에서 동동거리는 게 딱했는지 직원들을 안으로 불러들였다. 젊은이들이 들어서자 창고의 창문이 금세 흐릿해진다.

"어이, 점심에는 스토브에 우동이라도 해먹을까? 누구, 차타고 나가서 재료 좀 사와라."

"그럼 내가 한턱내지요."

준이치는 지갑에서 만 엔짜리를 꺼내 심부름 나가는 직원에게 건네주었다.

"어이쿠, 의원 선생, 고마워. 어이, 너희들도 고맙다고 인사 드려라."

"고맙습니다!"

험상궂은 사내들이 나란히 머리를 숙인다. 마치 조폭 같은 분위기다.

"그럼, 저는 이만."

손을 쳐들어 보이고 자리에서 일어섰다. 밖으로 나섰더니 겨우 몇 분 사이에 본격적으로 눈이 쏟아지고 있었다.

20

또 눈발이 날리기 시작한다. 하얀 눈가루가 차의 앞 유리에 부딪쳐 바람을 타고 금세 허공으로 날려갔다.

만나는 사람마다 도대체 올겨울은 어떻게 된 거냐고 불안한 듯 숙덕거렸다. 날씨의 신께서 따뜻한 겨울이었던 작년을 반성이라도 하듯이 2년 치의 추위를 한꺼번에 이 지역에 살포하시는 모양이다. 지역 뉴스에서는 연일 이상 저온에 대해 보도했다. 산간부에서는 눈이 너무 많이 내려 스키 손님이 오지 않는다고 한다. 유메노 시도 매일 아침마다 도로가 얼어붙어 자동차 사고가 빈발하고 있었다.

아이하라 도모노리는 국도변 라면집에서 점심 식사를 마치고 다시 그 파친코 주차장으로 나왔다. 오후 업무는 땡땡이를 치기로 했다. 니시다 하지메 일 때문에 완전히 기분이 상해서 될 대로 되라는 심정이었다. 스스로를 약자라고 호소하는 사람들의 이기적인 행태에 정말로 넌더리가 났다. 오늘 오전에도 안테나를 고쳐달라고 떼를 쓰는 노인의 집을 방문해서 재활용 쓰레기를 정리하는 일까지 거들어주어야 했다. 노인은 감사하기는커녕 어제 당장 달려오지 않았다고 나무랐다. 도모노리는 화가 난다기보다 염세적인 마음까지 들었다. 상대하면 할수록 시간 낭비라고 생각했다.

파친코 주차장에 다시 나온 것은 주부들이 바람피우는 장면을 훔쳐보기 위해서였다. 얼마 전, 젊은 주부가 불륜 상대를 만나는 장면을 목격하고 러브호텔까지 미행한 경험은 다시 떠올리기만 해도 몸이 후끈 달아올랐다. 이름은 와다 마키. 직권을 남용해 주소와 이름까지 알아냈다. 나이는 스물아홉 살. 그저 평범하고 자그마하고 예쁘장한 여자였다. 남편은 자신의 아내가 대낮에 다른 남자와 살을 맞대리라고는 상상도 못할 것이다. 그걸 생각하면 더욱 더 흥분됐다. 그날은 곧장 집에 돌아가 마스터베이션을 했을 정도다. 그 여자의 은밀한 만남을 한번 더 지켜보고 싶었다. 그리고 마지막까지 미행도 하고 싶었다.

엔진을 켜둔 채로 히터를 '강'으로 맞춰놓고 주차장에 드나드는 자동차들을 주의 깊게 지켜보았다. 라디오에서는 주부들이 보낸 원고를 읽고 있었다. 이웃 간의 다툼이라든가 고부 갈등 같은 시시한 일상의 얘기들이다. 여자들은 행복하기를 바라고 결혼한다. 하지만 기다리는 건 변화라고는 없는 따분한 일상이다. 고액 연봉을 받는 남자와 결혼하지 않는 한, 돈 걱정도 노상 따라붙는다. 유메노 시의 여자들은 특히 그렇다. 미래에 어떤 즐거움도 없는 인생이라고 생각하면 지금 현재의 자극이나 쾌락을 찾게 된다. 헤어진 아내도 분명 따분했던 것이다. 그래서 결혼 전에 다니던 직장 동료와 너무도 쉽게 육체관계를 맺었다.

누군가 창문을 두드렸다. 한참 생각에 빠져 있었던 터라서 몸이 화들짝 반응했다. 고개를 돌려보니 오십 전후로 보이는 남자가 허리를 웅크린 채 차 안의 도모노리를 들여다보고 있었다. 전혀 기억에 없는 얼굴이지만 자꾸만 굽실거리는 걸 보니 뭔가 나무라려는 건 아닌 모양이었다.

도모노리는 의아한 얼굴로 전동식 윈도를 내렸다. "아, 미안합니다. 나는 야마다라고 하는데요, 전화해주신 분이죠?"라고 남자가 물어왔다.

"아뇨, 아닌데?"

"그럼 파친코에 놀러 나오신 거예요?"

"예, 뭐, 그렇죠." 애매하게 대답했다.

"사장님, 아까부터 계속 여기 계셨지요?"

"아, 예."

파친코 직원일까. 그렇다고 하기에는 평범한 양복 차림이었다.

"꼬치꼬치 물어서 죄송합니다만, 누구 기다리는 중인가요?" 남자의 말투나 몸짓은 부드러웠다.

"미안해요, 바로 나가겠습니다. 외근 중에 잠깐 여기서 쉬던 중이에요."

"아뇨, 그런 게 아닙니다. 난 파친코 직원 아니에요. 어떠세요, 혹시 시간 있으시면 여자와 데이트 한번 해보시겠습니까?"

"데이트?" 예상치 못한 말에 도모노리는 선뜻 말이 이어지지 않았다.

"젊은 여자애는 아니고요, 우린 유부녀 전문이에요. 저어, 괜찮으시면 잠깐 조수석에서 설명 좀 해드려도 될까요?" 그러면서 턱으로 이쪽을 가리킨다.

도모노리는 당황스러웠다. 이자가 그러니까 매춘 알선업자인가?

"아이, 수상한 사람 아니니까 안심하시고요." 눈썹을 여덟팔자로 하고서 살살 알랑거리는 목소리를 낸다.

"충분히 수상한데요?" 도모노리는 저도 모르게 쓴웃음이 터져버렸다.

"조폭하고 관계있는 사람은 아니란 말씀이죠. 어때요, 차 안에서 잠깐 들어보면 좋잖아요? 창문 열고 얘기하시려면 추우실 테니까요. 오늘 날씨가 엄청 춥거든요."

중년 남자가 등을 웅크리고 손바닥을 맞비빈다.

"그럼……, 들어와요."

도모노리는 잠시 망설이다가 고개를 끄덕였다. 남자가 차 앞을 빙 돌아 조수석으로 기어들었다. "으휴, 춥네, 추워." 양손으로 허벅지를 비벼댄다.

"사장님, 세일즈 일 하세요?" 남자가 물었다.

"예, 뭐." 사실대로는 말할 수 없어서 애매하게 대꾸했다.

"저쪽에 왜건 차 한 대 있죠? 실은 저 차에 데이트 오케이의 유부녀가 벌써 대기 중이에요. 나이는 스물여덟 살, 가슴이 끝내주게 커요."

도모노리는 저도 모르게 미간을 좁히며 남자의 얼굴을 빤히 쳐다보았다.

"파친코 안에도 게임하면서 대기 중인 여자가 있습니다. 그쪽은 서른두 살, 약간 통통한 타입이죠."

"무, 무슨 얘긴지……."

"톡 까놓고 말씀드리자면, 주부 원조교제예요. 나는 중개인이라고 할까, 일종의 매니저예요. 두 시간 데이트에 2만 엔. 호텔비는 별도. 총 2만6천 엔 정도면 즐기실 수 있어요. 지금 현금 갖고 계시면 사장님도 한번 해보시죠?"

도모노리는 어처구니가 없었다. 유부녀들이 원조교제를 한다는 건 대충 알고 있었지만 설마 이렇게 가까이에서 버젓이 이루어지고, 더구나 자신에게 그런 얘기가 들어올 줄은 생각도 못했다.

"원래는 전화로 예약을 받고 만날 장소를 정하는데, 오늘은 연락에 잠깐 착오가 있어서 바람을 맞았어요. 사장님 아주 운 좋으세요. 지금 대기 중인 유부녀 꽤 괜찮은 여자거든요."

남자의 환한 태도에 도모노리는 조금쯤 경계심이 풀렸다. 물론 수상한 사람임에는 틀림이 없지만 위험한 낌새는 전혀 없는 것 같았다.

"이런 거 처음이라서 좀 당황스럽네요." 도모노리가 쓴웃음을 지으며 대답하자, 남자는 "아이, 괜찮아요. 손님은 다들 일반인이고, 대부분 착실한 직장인들인데요, 뭘"하고 밀어붙였다. "전문 매춘과는 달리 아마추어 주부라서 다들 좋아하시더라고요. 애인을 사귀는 기분이랄까? 어때요, 그런 것도 괜찮겠죠? 아, 물론 마음에 들지 않으면 체인지도 가능합니다. 일단 한번 여자를 보고 생각해보세요." 남자가 적당하게 부채질을 한다.

도모노리의 몸속에서 음탕한 욕망이 고개를 쳐들었다. 며칠 전 동료를 따라 필리핀 주점에서 여자를 샀었다. 욕망은 채워졌지만, 너무도 노골적인 섹스에 허탈한 느낌이 들었다. 문화가 다르면 섹스도 다르다.

"괜찮겠죠? 얼굴만 한번 보세요."

낚일 것 같다고 판단했는지 남자가 한층 상냥하게 통통 튀는 목소리를 낸다. 즉시 상의 주머니에서 휴대전화를 꺼냈다. 손에 들고 렌즈를 도모노리 쪽으로 향했다.

"죄송하지만, 사진 한 장만." 한 손을 세로로 쳐들며 양해를 구하는 몸짓을 한다.

"자, 잠깐. 내 사진은 왜 찍어요?" 도모노리는 다급하게 손으로 얼굴을 가렸다.

"여자한테 보여주고 바로 지울 겁니다. 아무래도 작은 도시다 보니까 아는 사람을 덜컥 만나는 일이 있어서요."

"그거, 정말로 지울 거죠?"

"아이, 물론이죠. 사장님 눈앞에서 지워드립니다."

남자는 어디까지나 저자세로 휴대전화 카메라를 조작했다. 어색한 표정인 채로 얼굴 사진을 찍혔다. "그럼 1분만 기다려주세요." 남자는 급히 차에서 내려 주차장 구석 쪽으로 달려갔다.

완전히 상대의 페이스에 말려든 것 같아 도모노리는 당황스러울 뿐이었다. 내가 유부녀 매춘 행위에 가담하는 건가. 자문을 해보기는 했으나 머리가 제대로 돌아가지 않았다.

정말로 1분도 안 되어 남자가 돌아왔다. 숨을 헐떡이며 휴대전화 화면을 내보이더니 "괜찮답니다. 완전 타인. 여기 보세요, 사장님 사진 지금 지웁니다"라면서 눈앞에서 삭제 버튼을 눌렀다. 아하, 이런 식으로 하는 거구나. 도모노리는 묘하게 감탄했다.

"그리고 이게 여자 사진입니다."

남자가 바뀐 화면을 눈앞에 대주었다. 거기에는 평범한 젊은 여자의 얼굴이 찍혀 있었다. 술장사하는 여자 같은 느낌은 전혀 없고, 굳이 나누자면 청초한 타입이었다. 특별히 미인이라고 할 정도는 아니다. 그냥 평범하다. 사보자고 생각했다. 매사에 경험이 중요하다, 라고 자신에게 변명을 했다.

"어때요, 괜찮은 여자죠? 스물여덟 살. F컵."

"글쎄……. 뭐, 좋아요."

도모노리는 한 차례 슬쩍 빼면서 아무려나 괜찮다는 듯한 태도를 취했다. 그래도 멀쩡한 직장인인데 발정난 암고양이를 만난 수고양이 같은 얼굴은 보이고 싶지 않았다.

"미안하지만, 일단 여기서 만 엔만 내주시겠습니까? 나머지 만 엔은 호텔에 들어갔을 때 여자분께 주세요."

남자의 말에 도모노리는 지갑을 꺼냈다. 혹시 사기라고 해도 그리 대단한 액수는 아니다.

"그리고 이건 내 휴대전화 번호예요. 발신번호에 '려인서클'이라고 찍힐 겁니다. 아름다울 려(麗)의 려인(麗人). 나는 매니저 야마다. 괜찮으시면 다음에도 이용해주세요. 괜찮은 유부녀 회원을 많이 확보해뒀으니까요."

남자는 전화번호가 적힌 카드를 건네주고 다시 왜건으로 돌아갔다.

그 뒷모습을 보며 도모노리는 나이 값도 못하고 가슴이 두근거렸다. 아마추어 여자의 원조교제라니, 태어나서 처음 해보는 경험이다. 게다가 유부녀.

연지색 모자를 눈까지 깊숙이 눌러쓴 자그마한 몸집의 여자가 총총걸음으로 다가왔다. 문을 열고 조수석으로 올라타더니 도모노리를 바라보며 웃는 얼굴로 "잘 부탁합니다"라고 인사를 건네 왔다.

"아, 예. 나야말로 잘 부탁합니다." 도모노리도 인사를 했다. 정말 어디서나 흔히 볼 수 있는 평범한 주부였다. 스물여덟 살이라는 건 완전 거짓말이지만 그래도 서른둘인 자신과 비슷한 나이로는 보였다. 짧은 머리에 동그스름한 얼굴, 화장은 살짝만 했다. 저도 모르게 가슴 쪽으로 시선이 갔다. 코트 위로도 풍만한 젖가슴이 상상되었다.

"그럼 갈까요? 곤겐야마 모퉁이의 호텔 아시죠? 거기가 가장 가까워요."

"아, 알지요."

도모노리는 차를 출발시켰다. 좁은 차 안에 여자의 달콤한 냄새가 가득 찬다. 갑작스럽게 몸이 후끈 달아올랐다.

"저는 미호라고 불러주세요. 물론 본명은 아니지만, 흔한 이름이 더 좋을 거 같아서." 미호라고 이름을 밝힌 여자가 스스럼없이 웃었다. "손님 이름은 안 밝히셔도 돼요. 서로 신분은 모르는 게 좋으니까요."

"음, 그건 그렇죠." 도모노리의 목소리가 붕 떴다. 헛기침과 함께 침을 꿀꺽 삼켰다. "너무 갑작스러운 일이라서 나는 아직 좀 놀랍다고 할까⋯⋯."

"어머, 미안해요. 저 매니저, 예약한 사람이 안 나오니까 새로운 손님이라도 찾아야겠다고 차에서 나가더니⋯⋯. 좀 까불거리는 사람이었죠? 근데 저는 다행이에요, 손님이 너무 멋진 분이라서. 아무리 원조교제라도 내 개인적인 취향이라는 게 있거든요. 지저분한 사람이나 인상이 무서운 사람이면 아무래도 내키지 않아요."

여자가 명랑하게 말했다. 원래 애교가 있는 성격인 것 같았다. 여자가 긴장하는 태도였다면 도모노리는 훨씬 더 어색했을 것이다.

"그 파친코 주차장, 항상 만남의 장소로 이용해요?"

"대개는 그렇죠. 주차장이 넓어서 파친코 가게와 상관없이 차를 세워둬도 잔소리를 안 하거든요. 바로 옆이 드림타운이라서 쇼핑 나온 김에 들를 수도 있구요. 호텔로 직행하기도 편리해요. 원래는 매니저가 파친코에서 돈을 딴 사람들을 노리고 장사를 시작한 모양이에요."

"그렇군. 하지만 진짜 놀랐어요. 주간지에서 본 적은 있지만 실제로 내 주위에 이런 일이 있을 줄은 생각도 못했는데."

"후후. 나도 설마 내가 이런 일을 하리라고는 생각도 못했죠."

여자가 손으로 입을 가리고 귀엽게 웃었다.

"왜 이런 일을?"

침묵을 피하고 싶은 마음에 바보 같은 질문을 했다.

"친구가 이 일을 했거든요. 얘기를 들어봤더니 매니저도 그냥 보통 사람이고, 별로 번거롭지도 않을 거 같고, 언제라도 그만둘 수 있고. 게다가 돈벌이도 꽤 좋잖아요? 슈퍼 계산대 점원으로 나가봤자 시급 700엔밖에 못 받는데. 생활하기가 너무 힘들어요."

"들킬까봐 걱정스럽지는 않아요?"

"그러니까 단기간만 해야죠. 여차할 때를 위해 남편 몰래 비상금 정도만 마련하면 그만둘래요."

여자는 경계하는 기색 없이 시원시원하게 자기 얘기를 해주었다. 집은 한참 떨어진 곳에 있어서 일단 아는 사람을 만날 일을 없을 거라고 낙천적인 말을 했다.

그동안에도 도모노리는 조수석의 여자를 훔쳐보았다. 미니스커트 아래로 검은 타이츠에 감싸인 육감적인 허벅지가 나와 있었다. 손은 가느다랗고 소녀처럼 하얗다. 오전 중에는 집안일을 했을 주부가 대낮에 낯선 남자의 품에 안기려 하고 있다. 생각만 해도 사타구니가 거칠게 충혈되었다.

여자는 수다 떨기를 좋아하는지 처음 만난 도모노리에게 스스럼없이 계속 입을 놀렸다. 마음이 점점 풀렸다. 주택지를 빠져나와 산모퉁이의 러브호텔들이 보이자 "아, 저기 '파리잔느'라는 데로 가시면 돼요"라고 택시 운전기사를 대하듯이 일러주었다. 열흘쯤 전에 와다 마키가 남자의 하얀 밴을 타고 들어갔던 그 러브호텔이었다. 기묘한 우연이 우스웠다.

"저기가 제일 깨끗하거든요. 쉬는 건 5천 엔, 원드링크 서비스도 있어요."

여자의 입에서 달콤한 목소리가 흘러나왔다. 도모노리는 어서 빨리 여자를 품고 싶어서 견딜 수 없는 기분이었다.

액셀을 밟았다. 업무 시간에 딴 짓을 하는 데 대한 죄책감 따위는 마음속 어디를 찾아봐도 없었다.

호텔 방에 들어서자 우선 나머지 만 엔부터 치르고, 도모노리가 먼저 샤워실에 들어갔다. 상상이 앞서는 통에 성기는 벌써 위를 향하고 있었다. 뜨거운 샤워로 국부를 씻고 이를 닦고 5분 만에 나왔다.

이어서 여자가 샤워실에 들어가고, 도모노리는 목욕 가운 차림으로 소꿉놀이 궁전 같은 인테리어의 소파에 자리를 잡고 앉았다. 냉장고의 캔 맥주를 꺼내 마시며 잠시 마음을 가라앉혔다. 거울에 자신이 비쳐서 머리도 다듬어봤다.

침대에 누워 조명을 어둡게 했다. 여자도 5분여 만에 나왔다. 문을 반만 열고 "좀 더 어둡게 해줘요~"라고 귀여운 소리를 낸다. 천장의 불을 끄고 발치의 조명만 남겼다.

여자는 침대 옆까지 다가와 가운을 스르르 벗어냈다. 아래에서 비치는 조명에 성인 여성의 풍만한 육체가 떠올랐다. 하복부에 임신선이 보였다. 그 흔적이 묘하게 생생해서 욕정을 불러일으켰다.

"아이, 부끄러워." 작게 속삭이고는 침대로 기어든다. 도모노리는 여자를 아래로 깔고 키스를 했다. 싫어하기는커녕 적극적으로 혀를 엉겨왔다. 젖가슴을 덥석 입에 물었다. 여자가 몸을 뒤로 젖히며 높은 신음 소리를 올렸다. 탱탱한 몸과 향기로운 여자 냄새에 벌써 흥분이 최고조에 달했다. 전희 시간조차 아까웠다. 오른손을 아래로 뻗어 여자의 다리를 벌렸다.

"콘돔, 해줘요."

여자가 도모노리의 흥분을 눈치 챘는지 허리에 매달리며 귓가에 대고 말했다.

"두 번 하면 할증료야?" 도모노리가 물었다. 여자는 도모노리가 너무 씩씩거리는 게 재미있는지 쿡쿡 웃으며 "응, 연장 들어가면 만 엔 할증"이라고 속삭였다. "연장해줄래요? 그럼 수수료도 안 뜯기고 너무 좋은데."

"알았어."

"아웅, 너무 좋아." 여자가 이때라는 듯이 달콤한 목소리를 올렸다.

사이드테이블 위의 접시에 손을 내밀어 콘돔을 집었다. 일단 몸을 떼고 우뚝 솟은 성기에 장착했다.

"나, 실은 이런 거 좋아하나 봐." 여자가 눈가가 촉촉해진 채 말했다. "좋아하지 않고서는 이런 아르바이트 못하겠죠? 남편은 너무 안 해주고."

장사의 방편이라고 생각하면서도 도모노리는 여자가 귀엽다고 생각했다. 이 여자에게는 다정함이 있다.

다시 덮쳐서 세게 끌어안았다. 얼굴이며 목을 개처럼 핥았다. 잊혀져가던 흥분을 도모노리는 오랜만에 떠올렸다. 전문적인 매춘녀라면 이렇게 뜨거워질 일은 없다. 사랑이 식어버린 아내라면 더욱 그렇다. 전처와의 섹스가 좋았던 건 신혼 초뿐이었다.

삽입한 뒤에는 스무 살 젊은이처럼 허리를 움직였다. 숨이 헐떡거렸다. 여자는 진짜로 느끼는지 천장까지 울리게 큰 신음 소리를 냈다. 제대로 억제가 되지 않아 5분 만에 끝나버렸다.

하지만 연장 요금이 조금도 아깝지 않았다. 어차피 월급 따위 자신에게밖에는 쓸 데도 없었다. 작년 연말 보너스는 손도 대지 않은 채 남아 있었다.

두 번째를 시작하자 "다음에 또 지명해줘, 응?"이라고 여자가 도모노리를 애무하며 어리광을 부렸다. "지명하면 3천 엔을 더 내는데 그건 내 몫이니까 너무 좋아."

이 '너무 좋아'라는 말이 가슴에 뭉클하게 울렸다. 겨우 3천 엔이 이 여자에게는 귀중한 수입인 것이다.

마음에 여유가 생겨 몸의 긴장이 스르르 빠져나갔다. 손을 머리 뒤에 짚고서 여자의 애무를 바라보며 웃었다.

"뭐가 우스워?"

"아냐, 너무 좋아서."

"그래요? 다행이다."

몸을 바꾸어 위로 올라갔다. 이번에는 좀 더 시간을 두고 즐기자고 생각했다.

여자가 안타까운 듯 헐떡인다. 최근 며칠 동안의 우울함이 날아가버렸다. 이 순간 도모노리에게는 살아 있다는 느낌이 있었다.

그날은 시청 사무실에 돌아와 적당히 일보를 쓰고 정시에 업무를 마쳤다. 양심의 거리낌 같은 건 전혀 없었다. 그러기는커녕 일을 하면서 무의식적으로 콧노래까지 불렀다. 아이미가 "무슨 좋은 일 있었어요?"라고 놀렸을 정도다. 마음이 가벼워진 건 사실이었다.

사무실을 나와 주차장에 세워둔 차에 탔다. 눈이 몇 차례나 내렸지만 거센 북풍에 날려서 다행히 쌓이지는 않았다. 하지만 땅은 질퍽거렸다. 한겨울인 탓에 그늘 쪽은 얼어 있었다.

엔진을 켰다. 조수석으로 눈길이 간다. 아까 낮에 미호라는 유부녀가 앉았던 자리다. 자신은 그 여자를 품었다. 생각하는 것만으로도 시큼한 만족감이 치밀었다. 인생에는 윤기가 필요해. 자기 좋을 대로 생각했다.

차를 발진시켰다. 국도를 타고 집을 향해 달렸다. 퇴근 시간이라서 빨간 미등이 산 중턱 도로까지 이어져 있었다. 라디오에서는 최신 유행가가 흘러나왔다. 동아리 활동을 마친 중학생들이 인도를 자전거로 달려간다. 다들 아르마딜로 도마뱀처럼 등을 웅크리고 있었다.

옆길로 들어가 속도를 낮추었다. 가로등도 없고, 동네에 개인 상점들도 없어져버려서 불빛이라고는 하얗게 빛나는 길가의 자판기뿐이었다. 시골은 밤이 되면 금세 마음이 불안해진다. 길을 지나가는 사람도 없고 마주 오는 차량도 없었다.

양쪽이 논밭으로 둘러싸인 외길로 접어들었다. 저녁은 어떻게 하나. 밥을 하고 지난번에 사둔 냉동 식품을 데워먹을까. 아마 닭튀김과 녹

미채 나물이 남아있을 것이다.

문득 깨닫고 보니 백미러에 후속 차량의 라이트가 눈부시게 반사하고 있었다. 라이트의 높이로 봐서 덤프트럭인 것 같았다. 난폭하게 차간 거리를 좁혀온다. 요란한 엔진 소리가 뒤쪽에서 덮치는 느낌이다. 유메노 시는 곳곳에 조성지가 많아서 길에서 덤프트럭을 자주 만나곤 한다.

도모노리는 혀를 끌끌 차며 왼편 갓길에 차를 바짝 대고 달렸다. "빨리 지나가서." 혼자서 소리 내어 중얼거렸다.

하지만 그래도 덤프트럭은 차간 거리를 바짝 좁혀왔다. 이건 명백히 이쪽을 괴롭히자는 수작이다.

"허참, 왜 나한테 덤비는 거야. 승용차라고 깔보는 거야 뭐야?"

액셀을 밟을까 말까 망설였다. 속도라면 덤프트럭에 지지 않을 테지만 자동차 경주 같은 짓은 하고 싶지 않았다. 우선 그럴 만한 운전 실력도 없다.

라이트가 백미러에 가득히 퍼졌다. 이제는 눈이 부셔서 쳐다볼 수도 없다.

문득 분노보다 공포가 앞섰다. "저 새끼, 미친 거 아냐?" 혼자서 소리를 질렀다. 오한이 등줄기를 내달렸다.

백 미터쯤 몰리다가 대나무 숲 옆에서 트럭이 대향차선으로 튀어나가 폭음과 함께 도모노리의 차를 앞질렀다. 그것도 자칫 부딪칠 것 같은 거리에서.

소리를 지를 새도 없이 다음 순간 덤프트럭이 앞쪽을 가로막고 서버렸다. 부딪친다─. 마음속으로 외쳤다.

졸지에 브레이크를 밟았다. 오른발로 힘주어 밟으며 버텼다. 차의 뒷부분이 오른쪽으로 흘렀다. 대나무 숲으로 그늘진 길이 얼어붙어 있었던 것이다. 차가 옆으로 돌면서 미끄러졌다. 대나무 숲 앞은 연못이었다. 나무 울타리가 있었지만 차가 들이박으면 당장 부서질 터였다. 반사적으로 핸들을 반대로 꺾어 카운터를 맞췄다. 얼어붙은 부분을 다 지났는지 타이어 그립이 살아났다. 나무 울타리에 부딪치기 직전에 차는 정지했다.

살았다—. 갑자기 긴장이 풀리며 스르르 맥이 빠졌다. 심장이 마구 뛰었다. 온몸에 땀이 흠뻑 나 있었다.

"뭐, 뭐야, 저 덤프트럭!" 입 밖에 낸 그 말소리가 파르르 떨렸다.

사고는 면했다—. 우선 생각나는 건 그것뿐이었다.

차의 불빛을 받으며 연못물이 조용히 가로누워 있었다. 저기에 떨어졌으면, 하고 생각하니 새삼 등골이 오싹했다.

그 자리에서 몇 번이고 심호흡을 했다. 다리가 떨려서 한참동안 차를 운전할 수도 없었다.

21

전자레인지에 덥힌 미적지근한 밥을 입에 떠 넣었더니 간장에 절인 장아찌의 맛이 볼 안쪽 벽을 자극했다. 이제야 겨우 미각이 돌아온 모양이다. 어제까지는 뭘 먹어도 혀가 마비된 것처럼 아무 맛도 느껴지지 않았다.

편의점의 연어 도시락에 젓가락을 댈 만큼 식욕도 되살아났다. 납치된 이후로 오늘까지 계속 물만 먹었더니 역시 몸이 먹을 것을 원하는 모양이다.

구보 후미에는 짜고 매운 맛만 나는 연어에는 손도 대지 않고 콩조림을 반찬으로 밥을 먹었다. 달콤한 것이라면 좀 더 먹을 수 있을 것 같았다. 젓가락을 든 손을 잠시 멈추고 노부히코를 향해 말을 던져보았다.

"저기, 미안하지만 단 것이 좀 먹고 싶은데요."

노부히코라는 건 후미에를 납치 감금하고 있는 범인의 이름이다. 정식으로 자기소개를 받은 건 아니고, 이곳에 처음 끌려왔을 때 이 남자의 어머니인지 할머니가 본채에서 그렇게 불러서 알게 됐다. "노부히코 왔니?"라고.

"알았어. 다음에 사다주지. 어떤 게 좋아? 초콜릿? 케이크?"

노부히코가 돈가스 도시락을 먹으며 말했다.

"뭐든 괜찮은데, 푸딩도 꼭 넣어주세요."

"음, 알았어. 내가 준비할 테니까 걱정 마."

오늘은 정신 상태가 안정되었는지 기사 같은 말투로 대답한다. 생긴 건 스물두세 살로 보이는 이 남자는 정서가 몹시 불안정해서 느닷없이 날뛰곤 한다. 하긴 그 폭력이 향하는 곳은 후미에가 아니라 본채에 사는 부모였다. 감금된 사흘 사이에 노부히코는 두 번이나 미쳐 날뛰었다. 물건이 부서지는 소리와 함께 "이 영감탱이!" "이 할망구!"라는 고함 소리가 들려왔다. 호칭이 영감탱이와 할망구라서 부모인지 조부모인지는 알 수 없었다. 그걸 안다고 해도 후미에에게는 아무 의미도 없는 일이지만.

후미에가 갇힌 세 평 정도의 이 별채는 느낌상 본채에서 십여 미터 떨어져 있는 것 같았다. 창문이 없어서 바깥이 전혀 보이지 않는 것이다. 벽을 온통 책장이 차지한 채 창문을 가리고 있었다. 방 안에는 쉰

내 같은 것이 가득 차 있었다. 젊은 남자의 땀 냄새다. 분명 이불은 몇 년째 햇볕에 말린 적이 없을 것이다. 푸르스름한 형광등 불빛이 이 방을 한층 음산하게 만들었다.

화장실과 간단한 수도 시설이 딸려 있는데, 나중에 달아 붙였는지 새것이었다. 화장실이 청결한 게 그나마 구원이었다. 이 상황에 두엄 자리 같은 데서 볼일을 봐야 했다면 자신은 훨씬 더 쇠약해져버렸을 것이다.

옆집과는 한참 멀리 떨어진 것 같았다. 사람 소리는 전혀 들리지 않고 차 소리도 나지 않는다. 새 울음소리가 유난히 큰 걸 보면 산 밑의 외딴 집인지도 모른다. 처음 끌려왔을 때는 패닉 상태인 데다 밤중이 었기 때문에 주위가 어떻게 생겼는지 전혀 알 수 없었다.

"메일린, 왜 연어를 먹지 않지?" 노부히코가 후미에의 도시락을 넘어다보며 말했다. "고기와 생선 중에 어느 쪽이 좋으냐고 물었더니 메일 린이 생선이라고 대답해서 연어 도시락을 사왔는데?" 상당히 불만스러운 모양이다.

"좀 매워서요." 후미에가 머뭇머뭇 대답했다.

노부히코는 슬픈 듯이 미간을 좁히더니 "알았어. 다음에는 편의점이 아니라 드림타운에 가서 사다줄게"라고 말하고는 다시 자기 도시락을 먹었다.

노부히코는 목에 전기충격기를 매달고 있었다. 스물네 시간, 한시도 몸에서 떼어놓는 일이 없다.

'메일린'이라는 건 이곳에 온 뒤에 붙여진 후미에의 이름이다. 끌려온 직후에 노부히코는 느닷없이 수수께끼 같은 소리를 해왔다. "메일린, 이제 괜찮아. 다이나소어 기동대의 습격을 피하기 위해서는 이곳

이 가장 안전해." 후미에는 공포에 질려 입도 열지 못했지만, 지그소퍼
즐을 쏟아놓은 듯한 머릿속으로 희미하게 한 가지 사실을 인식할 수
있었다. 이 남자가 뭔가에 들씌웠다는 것이었다. 한껏 흥분한 남자의
얼굴은 마침내 자신의 사명을 달성했다는 만족감이 넘쳤다.

"도시락, 이제 안 먹을 거면 버려도 돼." 노부히코가 말했다.

"네." 후미에는 힘없이 대답했다. 플라스틱 용기의 뚜껑을 덮고 페트
병의 차를 마셨다.

"무릎 꿇을 거 없어. 아무도 보는 사람이 없으니까 편하게 앉아."

후미에는 애매하게 고개를 끄덕이고 엉덩이 위치만 살짝 바꾸었다.

지금 몸에 입고 있는 것은 핑크색 라인이 들어간 위아래 하얀 옷이
다. 이걸 내주면서 갈아입으라고 했다. 미리 새것으로 준비해둔 걸 보
면 계획적인 범행이다. 핑크색 손목밴드도 하라고 했다. 그걸 손목에
끼우지 않으면 사탄의 블랙홀에 떨어지고 만다는 것이다. 정신 이상자
가 하는 생각은 도무지 뭐가 뭔지 알 수가 없다.

점심을 먹고 나자 노부히코는 가슴에 대롱거리는 전기충격기를 치
켜들었다. 그건 후미에에게 벽장으로 들어가라는 무언의 신호였다.

후미에는 느릿느릿 자리에서 일어나 곰팡이 냄새가 풍기는 벽장으
로 들어갔다. 안에 이불이 깔려 있고 전기스탠드도 있다. 벽장문은 합
판이고 자물쇠가 달려 있었다.

노부히코가 책상을 마주하고 앉았다. 컴퓨터로 인터넷 게임을 하기
위해서였다. 이 남자는 가상의 세계에서 살고 있었다. 메일린이라는
것도 이 남자가 만들어낸 공주님의 이름이다.

그날 밤 후미에는 인생 최대의 공포를 체험했다. 학원에서 돌아오는

길에 역 앞 상점가에서 납치된 것이다. 논 가운데의 한적한 길도 아니고 어렸을 때 그토록 북적이던 시장 길에서 납치를 당했기 때문에 더욱 더 충격이 컸다. 설마 이런 일이 자신에게 일어날 줄은 손톱 끝만큼도 생각해본 적이 없었다.

차 트렁크에 던져지고 건조한 소리와 함께 트렁크 문이 탕 닫힌 순간, 온몸의 세포가 일제히 경련을 일으켰다. 다리가 오그라들고 목소리를 잃고 색채가 아득해지고 심장이 폭발했다. 후미에는 간단히 저항을 포기했다. 공포가 너무 크면 오로지 몸을 움츠리는 것밖에 아무것도 할 수 없다는 것을 알았다.

가장 먼저 떠오른 건 살해될 것이라는 두려움이었다. 낯선 남자에게 유괴되어 어딘가 음침한 산길에서 강간을 당한 뒤 살해되어 쓰레기 버리듯이 숲 속에 내던져질 것이다.

어떻게 이런 일이. 아직 17년밖에 살지 못했는데. 제대로 연애도 못 해봤는데.

자동차는 미친 듯한 속도로 달렸다. 카스테레오가 엄청난 음량으로 왕왕 울리고 있었다. 거기에 뒤섞여 타이어가 길바닥을 긁는 소리가 울렸다. 이따금 퉁퉁 뛰고 좌우로 흔들리는 바람에 머리와 무릎을 사정없이 부딪쳤다. 후미에는 몸을 최대한 웅크린 채 목젖을 부르르 떨었다. 뜨겁고 미끈한 위액이 목구멍으로 밀려왔다.

침착해야 해, 침착해야 해. 자신에게 몇 번이고 되뇌었다. 도움을 청해야 한다, 소리를 질러야 한다고 생각했지만, 목소리 내는 법을 잊어버린 것처럼 목구멍이 마비되었다. 그보다 자신의 현재 상태를 파악하고 대처하는 감각이 어딘가로 사라지고 없었다. 어디에서도 그 스위치를 찾을 수 없었다.

차 트렁크를 위로 걷어차려고 해도 다리가 올라가지를 않았다. 온몸이 덜덜덜 떨리기만 할 뿐 근육도 관절도 말을 듣지 않았다.

아무것도 보이지 않았다. 눈을 뜨건 감건 똑같이 깜깜했다. 자신이 눈을 뜨고 있는지 감았는지조차 알 수 없었다. 내 휴대전화 어디 있지? 퍼뜩 생각이 났지만 두 손에 아무것도 쥔 게 없어서 어딘가에 떨어뜨렸다는 것을 깨달았다. 그 순간, 엄청난 물결 같은 절망감이 덮쳐왔다.

이를 악물고 자신이 할 수 있는 일을 생각해보았다. 팔다리를 묶인 건 아니다. 자동차는 분명 어딘가에서 설 터였다. 그리고 일단 나를 밖으로 내놓을 것이다. 도망치려면 그때가 기회다. 아니지, 이 남자의 단독 범행이 아닐지도 모른다. 산속까지 끌려가고 거기서 수많은 공범들이 기다리고 있다면? 그리고 번갈아 성폭행을 한다면? 후미에는 미쳐버릴 것 같았다.

시간이 얼마나 흘렀는지 감이 잡히지 않았다. 몇 분 동안이나 차 트렁크 속에 있었을까. 3분? 아니면 10분? 제발 악몽이었으면. 눈을 떴더니 우리 집 침대에서 땀을 흘리며 벌떡 일어난다든가. 아니, 아니, 그럴 리는 없다. 차 트렁크에서 세탁기처럼 이리저리 내둘려져서 분명하게 아픔을 느끼고 있는데.

머리가 대혼란을 일으키고 있는 사이에 마침내 차가 멈췄다. 심장이 입 밖으로 튀어나올 것만 같았다. 마침내 나는 여기서 살해되는구나. 그 전에 성폭행을 당할까? 한 명? 두 명? 아니면 좀 더 많은 사람일까? 남자가 덤벼드는데 여자가 힘으로 맞설 수 있을 리 없다. 아아, 어째서 하느님은 이런 불공평한 일을 방치하시는가.

엔진 소리와 함께 카스테레오 음악은 사라지고 문득 정적이 찾아왔다. 자갈 밟는 소리가 났다. 트렁크가 열렸다. 밤하늘이 눈에 들어왔다. 계속 깜깜한 어둠 속에 있었기 때문에 순간적으로 대낮의 하늘로 착각했다. 젊은 남자가 눈앞에 우뚝 서 있었다. 뭔가 말을 하고 있었다. 미처 알아듣지 못했다기보다 도무지 알아들을 수 없는 말이었다. "메일린, 메일린"이라고 부르고 있었다.

후미에는 비명을 지르려고 숨을 들이쉬었다. 다음 순간, 허벅지에 차갑고 딱딱한 것이 닿았다. 반사적으로 다리를 움츠리다가 트렁크 모서리에 무릎을 세게 부딪쳤다. 고통에 얼굴을 찌푸릴 새도 없이 또 다른 충격이 온몸을 관통했다. 스트로보가 펑펑 터지는 듯한 소리가 났다. 그 순간 화상을 입었다고 생각했고, 그보다 먼저 의식이 아득해졌다.

"노부히코, 이제 왔니?" 여자 목소리가 희미하게 들려왔다.

"시끄러워! 자꾸 내다보지 마!" 남자가 고함을 내질렀다.

실신의 경계선을 오락가락하는 사이에 남자가 후미에를 떠메고 집 안으로 들어갔다. 거기서부터 잠깐 동안 기억이 확실하지를 않다. 문득 정신이 들었을 때, 자신은 하얀 옷으로 갈아입고 방 한쪽 구석에 웅크리고 앉아 벌벌 떨고 있었다. 그다음에 노부히코의 수수께끼 같은 말이 떨어졌다.

"메일린, 다이나소어 기동대에서 너를 수호하기 위해 내가 파견되었다."

"오늘 처형 미션이 발동되었다. 배리어 내구도의 상한선이 백을 넘으면 이 바레트 존까지 위험 구역이 되고 만다."

"당분간 버그 정보에 주의를 기울이면서 두 대 이상의 비글 스페이스가 있는 장소를 건너가며 탐사할 필요가 있다."

열변을 토하는 젊은 남자를 보고 제대로 된 정신의 소유자가 아니라는 걸 금세 알았다. 후미에를 응시하고 있지만 그 눈의 번뜩임이 심상치 않았다. 태어나서 처음으로 본 광기의 눈빛이었다.

"저기요, 나는 메일린이 아니에요." 후미에가 가까스로 소리를 쥐어짰다.

"괜찮아, 무서워하지 않아도 돼. 메일린, 넌 내가 틀림없이 지켜줄 거야."

"미안한데요, 나는 그냥 고등학생이에요."

"알고 있어, 메일린이 인간 세계에 강림한 메시아라는 건."

"무슨 말인지 나는 하나도 모르겠어요." 눈물 섞인 목소리로 호소했다.

"에잇, 떠들지 마! 분위기 좀 맞춰달란 말이야!"

남자가 갑작스럽게 맨 정신이 되어 고함을 쳤다. 후미에는 말문이 막혀버렸다.

옆으로 다가오더니 목에 건 전기면도기 같은 걸 들고 코앞에 들이댔다. 스위치를 누르자 푸르스름한 번갯불이 끝에 달린 두 개의 금속 봉 사이를 내달렸다.

전기충격기구나. 후미에도 그런 정도는 알고 있었다. 납치당할 때 화상을 입은 것 같던 아픔이 이것 때문이었다고 그제야 깨달았다.

등이 오싹해지면서 눈물이 뚝뚝 떨어졌다. 엄마 얼굴이 떠올랐다. 아버지 얼굴도, 동생 얼굴도. 후미에는 엉엉 소리 내어 울었다.

"쳇, 여자들은 이래서 탈이라니까."

노부히코가 자리에서 일어나 스테레오의 전원을 켰다. 애니메이션 주제가가 엄청난 음량으로 흘러나왔다. 그리고는 전화기를 들고 복도로 나갔다.

"어이, 할망구. 내 친구가 왔어. 저녁밥 2인분 준비해. 글쎄, 친구라니까! 잔소리하지 마. 왜, 불만 있어? 10분 만에 가지러 갈 테니까 빨리 챙겨!"

제 식구를 향해 고함을 치고 있었다. 겉모습만 봐서는 상상도 할 수 없는 야쿠자 같은 말투였다. 노부히코는 앞머리를 이마에 늘어뜨린 평범한 모습이다. 제법 단정한 윤곽이고 어딘지 순진한 티가 남아 있었다. 전혀 불량한 사람으로는 보이지 않는다. 위협적으로 으쓱거리는 사람도 아니다. 일요일에 드림타운을 돌아다닌다 해도 아무도 돌아보거나 주의를 기울이지 않을 정도로 평범한 대학생 같은 젊은이다. 하긴 이 남자가 어떻게 생겼든 무슨 상관인가. "제발 살려주세요. 집에 보내주세요." 후미에는 울면서 애원했다.

"메일린, 미안하지만 벽장으로 들어갈래? 너를 위해 이불을 깔아뒀으니까 거기 누워 있으면 돼."

갑작스럽게 사람이 변해서 살살 달래는 목소리로 말했다. 눈가를 축 늘어뜨리고 있었다. 후미에의 머릿속에 정신분열이니 이중인격 같은 단어가 떠올랐다. 하지만 그런 걸 알아봤자 무슨 방법이 생각나는 것도 아니었다. 미친놈은 그냥 미친놈일 뿐이다.

벽장을 보니 문짝에 옛날식 자물쇠 고리가 있었다. 문짝 한쪽에는 못이 박혀 있었다. 모두 다 계획적인 범행인 것이다. 절망감이 몰려왔다.

말을 듣지 않으면 또 무슨 짓을 당할지 몰라 가만가만 기어서 벽장으로 들어갔다. 안쪽 기둥에 수갑 한쪽이 고정되어 있고 다른 한쪽은 이불 위에 놓여 있었다.

"수갑, 직접 채워." 노부히코의 말에 그대로 따랐다. 전기충격기나 수갑 같은 걸 팔고 있는 이 사회에 화가 났다.

문이 닫히고 자물쇠가 채워졌다. 후미에는 몸을 둥그렇게 말고 울었다. 몸의 어디에도 힘이 주어지지 않았다. 왜 하필이면 내가 이런 꼴을 당하는 걸까. 앞으로 나는 어떻게 될까. 애니메이션 성우의 씩씩한 노랫소리가 벽장 안에까지 왕왕 울렸다.

노부히코는 15분쯤 지나서 쟁반에 2인분의 밥을 들고 돌아왔다. 수갑을 풀어주고 벽장에서 나오라고 했다. 돼지고기 생강구이, 나물, 된장국과 밥을 고타쓰 위에 내려놓았다.

"메일린, 어서 먹어. 별로 훌륭한 요리가 아니라서 미안해." 노부히코가 다정하게 말했다. 물론 식욕은 나지 않았다. 후미에는 젓가락도 들지 않고 내내 훌쩍훌쩍 울었다.

노부히코는 눈앞의 겁에 질린 여학생은 아랑곳할 것도 없이 저녁밥을 우적우적 먹었다. 젓가락을 쥔 손이 어린애처럼 하얗고 부드럽게 보였다. 그런 지독한 상황에서도 후미에는 이 남자가 흉포한 인상이나 큰 몸집이 아닌 것에 위안을 얻었다. 뚱뚱하고 지저분했다면 더 견디지 못했을 것이다. 어쩌면 미쳐버렸을지도 모른다.

식사에는 아예 손도 대지 않았다. 노부히코는 별로 개의치 않는 기색으로 밥그릇을 방 밖에 내놓았다. 손목시계를 들여다보니 밤 9시 가까운 시각이었다. 아버지와 엄마는 틀림없이 걱정하고 있을 것이다. 휴대전화로 몇 번이나 연락을 했을 텐데.

"내 휴대전화 못 보셨어요? 혹시 떨어뜨렸어요?" 후미에가 울면서 물었다.

"몰라. 그보다 바레트 세계에 휴대전화는 없어. 교신은 PC로만 해. 그건 상식이잖아." 멀쩡한 얼굴로 영문 모를 소리를 했다. "하긴 갑작스러운 일이라서 당황스럽기도 하겠지. 이제 곧 익숙해질 거야." 그렇게 말하고 눈을 가늘게 뜨며 웃었다. "아, 그 손목시계 이리 내. 그런 걸 갖고 있으면 정신이 흐트러져."

거부할 용기가 없어서 하라는 대로 했다. 미키마우스 그림이 들어간 문자판을 보더니 "오옷, 귀여운데?"라며 노부히코가 웃었다.

다시 눈물이 쉴 새 없이 흘렀다. 지금쯤 온 집안 식구들이 깜짝 놀라고 있을 것이다. 학원이 아무리 늦게 끝나도 9시 넘어서까지 집에 돌아가지 않은 적은 없었다. 혹시라도 늦어질 때는 미리 연락을 했다. 엄마는 우선 학원에 알아보고, 이어서 가즈미네 집에도 전화를 했을 것이다. 두 군데서 모두 잘 모르겠다는 말을 듣고, 아버지와 엄마가 얼마나 불안해할까. 그걸 생각하니 가슴이 아파왔다.

"집에 보내주세요. 제발 보내주세요." 후미에가 파르르 떨리는 목소리로 말했다. 훌쩍거리며 사정했다.

"침착하게 대처해야지, 메일린. 이제 하계와는 이별해야만 해."

"난 그런 거 몰라요. 나는 메일린이 아니에요."

"에이, 김새게 왜 이래?" 노부히코가 미간을 찌푸렸다. "잠깐 벽장 속에 들어가 있어. 아무 걱정할 거 없어. 화장실도 가게 해주고, 밥도 먹여줄 거야. 그러면 문제없잖아?"

지시하는 대로 벽장으로 들어갔다. 제 손으로 수갑을 채웠다. 비참한 마음이 가득했다. 자리에 누웠더니 눈물이 관자놀이를 타고 흘렀다. 침착해야 해, 침착해야 해. 몇 번이고 마음속에서 되뇌었다. 그래도 최악의 사태는 면했잖아? 범인은 한 명이고, 나는 아직 이렇게 살아있고, 못된 짓을 당한 것도 아니야.

아니, 반드시 그러리라는 보증은 어디에도 없었다. 날이 새면 저 전기충격기를 들이대며 옷을 벗으라고 할지도 모른다. 젊은 남자가 여자를 납치하고서 아무 짓도 하지 않을 리가 없다.

엄마가 경찰에 신고를 했을까. 휴대전화가 연결되지 않았으니까 뭔가 일이 터진 거라고 금세 짐작했을 것이다. 아버지와 상의해서 유메노 경찰서에 신고했을 가능성이 크다. 그렇다면 경찰이 출동할 것이다. 과연 경찰이 이곳을 찾아내줄까.

팔다리가 묶인 것도 아닌데 이 몸은 자신의 것이 아니었다. 손가락 하나만 움직이려고 해도 부들부들 떨릴 지경이었다. 원래부터 그리 다부진 성격은 아니었지만, 그래도 이렇게까지 무력한 자신에게 큰 충격을 받았다.

잠시 뒤에 타닥타닥 자판을 두드리는 소리가 났다. 컴퓨터를 하고 있는 것 같았다. 전자음과 함께 "에잇" "제기랄" "좋았어"라는 소리들이 들려왔다. 게임에 푹 빠진 모양이었다.

후미에는 몸을 웅크리고 있는 수밖에 없었다. 누가 나 좀 살려주세요, 살려주세요, 살려주세요. 눈을 감고 주문처럼 외웠다.

제발 이 모든 게 꿈이기를, 이토록 간절히 빌어본 일은 없었다.

이틀째가 되자 패닉은 진정되었지만 공포심은 그대로 남아서 간헐천처럼 이따금 눈물이 쏟아지고 몸이 부들부들 떨렸다.

가만히 있을 수밖에 없었기 때문에 이리저리 생각만 깊어져서 초조감과 불안감에 시달렸다.

우선 생각나는 건 식구들이었다. 아버지와 엄마는 아무 일도 손에 잡히지 않는 상태일 것이다. 동생도 학교에 가지 못했을 터였다. 모두들 소식이 들어오기만을 기다리고 있는지도 모른다. 그걸 생각하면 잠시도 견딜 수가 없었다.

학교도 긴급 사태에 선생님들이 모여서 회의를 하고 있을 것이다.

학생들에게는 이 일을 알렸을까. 가즈미는 어떻게 하고 있을까.

자신이 갑작스레 사라졌다고 뉴스에 나갔을까. 그것도 마음에 걸렸다. 몸값을 목적으로 유괴되었을 경우를 고려해서 한동안 비밀 수사를 한다는 얘기를 들은 적이 있다. 가능하면 소문이 퍼지기 전에 구해준다면 얼마나 좋을까.

그나마 다행스러운 건 자신을 납치한 게 돈이나 강간 때문이 아니라는 점이었다. 아직까지는 손가락 하나도 건드리지 않았다. 자신을 메일린이라는 공주님으로 착각하고 있기 때문이다. 눈물을 흘리며 울고 있으면 "메일린, 울지 마"라고 다정하게 위로해주기도 했다. 그 대신 집에 가고 싶다거나 풀어달라고 애원하면 갑작스럽게 맨정신으로 돌아와 화난 얼굴로 위협하는 말을 내뱉었다.

도저히 이해할 수 없는 건 이 남자와 가족의 관계였다. 본채에 있는 '영감'과 '할망구'는 마치 노부히코의 하인 같았다. "밥 차려. 2인분이야"하고 노부히코가 전화로 지시를 내리면 잠시 뒤에 본채에서 식사가 준비되었다는 전화가 왔다. 그러면 노부히코가 본채로 들어가서 가져오는 것이다. "별채의 반경 5미터 이내에는 절대로 접근하지 말라고 지시했어"라고 노부히코가 말했다. 어떻게 이런 가족이 있는지 후미에는 이해할 수가 없었다.

이틀째 되던 날 밤에는 노부히코가 본채에 들어가 난동을 부렸다. 무슨 일이 있었는지는 모르지만 "다 죽일 거야!"라는 고함 소리가 들리고 물건이 부서지는 소리가 났다. 그제야 후미에의 머릿속에 가정폭력이라는 단어가 떠올랐다. 겉으로는 얌전하게 보이는 이 남자는 공상의 세계와 집안에서만 왕으로 군림하고 있다. 어떻든 그 '영감'과 '할망구'라는 이들도 도저히 정상적인 인간이라고 할 수 없었다. 별채에 누군가 와 있다는 것을 뻔히 알면서도 그걸 확인해볼 생각조차 하지 않다니.

후미에는 뉴스를 통해 들었던 납치 감금 사건들을 떠올려보았다. 현실과 가상 세계를 제대로 구별하지 못하는 사람이 길거리에서 여자를 살살 꾀어내거나 강제로 납치해서 자기 집에 가둬두는 패턴이었다. 살해된 경우는 없었던 것 같지만, 그렇다고 마음이 놓일 리는 없다. 몇 년씩이나 감금해둔 사건도 있는 것이다.

몸 상태는 최악이었다. 이따금 가슴이 답답하고 숨 쉬기가 힘들어서 억지로 트림을 하며 가슴을 쓸어내리곤 했다.

대들어볼 용기는 나지 않았다. 노부히코가 목에 걸고 다니는 전기충격기도 무섭고, 자칫 잘못 건드려서 잠든 아이를 깨우는 꼴이 될까봐 두려웠기 때문이다. 미친 사람은 예측이 불가능하다. 언제 어떻게 날뛸지 알 수 없는 것이다.

"메일린, 사탄의 어드레스를 알고 있나?"

노부히코가 컴퓨터 화면에 시선을 향한 채 물었다.

"아니, 모르는데요."

후미에가 대답했다. 물론 무슨 말을 하는 건지 모른다.

"새로운 사탄이 출현해서 제3스테이지에서 발동된 미션을 사전 유출하고 있어. 난 사전 유출 행위만은 절대로 용서할 수 없어. 게이머로서 예의에 어긋난 짓이잖아."

"네에……." 한숨을 내쉬었다.

"좋아. 응답 있음. 동지가 있었어. 모두 함께 뉴 사탄의 수색에 나선다. 이거 일이 재미있게 됐군. 반드시 생포해서 재판소에 보내고 말겠어."

노부히코의 말투는 마치 애니메이션의 성우 같았다. 연극적인 데다한 옥타브 높은 목소리다. 상반신을 앞으로 내밀고 성급하게 자판을두드린다.

벽을 둘러싼 책장에는 히어로와 미소녀 피규어가 늘어서 있었다. 진짜로 음산한 분위기다. 이 남자는 무슨 목적으로 나를 데려온 걸까.

납치된 지 사흘째다. 목욕을 하고 싶다. 브러시로 머리를 빗고 싶다. 무엇보다 빨리 집에 돌아가고 싶다.

또 다시 가슴이 답답해지면서 숨이 쉬어지지 않는다. 페트병의 차를마시고 가슴을 쓸어내렸다.

경찰은 제대로 수색하고 있는 건가. 바깥을 내다보고 싶지만 창문이모조리 책장으로 막혀 있었다.

까마귀 울음소리가 들려왔다. 저 새라도 좋으니 제발 나를 발견해줬으면.

22

아이를 데려온 뒤로 가토 유야의 생활은 완전히 변했다. 아침에는6시에 일어난다. 쇼타가 그 시간에 잠이 깨서 말 타듯이 배에 올라타고 놀기 때문이다. 처음에는 짜증이 났지만 천진하게 웃는 얼굴을 보면 화나던 것도 사라졌다. 종일 울기만 하던 아들이 이틀 만에 아빠에게 엉겨드는 걸 보고는 가슴이 뭉클했다. 역시 피는 물보다 진한 것이라고, 당연한 일에 감탄했다.

아직까지 쇼타는 엄마가 보고 싶다고 우는 일은 없었다. 유야는 '어디 두고 보자' 하는 마음이 있었다. 아야카는 유야가 쩔쩔매면서 제발 애 좀 데려가라고 애걸하기를 기다리고 있다. 그 참에 양육비 8만 엔을 요구할 속셈인 것이다.

유야는 오기로라도 그 돈만은 절대로 주고 싶지 않았다. 날마다 세일즈 일로 동동거리다 보니 게으름을 피우며 편히 살아보려는 태도는 결코 용서할 수 없었다. 지금 유야는 어떤 것에도 지지 않겠다는 패기가 넘친다.

죽을 끓이고 후리카케를 뿌려 쇼타에게 먹였다. 자신은 매실장아찌 하나를 넣어 단숨에 후루룩 몰아넣었다. 텔레비전 지역 뉴스에서 여고생이 여전히 행방불명이라는 소식을 전했다. 인터넷에서는 그 여학생의 본명과 주소, 얼굴 사진이 당연한 일처럼 떠다니고 있었다. 호기심에 유야도 들여다봤는데 꽤 예쁘장한 여학생이어서 더욱 딱하게 느껴졌다. 게시판에는 범인이라면서 브라질인의 주소와 이름을 올린 댓글이 줄줄이 이어졌다. 남의 일이지만 유야도 기분이 좋지는 않았다.

나갈 채비를 하고 기저귀도 가방에 챙겨 넣은 뒤 쇼타를 안고 집을 나섰다. 관리인이 현관 앞에서 빗자루로 청소를 하고 있어서 슬쩍 뒷문을 통해 주차장으로 돌아갔다. 어제 구입한 뒷좌석의 차일드시트에 앉히고 어머니 집으로 향했다. 길이 얼어붙어 미끄러운 데다 아이도 타고 있어서 평소보다 안전 운전에 신경을 썼다. 여느 때라면 담배를 피웠겠지만 꾹 참았다. 그런 기특한 자신이 우습기도 했다.

아버지와 어머니는 아직 자고 있었다. 아버지는 택시를 몰고 어머니는 주점에서 주방 일을 하는지라 밤늦게야 집에 돌아와 자는 것이다. 거실 고타쓰 밑에서 L자로 꼬부라져 자고 있는 부모에게 "쇼타 여기놓고 갈게"라고 말을 건넸다. 어머니가 잠에 취한 눈으로 고개만 쳐들고 "응, 알았다"라고 간결하게 대답했다. 쇼타를 고타쓰에 밀어 넣었다. 아들은 떼쓰는 일 없이 아빠의 출근을 배웅해주었다.

이런 생활이 언제까지 이어질지는 모르겠지만 유야에게는 새로운 충실감이 있었다. 사장 가메야마의 입버릇처럼 "사내란 가족을 부양해야 비로소 인간이 된다"는 말이 요즘 들어 묘하게 실감이 났다. 핸들을 잡은 유야는 저절로 콧노래가 나왔다.

그날 조회 시간에 가메야마는 엄청 기분이 좋았다. 지난주 매상이 역대 최고를 기록한 데다 사원 하나가 도산한 회사의 누전 차단기를 거저나 다름없는 가격으로 대량 구매해버리는 쾌거를 거둔 게 그 이유인 모양이었다. 가메야마는 수훈을 세운 안도를 전 사원들 앞에서 극구 칭찬하고 당장 현금 30만 엔을 특별 보너스로 건네주었다.

"어이, 다들 안도에게 박수 좀 쳐줘라."

사원 모두가 박수를 쳤다.

"아, 특별 보너스를 받을 사원이 또 한 사람 있다. 어이, 시바타."

가메야마가 이름을 부르자 시바타는 콧방울이 부풀었다. 사원 모두의 시선이 그쪽으로 쏠렸다.

"시바타는 미나미다이와 세타 지역에까지 진출해서 신규 개척을 해왔다. 그것도 주말 휴일을 반납하고 뛰어줬어. 내가 낱낱이 지켜보고 있어. 매상 전표의 날짜, 납품처 주소까지 다 확인한단 말이야. 그런 걸 경리한테 다 맡기는 줄 알겠지만, 아냐. 내가 일일이 체크해. 시바타, 정말 잘했다."

가메야마는 시바타를 앞으로 불러내더니 10만 엔짜리 현금 봉투를 건네주고, 굳은 악수를 나누었다. 시바타는 자랑스러운 듯 가슴을 내밀고 있었다.

"너희도 남들보다 한 발 앞서서 노력하는 모습을 보여줘. 내가 몇 번이나 말했지만 우리 회사는 철저한 신상필벌(信賞必罰)이다. 실적을 올리는 사람에게 나는 반드시 보답을 해. 그건 돈과 지위다. 유메노 시? 홍, 아무것도 좋을 거 없는 동네야. 자랑할 만한 것이라야 드림타운의 관람차 정도지. 일자리도 없고 마음껏 놀 데도 없어. 젊은 놈들은 자꾸자꾸 도시를 빠져나가. 하지만 말이다, 그렇다고 의욕을 잃어버리면 동네도 사람도 점점 추레해져. 우리가 힘을 합쳐 이런 고향을 신나는 지역으로 만들어봐야 할 거 아니냐. 우리가 돈을 벌고 잘사는 모습을 보여주면 주위도 서서히 바뀐단 거야. 지역 경제라는 건, 엄청 부자가 있어야 돼. 돈 많이 버는 게 정의란 말이지. 그런 점을 너희도 특히 명심해."

가메야마는 득의에 찬 연설을 펼쳤다. 이 사람이 하는 말을 듣고 있으면 어떤 사기 세일즈도 올바른 일처럼 느껴지니 정말 묘한 일이다.

조회가 끝나고 각자 세일즈에 나설 준비를 했다. 유야가 작업복을 입고 있으려니 시바타가 뒤에서 어깨를 툭 치며 "커피라도 한 잔 하자"라고 청했다.

"당연히 선배가 내시는 거?"

"내야지, 커피쯤이야." 눈을 가늘게 하며 웃고 있다.

둘이 나란히 회사를 나와 대각선으로 맞은편에 있는 커피숍에 들어갔다. 평소에는 스포츠신문부터 집어 드는 시바타가 오늘은 곧장 안쪽 테이블로 들어가 털썩 앉더니 쭈욱 기지개를 켰다. '에이'하고 투덜거리며 뭔가 불만스러운 듯 한숨을 쉬고 있다.

"왜, 무슨 일 있었어요?"

"참내, 도무지 이해가 안 된다." 팔을 머리 뒤에 끼고 툭 내뱉는다.

"왜 안도는 30만 엔이고 나는 10만 엔이냐고."

"아이참, 겨우 그것 때문에요?" 유야는 쓴웃음을 지으며 말했다.

"겨우 그거라니? 물론 안도가 물건을 거의 공짜로 구입해온 건 큰 수훈인지도 모르지만, 그거야 우연히 그쪽 회사가 도산했다는 정보가 굴러든 것뿐이야. 땀 한 방울 안 흘리고 거저 얻은 일이잖아."

"예, 그건 그렇지만……."

"우리 사장 그런 점에서 균형 감각이 좀 부족한 거 아니냐? 안도 같은 놈에게 일등 보너스를 쥐어주면 다들 편한 일에만 달려들 거란 말이야."

시바타는 동갑내기 안도와 차별 대우를 받은 게 어지간히 못마땅했는지 얼굴을 찌푸리며 이의를 주장했다.

"게다가 그놈하고 나하고 세 배나 차이가 나는 건 또 뭐냐? 그딴 식으로 판정을 하면 영업직은 대체 뭐가 되느냐고."

"선배, 그건 행복한 고민이죠. 형수에게 비밀로 쓸 수 있는 돈이 10만 엔이나 생겼으면서." 유야가 슬슬 달랬다.

"아침에 회사 나왔더니 사장이 부르더라. 사원들 앞에서 보너스 줄 거라는 얘기 들었을 때는 역시나 사장이 나를 알아주는구나 싶어서 감격했는데, 그쪽은 30만이고 나는 10만이라는 소리 듣고는 얼굴이 푸들푸들 떨리려는 걸 겨우 참았어."

"어라, 당당하게 가슴 내밀고 있더니 그건 연기였어요?"

"나도 이제 성인이잖냐. 다른 사원들 앞에서 어린애처럼 삐칠 수야 없지. 하지만 전화 한 통으로 우연히 좋은 얘기가 굴러든 놈이 주말을 통째로 세일즈에 바친 나보다 우위라니, 이건 화가 난다고 할까 슬프다고 할까, 참내……."

시바타는 진심으로 낙담한 기색이었다. 커피가 나오자 설탕을 세 스 푼이나 떠 넣고 한없이 휘젓고 있다.

"선배, 그래도 내 입장에서 보면 부럽기만 해요. 이대로 가면 선배는 틀림없이 간부가 될 텐데."

"겨우 간부?" 홍 하고 콧방귀를 뀐다. "그건 진즉에 올려줬어야지. 노 상 열심히 하라는 소리만 날리는 전무, 매일같이 계산기만 두드리는 부장. 그 사람들은 윗자리 딱 가로막고 있기밖에 더 해? ……아차." 갑 자기 얼굴색이 바뀌어서 누구 듣는 사람이 없는지 주위를 둘러보았다.

그 모습을 보고 유야는 엉뚱한 대목에서 인간미를 드러내는 이 선배 가 새삼 좋아졌다.

"유야, 이런 얘기, 회사 사람에게는 하지 마라." 시바타가 말했다.

"그야 물론이죠." 유야는 진지한 얼굴로 고개를 끄덕였다.

"참 이상하더라. 위를 목표로 뛰다 보니까 요만한 일에도 자존심이 상하고 질투가 나고, 요즘 그렇다. 저놈한테 내가 졌구나, 내가 한 일을 정당하게 평가해주지 않는구나, 그런 서운함이 있어. 에휴, 노상 놀 궁 리만 하던 옛날이 그립다."

마지막은 절절한 어조로 말해서 유야도 공감했다.

"나도 그런 심정이 되어보고 싶네요."

"너도 빨리 위로 치고 올라와. 태평하게 세월만 보내다가는 우리 사장 금세 장삿거리 바꿀 거야. 그러면 전원이 다시 처음부터 경쟁해야 돼."

시바타의 말에 사장의 리더십의 일면을 슬쩍 엿본 듯한 마음이 들었 다. 가메야마라는 옛 폭주족 우두머리는 부하들을 경쟁시키는 것으로 세력을 확대하고 있다. 이건 계획적이라기보다 본능일 것이다. 가메야 마는 태생적으로 남을 조종하는 게 뛰어난 사람인 것이다.

"그나저나 스네이크 후배 녀석들이 드디어 브라질 놈들 때려잡기에 들어간 모양이던데?"

시바타가 커피를 후루룩 마시며 화제를 바꾸었다.

"아, 사카이가 지난번에 나한테 그 얘기 했었어요. 상업고등학교 후배가 디뉴의 칼을 맞았대요. 보복하는 거 좀 도와달라는데 어떻게 하겠냐고 묻더라고요. 무슨 고등학생도 아니고, 상대하지 말라고 했는데."

"그게 말이지, 이번에는 그 행방불명된 여고생이 얽힌 다툼인 거 같아."

"엇, 그래요?"

"우리 구역에서 여학생까지 덮치는데 가만히 입 다물고 있을 수는 없잖아."

"역시 디뉴 애들이 한 짓이에요?"

"그 여학생이 드림타운에서 터진 그 나이프 사건의 당사자라고 하더라고."

"에엣, 난 처음 듣는 소린데요?"

"소문은 역시 빨라. 인터넷에 벌써 쫘악 퍼졌어. 애초에 싸움난 게 그 여학생 때문이었다는 거야."

"쳇, 얼굴은 예쁘장하던데 헤프게 구는 여학생이었던 모양이네."

"너는 어떻게 그 여학생 얼굴을 알아?"

"얼굴만 인터넷에서 확인해봤거든요."

둘이서 소리 내어 웃었다.

후배 앞에서 한바탕 하소연을 한 탓인지 시바타는 기름기를 싹 씻어낸 것처럼 후련한 얼굴이었다.

눈이 흩날리는 가운데 유야는 담당 구역으로 차를 몰았다. 이제는 자신도 슬슬 보너스를 탈 만큼 세일즈 실적을 올려야 한다는 마음이 들었다. 시바타의 말에 자극을 받아 어떻게든 A등급에 이름을 올리고 싶었다. 일에 대한 압박감은 일 잘하는 사내가 아니고서는 맛볼 수 없다. 그러자면 역시 매상 단가를 올릴 필요가 있다. 다시 말하면, 누전차단기를 좀 더 비싸게 팔아먹어야 하는 것이다.

주택가 변두리 언덕 위에 거대한 민가가 보였다. 흙벽으로 에워싸인 클래식한 저택이다. 검게 빛나는 중후한 기와가 이 저택의 주인이 대대로 부호라는 것을 보여주었다.

"아무래도 저 집은 어렵겠지?" 서행하면서 혼잣말을 흘렸다. 큼직한 대문 앞까지 다가가자 돌에 '야마모토'라고 새긴 번듯한 문패가 보였다. 유야는 마음을 굳히고 그 앞에 차를 세웠다. 세일즈란 원래 거절을 당하는 게 기본이다. 어떤 사람이 사는 집인지는 모르지만, 경계가 강한 것 같으면 점검 작업만 하고 나오면 된다. 혹시라도 치매 노인이 혼자 집을 지키고 있다면 그야말로 한몫 단단히 잡는 거다.

차에서 내려 대문의 인터폰을 눌렀다. 당연히 카메라 딸린 인터폰이었다. 위를 살펴보니 방범 카메라도 설치되어 있었다. 대체 얼마나 큰 부자가 살고 있는 거야. 미간을 찌푸리며 혼자 중얼거렸다.

인터폰을 통해 들려온 건 중년 여자의 목소리였다. 아마 가정부인 모양이다. 누전 차단기 점검을 위해 나왔다고 말했더니 "사모님께 여쭤볼 테니까 잠깐만 기다려요."라고 거만하게 대꾸했다.

추위 속에 발을 동동 구르며 한참을 기다렸다. 바람이 비스듬히 들이쳐서 저택 담장 밖으로 뻗어 나온 나뭇가지가 휘이잉 소리를 내며 흔들렸다. 눈가루가 뺨을 친다. '글러먹었나? 사모님이 집에 계신다면 통할 리가 없지.' 유야는 마음속으로 투덜거리며 발길을 돌리려고 했다.

"점검이라니, 무슨 점검이죠?" 그때 인터폰에서 조금 전과는 다른 낭랑한 목소리가 들려왔다. 이게 사모님인 모양이다.

"저는 무코다 전기 보안센터의 가토라고 합니다. 배전반 보수 점검을 위해 나왔습니다. 잘 아시겠지만, 지은 지 20년이 넘은 가옥은 전기 배선이 구식이라서 누전에 의한 화재가 자주 일어나고 있습니다. 오늘은 이 지역을 모두 돌아보는 중입니다."

유야는 매뉴얼대로 말한 뒤에 카메라 렌즈를 향해 깊숙이 머리를 숙였다.

"어머, 그래요? 그럼 옆의 문으로 들어와요."

여자가 유난히 상냥한 어조로 말했다. 유야는 맥이 탁 풀렸다. 좀 더 강하게 거부할 줄 알았는데.

차에서 도구들을 꺼내 어깨에 메고 옆문으로 갔다. 자그마한 몸집의 가정부가 문을 열고 기다리고 있다가 몹시 수상쩍다는 눈빛으로 유야를 위에서 아래까지 훑어보더니 "들어와요"라고 무뚝뚝하게 턱짓을 했다.

문 안에 들어서자마자 눈이 휘둥그레졌다. 이게 대체 몇 평인가. 건축업자의 주택이라면 20채는 족히 들어갈 것 같았다. 정원에는 잔디가 촘촘히 자라고 안쪽에는 일본 정원도 있었다. 유메노에도 이런 부자가 있었다니. 유야는 우리 고장도 제법 괜찮은 곳이라고 생각했다. 이번에는 오히려 유야 쪽에서 바짝 경계심이 들었다. 이 집 주인은 분명 대대로 이어온 지역 유지일 것이다. 자칫 잘못해서 경찰 신세를 졌다가는 손써볼 도리도 없다.

뒤쪽 출구로 부엌에 들어서자 내부는 시대극에나 나올 법한 옛날식

구조였다. 천장의 대들보며 굵직한 기둥들이 옛날 그대로 교량처럼 가로지르고 있다. 거기에 빨간 가운을 입은 화려한 여자가 나타났다.

"뭘 점검하죠? 그런 건 온 적이 없는데?" 자리에 어울리지 않게 큰 목소리였다. 한눈에 뭔가 눈치가 이상하다고 감을 잡았다.

유야는 항상 들고 다니는 신문 기사의 복사본을 꺼내 보여주었다.

"누전에 의한 화재가 급증해서요, 행정 지침으로 보수 점검 지시가 내려왔습니다. 저희는 그 지시에 준해서⋯⋯."

"어머, 그래요? 그럼 좋죠. 어서 해줘요."

여자가 귀찮다는 듯 의자에 내려앉아 다리를 꼬았다. 하얀 허벅지가 드러났다. 그 순간 유야는 가슴이 뜨끔했다. 개개풀린 촉촉한 눈을 보고 유야는 상황을 이해했다. 이 여자는 아침부터 술을 마시고 있다.

"요코야마 씨, 2층 청소는 했나요?"

"네, 알겠습니다."

가정부가 유야를 한 차례 쳐다보고는 걱정스러운 얼굴로 부엌을 나갔다.

유야는 의자 하나를 빌려 그걸 발판 삼아 올라서서 설치 후 30년은 지난 듯한 배전반 커버를 열었다. 테스터의 그립을 퓨즈에 연결하고 항상 하던 수법대로 "아, 역시 고장이 났는데요?"라고 목소리를 높였다.

"고장 나면 어떻게 되는 거예요?" 여자가 호스티스처럼 달뜬 어조로 말했다.

"누전이 될 경우 자동적으로 전기가 끊기지 않아서 화재의 원인이 됩니다."

"어머나, 무서워라."

"만일 괜찮으시다면 지금 바로 교환해드릴 수 있는데요."

유야가 그렇게 말하며 돌아보자, 여자는 어느새 와인 잔을 손에 들고 있었다.

"이 집 이제 곧 새로 지을 거예요. 건축가와 상담중이에요. 아주 현대적인 집으로 다시 태어날 예정이랍니다."

여자는 혀가 제대로 돌아가지 않았다. 앞가슴이 헤쳐져서 안에 입은 네글리제가 보였다.

유야는 당황스러웠다. 혹시 나를 유혹하는 건가. 엉뚱한 방향으로 상상이 펼쳐진다. 여자는 마흔이 넘은 것으로 보였다. 아직 여성스러운 면이 있기는 하지만 스물세 살의 유야의 눈으로 보면 분명 나이가 한참 많은 아줌마다.

어떻게 할까 몇 초 동안 머리를 굴리다가 "하지만 누전은 당장 내일이라도 일어날 수 있고, 만일 화재가 나면 귀중한 가재도구를 한순간에 잃는 거니까요"라고 말해보았다.

"어머, 그건 그렇죠. 교환하면 얼마나 들어요?" 여자가 와인 잔을 단번에 비워버린다.

"배전반은 여기 한 군데뿐입니까?" 유야는 말을 하면서 여자의 안색을 살펴보았다.

"글쎄, 모르겠네. 아마 별채에도 있지 않을까?" 여자가 목을 긁적이며 나른한 듯 말했다.

"그럼 두 군데 합해서 20만 엔쯤 들겠군요. 소비세는 저희가 서비스해드립니다."

유야는 내기를 걸어보았다. 액수를 듣고 얼굴빛이 변한다면 냉큼 물러나면 그만이다.

"아이, 꽤 비싸네?"

여자는 자작으로 와인을 따르더니 다시 잔을 기울였다. 검붉은 그 액체가 입 밖으로 흘러 가운 옷깃에 얼룩을 만들었다.

"알았어요. 교환해줘요."

여자의 대답에 유야는 자신이 말했으면서도 귀를 의심했다. 이건 완전히 행운이 굴러들었다. 세일즈는 몸으로 부딪쳐야 한다는 걸 다시 한 번 실감했다. 펄쩍 뛸 만큼 기쁜 마음을 들키지 않으려고 열심히 태연한 척했다.

가정부가 돌아오기 전에 얼른 끝내는 게 좋을 거 같아서 잽싸게 교환 작업을 마쳤다. 이어서 연결 복도로 안내를 받아 뒤쪽의 별채에서도 같은 작업을 했다.

"이봐요, 지금 몇 살?" 여자가 작업하는 유야를 올려다보며 물었다.

"스물세 살입니다."

"어머나, 아직 젊은 분이 참 착실하네."

"아뇨. 아직 새내기인데요, 뭘."

"후후. 결혼은 했어요?"

"아뇨, 아직." 귀찮아서 적당히 대꾸했다.

무심코 방안을 둘러보니 여기저기 옷가지가 어질러져 있었다. 고급스러운 스웨터며 재킷이 수북하게 쌓여 있다. 이 집 대체 어떻게 된 거야. 게다가 부잣집 마나님께서 어떻게 저런 꼴인가. 부자들이 살아가는 내막이란 밖에서는 짐작도 할 수 없는 것이구나. 유야는 세상의 또 다른 면을 본 듯한 마음이 들었다.

중인방 위에는 액자가 줄줄이 걸려 있었다. 표창장인 모양이다. '야마모토 가이치'라는 이름이 보였다. 내각 총리대신에게서 받은 표창장까지 있었다. 우연히 찾아 왔는데 정말 엄청난 집안에 발을 들인 것 같다. 이렇게 되면 한시바삐 꽁무니를 빼고 싶어진다.

다시 부엌으로 돌아와 테이블에서 전표를 썼다. 여자는 지갑을 들고 나오더니 손을 베일 듯한 새 지폐로 선뜻 20만 엔을 내주었다. 유야는 그 두둑한 지갑과 전혀 조심하는 기색이 없는 여자의 태도에 다시 한 번 놀랐다.

"이봐요, 한잔하고 갈래요?" 여자가 눈에 애교를 담으며 말했다.

그 눈빛에서 병적인 것이 느껴져서 유야는 선뜻 대답하지 못했다. 여자는 모든 일에 자포자기한 사람처럼 보였다. 이것이 사기 세일즈라고 해도, 20만 엔을 그 사기에 뜯기는 것이라도, 눈앞의 남자가 강도로 돌변한다고 해도, 아무려나 상관없다는 듯한 태도다.

"와인 어때요?"

"아, 지금 근무 중이라서요. 게다가 운전도 해야 하고요."

"정말 착실하네. 우후후." 나이든 여자가 교태를 부리며 웃는다.

일순 섹스 상대라도 해줄까 생각했다. 경우에 따라서는 좀 더 돈을 뜯어낼 수 있을지도 모른다.

하지만 즉시 마음을 돌렸다. 일이 지나치게 잘 풀리는 것에 뭔가 불길함을 느꼈다.

수입인지를 붙여 영수증을 발행했다. 명의를 '아마모토 토지개발'로 해달라는 말에 그대로 적어주었다. 아무래도 회사를 경영하는 모양이다. 유야는 약간은 이해가 되었다. 새 만 엔짜리 지폐 20장은 세컨드백에 챙겨 넣었다. 여자는 미련이 남은 표정으로 고개를 하늘하늘 흔들며 가운 옷깃에 손을 넣고 젖가슴을 만지작거리고 있었다.

"감사합니다. 이만 실례하겠습니다." 깊숙이 고개 숙여 인사를 했다.

여자는 현관까지 따라와서 구두를 신는 유야에게 "고장 나면 꼭 수리하러 와줘야 해요"라고 달콤한 목소리로 말했다.

"물론이죠. 전화해주십시오." 몸을 일으키고 유야는 미소를 지으며 고개를 숙였다.

뒷문으로 밖에 나왔다. 자동차까지 빠른 걸음으로 다가갔다. 이 쾌거를 시바타에게 어떻게 자랑해야 할지 머릿속에서 궁리했다. 한 번에 20만 엔이라니. 이건 영업부의 신기록이다.

해냈다—. 저도 모르게 승리의 브이 자를 그렸다. 성공했어, 내가 해냈어. 입 밖에 내어 중얼거렸다. 볼이 히죽이 풀어졌다. 얼굴이 후끈 달아올랐다. 눈 섞인 맞바람이 전혀 춥게 느껴지지 않았다.

23

은행 자동인출기에서 통장 정리를 해봤더니 잔고가 80만 엔 남짓이었다. 호리베 다에코는 자전거 페달을 밟으며 사슈카이 본부까지 가는 길 내내 머릿속에서 계산을 거듭했다.

아파트 집세가 4만8천 엔, 국민 건강 보험료가 1만2천 엔, 국민연금은 먼저 신청을 하기로 하고, 그다음은 광열비가 모두 합쳐 1만5천 엔 정도. 그것만 쳐도 한 달에 7만5천 엔이 나간다. 그 이외에 휴대전화와 집 전화 요금이 약 1만 엔, 사슈카이 회비가 2만 엔이다. 즉 가만히 있어도 자동적으로 10만1천 엔이 날아가는 셈이다. 식비는 최소한으로 줄일 자신이 있으니까 하루 5백 엔으로 잡으면 한 달에 1만5천 엔. 거기까지 모두 합하면 12만 엔이다. 80만 엔을 12만 엔으로 나누면……. 반년 만에 끝장이다. 등짝에 오한이 내달리고 가벼운 현기증이 났다.

어제 드림타운 슈퍼마켓에서 고객을 소매치기로 오인하는 실수를 범했고, 그야말로 간단히 경비 회사에서 해고되었다. 애초에 비정규직 계약 사원이었기 때문에 해고 수속이고 뭐고 없었다. 구두로 계약 해지를 전달받고 그 즉시 무직자가 되었다. 변명을 해봐도, 필사적으로 사과해도 소용이 없었다. 단순한 일거리였기 때문에 대신할 사람이 얼마든지 있는 것이다. 물론 퇴직금도 실업 수당도 없었다.

풀타임으로 일해도 연수 200만 엔 남짓 손에 들어오는 저임금 노동이었지만, 그것을 잃고나서야 그나마 유메노 시에서는 귀중한 일자리였다는 걸 깨달았다. 곧바로 구인 잡지를 사서 훑어봤지만 여자는 시급 700엔의 파트타임밖에 없었다. 그러고 보니 여동생도 슈퍼의 파트타임은 월 10만 엔이 채 못 된다고 투덜거렸다. 정부에서는 평균 소득이 410만 엔 정도라고 하던데, 과연 어떻게 하면 400만 엔씩이나 벌 수 있는지 다에코는 짐작도 가지 않았다. 매스컴에 자주 등장하는 '하층민'이라는 말이 실감나게 덮쳐왔다. 이미 역전될 가능성이라고는 없다. 어디든 일할 데만 있어도 다행인 형편이다. 아슬아슬한 생활을 죽을 때까지 강요당하는 것이다.

돈이 들어올 구멍은 어디에도 없었다. 성인이 된 두 아이가 있지만 도와달라고 부탁할 용기는 없었다. 생활보호 대상자로 선정될 수는 없을까. 저금을 어떻게든 늘릴 방법은 없을까. 그런 생각을 할 때마다 불안이 큰 파도처럼 덮쳐들었다.

한숨을 내쉬려 해도 폭력적인 맞바람에 딱딱딱 맞부딪치는 소리가 날 것 같은 어금니나 겨우 악물어볼 뿐이다. 추위가 몸에 사무쳐서 이 떨림이 기온에 의한 것인지 공포에 의한 것인지 판단이 되지 않았다. 순간 사슈카이의 회비를 좀 미뤄볼까 하는 생각이 들었지만 곧바로 혼자 도리질을 쳤다. 이제 마음 기댈 곳이라고는 사슈카이 한 군데뿐이다. 다른 회원들 앞에서 궁색하게 주눅이 들어 지내고 싶지는 않았다.

에잇, 내가 이런 정도에 질까 보냐. 다에코는 자신을 격려하며 자전거 페달을 힘껏 밟았다. 방한복을 입고 있어도 냉기가 용서 없이 체온을 앗아갔다. 페달이 끼이끼이 울린다. 앞으로는 옷을 살 여유도 없다. 미용실에도 못 간다. 온천여행 따위 꿈속의 일이다. 하지만 괜찮다. 나에게는 내세가 있다. 신만은 공평하다.

사슈카이 본부 도장에 도착하자 즉시 청소를 시작했다. 모든 걱정을 잊고 무심해질 수 있는 건 이제 이곳에서의 시간뿐이다. 동료가 있다는 게 고마웠다. 집에 혼자 있었다면 분명 자신은 우울증에 걸렸을 것이다.

마침 가까이에 야스다 요시에가 있어서 직장에서 밀려난 전말을 털어놓았다.

"저기, 실은 내가 보안요원 일, 해고됐어……." 환하게 말하려고 했는데 얼굴이 슬쩍 굳어버렸다.

"저런, 웬일로?" 요시에가 작업하던 손을 멈추고 자세히 말해달라고 했다.

다에코는 어제 있었던 일을 이야기했다. 어느 여자의 소매치기 현장을 포착하고 잡아들였는데 잘못 본 것이었다. 그 여자가 훔친 물건을 매장 내의 약국 진열대에 슬쩍 놓고 왔는데 자신이 아무래도 그 함정에 빠진 것 같다. 여자는 만신쿄의 보살 키홀더를 갖고 있었다―. 설명을 하다 보니 가슴속에 쌓였던 감정이 터져 나와 이제는 유일한 친구라고 해야 할 요시에에게 매달리듯이 넋두리를 하고 있었다. 만신쿄라는 말이 나오자 요시에는 당장 표정이 험악해졌다.

"만신쿄라는 건 확실해?"

"그렇다니까. 틀림없이 미키 유카리를 빼내왔다고 앙갚음을 하는 거야."

"정말 너무하네. 이건 가만둘 수 없어."

요시에가 얼굴이 벌게져서 자기 일처럼 분노했다. "여러분, 잠깐 내 얘기 좀 들어봐요." 청소하는 회원들을 향해 짝짝 손뼉을 치며 체육교 사처럼 능숙하게 사람들을 불러 모았다. 다에코에게 떨어진 재난을 본인이 이야기한 것보다 더 알기 쉽게 설명해주었다.

"어떻게 그럴 수가 있어?"

"정말 사악한 자들이네."

저마다 한마디씩 분개하는 말을 쏟아냈다. 진심으로 딱하다는 얼굴로 다에코에게 위로의 말도 건네주었다. "그런 것들한테 기죽으면 안 돼." 다들 옆으로 다가와 어깨를 안아주었다. 이곳에 있는 회원들이야말로 내 가족이라고 다에코는 가슴이 뭉클해졌다.

"다에코 씨, 이런 일은 혼자 울면서 그냥 넘어가서는 안 돼." 그중에서 상급 지도원인 우에무라라는 여자가 힘찬 어조로 말했다. "재난을 받아들여 처분하는 것도 중요하지만, 이건 조용히 넘어갈 일이 아니야. 그건 사기 종교잖아? 그쪽 신자는 다들 피해자인 셈인데, 다에코 씨 혼자서 억울한 걸 참고 그냥 피해버리는 건 그 사람들을 못 본 척 팽개치는 일이야. 미키 유카리 씨라고 했던가? 다에코 씨가 데려온 그 젊은 여자만은 절대로 그쪽에 넘겨줘서는 안 돼."

다들 우에무라의 의견에 고개를 끄덕이며 동의했다.

"그럼 어떻게 해야 할까요?" 다에코가 물었다.

"그 모녀를 우리가 맡아줘도 괜찮아. 미키 씨, 아이가 있었지?"

"네, 이혼했고 다섯 살짜리 딸이 있어요."

"미취학 아동이라면 어려울 것도 없어. 이쪽으로 데려와. 방이라면 얼마든지 비어 있으니까. 게다가 어린애는 우리가 데리고 있는 게 유리해."

무슨 말인지는 다에코도 금세 알아들었다. 어린애를 데리고 있으면 엄마는 어디를 가건 다시 이곳으로 돌아오게 마련이다.

요시에가 옆에서 "차가 필요하면 내 차 이용해"라고 불을 붙이는 말을 했다.

"그래, 우선 연락부터 해봐야겠네." 다에코가 대답했다.

이야기가 일단락되자 우에무라가 다에코의 옷소매를 끌며 본당 한쪽으로 데리고 갔다.

"다에코 씨, 실직자가 됐는데 살림 형편 힘들지 않아?" 작은 소리로 묻는다.

"뭐, 그럭저럭." 다에코는 괜한 허세를 부렸다.

"일자리는 찾고 있어?"

"아뇨, 당분간 봉사단 일에나 전념할까 하고……."

"다행이네. 실은 회비 체납자가 꽤 많거든. 그거 징수하는 일도 좀 도와달라고 하려던 참이었어. 힘들 줄은 알지만 부탁해."

"알았어요."

다에코는 내심 못마땅하면서도 그 얘기를 받아들이고 말았다. 본심은 자신이 어려운 형편이라는 건 우에무라도 뻔히 알 테니까 먼저 배려해주었으면 했다. 좀 더 말하자면, 이런 때는 뭔가 도와줄 거라는 기대감도 있었다. 하지만 어쩔 수 없었다. 이곳에 있으면 식비만이라도 건진다. 그렇게 생각하고 견뎌내는 수밖에 없다.

다시 정원에 나가 빗자루를 들었다. 대빗자루로 낙엽을 쓸어 모아도 바람이 불어 금세 다시 흩어졌다. 회색 하늘은 군데군데 얼룩처럼 거 뭇거뭇하게 탁한 빛을 띠고 있었다. 항상 날아다니던 솔개도 눈에 띄지 않는다. 지구 온난화라고 떠들더니만 대체 어떻게 된 거냐고 묻고 싶은 날씨였다.

바쁘게 움직이며 일을 해도 몸이 훈훈해지지 않았다. 땅바닥에서는 냉기가 신발 바닥을 뚫고 아플 만큼 파고들었다. 이따금 손을 맞비비며 추위를 견뎠다. 허리에 일회용 손난로를 꽂아뒀지만 그저 마음의 위안밖에 되지 않았다.

옆의 별채에서는 마루 쪽 문이 활짝 열려 있고 입주한 신자들이 사라님의 방을 청소하고 있었다. 이곳에 입주할 수 있는 건 사유재산 전액을 사슈카이에 기부한 출가 회원들뿐이다. 모두 여자고 가족과는 관계를 끊은 사람들이다.

그녀들은 한결같이 온화한 표정을 하고 있었다. 그중에는 사채 빚에 시달리거나 남편의 폭력에 허덕이다가 도망 나온 여자들도 있었다. 사슈카이는 가까스로 찾아낸 안식의 땅인 것이다. 그 대신 바깥 세계의 일에 대해서는 항상 과민한 반응을 보였다. 어디서 살인 사건이 일어났다는 얘기만 들어도 다들 얼굴이 새파래져서 부들부들 떨며 경기를 일으키는 여자도 있었다. 그래서 출가 회원의 도장에는 텔레비전도 라디오도 없다.

정원에서 목을 쭉 빼고 사라님의 방을 슬쩍 들여다보았다. 외관은 헌 민가지만, 안은 현대식으로 개조해서 목재 바닥에 호화스러운 응접 세트가 묵직하게 버티고 앉아 있었다. 대형 액정 텔레비전도 있다. 안쪽 방에는 침대도 보였다. 장식장에는 골동품이 주르륵 진열되어 있었다. 상당한 명품인 게 틀림없었다.

사라님은 안에 없었다. 한 달에 두어 번쯤 간부들을 데리고 센다이나 도쿄에 나가서 며칠씩 머물다 돌아온다. 무슨 볼일인지는 모른다. 회원들 간에 그런 일이 화제에 오른 일도 없었다.

"다에코 씨, 뭐하고 있어?" 멍하니 바라보고 있다가 우에무라에게 주의를 받았다. 허둥지둥 대빗자루를 부지런히 움직였다. 아무리 몸을 움직여도 몸은 좀체 따스해지지 않았다.

오후에는 정말로 미키 유카리를 데리러 가게 되었다. 요시에는 폐품 수집 일을 쉬겠다고 했다. "괜찮아. 남편한테 하라고 하면 돼"라고 당당하게 말하는 것이었다.

요시에의 운전으로 유카리가 사는 아파트로 향했다. 미리 전화를 하면 만신쿄에 말이 들어갈 우려가 있어서 연락 없이 곧장 가기로 했다. 전에 들은 말로는 오전 중에는 빌딩 청소를 하고 오후부터는 주점에 나간다고 했다.

"다에코 씨, 기왕 일이 이렇게 됐으니까 간부를 목표로 열심히 뛰어 봐." 가는 길에 요시에가 말했다. "이젠 시간도 있잖아? 정식으로 교의 공부를 해서 지도원이 되면 좋잖아."

"아이, 요시에 씨를 제치고 내가 어떻게……."

"아냐, 지금 서열에 얽매일 때가 아니라니까. 봉사단 같은 건 아무 보상도 없이 실컷 일만 하잖아."

"뭐, 그렇긴 하지만."

"출가한다고 해도 평회원인 채로 들어가면 안 좋아. 작년 연말에 출가한 사람들 좀 봐. 아예 가정부 같잖아. 이사들까지 마냥 몸종처럼 부려먹고……. 그런 건 좀 문제가 있다고 생각해."

요시에가 핸들을 잡고 앞을 바라본 채로 말했다. 사슈카이 조직에 대한 비판이라고 할 수 있는 발언이어서 뜻밖이었다.

"어떤 모임에나 상하 관계는 있게 마련이니까 그건 어쩔 수 없어. 그래도 윗사람은 아랫사람을 배려해줘야 하는 거 아냐? 요즘 들어 간부들이 사라님 비위 맞출 생각만 하고 우리하고는 거리를 두는 거 같더라고."

"응, 그런가……."

"다에코 씨, 지도원이 되어서 그런 것 좀 개혁해봐."

"안 되지, 나 같은 게 개혁은 무슨." 다에코가 당황해서 고개를 저었다.

"아니, 자기라면 할 수 있어. 그 참에 우리 구역도 좀 띄워주고, 얼마나 좋아?"

추켜세우는 게 그리 기분 나쁘지는 않았다. 그렇구나, 나는 이제 시간이 있구나. 정말 정식으로 교의를 공부해보는 것도 좋을지 모른다. 다에코는 갑작스런 실직을 좀 더 긍정적으로 생각하기로 했다.

한 번 와본 적이 있는 유카리의 아파트에 도착해보니 현관 앞에 유아용 시트를 단 자전거가 있었다. 집에 있는 모양이었다. 벨을 눌렀다. 높직한 전자음이 문 너머에서 울리더니 "누구세요?"라는 여자애의 목소리가 들렸다.

"엄마 계시니?" 다에코가 문에 얼굴을 바짝 대고 말했다.

"엄마, 잠자요." 아이는 힘껏 목청을 올려 대답했다. 그 성실함에서 어린애다운 천진함이 묻어났다.

"우리, 엄마 친구야. 잠깐 엄마 좀 깨워줄래?" 요시에가 말했다. 통탕통탕 마루를 달려가는 소리가 나고 잠시 뒤에 "누구세요?"라는 유카리의 머뭇거리는 목소리가 들렸다.

"나야, 호리베 다에코. 야스다 씨하고 함께 왔어."

다에코가 인사를 하자 문 너머에서 숨을 헉 삼키는 듯 잠깐 틈이 벌어졌다.

"잠깐 문 좀 열어줄래?"

"미안해요. 내가 잠을 자느라고 파자마 차림이에요."

유카리가 대답했다. 귀찮아하는 듯한 음색으로 들렸다.

"아이, 괜찮아. 여자들끼린데 뭘."

"네에……."

체인이 풀리고 문이 열렸다. 유카리의 얼굴을 보고 이번에는 다에코와 요시에가 할 말을 잃었다. 지난주에 만났을 때만 해도 멀쩡했는데, 지금 눈앞의 젊은 여자는 시든 가지처럼 쪼그라들어 있었다. 눈은 움푹 들어가고 그 주위는 거뭇거뭇 색이 변했다. 마치 며칠째 바다를 표류하다 겨우 돌아온 사람처럼 초췌한 꼴이었다.

"웬일이야, 어디 아파?"

"아뇨, 그게 아니고……."

"아픈 것도 아니면 대체 무슨 일이야?"

"죄송해요. 아무것도 아니에요." 유카리는 고개를 숙인 채 시선을 맞추려 하지 않았다.

"아무것도 아니라니, 그게 무슨 소리야?" 요시에가 앞으로 척 나서며 유카리의 얼굴을 아래에서 들여다보았다. 다섯 살 딸아이는 불안한 얼굴로 엄마의 다리에 달라붙어 있었다.

"아무튼 잠깐 안에 들어가자." 두 사람은 거의 강제로 집 안에 들어섰다. 허둥거리며 방 안을 치우려고 하는 유카리를 만류하고, 두 개의 방 중 한쪽에서 전기카펫 위의 고타쓰에 마주앉았다.

"유카리 씨, 얘기 좀 해봐. 무슨 일 있었어?" 요시에가 물었다.

"차 좀 내올게요." 유카리가 엉덩이를 쳐들려고 한다.

"아냐, 됐으니까 그냥 앉아 있어. 내가 할게." 다에코가 자리에서 일어나 주방으로 향했다. 주전자를 불에 올리고 마음대로 잔을 꺼내 차를 준비했다. 그 사이에 요시에가 캐물었다.

"대충 짐작이 간다. 만신쿄한테 당한 거지?"

유카리는 대답하지 않고 고개만 숙이고 있었다.

"만신쿄가 어떤 수법을 쓰는지 내가 들은 게 있어. 탈퇴하려는 신자는 도장에 감금하고 3일 밤낮으로 잠도 못 자게 하면서 강의를 한다면서? 미키 씨도 그거 당했어?"

요시에의 물음에 유카리가 가만히 고개를 끄덕였다.

"간부가 번갈아 나와서 왜 그만두느냐, 동료를 배반할 거냐고 큰소리로 장장 설교하는 거지?"

"큰소리를 낸 건 아니구요……."

"그럼 뭘 어떻게 했는데?"

"트레이너 몇 명이 둘러싸고 개별 세미나라는 걸 했어요. 당신은 언제부터 탈퇴할 마음을 먹었느냐, 무슨 일이 있었느냐, 자꾸 물어보니까 그만 나도 머릿속이 하얘져서요. 그러면서 잠을 안 재우니까 아무 생각도 안 나고……."

"몇 시간이나 그랬는데?"

"꼬박 이틀 동안 그런 거 같은데……."

"말도 안 돼. 분명 마지막에는 흥분 상태가 되어서 엉엉 울었지? 그런 걸 세뇌라고 하는 거야. 결국은 거기서 어서 풀려나고 싶은 마음에 탈퇴하지 않겠다고 대답하는 거라고."

"죄송해요…….." 유카리가 힘없이 말했다. 딸아이는 엄마에게 매달려 잠시도 떨어지려 하지 않았다. 다에코도 차를 들고 나와 이야기에 가담했다.

"나, 보안요원 자리 쫓겨났어. 왜 그런지 알아? 만신쿄 사람이 슈퍼에 와서 물건을 훔치는 척했고, 내가 깜빡 그 수법에 걸려들었어. 그 사람들 그런 나쁜 짓을 태연히 하는 사람들이야. 유카리 씨, 그래도 괜찮아?"

"죄송해요." 유카리가 깊숙이 머리를 숙였다. "탈퇴를 신청할 때, 왜 그러냐고 이유를 물어서 솔직하게 전부 얘기했더니 윗사람들이 술렁거리면서 이제부터 시슈카이와 전쟁이라고 하면서……."

"참내, 전쟁이라네?" 요시에가 눈을 둥그렇게 떴다. "드디어 정체를 드러내는군. 이러다가 드림타운에 독가스라도 뿌리는 거 아니야? 잘 들어, 유카리 씨. 만신쿄는 무서운 사이비 종교야."

"죄송해요…….."

유카리는 자신의 의견을 말하지 않고 음울한 얼굴로 고개만 떨구고 있었다.

"그래서 어떻게 하기로 했어? 만신쿄, 그만두지 않을 거야?" 다에코가 물었다.

"저어, 나는 어떻게 해야 좋을지……."

"거기서 탈퇴하면 뭐가 어떻게 안 좋은데 그래?"

"딱히 안 좋을 건 없지만요, 실은 내가 홍차 판매를 담당하게 됐거든요. 그걸 다 팔지 않고서는……."

"이건 또 뭔 소리래? 어떤 홍차인데?"

다에코의 물음에 유카리가 자리에서 일어났다. 서랍장에서 종이박스를 꺼내다 "이거예요"라고 테이블에 올려놓는다. 안에는 종이 패키지가 가득 차있었다. 일본 글자가 눈에 띄지 않는 걸 보니 아무래도 수입품인 모양이었다.

"만신쿄가 신자에게 방문 판매까지 시키는 곳이었어? 정말 어이가 없네. 이건 가격이 얼마야?"

"한 개 3천 엔이에요."

"에엣, 진짜 웃기지도 않네." 요시에가 깜짝 놀란 소리를 올렸다. "홍차는 백화점 최고급품이라도 몇 백 엔이면 되잖아."

"죄송해요. 하지만 이건 모금 활동을 겸하는 거라서요. 만신쿄 이름으로 파는 게 아니라 파키스탄 난민을 구하기 위한 NGO단체 이름으로 판매하는 거예요."

요시에가 큰 한숨을 내쉬며 어이없다는 얼굴로 고개를 저었다.

"그러고 보니 전에 우리 집에도 왔었어. 사지 않기를 잘했네. 그런 거였구나. 진짜로 나쁜 사람들이네. 말도 안 되는 사기 집단이잖아?"

"완전한 사기지. 신자들을 범죄의 앞잡이로 내몰면서 그게 무슨 종교야? 나라면 이런 짓 절대로 못해."

둘이서 눈을 치뜨고 번갈아 비난했다.

"트레이너는 그러더라구요, 이런 일은 못한다는 사람은 선입견이나 고정관념을 갖고 있기 때문이래요. 잠깐 마음을 바꾸면 누구라도 할 수 있다고 하던데……." 유카리가 내성적인 여중생처럼 어물어물 말했다. "나도 처음에는 못한다고 거절했는데 벽을 뛰어넘어야 한다고 자꾸 얘기하니까 정말 그런가 하고……. 죄송해요."

이 여자는 자신의 의사라는 게 없는 사람으로 보였다. 입만 열면 죄송하다는 말만 되풀이한다. 그러니 만신쿄 같은 사이비 종교에 걸려드는 것이다.

"이봐요, 유카리 씨. 사슈카이 도장으로 들어와요. 가족이 모두 입주해서 사는 사람도 꽤 있고, 일단 이쪽에 들어오면 마음이 든든해져." 다에코가 말했다.

"하지만……."

"망설일 거 없어. 당신 모녀는 우리가 지켜줄 거야." 요시에가 고개를 앞으로 내밀며 말했다. "이런 싸구려 홍차, 우리가 만신쿄에 우편택배로 부쳐버릴게. 그럼 됐지? 우리 도장에 오면 우선 밥 걱정을 안 해도 되니까 살림 비용도 크게 줄일 수 있어."

"하지만 일도 나가야 하는데……."

"청소원하고 호스티스 아르바이트 말이지? 그거 계속하고 싶다면 도장에서 출퇴근하면 돼. 유카리 씨가 일 나간 사이에 우리가 애도 봐줄 테니 보육비도 안 들고 얼마나 좋아?"

"그럼, 당연하지. 지금 유카리 씨 얘기 들어보니까 앞으로 도자기니 불상 같은 것도 팔아 오라고 할 거야. 그렇게 되면 경찰에 잡혀가기 십상이야."

"네에……."

유카리는 멍한 대답을 거듭할 뿐 여전히 태도를 분명히 밝히지 않았다. 답답해진 요시에가 자리에서 일어났다.

"좋아, 가자. 저금 통장이나 귀중품, 우선 꼭 필요한 옷가지만 가방에 챙겨. 아이는 유치원에 다닌다고 했던가?"

"죄송해요, 돈이 없어서 유치원은 아직……. 이번 봄부터는 어떻게든 1년 보육원이라도 보내보려고……."

"알았어, 알았어. 이제 그 죄송하다는 말은 그만해. 우리가 도와줄 테니까 빨리 짐이나 챙겨."

유카리가 옆방으로 들어가 서랍에서 옷가지를 꺼내 가방에 넣기 시작했다. 돈은 없다면서도 그 가방이 루이비통인 게 어쩐지 서글펐다. 다른 사람들이 하는 대로 흉내라도 내고 싶어 사들였을 것이다. 요시에는 홍차 박스를 "영차"하고 들고 나가 아파트 앞에 세워둔 차에 실었다. 다에코는 딸아이를 품에 안고 "애, 이제부터 좋은 데로 가자"라고 달랬다. 낯가림이 심한지 몸을 틀며 밀쳐냈다. "엄마, 엄마!" 몇 번이고 불러댄다.

10여 분만에 짐을 챙겨 세 여자와 어린 딸아이가 작은 왜건에 탔다. 엔진을 켜자 차 안이 덜덜덜덜 진동한다. 옆에서 태풍 같은 바람이 들이쳐 네모난 차체가 좌우로 흔들렸다. 그대로 출발하기가 겁이 날 정도로 심한 흔들림이었다.

"비 덧문을 닫고 가야겠어요." 유카리가 말했다.

"알았어, 내가 가서 닫고 올게." 다에코가 곧바로 차에서 내렸다. 동작이 느린 유카리에게 맡겨두면 답답할 것 같아 자신이 얼른 뛰어갔다 오기로 했다.

뒤쪽으로 돌아가 바깥에서 덧문을 닫았다. 얇은 철제 덧문은 들이치는 강풍에 너무도 간단히 후들거렸다. 주위 모든 물건이 싸구려라는 것에 다에코는 무어라 말할 수 없는 쓸쓸함을 느꼈다. 유메노에는 그때그때 임시방편의 싸구려 물건뿐이다.

논 건너 초등학생들이 그룹을 지어 하교하고 있었다. 모두들 코트 후드를 머리에 둘러쓰고 오종종종 작은 보폭으로 걷고 있다. 어린애들답게 까불까불 떠드는 소리는 들려오지 않았다. 휘몰아치는 차가운 바람 속에 영락없이 펭귄의 행진 같았다.

24

유메노 시민연락회가 길거리에서 산업폐기물 처리시설의 건설을 반대한다는 서명 운동을 시작했다. 주요 역 앞과 드림타운 주차장에서 가슴에 비스듬히 띠를 두른 여자들이 목소리를 높이고 있는 모양이었다. 야마모토 준이치는 비서 나카무라의 보고를 통해 그 소식을 들었다. 모두 똑같이 흰색 코트를 차려입은 운동원들이 가면 같은 웃음을 지으며 행인들을 붙잡고 서명을 호소한다는 것이다. 홍보지도 나눠준다는데, 거기에 버젓이 준이치의 이름이 적혀 있었다. 아스카 산의 건설 예정지는 원래 준이치 의원 소유 회사의 토지이고 전매를 통해 사복을 채웠다고, 사실 그대로 적혀 있었다.

준이치는 그 홍보지를 보고 크게 동요했다. 인터넷에서 떠도는 험담은 어쩐지 땅속의 일 같은 느낌이어서 그다지 거슬리지 않지만, 종이 인쇄물이 되고 보니 갑작스럽게 그 땅속에서 싹이 나와 세상 사람들의 눈앞에 낱낱이 드러난 듯한 느낌이 들었다. 온 시민들이 입방아를 찧는 장면이 쉽게 상상이 되었다. 시골의 오락거리라고는 남의 나쁜 소문을 씹는 것뿐이다.

"자네는 이렇게 될 때까지 대체 뭘 했어?" 분통이 터지는 것을 억누를 수 없어서 나카무라에게 괜한 화풀이를 했다.

"죄송합니다……." 동안의 비서가 입술을 깨물며 머리를 숙인다.

"전에 내가 말했지, 아줌마 부대 속에 파고들어 회유든 뭐든 해보라니까!"

"하지만 말이 쉽지, 웬만해서는 상대도 해주지 않아서……."

"그걸 어떻게든 해내는 게 비서 아냐? 비서가 할 일은 첫째도 둘째도 협상이란 말이야."

"알겠습니다. 일단 항의부터 해보겠습니다."

"이런 바보. 그거야말로 그쪽에서 원하는 거야. 우린 어디까지나 태연자약한 태도를 보여야지. 야마모토 준이치가 크게 당황하고 있다는 눈치를 채면 그 사람들 아주 좋아라 하고 덤벼들어. 이 사람이 정치를 통 모르는군. 이런 경우에는 선의의 제삼자가 나서서 일을 가라앉혀야 한단 말이야."

"네에……."

"미리 말해두겠는데, 혹시라도 야부타 형제한테 이런 얘기는 하지도 마. 특히 동생 쪽은 무슨 짓을 저지를지 모르는 인물이야. 아참, 그리고 후지와라 영감도 안 돼. 그 잘난 영감이 또 무슨 요구를 할지 모르는 판이야."

"그럼 후원회에 상의해보겠습니다."

"바로 그거야, 내가 말하고 싶었던 게."

준이치는 감이 둔한 비서 때문에 한숨을 내쉬었다.

하긴 어디에서도 의지할 만한 사람이 선뜻 떠오르지 않았다. 선대 때부터 이어온 후원회는 하나같이 공공사업을 노리고 몰려든 토건업자들뿐이다. 야부타 형제와 별반 차이가 없다. 교양 없고 도덕성 부족하고 오로지 돈벌이에만 관심을 쏟는 작자들이다.

"근데 그 사람들은 활동 자금이 어디서 나오지? 전업주부들 모임인데 다들 도시락 싸들고 다닐 수도 없을 거 아냐."

"……잘 모르겠습니다."

"조사했는데도 모르는 거야, 아니면 조사를 안 해봐서 모르는 거야? 대체 어느 쪽이야?"

"조사를 못했습니다."

"그럼 당장 조사해봐." 말투도 강하게 지시했다. "잘 들어, 나카무라. 자네도 이젠 그런 자신에서 탈피해야 돼. 각오를 다지고 배짱 있게 나가야지. 내가 현 의회에 진출하면 지금보다 훨씬 도깨비 소굴이야. 국회는 아예 복마전이야. 비서도 항상 점잖기만 해서는 통하지 않아. 공작정치든 배짱 정치든 미리미리 배워둬."

"알겠습니다."

"분명히 말하겠는데, 나를 전면에 내세워서는 안 돼."

"네."

나카무라가 얌전한 얼굴로 고개를 끄덕였다. 등을 구부정하게 웅크리고 방을 나간다. 준이치는 책상에 발을 얹고 의자에 깊숙이 몸을 기댄 채 눈을 감았다. 머리에 떠오르는 건 우울한 일들뿐이다. 왜 자꾸만 일이 틀어지는 건가. 이것도 모두 유메노라는 좁아터진 세계가 문제다. 애초에 판이 작은 곳이라서 시시한 일로 남의 발목을 물고 늘어진다.

가슴팍의 주머니에서 휴대전화가 울렸다. 집에서 온 것이었다. 받아보니 아내 도모요가 새가 지저귀는 듯한 목소리로 "넓은 마루 베란다를 남쪽으로 달기로 했는데, 괜찮지?"라고 아무 전제도 없이 불쑥 말했다.

"마루 베란다? 무슨 소리야?"

"새로 지을 집. 구로키 씨가 지금 와 계시는데 러프한 스케치를 몇 개 보여주시네?"

"구로키? 아, 그 건축사?"

"거실하고 베란다에 단차를 두지 말고 안과 밖에 일체감을 주자는 플랜이야. 어때, 너무 좋지?"

아내는 이상하게 신이 나있었다. 혀도 제대로 돌아가지 않는다. 안 좋은 예감이 들었다.

"당신, 혹시 술 마셨어?"

"응, 와인 몇 잔 마셨어."

"와인도 술은 술이야. 대낮부터 왜 이래?" 준이치는 목소리를 낮추어 나무랐다.

"구로키 씨를 런치에 초대했거든. 노상 차만 마시는 건 재미없잖아."

"그렇다고 대낮부터 취할 만큼 마시는 사람이 어디 있어?"

"어떤 와인을 내놓을까, 아침부터 시음을 좀 했더니 나도 모르게 몇 잔이나 마셔버렸지 뭐야. 아이, 근데 당신, 왜 큰소리를 내실까? 당신이 그러면 난 슬퍼져서 또 마시게 돼." 도모요가 호스티스처럼 달콤한 어조로 말했다.

"바보 같은 소리 하지 마. 손님이 곁에 있잖아." 속삭이는 목소리로 대꾸했다.

구로키라는 건축사는 분명 당황하고 있을 것이다. 건축주의 아내가 주부 술꾼인 줄은 대체 어느 단계에서 알았을까.

그보다 준이치는 이런 소문이 유메노 시에 퍼지지 않을지 몹시 불안했다. 다른 선거구의 건축 사무소라지만 그래도 유메노에서 사업을 하는 업자다.

"아참, 아까 아침에 누전 차단기 점검하는 사람이 와서 새 걸로 바꿨으니까 그리 알아요."

도모요는 남편의 걱정 따위는 아랑곳하지 않는 기색으로 계속 종알거렸다.

"그건 또 뭔데?"

"글쎄, 나도 잘은 모르겠는데 아무튼 20만 엔이었어."

"20만 엔? 그 돈을 냈단 말이야?"

"냈다니까."

"이 사람이 정말! 그건 보나마나 사기야. 유메노에서 요즘 사기 방문 판매가 급증했다는 얘기 들은 적도 없어?"

준이치는 불끈 화가 났다. 지역 명사로서 알려진 야마모토 가문이 설마 사기 세일즈의 타깃이 될 줄은 꿈에도 생각하지 못했다. 대체 어디서 굴러먹던 조무래기들인가. 뱃속에서부터 굴욕감이 치밀었다.

"어머, 그래요? 젊고 싹싹하고 일 잘하는 세일즈맨이었는데?" 아내는 한없이 태평하다.

"이런 바보. 상식적으로 생각해봐!" 반성하지 않는 태도에 더욱 화가 나서 자기도 모르게 목소리가 거칠어졌다.

"바보라니, 무슨 말이 그래?"

"바보니까 바보라지."

"아, 그러세요? 그런 말씀을 하실 거면 오늘 밤에는 집에 안 들어오셔도 돼요."

"뭐야? 남편을 집에서 쫓아내겠다는 거야?"

"당신 마음에 드시는 데서 주무시라는 얘기. 그러는 게 당신도 좋잖아?"

도모요가 도발하듯이 말했다. "당신 진짜 이럴 거야?"하고 소리치고 싶었지만, 끝에서 그만 목소리 톤이 다운되었다. 바람피운 것을 따지고 들면 모든 게 무너져버린다.

"아무튼 술은 좀 삼가도록 해." 감정을 누르고 헛기침을 했다. "당신을 위해서 하는 말이야. 건강을 해치면 새집이고 뭐고 소용없잖아? 하루키는 고3 수험생이고 나도 이번 봄에 선거야. 당신한테 크게 기대하고 있으니까 조금만 더 자신을 소중히 여겨줘."

도모요가 침묵했다. 설득의 효과가 있었다기보다 잔뜩 토라진 기색이었다.

"새집에 대한 건 당신에게 맡길게. 나무 베란다라고 했나? 그럼 그걸로 만들어봐."

"난로는 이탈리아에서 주문할 거니까 그리 알아요."

"응, 좋아. 당신 생각대로 해."

가까스로 부부 싸움을 피하고 전화를 끊었다. 천장을 올려다보며 손바닥으로 얼굴을 쓱쓱 비볐다. 모든 게 머릿속에서 뒤죽박죽이 되어서 지금 자신이 안고 있는 문제가 무엇인지 잠시 알지 못했다.

그렇지, 시민연락회의 서명 운동―. 지반은 반석처럼 튼튼하니까 설마하니 그런 정도에 선거가 좌우되지는 않겠지만, 부동표는 확실히 잃을 것이다. 어쩌다 투표율이 오르기라도 하면 아버지 대부터 이어온 톱 당선이 위험해진다. 그렇게 되면 후원자들에게 체면이 서지 않는다.

의자를 빙그르르 돌려 창밖으로 시선을 던졌다. 회색 하늘을 배경으로 다시 눈이 흩뿌리고 있었다. 해가 바뀐 뒤로 연일 이 꼴이다. 내릴 거면 제대로 내리라며 불평을 하고 싶은 심정이다. 드림타운의 관람차는 여전히 멈춘 채였다.

25

엉뚱한 일로 성욕에 불이 붙었다. 어제 주부 원조교제로 두 차례 섹스를 했는데도 오늘 아침에 눈을 뜨고 보니 성기가 사각팬티 밖으로 불룩하게 튀어나왔고 달콤 시큼한 기분이 목구멍까지 차올랐다. 아이하라 도모노리는 이불을 둘러쓰고 몸을 웅크린 채 성기를 오른손에 움켜쥐고 잠시 음란한 공상에 젖었다.

오늘도 섹스를 하고 싶다. 따스한 여자의 몸에 빠져들고 싶다. 그렇게 생각하자 더 이상 시청 일이고 뭐고 어떻게 되건 상관없었다. 어차피 이번 봄에는 현청에 복귀할 거고, 우선 형식적으로 대충 일하다가 후임에게 인계하면 된다며 점점 마음이 느슨해졌다. 공무원이란 의욕이 있는 사람은 한없이 격무에 시달리지만, 일단 빠져나가는 방법을 배워버리면 얼마든지 편하게 지낼 수 있다. 더구나 의욕적으로 뛰지 않으면 실점도 없고 승진에 영향을 미치는 일도 없다.

지각만은 피하고 싶어서 느릿느릿 이불에서 빠져나와 출근 준비를 했다. 어젯밤에 먹다 남은 밥을 데우고 냉동 건조 된장국에 뜨거운 물을 부어 달걀부침과 김 조림으로 밥을 입에 몰아넣었다. 텔레비전 뉴스에서는 유메노에서 행방불명된 여고생이 여전히 발견되지 않고 있다는 소식을 전했지만, 딱히 관심도 없어서 그저 흘려들었다. 그보다 자꾸만 여자 아나운서의 가슴 쪽으로 눈길이 갔다.

거울 앞에 서서 평소에는 쓰지도 않던 무스로 머리를 다듬었다. 이혼한 뒤로 몸치장에는 전혀 신경을 쓰지 않았다. 마치 경기에서 탈락한 선수의 기분으로 지내왔다. 가끔은 미용실에 가서 최신 유행 헤어스타일을 해보는 것도 좋을지 모르겠다고 자신을 빤히 바라보며 생각했다. 그러고 보니 아직 서른두 살이다. 엷은 핑크색 버튼다운셔츠를 골랐다. 평소에는 카디건에 오리털 코트만 걸쳤지만 오늘은 트위드 재킷을 입기로 했다.

맨션을 나와 주차장에서 차에 탔다. 몸체 측면에 눌러 붙은 진흙을 보고 어제 덤프트럭에 쫓겨 식은땀을 흘렸던 게 생각났다. 어차피 폭주족 비슷한 트럭 운전자가 장난삼아 한 짓일 테지만, 그런 반사회적인 자들이 태연히 나돌아다니는 것 자체에 화가 났다. 공무원이 된 다음부터지만 도모노리는 '불량 시민'이라는 단어가 어서 나오기를 바라고 있었다. 연금 미납자나 부정 수급자들은 그런 호칭이 없기 때문에 지금껏 방치되고 있는 것이다.

　시청 사무실에 들어서자 아이미가 "아이하라 씨, 오늘은 왜 이렇게 멋을 내셨어요?"라며 놀렸다.
　"가끔은 기분도 좀 바꿔야지." 애매하게 대답하고 자리에 앉았다.
　"아, 알았다. 오늘 데이트 있죠?"
　"재킷 하나 입었다고 뭘 그렇게……. 그럼 아이미하고 데이트해줄까?"
　도모노리가 되받아치자 아이미는 평소답지 않게 부끄럼을 타면서 "맛있는 거 사주시면 좋죠"라고 묘하게 귀여운 목소리를 냈다. 차를 타주려고 일어서는 아이미의 엉덩이를 바라보며 문득 그 벗은 몸을 상상했다. 통통한 편이지만 아직 어리니까 피부는 매끈할 것이다. 책상 아래에서 사타구니를 슬슬 문질렀다. 이거야, 원. 아침부터 내가 정신이 나갔나.
　항상 하는 업무에 들어갔다. 노력은 최소한으로 줄이기로 마음먹었더니 산더미처럼 쌓인 서류도 전혀 고생스럽지 않았다. 한마디로, 제대로 읽지 않으면 되는 것이다. 생활보호 신청에 관해서는 새 수급자를 늘리지 않는다는 방침이 미리 정해져 있으니까 기계적으로 반려하기만 하면 된다.
　확인 업무는 되도록 전화로 해치우기로 했다. 케이스의 집을 일일이 방문하면 자꾸만 상담을 받게 되고 일거리도 늘어난다. 얼굴을 마주보고 이야기하니까 온갖 요구가 들어오는 것이다.

며칠 전에 신청서 내용에서 부정이 발견된 모자가정에 전화를 걸었다. 탐문 조사를 통해 이혼한 전 남편에게 수입이 있다는 것을 알아내서 앞으로 지급액이 줄어든다고 미리 연락을 해두었던 것이다.

"이번 주 안으로 사무실에 나와서 정정 서류에 도장을 찍어야 합니다. 알겠죠?"

도모노리가 내던지는 듯한 어조로 말하자 사토 아야카라는 젊은 여자 케이스는 음울한 목소리로 "네, 알았어요"라고 짧게 대답했다. 이걸로 다달이 8만 엔을 줄일 수 있다. 이 여자는 둘째아이를 전 남편에게 보내버렸다고 한다. 이러고도 엄마라니. 일개 공무원이지만 국가의 장래가 걱정스럽기만 하다.

그런 식으로 일을 했더니 오전 중에 벌써 서류 작업이 끝났다. 이후는 자유의 몸이다. 그렇게 되자 도모노리의 마음속에서 온갖 잡념이 머리를 쳐들었다.

휴대전화를 들고 화면으로 전화번호부를 검색했다. 어제 등록한 '려인서클'의 번호가 들어 있었다. 파친코 주차장에 나가 다시 원조교제 주부를 살까. 아니, 이틀 연달아 연락하는 건 역시 창피하다. 이어서 가방에서 디지털카메라를 꺼냈다. 전에 주차장에서 도촬한 젊은 주부의 불륜 장면을 들여다보았다. 와다 마키라는 두 아이의 엄마다. 이 여자를 미행해볼까. 또 바람을 피워준다면 자신에게는 최고로 재미있는 심심풀이가 된다.

아무튼 시청에서는 나가기로 했다. 책상에 있으면 민생위원이나 케이스에게서 전화가 걸려와 새 일거리가 늘어날 가능성이 있다.

화이트보드에 '케이스 방문 3건'이라고 거짓 사유를 써넣고 사무실을 나섰다. 입구 옆 상담 창구에서는 이나바가 생활보호를 신청하러 온 모자가정의 여자를 상대하고 있었다.

"당신 말이지, 친가가 같은 동네인데 어떻게 생활보호 신청을 해? 에이, 우리도 다 조사하지. 부모에게 수입이 있을 시에는 허위 내용 기재로 신고한다?"

이나바의 우렁우렁한 목소리에 머리를 노랗게 염색한 젊은 여자는 불량 고교생처럼 부루퉁해져 있었다. 그 모습을 보니 일을 땡땡이치고 나가는 데 대한 죄책감이 사라졌다. 정말로 곤란한 시민은 그리 많지 않은 것이다. 첫째로 이 나라에는 기아가 없다.

공용차가 아니라 자신의 차에 탔다. 관청 차는 장비가 빈약한 데다 에어컨도 시끄럽다. 엔진을 켠 참에 도모노리는 와다 마키의 집에 가보기로 마음먹었다. 시간은 많으니 헛걸음을 해도 상관없다. 만일 집에 없다면 파친코 주차장으로 가보면 된다. 자신의 행동이 병적이라는 건 충분히 잘 알고 있었다. 완전 스토커다.

중간에 국도변 식당에서 점심을 먹고 ATM에서 현금을 인출했다. 뭔가 일이 있을 때를 대비해 10만 엔을 찾았다. 눈에 띈 잡화점에서 싸구려 오페라글라스도 샀다. 여자의 얼굴을 똑똑히 봐두고 싶었기 때문이다. 이상하다는 건 잘 알면서도 욕망이 앞섰다.

변함없이 구름이 잔뜩 낀 날씨 속에 와다 마키가 사는 주택단지로 향했다. 마음속에는 여름방학에 돌입한 학생 같은 해방감이 있었다. 관청 일은 그저 돈 버는 수단이라고 생각해버리면 의외로 마음 편한 직종인지도 모른다. 적어도 자영업자 같은 압박감은 없다.

주택단지에 도착해 와다 마키의 집 앞을 지나갔다. 빨간 경자동차가 카포트에 들어 있었다. 아무래도 집에 있는 모양이다. 그대로 통과해서 뒤편 제방으로 한 바퀴 돌았다. 지난번에 왔을 때는 하천 부지에서 노는 아이들을 지켜보며 주부들이 모여 서서 이야기를 하고 있었다.

희미한 기대감을 품고 찾아봤지만 북풍이 강하고 곧 눈이 내릴 듯한 날씨 때문인지 하천 부지에는 인적이 없었다. 서행하면서 단지를 내려다보았다. 와다 마키의 집을 눈으로 찾아보니 이쪽에서 두 번째 가운데쯤에서 발견할 수 있었다. 모두 비슷비슷한 집들이지만 카포트의 경자동차를 보고 찾아냈다. 갓길에 차를 세우고 그 집을 응시했다. 베란다에는 빨래가 널려있고 창문에는 꽃 스티커가 붙어 있었다. 측면 창문 아래에는 화분. 곳곳에 젊은 주부의 센스 있는 생활감이 엿보였다.

그때 레이스 커튼이 펄렁 움직이더니 창문이 열렸다. 도모노리는 가슴이 철렁했다. 그 여자였다. 와다 마키가 몸을 움츠린 채 베란다에 나왔다. 날씨가 추워서 한시라도 빨리 들어가고 싶은지 서둘러 빨래를 걷어 들이기 시작했다.

당황해서 머리를 낮추고 주위를 둘러보았다. 아무도 이쪽을 보는 사람은 없다. 도모노리는 오페라글라스를 눈에 대고 베란다의 여자를 보았다. 줌업으로 바라보니 와다 마키는 역시 자신이 좋아하는 타입의 여자였다. 뺨이 통통해서 어딘지 순진한 면이 있었다. 청초한 그 느낌이 견딜 수 없이 욕망을 불러일으켰다.

여자는 빨래를 안고 들어가 창문과 커튼을 닫았다. 어딘가 외출하려는 걸까. 그렇다면 즉시 미행을 시작해야 한다. 딱히 불륜이 아니고 쇼핑을 나가는 거라도 상관없다. 지금은 그저 타인의 프라이버시를 훔쳐보고 싶을 뿐이다.

한참 지켜보고 있으려니 카포트에 와다 마키가 나타났다. 도모노리는 신이 났다. 엔진을 켰다. 이얏호. 속으로 쾌재를 불렀다.

서둘러 차를 출발시켜 주택단지 입구로 향했다. 빨간 경자동차는 금세 찾아냈다. 동그스름한 여성적인 차가 아스팔트 위를 덜컹덜컹 달려간다. 그 모습에는 어쩐지 테마파크의 유희도구 같은 멋이 있었다. 차는 현도를 빠져나가 동쪽으로 방향을 바꿔 느린 속도로 달렸다.

도모노리는 신중하게 거리를 두면서 추적했다. 이따금 뒷좌석을 살펴보는 것이 아마 차일드시트에 어린애를 앉힌 모양이다. 처음에 미행했을 때 여자는 불륜을 위해 옆 동네의 친구에게 아이를 맡겼다. 그때와 똑같다면 와다 마키는 오늘도 남자를 만날 가능성이 높다.

과연 빨간 경자동차는 지난번과 같은 동네의 단지로 들어갔다. 친구에게 아이를 맡기고 와다 마키는 혼자서 차를 몰았다. 잠시 뒤에는 국도를 타고 들어갔다. 그쪽 방향에는 파친코가 있다. 도모노리는 흥분했다. 손끝이 파르르 떨렸을 정도다.

10분쯤 국도를 달려 차는 파친코 주차장으로 들어갔다. 이제는 의심의 여지가 없었다. 와다 마키는 이제부터 바람피울 남자를 만날 생각인 것이다. 남편이 없는 사이에 아이를 맡겨놓고. 심장이 마구 두근거렸다. 목이 말랐다. 쾌감이 등줄기를 훑고 내려갔다.

도모노리는 여자가 주차하기를 기다려 조금 떨어진 곳을 골라 자신도 차를 세웠다. 오늘은 오페라글라스가 있어서 무리하게 가까이 갈 필요도 없다.

여자가 차에서 내렸다. 주위를 둘러보며 뭔가를 찾고 있었다. 남자의 차를 찾는 걸까.

가만히 관찰하고 있으려니 여자는 핸드백을 안고 총총걸음으로 주차장 안쪽으로 들어가 깊숙한 곳에 세워둔 왜건 차로 다가갔다.

도모노리는 저도 모르게 "앗" 소리를 냈다. 오페라글라스를 든 손이 딱 멈춰버렸다.

그 왜건은 낯익은 차였다. 어제 자신에게 말을 붙여온 '려인서클' 매니저의 차다. 이름은 야마다라고 했다.

여자가 왜건의 차창을 톡톡 두드린다. 창문이 스르륵 열렸다. 여자는 친한 사람에게 하듯이 미소를 건네더니 등을 둥글게 웅크리며 차에 올랐다.

도모노리는 멍하니 그 광경을 지켜보았다. 저 왜건에 탔다는 건 와다 마키가 주부 원조교제 려인서클의 회원이란 걸까? 그렇다면 며칠 전 목격한 그 만남도 실은 원조교제?

미처 상황을 파악하지 못한 채 도모노리는 오페라글라스를 계속 들여다보았다. 머리가 혼란스러웠다. 확실한 건 와다 마키라는 여자가 그 야마다라는 매니저와 아는 사이라는 것이다. 멀쩡한 주부들이 남편이 알지 못하는 곳에서 대체 무슨 짓들을 하는 건가.

문득 려인서클에 전화를 걸어보자는 생각이 났다. 그 순간 혹시 와다 마키가 손님을 받으려고 왜건에 대기하고 있는지도 모른다는 추측에 온몸이 후끈 달아올랐다.

휴대전화를 꺼내 화면을 응시했다. 정말 걸어볼까. "지금 근처에 와 있는데 여자 있습니까?"라고 넌지시 물어보는 것이다. 야마다라는 매니저가 "여자가 있다"라고 한다면 자신은 지금 당장 와다 마키를 품에 안을 수 있다.

도모노리는 마치 성인 비디오를 손에 넣은 고등학생처럼 콧숨을 씩 씩거렸다. 성기는 벌써부터 단단해졌다. 하지만 한편으로 역시 체면도 생각하지 않을 수 없었다. 이틀 연속으로 연락하면 정말 색을 밝히는 놈으로 생각할 것이다. 아무도 신경 쓰지 않는 무명인이면서도 자존심만은 남들 못지않다.

어떻게 할까. 이런 절호의 기회를 놓치는 건 너무 아쉽다. 저 여자와 섹스를 하고 싶다. 2만 엔쯤은 전혀 아깝지 않다. 머리가 피잉 돌 듯한 감정이 솟구쳐서 도모노리의 마음은 갈팡질팡 어지러웠다.

그리고 휴대전화의 통화 버튼에 막 손가락을 얹었을 때 왜건의 문이 열리고 어제 본 매니저가 차에서 내려왔다. 도모노리는 흠칫해서 몸을 움츠렸다. 매니저는 점퍼 컬러를 세우고 등을 쭉 펴며 주위를 둘러보았다. 누군가를 기다리는 것 같았다. 그러자 한 대의 자동차가 들어와 시야를 가로막듯이 정차했다. 매니저는 운전석을 들여다보며 헤헤거리더니 잽싸게 조수석에 올라탔다.

그렇구나, 저 사람이 손님이구나. 예약을 한 것이다. 제기랄. 아무 상관도 없는 남자에게 도모노리는 혼자서 욕을 퍼부었다. 차 안에서 매니저가 뭔가를 건네받는다. 분명 선금일 것이다. 10초도 안 되어 이번에는 왜건에서 와다 마키가 나와서 매니저와 교대해 손님 차에 탔다. 연인을 맞이하는 것처럼 웃는 얼굴을 보인다. 일련의 일들을 영화 스크린을 응시하듯이 바라보며 도모노리는 가슴이 옥죄이는 것 같았다.

와다 마키는 원조교제를 하고 있다. 지난번에 함께 모텔에 간 남자도 불륜 상대가 아니라 여러 번 만난 적이 있는 손님인 것이다. 그 자연스러운 미소는 와다 마키가 이 일에 익숙하다는 증거다.

도모노리의 마음이 중심을 잃은 팽이처럼 흔들렸다. 왜 그런지는 스스로도 잘 알 수 없었다. 그 예쁘장한 얼굴로 돈에 팔려 낯선 남자의 품에 안기느냐는 실망감, 그렇다면 나도 손님이 되고 싶다는 욕망, 그리고 이런 일은 까맣게 모를 터인 남편이 너무도 가엾다는 동정심, 그런 것들이 한데 뒤엉켜 불안정하게 핑핑 돌았다.

와다 마키를 태운 차가 달려간다. 미행할 생각이었지만 충격으로 그만 맥이 빠져버렸다. 어차피 그들이 갈 곳은 뻔하다. 게다가 두 시간쯤 여기서 기다리면 다시 돌아올 터였다.

그래도 분명하게 확인해보고 싶어서 도모노리는 려인서클에 전화해보기로 했다. 한 차례 심호흡을 한 뒤 휴대전화로 번호를 눌렀다. 곧바로 매니저가 받아 "여보세요"라고 나지막한 소리를 발했다.

"거기 려인서클입니까?" 도모노리가 물었다.

"예, 누구신지……."

"어제 파친코 주차장에서 만났던 사람인데요."

"아, 어제 그 손님이시군요?" 갑작스럽게 말투가 바뀐다. "야마다입니다. 어제는 고마웠습니다." 자동차 세일즈맨처럼 사근사근하다.

"실은 지금 친구하고 파친코 근처에 와있어요. 혹시 여자가 있으면 지금 그쪽으로 가도 될까요?"

"몇 분이나 걸릴까요? 30분만 기다리시면 두 명을 준비할 수 있는데."

역시 예약이 필요하다. 와다 마키는 그 예약에 맞춰서 나간 것이다.

"지금 없다면, 그냥 됐어요."

"아이, 사장님, 그러지 마시고요. 즉시 괜찮은 여자로 알아볼게요. 마음에 안 드시면 체인지하셔도 돼요."

"아뇨, 그럴 것까지는 없고……. 다음에 또 연락하죠."

말끝을 흐리면서 '아예 사실대로 말해볼까'라고 생각했다. 실은 아까부터 주차장에 와서 상황을 모두 지켜봤다, 방금 손님하고 나간 여자와 나도 잘 수 있겠느냐, 라고.

"다음에는 일찌감치 예약해주세요."

"그래요. 앞으로는 그렇게 하죠."

말할 용기가 없었다. 아무래도 체면을 차리고 만다.

"어제 그 여자는 어땠어요? 미호라는 여자."

"예, 좋았어요."

"우리 려인서클은 모두 연인 같은 분위기예요. 정식으로 면접해서 성격 좋은 여자들만 선발하거든요."

"그래요? 좋군요."

"참고로, 미호 씨는 화요일과 목요일에 나옵니다. 하지만 시간은 오전 10시부터 오후 4시까지예요."

"알았어요. 기억해두죠."

애매하게 대답했다. 내 품에 안고 싶은 건 미호가 아니라 와다 마키인데.

"사장님, 이 번호를 제 메모리에 넣어둬도 되겠습니까?" 매니저가 물었다.

"예, 그러세요." 도모노리는 승낙했다. 휴대전화라서 별다른 저항감도 없었다.

"감사합니다. 괜찮으시면 친구분들께도 소개해주세요."

매니저는 처음부터 끝까지 저자세였다. 알고보면 전직은 착실한 영업사원이었는지도 모른다.

"그럼, 전화 기다리겠습니다."

"아, 잠깐……." 야마다가 전화를 끊으려고 하는 찰나에 자기도 모르게 입이 내달렸다. "내가 좋아하는 타입을 말하자면요, 나이는 서른 살쯤, 호리호리한 편에 짧은 머리, 청초한 분위기……." 와다 마키의 특징을 늘어놓았다.

"네에, 알겠습니다. 손님의 요청에 꼭 맞는 여자가 있어요. 다음 기회에 꼭."

매니저가 박자를 맞춰준다. 도모노리는 혼자서 얼굴을 붉혔다. 이런 낯 뜨거운 소리를 하다니. 개인적으로 주문해봤자 그때그때 시간이 비는 여자를 내보내는 게 이 장사의 상투적인 수법이다. 아무리 아마추어라도 그런 정도는 안다.

슬그머니 차를 움직였다. 주차장 끝까지 이동해서 오페라글라스로 왜건을 주시했다. 오후 시간은 전부 땡땡이를 치기로 결심했으니 시간이라면 얼마든지 있다.

찬찬히 관찰해보니 려인서클은 상당히 장사가 잘되는 편이었다. 거의 20분 간격으로 매니저가 차에서 내려 주차장에 들어서는 손님의 차로 달려갔다. 처음 대면하는 경우에는 휴대전화로 사진을 찍어 여자와 아는 사람이 아닌지 확인한다. 손님은 창문으로 매니저에게 돈을 건네주고 여자를 기다린다. 여자는 매니저의 왜건, 혹은 파친코 안에서 대기하는 식이었다.

꽤 괜찮은 여자가 나타날 때마다 나도 려인서클을 이용하다 보면 언젠가는 저 여자와 잘 수 있을 거라고 상상하며 강하게 욕정을 품었다.

손님으로 나타난 남자들에 대해서는 인상이나 풍채를 통해 직업과 직위를 상상해보았다. 착실해 보이는 남자일 때는 "쳇, 색골 같은 놈이 겉은 멀쩡하네"라고 혼자 중얼중얼 욕을 해주었다.

려인서클을 이용하는 남녀들의 얼굴에는 겸연쩍어하는 기색이라고는 털끝만큼도 없었다. 남자들은 파친코 대신이라는 기분으로, 여자는 잠깐 용돈벌이로 생각하는 것 같았다.

도모노리는 새삼 세상의 규율이 땅에 떨어져버린 모습에 놀랐다. 이

건 특별한 경우가 아니다. 평범한 보통 사람들이 한 덩어리가 되어 섹스를 팔고 사는 물결을 일으키고 있는 것이다.

그리고 두 시간이 지났을 즈음 와다 마키가 주차장으로 돌아왔다. 손님으로 받은 남자를 연인처럼 손을 흔들며 배웅하더니 야마다의 차에는 들를 것도 없이 곧장 자기 차에 탔다. 경자동차의 싸구려 엔진 소리가 주위에 울렸다.

문득 검은 마음이 솟구쳐서 도모노리는 미행을 해보기로 했다. 와다 마키가 아니라 손님으로 온 남자 쪽이다. 이거야 원, 소인배는 한가하면 반드시 못된 짓을 꾸민다더니 내가 딱 그 꼴이구나. 자신을 비웃었다.

미행을 하다 보니 결국 이웃한 도시까지 가게 되었다. 오늘은 오후 시간을 모조리 남을 훔쳐보는 데 쓴 셈이다. 남자는 불고기 레스토랑의 오너였다. 가게 앞에 차를 세우고 셔터를 여는 모습을 보고 짐작했다. 평범한 가정이 있고 적당히 돈도 있고, 거기에 사심까지 있는 것이다. 우연한 기회에 이웃 도시의 원조교제 서클을 알게 되면서 젊은 주부와 놀아나는 데 빠져든 것이다.

타인의 비밀을 아는 건 재미있다. 괜찮은 심심풀이가 생겼구나. 자신을 비아냥거리듯이 피식 웃었다.

시간이 어찌나 빨리 가는지 그새 완전히 해가 저물었다.

시청에 돌아와 타임카드를 찍고 귀가 길에 올랐다. 민생위원에게서 몇 가지 연락이 와있었지만 전부 내일로 미루기로 했다. 오늘 해버리면 내일 할 일이 없어진다.

반나절이나 일을 땡땡이치고도 태연히 시치미를 뗐다. 진작부터 이렇게 할 걸 그랬다고 생각했을 정도다. 승진 레이스에 뛰어드는 건 현청에 복귀한 다음에 해도 된다.

중간에 슈퍼마켓에서 반찬을 사고, 앞으로는 집에서 잔업도 하지 않기로 결심했기 때문에 비디오대여점에 들러 신작 영화 DVD 몇 개를 빌렸다.

그다음에는 여느 때의 귀가 코스다. 카스테레오에서 흘러나오는 유행가를 멍하니 들으며 핸들을 잡고 달렸다. 주위가 논밭으로 둘러싸인 외길로 들어서려고 했을 때 잡목림 옆에 덤프트럭이 서있는 게 시야 끝에 들어왔다. 조명이 꺼져 있어서 얼핏 검은 그림자를 본 것뿐인데도 순간적으로 꼬리뼈 근처가 써늘해졌다. 내가 헛것을 봤나. 제발 그러기를 기도했다.

머뭇머뭇 백미러를 들여다보니 그 덤프트럭이 슬금슬금 움직이고 있었다. 출렁출렁 길로 튀어나와 조명도 켜지 않은 채 뒤를 따라온다. 주위에 다른 차는 없었다.

어제의 기억이 되살아나 핏기가 싹 가셨다. 저 덤프트럭이 숨어서 나를 기다리고 있었을까. 누군가 나를 노리는 건가.

말도 안 돼. 스스로에게 말했다. 일개 공무원을 누가 무슨 이유로 노린단 말인가.

액셀을 밟았다. 거기에 맞추듯이 덤프트럭도 속도를 높여 뒤쪽에서 거친 엔진 소리가 덮쳐들었다. 다시 백미러를 보았다. 차간 거리가 10미터도 안 된다. 큼직한 그림자가 쭉쭉 다가든다. 이봐, 대체 왜 이래. 입속에서 중얼거렸다. 차고가 높은 탓에 운전석은 백미러에 비치지 않았다. 다음 순간 하이빔 불빛이 비치면서 고래 울음소리 같은 경적이 울렸다. 도모노리는 전율했다.

온몸이 파르르 떨린다. 공포로 턱이 덜걱거렸다. 어딘가에서 옆길로 피해버리고 싶었지만, 속도를 올린 상태여서 그건 불가능에 가까웠다. 속도 계기판은 시속 80킬로미터를 가리키고 있었다. 게다가 운전 실력에는 자신이 없다. 그저 출퇴근 드라이버일 뿐이다.

차 꽁무니가 닿을락 말락 할 때까지 따라붙었다. 핸들을 놓칠 것 같아서 허둥지둥 움켜쥔 손에 저절로 힘이 들어갔다. 비명이 터지려고 했다. 누군가 나 좀 구해줘ㅡ.

액셀 페달을 바닥까지 깊이 밟았다. 이렇게 되면 떼어내는 수밖에 없다. 속도라면 승용차가 더 빠르다. 다음 사거리까지 어떻게든 떼어내고 주택가 쪽으로 도망쳐야 한다.

백미러를 급하게 흘끔거리며 길의 한복판을 달렸다. 작은 단차에도 차가 통통 튀었다. 곧 죽을 것 같은 심정이었다.

사거리 직전에서 약간 차간 거리가 벌어졌다. 30미터 정도일까. 이대로 계속 달려봤자 별수도 없어서 마음먹고 좌회전을 하기로 했다. 왼쪽으로 가면 마을이 나온다.

급브레이크를 밟았다. 상체가 앞으로 왈칵 쏠린다. 핸들을 꺾었다. 원심력으로 차체가 밖으로 당겨졌다. 뒷바퀴가 옆으로 미끄러진다. 핸들이 제어력을 잃었다. 어이없이 비잉 돌아버린다. 차는 포장도로를 벗어나 도랑을 뛰어넘어 뒤쪽에서부터 밭에 처박혔다. 쇄골에 충격이 내달렸다. 안전벨트가 오른쪽 어깨를 파고든다. 드르르륵 차체 바닥이 긁히는 소리가 울렸다. 차체가 오른쪽으로 크게 기울어서 도모노리는 옆으로 넘어질 것을 각오했다. 핸들에 매달린 채 저도 모르게 눈을 질끈 감았다.

차는 90도 가까이 기울어진 참에 겨우 버텨내고 원래 상태로 돌아왔다. 두 번 세 번 튕긴 끝에 가까스로 정지했다.

앞 유리 너머로 밤하늘이 보였다. 뒤쪽부터 떨어졌기 때문에 에어백은 작동하지 않았다. 그나저나 저놈의 덤프트럭은―. 현기증이 나는 것을 견디며 몸을 틀어 도로를 쳐다보니 덤프트럭은 좌회전을 포기한 채 곧장 달리고 있었다. 100미터쯤 통과한 저 앞에서 정지하는 중이다. 여전히 엔진은 켜놓은 채였다.

운전기사가 차에서 내려올까. 피가 얼어붙는 듯한 공포 속에서 잔뜩 긴장해서 지켜보고 있는데, 방금 달려온 방향에서 자동차 헤드라이트 불빛이 다가왔다. 진심으로 안도했다. 이제는 도움을 청할 수 있는 것이다.

덤프트럭이 다시 출발했다. 이번에는 라이트를 켜고 곧장 달려서 사라져간다.

도망친 건가. 하긴 도망쳐주는 게 고마웠다. 저런 자와 대치할 용기는 없다.

도모노리는 차에서 내리려고 안전벨트를 풀었다. 그 순간 상반신에 격통이 내달렸다. 갈비뼈에 금이 갔을까. 그 정도까지는 아니더라도 타박상 아니면 크게 삔 건 분명하다.

비틀비틀 밖으로 빠져나와 마주 오는 차를 향해 팔을 내저었다.

남의 자동차 불빛이 이토록 고맙게 느껴진 일은 없었다.

26

눈물은 사흘 만에 말라버렸다. 공포로 인한 눈물은 육친을 잃거나 실연했을 때 흘리는 눈물과는 달라서 의외로 한정적인 것인지도 모른다. 납치되고 나흘째가 되는 오늘은 아침부터 한 번도 울지 않았다. 그저 한없이 우울한 마음을 안고 있을 뿐이다.

구보 후미에는 온몸에 피로감을 느끼며 벽장 속 이불에 누워 있었다. 열이 나는 것 같았다. 이마에 손을 대보니 따뜻한 찻잔만큼 뜨거웠다. 감기에 걸렸을 수도 있고 어쩌면 정신적인 충격 때문인지도 모른다. 하지만 발열의 원인이 무엇인지 알아봤자 아무 소용도 없다. 아무리 애결해도 병원에는 어차피 보내주지 않을 것이다.

노부히코는 하루 온종일 인터넷 게임에 몰두했다. 후미에의 존재 따위 아예 머릿속에 없는 사람처럼 줄곧 컴퓨터 화면을 향해 뭔가 중얼거리고 있었다.

"좋아, 제3의 암흑 세계는 이걸로 클리어했어. 다음은 산바라 언덕을 탈환해야지."

"제기랄, 눈치챈 모양이네. 시지포스의 시공회랑(時空回廊)은 왜 이렇게 적들이 우글거리는 거야?"

"역시 동지가 필요해. 여기는 K2, 여기는 K2. 누군가 연대해주겠나?"

음색은 완전히 애니메이션과 똑같은 걸 보면 이 젊은 남자의 머릿속에는 어떤 히어로가 깃들어 있는 모양이다.

그리고 변함없이 후미에는 메일린이었다.

"메일린, 배고프지 않아?"

"메일린, 잠깐 동안만 비글에서 내려오지 말아줘."

"메일린! 공룡 모케레를 해치웠어!"

왕녀를 구하는 기사라도 된 기분인지, 이름을 부를 때는 항상 발랄한 목소리였다. 눈까지 촉촉해져서 그런 소리를 해대니 어떻게도 정상적인 대화를 할 수가 없었다.

이 사이코패스가 자신이 저지른 납치 감금이라는 범죄를 어떻게 인식하고 있는지 후미에는 도무지 짐작도 가지 않았다. 하루에 몇 번쯤 맨정신이 돌아오는데 그때는 "이봐, 부탁이니까 도망칠 생각은 하지마"라고 평범한 말투가 되지만, 과연 그런 때에 범죄자로서의 자각이 있는 건지 그것도 확실하지 않았다. 메일린이 아닐 때의 후미에를 향해 "나를 친구라는 느낌으로 대해도 괜찮아"라는 둥의 말을 한 적이 있다. 한마디로 하나에서 열까지 도통 이해할 수 없는 인간이다.

좀체 시간이 가주지 않았다. 책장에 놓인 시계만 수없이 바라보곤 했다. 하긴 시간이 빨리 가준다고 뭐가 어떻게 해결되는 것도 아니다.

방에 텔레비전은 있지만 켜주지 않았다. 자칫 뉴스 방송이라도 나오면 여고생 행방불명 사건이 나올까봐 그러는지, 노부히코는 리모컨을 아예 책상 서랍에 넣어버렸다.

후미에는 아무 생각도 하고 싶지 않았다. 부모나 동생을 생각하면 가슴이 터질 것 같고, 가즈미와 학교에 대해 생각하면 슬픔이 밀려들고, 앞으로의 일을 생각하면 눈앞이 깜깜해졌다.

성폭행이나 살해 가능성 같은 일들은 너무도 심각한 문제여서 열일곱 살의 자신으로서는 도저히 대항할 수 있는 게 아니었다. 후미에는 아예 겨울잠을 자고 싶었다. 몸을 웅크리고 눈을 감고 봄이 오기만을 기다리는 것이다. 일본 경찰은 우수하니까 자신이 잠든 사이에 구출해줄 것이다. 생각나는 건 모두 그런 도피적인 사고뿐이었다.

게임이 일단락되었는지 노부히코가 전화를 집어 들고 본채에 점심을 주문했다.

"날씨도 추우니까 라면 두 개 끓여. 지난번에 먹었던 라면, 그거 끓여달라고. 정신 똑바로 차리고 면 불지 않게 잘해. 돼지고기 장조림 얇

게 썬 거하고 숙주하고 달걀반숙을 위에 얹어줘. 김 가루도 빼먹으면
안 돼. 알았어, 할망구야?"

위협하는 말투로 으르렁거린다. 노부히코가 말하는 '할망구'나 '영
감탱이'는 조부모가 아니라 부모라는 게 어젯밤에 판명되었다. 전화로
괜히 트집을 잡는 겨를에 "당신들 그러고도 부모야?"라고 고함을 쳤던
것이다. 그렇다면 이 집안은 점점 더 수수께끼다. 아버지와 어머니라
면 왜 이렇게까지 자기 자식을 떠받든단 말인가. 특히 아버지 쪽은 아
직 힘으로라도 아들을 혼내줄 수 있을 게 아닌가.

"뭐야, 돼지고기 장조림이 떨어졌어? 왜 미리 사다놓지 않았어? 하
루만 지나도 맛이 간다고? 쳇, 냉동실에 넣어두면 될 거 아냐! 도무지
센스라고는 없는 할망구 같으니. 아, 됐어. 그럼 베이컨 넣어줘. 오늘은
특별히 봐줄게. 바삭하게 제대로 볶아. 20분 뒤에 갈 테니까 그때까지
해놔. 지금 당장 시작해, 빨랑빨랑 하란 말이야!"

노부히코는 도끼눈을 뜨고 그렇게 지시하더니 흥분이 가라앉지 않
는지 다리를 달달달 떨었다. 후미에가 가장 긴장되는 순간이다. 되도
록 시선을 맞추지 않도록 조심하면서 시간이 가기만을 기다려야 한다.

"보이드 타임(void time)이라는 거 알아?" 노부히코가 물었다. 어느
쪽 인격이 말하는 것인지 판단이 되지 않았다.

"몰라요." 후미에는 작은 소리로 대답했다.

"이 세상에는 보이드 타임이라는 게 있어. 그 시간 동안 보이드 규정
에 따르지 않으면 모든 것이 이면으로 뒤집혀 나오는 거야. 규정이 뭐
냐면, 계획을 세우지 않는다, 방침을 바꾸지 않는다, 결론을 내지 않는
다, 중요한 것을 결정하지 않는다, 라는 거야. 한마디로 아무것도 하지
않는 게 가장 좋아. 메일린은 어떤 별자리지?"

"……전갈자리."

노부히코가 손에 든 달력을 들여다본다. "지난주에 보이드 타임이 있었어. 수요일 오후 7시 46분부터 10시 7분까지. 메일린은 그 시간에 뭘 했지?"

"아마 집에 있었을 거예요."

"아니, 아니지. 다이나소어 거류 지역에 감금되어 있었잖아!" 눈빛이 확 변한다.

후미에는 목을 잔뜩 움츠리고 고개를 끄덕였다.

"원격 투시(遠隔透視)는 했었나?"

무서워서 대답이 나오지 않았다.

"메일린이 원격 투시가 가능했던가?"

이를 악물고 눈을 감은 채 가만히 고개를 저었다.

"그럴 거야, 구루(Guru)의 지도를 받지 않았으니까. 하긴 여자애인데 당연하지."

뭔지는 모르겠지만 다행히 화나지 않고 무사히 넘어간 모양이다. 사이코를 상대하는 건 강제로 줄타기를 하는 듯한 일이다.

점심 준비가 다 되었을 때쯤 노부히코가 본채로 나갔다. 그동안에 후미에는 벽장에 들어가 수갑을 차고 있어야 했다. 자신이 방에서 나갈 때는 가령 화장실에 갈 때라도 벽장에 가두는 것이다.

노부히코가 들고 온 라면은 맛이 진해서 기름이 둥둥 떠 있었다. 그는 기름진 음식을 좋아하는 것 같았다. 온종일 방에 틀어박혀 있으면서 이런 걸 어떻게 소화해내는지 모르겠다.

이따금 흉포한 일면을 보이면서도 식사를 할 때는 묘하게 예의가 바르다. 똑바로 앉아 쓸데없는 말은 일절 하지 않고 적당한 속도로 음식을 씹었다. 스프도 숟가락을 사용해 조용조용 떠먹는다. 그 모습만 보면 누가 봐도 예의바른 청년이다.

그러고 보니 아침저녁으로 이를 닦고 화장실에 다녀온 뒤에는 반드시 손을 씻는 등 어린 시절에 좋은 습관을 들인 흔적이 있었다. 그렇기때문에 더욱더 부모에게 폭력을 휘두르는 게 이해가 되지 않았다.

후미에는 라면을 반 넘게 남겼다. 식욕이 전혀 없는 데다 그나마 먹는다면 담백한 것이 먹고 싶었다. 가능하다면 샌드위치를 먹으면 좋을텐데.

몰래 한숨을 내쉬며 머리를 쓸어 올렸다. 머리칼이 땀에 절어 손끝이 잘 들어가지 않았다. 후미에는 머뭇머뭇 입을 열었다.

"저기, 미안한데요, 목욕 좀 하면 안 돼요?"

노부히코가 얼굴을 들고 잠시 침묵했다. "며칠째 못했지?"

"4일."

"그래? 별채에는 욕실이 없는데, 이것 참 난처하네."

"그럼 앞으로도 계속 목욕은 못 해요?"

"흐음." 노부히코가 팔짱을 끼고 생각에 잠겼다. 혼잣말을 중얼중얼한다. "메일린이 목욕이라……. 어떻게 되는 거야, 이런 경우에는? 전혀 생각해본 적이 없는데. 하긴 메시아라도 여자애니까 샴푸쯤은 해야하는 건가……."

퍼즐을 풀어나가는 어린애처럼 고개를 갸웃거리며 고민하고 있다.

"알았어. 할망구가 장보러 나갈 때 목욕물 준비하라고 할게. 오후에는 나간다고 했으니까."

"저어, 옷도 갈아입고 싶은데……."

"에이, 그건 좀 참아. 난 여자 속옷은 사올 수 없어."

"그래도 이제 정말 너무 불편해서……."

"그래? ……알았어. 어떻게든 해봐야지." 노부히코는 콧물을 훌쩍 들이키더니 "살아있는 메일린은 이래저래 귀찮네"라고 중얼거렸다.

그때 집 앞쪽에서 차 소리가 났다. 노부히코가 얼굴빛이 홱 변해서 자리에서 벌떡 일어섰다. 현관 창문으로 바깥을 살펴보더니 퉁탕퉁탕 발소리를 내며 돌아왔다.

"세일즈 하러 온 사람이야. 안에 들어가 있어."

목에 건 전기충격기를 치켜들고 턱짓을 했다.

후미에는 일순 큰 소리를 질러볼까 생각했다. 살려달라고 비명을 지르는 것이다. 하지만 내 목소리가 거기까지 들릴까. 혹시 실패하면 어떤 보복을 당할지 모른다.

그런 마음이 얼굴에 드러났는지, 노부히코가 전기충격기를 잽싸게 후미에의 목에 들이댔다.

"허튼 생각 하지 마. 본채하고는 한참 떨어져 있으니까."

후미에는 얼굴이 바짝 굳어버린 채 고개를 끄덕이고 얼른 벽장으로 들어갔다. 문이 닫히고 열쇠가 채워졌다. 귀를 기울여보니 "실례합니다"라는 남자 목소리가 멀리서 들려왔다. 거리는 10여 미터쯤 떨어져 있는 것 같았다. 이 별채 앞이 어떻게 생겼는지 후미에는 전혀 알지 못했다.

한참 벽장에 웅크리고 있으려니 어머니 목소리가 들렸다. "노부히코, 잠깐만 나와 봐." 자갈 밟는 소리가 났다.

"이쪽에는 접근하지 말라고 했지!"

노부히코가 단숨에 미터기 바늘이 최고조에 달한 듯한 느낌으로 으르렁거리며 쿵쾅쿵쾅 날뛰었다.

"아, 아냐. 안에는 안 들어갈게. 5미터 이내에도 안 갈 거야."

어머니가 바깥에서 사정사정한다.

"뭔 일이냐고!"

노부히코가 현관까지 달려가, 농성 중인 범인을 설득하러 온 경찰관에게 고함을 내지르듯이 히스테릭하게 외쳤다.

"무슨 보안센터라는 데서 사람이 찾아왔어. 누전 차단기가 고장 나서 바꿔야 한대."

"이쪽에 접근하지 말라고 했잖아!"

"엄마는 기계에 대해서는 전혀 모르잖니. 너는 그런 건 잘 알지?"

"떠들지 말고 꺼져, 이 할망구야!"

노부히코의 분노가 심상치 않았다. 어머니가 자신의 영역에 나타난 게 그렇게도 용서할 수 없는 일인지, 진짜로 화가 나서 어쩔 줄 모르고 있었다.

다시 방에 돌아와 스테레오를 최대 음량으로 틀어놓았다. 애니메이션 주제곡이 왕왕 저음을 울리며 흘러나왔다. 후미에가 살려달라고 소리치는 걸 막기 위해서였다.

다시 샌들을 신고 밖으로 나갔다. "오지 말라니까! 얼른 꺼져!" 음악 사이사이로 고함소리가 들려왔다.

"어라, 너 노부히코 아니냐?" 또 다른 목소리가 들렸다. "나야, 나, 가토. 생각 안 나? 중학교 때 같은 반이었잖아. 뭐야, 여기가 너희 집이었어?"

방문자는 아무래도 노부히코를 아는 사람인 모양이었다. 거기에서부터 노부히코의 목소리는 들리지 않았다. 어머니까지 모두 함께 본채로 이동한 모양이었다.

남은 건 엄청나게 시끄러운 애니메이션 노래뿐이었다.

쓸데없는 일이라고 생각하면서도 후미에는 수갑이 고정된 고리를 흔들어보았다. 꿈쩍도 하지 않는다.

애니메이션 주제가는 지구를 구하자고 노래하고 있었다.

30분쯤 지나 노부히코가 별채로 돌아왔다. 곧바로 벽장을 열지 않고 5분쯤 지난 뒤에야 열어주었다. 수갑은 풀렸지만 후미에는 나갈 마음이 나지 않아 그대로 안에 누워 있었다.

노부히코는 얼굴이 딱딱해진 채 "진짜 이 세상은 왜 이런 거야"라고 혼자 분통을 터뜨렸다. 냉장고에서 콜라를 꺼내 단숨에 마셔버린다. 숨을 씩씩거렸다. 본채에서 무슨 일이 있었던 걸까.

"웃기고 있어. 왜 내가 공부도 못하는 저런 놈한테 바보 취급을 당해야 하지? 어이, 오랜만이다, 옛날 동창인데 하나 사주라? 완전 사기꾼이면서. 그래도 조용히 받아줬더니 6만 엔씩이나 뜯어가?"

주먹을 손바닥에 내려치며 혼자 툴툴거리고 있었다.

"에이, 재수 없어. 저런 놈은 바빌론 시공이라면 가장 먼저 블랙홀에 처박아버릴 텐데."

분노가 가라앉지 않는지 다시 다리를 덜덜덜 떨기 시작한다.

"인터넷에서 개인 정보를 퍼뜨리는 방법도 있지만 저런 머리 나쁜 놈은 어차피 게시판 같은 건 들여다보지도 않아. 아니, 그보다 컴퓨터는 있기나 한지…… 쳇, 인터넷이란 그곳 주민이 아니면 완전 아무 쓸모도 없잖아."

고타쓰에 엎드려 한숨을 이리 쉬고 저리 쉰다. 자세한 건 모르겠지만 집에 찾아온 세일즈맨이 중학교 때 같은 반이었고, 뭔가를 억지로 사라고 한 모양이다. 분명 노부히코는 학교에서 왕따를 당했던 게 틀림없다. 그래서 자라면서 은둔형 외톨이가 된 것이다.

30분쯤 지나서야 마음을 돌려먹었는지 컴퓨터를 마주하고 앉았다. 다시 게임의 세계로 빠져든다.

"좋아, 오늘은 다이나소어 기동대와 전면 충돌해주지. 전투를 회피할 거라고 팔짱을 끼고 있던 놈들, 아주 깜짝 놀랄걸? 메일린, 너도 전투에 참가하게 해줄 테니까 단단히 각오해. 아, 걱정 마. 내가 곁에 있잖아. 넌 내가 반드시 수호할 거야."

노부히코가 후미에를 돌아보며 말했다. 조금 전까지 불안하던 눈빛이 그새 진지한 기사의 눈빛으로 바뀌어 있었다.

총격 소리가 컴퓨터 스피커를 뚫고 쏟아졌다. 후미에는 그 소리를 들으며 눈을 감고 헛되이 흘러가는 시간에 몸을 맡겼다.

27

가토 유야가 회사에 출근하자 후배 사카이가 상의할 게 있다면서 다가왔다. 스무 살의 사카이는 반년 전까지만 해도 폭주족 화이트 스네이크 멤버로 활약하던 녀석이다. 아직도 현역 시절의 버릇이 빠지지 않아 언뜻언뜻 폭력적인 언동이 드러나곤 한다. 상의할 일이란 브라질 그룹과 이 지역 폭주족이 본격적으로 대결하게 되었으니 선배들도 좀 도와달라는 것이었다.

"또 그 얘기야? 너 진짜 바보냐?"

유야는 얘기를 듣자마자 얼굴을 찌푸리며 사카이의 뺨을 툭 때렸다.

며칠 전에도 똑같은 얘기를 해서 혼을 냈었는데.

"선배, 그 브라질 놈들이 우리 지역 여고생을 납치해서 파묻었다니까요. 그런데도 조용히 있어서야 우리 화이트 스네이크는 대체 뭡니까?"

사카이가 얼굴을 붉히며 말했다. 그 눈에 비장한 결의 같은 게 담겨 있었다.

"디뉴가 한 짓이라고 결론난 것도 아니잖아? 뉴스에 그런 얘기는 한 마디도 없었어."

"아뇨, 그게 사실인 거 같아요. 디뉴가 강간 목적으로 여자를 차에 밀어 넣고 폐가로 데려가 친구들을 불러서 돌렸는데, 그중 한 놈이 마침 그 여고생 아버지가 근무하는 공장의 공원이었대요. 얼굴을 들켜버렸기 때문에 살해한 거예요."

"그렇게 잘 알면 경찰에서 왜 체포를 안 하겠냐?"

유야는 귓등으로도 듣지 않았다. 유메노 시가 지금 이런 엉터리 같은 소문으로 한창 시끄러웠다.

"증거를 잡지 못해서 그렇죠. 아무튼 시내에서는 다들 디뉴의 범행이라고 얘기하고 있어요."

"그래서? 브라질 대 일본으로 전쟁이라도 할래?"

"글쎄 이미 전쟁이 시작됐다니까요. 엊저녁에도 패밀리레스토랑 주차장에서 한바탕 싸움이 벌어졌고, 지난 토요일 밤에는 게임센터에서 신지 일행이 습격을 당하고 엄청 맞아서……."

"그쪽에서 먼저 싸움을 걸어왔다는 거야?"

"무슨 말씀이세요? 유야 선배도 드림타운에서 상업고등학교 후배가 칼에 찔렸다는 소식 들으셨잖아요. 애초 일의 발단은 그거라고요."

"야, 보복전은 끝이 없는 거야. 지금까지 스네이크 쪽에서도 디뉴 사

냥을 얼마나 많이 했었냐? 이제 그만 슬슬 손 털어야지, 안 그러면 사
망하는 놈이 생겨."

"선배, 많이 변하셨네."

사카이가 경멸하는 눈빛을 던져왔다. 유야는 후배의 건방진 태도에
불끈했다.

"변하지 않으면 어쩔 건데? 야, 난 가족을 부양해야 돼. 시바타 선배
도 그렇고 사장도 그렇고 다들 그래. 너는 안 그러냐? 어설피 그런 일
에 얼굴 내밀었다가는 회사에 피해가 돌아온단 말이야."

거친 말투로 한바탕 설교를 했다. 그 참에 책상도 타앙 내려쳤다.

"실은 그것 때문에 상의를 하려는 거예요."

사카이가 다시 얌전한 말투로 바뀌었다. 얼굴을 바짝 들이대며 작은
소리로 말을 이었다.

"내가 지금 스네이크 후배들을 모른 체 할 수도 없고, 그렇다고 난장
을 피웠다가 잡혀가면 회사까지 경찰 조사가 들어올 거 같고…… 그
래서 잠깐 회사를 그만둘 생각이거든요."

"너, 제정신이냐?" 유야는 미간을 좁혔다. "사장한테 그렇게 말하려고?"

"예, 말해보려고요. 그러니까 유야 선배가 미리 얘기 좀 해주면 안
될까요?"

"내가 왜?" 저도 모르게 얼굴을 찌푸렸다.

"선배는 요즘 사장한테 신임을 받고 있잖아요."

"아무리 그래도……."

"난 이건 대의명분에 맞는 일이라고 해요."

"대의명분이라니?"

"정당한 이유가 있는 얘기란 말입니다. 스네이크는 지켜야 한다, 회

사에는 피해를 끼칠 수 없다. 그렇다면 내가 잠깐 그만두는 수밖에 없잖아요."

유야는 대답할 말이 궁했다. 후배의 행동은 사내답다고 하면 사내다운 짓이었다.

"알았어. 하루만 기다려봐. 간부들한테 슬쩍 물어볼 테니까."

"딱 하루예요."

"알았다니까." 담배를 꺼내 불을 붙였다. "근데 디뉴는 어때? 싸움들 잘해?"

"만만치 않아요. 그 새끼들 태연히 사람을 칼로 찌르고, 처음부터 죽일 마음을 먹고 덤비거든요."

"허참, 싸움 방식도 많이 변했구나. 옛날에는 폭주족 간의 싸움이 대부분이고, 기껏해야 목도로 서로 치고 패는 정도였는데."

"싸움도 글로벌화 되었다니까요."

"야, 너 요즘 공부깨나 하는 모양이다. 어려운 말 많이 쓰네?"

농담처럼 사카이의 팔을 툭 쳤다. 사카이는 "그럼, 내일"이라고 인사를 하더니 콧구멍을 씩씩거리며 사라졌다.

유야는 의자에 기대고 앉아 담배 연기를 피워 올렸다. 확실히 외국인이 늘어나면서 그룹 간의 싸움도 인종 대립의 양상을 띠게 되었다. 그쪽으로는 완전히 손을 씻은 유야도 드림타운에서 브라질이나 중국의 젊은 애들이 제 세상이라는 듯 돌아다니는 걸 보면, 우리가 애써 쌓아올린 번영과 안전에 무임승차하지 말라고 시비를 걸고 싶었다.

분명 이런 흐름은 멈출 수 없을 것이다. 유메노도 이제는 우리만의 동네가 아니다.

조회가 끝난 뒤 눈이 불그레한 시바타가 커피숍에 가자고 불러냈다. "그 눈, 왜 그래요?" 유야가 묻자 시바타는 "어젯밤에 과음을 좀 했어" 라고 대답했다. 기분이 별로 좋지 않은지 입가를 히쭉 비튼다.

항상 가는 커피숍에서 모닝세트를 주문했다. 시바타는 의자에 깊숙이 몸을 묻고 물수건을 얼굴에 얹은 채 천장을 올려다보며 큰 한숨을 내쉬었다.

"선배, 무슨 일 있었어요?"

"응, 있었지. 나를 또 가볍게 무시하더라." 시바타가 자조하듯이 말했다. "사장이 술자리 모임에 불러준 것까지는 좋았는데, 나보다 안도를 상석에 앉히더라니까."

"또 그 얘기예요?" 유야가 쓴웃음을 지었다.

"야, 또 그거라니?" 시바타가 몸을 벌떡 일으키며 테이블 위로 고개를 쓰윽 내밀었다. "이건 나한테는 아주 중요한 일이야. 게다가 다음 달에 가기로 한 사원 여행의 총무도 안도한테 맡겼어."

"사원 여행 같은 것도 있어요?"

"있어. 간부들끼리만 온천장에서 1박 2일. 도우미 불러다 왕창 놀아대는 거."

"좋겠네, 우리 같은 말단들은 날마다 일만 하는데."

"나는 갈 수 있을지 없을지 아직 몰라. 안도에게 총무를 맡긴 건 그놈은 당연히 데려간다는 얘기잖아. 근데 나는 데려간단 얘기도 없고 같이 가자는 말도 없더라고. 술자리 모임에서 나는 숫자에도 넣지 않는다는 느낌이 들더라니까."

"그럴 리가 있어요? 그 자리에 불렀다는 건 선배도 간부 모임의 멤버라는 얘기죠."

"아냐." 시바타가 찌푸린 얼굴로 고개를 저었다. "사장이 한 번도 나를 안 쳐다보더라고. 완전히 무시당했어."

"괜히 혼자 생각이겠죠."

"괜히 혼자 생각이 아니야. 안도한테는 몇 번이나 말을 걸어주면서 나한테는 한마디도 안 했어."

"그렇진 않을 텐데? 사람을 술자리에 불러놓고 무시할 리는 없잖아요?"

"그러니 속을 모르겠다는 거지. 사장이 대체 무슨 생각을 하는지."

시바타는 답답한 표정으로 머리를 움켜쥐고 몇 번이나 깊은 한숨을 내쉬었다.

"간부 중 누군가한테 물어보는 건 어때요? 선배도 같이 가는 거냐고."

"물어봤자 소용없어. 사장 말고는 아무도 몰라."

토스트가 나와서 잠시 아무 말 없이 먹었다. 시바타는 그 사이에도 토라진 어린애처럼 부루퉁했다. 유야로서는 물론 남의 일이지만 그 심정만은 어쩐지 이해할 수 있었다. 시바타는 인정을 받고 싶은 것이다. 그리고 사장 가메야마는 부하들의 그런 마음을 다 알면서 일부러 초조하게 만드는 구석이 있었다.

"선배는 틀림없이 사장에게서 인정받고 있어요." 유야가 위로의 말을 건넸다.

"그럴까?"

"당연하죠. 간부 모임의 술자리에 불러준 것 자체가 간부로 대접해 준 거잖습니까."

"그렇다면 그걸 뭔가 표나게 밝혀줘야 하는 거 아니냐. 나한테 주임이든 과장이든 관리직 한 자리는 줘야지."

"이제 곧 올려줄 거예요. 요즘 들어 영업 실적이 매번 상위였잖아요?"

"그야 그렇지. 평사원 중에서는 계속 톱이었어."

"곧 좋은 자리가 떨어질 거예요."

"그러면 좋겠는데……." 시바타가 어울리지도 않게 심약한 소리를 했다. 항상 허세를 부리던 폭주족 시절을 생각하면 상상도 못할 만큼 솔직한 태도였다. "이번에 말이지……." 테이블 밑에서 다리를 떨어가며 말을 이었다. "조직 개편을 하면서 간부들은 배지를 달기로 했어. 이사는 금배지, 관리직은 은배지야. 간부들끼리 그런 얘기를 하더라고."

"그래요?"

"나, 은배지 받을 수 있을까?"

"그야 당연히 받을 수 있죠." 유야는 힘을 북돋우려고 입에 발린 소리를 했다.

"안도는 배지를 받고 나는 미뤄진다면 진짜 충격인데."

"절대 그럴 리 없어요."

"야, 나 마음 편하라고 괜한 소리 하지 마."

시바타의 다리 떨기가 한층 심해졌다. 마치 짝사랑으로 속을 태우는 고등학생처럼 보였다.

"그나저나 선배가 그런 일로 고민할 사람일 줄은 전혀 생각도 못했는데요?"

"너, 지금 나 비웃는 거지?"

"설마 그럴 리가 있어요? 진심으로 존경하고 있는데."

"진짜야?"

"진짜라니까요."

시바타의 순정이 우습기도 했다. 인간이란 이렇게까지 변할 수 있는 건가.

"아무도 토를 달지 못할 만큼 엄청난 실적을 올려서 난 반드시 그 배지 탈 거야. 너도 열심히 해. 내가 간부가 되면 끌어줄 테니까."

시바타가 진지한 얼굴로 말했다.

"선배, 잘 부탁합니다." 유야는 머리를 숙였다. 지금의 시바타라면 정말 단숨에 위로 치고 올라갈 것 같다. "아참, 이건 다른 얘긴데요. 사카이란 놈이 스네이크 후배들 부탁으로 디뉴와 한판 붙을 모양이에요. 그래서 회사를 잠깐 그만둘 생각이라는데요?"

"무슨 소리야, 그게?"

"자칫 경찰에 잡혀가면 회사에 피해가 될까봐서 그런대요."

"뭐, 맘대로 하라고 해." 별 관심도 없는지 입에서 나오는 대로 대충 대답한다.

"사장이 뭐라고 할까요?"

"의외로 간단히 인정해주지 않을까? 우리 사장, 의리는 꽤 따지는 편이잖아."

시바타가 수첩을 꺼내 오늘의 영업 구역을 체크했다. 이 선배의 관심은 자신이 간부로서 인정을 받느냐 마느냐, 오로지 그것뿐이었다.

오전 중에는 할당량이 정해진 구역의 세일즈를 돌고, 오후부터는 산간의 단독 주택들을 이 잡듯이 훑어보기로 했다. 아직 아무도 손대지 않은 구역이라서 성공할 확률이 높았다. 유야는 시바타의 말에 크게 자극을 받았다. 자신도 조금만 더 하면 시바타와 똑같은 심정이 될지도 모른다. 기왕 일을 할 거라면 졸병 신세로 끝내고 싶지는 않았다. 지휘관이 되어 남을 부리는 위치에 올라서야 한다.

벌써 몇 년째 보수 공사도 하지 않은 듯한 산간 포장도로를 구덩이를 피해가며 차를 몰았다. 산업폐기물 처리장 뒤편은 오래된 농가가 띄엄띄엄 자리 잡고 있었다. 파라볼라 안테나만 빼고는 쇼와 시절과 하나도 달라진 게 없는 풍경이다. 초등학생 때 자전거로 원정을 왔던 기억이 있다. 옛날부터 버스도 들어오지 않고 상점도 없어서 자가용 없이는 과자부스러기 하나도 살 수 없는 마을이다.

산그늘에는 아직 눈이 남아 있었다. 날씨가 이 모양이라서 한동안 그대로 쌓여있을 것이다. 길에는 사람이 한 명도 눈에 띄지 않았다. 소리도 없다. 양계장 옆을 지나갈 때만 요란한 닭 울음소리가 울렸다. 농한기라서 일할 수 있는 젊은 사람은 다 나가고 집에 없을 것이다. 노인네 혼자 집을 지키고 있다면 유야로서는 절호의 기회다.

점점 좁아지는 길로 차를 몰며 마을의 가장 안쪽까지 들어갔다. 모조리 돌아볼 작정이라서 마음에 드는 집이건 말건 가릴 것도 없었다. 막다른 길 끝에 신사가 있고 그 옆으로 비껴나간 산 밑에 외딴 집 한 채가 있었다. 유야는 그 집에서부터 시작하기로 했다.

차를 부지에 넣고 엔진을 껐다. 거울을 보며 작업복 옷깃을 단정히 하고 머리를 다듬고 자신에게 기합을 넣었다. 차에서 내려 자갈길을 밟으며 현관을 향해 걸어갔다. 벨을 울리고 미닫이문을 밀어보니 잠겨 있지 않았다. 망설일 것도 없이 드르륵 열었다. 토방까지 들어서면 그리 쉽게는 쫓아내지 못한다.

"실례합니다. 무코다 전기 보안센터입니다." 한 옥타브 높은 소리를 질렀다.

안에서 얼굴을 내민 사람은 음울한 얼굴의 50대 아주머니였다. "예, 무슨 일이세요?" 유야를 세일즈맨이라고 판단했는지 잔뜩 경계하는 기색이었다. 창호지 문 틈새로 몸을 반만 내밀고 묻는다.

"배전반 보수 점검을 나왔습니다. 잘 아시겠지만, 지은 지 20년이 넘은 가옥은 전기 배선이 구식이라서……." 항상 하던 세일즈 토크를 줄줄줄 주워섬겼다. "누전 차단기를 점검하겠습니다. 아, 무료니까 걱정 마세요."

"도호쿠 전력에서 나왔어요?" 아주머니가 물었다.

"보안센터예요. 위탁업자입니다." 유야는 거짓말을 했다.

아주머니는 여전히 경계하는 기색으로 "남편이 있을 때 다시 와주세요"라고 가느다란 목소리를 냈다. 농가의 주부답게 화장기 없이 전체적으로 촌스러운 모습이었다. 집안이 어슴푸레해서 한층 더 음울하게 보였다.

"오늘이 이 지역 점검일이에요. 배전반은 어느 쪽이죠? 5분이면 끝나요." 유야는 아랑곳할 것 없이 구두를 벗고 척척 마루 위로 올라섰다.

"예, 그럼……." 떠밀리는 식으로 아주머니가 문을 활짝 열었다. 처음으로 몸 전체가 드러나서 시선을 올려보니 눈 근처에 검은 멍 자국이 있었다. 이 아주머니, 멍든 얼굴을 내보이지 않으려고 나를 거절한 건가.

집 안에 들어선 유야는 다시 한 번 흠칫 놀랐다. 문이라는 문은 모두 구멍이 났고, 벽도 움푹 팬 곳이 있었다. 가구며 집기는 일단 정돈되어 있었지만, 이곳에서 누군가 요란하게 난투극을 벌린 것처럼 여기저기 부서져 있었다. '에이, 끽해야 만 엔이다.' 유야는 속으로 생각했다. 무슨 사정인지는 모르지만 제대로 된 집안이 아니라는 것만은 분명했다.

부엌으로 들어가 즉시 배전반을 열었다. 늘 하는 대로 가짜 측정을 하고 누전차단기를 반드시 교체해야 한다고 설명했다. "제 차에 있으니까 지금 즉시 교체해드릴 수 있어요"라고 차단기 팸플릿을 들이댔다.

"내 마음대로 결정할 일이 아닌데……." 아주머니는 곤란하다는 표정으로 고개를 저었다.

"소비세 포함해서 1만5백 엔이에요. 지금 교체하지 않으시면 아주 위험합니다. 전기에 대해 잘 아는 사람이면 직접 구입해서 교체할 수도 있는데, 집안에 그런 사람이 있습니까?"

유야는 끈덕지게 구매를 권유했다. 만 엔 정도라면 분명 현금이 있을 터였다. 게다가 눈앞의 이 아주머니는 마음이 약해보였다. 몇 푼 되지도 않는데 되도록 빨리 끝내고 다음 집으로 가고 싶었다.

"별채에 우리 아들이 있는데 잠깐 물어볼게요." 아주머니가 말했다.

"아, 그러세요?" 아들이 있다는 말에 유야는 일순 긴장했다. 이 아줌마의 아들이라면 젊은 남자라는 얘기다. 자세한 내용을 캐묻는다면 그냥 빈손으로 냉큼 내빼는 수밖에 없다.

아주머니는 부엌문 쪽으로 마당에 나서더니 그 뒤편의 별채를 향해 소리를 높였다.

"노부히코, 잠깐만 나와 봐."

그러자 곧바로 히스테릭한 목소리가 울렸다.

"이쪽에 접근하지 말라고 했지!"

그 음색은 마치 인질을 끌고 농성 중인 은행 강도처럼 거칠었다. 유야는 저도 모르게 실내 슬리퍼를 신은 채 부엌문 앞에 내려서서 바깥을 살펴보았다.

아주머니가 애원하는 말투로 사정을 설명했다. 남자가 별채 안에서 "떠들지 말고 꺼져, 이 할망구야!"라고 욕을 했다. 모습은 보이지 않고 별채 현관 유리문에 그림자만 어른거렸다. 이건 정상적인 어머니와 아들로는 보이지 않는다. 어지간히 막돼먹은 아들인 모양이다.

2, 3분쯤 그런 대화가 오고간 뒤 갑작스럽게 별채에서 엄청난 음량

의 스테레오 음악이 흘러나오더니 남자가 샌들을 신고 현관 앞으로 나왔다. "오지 말라니까! 얼른 꺼져!" 얼굴이 벌개져서 고함을 내지른다.

평범한 키와 몸집에 피부가 하얀 젊은 녀석이었다. 위아래로 수수한 저지 옷을 걸치고 있었다. 일단 건강한 사내가 아니어서 유야는 안도했다. 혹시 싸움이 나더라도 충분히 이길 수 있을 것 같다. 그리고 다시금 그 얼굴을 응시했을 때 유야의 머릿속 기억의 실이 반응했다. 중학교 때 같은 반이었던 놈이다. 이름은 분명 노부히코다. 히노 노부히코. 착실하고 별로 눈에 띄지 않는 놈이라서 친하게 어울린 적은 없지만, 워낙 동네가 작아서 졸업 후에도 몇 번 본 적이 있었다.

"어라, 너, 노부히코 아니냐?" 유야가 말을 걸었다. 토방 옆의 슬리퍼를 허락도 없이 꿰어 신고 밖으로 나섰다. "나야, 나, 가토. 생각 안 나? 중학교 때 같은 반이었잖아. 뭐야, 여기가 너희 집이었어?" 말투를 싹 바꿨다. 아는 놈이라면 공손한 영업용 말투를 쓸 필요도 없다.

유야를 보고 히노 노부히코의 얼굴이 한순간에 핼쑥해졌다. 숨을 헉 삼키며 흠칫 뒷걸음질을 친다. 아, 그렇지. 선명하게 기억이 되살아났다. 우물쭈물하는 그 태도는 중학교 때 그대로였다. 지독히 소심한 녀석이어서 항상 같은 반 친구 누군가에게 괴롭힘을 당하곤 했다. 유야도 반쯤 재미 삼아 돈을 뜯어낸 일이 있었다.

"야아, 노부히코, 너희 집이었어? 아스카 산 뒤쪽이라는 얘기는 들었지만 이 마을인 줄은 몰랐네."

유야는 웃음을 지으며 그쪽으로 걸음을 옮겼다. 녀석에게서 돈을 받아내자고 마음속으로 결정했다.

풀쩍 뛰듯이 노부히코가 이쪽으로 달려왔다. "아, 이쪽에는 오면 안 돼!" 당황한 기색으로 유야 앞을 가로막는다.

"왜 이래, 오랜만에 만난 친구한테? 저기가 네 방이지? 잠깐 들어가자. 배전반 점검도 해줄 테니까."

턱으로 눈앞의 별채를 가리켰다. 본체와 별채를 합해 최소한 3만 엔은 우려내자고 머릿속에서 주판알을 튕겼다.

"괜찮아, 그런 거 안 해도 돼." 노부히코는 두 팔로 유야를 밀쳐냈다. 뜻하지 않은 저항에 유야가 균형을 잃고 비틀거렸다. "왜 이래?"하고 눈알을 부라렸더니, 노부히코는 점점 더 심각한 얼굴로 "이쪽은 안 돼, 안 돼"라고 필사적인 기세로 밀고 들어왔다. 그 사이에도 별채에서는 엄청난 음량의 노랫소리가 흘러나왔다. 게다가 애니메이션 주제가다. 아무래도 뭔가 이상한 상황이었다.

"노부히코, 네 친구니?" 옆에서 아주머니가 말했다.

"조용히 해, 이 할망구야! 안에 들어가 있어!" 얼굴이 빨개지도록 화를 내며 노부히코가 소리쳤다.

유야는 이쯤에서 사정을 이해했다. 히노 노부히코는 집안에서 폭력을 휘두르는 놈인 것이다. 아까 본 찢어진 창호지 문과 움푹 팬 벽은 노부히코가 날뛰며 때려부순 게 틀림없었다. 아주머니의 얼굴에 난 멍자국도 마찬가지다. 그 증거로, 아주머니는 어쩔 줄 모르고 어물거릴 뿐 못된 자식을 나무랄 엄두도 내지 못하고 있었다.

"노부히코, 어머니한테 무슨 말버릇이야? 너무 심한 거 아니냐?"

유야가 녀석을 정면으로 노려보며 말했다. 일이 재미있게 됐다고 생각했다. 이런 놈이라면 얼마든지 돈을 우려낼 수 있다.

"너하고는 상관없는 일이야." 노부히코가 말대꾸를 했다. 하지만 입술을 파르르 떨며 고개를 숙인 채 우물거리는 말투였다.

"동창한테 그 말투는 또 뭐야? 마당에 서서 길게 얘기하기도 그렇고,

잠깐 내 차로 가자. 누전 차단기, 어차피 교체할 거면 좋은 걸로 해야지."

유야는 노부히코의 어깨에 손을 얹고 질질 끌듯이 앞쪽에 세워둔 영업차까지 데리고 갔다. 밴의 해치를 열고 바구니에서 차단기를 꺼냈다.

"이게 3만5천 엔짜리 기종이야. 교체 작업 수고비는 공짜로 해줄게. 오랜만에 만난 동창인데 주문 좀 해주라."

노부히코는 입을 꾹 다물고 창백한 얼굴로 땀을 흘리고 있었다.

"아무 말도 안 하면 모르잖아. 주문할 거야, 말 거야?"

유야가 나지막한 목소리로 을러댔다. 위협을 하면서 묘한 그리움을 느꼈다. 중학교 때 항상 이런 식으로 용돈을 마련했다. 약한 놈을 붙잡아 먹잇감으로 삼았다.

"주문 좀 해줘. 내가 할당량 때문에 날마다 헉헉거린다니까. 근데 넌 평일 대낮부터 뭐하고 있냐? 혹시 아직도 대학생? 아니면 프리터? 어쨌거나 나보다는 편한 처지네. 대낮에 집에서 펑펑 놀고 있으니."

노부히코는 침착하지 못하게 손톱을 물어뜯고 다리를 달달 흔들고 있었다.

"너, 혹시 은둔형 외톨이?"

물어봐도 대답이 돌아오지 않는다.

"주문할 때까지 내가 날마다 찾아온다?"

"……알았어. 살게." 노부히코가 불쑥 말했다.

"오옷, 다행이네. 역시 친구는 사귀고 볼 일이야." 유야는 과장스럽게 헤벌쭉 웃으면서 노부히코의 어깨를 툭툭 내리쳤다. "네가 내 물건을 사주다니, 허참. 별채 것까지 합해서 두 개에 6만3천 엔이야."

"그, 그건 좀……. 지금 돈도 없고……."

"야야, 후불도 괜찮아. 내일 다시 수금하러 오면 되지 뭘." 유야가 노부히코의 어깨를 잡고 앞뒤로 흔들었다. "친구 좋다는 게 뭐냐? 내 매상에 공헌 좀 해주라."

노부히코는 점점 더 안색이 하얘져서 불안하게 눈을 깜빡거렸다.

"부탁한다. 좀 봐주라, 응?"

노부히코가 힘없이 고개를 끄덕였다.

"좋아. 즉시 교체해주지."

"아, 아냐, 됐어. 내가 직접 달 거니까 괜찮아."

노부히코가 누전차단기 상자 두 개를 집어 들고 본채로 냅다 도망치려고 했다.

"아이, 무슨 소리야? 교체쯤은 내 손으로 해드려야지."

"괜찮으니까 이제 그만 가. 돈 가져올게."

노부히코는 유야가 한시라도 빨리 돌아가기를 바라는 눈치였다.

"지금 돈 있어? 6만3천 엔인데."

"나도 몰라. 없으면 통장으로 넣어줄게."

"뭐, 당장 현금이 없다면 그렇게 해주지."

노부히코가 안으로 뛰어갔다. 그 뒷모습을 바라보며 유야는 담배에 불을 붙이고 잠시 한숨 돌렸다. 정말 음침하게 재수 없는 놈이다. 분명 친구도 없을 것이다. 날마다 별채에 틀어박혀 DVD를 보거나 게임을 하면서 세월을 보내는 것이다.

안쪽 카포트에는 닛산의 스카이라인 신차가 세워져 있었다. 노부히코의 차인 모양이다. 나쁜 놈, 차는 좋은 거 타는구나. 돈을 좀 더 뜯어낼까.

노부히코는 3분쯤 뒤에 돌아왔다. 만 엔짜리 지폐 두 장을 들고 있었다. "나머지 4만3천 엔은 은행으로 넣어줄게." 파르르 떨리는 손으로 돈을 내밀었다.

"너도 참 이상한 놈이다." 유야는 코웃음을 날리고, 2만 엔이라고 적은 영수증과 함께 자신의 계좌번호를 적어주었다. 은행으로 들어온 돈은 내 주머니에 쓱싹하기로 마음먹었다. "야, 내일까지 꼭 넣어줘. 통장 확인해서 미입금이면 즉시 수금하러 올 테니까."

"알았어, 넣을게." 눈에 핏발이 서있었다.

어쩐지 이대로 물러서기가 아쉬운 마음이 들어서 유야는 "노부히코, 한 개만 더 사줄래?"라고 슬쩍 던져봤다.

"예비로 하나 더 가지고 있으면 좋잖아."

"그, 그······." 노부히코가 말문이 막혀서 어쩔 줄 모르고 있었다.

문득 본채에 시선을 던지자 노부히코의 어머니가 걱정스럽게 유리문 틈새로 훔쳐보고 있었다. 어머니고 아들이고, 참 서글픈 꼴이다.

유야는 그 자리에서 연거푸 재채기를 했다. 등에 오한이 내달렸다. 바깥에 오래 서있었더니 몸이 얼어버렸다.

"그럼 오늘은 이쯤에서 가야겠다. 마음 내키면 또 올 테니까 현금 좀 준비해둬라, 응?"

노부히코의 어깨를 툭툭 쳐주고 차에 올랐다. 별채에서는 여전히 애니메이션 주제가 음악이 흘러나오고 있었다.

엔진을 켜고 차를 출발시켰다. 룸미러를 보니 노부히코가 중학생 때와 똑같은 음울한 표정으로 멀거니 서있었다. 내가 떠난 뒤에 제 어머니에게 또 화풀이 삼아 폭력을 휘두를까.

북풍이 산에 부딪쳐 휘휘 소용돌이치며 주위의 수목을 윙윙 울렸다. 이런 집, 나라면 사흘 만에 답답해서 뛰쳐나올 것이다. 하긴 은둔형 외톨이에게는 마침 좋은 피난처인지도 모른다.

싸락눈이 흩뿌리기 시작하고 있었다.

28

아침, 호리베 다에코가 잠에서 깨 이불 속에서 가장 먼저 생각하는 건 '제발 눈이 내리지 않았기를'이다. 바람이라면 추워도 견딜 수 있지만, 눈이 쌓이면 차가 없는 다에코는 완전히 두 손 두 발 들어야 한다. 일기예보에서는 연일 강설 확률이 50퍼센트였다. 그래서 이불에서 나오면 항상 기도하는 마음으로 커튼을 들춰보았다. 아직 날이 밝지 않은 하늘은 어두컴컴하지만 다행히 눈은 내리지 않았다. 우선은 마음이 턱 놓였다.

다에코는 간단히 세수를 하고 오전 7시 전에 집을 나섰다. 사슈카이에서 아침을 먹기 위해서였다. 기왕 봉사단에 들었으니 식사할 권리만은 행사하자고 생각했다. 그러면 식비와 광열비를 절약할 수 있다. 지금의 자신에게는 단돈 백 엔도 아쉽다.

자전거 페달을 밟아 사슈카이 본부 도장에 도착하자 웃지도 못할 만큼 온몸이 꽁꽁 굳어 있었다. 출가 회원들에게서 '꼬박꼬박 아침을 먹으러 오는구나'라는 시선이 날아왔지만, 다에코는 당당히 식탁에 앉았다.

"내가 그만 실직을 해서요. 당분간 신세 좀 질게요. 지금껏 여기 일을 내 힘닿는 데까지 거들어왔으니까, 이건 말하자면 품앗이겠지요?"라고 선언 비슷한 말도 해뒀다. 마음속 어딘가에서 체면이고 뭐고 내던져버린 면이 있었다. 이곳에 있는 여자들은 어차피 서로 돕지 않고서는 이 세상을 살아갈 수 없다.

어제부터 입주한 미키 유카리와 어린 딸아이는 식탁 한구석에서 조용히 아침을 먹고 있었다. "유카리, 스토브 쪽으로 좀 더 가까이 와. 거긴 춥잖아?" 취사 당번의 여자가 말을 건넸지만 유카리는 수줍어하며

"아뇨, 괜찮아요"라고 사양했다. 주위에서 따스하게 대해주는 눈치였다. 미인은 이래저래 이익이라는 생각이 들었다. 여자들끼리도 편애를 하게 된다.

"밥 먹고 청소 일 나가야 해?" 다에코가 물었다.

"그거 말인데요, 이제 그만둘까 봐요." 유카리가 꺼져가는 듯한 목소리로 대답했다.

"왜?"

"여기서 지내면 돈 쓸 것도 줄어들 거고……. 애가 낯이 익을 때까지 곁에 있어주고 싶어서요."

"그래, 좋을 대로 해."

"주점 아르바이트는 계속 할 거예요. 그러니까 밤에만 우리 애 좀 봐주세요."

"집은 괜찮아? 분명하게 얘기했어?"

"실은, 친정에서는 아이를 맡기려면 돈을 내라고 해서……. 사이가 좀 안 좋기도 하고……."

"그렇구나. 어느 집이나 다들 사연이 있네."

"죄송해요." 유카리가 고개를 숙이며 사과했다.

다에코는 옆으로 바짝 다가가 귓가에 대고 속삭였다.

"유카리, 여기서 지내면 청소도 시키고 홍보지 봉투 주소 쓰기도 해야 하고, 자꾸 일만 시켜. 어차피 일할 거면 월급 받는 청소 쪽이 더 좋지 않아?"

"어머, 그래요?"

"일자리가 있는데 아깝잖아. 힘들면 청소 일은 내가 대신 나가도 되는데. 빌딩이랬지? 계약직이야? 아니면 파견 근무? 어떤 회사인지 좀 알려줘."

유카리는 잠시 침묵하더니 새침한 얼굴로 좀 더 생각해보겠다고 말하고는 우물우물 밥을 입에 떠 넣었다. 다섯 살 딸아이는 갑작스럽게 환경이 바뀌어 당황한 듯한 기색으로 제 엄마에게 찰싹 붙어 있었다. 젓가락을 움켜쥐고 감자를 찍다가 그릇에 내려놓은 채 입을 대고 베어 먹는다. 제대로 식사 예절을 배우지 못한 것 같았다.

"그나저나 애 이름도 모르고 있었네. 아가, 이름이 뭐야?" 다에코가 웃는 얼굴로 묻자 아이는 젓가락을 식탁에 내던지고 엄마 등 뒤로 숨어버렸다. 유카리는 아이를 나무라지도 않고 "마리나예요"라고 대신 대답했다. 슈퍼에서 물건을 훔치던 여자다. 상식을 기대해서는 안 되는지도 모른다.

"죄송한데, 여기는 텔레비전이 없어요?" 유카리가 눈을 슬쩍 치켜뜨며 물었다.

"텔레비전은 없어. 여기는 수행하는 곳이거든. 사라님 방에는 있는 모양인데 거기는 우리가 들어가면 안 돼."

"텔레비전이 없으면 애가 가만히 앉아 있지를 않는데……."

다에코는 어이가 없어서 가만히 한숨을 내쉬었다.

"이제 곧 익숙해지겠지."

"네에……." 뭔가 불만스러운 표정이었다.

유카리는 식사를 마치자 싱크대에 서서 설거지를 했다. 위아래 편한 저지 옷을 입고 있는데도 모델처럼 멋이 난다. 딸아이가 다리에 매달렸다가 상대를 해주지 않는다고 생각했는지 제 엄마를 주먹으로 때리기 시작했다. 그런데도 유카리는 아이를 전혀 나무라지 않았다.

본당에 얼굴을 내밀자 지도원들이 화로 주위에 둥그렇게 앉아 있었다. 우에무라가 다에코를 보더니 "잠깐"이라고 손짓을 한다. 대부분 다에코와 비슷한 또래고, 열심히 활동한 공적으로 지도자로 지명된 여자들이다.

"나중에 미키 유카리 씨한테 설교회에서 발표 좀 하라고 할 계획이야. 다에코 씨가 미리 알아듣게 설명 좀 해줘." 우에무라가 차를 마시며 말했다.

"저 여자, 생긴 게 곱상해서 호소력이 높을 거야. 그러니까 이번 설교회에 사람을 더 많이 모아야 해. 목표는 비회원만으로 100명." 다른 지도원이 의욕이 넘치는 기색으로 덧붙였다.

"광고용이라고 하면 듣기는 좀 거북하지만 역시 미녀를 내세우면 사람들이 많이 몰리더라니까. 따로 시간 내서 미키 유카리 씨의 그간의 얘기도 좀 들어줘. 무대에 올라간 뒤에 허둥거리지 않으려면 사전 준비가 필요해."

우에무라는 예전에 교사로 근무한 적이 있어서 그런지 매사에 거만하게 굴었다. 같은 학교 선생과 불륜을 저질러 가족과 교사직을 잃고 신앙에 뛰어들었다는 소문이 돌았다.

"당장 시나리오 작업에 들어가야겠네."

"이사한테 말하지 않고 내보내도 괜찮을까요?"

"뭐, 어때? 출장 가서 다들 바쁘신데."

우에무라가 말하자 주위에 있던 사람들도 동감이라는 듯 피식 웃었다.

"지금쯤 도쿄 호텔에서 호화스러운 아침식사 하실걸?"

"점심에는 긴자에서 쇼핑도 하시겠지. 흥, 언제 돌아올지 알 수가 있나."

지도원들이 저마다 한마디씩 했다. 다에코는 무슨 말인지 알 수 없어 조용히 듣고만 있었다. 샤슈카이의 이사는 모두 세 명이다. 한 사람은 사라님의 여동생이고, 다른 두 사람은 발족 때부터 측근이었던 사람들이다. 화려한 것을 좋아해서 돈을 함부로 써댄다는 말은 들은 적이 있지만, 그게 사실인지 어떤지는 알지 못했다.

"이봐요, 다에코 씨." 우에무라가 어깨를 으쓱 처들며 말했다. "사라님이 이따금 출장을 가지? 그건 이사들이 놀러 가려고 부추긴 거야. 유메노에서는 남의 눈이 있어서 사치를 부릴 수도 없으니 아예 도쿄나 센다이로 나가서 펑펑 쓰고 다닌다니까."

"그, 그래요?" 다에코는 놀랐다. 그런 지저분한 이면이 있을 줄은 생각도 못했다.

"사라님은 그렇지 않아. 진즉 해탈한 분이라서 현세의 쾌락 같은 건 전혀 관심이 없어. 근데 이사들이 완전히 사치에 빠져버렸어. 전에는 그런 일이 없었는데 요즘은 명품 브랜드 옷가지를 몰래 들여오기도 하고……."

"여동생은 벤츠 타고 다니잖아. 말로는 공용차라지만 실제로는 자기가 타려고 산 거야."

"손목시계도 몇 개씩이나 갖고 있어. 그것도 전부 수입품으로만."

다른 지도원도 불만스럽게 말했다.

"우린 머지않아 사라님에게 조직 개편을 제안할 생각이야. 그때는 다에코 씨도 한편이 되어줄 거지?"

우에무라가 은근히 권하는 바람에 다에코는 저도 모르게 애매하게 고개를 끄덕이고 말았다.

"지금 이 얘기, 다른 회원들한테는 비밀로 해줘."

"알았어요……."

하나로 똘똘 뭉쳐있다고 생각했던 사슈카이가 막상 안에 들어와 보니 이런저런 문제점이 있는 모양이다. 아무리 독실한 신자라도 역시 살아 있는 몸을 가진 인간이라는 얘기일 것이다.

잠시 뒤에 전원이 본당에 모여 독경을 했다. 이때만은 모두 한마음이 되었다. 현세에서의 불행을 처분하고 내세에서의 행복을 빌며 일심으로 경을 외운다. 방 안인데도 하얗게 입김이 나왔다. 바람이 유리문을 덜컹덜컹 흔든다. 마당에서는 유카리의 딸아이가 혼자 돌멩이를 걷어차며 놀고 있었다.

오후가 되자 눈이 흩뿌리기 시작했다. 요즘 들어 날씨의 신은 용서가 없다. 눈에 비치는 것은 모조리 색채를 잃고, 탁한 백색의 세계가 점점 넓어져갔다. 이음매가 부실한 창문으로 바람이 들어와 아무리 스토브를 켜도 휑하니 넓기만 한 본당 전체가 따스해지는 일은 없었다.

마루에 나란히 놓인 테이블에서 다에코는 출가 회원들 사이에 끼어 조화를 만들고 있었다. 세 개의 빨간 꽃을 한데 모아 철사로 묶고 하얀 테이프로 돌돌 감는다. 어린이용 모자의 액세서리가 된다고 한다. 물론 수행이나 포교와는 아무 관계도 없는 일이고, 업자가 알선해준 아르바이트 일거리다. 출가 회원은 자신들의 생활비를 마련하기 위해 시설 안에서 각종 아르바이트를 하고 있었다. 그걸로 벌어들이는 돈은 곧장 사슈카이 운영비로 들어가고 개인에게는 단돈 1엔도 들어오지 않는다. 출퇴근 봉사단인 다에코는 그런 일을 할 의무는 없지만 우에무라가 좀 도와달라는 걸 거절할 용기가 없었다. 게다가 무직 상태라서 딱히 할 일도 없었다.

유카리도 작업을 거들었다. 아이는 옆에서 잠을 자고 있었다. 의외로 손재주가 없어서 만들어놓은 조화가 형편없었다. 두고 볼 수가 없어 다에코가 거들어주었다. 이 여자는 곱상한 얼굴 외에는 아무 장점이 없는 것 같다.

문 앞에 차가 서는 소리가 들렸다. 누가 왔나 하고 다들 목을 빼고 내다보았다. 회색 세단이었다. 남자 두 명이 내려와 "실례합니다"라고 소리를 높였다.

우에무라가 마루 끝으로 나가 대답했다. "네, 무슨 일이세요?"

유리문을 열자 찬바람이 홍수처럼 밀려든다. 누가 떠민 것처럼 모두 몸을 바짝 웅크렸다.

"경찰입니다. 잠깐 물어볼 게 있어서요."

그 목소리에 다시 회원들의 시선이 일제히 그쪽으로 향했다. 중년 남자 둘이 얼굴에 상냥한 웃음을 짓고 있었다. 사복인 걸 보니 형사인 모양이다.

"잠깐만 기다리세요."

우에무라는 일단 유리문을 닫고 현관 쪽으로 돌아갔다.

"무슨 일이래, 경찰이?"

"사건이라도 터졌나?"

저마다 한마디씩 했지만 알 리가 없다.

그러자 이번에는 제복 경찰 두 명이 뒤를 이어 안으로 들어섰다. 담장 너머로 빨간 불빛이 빙빙 돌아가는 게 보였다. 경찰차였다. 남자들은 마당에서 안을 들여다보고 웃으며 인사를 해왔다. 회원들도 덩달아 인사를 건넸다. 남자들은 회당 내부가 어떤지 탐색하는 눈빛으로 이리저리 살펴보고 있었다.

현관에서는 형사들과 이야기하는 소리가 들려왔다. "거짓말이에요. 그런 사람은 여기 없다니까요." 갑작스럽게 우에무라의 날카로운 목소리가 울려서 회원들은 저도 모르게 귀를 쫑긋 세웠다.

"그런 거짓 신고도 경찰에서 일일이 다 받아줍니까?"

"아뇨, 우리는 어디까지나 확인을 위해서……."

형사의 목소리도 들렸다. 그쪽은 저자세인 것 같았다.

다른 지도원들이 무슨 일인가 하고 현관으로 나갔다. 문을 열어두고 갔기 때문에 이번에는 말소리가 고스란히 들려왔다.

"이러시면 안 되죠. 남의 종교 시설을 마음대로 조사할 권리는 없잖아요?"

"그러니까 이렇게 부탁드립니다. 내부를 한 번 보게 해주시면 안 되겠습니까?"

아무래도 형사들이 뭔가를 조사하려고 찾아온 모양이었다.

"우리를 의심하는 것 자체가 어이가 없군요. 행방불명된 여고생이 왜 우리 도장에 있다는 거예요?"

우에무라의 말에 회원들이 서로 얼굴을 마주보았다. 이 무슨 황당무계한 소리인가. 농담이라고 하기에는 너무 심한 얘기다. 다에코는 자리에서 일어나 문 뒤에 몸을 숨기고 가만히 현관 쪽을 살펴보았다.

"부탁 좀 합시다. 한 번만 둘러보면 돼요. 별 문제 없으면 곧바로 떠날 거예요. 더 이상 폐끼칠 일도 없습니다." 형사가 애걸하듯이 손을 맞댄다.

"대체 누가 그런 신고를 했어요?" 우에무라는 화가 나서 딱딱한 표정이었다. 다른 지도원들도 마찬가지였다.

"익명의 신고가 들어왔어요. 우리도 누군지 모른다니까요."

"그냥 장난전화 아니에요?"

"예, 장난전화라면 한 번 둘러봐도 상관없잖습니까? 행방불명된 여고생을 찾기 위해 우리는 어떤 작은 정보라도 그냥 넘어갈 수 없어요. 웬만하면 우리 지역을 위해 좀 양해해주세요."

누군가 다에코의 어깨를 짚었다. 돌아보니 다른 회원의 얼굴이 바로 옆에 와 있었다. 어느새 다들 복도로 자리를 옮겨 형사들과의 대화를 엿듣고 있었다.

"게다가 근처에서 물어보니까 이 시설에 여자들이 많이 드나든다고 하던데요."

"그거야 종교 단체니까 당연하죠. 우리는 현청에 정식으로 신고한 종교 법인이에요."

"아이, 그렇게 화내지 마시고요. 종교 법인에 대해서는 우리도 나름대로 신경을 쓰고 있어요. 이 지역 주민들은 날마다 다른 동네 사람들이 들락거리면 아무래도 불안하게 생각하거든요. 그런 점을 좀 이해하시고 협조해주세요."

"아무튼 지금 대표가 도쿄 출장 중이라서 우리 마음대로 판단할 수는 없어요." 우에무라가 의연한 태도로 말했다.

"허참, 난처하네. 우리도 그냥 빈손으로 돌아갔다가는 상사한테 혼난다니까요. 그러지 말고 잠깐만 둘러봅시다, 예?"

형사 한 사람이 달래는 듯한 목소리로 열심히 사정사정한다.

"이봐요, 거기서 뭐해요!"

그때 주방 쪽에서 날카로운 여자 목소리가 들려왔다. 다에코 일행이 한 덩어리가 되어 그쪽으로 뛰어갔다. 부엌문 앞에 제복 경찰 두 명이 와 있었다.

"아휴, 아주머니, 왜 그렇게 비명을 지르십니까. 노크를 했는데 아무 응답이 없어서 잠깐 들여다본 건데……."

나이든 경찰이 두 손을 번쩍 쳐들고 천연덕스럽게 웃으며 말했다.

"그렇게 마음대로 들어오시면 어떻게 해요?" 다에코가 대표로 나서서 항의했다.

"들어가긴요? 안 들어갔어요, 그냥 문만 열어봤지."

"아무튼 남의 집을 마음대로 조사하면 안 돼요. 현관 형사님한테 주의를 쏠리게 하고 당신들은 여기저기 둘러보고 다니고……. 대체 뭘 의심하는 건지 모르겠지만, 행방불명된 여고생이 왜 이런 곳에 와 있겠어요?"

"아줌마들, 뭔가 찔리는 거라도 있어요?"

"글쎄, 없다니까요? 진짜 어이가 없네." 경찰의 느물거리는 말투에 불끈 화가 솟구쳤다.

"찔리는 게 없다면 한번 둘러보라고 하면 되잖아요."

"프라이버시라는 게 있잖아요. 고소할 거예요!"

"고소라니, 뭘 그렇게까지……." 경찰이 연극적인 제스처를 해보였다.

"어이, 야마 씨. 이쪽으로 와." 현관에서 형사가 큰 소리로 불렀다. "오해 살 일을 하면 안 되지. 우리 넷이서 머리 숙이고 부탁해보자고."

제복 경찰이 어깨를 으쓱 쳐들고는 현관으로 돌아갔다.

"이거 만신쿄 짓이야. 경찰에 거짓 신고를 한 거, 틀림없이 만신쿄야."

다에코가 말했다. 확신이 있었다. 자신이 보안요원에서 해고된 것도 만신쿄의 공작 때문이었다. 그자들은 수단 방법을 가리지 않는 집단이다. 그야말로 전쟁을 시작한 것이다.

다에코의 말에 다들 고개를 끄덕였다. 유카리는 겁에 질린 표정으로 고개를 떨구고 있었다.

"유카리한테는 책임이 없어. 우리가 지켜줄 테니까 안심하고 여기 있어."

"그렇고말고. 우린 사라님의 휘하에 함께 모인 동지들이야. 가족이나 마찬가지라니까."

모두가 유카리에게 위로의 말을 건네며 서로 끌어안았다.

"자, 우선 여기서 사시는 분들의 이름을 알려주세요."

현관에서는 형사가 끈질기게 매달리고 있었다.

"우리는 그럴 의무가 없어요."

"아니, 있죠. 국민이라면 자신이 사는 동네에 주민등록을 해야 합니다. 그건 상식이잖아요?"

"대표와 이사들이 돌아올 때까지 기다리세요. 공식적인 대응은 그다음에 할 거예요."

"언제 돌아오시나? 오늘? 내일?"

"몰라요."

"모르다니, 그러면 안 되죠. 연락 좀 해봐요, 예?"

우에무라가 잠시 고민하다가 곁에 있던 지도원에게 안에 들어가 연락해보라고 지시했다. 급히 전화가 있는 방으로 들어간다.

"아까부터 말하지만, 일단 신고가 들어온 이상 우리는 조사하지 않고 그냥 돌아갈 수는 없어요. 만일 계속 거부한다면 등기부나 주민등록 기재 사항 등을 샅샅이 조사해서 조금이라도 위반 사항이 드러나면 가택 수사에 들어갈 텐데, 그래도 괜찮겠어요? 옴진리교 사건을 거울삼아 경찰도 이제 종교 법인이라고 간단히 봐주는 일은 없어요. 그런 점을 교주에게 분명하게 얘기해주시죠."

형사가 강한 눈빛을 보내며 말했다. 슈퍼 소매치기를 데려갔을 때는 아무 의욕도 없더니만, 그때와는 달라도 너무 다른 태도였다. 상사에게서 불같은 명령이 떨어지면 그제야 이런 열의를 보이는 모양이다.

5분쯤 지나 지도원이 무선 전화기를 들고 돌아왔다. "이사님하고 통화해보세요." 형사에게 전화를 건네 직접 협상에 들어갔다. 경찰과 이사의 긴 대화 끝에 우에무라가 전화를 다시 받더니 "사라님의 거처만 빼고는 조사해도 괜찮대요"라고 굳은 표정으로 말했다.

"그럼 실례. 그냥 형식적인 조사니까 놀라지들 마세요."

한 손을 쳐들어 인사를 건네고 네 명의 경찰이 현관을 지나 안으로 들어섰다.

"각자 나눠서 조사할 테니까 안내자 한 분씩만 부탁합니다. 다른 분들은 이동하지 말고 한자리에 모여 계시고요. 금방 끝납니다. 자자, 실례합니다."

경찰의 말에 다에코 일행은 본당에 남았다.

"이 방도 좀 보여주세요."

"벽장문을 열어주시면 좋겠는데요."

경찰들의 말소리가 여기저기서 들려왔다. 계속 저자세로 굽실거리기는 하지만 자신들의 요구는 절대로 굽히지 않겠다는 태도였다.

"안 돼요, 거기는 사라님 방이라니까요. 안 된다고 처음에 말했잖아요!"

정원을 끼고 건너편 별채 쪽에서 우에무라의 비통한 부르짖음이 들려왔다. 이어서 우당탕탕 복도를 뛰어가는 소리가 울렸다.

"안 들어가요. 여기서 들여다보기만 하면 돼요. 어서 열어요." 형사가 말했다.

"이건 약속이 다르잖아요. 게다가 별채에는 아무도 없어요." 우에무라가 저항한다.

"아무도 없다면 좀 봐도 되잖아요. 협조 좀 해줘요, 예?"

"안 돼요. 이곳은 교주님의 사저예요!"

더 이상 조용히 있을 수가 없어서 다에코는 본당을 나와 연결 복도 끝에서 별채 쪽을 내다보았다. 여전히 눈이 내리는 가운데 경찰 네 명이 모두 사라님 방 앞에 모여 지도원들과 옥신각신 말씨름을 하고 있었다.

"여기만 보면 즉시 돌아갈 거예요. 부탁 좀 합시다." 형사가 바닥에 무릎까지 꿇는다. 하얀 입김을 토하고 있었다. 다에코는 경찰의 열의에 압도되었다. 방 안을 보여주지 않으면 몇 시간이고 무릎을 꿇고 있을 기세였다.

결국 그 고집에 못 이겨 형사의 요구를 받아들였다. 사라님의 방 장지문이 좌우로 열리자 경찰들은 "그럼, 잠깐만"이라며 안으로 들어가더니 결국에는 방 안의 벽장까지 열어보라고 요구했다.

우에무라는 얼굴이 상기된 채 입술을 파르르 떨고 있었다. 다들 똑같은 심정이었다. 회원들은 모두 능욕이라도 당한 듯한 기분으로 분노와 슬픔에 짓눌렸다.

그저 조용조용 어깨를 맞대고 서로를 격려하며 살아가는 여자들의 땅에 미사일이 떨어졌다. 그 흉악한 것을 발사한 자들은 만신쿄였다.

경찰이 돌아간 뒤 회원들은 모두 기운을 잃고 한참동안 아무도 입을 열지 않았다. 공기조차 멈춰버린 듯한 침묵 속에서 조화를 만드는 작업만 계속했다.

다에코는 자신의 무력함을 저주했다. 오늘 나는 사라님을 위해 어떤 저항도 하지 못했다.

괘종시계가 울렸다. 바깥에서는 고요히 눈이 내려 쌓이고 있었다.

29

유메노 시민연락회의 활동은 날이 갈수록 기세를 더해갔다. 멤버 대부분이 전업주부라서 직장에 매이는 일이 없으니 아침저녁으로 역 앞에서 서명을 받고 모금을 하는 것이다. 그 바람에 야마모토 준이치는 새로 편입된 시민들 사이에서 유명해졌다. 산업폐기물 처리시설 건설과 관련하여 제 잇속만 차리는 악덕 시의원으로 이름을 날리고 있는 것이다.

준이치는 바짝 위기감이 들었다. 하루 이틀에 끝날 운동이라면 상대하지 않을 생각이었지만, 이대로 방치해두면 앞으로도 계속할 기세였다. 무엇보다 화가 나는 일은 이 단체의 멤버들이 학원에서 나오는 고등학생에게까지 홍보지를 나눠준다는 것이다. 아들 하루키가 그 홍보지를 받아왔다. 집에 돌아오자마자 제 엄마에게 "역 앞에서 이런 걸 나눠주던데?"라고 팔랑팔랑 흔들며 조롱하듯이 웃었다고 한다. 쿨한 척하려는 10대다운 반응이지만, 내심 큰 충격을 받았을 거라고 준이치는 충분히 짐작했다. 아무리 부모에게 반발하더라도 험담을 듣고서 유쾌할 리는 없다. 친구들 사이에서도 체면이 말이 아니었을 것이다.

아내 도모요는 진심으로 지겹다는 기색으로 당장 유메노 시를 떠나고 싶다고 말했다. 주민등록만 남겨놓고 큰 도시에 나가 살자고 하소연을 하는 것이었다. 물론 준이치는 안 될 일이라고 즉각 일축했다. 국회의원이라면 또 모르지만 시의회 의원에게 그런 일이 허용될 리 없다.

그런 와중에 비서 나카무라가 시민연락회의 자금원에 관해 유력한 정보를 물어왔다. 드림타운 안의 시설에서 시민연락회가 주최한 주부 대상 환경 강좌에 드림타운 측이 거액의 후원비를 대줬다는 것이다.

그 보고를 듣고 준이치는 제 귀를 의심했다.

"이건 또 무슨 일이야. 드림타운이라면 유메노에서 첫째로 손꼽히는 상업 시설이잖아. 그 건물 지을 때 지역 정재계가 나서서 편의를 봐줬어. 어떻게 주부 시민단체가 그런 곳에서 돈을 뜯어낼 수 있지?"

"식품 매장의 거짓 표기 문제로 약점을 잡혀서 그 입막음으로 강좌를 후원해준 것 같습니다."

나카무라가 준이치의 험악한 얼굴에 목을 잔뜩 움츠리고 설명했다.

"어디서 얻은 정보야?"

"드림타운에 동창생 몇 명이 있어서 그 친구들한테 좀 알아보라고 했습니다. 한 차례 술대접을 했으니 그 비용은……."

"알았어. 영수증 가져와." 준이치는 깊은 한숨을 내쉬며 바닥을 걷어찼다. "근데, 식품 매장에서 어떤 약점을 잡혔지?"

"드림타운 내부 직원에 의하면, 유효 기간과 산지 표시 등을 오래 전부터 엉터리로 표기하는 게 현장에서는 거의 상식으로 통한답니다. 드림타운만 그런 게 아니고 다른 마트도 다 그렇다네요. 아무튼 그런 말이 새나가면 당장 손님이 떨어지고, 그제야 다들 허둥지둥 수습에 나서는 모양이에요."

"흥, 마트에서 하는 위기 관리라야 기껏 그런 정도겠지. 주부를 파트타임으로 고용하면 거기서 정보가 새어 나가서 주부들 사이에 뻔히 퍼질 거 아냐. 조직 체계고 뭐고 아무것도 없어. 그저 눈앞의 돈벌이에만 급급해서 사실이 밝혀졌을 때를 전혀 생각하지 않는 어리석은 자들이야."

준이치는 거칠게 내뱉으며 시골의 바보 경영자들을 진심으로 경멸했다. 아무리 세월이 변해도 자기들이 우두머리라는 의식을 버리지 못한다.

"드림타운 간부에게 좀 보자고 연락해. 최소한 전무급으로 해. 어차피 윗사람들은 알지도 못하는 일이야. 밑에서 부장급 정도가 깜짝 놀라 돈을 마련했겠지."

나카무라에게 지시를 내리고 담뱃갑을 집어 들었다. 마흔 살이 된 뒤로 지금까지 5년째 금연해 왔는데, 어제 저녁에 자기도 모르는 사이 예전에 피우던 마일드세븐 한 갑을 사고 말았다. 정말 한순간이었다. 호스티스가 피워 올리는 담배 연기를 보고 한 대 얻어 피웠는데 그게 빨대 같은 멘솔 담배여서 제대로 된 걸 사오라고 화풀이처럼 심부름을 시켰더니 마일드세븐을 사다준 것이다. 한 갑만 피우고 다시 끊을 생각이지만 정말 끊을 수 있을지 아무래도 자신이 없다.

불을 붙이고 연기를 코로 토해내는데 나카무라가 뭔가 마뜩찮은 표정으로 바라본다.

"왜, 내가 담배 피우는 게 그렇게 이상한가?"

"아뇨, 처음 보는 모습이라서요."

"스트레스가 쌓여서 그래. 자네가 시민연락회 문제를 시원하게 해결해주지 않으니까."

나카무라는 얼굴이 잔뜩 굳은 채 방을 나갔다. 천천히 연기를 들이쉬었다. 어젯밤과는 달리 술기운이 없어서인지 니코틴이 모세혈관 구석구석까지 퍼지는 감각이 들면서 머리가 어질어질했다. 정말 인간이란 몸에 안 좋은 것만 자꾸 탐하게 된다.

필터 가까이까지 알뜰히 피우고 비벼 끄는 참에 야부타 형제가 찾아왔다. 이 사람들은 사전 약속 같은 건 하지도 않는다.

"의원 선생, 잠깐 시간 좀 내줘. 일이 자꾸 틀어지고 있어. 전화로는 말하기 곤란한 일이라서 이렇게 직접 나왔어."

방한용 점퍼를 입은 채 소파에 털썩 앉더니 아르바이트 직원이 내온 차를 후르륵 소리 내며 마시고 있다.

"뭔데 그래요? 너무 겁주지 마세요. 내가 요즘 신경이 날카롭거든요."

"산업폐기물 건설 예정지 바로 앞의 땅. 후지와라 영감이 다른 사람에게 팔아버렸어. 매입한 사람이 바로 사다케 조직 산하의 부동산 회사야."

형 게이타가 험악해진 표정으로 말했다.

"사다케 조직?"

"어제 보니까 새 팻말이 서있더라고. 명의는 사야마 부동산으로 적혀 있는데 아무래도 이상해서 내가 아는 사람에게 물어보니까 실제 매입자는 사다케 조직이었어. 사다케 조직이라면 현 내에서 요즘 갑작스럽게 세력이 커진 폭력단이야. 그자들이 결국 유메노까지 진출한 거야. 그런 폭력단을 끌어들인 게 바로 후지와라 헤이스케, 그 영감탱이라니까. 도대체 제정신이야? 우리 지역에 항쟁의 불씨를 불러들이다니."

"잠깐, 좀 더 자세히 얘기해봐요."

준이치는 책상에서 나와 소파에서 형제와 마주 앉았다. 동생 고지는 뚱한 표정으로 팔짱을 끼고 있었다.

"의원 선생도 알다시피 건설 예정지 앞은 아직 땅고르기 작업도 뭣도 안 한 황무지야. 후지와라한테는 조상에게 물려받은 쓸데없는 야산이지. 그런데 코앞의 땅에 의원 선생이 관여한 산업폐기물 처리시설이 들어선다니까 괜히 한번 찔러보자는 심보 아니겠어?"

"아니, 그럴 리 없어요. 산업폐기물 처리시설이 들어서면 그 일대 땅에는 다른 시설이 들어서기 쉬워져서 후지와라는 쌍수를 들어 환영할 텐데요."

"그렇다면 그걸 예상하고 사다케 조직에게 비싸게 팔아먹었군. 아무튼 후지와라가 지금 하는 짓거리는 우리를 골탕 먹이려는 거야. 대체 무슨 꿍꿍이인지, 나이도 여든이 넘은 영감탱이가."

게이타는 분통이 터진다는 듯 주먹으로 자기 손바닥을 탁탁 내리쳤다.

"그 사야마 부동산이라는 데서는 구체적으로 어떤 요구 사항이 있었어요?"

"아냐, 아직 그런 건 없어. 하지만 폭력단이 쓰는 수법이야 뻔하지. 처음에는 하청 일거리를 요구할 거고, 그걸 거절하면 도로에 덤프트럭 대놓고 통행을 방해하겠지. 그러고는 말도 안 되는 가격으로 땅을 사가라느니, 판잣집 지어놓고 사람을 상주시켜서 공사 소음 때문에 못 살겠다고 위자료를 내라느니, 자꾸 시비를 걸 거야."

"정말 이해할 수가 없네. 후지와라 씨는 그걸로 무슨 대단한 이득을 보겠다는 거지? 돈이라면 썩어날 만큼 갖고 있을 텐데, 이제 새삼스럽게 자기네 야산 하나 비싸게 팔아봤자……."

"뭔가 꿍꿍이가 있겠지. 이참에 사다케 조직을 좀 도와주고, 다음에는 자기 아들 선거와 관련해서 표를 모아오라든가……."

그 말에 준이치는 가슴이 철렁했다. 단순한 견제라고 생각했었지만, 후지와라의 셋째 아들이 시의회 선거에 입후보할 가능성이 전혀 없는 건 아니다. 자신이 낙관적으로 생각했을 뿐 그 영감은 뒤에서 이래저래 손을 쓰고 있는 게 아닐까.

"후지와라의 막내아들이 입후보한다는 것에 대해 사장님 쪽으로 들어온 정보는 없었어요?"

"아니, 딱히 없었어. 하지만 다른 선거구도 아니고 감히 3구에서 입후보하겠다면 우리는 절대로 용서 못해. 의원 선생하고 똑같은 선거구에서 출마하겠다는 건 큰 어르신의 무덤에 모래를 끼얹는 짓이야."

"당연하지. 그것만은 오기로라도 꼭 막아야 해." 고지가 나지막이 신음하듯이 내뱉었다.

"아무튼 의원 선생, 후지와라를 만나서 무슨 속셈인지 좀 알아봐."

"글쎄, 그건 좀 신중해야겠군요. 이미 땅을 팔아치운 걸 보면 나한테 요구할 건 아마 없는 모양이지요."

"그럼 우리한테 전쟁을 선포했다는 얘기야?" 고지가 험상궂은 표정으로 팔짱을 척 꼈다.

"아니, 그렇게 너무 앞서가지는 말아요. 아무튼 정보를 수집해보겠습니다. 이야기는 그 다음에……."

"허참, 무코다가 유메노 시로 승격하더니만 영 사업하기가 힘들어졌어. 예전에는 큰 어르신이 전부 주관하셔서 누구도 불공평한 일이 없도록 골고루 배분해주셨는데, 요즘에는 난데없이 하이에나들이 몰려들어 남의 구역에서 단물을 빨아먹으려고 한다니까."

게이타가 한숨을 섞어 말하고는 다리를 앞으로 툭 던졌다.

"시대가 그런 시대예요. 예전에는 시민운동 같은 것도 없었잖습니까."

"아, 그렇지. 그 아줌마들은 어떻게 됐어?"

"역 앞에서 요란하게 떠들고 있어요. 나를 중상모략하는 홍보지까지 뿌리면서."

준이치가 말하자 고지가 눈을 번득였다. "어휴, 가만두면 안 되겠네."

"글쎄 마구잡이로 다뤄서는 안 되고……."

"하지만 그냥 두고 볼 수는 없잖아!"

"내 쪽에서 어떻게든 처리할 테니까요."

"의원 선생. 이번 선거 괜찮은 거지?" 게이타가 물었다.

"괜찮겠죠, 후지와라가 중간에서 방해만 하지 않는다면."

"의원 선생, 제발 부탁해. 그런 마음 약한 말씀 마시고."

"아이, 마음이 약해진 건 아닙니다."

"방금 그런 얼굴이었는데?"

게이타가 못내 불안한 기색이어서 준이치는 부아가 난 김에 아예 이를 내보이며 허허허 웃었다.

"우리는 공동 운명체야. 의원 선생이 선거에서 떨어지면 우리 회사도 도산한다고. 그러니 무슨 일이든지 다 할 각오야. 의원 선생, 앞으로도 사양 말고 어떤 일이든 말만 해."

"물론이지요. 우리가 사양하고 말고 할 사이인가요."

"만에 하나라도 선거에 떨어지는 일이 있어서는 안 돼. 그러니 아무리 작은 장애물이라도 깨끗이 없애 나가야 해."

"잘 알고 있습니다."

게이타가 특별히 힘주어 말하는지라 준이치도 진지한 얼굴로 고개를 끄덕였다.

두 사람이 가기를 기다려 즉시 자민당 현 연합 본부에 전화를 걸었다. 아버지 때부터 친분이 있는 선거 대책 위원을 바꿔달라고 해서 후지와라의 아들이 출마한다는 얘기가 사실이냐고 물었다.

"아, 그 얘기? 준이치 선생은 어디서 들었나?"

현 연합의 간부 위원은 자못 짜증스럽다는 말투였다.

"어디서는요. 후지와라 헤이스케 본인에게서 들었습니다."

"그래? 아, 잠깐만. 책상에서 할 얘기가 아니네. 회의실에 가서 받을 테니 잠깐만."

30초쯤 '엘리제를 위하여'가 흘러나오더니 다시 전화가 연결되었다.

"실은 우리도 머리를 싸매고 있는 중이야. 후지와라 선생이 은퇴했으면서 아직도 현역이라고 생각해서 말이지. 은퇴는커녕 무슨 상왕 정치를 베푸시려는지 이래저래 참견을 하니, 이거야 원, 귀가 따가워 죽을 지경이야."

위원이 소리 죽여 푸념을 했다.

"그래요?"

"지난주에도 현 연합 본부에 나와서 반나절이나 응접실을 차지하고 있었어. 그러면서 아스카 산의 산업폐기물 처리시설로 들어가는 현 도로는 자기 쪽 사람이 포장하게 해달라고……."

"그런 얘기를 왜 당 사무실에 가서 한답니까?"

"아직도 의식이 옛날 그대로야. 공공사업은 전부 자기들 마음대로 할 수 있다고 생각하는 거지."

"그래서요, 후지와라 씨의 막내아들이 출마한다는 얘기는 어떻게 됐습니까?"

"물론 우리야 반대하지. 자기 선거구는 밑에서 부리던 사람에게 양보하고, 이제는 돌아가신 야마모토 가이치 선생 지역까지 욕심을 내다니. 그런 걸 허용해줬다가는 당에 나쁜 선례를 남기게 되잖아."

"그렇죠."

"근데 말이지, 요즘에는 다른 의견도 있어." 위원이 멀리 에두르는 어조로 은근히 말했다.

"다른 의견이라니요?"

"어차피 준이치 선생이 현 의회 선거에 나올 거라면 그전에 후지와라 선생의 아드님에게 1기쯤은 경험을 쌓게 하는 것도 좋지 않으냐는 의견이야."

"대체 무슨 소립니까?" 준이치가 재우쳐 물었다.

"다음 현 의회 선거까지 준이치 선생은 재야에서 공부를 좀 하시는 게 어떠냐, 그런 의견이……."

"지금 농담하십니까?" 제 귀를 의심했다. 동시에 맹렬히 화가 치밀었다. "혹시라도 일이 그렇게 된다면 나는 자민당을 떠나겠습니다. 무소속으로라도 싸울 거예요."

"아니, 그러니까 일이 그렇게 되지 않도록……."

"아버님이 돌아가셨다고 사람을 이렇게 우습게 만들어서는 곤란하지요. 우리 3구에는 선친이 오랜 세월 쌓아온 믿음이 있어요. 지지자들이 가만히 입 다물고 있을 것 같습니까?"

"아이, 그렇게 화내지 말고. 예를 들자면 그렇다는 거지. 실현될 가능성은 희박한 의견이야. 우선 위원장님만 해도 처음에는 일소에 부친 얘기야."

"처음에는? 그럼 지금은 그렇지 않다는 겁니까?"

"아차차, 말이 헛나갔네. 물론 지금도 똑같은 생각이지."

선거 위원과 대화를 하다 보니 준이치의 마음속에서는 분노의 감정이 점점 더 커져갔다. 왜 자신이 이런 허술한 대접을 받아야 한단 말인가. 선친이 세상을 떠났으니 그 아들은 가볍게 대해도 좋다는 건가.

"이 일은 일주일 이내에 분명한 결정을 내려주세요. 나도 고집이라는 게 있는 사람입니다."

"알았어, 알았어. 준이치 선생 입장에서는 화가 나는 것도 당연하지. 허참, 후지와라 선생이 다시 어린애가 된 것처럼 자꾸 떼를 쓰시니 우리도 어쩔 줄을 모르겠어."

"기껏해야 정계를 은퇴한 노인네잖습니까."

"응, 그렇지. 그럼, 그럼."

위원이 열심히 준이치를 달랬다. 마지막에는 좀 더 목소리를 낮추어 "후지와라 선생, 약간 치매기가 있는 거 같아"라는 말까지 했다.

전화를 끊고 책상에 다리를 얹었다. 참으로 분통이 터질 일이다. 이러니 시골 정치는 진보가 없는 것이다. 한 번 권좌에 앉은 자는 물러날 줄을 모른다. 제 집안의 번영이 다른 무엇보다 최우선인 것이다.

다시 담뱃갑을 집어 들었다. 불을 붙이고 깊이 빨아들인다. 점점 익숙해지는지 위화감이 거의 없었다. 빨간 불씨를 바라보며 이대로 또다시 흡연자로 돌아가는 건가, 하는 불길한 생각을 했다. 아니, 그래서는 안 된다. 나는 정치가다. 강한 의지를 가진 인간인 것이다.

세 모금만 빨고는 재떨이에 비벼 껐다. 자신에게 기합을 넣고, 책상을 마주하고 앉았다. 내선으로 나카무라 비서를 호출해서 드림타운 측과 약속이 잡혔느냐고 물었다.

"네, 총무부장이 만나겠다고 합니다."

나카무라의 보고에 준이치는 저도 모르게 벌컥 화가 났다.

"지금 장난하나? 사람을 뭘로 보는 거야? 이사를 나오라고 해, 이사를! 안 그러면 보건소하고 소방서에서 당장 검사 들어갈 거라고 말해!"

소리를 빽 지르고 수화기를 탁 내려놓았다.

이놈이고 저놈이고 죄다—. 온갖 분노가 뒤섞여 뱃속이 마그마처럼 뜨거워졌다. 손끝까지 파르르 떨렸다. 이게 무슨 꼴인가. 현직 시의원이 이렇게까지 무시를 당하다니.

한참이나 감정의 격동이 가라앉지 않았다. 창 밖에서는 사람을 놀리듯이 북풍이 윙윙 불어치고 있었다.

30

이틀 연속으로 덤프트럭의 습격을 받고 아이하라 도모노리는 큰 충격을 받았다.

그건 명백히 살의가 담긴 행동이었다. 누군가가 내 목숨을 노리고 있다. 생각하는 것만으로도 무릎이 벌벌 떨리고 밥이 넘어가지 않았다. 밤에도 잠을 잘 수 없었다. 당연히 일이 제대로 될 리가 없다. 도모노리는 시청에 출근하자마자 상사인 우사미에게 이 일을 털어놓았다. 데스크 옆에 의자를 들고 가 앉아서 어제와 그저께 있었던 일을 최대한 상세히 이야기했다. 우사미 과장의 얼굴이 금세 흐려졌다.

"트럭 운전기사가 그냥 장난삼아 그런 거 아닐까?"

"아니, 이틀 연달아 그랬다니까요. 게다가 어제는 분명히 내가 가는 길목을 지키고 있다가 튀어나왔어요."

"혹시 짐작 가는 일은 없어?"

"내가 어젯밤에 곰곰이 생각해봤는데요, 생활보호 신청자 중에 약간 이상한 사람이 있어서……."

도모노리는 니시다 하지메라는 이름을 댔다. 명확한 증거는 없지만 그 사람 말고는 짚이는 데가 없었다. 어젯밤에 이불 속에서 곰곰이 생각할수록 니시다밖에 없다는 확신이 들었다. 전에 산업폐기물 처리시설에서 일했다니까 덤프트럭은 어디서든 구할 수 있을 거고, 그 남자라면 대형 면허도 갖고 있다.

"어허, 시민을 상대로 그런 말을 함부로 하면 안 되지. 우선 증거가 없잖아, 증거가."

"하지만 그 사람밖에는 짚이는 데가 없어요. 반쯤 야쿠자 같은 사람이고, 우울증에 걸려서 그런지 말이나 행동이 심상치 않았다니까요. 아무튼 어제 오후 6시 경에 내가 덤프트럭에게 쫓겨서 차하고 함께 논바닥에 처박혔어요. 이나바 씨를 통해 경찰에 얘기하면 안 될까요?"

"글쎄, 그건 좀 신중하게 생각해봐야지. 일단 부딪친 것도 아니잖아? 피해자 신고를 할 수도 없어." 우사미가 제발 귀찮은 일은 만들지 말아달라는 기색으로 미간을 찌푸렸다. "아무튼 경찰에 신고하려면 좀 더 확실한 증거가 필요해. 다음에 또 쫓아오면 차 번호를 정확히 적어두거나 운전기사의 얼굴을 확인한 다음에 이나바 씨하고 상의해보는 게 어떨까?"

"어휴, 그런 태평한 소리를 할 때가 아니에요. 하마터면 내가 살해될 뻔 했다니까요?" 도모노리는 얼굴을 뒤틀며 하소연했다.

"살해될 뻔했다니, 그렇게까지 과장할 건……."

"전혀 과장이 아니에요. 과장님, 부하 직원을 안 지켜줄 거예요?"

도모노리의 말에 우사미가 흥분한 얼굴이 되었다.

"무슨 소리야? 직무상 발생한 일이라면 당연히 상사로서 부하 직원을 지켜줘야지. 하지만 자네의 경우는 아직 상대가 누군지도 모르잖아? 개인적인 원한일 가능성도 있는 거고. 단순히 수상하다는 것만으로 사회복지사무소에서 경찰에 뭘 어떻게 신고해?"

"그, 그야 그렇지만……."

"신고할 거면 자네 개인 명의로 신고해. 하지만 차로 몰아붙였다는 것만으로는 신고도 받아주지 않을 거라고 생각해, 나는."

우사미가 얼굴을 홱 돌리며 얘기를 그만 끝내자는 듯이 컴퓨터 마우스에 손을 얹었다. 도모노리는 작은 한숨을 내쉬고 자리에서 일어섰다. 다음에는 이나바를 찾아봤다. 당연한 듯이 매일 지각하는 파견 경찰이 오늘은 무슨 바람이 불었는지 정시 출근을 했다. 하지만 일은 안 하고 옆 부서의 소파에서 스포츠신문을 펼쳐놓고 커피를 마시고 있었다.

"이나바 씨, 시간 좀 있어요? 잠깐 상의할 일이 있어서."

"응? 뭔데?"

신문을 옆으로 치우고 얼굴을 내미는데 그 눈이 불그레했다. 간밤에 술깨나 마신 모양이다.

도모노리는 정면에 자리를 잡고 우사미에게 했던 것과 똑같은 이야기를 처음부터 다시 했다. 이나바의 얼굴이 점점 심각해져갔다.

"그래서, 차 번호는 봤어?" 이나바가 조용히 물었다.

"아뇨, 그런 걸 확인할 겨를이 없었어요."

"차체 색깔은? 뭔가 다른 특징이 있었다면 그것도 말해봐. 차체에 번호나 마크가 들어 있었다든가, 오래된 차였는지 새 차였는지, 그런 거."

"잘 모르겠어요. 이미 해가 저문 다음이었고, 그보다 뒤에서 쫓아왔으니까요."

"그럼 차종도 모르고?"

"예."

도모노리는 어린애처럼 고개를 끄덕였다. 우선은 이나바가 얘기를 조용히 들어줘서 한결 마음이 놓였다.

"그럼 마음에 짚이는 게 그 니시다라는 사람밖에 없다는 거야?"

"예, 그렇습니다."

"좋아, 알았어. 우선 그 사람의 전과를 조회해봐야겠군. 생활안전과 후배한테 조사해보라고 할게. 얘기는 그 다음에 하자고."

다시 신문을 펼친다. 도모노리는 갑작스럽게 눈앞에서 셔터가 내려진 듯한 느낌이었다. 경찰이 출동해서 현장의 목격 정보를 탐문한다거나 직접 니시다의 집에 찾아간다거나, 그런 낙관적인 기대를 품었는데.

그런 마음이 표정에 드러났는지 이나바가 도모노리를 흘끔 쳐다보았다. "미안하지만, 경찰은 수상하다는 것만으로는 행동에 나서지 않아." 우사미하고 똑같은 소리를 한다.

"예, 그렇겠죠."

"게다가 구체적인 피해도 없었잖아?"

"아니, 내가 차하고 함께 논바닥에 떨어졌다니까요."

"추돌을 당한 게 아니라면 당신이 과속했거나 핸들을 돌리다가 실수한 거야."

"그건 아니라니까요. 그렇게 쫓기다 보면 누구라도……."

"이봐, 아이하라. 혹시라도 다음에 또 쫓아오면 속도를 올리지 말고 브레이크를 꽉 밟아. 물론 용기가 필요하겠지만, 아무튼 상대가 당신 차를 들이박으면 기물 파손죄와 상해 미수죄가 성립돼. 그렇게 되면 즉시 체포할 수 있어."

도모노리는 힘없이 "예"라고 대답하고 자리에서 일어섰다. 실망감과 함께 엄청난 불안이 엄습해서 가슴이 얼얼했다. 오늘도 습격해올 가능성이 높은 것이다. 게다가 반드시 귀가 시간에만 습격한다는 보장도 없다. 내가 사는 곳을 알고 있다면 한밤중에 집으로 쳐들어오는 일도 있을 수 있다.

걸음을 옮기려는데 등판이 섬뜩했다. 유난히 겁이 많은 편도 아니건만 막상 폭력 앞에 내던져지고 보니 저절로 간이 오그라든다.

책상으로 가지 않고 회의실로 올라갔다. 난방이 들어오지 않아 썰렁한 회의실에서 휴대전화를 꺼냈다. 민생위원 미즈노 후사코에게 걸었다.

"아침 일찍 죄송합니다. 잠깐 여쭤볼 게 있어서 전화 드렸어요. 지난번에 어머님이 돌아가신 니시다 하지메 씨, 그 뒤로 어떻게 지내시는지 궁금해서요."

스스로도 부자연스러울 만큼 공손한 어조로 말했다.

"아휴, 아이하라 씨가 그렇게 팽 하니 가버렸으니 그야 뭐, 엄청 힘들었지."

미즈노 후사코는 여전히 환한 음색이었지만 화가 난 말투로 대답했다. "전화번호부를 뒤져서 장의사마다 화장만 좀 해줄 수 없느냐고 물어봤는데 다들 거절하는 거야. 어쩔 수 없이 연줄을 동원해서 시의회 의원님한테 연락했어. 결국 그 양반이 툴툴거리는 장의사 한 군데를 설득해주신 덕분에 가까스로 화장을 했다니까."

"그러셨군요. 그때는 저도 그만 감정이 격해져서……."

"이제 와서 뭘? 그렇게 매정하게 떨치고 가더니. 그나저나 그다음 얘기가 있어. 장의사에게 말이 어떻게 전해졌는지 스님까지 모시고 와서 독경을 해준 것까지는 좋았는데, 느닷없이 나한테 보시를 하라는 거야. 정말 어이가 없었어. 친척인 줄 알고 그랬겠지만, 이건 완전히 번지수가 틀리잖아? 마침 스님이 착한 분이라서 사정이 그렇다면 보시는 괜찮다고 그냥 공짜로 해주셔서 그나마 겨우 넘어갔는데, 장의사는 공짜로는 안 된다고 수신자를 빈칸으로 해서 청구서를 디밀더라니까. 그거 아이하라 씨한테도 보내도 되지? 화장비하고 수수료까지 합해서 8만4천 엔이야. 지난번에 사회복지사무소에서 뭔가 돈을 대체해줄 수 있다고 했었지?"

"알았습니다. 그 청구서는 제게 보내주세요."

대답하면서 우사미가 그런 걸 인정해줄 리 없다고 생각했다. 그럴 경우에는 자신이 내는 수밖에 없다.

"참말로 너무 딱하지 뭐야. 주위에서 조금만 더 일찌감치 돌봐줬더라면 그 어머님이 동사하지는 않았을 텐데."

"네, 그렇지요."

"지역에서 서로 돌봐주는 것도 없어지고 정말 세상이 끔찍해."

"맞는 말씀입니다."

"왜 이래, 아이하라 씨? 오늘은 유난히 착하네?"

"아니, 저, 그게……."

대답이 막힌 참에 한 가지 아이디어가 떠올랐다. 니시다 하지메를 생활보호 대상자로 선정해주면 엉뚱하게 내게 원한을 품고 공격하는 건 멈추지 않을까—.

진단서를 제출하고 자가용을 처분하면 그다음은 어떻게라도 재량껏 할 수 있다. 창구에서 대상자를 속속 잘라내는 작전이 계속되고 있지만, 그렇다고 모든 신청을 반려하는 것은 아니다. 자신이 적절히 손을 쓰면 니시다 하지메를 생활보호 대상자로 선정하는 건 가능하다.

"니시다 씨는 요즘 어떻게 지냅니까?" 도모노리가 물었다.

"글쎄, 어떻게 지내는지 나도 모르지. 일자리도 못 얻었을 텐데."

"미즈노 씨, 시간 괜찮으시면 오늘이라도 가정방문을 해볼까요?"

"어라라, 오늘 어째 이리 착하게 나오신대?"

"역시 사람의 죽음을 직면하고 보니 복지의 중요성을 깨달았다고 할까, 어떻게든 구해줄 방법이 있었을 거라는 생각도 들고……. 아니, 돌아가신 뒤에 이미 때늦은 소리지만, 이번 경우는 신청을 받아줬어도 그런 안타까운 일이 벌어졌을 거고……."

도모노리는 그럴싸한 소리를 늘어놓았다. 절박한 상황이었기 때문에 말이 술술 흘러나왔다.

"응, 나도 알지. 그건 어느 누구의 탓도 아니야. 운이 없었던 거지."

미즈노 후사코가 진심으로 딱하게 여겨주었다. 도모노리의 갑작스런 변화를 의심하는 일도 없었다.

좋은 일은 서두르라고, 당장 그날 오후에 방문하기로 했다. 공포감은 여전히 남아 있었지만 이대로 밤을 맞이하는 게 더 무서웠다. 얼굴을 마주하면 그나마 어떻게든 대처할 방법도 생길 것이다.

자신이 판 굴에 빠진 격으로, 미즈노 후사코에게서 인근 독거노인들이 얼마나 힘겹게 살아가는가 하는 궁상맞은 이야기를 줄줄이 들어야 했다. 도모노리는 계속 저자세로 "아, 예에, 예에"하고 듣고 있었다.

난방이 없는 회의실은 냉장고처럼 추웠다. 입김이 하얗게 나오고, 다리라도 달달달 흔들지 않으면 턱이 덜거덕거릴 것 같았다.

가랑눈이 흩날리는 오후에 미즈노 후사코의 집에 들러 차에 태우고 니시다가 사는 공영주택 단지로 갔다. 전에 이곳에 살던 케이스가 몇 명 있었기 때문에 수없이 드나들었지만, 한참동안 와보지 못한 사이에 더욱 더 황량해져서 도모노리는 잠시 우두커니 서있었다. 건물이 노후되는 건 어쩔 수 없다고 해도, 길가의 시든 풀숲마저 전혀 손질한 흔적 없이 방치되어 있었다. 게다가 단지 내 도로에는 자동차와 스쿠터가 몇 대나 방치되어 있어서 단지 전체가 폐허 같은 모습을 드러내고 있었다. 한 가지 흠집을 방치하면 바이러스처럼 금세 전파되는 법이다. 게다가 활기가 없는 지역은 저항력도 없다.

주차장을 둘러보니 니시다 하지메의 낡아빠진 세르시오가 거대한 개구리처럼 자리잡고 있었다. 다가가서 안을 들여다보았다. 뒷좌석에 담요며 장화가 어질러져 있었다.

"설마 이 차 안에서 사는 건 아니지요?" 도모노리가 물었다.

"석유가 떨어졌을 때 자동차 난방을 켜놓고 하룻밤을 보냈다는 얘기는 들은 적이 있는데." 미즈노 후사코가 추워서 양쪽 팔로 가슴을 껴안고 어두운 얼굴로 말했다.

둘이서 건물 안으로 들어가 콘크리트가 깨진 계단을 올랐다. 이곳에도 빨래걸이며 시든 화분이 방치되어 있었다. 단지 내에 반상회 같은 것도 없는가. 하긴 있다고 해도 이미 활동을 하지 못할 터였다.

2층 맨 끝 니시다의 집 앞에서 벨을 눌렀다. 동시에 미즈노 후사코가 문을 두드리며 "니시다 씨, 민생위원 미즈노야"라고 말했다. 대답은 없었지만 잠시 틈을 두었다가 삐걱삐걱 마룻바닥을 건너오는 소리가 나더니 현관문이 열렸다.

눈이 불그레하게 충혈된 니시다 하지메가 쓰윽 얼굴을 내밀었다. 도모노리의 심장 박동이 빨라졌다. 새삼 바라보니 니시다 하지메는 건장한 남자였다. 혹시라도 격투를 벌이게 된다면 도저히 이길 자신이 없다.

니시다 하지메는 도모노리를 보고서도 얼굴빛 하나 변하지 않았다. 죽은 듯한 눈빛으로 두 사람의 방문자를 쳐다보고 있었다.

"니시다 씨, 어떻게 지내? 밥은 먹고 사는지 걱정이 돼서 보러 왔어. 오늘은 사회복지사무소의 아이하라 씨도 함께 왔어. 아이하라 씨가 먼저 방문하자고 했어."

미즈노 후사코의 말에 니시다는 대답하지 않았다. 콧구멍을 벌름거리며, 그래서 어쩌라는 거냐는 듯이 현관 토방에 버티고 서 있었다. 안으로 들어오라고 권할 생각은 전혀 없는 것 같았다.

"어머님 유골 아직 여기 있지?"

"예에……." 그제야 겨우 목소리를 낸다.

"어서 묘지가 정해져야 할 텐데. 하지만 그 전에 니시다 씨가 먼저 안정을 찾아야 하니까 우선 취직부터 하면 좋으련만. 그 뒤로 건강은 좀 어때? 병원에는 다니고?"

"아, 아, 안 다녀요."

"저런, 왜?"

니시다 하지메가 입을 우물거리며 할 말을 찾고 있었다. 하지만 딱히 이유도 없는지 더 이상 말을 하지 않았다.

"병원에 다녀야지, 몸이 아픈데."

"저어, 니시다 씨. 우선 생활보호를 신청해보면 어떻겠습니까?" 여기에서 도모노리가 대화에 끼어들었다. "대상자로 선정되면 의료비가 전액 면제되니까 마음 놓고 치료받을 수 있어요. 게다가 공영단지는 임대료도 면제되고, 그동안 체납한 전기료와 가스비는 일시 동결로 해서 다시 사용할 수 있습니다."

미즈노 후사코가 웬일이냐는 얼굴로 도모노리를 돌아보았다. 니시다 하지메는 한순간 눈썹을 꿈틀 움직였지만 그다음은 계속 무표정이었다.

"병원 진단서 있죠? 그걸 제출하시고 자가용도 처분하시면 어떻게든 통과될 수 있어요. 물론 계속해서 생활보호비에만 의존하는 건 곤란하지만, 예를 들어 1년 내에 직장을 구한다는 목표를 세우고 노력하신다면 우리 쪽에서도 지원을 하겠습니다."

"그렇게만 된다면 정말 좋지." 미즈노 후사코가 눈을 반짝이며 고개를 끄덕였다. "니시다 씨, 참 잘됐네. 그렇게 해봐. 어머님이 돌아가셨으니 약간 때늦은 감도 없지 않지만, 그래도 이러다가 니시다 씨까지 동사할 가능성도 있고…… 아, 미안해. 내가 깜빡 안 좋은 소리를 했네. 하지만 무엇보다 사람이 우선 살고 봐야 하니까……."

"피, 피, 필요 없어요." 니시다 하지메가 눈이 더욱 붉어진 채 말했다.

"필요 없다니? 왜, 왜 그래?" 미즈노 후사코가 놀라서 되물었다.

"피, 피, 필요 없어요."

"아이 참, 왜 필요가 없어? 말을 해봐."

니시다 하지메는 발치에 시선을 떨구더니 "이, 이, 일거리가 있어요" 라고 내뱉듯이 말했다.

"일거리가 있어? 어떤 일인데?"

"예, 예, 옛날 친구가 철거 공사에 나를 써, 써, 써주기로 했어요."

"정말? 그럼 오늘은 왜 집에 있어?"

"오, 오, 오늘은 일이 없어요. 하지만 어제는 있었고, 내, 내, 내일도 있어요."

"정말이야? 거짓말하는 거 아니지?"

"거, 거, 거짓말 아니에요."

"니시다 씨, 몸도 아픈데 그렇게 무리할 건 없어."

"무, 무, 무리 안 해요."

니시다 하지메는 현관문 손잡이를 잡더니 억지로 닫으려고 했다.

"저, 저기요……." 도모노리가 몸을 들이밀어 문을 막았다. "지난번에 병원에서는 제가 실례가 많았습니다. 모친상으로 상심이 컸을 텐데 배려하는 마음이 부족했습니다. 그 일이 내내 마음에 걸려서……." 눈을 들여다보며 호소했다. 하지만 니시다 쪽에서는 시선을 맞추려고 하지 않았다.

"시, 시, 시끄러워."

니시다 하지메의 목소리가 거칠어졌다. 문을 쾅 닫아버렸다. 커다란 소리가 복도에 울렸다.

"니시다 씨, 그러면 안 돼. 기왕 말이 나왔는데 생활보호 신청은 해봐야지. 아직 몸도 성치 않은 사람이 대체 어쩌려고 그래?"

미즈노 후사코가 문을 향해 속삭이는 소리로 말했다. 도모노리는 뒤를 돌아보았다. 모든 현관문 너머에서 고령의 입주자들이 귀를 쫑긋 세우고 듣고 있는 느낌이 들었다.

"이를 어째." 미즈노 후사코가 난처한 얼굴로 중얼거렸다. "신청을 받아주겠다는데도 왜 이렇게 고집을 피우는지 모르겠네. 아직 전기도 안 들어오는 거 같은데."

"오늘은 그만 돌아가죠."

도모노리는 미즈노 후사코를 재촉해서 밖으로 나왔다. 위 근처가 시큰거리면서 구역질이 났다. 말도 안 되는 인간을 대하다 보니 그만 속이 뒤집혔다. 타인이란 참으로 알 수가 없다. 이해하려고 하면 할수록 어이가 없어질 뿐이다.

어떻든 할 일은 했다. 도모노리는 그 한 가지로 자신을 다독이며 사무실에 돌아가기로 했다. 병원에서 있었던 다툼에 대해 어쨌든 사과는 한 것이다. 니시다 하지메의 꽁꽁 뭉쳐진 마음에 이걸로 조금쯤은 브레이크가 걸렸으면 좋겠다.

다시는 나를 공격하지 말아줘. 도모노리는 기도하는 마음으로 공영단지를 벗어났다.

가랑눈이 바람을 타고 몰아세우듯이 코트자락을 내리친다.

31

몇 번이나 애원을 해서 겨우 목욕을 하게 되었다. 구보 후미에는 납치되고 며칠이 지났는지 손꼽아 세어보았다. 장장 닷새만의 목욕이다. 이렇게 오랫동안 머리를 못 감아본 건 중학교 때 풍진에 걸려 내내 누워있었을 때 뿐이다.

본채에 사는 어머니가 오후에 외출하니까 그때 목욕물을 준비해주겠다고 노부히코가 말했다. 하지만 문제는 갈아입을 옷이었다. 더울 만큼 난방이 지나친 방에 갇혀 있었기 때문에 브래지어도 팬티도 땀으로 눅눅해졌다. 그게 살에 닿는 느낌이 너무 불쾌하고 끈적거려서 인내심이 거의 한계에 이르렀다. 후미에는 옷을 꼭 갈아입어야 한다, 여자니까 이런 건 꼭 해줘야 한다고 눈물을 글썽이며 호소했다. 거절한다면 본격적으로 울어버릴 생각이었다. 눈물쯤은 얼마든지 흘릴 수 있다. 그러자 노부히코는 "에이, 큰일이네. 나는 여자 속옷은 못 사는데"라며 음울한 표정으로 고민한 끝에 이런 제안을 했다.

"내 사각팬티하고 러닝셔츠, 새 걸로 줄 테니까 우선 그걸로 갈아입어. 메일린의 속옷은 목욕하는 사이에 세탁하면 돼. 건조기로 한 시간 안에 마를 거야. 됐지?"

이 사이코패스가 내 속옷에 손을 댄다니, 생각만 해도 소름이 끼쳤지만 딱히 다른 방법도 없어서 후미에는 그 제안을 받아들이기로 했다. 지금은 뭐가 어찌됐건 목욕부터 하고 싶었다.

오후 2시에 경자동차의 엔진 소리를 울리며 노부히코의 어머니가 외출했다. 내선 전화로 외출을 알려왔을 때 노부히코가 "목욕물은 잘 준비했지? 그리고 저녁때까지 절대 돌아오면 안 돼"라고 소리를 질렀다. 본채 목욕탕으로 가는 길에 후미에는 수건으로 눈을 가려야 했다. 망상에 빠진 사이코패스 주제에 이런 점은 용의주도했다.

저지 옷소매를 잡고 끌어주는 대로 닷새 만에 바깥에 나갔다. "곧장 걸어가." 노부히코의 유도에 따라 자갈길을 밟으며 멈칫멈칫 걸음을 옮겼다. 햇빛이 수건을 뚫고 후미에의 눈꺼풀 안쪽을 빨갛게 물들였다. 흐린 날씨인 것 같았지만 그래도 바깥의 환한 빛이 각별했다. 동시에 차가운 냉기가 몸을 찔렀다. 깜짝 놀라게 추웠지만 그래도 깨끗이 씻기는 듯한 느낌이 들었다.

느낌상 20미터쯤 걸어갔을 때 부엌문인 듯한 문턱을 넘어섰다. 부엌문이라고 생각한 것은 들어서자마자 튀김 기름 냄새가 났기 때문이다. 전체적으로 낡은 집이라는 인상을 받았다. 적어도 새집의 냄새는 아니다. 삐걱삐걱 소리가 나는 마루를 지나갔다. 그리고 미닫이문을 연 참에 노부히코가 후미에의 등을 밀었다.

"여기가 욕실이야. 내가 문을 닫으면 눈을 가린 수건은 풀어도 돼. 벗은 속옷은 탈의실 세탁기에 넣어둬. 메일린이 욕실에 들어간 뒤에 새 사각팬티와 러닝셔츠를 줄 테니까. 목욕 시간은 20분이야, 알았지?"

노부히코가 말했다.

"30분은 필요해요. 머리 감고 린스도 해야 하고……."

후미에가 곧바로 반론을 했다.

"여자는 진짜 귀찮아. 뭐, 좋아. 지금은 보이드 타임 구간에서 벗어난 때니까."

그나마 정신 상태가 괜찮은지 순순히 후미에의 말을 들어주었다.

눈을 가린 수건을 풀었다. 우선 발밑의 타월이 눈에 뛰어들었다. 이어서 고개를 들었다. 눈앞에 세면대와 거울이 있었다. 거울을 보는 것도 닷새만이다. 아앗, 내 얼굴이 왜 이래? 후미에는 충격으로 저도 모르게 눈을 돌려버렸다.

몇 차례 심호흡을 했다. 마음을 가라앉히고 다시 한 번 거울을 보았다. 머리칼은 찰싹 달라붙었고 눈 밑은 검게 그늘이 졌다. 입술은 푸르죽죽하고 무엇보다 피부에 윤기가 없었다. 울고 싶었다. 겨우 열일곱 살 나이에 내가 왜 이런 일을 당해야 할까.

옷을 벗기 전에 욕실 안을 살펴보았다. 최근에 수리했는지 욕조가 새것이었다. 바닥도 타일이 아니라 합성수지였다. 후유 하고 가슴을 쓸어내렸다. 귀를 기울여 복도 쪽 상황을 살폈다. 노부히코가 문 앞을 지키고 서있는 건 아닌 것 같았다.

납치된 처지에 옷을 모두 벗어야 하는 게 꺼림칙했지만, 지금까지의 행동으로 봐서는 욕실을 훔쳐보거나 갑자기 들어오는 일은 없을 터였다. 욕실에 들어가 우선 샴푸와 비누가 있는지부터 확인했다. 뜨거운 물을 온몸에 끼얹은 뒤에 탕 안에 들어섰다. 물이 넘친다. 한숨을 내쉬었다. 피부 세포 하나하나가 꿈틀거리는 느낌이 들면서 한참동안 따끔따끔한 자극이 다가왔다. 그게 지나자 피부가 안정을 되찾고 몸이 따스해지기 시작했다.

"메일린, 속옷 여기 두고 간다."

노부히코가 탈의실 문을 빠끔히 열고 속옷을 내려놓는 모양이었다. 후미에는 저도 모르게 몸이 경직되었다.

"창문은 열지 마. 혹시라도 열면 나 화낼 거야."

노부히코의 나지막한 목소리가 울렸다. "네"라고 가느다란 목소리로 대답했다. 어떤 쪽 세계의 사람으로 말하는 건지 얼른 판단이 되지 않았다.

욕실 창문은 무늬가 들어간 뿌연 유리여서 초록빛 녹음이 희미하게 보였다. 뒤쪽이 산일까. 아니면 숲인가. 여러 종류의 새 울음소리가 들리는 걸 보면 주택가는 아닌 것 같다. 사람 소리도 없고 자동차 소리도 나지 않았다.

5분쯤 뜨거운 물에 있다가 욕조를 나와 몸을 씻고 머리를 감았다. 샴푸를 하면서 눈을 감았더니 문득 동생의 얼굴이 떠올랐다. 지금쯤 학교에 가 있을까. 누나가 행방불명인데 수업이 제대로 귀에 들어올까. 어쩌면 학교에도 못가고 집에서 서성거리고 있을까. 아버지도 분명 회사에 출근하지 못했을 것이다. 출근했더라도 정상적으로 업무를 볼 수 있을 리 없다. 엄마는 또 얼마나 속을 태울까. 집안일은 손에 잡히지 않고, 하루 세 끼 밥도 죽지 못해 의무적으로 떠 넣고 있을 것이다.

우리 반 친구들은 어떨까. 설마 수업까지 중단할 수는 없고, 형식적으로 진도는 나가겠지만 분명 웃음소리 한 번 나지 않을 것이다. 친구의 생사조차 알지 못하는데 누가 농담 따위를 할 수 있을까. 그 속에서 가즈미는 얼마나 침울하게 걱정하고 있을까. 반대 입장이 된다면 나도 아마 밥이 넘어가지 않을 것이다.

실을 당기듯이 줄줄이 이어지는 상상에 후미에는 가슴이 얼얼하게 아팠다. 어떻게든 살아서 집에 돌아가고 싶었다. 다시 학교에 가고 싶었다. 친구들과 놀고 싶었다.

눈물이 쏟아지려는 것을 간신히 견뎠다. 마음속에 어떤 담벼락이 생겨 있었다. 그 안으로 도망쳐버리면 적어도 눈물만은 흘리지 않을 수 있었다.

의자에 앉은 채 오줌을 쌌다. 따스한 것이 허벅지 안쪽을 타고 흐른다. 화장실에 가는 회수를 한 번이라도 줄이고 싶었다. 일일이 말해야 하는 건 고통 그 자체였다.

꼼꼼하게 린스를 하고 머리에 타월을 두른 뒤 다시 한 번 욕조에 몸을 담갔다. 다음에는 언제나 목욕을 할 수 있을까. 다시 닷새 뒤가 될까. 아니, 그보다 그때까지 이곳에 있고 싶지는 않다.

피부가 핑크빛으로 물들었을 즈음 후미에는 욕실을 나왔다. 노부히코가 놓고 간 남자용 속옷을 입고 그 위에 저지 옷을 입었다.

"메일린, 다 입었어?" 복도에서 노부히코가 물었다.

"아, 예." 후미에의 대답이 끝나기도 전에 문이 열렸다. 손에는 수건과 전기충격기를 들고 있었다.

"저쪽에 세제 있으니까 네 속옷은 세탁기에 넣고 빨면 돼."

노부히코가 턱짓으로 알려주는 대로 했다. 스위치를 누르자 물이 힘차게 세탁조에 쏟아졌다. 이어서 수건을 건네준다. "직접 눈을 가려." 말투로 봐서 맨정신인 것 같았다. 그 말에도 고분고분 따랐다. 하지만 느슨하게 묶어 눈 밑에 작은 틈새를 만들었다. 각도를 바꾸면 아주 조금이지만 시야가 확보된다.

소매를 잡아당기는 대로 복도를 걸어갔다. 노부히코가 앞장을 섰기 때문에 후미에는 슬쩍 고개를 쳐들고 수건 틈새로 옆을 훔쳐보았다. 얼핏 보인 방 안은 창호지문에 크게 구멍이 나고 벽에는 움푹 팬 자국이 있어서 마치 고릴라가 한바탕 날뛴 뒤처럼 어수선했다. 후미에는 공포감을 느꼈다. 가정폭력이라는 말은 들었지만 이렇게 끔찍할 줄은 생각도 못했다.

마음이 한층 더 무거워졌다. 그 폭력이 언제 자신에게로 날아올지 알 수 없다.

부엌문에서 샌들을 신고 다시 별채로 돌아왔다. 머리칼이 젖어 있어서 드라이어를 빌려달라고 했더니 인질의 목욕이라는 어려운 일거리를 무사히 마친 만족감 때문인지 노부히코는 순순히 자기 것을 빌려주었다.

손끝으로 머리칼을 빗어 내리며 드라이어로 말렸다. 그 사이에 노부히코는 벌써 컴퓨터 게임에 들어갔다. 목욕을 오래 했더니 땀이 멈추지 않아 드라이어를 냉풍으로 바꾸고 가슴 부분을 열어 찬바람을 댔다. 갑작스레 노부히코가 돌아보는 바람에 그 시선이 순간적으로 후미에의 가슴에 날아왔다. 엉겁결에 두 손으로 가렸다. 노부히코는 얼굴을 붉히며 눈을 돌리더니 "음, 다이나소어 거류 구역은 여전히 A지점이니까……"라고 영문 모를 소리를 중얼거리며 다시 컴퓨터 쪽으로 고개를 돌렸다. 내가 지금 위험한 순간을 맞이했던 걸까. 이해할 수 없는 일들이 너무 많아서 어떻게 판단해야 할지 알 수가 없었다.

절망적인 상황 속에서 유일한 구원은 노부히코가 성적인 욕망을 전혀 드러내지 않는다는 것이었다. 분명 현실 세계로부터 자신을 차단해버린 것이다. 이 젊은이의 모든 것은 공상 속에만 존재하고 기쁨도 위안도 모조리 머릿속에서 처리된다.

하지만 어느 순간에 갑작스럽게 현실 세계에 눈을 뜰지 모른다. 절대로 방심해서는 안 된다. 아차 하는 순간에 또 다른 스위치가 켜져서 덮쳐들 가능성도 있다. 만일 그렇게 된다면 나는 혀를 깨물고 죽을 것이다.

한 시간 뒤, 세탁한 자신의 속옷을 벽장 안에서 갈아입었다. 새로 빨아낸 속옷의 고마움을 실감했다. 저지 옷을 그 위에 걸치자 다시 아무것도 하지 않는 시간이 다가왔다. 컴퓨터 게임의 전자음에는 완전히 익숙해져버렸다. 거꾸로 정적이 무서울 정도다.

그날의 저녁식사는 튀김덮밥이었다. 튀김옷이 너무 두툼해서 전혀 바삭하지 않은 걸 보고 후미에는 노부히코의 가정 환경이 어떤지 대충 짐작이 갔다.

납치된 뒤로 먹은 식사는 대부분 소스나 양념으로 얼버무린 것들뿐이었다. 게다가 햄버그라면 달랑 햄버그뿐이고 감자샐러드나 데친 야채 같은 게 곁들여지는 일이 없었다. 노부히코의 어머니는 요리를 별로 좋아하지 않고, 아버지는 그것에 대해 아무 말도 하지 않는다. 아들도 빈약한 식생활에 익숙해져버린 것 같다. 가족의 단란한 식탁이라는 게 없는 것이다. 아니, 그보다 아들 방에 가까이 다가오지도 못하는 부모라니. 대체 어떤 사람들일까. 마음 약한 어머니는 그렇다 쳐도, 아버지라는 사람은 뭘 하고 있는 건가. 느낌상 날마다 어딘가에 출근하는 것 같았다. 밤에는 일찌감치 돌아온다. 즉 세상과 교류하고 있는 회사원이다. 그러면서도 왜 이상한 짓을 하고 있는 아들 일에 전혀 관여하지 않을까.

후미에는 도저히 이해할 수 없었다. 이 세상에는 상식 밖의 인간이 있는 모양이다. 집 안에 틀어박혀 걸핏하면 폭력을 휘두르는 아들, 그런 아들에게 아무 조치도 하지 않고 오히려 보고도 못 본 척하는 부모. 처음 후미에가 이 별채에 끌려왔을 때 노부히코의 어머니는 분명 뭔가 이상한 낌새를 눈치챘을 터였다. 게다가 그 뒤로 매 끼니 때마다 두 사람분의 식사를 해주고 있다. 그런데도 암흑을 향한 문을 열기가 두려워서인지 아들의 별채를 한 번도 들여다보지 않는다.

"메일린, 식욕이 돌아왔구나?" 노부히코가 후미에의 그릇을 들여다보며 말했다.

정신을 차리고 보니 맛도 없는 튀김덮밥을 거의 다 먹었다. 납치된 뒤로 처음이었다. 어제까지는 라면도 반을 먹지 못했다.

"아주 좋아. 힘없는 메일린은 매력이 없으니까."

자기가 납치해온 주제에 어디다 얼굴을 빳빳이 들고 그런 소리를 하는가. 화가 났지만 대꾸하기가 두려워 아무 말도 하지 않았다.

"먹고 싶은 거 있으면 말해. 하녀에게 뭐든 준비하라고 할 테니까."

하녀라고? 그 어머니에게 아들이 그러더라고 일러주고 싶다.

"다음에는 스키야키 먹을까? 휴대용 가스레인지 가져와서?"

"아뇨, 차라리 야채 샐러드가……."

후미에가 얼른 말했다. 아무 말 않고 있다가는 정말로 여기서 나란히 마주앉아 스키야키를 먹게 될 것 같다.

"에이, 겨우 샐러드야?"

"예."

"어떤 샐러드?"

"시저 샐러드 같은 거. 치즈 가루 얹은 샐러드."

"오케이, 알았어. 메일린이 좋아하는 건 치즈였구나." 노부히코가 표정을 풀며 웃었다. "그리고 또 뭐?"

"가능하면 과일도."

"어떤 거?"

"딸기나 사과나……."

"멜론은?"

"좋아하기는 하는데……."

"좋아, 내일은 멜론을 사오라고 해야겠군. 메일린, 먹고 싶은 게 많은데 그동안 말을 못했구나?" 노부히코가 왠지 신바람이 난 기색으로 말했다. 후미에가 반응을 보여준 게 어지간히 기쁜 모양이다. "그리고 또 뭐?" 어린애처럼 졸라댄다.

"그럼 요구르트도."

"응. 잠깐 기다려. 메모해야겠다." 노부히코가 볼펜을 들고 광고지 뒷면에 적어 넣었다. "딸기, 사과, 멜론하고 요구르트…… 그리고?"

"칸쵸."

"아, 초콜릿 과자?"

노부히코의 눈치를 살피면서 후미에는 자신이 원하는 것들을 생각해보았다.

"니베아하고 립글로스하고 로션."

"로션은 어떤 거?"

"빨간 용기에 담긴 '러브리'라는 화장품……."

"응, 알았어."

노부히코는 가느다란 손가락으로 써내려갔다. 긴장감이라고는 전혀 없는 무방비한 상태로 보였다. 표정도 온화한 것을 뛰어넘어 천진무구하다. 이 순간 노부히코는 메일린 공주의 소원을 들어주는 용감한 전사의 행복을 맛보고 있는지도 모른다.

"저어……." 후미에는 문득 알고 싶어졌다. "이름이 뭐예요?"

노부히코가 누군가 툭 떠민 것처럼 고개를 번쩍 들었다. 후미에를 똑바로 바라보면서 대답이 나오기까지 잠깐 시간이 걸렸다. 몇 초의 침묵 뒤에 노부히코가 불쑥 말했다.

"루크."

"루크?"

"그래. 루크 대위. 아니, 전직 대위야. 방위군에서 이미 추방되었으니까. 루비콘 은하의 결전 때 나는 군의 명령에 등을 돌리고 폭격을 하지 않았거든. 그때 교회에는 우주 난민들이 있었어. 그것도 수많은 어린아이들이. 나는 차마 미사일 발사 스위치를 누를 수 없었어. 그 일로 군법

회의에 회부되어 추방 처분을 받은 거야. 하지만 메일린도 알다시피 직속상관이었던 고어 사령관은 지금도 내 편이야. 그러니 의용군을 결성해서 게릴라 활동을 하는 우리를 보고도 못 본 척 해주고 있지."

노부히코가 애니메이션 성우 같은 음색으로 늘어놓았다. 뺨은 발그레하게 달아오르고 입가에는 기쁨이 넘친다.

"더구나 시공을 뛰어넘을 때마다 동지도 속속 불어나고 있어. 지난주에 달의 계곡에서 다이너소어 기동대와 전투를 벌였을 때는 제7혹성의 유이 대장이 달려와 지원해줬어. 유이는 미소녀 전사인데 예전에 나와 일대 전투를 벌였던 사이지만, 아일의 결전에서 비겼던 것을 계기로 극적인 화해를 했어. 그녀는 남자 못지않게 뛰어난 전사야. 하긴 기가 드센 여자라서 내 말은 전혀 듣지 않지만."

점점 더 목소리 톤이 올라간다. 후미에는 어떤 표정을 지어야 할지 난감해서 대충 입가에 엷은 웃음을 띠고 있었다. 어떻든 이 사이코패스를 화나게 하지는 말아야 한다.

"문제는 제이드의 복수야. 언제 제이드가 눈을 뜨고 우리를 공격할지 모르거든. 그 자는 정말 대적하기가 어려워. 구루를 향해 검을 휘두를 정도니까 한마디로 우주의 깡패 같은 자야. 삼파전이 된다면 그나마 낫겠는데, 아무래도 제이드는 다이너소어 쪽에 붙을 가능성이 높아. 어떻든 메일린 공주는 현재 내 우주선 게스트룸에 있잖아. 그들 쪽에서 본다면 내가 공통의 적이겠지."

후미에는 용기를 내어 물어보았다. "이 전투는 언제까지 계속되나요?" 덩달아 자신도 연극적인 말투가 튀어나왔다.

노부히코가 다시 잠깐 뜸을 들였다. 눈동자가 번쩍인다. "평화의 왕검을 손에 넣을 때까지!" 흥분을 짐짓 억누르듯이 목소리를 낮추어 말했다.

"윌 성좌(星座)의 다르카스 언덕에 잠들어 있는 평화의 왕검! 그걸 손에 넣는 자가 전투의 승리자로서 민중을 해방하고 은하계를 평화로 이끄는 거야!"

"그건 언제쯤 끝나요?" 후미에가 머뭇머뭇 물었다.

"아직은 모르는 일이야, 어느 누구도."

"나는 언제 집에 갈 수 있어요?"

노부히코의 표정이 갑자기 흐려졌다. "왜? 메일린은 내가 지켜주는 게 싫어?" 뺨이 슬슬 당겨지면서 맨정신으로 돌아오는 징후가 보였다.

"아, 아니에요." 당황해서 얼른 박자를 맞춰주었다. 따지고 들어봤자 어차피 말이 통할 사람이 아니다.

"그래? 다행이군. 반드시 평화의 왕검을 손에 넣어서 메일린을 자유롭게 해줄 거야!"

자기가 납치하고 감금했으면서. 후미에는 너무도 어처구니없는 일들에 머리가 피잉 도는 느낌이었다.

"메일린, 그때까지만 기다려줘. 이 스카이어 3호는 구식이고 내부도 비좁지만 내가 전면 개조해서 장비만은 최신식이야. 하지만 낡아빠진 겉모습만 보고 적들이 허술하게 넘어가다가 매번 나한테 호되게 당하지, 흐흐흐."

아무래도 스카이어 3호라는 건 이 방이고 동시에 노부히코의 우주선인 모양이다.

"좋아, 오늘은 용기가 샘솟는군. 원래 예정은 카레이드 곳까지 공략해볼 생각이었지만 그 앞의 스테이지까지 얼마든지 전진할 수 있겠어. 분명 적들이 혼비백산 놀라 자빠질 거야. 야간 공격은 에너지가 대량으로 소모되니까 공격은 없을 거라고 다들 팔짱을 끼고 있을 테니까. 그렇지, 메일린?"

동의를 청하며 바라보는 바람에 후미에는 저도 모르게 고개를 끄덕였다.

"즉시 출발해야겠어. 메일린, 준비는 됐나?"

대충 현재 상황을 알아차리고 후미에는 느릿느릿 벽장으로 들어갔다. 공포감은 풀리지 않았지만 그래도 작은 돌파구는 찾아낸 듯한 마음이 들었다. 이쪽에서 적극적으로 공상의 세계로 뛰어들어주기만 하면 이 사이코패스는 자신을 메일린이라는 공주님으로 대접하는 것이다.

벽장 안의 이불에 누워 베개에 얼굴을 묻었다. 한숨을 내쉰다. 오늘 한 번도 울지 않았다는 것을 깨달았다. 납치된 뒤로 처음이다. 캄캄한 암흑이던 마음속에 등불 하나가 켜진 듯한 심정이었다.

내일도 눈물은 절대 흘리지 말자고 어금니를 악물었다. 노부히코는 루크라는 자가 되어 오늘 밤에도 게임에 미쳐 있다.

32

돌 지난 아들 쇼타가 본격적으로 아빠를 따르기 시작했다. 세일즈 일을 마치고 데리러 가면 제 아빠라는 걸 확실히 파악했는지 얼굴이 구깃구깃해질 만큼 환하게 웃으면서 "아바바—"하고 두 팔 벌려 달려오는 것이다.

가토 유야는 고타쓰 앞에서 아들을 무릎에 앉히고 '내 자식이 이렇게 사랑스러운 것이구나'하고 인간의 구조 자체에 감탄했다. 아버지라는 역할이 아직도 낯설어서 적잖이 당황스럽고 머쓱하기도 했지만, 그래도 이 행복감은 솜사탕처럼 한없이 부풀어 올랐다. 자신은 의외로 상식적인 사람인 모양이라고 유야는 스스로를 재평가했다. 적어도 전처 아야카처럼 돈 때문에 자식을 버리는 짓거리는 못한다.

"쇼타, 아빠가 그렇게 좋아?"

아들의 품에 안겨 신이 난 손자를 보고 어머니가 실눈이 되어 웃었다.

"역시 피는 못 속이는 게야. 웃을 때의 눈가가 유야 어렸을 때하고 꼭 닮았어."

아버지는 찌개를 반찬으로 밥을 먹고 있었다. 와이셔츠에 넥타이까지 매고 있는 건 밤 시간에 택시 일을 나가기 때문이다.

"유야, 어서 밥 먹어라. 엄마도 지금 일 나가야 해."

어머니가 밥을 차려낸다. 유야를 위해 생강 제육볶음을 해주었다.

"나도 고기 한 점 먹어보자." 아버지가 젓가락을 내민다.

"여보, 혈당치를 생각해야지. 참내, 저렇게도 껄떡거릴까." 어머니가 곁에서 나무랐다.

"한 젓가락 정도는 괜찮아."

"당신은 매사를 그렇게 자기 좋을 대로 생각하니까 도박을 딱 끊지 못하는 거야."

"왜 얘기가 그쪽으로 흘러?"

"오늘도 파친코에 다녀왔잖아. 돈 잃을 줄 뻔히 알면서 파친코는 왜 자꾸 들락거려?"

"돈 잃을 줄 미리 알면 안 하지. 딸 때도 있으니까 하는 거야."

"아휴, 좀 조용히들 하세요."

유야가 얼굴을 찌푸리며 말리고 나서자 두 사람은 입을 옴츠리고 말

다툼을 중지했다.

유야가 아버지 빚 50만 엔을 청산해준 뒤부터 둘 다 완전히 저자세가 되었다. 오늘도 집에 들어서자마자 "어서 와라" "고단하지?"하고 앞을 다투어 다정하게 맞아주었다. 유야가 말하기도 전에 맥주도 척 나왔다. 유야는 가장이 된 듯한 기분이었다.

"엄마, 가게 일 바빠?" 유야가 밥을 듬뿍 떠 넣고 우적우적 먹어가며 물었다.

"아니, 한가해. 날씨가 추워서 사람들이 나돌아다녀야 말이지." 어머니가 뽀독뽀독 소리 나게 단무지를 깨물며 체념했다는 듯한 어조로 말했다.

"나도 도무지 일이 없어." 아버지가 남은 밥에 물을 부으며 말했다. "오후 9시부터 역 앞에 대기하고 있어도 세 건 걸리면 많은 편이야. 어제 매상이 7천 엔이었다니까. 고등학생 아르바이트보다도 적을 게야."

"어젯밤에 미소노 초 유흥가에서 상공회 사람들이 큰 연회를 했잖아요. 당신은 참, 그런 손님들을 잡아야 돈벌이가 되지."

"엇, 정말이야?" 물에 만 밥을 입에 쓸어 넣던 손을 멈추고 아버지가 되물었다. "그런 얘기를 왜 이제야 하느냐고. 휴대전화로 알려줬으면 핑하니 달려갔을 텐데."

"나는 당신도 아는 줄 알았지."

"운전하고 다니는 사람이 그걸 어떻게 알아? 내가 초능력자야?"

"그런 건 택시 회사에서 무선으로 연락해주잖아. 제대로 연락도 못 받은 당신 책임이지."

"허참, 세상에 이렇게 매정한 마누라는 없어. 남편이 돈을 벌 만한 일이면 만사를 제치고 당장 연락했어야지!"

"지난번에 알려줬을 때 당신 뭐라고 했어? 남편 일에 괜히 참견하지 말라고……."

"그때는 시민 회관에서 가요 쇼 보고 나오는 손님들을 노리고 있었어! 근데 당신이 느닷없이 전화해서 다른 데로 가라고 명령조로 말을 하니까…….."

"허참, 시끄럽네. 싸우지들 좀 마시라니까, 어린애들도 아니고."

유야가 소리를 빽 지르며 뜯어말렸다. 쇼타가 흠칫 놀라 움직임을 멈추고 세 사람을 둘러본다. 잠시의 침묵. 텔레비전 지역 뉴스에서는 매일같이 보도되는 여고생 행방불명 사건이 또 나오고 있었다. 여전히 단서도 진전도 없는 모양이었다.

"우리 집은 이제 유야밖에 없어." 어머니가 불쑥 말했다.

"응, 그럼. 참말로 고맙다." 아버지가 슬쩍 눈을 치켜뜨며 동의했다.

"누가 부모인지 모르겠네."

투덜거리기는 했지만 유야는 그리 싫지만은 않았다. 어디서든 돈 벌어오는 사람을 한 수 높게 쳐준다. 그건 가족 간에도 마찬가지다. 사장 가메야마가 항상 입버릇처럼 하는 말대로, 사내는 돈을 벌어야 제구실을 한다.

"그나저나 이 고타쓰는 영 뜨끈하질 않네?" 유야가 말했다.

"너 초등학교 다닐 때 산 물건이라서 그래. 다리도 휘청휘청하더라." 어머니가 말했다.

"새 걸로 좀 바꾸시지. 베스트 전자마트에 가면 요즘 난방 기구 왕창 세일할 텐데."

"그럴 돈이 있어야지."

"돈은 내가 낼게. 그러잖아도 하나 사드리려고 했어."

유야는 마음이 도도해진 김에 위세 좋은 소리를 하고 말았다. 하긴 뭐, 괜찮다. 중학교 때 같은 반이던 놈에게서 뜻밖의 보너스를 거둬들인 참이다.

"참 감사한 일이구먼, 효자 아들을 뒀으니." 아버지가 차를 후르륵 마시며 중얼거렸다.

"참말로 고맙고말고, 고맙고말고." 어머니도 염불을 외우듯이 말했다.

유야는 자신이 하는 세일즈 일이 진짜로 좋다고 생각했다.

저녁을 먹자 쇼타를 안고 친가를 나섰다. 그 집에서 자도 괜찮지만 그러면 부모가 아예 들어와 살라고 할 것이고, 결국 집의 장기 대출금까지 부담하게 될 것 같아 정확하게 선을 그어두고 싶었다.

차일드시트에 쇼타를 앉히고 차를 출발시켰다. 1분도 안 돼서 휴대전화가 울렸다. 화면을 보니 후배 사카이였다. 이 녀석이라면 브라질인과의 항쟁이 어쩌고저쩌고하는 얘기일 게 틀림없었다.

"응, 무슨 일이냐?" 핸들을 쥔 채 한껏 오만하게 대답했다.

"선배, 사장한테 얘기 좀 해보셨어요?" 사카이가 물었다.

"얘기라니?"

"제가 임시로 회사를 그만둔다는 얘기요." 뭔가 상황이 급박한 말투였다.

"아, 아직 말 안 했는데? 겨우 어제 나한테 얘기했으면서 벌써 보채냐?"

"실은 당장 디뉴하고 한판 붙을 거 같아요. 지금 드림타운 제3주차장에 나와 있습니다. 아무리 은퇴했다지만 스네이크 후배가 부탁하는데 나만 여기서 빠질 수도 없잖아요. 지금 갈 거예요."

"한판 붙는다고? 무슨 소리야? 좀 알아듣기 쉽게 말해봐."

유야는 당황해서 차를 갓길에 세웠다. 사이드 브레이크를 당기고 라디오도 껐다. 사카이가 일의 자초지종을 설명했다.

"어젯밤에 친위대 고헤이가 게임센터에서 디뉴한테 붙잡혀 치도곤을 당했거든요. 후배들도 보복을 하려고 공장 다니는 디뉴 두 놈을 납치해 하천 부지에서 조금 전까지 쥐어 팼더니만, 그걸 알고 디뉴들이 역 앞에서 상업고 꼬맹이 두 명을 잡아가서는 서로 인질을 교환하자고 연락이 왔어요."

"거참, 시끄럽게들 노네. 갱 영화 찍냐?"

"유야 선배하고는 상관없는 일인데 왜 그러십니까?"

"상관이 없다니, 말을 그렇게 하면 섭섭하지." 후배의 툭 던지는 듯한 말투에 유야는 불끈했다. "나는 너희들 걱정되어서 하는 말이야."

"아무튼 이제 곧 놈들이 올 거예요. 후배들이 진짜 의욕이 넘치니까 나도 힘을 보탤 겁니다."

"누군가 중재에 나설 놈은 없어? 너희들 그러다가 진짜 죽는 놈 나온다?"

"전에도 말했잖습니까. 디뉴 놈들한테는 대화가 안 통해요. 화해라는 게 없다니까요. 죽느냐 죽이느냐, 둘 중 하나예요. 그러니까 지금이라도 회사 간부한테 나 그만둔다는 얘기 좀 해주세요. 안 그러면 회사에 불똥이 튈 거라고요. 가메야마 사장 화나게 했다가는 내가 죽어요."

"알았어. 지금 연락할게. 그러니까 성급한 짓은 하지 마라. 얘기 끝난 뒤에 나도 그쪽으로 나갈게."

"와주실 겁니까?" 사카이의 목소리가 갑작스레 촉촉해진다.

"가야지. 나도 명색이 스네이크 OB 아니냐."

후배가 공손한 태도로 바뀌자 유야도 선배 체면을 내세우느라 깜빡 도와주겠다는 말이 튀어나오고 말았다. 부모에게 칭찬을 듣고 의기양양해진 것도 있었다.

"그럼 선배, 기다리겠습니다!"

"그래."

유야는 전화를 끊고 친하게 상의할 만한 전무의 휴대전화 번호를 눌렀다. 뒷자리 차일드시트에서는 쇼타가 "바부바부"하면서 팔다리를 버둥거리고 있었다. "가토, 웬일이냐?" 전무는 금세 전화를 받았다. 술집에 있는지 전화 너머로 왁자하게 떠드는 소리가 들렸다.

"지금 전화 괜찮으세요?"

"아, 잠깐만 기다려." 자리를 뜨는 소리가 났다. 뒤편의 시끄러운 소리가 작아진다. "응, 됐다."

"실은 영업부의 사카이 말인데요……."

유야는 간단히 사카이가 처한 상황을 설명했다.

"알았어. 일이 그렇게 됐다면야 괜찮겠지. 그 얘기는 사장한테 전해줄게. 지금 마침 함께 있거든. 사장 성격으로 봐서 화는 안 낼 거야. 화를 내기는커녕 사카이의 용기를 칭찬해서 상이라도 줄 거다. 하지만 사카이한테는 꼭 확인해. 잡혀갔을 때는 반드시 무직이라고 해야 된다고."

전무는 말단 사원의 일 따위는 머릿속에 없다는 투로 대충 대답하고 있었다.

"알겠습니다. 확인하겠습니다."

"근데 자네, 시바타하고 친한 사이지?" 전무가 말했다.

"예, 고등학교 선배예요."

"오늘밤에 간부 모임이 있었는데 시바타가 배지를 못 받았어."

유야는 선뜻 대답이 나오지 않았다. 그러고 보니 시바타가 어제 말

했었다. 곧 조직 재편성에 들어가고 이사에게는 금배지, 관리직에게는
은배지를 나눠줄 거라고. 결국 시바타 선배에게는 관리직이 내려오지
않았는가.

"좀 딱해서 말이야. 시바타, 상당히 침울해하고 있어."

"그렇군요……." 마음에 걸려서 내친 김에 물었다. "안도 씨는 배지
를 받았습니까?"

"응, 안도는 은배지. 신임 과장이야. 그러니 더욱 더 시바타가 딱하
지. 업무 실적은 서로 어슷비슷했는데 말이야." 수화기 너머에서 찰칵
라이터를 켜는 소리가 들렸다. 담배를 빨아들이느라 잠깐 조용하던 끝
에 전무가 불쑥 말했다. "우리 사장이 사람 마음을 갖고 노는 면이 있
잖나. 처음 회사 창립할 무렵에 나도 경쟁에 내몰려본 경험이 있거든.
보너스로 사람 차별을 하는 게 정말 이해가 안 되더라고. 지금도 그때
하고 똑같아. 경쟁을 시켜서 더 열심히 뛰게 할 속셈이겠지만 아무리
그래도 이건 좀 문제가 있어."

"시바타 선배도 지금 거기 있습니까?"

"응, 있어. 겉으로는 태연한 척 하고 있지만, 저거, 나중에 혼자 있을
때 폭발할 거야. 가토, 후배라면 네가 잘 다독여줘."

"알겠습니다."

"내일은 나도 그 꼴 될 거야. 금배지끼리도 하루하루가 경쟁이라니
까." 폭주족 시절에는 총리 보좌까지 했던 전무가 진한 한숨을 내쉬었
다. "가토, 지금 한 얘기, 다른 사람한테는 말하지 마라."

"예, 물론이죠."

전화를 끊었다. 시바타의 심정을 생각하니 자신까지 어깨가 축 처졌
다. 시바타는 가메야마 사장에게 심취해 있었다. 그런 터에 냉대를 받

있다. 이건 뭐, 낙담 정도가 아닐 것이다. 자포자기한 마음에 깽판을 칠지도 모른다. 그 분노의 창끝이 안도에게 향할 가능성도 있다.

담배를 꺼내 입에 물었다. 불을 붙이려는 순간에 뒷자리의 쇼타가 생각나서 다시 담뱃갑에 넣었다.

그나저나 사카이한테 가봐야지. 별로 내키지는 않지만 말을 내뱉은 이상 약속을 어길 수는 없다.

다시 차를 출발시켰다. 국도로 나가는 시골 길에는 반대편에서 오는 차도 없고 가로등만 무심히 아스팔트를 비추고 있었다.

드림타운 제3주차장은 유메노 시의 유일한 관광 상품인 관람차 승차장으로 이어져 있어서 사실상 관람차 이용객을 위한 주차장이었다. 날씨가 추워서 이용자도 없었기 때문에 평일의 관람차는 늘 멈춰 서 있다. 그래서 제3주차장도 주말 이외에는 텅 비어 있다.

도착해서 보니 스네이크 멤버들이 벌써 스무 명 넘게 각자 목도를 손에 들고 진을 치고 있었다. 엔진을 켜둔 차들의 흰 배기가스가 온천장처럼 피어올랐다. 일반 이용객의 차량은 한 대도 없었다.

사카이가 이쪽을 찬찬히 바라보며 유야의 차를 확인했다. "선배, 오셨어요?" 얼굴이 환해지면서 운전석까지 뛰어온다. "앗, 아이까지 데려왔어요?" 뒷좌석의 아이를 보고 눈이 둥그레졌다.

"나도 사정이 있어, 사정이."

돌발 상황을 고려해서 자동차는 조금 떨어진 곳에 주차했다. 다행히 쇼타는 깊이 잠들어 있었다. 엔진을 켜둔 채 후배들이 있는 곳으로 가보니 모두들 일제히 "선배!"라고 소리를 높였다. 현역 시절이 생각나서 유야는 무의식적으로 바짝 군기가 들어갔다. 자신도 스무 살 때까지는 이 지역 최고의 폭주족 화이트 스네이크의 간부였다. 그때는 항상 싸움을 각오하고 살았다.

"인질은 어떤 놈이야?" 유야가 관록을 드러내는 목소리로 물어보자 둥그렇게 서있던 후배들이 길을 터주었다. 한가운데 젊은 남자 둘이 무릎을 꿇고 있었다. 입술은 터지고 눈 주위에는 얻어맞은 흔적이 있었다. 입김을 하얗게 뿜으며 얇은 옷차림으로 온몸을 떨고 있었다.

"허참, 어지간히 두들겨 팼네."

"무슨 말씀이십니까? 어제 고헤이는 쇠파이프로 맞아서 팔이 부러졌어요. 게다가 차 유리까지 박살을 냈다니까요. 우리는 살살 봐준 편이에요."

사카이가 항변했다.

"그래, 그래, 알았어. 흥분하지 마라."

유야는 두 명의 브라질 인질 앞으로 다가가 허리를 숙이고 물었다. "너희 친구들이 여고생을 끌고 가서 파묻었다는 거, 사실이냐?"

"몰라. 무슨 말이야. 몰라."

겉으로 보기에는 피부가 약간 검은 일본인 같지만 말하는 게 서툴렀다.

"어제는 왜 고헤이를 공격했어?"

"고헤이, 몰라. 우리, 아무것도 안 했어."

"선배, 믿지 마십쇼. 이 새끼들, 자동판매기 다 털어가고 자동차 휠도 훔쳐가고. 아주 못된 놈들이에요." 사카이가 옆에서 말했다. "전에 우리하고 싸울 때도 분명히 있던 놈들이라 내가 얼굴을 똑똑히 기억하고 있어요."

"선배, 너무 추워. 옷 줘." 브라질인이 말했다.

"이거 봐. 아주 뻔뻔한 놈들이에요. 자기들이 지금 어떤 처지인지를 모른다니까요."

사카이가 목도로 쿡쿡 찌르려고 했다. "알았으니까 그러지 마라." 유야가 만류했다.

그러는데 차 여러 대가 뒤를 이어 주차장으로 들어왔다. 스네이크 멤버들 사이에 긴장감이 감돌았다. 어디서 주워온 듯한 허접한 중고차 다섯 대로, 개조는 하지 않았다. 각 차마다 최소한 네 명씩은 타고 있었다.

그 중 한 대가 슬슬 이쪽으로 다가왔다. 차 안에서 고개를 내밀어 확인하더니 다시 대열로 돌아갔다. 20미터쯤 거리를 두고 정차한 뒤에 일제히 차 문이 열렸다. 내려선 놈들은 일본계 혼혈인을 중심으로 한 브라질 그룹이었다. 저마다 쇠파이프를 들고 있었다. 차의 헤드라이트가 겹겹이 비치는 가운데 도합 40명의 사내들이 대치하게 되었다.

그쪽에서 한 놈이 앞으로 나왔다.

사카이가 옆에서 유야의 귓가에 대고 말했다. "저 놈이 리더예요."

180센티미터를 훌쩍 넘는 건장한 사내로, 얼굴 생김새로 봐서는 혼혈이었다.

"로베르토, 켄. 거기 있냐!" 리더 사내가 큰소리를 내질렀다.

"야앗!" 두 인질이 마주 소리쳤다. 마치 서부극 같은 광경이다.

"얘들아, 여기는 나한테 맡겨. 나쁘게는 안 할 테니까. 알았지?"

유야가 사카이를 비롯한 후배들을 둘러보며 말했다. 후배들은 서로 얼굴을 마주보더니 말없이 고개를 끄덕였다.

"어이, 지금 두 사람을 보낼 테니까 그쪽도 우리 젊은 애들 보내줘라."

유야는 소리 높여 말하고 혼자서 앞으로 나갔다. 두 손을 머리 위로 쳐들어 무기가 없다는 것을 보여주었다.

오늘밤은 어쨌든 화해로 이끌어가자고 생각했다. 현역 멤버는 싸우지 않으면 안팎으로 체면이 서지 않지만, OB인 유야는 그런 점에서 여유가 있었다. 다들 속으로는 싸움 따위 하고 싶어 하지 않는다. 브라질 놈들 역시 그건 마찬가지일 터였다. 게다가 중재 역할에 성공하면 앞으로 브라질 그룹 쪽에 얼굴이 통해서 자신의 주가도 올라간다.

"나는 스네이크의 OB, 가토라고 한다. 우선 그 손에 든 무기부터 좀 치워라."

5미터 거리까지 다가갔다. 그때, 둘러선 브라질인들이 옆으로 비켜서면서 그 틈새로 피투성이의 두 남자가 질질 끌려나왔다. 얼굴은 잘 보이지 않지만 스네이크 후배인 것 같았다. 즉 브라질 그룹 쪽에서 잡아간 인질이다.

"너, 너희들……." 유야는 말이 턱 막혀버렸다. 두 명의 후배들이 얼마나 맞았는지 얼굴이 완전히 찌그러져 있었다. 눈두덩이 퉁퉁 부어 눈알이 보이지 않고, 생김새조차 알아볼 수 없었다. 제 힘으로 서 있을 수도 없는지 아스팔트에 길게 늘어져 있었다.

"어이, 아직 고등학생이야. 죽일 생각이냐?"

핏기가 싹 가셨다. 이놈들은 완전히 다른 인종들이라는 걸 실감했다.

바로 뒤이어 리더의 오른손에서 뭔가가 번뜩였다. 칼이라고 깨달았을 때는 이미 칼날이 코끝을 스치고 있었다.

유야는 저도 모르게 엉덩방아를 찧었다. 그대로 몸을 굴려 기어가듯이 겅중겅중 도망쳤다.

리더가 뭔가 고함을 지른다. 이번에는 일본어가 아니었다. 브라질인들이 일제히 쇠파이프를 휘두르며 몰려나왔다. 앞을 보니 사카이와 후배들도 목도를 들고 뛰어든다. "우와아—!" 저마다 부르짖는다. 양쪽 스무 명이 격돌했다. 사전 절차도 없이 벌어진 난투극이었다.

이런 싸움은 처음이었다. 그동안 폭주족 간의 항쟁은 난투에 들어가기 전에 반드시 서로 노려보는 단계가 있었다. 위협이 대부분이지만 대화도 나누었다. 무력 충돌은 최후의 수단이었다. 하지만 브라질인은 댓바람에 죽고 죽이는 격전에 들어간다.

뒷머리에 충격이 느껴졌다. 격통에 정신이 아득해지려고 했다. 돌아보니 겨우 열다섯 살 정도로 보이는 브라질 소년이 필사적으로 쇠파이프를 휘두르고 있었다. 그 눈은 생사를 걸고 싸우는 민족의 눈이었다.

허청거리는 걸음으로 난투장을 빠져나와 바닥에 웅크리고 앉았다. 손을 내려다보니 빨간 피로 물들어 있었다. 머리가 터진 모양이다. 시야가 핑그르르 돌았다. 뇌진탕인가.

요즘 폭주족은 참 힘들겠다. 이런 상황 속에서도 객관적인 생각을 했다. 싸움조차 이제는 서로 다른 문화의 대결장이 되었다. 목숨이 몇 개가 있어도 모자랄 지경이다.

곳곳에서 고함이 터져 나왔다. 난투가 이어지고 있었다.

목 아래쪽의 감각이 없어지고, 이윽고 의식이 흐릿해졌다.

유야는 암흑의 세계로 떨어져 내려갔다.

33

적이 생기면 모임의 결속력은 강해지는 것인지, 만신쿄의 방해 공작이라는 게 확실해지자 사슈카이 도장은 수많은 회원들로 성황을 이루었다. 여자 회원들은 자발적으로 나와 뭔가 할 일은 없느냐고 지도원에게 물었다. 다들 외로운 처지라서 혼자 집에 있으면 왠지 불안하다는 것도 그 이유 중의 하나일 것이다. 호리베 다에코도 이런 모임에 속해 있다는 게 너무도 고마웠다. 서로 어깨를 맞대고 있지 않으면 불안감에 짓눌릴 것만 같은 것이다.

사라님은 역시나 리더답게 온화한 표정을 무너뜨리지 않았다. "이런 일도 부처님이 주신 시련, 우리 모두 힘을 합쳐 이 일을 처분해버리면 분명 환한 내세가 기다리나니!"라고 회원들을 격려했다. 다만 그 얼굴에 수술 자국이 보이는 바람에 적잖이 놀랐다. 도쿄에 갔던 이유가 성형 수술 때문이었던가. 다에코는 어안이 벙벙했다.

어떻든 다에코가 할 일은 다음 설교회에 일반 참가자를 되도록 많이 끌어들이는 것이었다. 이번에는 어떻게든 공적을 쌓아서 간부로 인정받고 싶었다. 그래서 기부금 없이 출가 회원이 되는 게 목표였다.

홍보지는 한 장도 남김없이 행인들에게 나눠줬기 때문에 간부의 지시에 따라 집집마다 돌아다니며 선교를 하기로 했다. 찬 바람이 몰아치는 가운데 자전거를 타고 시골 동네를 돌았다. 이를 악물지 않으면 턱이 캐스터네츠처럼 덜걱거렸다. 장갑을 껴도 손끝은 금세 감각이 사라졌다.

오늘 찾아간 곳은 산을 개척한 주택 단지였다. 20여 년 전에 조성되어 비슷비슷한 2층 단독 목조 주택이 장기짝처럼 줄을 섰다. 건축 연도로 따지자면 아직은 깔끔해야 하건만 집집마다 어딘지 모르게 추레하게 보이는 건 자식들이 죄다 집을 떠나고 단지 내 슈퍼마켓은 문을 닫아버린 탓이었다. 유메노 시의 주택 단지는 하나같이 이 꼴이다.

끝에서부터 한 집 한 집 돌았다. 평일 낮 시간이라 대부분 사람들이 집에 없었다. 간혹 있더라도 "사슈카이 불교 연구 모임입니다"라고 말하면 그 즉시 표정이 굳어져서 "지금 바빠요"라고 문 앞에서 쫓아냈다. 닫힌 현관문을 바라보며 다에코는 그때마다 자신에게 기합을 넣었다. 현세에서의 행복 따위 바라지 말자고 각오해버리면 웬만한 일은 견뎌낼 수 있다.

이번에는 길을 건너 '가토'라는 문패가 걸린 집을 방문했다. 벨을 누르자 집 안에서 "누구야!"하고 웬 남자가 소리를 쳤다. 그와 동시에 어린아이의 요란한 울음소리가 울렸다.

"실례합니다. 사슈카이에서 나왔어요."

"에엥? 뭐야, 안 들려!"

"사슈카이에서 나온 사람입니다!" 덩달아서 큰소리를 냈다.

성큼성큼 복도를 걸어 나오는 소리가 들리고 50대로 보이는 남자가 문틈으로 얼굴을 내밀었다. 부스스한 머리에 파자마 차림이었다.

"누구쇼?" 몹시 경계하는 기색으로 말했다.

"사슈카이 불교 연구 모임에서 나왔어요. 저는 호리베라고 합니다."

"어휴, 난 또 연금 받으러 온 줄 알았네." 남자는 굳은 표정을 풀더니 어깨를 툭 떨어뜨렸다. "그래서, 뭔데요?"

"이번에 불교 설교회가 있어서 알려 드리러 왔어요. 가토 씨, 잠깐만 시간 좀 내주실 수 있을까요?"

"종교? 우린 됐수."

"선교하려는 게 아니에요. 상품 판매도 아닙니다."

"안 된다니까 그러네. 애기 우는 소리 안 들려요? 내가 지금 그런 설교 들으러 다닐 정신이 아니오." 고개를 가로저으며 문을 닫으려다가 문득 그 손이 멈췄다. 남자가 뒤를 돌아본다. "이보쇼, 기저귀 갈 줄 알아요?"

"예, 알아요."

"그럼 미안하지만 잠깐 좀 거들어줄래요? 손자를 맡아 기르고 있는
데, 아들놈이 어젯밤에 머리를 다쳐 병원에 실려 가고 마누라는 그거
간병하러 가는 바람에 내가 지금 쩔쩔 매고 있어. 기저귀 가는 걸 알려
주긴 했는데 막상 해보려니 잘 안 되네. 애는 왕왕 울어대고."

"그럼, 잠깐 실례하겠습니다."

마침 좋은 기회라는 생각에 다에코는 집 안으로 들어갔다. 거실에는
고타쓰가 있고 그 옆에서 사내 아기가 아랫도리를 드러낸 채 주저앉
아 울고 있었다. "아유, 저런. 왜 울었쩌?" 저절로 어린애 같은 말이 나
왔다. 자리에 눕히고 종이 기저귀를 갈아주었다. 그리고 품에 안고 등
을 토닥이며 얼러주었다. 분유 냄새가 코끝을 간질여서 갑작스럽게 경
치가 바뀌듯이 옛날의 기억이 되살아났다. 나도 예전에는 이렇게 아이
를 키웠는데.

"아, 이제야 그쳤네. 역시 여자 손길이 좋은 모양이오."

"이 아기 몇 살이에요?"

"만으로 한 살하고 두 달."

"첫 손자예요?"

"그렇죠."

"할아버지가 젊으시네요."

"아이, 뭘."

남자는 수줍어하며 쓴웃음을 지었다. 낯선 여자를 선뜻 집 안에 들
일 정도니 대범하고 착한 사람일 것이다. 대낮에 파자마 차림이면서도
변명하는 말도 없이 털썩 책상다리를 하고 앉는다. 다에코는 재빨리

집 안을 둘러보았다. 구형 텔레비전, 싸구려 서랍장, 닳아빠진 다다미 바닥. 그다지 부자인 것 같지는 않았다. 선교해봤자 별 이득도 없을 타입이지만 지금은 이것저것 가릴 때가 아니다.

"아까 잠깐 얘기하시기로는 아드님이 입원을 하셨다고요?"

"아니, 입원이라야 그냥 검사하러 들어간 거요. 어젯밤에 드림타운 주차장에서 브라질 갱단에게 당했다나 어쨌다나. 뒤통수를 쇠파이프로 얻어맞고 뇌진탕이 된 모양이에요. 그 뒤에 의식은 돌아왔는데, 아무리 바보 같은 아들놈이라도 머리는 중요한 데 아닙니까. 그래서 검사를 받아보기로 했어."

"그러셨군요. 참 놀라셨겠네요."

"후배가 부탁을 하니까 싸움을 뜯어말리려고 갔다는데, 허참, 나이가 스물세 살이나 된 놈이 대체 무슨 짓인지."

"따로 나가서 사는 모양이죠?"

"아니에요. 애가 생겼는데 금세 이혼하고 헤어진 며느리가 여간 막된 아이가 아니라서 못 키운다고 우리 아들한테 떠넘겼어. 우리 아들도 회사 일이 있으니 낮에는 이렇게 우리가 맡아주기로 했지."

남자가 손자를 턱짓으로 가리켰다.

"아저씨는 무슨 일을 하시는데요?"

"나는 택시 운전기사. 일은 오후에나 나가요."

"저어, 좀 주제넘은 얘기지만, 지금 행복하십니까?"

남자는 이게 무슨 소리인가 하는 표정으로 입을 ㅅ자로 꾹 다물었다. 하지만 어리둥절한 기색일 뿐 화가 난 것 같지는 않았다. "충실한 나날을 보내고 계신가요?" 다에코가 재우쳐 물었다.

"갑자기 그런 걸 물어봤자 알 리가 있나……." 남자가 다에코에게서 아이를 받아 품에 안았다. "얘, 쇼타. 이 할애비가 행복하냐?" 얼굴을 들여다보며 아이에게 묻고 있다.

"저희는 살아가면서 젊어지는 괴로움을 서로 이야기하는 모임이에요."

"흠, 활짝 핀 인생은 아니었네." 남자가 불쑥 말했다. "눈이 번쩍 뜨이게 신나는 일이라고는 하나도 없었구먼."

"그러시군요."

"젊어서는 기어코 운수 회사 사장이 되겠다는 달콤한 꿈도 꾸었는데, 그건 밑천이 없으면 안 되는 일입디다. 아, 그야 착실히 자금 모아서 회사 만드는 사람도 있기야 있지. 근데 나는 안 되더라고. 끈기도 없지, 노는 건 좋아하지. 그러니 이날 입때까지 가난뱅이 신세요. 해외여행 한 번 못 가봤고, 고급 식당에서 생선 초밥 한 번 먹어본 적도 없어."

남자는 말하기를 좋아하는 것 같았다. 허름한 인생살이를 구구절절 늘어놓는다. 얼마 전에 아들이 빚을 갚아줬다는 얘기까지, 창피해할 것도 없이 죄다 털어놓았다.

"나이 쉰을 넘고 보니 내 인생이 뭐였나 하는 생각이 가끔 들어. 착실히 일해봤자 수입은 빤하고, 연금을 못 넣었으니 앞으로 타먹을 것도 없고, 앞길이 막막해요. 우린 요새 모이기만 하면 어떻게 해야 생활 보호 대상자가 될 수 있나, 그런 얘기만 한다니까. 그래서 자꾸 도박으로 내달리지. 아니, 변명을 하자는 건 아니오. 이게 현실이야. 그러니 밑바닥을 기는 사람한테 착실하게 살라고 설교하는 건 너무 냉정한 거 아니겠소? 나는 그런 생각이 드네. 어디를 둘러봐도 솟아날 구멍이 없는데, 뭘."

"가토 씨, 그 얘기 우리 연구 모임에 나와서 해주세요. 다들 귀를 기울일 거예요."

다에코는 기뻤다. 이 단순한 남자는 금세 회원이 되어줄 것 같았다.

"연구 모임이라니, 그게 뭐하는 거래? 나는 어려운 얘기는 도통 못 알아듣는데."

"우리끼리는 설교회라고 하는데요, 사라님이라는 사슈카이 대표께서 설교를 하시고 그다음에 회원들의 고민을 상담해주시는 거예요."

"흠, 어떤 사람들이 모이는데?"

"대부분 여자들이에요."

"할멈들만 우글거리는 곳은 싫은데?" 남자가 농담처럼 말했다.

"아이, 40대가 가장 많고요, 20대나 30대도 있어요."

"공짜요?"

"물론 무료지요."

"그러면 한번 가볼까?"

남자가 어깨가 결리는지 으쓱 치켜들며 헤벌쭉 웃었다. 그 시선에서 문득 성적인 것이 느껴져서 다에코는 꿇고 있던 무릎을 오므렸다. 불쾌감도 경계심도 없이 그저 흠칫 놀랐을 뿐이다. 이 남자가 유난히 상냥하게 대해준 건 내가 여자이기 때문일까.

남자에게서 호색한 눈빛을 받아본 건 벌써 몇 십 년 전의 일이다. 지금 딱히 노출이 심한 편도 아니다. 몸매도 못 알아볼 만큼 두툼한 바지에 싸구려 플리스 점퍼를 걸쳤을 뿐이다. 화장기도 없다. 그런데도 눈앞의 남자는 자신에게 성적인 관심을 품고 있었다.

"광고지 놓고 갈게요. 꼭 참석해주세요."

당황해서 다에코도 얼렁뚱땅 웃어주었다. 찬 바람에 얼었던 뺨이 갑작스레 헤실헤실 풀어지는 느낌이었다.

"댁은 무슨 일을 하시고?"

"실직 중이에요."

"남편은?"

"벌써 한참 전에 이혼했어요."

"엇, 그래? 거, 아주 좋네. 어쩐지 용기가 나는데?"

실례되는 말을 했는데도 남자와 함께 웃어버렸다. 완전히 경계심이 풀어져서 다에코는 휴대전화 번호까지 교환했다. "가토 씨, 안 나오면 전화한다?"라고 장난스럽게 웃으며 호스티스 같은 말까지 내뱉고 말았다.

최근 몇 년 사이에 처음 느껴본 들뜬 기분이었다. 일상의 우울을 잠깐이나마 잊을 수 있었다.

그날 밤 목욕을 하고 나오면서 거울을 보았다. 윤기 없는 피부에 잔주름이 두드러지는 마흔여덟 살 여자의 얼굴 그 자체였다. 하긴 머릿속에 젊은 시절의 이미지가 남아 있어서 아무래도 그것과 비교하기 때문일 것이다. 낮에 만난 가토라는 남자는 50대였다. 그 연배의 남자가 보기에 자신은 아직 젊은 축인지도 모른다. 남자라고는 기척도 없는 쓸쓸함 같은 건 내내 잊고 살았다. 스스로 선을 그어놓고 그 너머로는 이제 인연이 없다고 체념했었다. 그것도 모두 가난이 문제였다. 사람이 점점 비굴해져서 남들 앞에 나서는 것조차 피해왔다.

로션을 꼼꼼히 바르고 양손으로 볼을 톡톡 두드렸다. 그리 생각해서 그런지 두세 살 젊어진 느낌이 들었다. 브러시로 머리도 빗었다. 오랜만에 미용실에도 가볼까. 아니, 먹고살기도 빠듯한 형편이다.

전화가 울렸다. 받아보니 여동생 하루코였다. "언니, 그때 말한 10만 엔 오빠한테 보냈어?" 억지로 명랑한 척하는 목소리가 귀에 뛰어들었

다. 그때 말한 10만 엔이라는 건 거동조차 힘들어진 어머니를 입원시
키기 위한 병문안 비용이랄까 부조금이다. 여동생을 통해 오빠가 청구
한 것이었다. 다에코는 갑작스레 우울해졌다.

"아니, 아직 못 보냈어. 너는?"

"응, 지난주에 어머니 보러간 김에 오빠한테 줬어."

"오빠는 뭐래?"

"올케언니가 옆에서 미안하다고 하더라고." 여동생이 말했다.

"오빠는 아무 말 않고?"

"'아, 그래'라던데? 그 소리 딱 한 번. 나도 좀 짜증나더라."

"옛날부터 오빠는 왜 그렇게 돈에 쩨쩨하게 구는지 몰라."

"아까 오빠가 나한테 전화해서 다에코는 언제 돈 내느냐고 물어보는
거야."

"뭐야, 전화까지 했어?"

다에코는 듣다보니 화가 났다. 위 근처가 뜨끔 아파왔다.

"직접 전화해서 물어보지 왜 나한테 전화하느냐고 했지. 그랬더니 오
빠가 뭐라는 줄 알아? 그런 얘기는 여자들끼리 하는 게 더 편할 거래.
하여간 비겁하기는. 자기가 말하기 힘든 건 죄다 나한테 시킨다니까."

"돈은 어머니 입원하시면 낼게. 그건 원래 병문안으로 내는 돈이잖아?"

"아이, 나한테 말해봤자 내 입장만 난처하지."

"우리한테까지 돈을 받는 걸 보면 병원은 1인실이겠지?"

"모르지, 나도."

"난 진짜 싫어, 어쩌면 마지막이 될 텐데 그런 어머니를 8인실 같은
데 입원시키는 거."

"그런 얘기는 언니가 직접 말해. 난 이제 중간에서 말 전하기 싫어."

"그래, 알았어."

"보안요원 일은 잘 돼?" 여동생이 물었다.

"응, 괜찮아." 거짓말을 했다. 다에코 나름의 자존심이었다.

"샤슈카이는 아직도 다니고?"

"아직도, 라니?"

"아, 미안, 미안. 나도 거기 가서 마음이라도 좀 편해져볼까?"

여동생이 크게 한숨을 내쉬었다.

"샤슈카이는 현세에서의 이득을 바라지 않아. 편해질 생각으로 찾아오면 이해하기 힘들 수도 있어."

"그래, 난 진짜 이해 못하겠어."

마지막에는 자매간에 가시 돋친 설전 같은 분위기로 통화를 끝냈다.

전화기를 내려놓고 다에코는 고타쓰 밑에 몸을 웅크리고 누웠다. 텔레비전이 켜져 있었지만 한마디도 귀에 들어오지 않았다. 젊은 탤런트들이 찧고 까부는 모습만 시야 끝에 잡힐 뿐이다.

오빠에게 전화하는 건 마음이 무거웠다. 그간에 쌓인 게 많아서 자칫 한마디라도 잘못했다가는 폭발할 것 같았다.

10만 엔은 지금의 자신에게는 큰돈이었다. 통장 잔고는 겨우 80만 엔이다. 실직했다고 솔직히 털어놓고 이번에는 빼달라고 할까.

아니야. 다에코는 혼자서 고개를 저었다. 방금 여동생에게 일은 잘하고 있다고 말하지 않았는가. 그걸 뒤엎고 오빠에게 궁상맞은 꼴을 내보이는 건 너무도 굴욕적이다.

전에 친정에 갔을 때 오빠가 보안요원 일은 보수가 괜찮으냐고 물은 적이 있다. 사실대로 대답했더니 쥐꼬리만 하다고 코웃음을 쳤다. 코웃음까지 치지는 않았겠지만, 그렇게 들렸다. 이따금 그게 생각나고 혼자서 화가 나는 걸 보면 나름대로 마음의 상처가 된 모양이다.

또 다시 위가 뜨끔하니 아팠다. 건강 검진은 받아본 적이 없어서 불안감이 치밀었다.

피한다고 해결될 일이 아니어서 일단 오빠에게 전화하기로 했다. 텔레비전 음성을 지우고 영상만 남겨두었다. 창밖으로 시선을 던지자 깜깜한 속에 다시 희끗희끗 눈이 내리고 있었다.

열 번쯤 벨이 울리고서야 겨우 연결이 되었다. 전화를 받은 건 오빠였다. 발신자 표시를 확인하고 올케언니가 일부러 오빠를 불러왔다는 게 뻔히 보였다.

"어, 다에코냐? 미안하다, 도와달라고 해서." 오빠는 댓바람에 돈 얘기부터 꺼냈다. "네 올케도 스물네 시간 돌봐드릴 처지가 못 되고, 어머니는 어쩔 수 없이 병원에 모셔야 해. 의사도 그러는 게 좋다고 했어."

"병실은 1인실로 할 거지?" 다에코가 물었다.

"그건 안 되지. 1인실 비용이 얼만 줄 알기나 해?" 감정이 상한 듯 목소리 톤이 갑자기 높아진다.

"그래도 여럿이 쓰는 병실이면 어머니가 너무 가엾잖아."

"그럼 네가 1인실로 모시든가. 아무리 싼 병원이라도 하루에 만 엔은 내야 해."

"석 달 입원한다고 해도 백만 엔 정도네. 어머니 저금, 그 정도는 되잖아?"

"야, 그 돈은 진즉에……."

오빠가 말을 어물거렸다. 얼굴빛이 확 변했다는 게 전화로도 느껴졌다.

"아버지가 남긴 돈도 아직 있을 텐데?"

"없어, 그런 돈. 다달이 어머니한테 들어가는 식비에 병원비에, 그런 걸로 진즉에 다 나갔지."

오빠가 불끈해서 항변했다.

"노인네한테 뭘 그리 돈이 들어? 외식을 하는 것도 아니고, 해외여행을 다닌 것도 아닌데."

"무슨 소리야? 어머니를 하와이에 데려간 건 나야."

"그거야 오빠 식구들 비용까지 어머니가 다 대줬잖아. 나도 다 알아. 어머니가 말했어. 50만 엔이나 들었다고."

이런 말까지 할 생각은 아니었는데 오빠와 싸우는 꼴이 되어버렸다.

"그래서 너는 입원비를 못 내겠다고? 그럼 안 내면 될 거 아냐."

"그보다 오빠, 어머니는 1인실로 해줘. 나, 너무 싫어. 어머니가 커튼 한 장으로 가려진 병실에서 눈을 감다니."

"단돈 1엔도 못 낸다는 사람이 그런 소리를 해? 정 그렇다면 네가 모셔가."

"좋아, 정말 그렇게 할까?"

홧김에 말이 앞서버렸다. 살림에 조금만 여유가 있어도 그렇게 하고 싶었다.

"됐어, 그만 끊자."

오빠가 거친 목소리로 내뱉었다. 오빠는 항상 이렇다. 상황이 불리하면 일방적으로 얘기를 끝내버린다.

전화를 내려놓자 분노의 마그마가 목구멍까지 끓어올랐다. 목 위쪽으로 후끈 열이 나서 이마에 땀을 흘리고 있었다. 탁자에 엎드려 "싫어, 안 돼"라고 혼잣말을 했다. 최근 몇 년 동안 진심으로 웃어본 일 따위 한 번도 없다. 대체 무엇을 위해 사는 인생일까.

위가 시큰시큰 아파왔다. 병원에 가야 하나. 그러자면 돈이 필요하다. 연거푸 한숨을 내쉬었다. 고개를 쳐들고 고타쓰 밖으로 나왔다. 장식장까지 북북 기어가 서랍에서 불상을 꺼냈다. 탁자 위에 올려놓고 물끄러미 바라본다.

그래, 이런 때야말로 사슈카이의 가르침이 필요하다. 현세의 고통을 처분하면 내세에는 행복이 기다린다.

"나무아미타불, 나무아미타불, 나무아미타불⋯⋯."

다에코는 불상 앞에 합장하고 경을 읊었다. 사라님의 얼굴을 떠올리며 무심해지자고 자신에게 되뇌었다.

흩날리는 눈발이 창을 투둑투둑 치고 있었다.

34

드림타운의 전무와 만난 것은 오전 9시 반이라는 이른 시간이었다. 장소는 그쪽의 응접실. 게다가 딱 30분이라고 사전에 시간까지 못을 박았다. 야마모토 준이치는 자신이 이런 허술한 대접을 받는 것에 분통이 터졌다. 혹시 의장급 정치가였다면 그쪽에서 손을 싹싹 비비며 찾아왔을 터였다. 지역 경제를 떠받치는 우량 기업에게는 일개 시의회 의원 따위 개똥만도 못한 것이다.

비서를 통해 용건은 미리 전했기 때문에 만나자마자 본론에 들어갔다. 아직 40대로 보이는 전무는 자리에 앉자마자 만면에 미소를 지으며 "시민연락회의 환경 강좌를 후원한 것은 기업 메세나의 일환이고, 지원한 비용도 적정 범위 내라고 생각하고 있습니다"라고 관청 공무원 같은 회답을 했다.

"이봐요, 전무. 그 모임의 배경에 공산당이 있다는 것쯤은 알고 있 겠죠?"

준이치는 미간을 좁히며 따지고 들었다.

"아뇨, 저희는 잘 모르는 사실인데요……."

"거짓말 마세요!"

"아뇨, 거짓말 아닙니다." 웃음을 무너뜨리지 않은 채 고개를 젓는다.

"그럼 분명히 말해두겠는데, 유메노 시민연락회는 불순한 자들이에 요. 그런 단체를 지원한다면 드림타운의 이미지가 나빠지지 않겠어요?"

"불순한 자들이라는 건 좀 심한 말씀이군요. 저희가 개설한 강좌는 어디까지나 일상생활에서의 환경 보호에 관한 것이고, 내용은 물론 사 전에 체크합니다. 그게 정치 활동의 양상을 띤다면 저희도 재고해보겠 지만 현재로서는 아무런 문제도 없어서……."

"문제가 있어도 크게 있어요. 이쪽에서 내준 찬조금이 그들의 활동 자금으로 쓰이고 있습니다. 구체적으로 말하면, 산업폐기물 처리시설 건설의 반대 운동에 쓰이고 있어요. 이건 분명한 정치 활동 아닙니까?"

"그래요? 그건 저희는 모르는 일입니다. 저희 같은 업자들로서는 어 디든 적이 생기는 건 바람직하지 않으니까요, 아무래도 전방위 외교 노선을 취하게 마련이죠. 시민운동을 하시는 분들도 활동을 하지 않을 때는 저희 고객이라서 소홀히 대할 수는 없습니다."

"이봐요. 그렇게 느긋하게 팔짱끼고 있으면 금세 파트타임 직원들 선동해서 노동조합 만들고 처우 개선이니 뭐니 떠들어댑니다, 그 사 람들."

"네, 염려해주셔서 감사합니다. 하지만 저희는 오래 전부터 노동기

준법을 준수하고 있어요."

전무가 무뚝뚝한 응대를 계속했다. 웃는 가면 같은 그 얼굴을 바라보며 준이치는 무슨 내막인지 대충 짐작이 갔다. 시민연락회와는 고용 문제를 포함한 모든 거래를 이미 끝낸 것이다.

"좌익 단체에 거액의 활동 자금이 건너가면 경찰에서도 주목할 겁니다. 그래도 괜찮겠어요? 참고로 말씀드리면, 유메노 경찰서 부서장이 기무라라는 사람인데 나하고 동창이에요."

준이치는 공격법을 바꿔보기로 했다. 아버지 대부터 시의 간부와는 모두 연줄이 있다.

"아유, 의원님. 겁주지 마십시오."

"이런 말까지는 하고 싶지 않지만, 세무서나 소방서하고도 친분이 있어요."

"예, 그러십니까."

"조사가 들어오는 건 원하지 않겠지요?"

"아유, 저희는 거리낄 게 없는데요, 뭘."

전무는 전혀 겁을 먹지 않았다. 그러기는커녕 빨리 끝내자는 듯이 부러 손목시계를 들여다보았다.

준이치는 화가 머리까지 솟구쳤다. "그만하죠. 몹시 불쾌하군요." 날카롭게 내뱉고 자리를 박차고 일어섰다.

"당신, 야마모토 준이치를 쫓아냈어. 그것만은 똑똑히 기억해둬요."

"아뇨, 쫓아내다니요……."

엉거주춤 일어서서 손을 내밀었지만 진심 어린 사과로는 보이지 않았다. 전무의 눈에는 가벼운 모멸의 빛이 서려 있었다.

방을 나와 엘리베이터에 탔다. 내려가는 것과는 반대로 분노가 맹렬히 치솟았다. 나이도 비슷하고 임원이라야 그저 월급쟁이에 불과한 자에게 톡톡히 당한 것이다. 어떻게든 이 앙갚음을 해야 속이 풀릴 것 같다. 유메노 지역에서 과연 누가 높은 사람인지 똑똑히 알려줄 것이다.

주차장에서 차에 타고 엔진을 켰다. 즉시 유메노 경찰서 부서장에게 휴대전화로 연락했다.

"이봐, 기무라. 잠깐 상의할 게 있어."

"급한 일이야? 너도 알다시피 여고생 행방불명 사건 수사로 지금 정신없이 바빠."

"그럼 간단히 말하지. 드림타운이 좌익 단체에 자금을 제공한다는 얘기가 들어왔어."

준이치는 알고 있는 정보를 전달했다. 드림타운이 식품 매장의 유효기간 위장 표시 문제로 약점을 잡혀 시민단체에게 찬조금을 주고 있다는 것. 그것이 공산당과 연결된 단체라는 것. 그리고 경찰에서 자금 제공을 중단하도록 압력을 넣어줬으면 한다고 말했다.

"드림타운?" 부서장이 한숨을 내쉬었다. "거긴 우리 쪽 과장이 퇴임 후에 임원급으로 들어가기로 결정된 곳이야."

"뭐어? 그럼 낙하산이야?" 준이치는 얼굴을 찌푸렸다.

"게다가 해마다 두 명씩 정년 퇴직자를 받아준다니까."

"그건 명백한 유착이잖아!"

"아이, 그런 소리 하지 마라. 공무원에게 드림타운은 유메노에서 최고 좋은 재취직 자리야. 세무서 OB도, 보건소 OB도, 해마다 받아주거든."

"그러면 괜찮은 거냐? 그자들한테 돈이 건너가도?"

"대세에 지장이 없다고 판단했겠지. 과격파라면 문제지만 단순한 주부 모임이잖아."

준이치는 대꾸할 말이 없었다. 지방 도시에서는 공무원만 포섭해버리면 뭐든 마음대로 할 수 있다. 그 전무의 자신감이 이것 때문이었다.

"볼일은 그것뿐이야? 그럼 끊는다." 뚝 끊겨버렸다.

이게 무슨 일인가. 내가 이런 굴욕을 당해도 된단 말인가. 준이치의 가슴속에서 말할 수 없는 초조감이 모락모락 피어올랐다.

선대가 쌓아올린 아성이 자기 대에서 점점 무너져가고 있다. 그도 그럴 것이 지방에서도 합리주의가 세력을 확장하면서 지연이니 혈연, 학연 따위는 점점 쓸모가 없어졌기 때문이다.

분노의 감정을 어금니로 잘근잘근 씹으며 차를 출발시켰다. 오늘은 또 한 가지 골치 아픈 현안이 있다. 산업폐기물 처리시설과 선거 건으로 후지와라 헤이스케와 직접 담판을 해야 하는 것이다.

애초부터 그 일로 마음이 무겁던 참에 다시 짙은 그림자가 드리운 꼴이다. 너무 우울해서 자신이 이 지역의 유력자라는 사실도 잊어버릴 뻔했다.

후지와라 헤이스케와는 그의 사무실에서 만났다. 벌써 오래전에 의원직을 은퇴한 사람이 비서까지 포함하여 현역 시절과 똑같이 사무실을 운영하고 있다. 값비싼 집기와 조명에 둘러싸인 채 후지와라 헤이스케는 가죽 의자에 버티고 앉아 있었다. 누가 골라줬는지 화려한 광택이 나는 검정색 스웨터를 차려입었다.

"여어, 야마모토 선생. 드디어 아스카 산의 도로 확장 공사가 결정이 됐나?"

이쪽이 무슨 말을 하기도 전에 벌써 희색만면으로 설레발을 친다.

"역시나 야마모토 가이치 선생의 자제분이시구먼. 조용히 맡겨두면 반드시 찾아주실 줄 알았지. 그래, 결정이 났군. 어때, 지명 입찰에서 우리 사위의 회사에 떨어지는 겐가?"

"아, 무슨 말씀을 하시는지……."

준이치는 어처구니가 없어서 되물었다.

"어허, 도로 확장 공사 이야기가 아니었어? 나는 야마모토 선생이 좋은 소식을 들고 오신 줄 알았는데?"

후지와라가 눈을 둥그렇게 뜨고 거북처럼 목을 쭈욱 뽑으며 말했다. 이 너구리같은 영감. 준이치는 심하게 맥이 빠졌다.

"아뇨, 선생님. 도로 확장 공사는 아직 결정되지 않았어요. 전에도 말씀드렸다시피 거기는 현 도로라서……."

"아니, 그걸 어떻게든 해주는 게 정치가의 수완 아니겠나. 어허, 이제 보니 야마모토 선생도 의외로 샌님이시구먼."

"그런 건 아니고요. 우선 여쭤볼 게 있습니다. 아스카 산 건설 예정지 앞의 토지를 사야마 부동산이라는 회사에 매각하신 건 어떤 생각으로 하신 일인가 해서요."

"그거야 단순히 장사를 한 게야. 다른 뜻은 전혀 없네."

"하지만 그 회사는 사다케 조직이라는 폭력단과 관계가 있는 곳이라고 하던데요."

"아니, 그렇지 않아. 나도 그런 점은 확인했지."

"어떤 확인을 하셨습니까?"

"그쪽 사장과 면담을 해서 내가 직접 물어봤어. 당신네 회사 사다케 조직과 관계가 있느냐고 말이야. 사장이 내 눈을 똑바로 보면서 '관계 없습니다'라고 말했다네."

후지와라가 가슴을 뒤로 젖히고 오랜 세월의 흡연으로 지저분해진 이를 드러내며 웃었다.

"그야 입으로는 무슨 말인들 못하겠습니까." 준이치가 반론을 했다.

"어허, 그럼 야마모토 선생은 내 말을 못 믿겠다는 것인가."

"아뇨, 그런 말씀이 아니지요. 조사라는 건 통상 제삼자가 하는 것이고……."

"괜찮아, 나를 믿게나. 아니면, 의원 선생은 그 토지를 매각한 것에 무슨 불비한 점이라도 있다는 겐가?"

"혹시라도 사다케 조직이 아스카 산에 나타나 판잣집 한 채 지어놓고 훼방을 놓으면 이 지역 야쿠자들이 전력으로 덤빌 겁니다."

"어허, 그건 큰일이지. 그렇다면 선생이 이쪽 야쿠자들을 좀 말려주시게."

"안 될 말씀입니다. 그 자들로서는 타지 사람이 남의 쌀독에 손을 들이미는 일이겠지요. 체면을 걸고 저지할 거예요."

"거참, 동네 건달들도 다스리지 못해서야……." 후지와라는 부러 그러는 듯 한숨을 내쉬더니 의자에 깊숙이 몸을 던지며 말했다. "그리 걱정이 된다면 야마모토 토지개발에서 매수해주시는 건 어떻겠나? 내가 중간에서 말을 건네봄세."

준이치는 제 귀를 의심하며 말문이 턱 막혀버렸다. 처음부터 그럴 속셈이었는가.

더 이상 반론할 마음도 나지 않았다. 노인네의 한없는 욕심이 감탄스럽기까지 했다.

"어쩌시겠나, 야마모토 선생?"

"……생각을 좀 해보지요."

가까스로 그렇게 대답했다. 마음이 크게 뒤흔들린 채 다음 사안으로 옮겨갔다.

"또 한 가지, 셋째 아드님 다이조 씨의 입후보에 관한 것인데요. 당의 현 연합에 문의해보니……."

"아, 그 얘긴가. 실은 나도 난처한 입장일세. 야마모토 선생이 다음 현 선거에 꼭 출마할 것으로 예상하고서 뭐, 그렇다면 3구를 어떻게든 처리해야겠다 싶어서 다이조한테 누차 얘기해버렸지 뭔가. 처음에는 떨떠름하던 다이조가 주위에서도 자꾸 부채질을 해대니 이제는 완전히 입후보할 마음을 먹고 있더란 말이지."

"그런 일을 당과 상의도 없이……."

"야마모토 선생, 미안하지만 이것도 선물 하나 주지 않겠나?"

"선물이라니요?"

"다이조의 체면을 세워주는 선물 말일세. 이를테면 산업폐기물 처리 시설의 건설 입찰에 다이조가 임원으로 있는 건설 회사를 끼워준다든지 하는 것도 있지 않겠나? 아, 이건 예를 들자면 그렇다는 얘기일세."

"다이조 씨는 은행원이신 걸로 알고 있습니다만."

"그야 그렇지만, 사외 이사로 이름을 빌려주는 정도는 할 수 있거든."

준이치는 절절이 이 도시가 싫어졌다. 아내가 입버릇처럼 하는 말대로 도무지 지식층이라는 게 없다. 원로 노인네들에게는 공정이라는 개념조차 없다.

어떻게 대답해야 할지 알 수 없어 창밖으로 시선을 옮겼다. 여전히 날씨가 안 좋아서 사람 기운을 꺾어버리듯이 두툼한 구름이 드리워져 있다. 올겨울은 정말 어떻게 된 건지, 봄이 오지 않는 건 아닌지, 문득 불안한 마음이 들었다.

그때 후지와라가 갑자기 커억 소리를 냈다. 꼿꼿이 서듯이 등받이에서 몸을 일으키더니 괴로운 듯 고개를 내밀고 아래를 향해 거칠게 켁켁거리고 있었다. 기관지가 막히거나 목에 뭔가 걸리거나, 그런 느낌이 아니었다.

"선생님, 왜 그러십니까?"

준이치의 물음에 대답할 여유도 없이 오른손으로 심장 근처를 쳤다. 기침은 금세 멎었지만 안색은 푸르죽죽했다. 먹이를 달라고 조르는 잉어처럼 입을 뻐끔거린다. 준이치는 자리에서 일어나 테이블을 돌아 후지와라 옆으로 달려가 몸을 잡아주었다.

"약……." 후지와라가 필사적으로 목소리를 쥐어짰다.

심장에 지병이라도 있는 걸까. 이 노인네에 대해 자세히는 알지 못하지만 나이로 봐서는 병이 있다고 해도 이상할 건 없다. 긴급 사태에 준이치도 우왕좌왕 당황했다. 여기저기 둘러보며 약병 비슷한 걸 찾아봤지만 손님으로 온 처지에 그런 게 눈에 띌 리 없다. 비서를 불러야 한다. 문 건너편 사무실에 누군가 있을 터였다.

걸음을 옮기려다 문득 준이치의 발이 멈췄다. 자신의 의지와는 상관없이 발이 떨어지지 않았다.

돌아보니 후지와라는 고통스러운 듯 가슴을 쥐어뜯고 있었다. 자기 힘으로는 일어설 수 없을 것 같았다.

준이치는 후지와라 옆으로 다시 돌아가 귓가에 대고 "선생님, 선생님"하고 속삭이며 등을 쓸어주었다. 한편으로 문 너머의 기척을 살폈다. 비서는 변고가 일어난 것을 알아차리지 못한 모양이었다.

심근경색일까. 의학 지식은 없지만 그럴 공산이 크다. 어쨌든 이대로 가만두면 죽어줄 것 같았다. 이대로 시간이 가기만 하면 된다. 후지와라가 돌연 가슴이 답답하다고 했고, 당황해서 어쩔 줄 모르는 사이에 숨을 거둬버렸다. 그런 시나리오가 준이치의 머릿속에 떠올랐다. 여든 살이다. 아무도 의심할 리 없다. 심장이 마구 두근거렸다. 손끝이 파르르 떨렸다.

후지와라는 패닉에 빠져 소파에서 주르륵 내려앉았다. 바닥을 이리저리 허우적거렸다. 준이치는 그런 후지와라를 일으켜 힘껏 소파에 앉혔다. "선생님, 선생님." 간호해주는 척하며 위를 덮쳤다. 팔꿈치를 목에 대고 몸을 실어버렸다. 후지와라는 소리도 내지 못했다.

사상(死相)이 나타났다. 죽음으로 향하는 인간의 얼굴을 처음 보았다. 동공이 풀려가고 있었다. 얼굴색은 이미 없다.

이만하면 충분할까. 가장 좋은 건 병원에 실려 간 참에 절명하는 것이다.

몸을 떼고 일어섰다. 후지와라는 이미 의식이 없었다. 팔걸이에 기대고 축 늘어졌다. 지금이 가장 적합한 때다.

준이치는 자리를 박차고 뛰쳐나가 문을 벌컥 열었다. "구급차, 구급차!" 냅다 큰소리를 질렀다.

"왜, 왜 그러십니까?" 남자 비서가 창백해진 얼굴로 일어섰다.

"후지와라 선생이 갑자기 기침을 하시더니 가슴을 쥐어뜯으며 기절하셨어."

"저, 저런, 큰일 났네. 선생님이 작년부터 심장이 안 좋으셨어요."

비서가 응접실로 뛰어들었다. 후지와라를 보더니 헉 하고 비명을 올리고는 "선생님, 선생님"을 연호하며 몸을 흔들었다.

"약, 약을 드시게 해야 하는데요!"

"스스로 약 드시기는 틀렸어. 자네는 어서 구급차를 불러. 내가 심장 마사지를 할 테니까."

준이치가 지시했다. 비서가 퉁탕퉁탕 뛰었다. 테이블에 무릎을 찧고 바닥에 뒹군다.

"빨리!"

"예, 예." 비서는 허둥지둥 책상에 돌아가 전화를 집어 들었다.

준이치는 후지와라를 소파에서 끌어내려 바닥에 반듯이 눕혔다. 가슴에 양손을 대고 심장 마사지를 하는 척했다. 간간이 목을 길게 빼고 비서가 오는지 확인했다.

혹시나 해서 후지와라의 코와 입을 막았다. 이건 하늘이 하신 일이다. 이 노인네의 수명은 여기까지다. 마지막 순간에 우연히 자신이 같은 자리에 있었을 뿐이다.

죽어, 제발 죽어줘. 마음속으로 주문을 외웠다. 후지와라가 죽어주면 가슴을 쓸어내리며 안도할 사람들이 너무나 많다.

전화를 끝낸 비서가 뛰어들었다. 준이치는 황급히 심장 마사지를 하는 척했다.

"구급차, 불렀습니다."

"잘했어."

"찬 물이라도 끼얹어볼까요?"

"나도 잘 모르겠어."

"어쩌지요? 구급차를 기다릴까요? 아니면 제 차로 모시고 갈까요?"

비서가 우왕좌왕하고 있었다.

"그보다 집에 전화부터 해. 어차피 시민 병원으로 모시고 갈 테니까 그쪽으로 급히 나오시라고 하게. 그리고 당의 현 연합에도."

"네, 알겠습니다."

다시 뛰쳐나가는 비서의 등을 보며 이번에는 가슴에 귀를 대봤다. 심장의 고동이 없었다.

'죽었나.'

혼자 중얼거렸다. 마음속에 동요는 없었다. 죄책감도 없었다.

멀리서 사이렌 소리가 들렸다. 준이치는 바닥에 털썩 주저앉아 후지와라의 얼굴을 보고 있었다. 어때요, 충분하셨지요. 더 이상 아무 여한이 없는 인생이었잖아요. 그렇게 말을 건넸다.

후지와라가 구급차로 실려 가는 것을 지켜본 뒤에 준이치는 회사로 돌아왔다. 책상 위에는 밀린 서류가 산더미처럼 쌓였고 사원들이 결재 도장을 기다리고 있었다. 하지만 일이 손에 잡히지 않았다. 머릿속을 온통 조금 전의 일이 차지하고 있어서 마음이 진정되지 않았다.

설마 다시 살아나지는 않겠지. 그런 생각이 떠오르면서 등줄기가 써늘해졌다. 사망 확정 소식이 어째 이리 더딘가. 사장실에서 초조한 시간을 보냈다.

차를 내온 비서 교코를 껴안아 무릎에 앉히고 콧김을 씩씩거리며 몸을 더듬었다.

"사장님, 누가 들어오면 어쩌려고요." 몸을 틀며 저항한다.

"누가 와도 괜찮아. 내가 못 참겠다고."

오른손을 곡간에 찔러 넣었다.

"사장님, 불가리 손목시계 갖고 싶은데."

"그래, 그래. 사줄게."

"와아, 좋아라."

교코가 몸을 돌려 준이치의 품에 안겨들었다.

휴대전화가 울렸다. 교코를 무릎에 얹은 채 받아보니 비서 나카무라였다.

"현 연합에서 방금 연락이 들어왔는데요, 후지와라 선생이 호흡부전으로 돌아가셨답니다."

"그래?" 팽팽하게 긴장했던 어깨가 탁 풀렸다. "호흡부전?" 저도 모르게 되물었다.

"예, 그렇습니다. 과호흡발작 지병이 있으셨다는데요."

"알았어. 수고했어."

전화를 끊고 미간을 찌푸렸다. 심근경색이 아니었나? 뭐, 됐다. 사인이 무엇이건 아무도 의심하지 않는다.

"무슨 일이에요?"

"아무것도 아니야."

교코의 가슴에 얼굴을 묻었다. 다시 전화가 울린다. 이번에는 책상 위의 전화였다. 교코가 발신 번호를 들여다보았다.

"야부타 게이타 씨예요."

"정말 귀찮게 하는군. 오늘은 또 뭐야?" 준이치는 수화기를 집어 들고 용건을 물었다.

"의원 선생, 일이 좀 터졌어." 들려온 것은 게이타의 절박한 목소리였다. "고지란 놈이 성급하게 일을 저질렀어."

"고지 씨가요? 무슨 짓을 했는데요?"

"전화로는 말 못해. 지금 급히 아스카 산 현장 사무실로 나올 수 없을까?"

"무슨 일입니까? 얘기를 해보세요."

"아, 글쎄 전화로 할 만한 얘기가 아니야. 선생의 지시를 좀 들었으면 해서 그래."

"혹시 사다케 조직하고 싸움을 시작했다거나……."

"그런 거 아니야. 아무튼 빨리 좀 와줘."

전화가 끊겼다. 가슴이 술렁거렸다. 그 거칠고 단순무식한 야부타 고지가 무슨 짓을 저질렀을까.

교코를 내려놓고 자리에서 일어섰다. "사장님, 무슨 일?" 잔뜩 물이 올라있던 교코가 달콤한 목소리를 내며 준이치의 사타구니를 더듬었다.

"나중에 하자. 나가봐야 해. 양복 내와." 퉁명스럽게 말했다.

교코는 뾰로통하게 입을 내밀고 옷장에서 상의를 꺼내 준이치에게 입혀주었다.

차 키를 들고 회사를 나섰다. 다시금 밖은 가랑눈이 날리고 있었다.

20분 만에 아스카 산 현장 사무실에 달려 가보니 야부타 게이타가 혼자서 스토브 불을 쬐고 있었다. "미안해, 의원 선생. 한창 바쁘실 텐데." 아무래도 심상치 않은 표정이었다.

"그보다, 무슨 일입니까?"

"고지란 놈이 일을 저질렀어."

"글쎄 뭘요?"

"목격을 당하는 바람에 벌컥 성질이 났던가봐. 납치해왔어."

"누구를?"

"그 무슨 연락회라는 모임의 여자 리더."

준이치는 전율했다. "납치했다고요? 사카가미 이쿠코를?"

"맞아, 그 사카가미라는 여자."

현기증이 났다. 균형을 잃고 접이식 의자에 털썩 주저앉았다.

"그 멍청한 놈이 지겹지도 않은지 또 그 여자네 집에 갔다는 거야. 아무도 없는 걸 확인하고 이번에는 박스에 돼지머리를 넣어서 현관 앞에 내려놨는데 재수 없게도 그 순간에 여자가 돌아온 모양이야. 덜컥 얼굴을 마주쳤는데, 여자가 비명을 지를 것 같으니까 급하게 입을 틀어막았대. 뒤를 돌아보니까 마침 자동차 트렁크가 열려 있어서 거기에 처넣고 뚜껑을 닫고는 그 길로 차를 몰아 여기로 데려와버렸어."

준이치는 입이 떨어지지 않았다. 속이 울렁거리고 구역질이 났다.

"참말로 이 깡패 같은 놈이⋯⋯." 게이타가 한숨을 내쉬었다.

"그래서요, 그 여자는 어떻게 됐습니까?" 고개를 번쩍 들고 물었다. 불길한 예감이 들었다. "설마, 혹시⋯⋯." 저도 모르게 말이 빨라졌다.

"아냐, 죽이진 않았어. 다치지도 않았고."

스르르 힘이 빠졌다. 다행이다. 최악의 사태는 면했다. 준이치는 고개를 툭 떨어뜨렸다.

"지금 산 뒤편 창고에 갇혀 있어. 네가 한 짓이니 네가 잘 감시하라고 일러뒀어. 하지만 지금은 고지가 크게 흥분한 상태니까 타이르더라도 잠시 시간을 두었다가 타이르는 게 좋겠어. 이봐, 의원 선생. 무슨 좋은 해결 방법이 없을까?"

"좋은 해결 방법? 그런 게 있겠습니까?"

준이치는 눈을 치켜뜨고 말했다. 침이 튀었다.

"아이, 그러지 말고."

"차선책이라면 있습니다. 신속하게 자수하라고 하세요. 나는 이 얘기는 듣지 않은 것으로 하겠습니다. 나는 전혀 몰라요. 아무것도 못 봤고, 아무 말도 못 들었습니다."

"역시 자수밖에 없을까?"

"그거 말고 무슨 다른 방법이 있다는 겁니까?"

"의원 선생, 전에도 말했다시피 고지는 전과가 있어. 이번에 잡혀가면 장기형을 먹을 거라고."

"그거야 자업자득이지요."

"참 매정한 말을 하는구먼. 큰 어르신이라면 그런 말씀은 안 하셨을 텐데."

"아무튼 한시라도 빨리 사카가미 이쿠코를 풀어주고 자수하라고 하세요. 아셨어요? 밤이 되면 가족들이 실종 신고를 할 거예요. 그러면 일이 더 커집니다."

"이봐, 의원 선생이 나서서 그 여자를 달래줄 수 없을까?"

"납치해온 사람을 무슨 수로 달랩니까!" 저도 모르게 고함을 쳐버렸다.

"돈이 필요하다면 그건 내가 마련할게."

"돈으로 막을 수 있는 일이 아니에요. 나는 일절 관여하지 않겠습니다."

"그래도 친동생인데, 더 이상 교도소에 보낼 수가 없어서 그래."

"지금 무슨 말입니까? 선택의 여지가 없어요. 당장 사람부터 풀어주세요. 아시겠지요?"

준이치는 강한 어조로 쏘아붙이고 자리를 떴다. 아직 할 말이 많다는 듯한 게이타를 두고 곧장 밖으로 나왔다. 주위에 누군가 보는 사람이 없는지 살펴보았다. 자신이 이 시간에 이곳에 왔었다는 것만 알려져도 일대 스캔들이 된다.

차로 뛰어가 서둘러 출발했다. 미쳐도 단단히 미쳤다. 어떻게 일을 이 지경으로 만드는가.

등에 흠뻑 땀이 나있었다. 액셀을 깊이 밟았다. 머리가 대혼란을 일
으켜 주변 경치도 제대로 눈에 들어오지 않는다.

목이 바짝 타들었다. 참으로 지독한 하루다—.

35

일부러 가정방문을 해서 사죄 비슷한 말을 한 덕분인지 니시다 하지
메가 저지른 것으로 보이는 덤프트럭의 습격은 더 이상 없었다. 아이
하라 도모노리는 두더지가 땅 속에서 얼굴을 내밀듯이 슬금슬금 긴장
을 풀고 어젯밤에는 겨우 편한 잠을 잘 수 있었다. 습격이 멈췄다고 해
봤자 겨우 사흘째지만, 이틀 연속으로 하마터면 죽을 뻔했던 것을 생
각하면 평온한 하루하루가 얼마나 감사한 것인지 새삼 실감했다. 그나
저나 니시다는 정말로 분노의 창을 거둬들였을까. 혼자 궁리해봤자 알
도리도 없지만, 어쨌든 지금은 잠을 잘 수 있는 것만도 감사하다.

오늘은 오전부터 시청 일은 제쳐버리고 다시 파친코 주차장에 가보
기로 했다. 어렵사리 찾아낸 즐거움을 멈출 수는 없다. 매춘 행위는 하
지 않더라도 려인서클이라는 곳에 꼬여드는 남녀를 훔쳐보는 것만으
로 크게 흥분이 된다.

휴대전화로 민생위원과 몇 가지 연락 업무를 하면서 주차장 구석에
차를 세우고 오페라글라스 렌즈를 들여다보았다. 야마다라는 매니저
의 왜건은 벌써 주차장 안에 와 있었다. 아직 별다른 움직임은 없지만
이제 곧 사람들이 들락날락할 것이다. 시계는 오전 11시를 가리키고

있었다. 청소와 빨래를 마친 주부들이 슬슬 자유로워질 시간이다. 잠시 뒤에 경자동차를 타고 온 30대쯤의 여자가 단골 식당에라도 들어가는 것처럼 가벼운 발걸음으로 야마다의 차 안으로 들어갔다. 대기인가 아니면 예약인가. 도모노리는 그새 그런 것까지 빠삭하게 꿰고 있었다.

두 번째 여자가 나타났다. 이쪽은 전혀 딴판으로 어린 여자다. 20대 초반이 아닐까. 별 볼 것도 없는 얼굴이지만 아마 피부는 막 찧은 떡처럼 탄력 있을 것이다. 오페라글라스를 든 손에 저도 모르게 힘이 들어갔다. 내가 손님으로 나서볼까. 지금 전화해서 젊은 여자가 있느냐고 물어보면 저 여자를 품을 수 있을지도 모른다. 상상만으로도 사타구니가 뻗쳤다. 과연 어디 사는 어떤 여자인지, 또 다시 미행을 해서 집안 사정을 파보고 싶었다.

잠시 뒤에 그 어린 여자가 차에서 나왔다. 주차장을 둘러보다가 상대 남자의 차를 발견하자 등을 숙이고 잰걸음으로 뛰어간다. 역시 단골손님의 예약이 있었던 모양이다. 손님을 보니 마흔 살쯤. 아마 자영업자인 것 같았다. 차가 BMW인 걸로 봐서는 나름대로 행세깨나 하는 자일 것이다. 도모노리는 디지털 카메라로 두 사람이 차 안에 나란히 앉은 모습을 찍었다. 컬렉션이 또 하나 늘어났다. 또 한 여자는 30여 분 만에 손님이 붙었다. 매니저가 차를 타고 들어온 손님과 휴대전화의 카메라 기능을 사용한 흥정 끝에 여자를 붙여준 것이다. 일련의 흐름이 생생하게 손에 잡혔다. 도모노리의 마음속에서 어두컴컴한 흥분이 한없이 팽창해갔다.

점심은 도시락을 사다가 차 안에서 먹었다. 붐비는 식당에 들어가고 싶지 않았고, 그보다는 매춘의 순간을 놓치기 싫었기 때문이다. 도모노리의 마음속에는 기대가 있었다. 다시 와다 마키가 나타날지 모른다는 기대였다. 이곳에서 처음으로 밀회를 목격하고 집까지 미행했던 그 젊은 주부다. 혼자 짝사랑을 하는 거라고 해도 맞는 말이다. 오늘 와다 마키가 이곳에 나타나고 다행히 예약 손님이 없다면 자신이 손님으로 나설 작정이다. 생각만 해도 몸이 후끈 달아올랐다.

려인서클은 성황이었다. 두 시간여 동안에 일곱 쌍이 흥정에 성공해서 자동차를 몰고 주차장을 빠져나갔다. 쇼핑하듯이 매춘을 하는 주부, 일을 농땡이치고 여자를 사들이는 남자들. 진짜 세상이 어떻게 된 건가. 자기 잘못은 시렁에 얹어놓고 혼자 어이없어했다. 겉으로 보기에는 지극히 평범한 시민인 것이다. 원조교제란 얼마나 편리한 말인지. 호칭 하나로 죄책감이 옅어질 만큼 인간이란 애매모호한 가치관을 갖고 살아간다.

도모노리는 자신의 전처를 떠올렸다. 그녀도 바람을 피우면서 죄책감 따위는 없었을 것이다. 부정이 불륜이라는 말로 바뀌고, 매스컴에서 때로는 '그녀는 아름답다'라는 식으로 떠받들고 때로는 '이대로 살아도 괜찮아?'라고 은근히 협박하며, 그 속에서 결국 자아를 형성하지 못한 채 한창때의 아가씨가 되고, 자신의 욕망을 정당화하는 방법만 배운다. 이곳에 나타나는 여자들도 똑같은 부류다. 나사 하나가 빠져버린 것이다. 하긴 그런 여자를 돈으로 사는 남자들은 대체 뭐냐고 묻는다면 대답할 말이 없다.

점심때를 지나 언젠가 도모노리와 잤던 여자가 경자동차를 타고 나타났다. 미호라고 이름을 댔던 자칭 스물여덟 살의 주부다. 미니스커트에 검은 스타킹 차림으로 몸을 웅크리고 차로 들어갔다. 그날의 일이 머릿속에 떠올랐다. 풍성한 젖가슴. 아이를 낳은 흔적이 있는 하복부. 애교 있는 웃는 얼굴. 달콤하게 아양을 부리는 목소리. 또 사볼까? 문득 그 여자를 다시 품고 싶었다. 두 번째니까 좀 더 여유를 갖고 섹스할 수 있을 것 같았다. 지금 다시 되짚어보니 지난번에는 약간 성급하게 굴었다. 자신만 만족하고 끝났었다.

넥타이를 풀고 휴대전화를 집어 들었다. 케이스워커 업무 따위 이제 아무래도 상관없다. 이번 봄까지 기본적으로 일을 제쳐버릴 생각이다. 메모리해둔 전화번호를 찾아 통화 버튼을 누르려는 참에 주차장에 세단 한 대가 들어왔다. 무심코 지켜보니 왜건 바로 앞에 정차한다. 밖으로 나온 매니저에게 돈을 건넸다. 그러자 미호라는 여자가 차에서 내려와 세단으로 옮겨 탔다. 웃는 얼굴로 가볍게 키스를 나눈다. 상대는 30대, 평범한 용모의 남자였다. 양복 차림인 걸 보면 업무 중일 터였다. 미호의 예약 손님이다. 도모노리는 왠지 맹렬한 질투심이 솟구쳤다. 상냥하게 대해줬던 건 장삿속이었던가. 도모노리는 바보 같다고 생각하면서도 진짜로 화를 내고 있었다. 가슴까지 아려왔다.

그리고 오후 1시를 넘어설 즈음 빨간 경자동차가 날카로운 엔진 소리를 울리며 주차장에 들어섰다. 저도 모르게 시선이 그쪽으로 빨려들었다. 오페라글라스를 움켜쥐고 운전석의 여자를 확인했다. 와다 마키였다. 심장이 두근두근 뛰고 팔꿈치가 파르르 떨렸다. 도모노리의 흥분은 최고조에 달했다. 드디어 나타났구나. 운이 좋았어.

쇼트커트의 청초한 주부 와다 마키는 어설프게 주차를 마치더니 차에서 내려, 항상 쓰는 핑크색 머플러를 목에 두르고 주차장을 가로질렀다. 일직선으로 왜건으로 향한다. 차에 탈 때 안에 있던 매니저와 인사를 나누며 환하게 웃는다. 옆얼굴이지만 그 웃음에 도모노리는 마음이 뒤흔들렸다.

그녀는 틀림없이 예약일 것이다. 단골손님이 아주 많을 것 같다. 예쁘장한 여자를 그냥 내버려둘 리 없다.

그래도 대기일 가능성은 있었다. 도모노리는 이번에야말로 전화를 걸어보기로 했다. 휴대전화로 호출했다. 곧바로 매니저가 받았다.

"려인서클이죠? 지난번에 만났던 사람인데요."

"아, 예예. 목소리 듣고 척 알겠네요. 기억하고 있죠. 매니저 야마다입니다."

남자가 부드러운 어조로 말했다. 번호를 저장해뒀는지 바로 도모노리라는 걸 알아본 눈치였다.

"근처에 와 있는데, 지금 가면 여자 소개해줄 수 있어요?"

"네, 즉시 소개해드릴 수 있죠."

"어떤 사람?"

"손님 취향에 맞는 여자를 준비하겠습니다."

"시간이 별로 없어서요. 지금 거기 있는 여자라도 괜찮은데."

"예예, 있습니다. 아주 귀여운 여자가 대기 중이에요."

매니저의 대답에 도모노리는 저도 모르게 숨을 멈췄다. 와다 마키는 대기였다. 왜건 안에서 손님이 붙기를 기다리는 것이다. 한순간에 얼굴이 후끈 달아올랐다.

"그럼 5분쯤 뒤에 그쪽으로 가겠습니다."

"잘 알겠습니다. 내 차는 기억하고 계시죠?"

"네, 아마."

"되도록 내 차와 가까운 곳에 주차해주세요. 그럼 내가 갈 테니까요."

"내 차를 알아요?"

"죄송합니다만, 휴대전화에 자동차 넘버로 등록해뒀거든요."

제법 장사 수완이 뛰어난 사람이다.

　전화를 끊고 차의 엔진을 켰다. 눈에 띄지 않도록 슬그머니 출발했
다. 일단 뒷문으로 나갔다가 부지를 한 바퀴 돌아 국도 쪽 입구를 통해
다시 들어오기로 했다. 우연히 근처에 온 김에 들른 척하려는, 도모노
리 나름의 작은 허세였다.

　다시 주차장으로 들어서서 주위를 둘러보는 척하다가 왜건으로 다
가갔다. 대각선으로 앞쪽 빈 공간에 주차하자 기다렸다는 듯이 매니
저가 차에서 나왔다. 허리 숙여 깍듯이 인사를 건네고는 안짱걸음으
로 뛰어온다. 조수석으로 올라타더니 휴대전화를 꺼내 다시 사진을 부
탁해왔다. 물론 승낙했다. 매니저는 도모노리의 얼굴 사진을 찍더니
"1분만 기다려주세요"라는 말을 남기고 자신의 왜건이 아니라 파친코
안으로 사라졌다. 저 남자, 어디 가는 건가.

　도모노리는 몇 초쯤 미간을 찌푸리다가 사태를 파악하고 낙담했다.
대기하는 여자가 반드시 매니저의 왜건 차 안에만 있는 게 아니었다.
손님이 붙을 때까지 심심풀이로 파친코에서 놀고 있는 것이다. 하긴
그게 더 자연스럽다. 그렇군, 와다 마키가 아니었어.

　다시 매니저가 뛰어왔다. "네, 괜찮다는군요." 흐뭇한 얼굴로 웃고 있
다. "여자 쪽 사진도 찍어왔어요. 이 여자인데, 스물세 살. 젊죠?" 휴대
전화로 상대의 얼굴 사진도 보여주었다.

　머리를 갈색으로 염색한 술집 아가씨 같은 여자가 찍혀 있었다. 요
란한 메이크업이어서 얼굴 파악도 쉽지 않지만, 짙은 화장 자체가 자
신의 취향과는 거리가 멀었다. 급속히 마음이 식어갔다.

　"아직 신혼. 아이 낳은 일도 없으니까 아주 팽팽해요." 매니저가 좀
더 밀어붙였다. 도모노리는 "글쎄요, 어떻게 할까……"하고 말끝을 흐

렸다. 실은 저 왜건 안에 대기 중인 와다 마키를 원하는데.

"우리 서클에서 제일 젊은 애예요. 성격도 아주 좋습니다. 게다가 애교 작렬이죠. 잠자리 기술까지 뛰어난지 어떤지는 제가 모르겠군요, 에헤헤. 손님, 아직 어린애니까 이것저것 훈련 좀 시켜주세요."

매니저의 능란한 말솜씨에 도모노리는 저도 모르게 쓴웃음이 났다.

"남편이 비정규직 파견사원이거든요. 먹고살기가 힘든가 봐요. 하긴 유메노 시는 집집마다 똑같은 형편이죠. 작년에 터진 세계적인 금융 위기의 여파로 욕심 사나운 증권맨이나 투자가들이 대 손실을 입는 꼴을 보고 우리 같은 보통 사람들이 처음에는 은근히 고소해하지 않았습니까. 근데 채 1년도 안 돼서 그 여파가 아래로 퍼져서 이제는 말단 노동자들이 가장 죽을 맛이에요. 허참, 왜 이렇게 돌아가는지를 모르겠다니까. 우린 아무 잘못도 없는데 말예요. 결국 뭐든지 악영향은 아래쪽으로 떨어지는 건가 봐요. 이 여자도 그렇고 그 남편도 그렇고, 20대 한창 나이에 정사원으로 받아주는 데가 없어요. 일본이 언제부터 이런 나라가 됐는지. 참 한심하죠. 번듯한 대학 나오고, 일할 의사가 있는데도 졸업하자마자 빈익빈부익부 사회에 떨어지는 거예요. 진짜 요즘 젊은 사람들, 먹고살기가 만만치 않습니다. 멀쩡한 성인이 시급 천 엔 미만으로 일하는 세상이잖아요. 그러니 이 젊은 부부를 좀 도와주세요. 인생, 서로 도와주고 도움 받으면서 사는 거 아닙니까?"

"하하하, 얘기가 너무 엉뚱한 데로 튀는데요?" 도모노리가 어깨를 흔들며 웃었다.

"무슨 말씀이십니까. 전혀 엉뚱한 얘기가 아니죠." 매니저가 진지한 얼굴로 눈을 큼직하게 뜬다. "원조교제라는 건요, 말 그대로 원조예요. 알뜰하게 살림 잘하는 유부녀들이 약간 더 풍족한 생활을 위해 육체적인 서비스로 돈을 버는 겁니다. 전문 매춘녀와 다른 점은 자신의 생활 기반을 확실히 유지하면서 이 일을 한다는 거죠. 나도요, 내 가게 접고 어쩔 수 없이 시작한 장사예요. 손님은 나를 야쿠자 비슷한 사람이라고 생각하셨죠? 그렇지 않습니다. 평범한 사회인이에요. 그야 이 일이 위법이라는 건 알지만, 마음만은 성실한 사람이라고요. 이것도 엄연한 서비스업입니다."

"역시 매니저답게 말씀도 잘하시네."

"손님, 그런 확 깨는 소리 하지 마십쇼. 진심이라니까요, 진심. 그나저나 이 여자는 옵션도 있어요. 아직 젊으니까 '메이드 플레이'도 오케이예요. 코스튬 의상이 차 안에 있는데, 어때요, 한 번 해보시면?"

매니저의 기세에 눌려 도모노리는 더 이상 거절할 수가 없었다.

"알았어요. 이 여자로 하죠. 옵션은 빼고."

"네에, 감사합니다."

깊숙이 고개 숙여 인사까지 한다. 도모노리는 지갑을 꺼내 선금을 지불했다. 여자가 오기를 기다리면서 벌써부터 후회가 고개를 쳐들었다. 괜히 체면 차릴 것 없이 왜건에 대기 중인 여자를 원한다고 솔직히 말할걸. 그랬으면 와다 마키가 비는 시간에 예약해서 살을 부빌 수 있었을 텐데.

지명한 여자는 겨울인데도 얼굴을 갈색으로 태운 호스티스 같은 아가씨였다. 분명 1, 2년 전만 해도 이 지역을 누비는 폭주족이었을 것이다. 하지만 애교는 있었다. "와아, 다행이다. 멋진 오빠네?"라고 과장스럽게 공치사를 한다. 반사적으로 웃음이 터지면서 어깨의 긴장이 풀렸다.

어떻든 돈을 치렀으니 마음껏 즐기자고 마음먹었다. 스물세 살 여자의 피부라니, 오랫동안 접해본 적이 없다.

출발하려는데 웬 외제차가 앞길을 가로막고 있었다. 매니저가 그쪽 운전자에게서 돈을 받고 있었다. 그리고는 매니저의 왜건에서 와다 마키가 쪼르르 달려 나와 그 외제차 조수석으로 들어갔다. 저자가 마키를 지명한 손님인가. 단숨에 머리에 핏대가 섰다. 뒤쪽에서 슬쩍 훔쳐보니, 마흔 살쯤의 약간 뚱뚱한 남자다. 속이 쓰려왔다.

"저 여자도 려인서클 사람인가?" 태연한 척하며 옆에 있는 여자에게 물었다.

"그럴 거예요. 우리끼리는 서로 친하지 않으니까 누군지는 몰라요."

외제차는 모텔과는 반대 방향으로 사라졌다. 시외의 좀 더 좋은 호텔을 이용하는 걸까. 언제까지고 그 잔상이 눈꺼풀에 남아 떨어지지 않았다.

30분 뒤 모텔에서 여자를 안았다. 질투심이 이글거려서 더 격한 섹스를 했다. 정말 내가 정신이 나갔구나. 도모노리는 자기 자신을 가엾어 했다. 하루를 이렇게 보내다니, 이건 정상적인 직장인이 아니다.

오후 3시 넘어서 모텔을 나왔다. 부재중 전화에 과장의 호출 전언이 있어서 순간적으로 흠칫했지만, 배터리가 나갔다고 둘러대면 된다는 생각에 그냥 무시하기로 했다. 어차피 별 볼일 없는 용건일 것이다.

여자가 조수석에서 콧노래를 부르며 매니큐어를 칠하고 있었다.

"남편한테 들킨 적은 없어?" 도모노리가 가벼운 말투로 물었다.

"아뇨. 집에 없으면 파친코에 가 있는 줄 알거든요."

"원조교제는 언제까지 할 거야?"

"앞으로 1년쯤? 아이가 생기면 아무래도 힘들겠죠?"

"하지만 려인서클은 아이 가진 여자들이 많던데?"

"어머, 그런가? 그럼 계속할까?"

관심도 없는 듯 무심한 대답을 하고서 손톱을 후후 불었다. 보아하니 아무 생각 없이 사는 여자였다.

회색 하늘 아래 논밭 사이의 도로를 달려갔다. 마주치는 승용차에 30대쯤으로 보이는 남녀가 타고 있었다. 이 앞으로는 죄다 모텔이니 그들도 이제부터 정사를 벌일 것이다. 자신도 방금 거기서 나왔으면서 도모노리는 '이 나라가 왜 이러나'하고 비웃고 싶어졌다.

"저기요, 어디 돈 많은 아저씨 좀 없어요?"

그새 스스럼이 없어진 여자가 물었다.

"나야 평범한 공무원인데 그런 사람을 아나."

"정치가의 애인 같은 거 되고 싶은데."

"결혼했다면서?"

"그딴 건 상관없어요. 낮 시간에는 한가한데, 뭘."

뭔가 한마디 해주려고 고개를 옆으로 돌린 순간 검은 그림자가 왼쪽 시야 끝에 들어왔다. 동시에 쿵하는 충격이 덮쳤다. 여자가 "끼아악"하고 외쳤다. 덤프트럭의 코끝이 바로 뒤까지 다가와 있었다. 도모노리는 전율했다. 어느새 나타났는가. 졸지에 액셀을 힘껏 밟았다.

"어머, 왜 저래? 왜 저래?" 여자가 얼굴이 새파래져서 부르짖는다. 덤프트럭이 맹렬히 뒤를 쫓아왔다. 두 번째 추돌. 등을 덮친 충격에 목이 앞뒤로 거칠게 꺾였다. 이제는 확실해졌다. 이건 단순한 위협이 아니다. 니시다는 나를 죽이려고 하는 것이다. 머릿속이 하얘졌다.

"어머, 어떡해, 까아악!" 여자의 비명 소리가 차 안을 울렸다. 핸들이 흔들렸다. 측면에서 충격이 왔다. 전봇대 같은 것에 부딪친 모양인데 아무튼 뭐가 뭔지 정신을 차릴 수 없었다.

세 번째 추돌로 도모노리의 차는 비스듬히 누운 채 달렸다. 핸들은 더 이상 쓸모가 없었다. 앞 유리에 눈바닥이 보여서 차가 옆으로 쓰러졌다는 것을 깨달았을 때는 온몸이 여기저기 부딪쳐서 오로지 이를 악물고 견디는 것밖에는 아무것도 할 수 없었다. 차체가 허공에 붕 떴다가 내동댕이쳐졌다. 차체가 찌그러지는 소리에 고막이 진동했다. 문득 정신을 차렸을 때, 앞 유리가 깨지고 자신이 거꾸로 처박혔다는 것만은 파악할 수 있었다.

엔진에서 피어오른 하얀 연기가 차 안으로 들어왔다.

"어떡해!" 여자가 부르짖는다.

"어이, 괜찮아?"

"모르겠어요. 어떻게 된 거야, 진짜." 여자는 패닉 상태에서 팔다리를 버둥거리고 있었다.

팔을 펴고 가까스로 안전벨트를 풀었다. 거꾸로 뒤집힌 차 안의 천장에 쿵 떨어졌다. 문을 열어보려고 했지만 형태가 일그러져 꿈쩍도 하지 않았다. 어쩔 수 없이 깨진 앞 유리를 발로 차서 몸이 지나갈 만큼 공간을 만들어 밖으로 기어 나왔다.

"지금 꺼내줄게." 여자에게 말을 건넸다. 몸을 일으켰더니 핑그르르 현기증이 나서 눈바닥에 엉덩방아를 찧으며 주저앉았다. 주위를 둘러보니 덤프트럭은 사라지고 없었다. 그것에는 우선 안도했다.

다시 일어서서 조수석에 손을 짚었다. 반쯤 문이 열려서 여자를 끌어냈다.

"다친 데 없어?"

"없는 거 같아. 그보다 오빠, 피가 나."

여자가 입술을 파르르 떨며 턱짓으로 도모노리의 얼굴을 가리켰다. 손등으로 이마를 닦아보니 피가 묻어났다. 허리를 숙여 차 유리에 비친 자신의 얼굴을 살펴보았다. 이마가 찢어져 있었다. 도모노리는 대시보드에서 사은품으로 받은 수건을 꺼내 머리에 감았다. 느낌으로는 상처가 그리 깊지는 않은 것 같았다.

"어쩌죠? 구급차 부를까?" 여자가 물었다.

"아니, 안 돼. 나 지금 근무 시간이야."

"나도 안 돼요. 남편한테 들키면 죽어."

거꾸로 뒤집힌 승용차를 바라보며 그나마 공용차가 아니어서 천만다행이라고 감사했다. 근무 시간에 모텔 근처에서 어린 유부녀를 조수석에 태우고 논바닥에 굴러 떨어지다니. 이건 시청 쪽에 어떻게도 변명할 도리가 없는 일이다.

"아이, 아무래도 다친 거 같아." 여자가 얼굴을 찡그리며 말했다.

"왜 그래?"

"등하고 목에 감각이 없어요. 목이 접질린 거 같아."

여자가 비틀비틀 걸음을 옮겨 길가에 쪼그리고 앉았다.

"역시 구급차 불러야겠다."

"뭐라고 둘러대죠?"

"글쎄, 얼른 생각이 안 나는데?"

"그럼 안 돼. 그냥 휴대전화로 친구한테 데리러 오라고 할래요." 여자가 휴대전화를 눌러 누군가와 통화를 하기 시작했다. "너무 웃기는 거 있지? 덤프트럭이 갑자기 뒤에서 덮치는데, 나 진짜 죽는 줄 알았어. 그 운전사 완전 미친 새끼야."

갑자기 본바탕이 드러나서 불량배 같은 말투였다. 그나저나 니시다는 어디서부터 내 뒤를 밟은 걸까. 우연히 만났을 리는 없다. 아침부터 감시를 한 걸까.

도모노리는 몸을 부르르 떨었다. 차가운 북풍을 막아주는 게 하나도 없는 논밭 한가운데라서 몸이 점점 얼어붙는다. 가만있을 수 없어서 발을 동동 굴렀다. 어떻든 빨리 이 자리를 수습해야 한다. 수리 공장에 연락해서 크레인 차를 부르고, 논 주인을 찾아 사과하고…….

"나, 벌 받은 거 같아." 통화를 마친 여자가 길바닥에 누워 불쑥 말했다. "집안일 팽개치고 파친코하고 원조교제하고 실컷 놀기만 하니까 하느님이 화나셨나봐."

"이제 와서 무슨 소리야?"

"아까 차 덮쳤을 때 내가 원조교제하는 거 눈치 채고 남편이 화나서 트럭 몰고 쫓아온 건 줄 알았어. 후우, 그건 아니라서 다행이지 뭐야."

미니스커트 아래로 다리의 하얀 맨살이 드러났다. 바라보는 도모노리가 더 추워졌다.

"다행이라니, 하마터면 죽을 뻔했는데."

"아우, 내 인생 왜 이렇게 안 풀리는지 몰라. 머리 나쁘면 절대로 치고 올라갈 수 없는 건가?"

"그런 말 하지 말고. 내가 덤프트럭 운전기사 찾아내서 치료비 물어내라고 할 테니까."

"진짜? 그럼 오빠 명함 한 장 줘."

"명함은 좀……. 내가 매니저 통해서 연락할게."

"오빠 진짜 착하다. 자기가 더 큰일을 당했는데. 저 차 아무래도 폐차해야 할 거 같아."

여자가 하늘을 올려다보며 한숨을 내쉬었다. 하지만 덤프트럭이 도모노리를 노리고 쫓아왔다는 걸 알면 이 여자, 태도가 싹 바뀔 것이다.

"어이, 무슨 일이야!" 남자 목소리가 났다. 경운기에 탄 농부가 50미터쯤 떨어진 곳에서 소리를 지르고 있었다. "이봐요, 괜찮아?" 이쪽으로 다가온다. 도모노리는 손을 흔들었다. 이래저래 도와주실 것 같다. 유메노 시는 사람들 착한 것만 보자면 옛날 그대로다.

36

납치 감금된 뒤로 며칠이나 지났을까. 구보 후미에는 손을 꼽아보다가 뇌의 일부가 전혀 반응하지 않는 것을 깨닫고 온몸에 소름이 돋았다. 사고(思考)가 거기서부터 한 발짝도 앞으로 나아가지 않는 것이다. 물론 처음 겪는 일이어서 크게 당황했지만, 다른 한편에 존재하는 듯한 메마른 시선의 자신이 '아, 인간은 이런 식으로 체념하는 거구나'하고 남의 일처럼 바라보았다. 둥근 튜브가 탱탱함을 잃어가듯이 온몸에서 서서히 맥이 빠져나갔다. 그러고 보니 눈물도 멈췄다. 강해진 게 아니라 부조리한 환경에 익숙해진 것이다. 하루 스물네 시간 계속해서 울리는 컴퓨터 게임의 전자음, 노부히코의 혼잣말, 뭔가 쉰 듯한 냄새를 풍기는 방. 그 모든 것을 이제는 당연한 것으로 받아들이고 있다. 너무 싫어서 견딜 수 없었던 벽장 속의 땀 냄새 나는 이불도 차츰 자신의 냄새가 스며들었는지 그리 크게 고통스럽지 않았다. 나아가 시간을 무익하게 내버리는 방법도 배웠다. 눈을 감고 공상의 세계에 몸을 맡기는 것이다. 사흘쯤 전부터 시작한 공상은 도쿄의 여대생이 된 자신이 꽃미남 대학생을 만나는 러브 스토리다. 작년에 가즈미와 함께 갔던 도쿄 거리의 풍경을 필사적으로 떠올려 한 장면 한 장면에 끼워 맞추면서 머릿속에 그려나갔다. 인간이란 자기 스스로를 위로할 수 있다는 것을 깨달았다. 이것도 방어 본능일까.

다만 한 가지, 광명 같은 발견도 있었다. 루크라는 이름으로 부르면 노부히코는 최면술에 걸린 것처럼 게임의 세계로 들어갔다. 어제 점심 때 돼지 뼈를 우려낸 라멘을 먹으면서 그 느끼한 국물이 너무 지겨워서 어떻게 하면 내 희망 사항을 전달할 수 있을지 궁리하다가 용기를 내서 말해보았다.

"루크, 난 좀 더 깔끔한 맛의 라면이 좋은데……."

머뭇머뭇 말하면서도 심장이 오그라드는 것 같았다.

노부히코는 한순간 멈칫하더니 "알았어, 메일린. 다음부터 메일린에게는 간장맛 라멘이나 소금맛 라멘으로 해달라고 지시할게"라고 대답하고는 다시 태연히 식사로 돌아갔다. 후미에는 털썩 주저앉고 싶을 만큼 안도했다. 그리고 오늘은 쇼유라멘이 나왔다. 게다가 시금치도 들어있고, 김 가루와 어묵도 함께 얹혀 있었다. 이 사이코패스가 그런 것까지 하나하나 지시했을 장면을 생각하니 지금 전혀 웃을 상황이 아닌데도 우스웠다.

노부히코는 아침부터 게임에 몰두하고 있었다. 종잡을 수 없는 소리를 연극적인 말투로 컴퓨터 모니터를 향해 내뱉었다. 서당개 삼년이면 풍월을 읊는다더니 후미에도 대충 그 게임의 전개 상황을 알 수 있었다. 등장인물도 반절쯤은 파악했을 정도다.

오후에 본채에 누군가 찾아왔다. 어머니가 별채로 전화를 걸어 노부히코에게 잠깐 나오라고 애걸복걸한 것이다. 통화하는 말을 띄엄띄엄 엿들어서 대충 무슨 일인지 짐작할 수 있었다. 본채에 찾아온 사람은 노부히코의 외삼촌인 모양이었다.

"할망구가 오라고 했지? 틀림없어!"

노부히코가 느닷없이 격분했다. 얼굴이 빨개져서 전화기에 대고 마구 고함을 지른다. 후미에는 긴장해서 몸을 웅크리고 서둘러 벽장 속으로 피해버렸다.

"근데 왜 왔어? 그 사람이 무슨 상관이야? 내가 취직을 하건 말건 그 사람이 왜 나서느냔 말이야!"

벽장문을 살짝 닫아버렸다. 이런 때는 눈을 마주치는 것도 위험하다.

"안 간다니까? 내가 왜 그 사람을 만나? 당신이 알아서 보내! 당장 가라고 하라니까!"

노부히코는 수화기를 내동댕이친 뒤에도 계속 소리를 질렀다.

"웃기고 있어. 왜 외삼촌이 나서서 이러니저러니 잔소리야? 남의 집 안일에 왜 참견이냐고. 웃기고 있어. 진짜 웃기고 있어."

거친 숨을 토해내며 방안을 서성거린다. 후미에는 숨을 죽이고 벽장 안에서 더욱더 몸을 웅크렸다. 별채 앞의 자갈을 밟는 소리가 들렸다. 누군가 이쪽으로 다가오는 발소리였다.

"얘, 노부히코. 무코다 외삼촌이다. 잠깐 얼굴 좀 보자."

노부히코를 부르는 소리가 들렸다. 외삼촌이라는 사람이 별채 앞에 와 있는 것이다.

"잔소리하려는 게 아니야. 내 친구가 운송 회사를 하는데 요즘 일손이 딸린다더라. 그러니까 네가 좀 가보면 어떨까 하고 찾아왔어."

후미에는 온몸이 바짝 긴장했다. 지금 큰 소리를 지르면 자신이 감금되어 있다는 게 밝혀질 것이다. 그러면 구출될 수 있다. 노부히코의 외삼촌은 성실한 사람인 것 같다. 적어도 노부히코의 부모처럼 보고도 못 본 척하지는 않을 것이다. 입을 열려는 순간, 무의식적으로 턱이 멈

466

쳐버렸다. 왜 그런지 숨조차 제대로 쉬어지지 않았다.

"예, 잠깐만요. 내가 나갈게요." 노부히코가 사람이 확 바뀌어 조용한 말투로 대답하는 소리가 들렸다.

벽장의 열쇠를 잠그는 모양이었다. 수갑은 채우지 않았다. 노부히코가 급히 방을 나간다. 현관의 미닫이문이 드르륵 열렸다.

"아이구, 오랜만이네. 그새 3년만이냐? 설날에도 외갓집에 오지를 않으니 다들 네가 어떻게 지내는지 걱정하고 있어."

"본채로 가서 얘기하죠."

노부히코가 꿰다놓은 보릿자루처럼 얌전히 외삼촌을 대하는 모양이다.

그보다 후미에 자신이 문제였다. 큰 소리를 질러 자신을 알리는 걸 망설이고 있었다. 벽장 안에서라도 소리를 지르면 그 외삼촌이라는 사람이 눈치를 채줄 것이다. 아, 아. 뱃속에서 소리를 끌어내려고 무진 애를 썼지만 가장 중요한 목구멍에서 그것이 턱 걸려버린다.

외삼촌과 함께 노부히코가 본채로 이동했다. 발소리가 사라진다. 아아, 대체 무슨 일인가. 왜 나는 도움을 청하지 않았을까. 후미에는 크게 동요했다. 아니, 그보다 뇌가 제대로 돌아가지 않았다. 오래도록 무릎을 꿇고 있어서 다리에 쥐가 났을 때처럼 뇌의 일부가 마비되어 움직임을 멈춰버렸다.

벽장의 암흑 속에서 정체를 알 수 없는 강박관념에 시달렸다. 혹시나 스스로 자유를 포기하게 된 걸까.

설령 여기서 비명을 질러 구출되었다고 하자. 그때는 그야말로 빅뉴스가 될 것이다. 각 방송국 뉴스에서는 일대 사건으로 매 시간마다 수없이 보도할 것이다. 열일곱 살의 여고생이 정신이 이상해져버린 게임

마니아에게 납치되어 일주일이나 감금되어 있었던 것이다. 매스컴이 조용히 입 다물고 있을 리가 없다. 주간지 역시 요란하게 써댈 것이다. 피해자인 데다 미성년자라서 실명까지는 밝힐 일은 없다. 하지만 피해자가 누구인지는 이미 이 도시 전체에 파다하게 알려졌을 것이다. 게다가 인터넷이 있어서 사생활 보호 따위는 아무 쓸모도 없는 일이 되었다. 실명과 얼굴 사진이 이미 전국에 퍼졌다고 생각하는 게 옳을 것이다. 가족 이외에는 다들 흥미 위주로 달려든다. 사람들의 호기심은 감금되어 있는 동안 어떤 일을 당했는지에 집중된다. 딱히 남의 말 하기 좋아하는 사람이 아니더라도 분명 성폭행을 당했을 거라고 상상하는 게 일반적이다. 피해자 여고생은 감금되어 있는 동안 지속적인 성폭행을 당했다고.

후미에는 아득한 구덩이 속으로 떨어지는 듯한 현기증을 느꼈다. 나는 이제 구출된다고 해도 평생 큰 고통을 짊어지고 살아갈 수밖에 없다.

우선 이 지역에서는 더 이상 살 수 없다. 어디를 가건 뒤에서 손가락질을 받는다. 저기 저 애, 행방불명됐던 그 여학생이야―. 수군수군 숙덕거린다. 작은 동네니까 그건 죽을 때까지 이어질 것이다. 유메노를 떠나 도쿄의 대학에 진학한다고 해도 분명 소문이 뒤쫓아올 것이다. 같은 캠퍼스에 유메노 출신이 한 명이라도 있으면 금세 퍼져버리는 것이다. 남자친구가 생긴다면 이 일을 고백하지 않으면 안 되리라. 그에게 아무 일 없었다고 말해도 과연 내 말을 믿어줄까.

그런 먼 앞날의 일보다 오히려 더 심각한 건 앞으로 남은 학교 생활이다. 아무리 생각해도 지금까지처럼 학교에 다닐 수 없을 것 같다. 복도를 지나가면 다들 하던 말을 뚝 그치고 흘끔흘끔 훔쳐본다. 내가 지나가고 난 뒤에는 소곤소곤 내 얘기를 숙덕거린다. "끌려가서 갇혀 있을 때 진짜로 그런 일이 없었을까? 진짜로?"

후미에는 온몸이 부들부들 떨렸다. 무사히 집에 돌아간다 해도 지옥 같은 나날이 기다리고 있을 뿐이다. 자신의 인생은 이미 반은 죽은 거나 마찬가지다.

처음부터 진심으로 도망칠 마음이 있었다면 벽장의 문짝쯤은 발로 걷어차 부숴버릴 수 있었다. 그럴 기회도 얼마든지 있었다. 실제로 지금이 그렇다. 죽을 각오를 하고 힘껏 걷어찬다면 아무리 열쇠를 채웠다고는 해도 넘어뜨리는 건 가능한 것이다. 그런데도 자신은 행동에 나서지 않고 있다. 마음속 어딘가에서 구조된 다음의 일을 두려워하고 있었다. 세상 사람들의 호기심 어린 시선을 받으면서 평생을 살아야 하다니, 그건 자신에게는 그 무엇보다 견디기 어려운 일이었다.

대체 어떻게 해야 하는 걸까. 아예 죽어버리는 게 더 편할까.

후미에의 현기증은 점점 심해져서 문득 평형감각을 잃었다. 이것이 절망의 심연이라는 건가. 광기 비슷한 것마저 몰려왔다. 그나마 가장 나은 것은 자신이 여기서 미쳐버리는 것이다. 미쳐서 노부히코라는 사이코와 함께 공상의 세계에서 살아가는 것이다.

너무 슬퍼서 미칠 것만 같은데 눈물이 나오지 않았다. 마음속에 거대한 무언가가 댐처럼 감정을 틀어막고 행동까지도 틀어막고 있었다. 자신을 무엇 하나도 컨트롤할 수 없었다.

20분쯤 지나 노부히코가 돌아왔다. 가장 먼저 벽장문을 열고 후미에가 있는지 없는지 확인하고 있었다.

"메일린, 다행이다. 나를 배신하지 않고 기다려줬어?"

"네……."

목소리가 우울하게 가라앉았다. 루크인지 아니면 맨정신인지 잘 알 수 없었다.

노부히코는 잠시 아무 소리 없이 방 안에서 숨을 죽이고 있었다. 하지만 외삼촌이 차를 타고 돌아가는 기척을 확인하자마자 "으으으으" 하고 동물 같은 괴성을 내질렀다.

"내가 은둔형 외톨이라고? 지들 멋대로 말도 안 되는 걸 갖다 붙여? 나는 언제라도 바깥에 나갈 수 있어. 나를 완전히 노이로제 걸린 사람으로 몰아? 흥, 당신들은 모르지? 내가 여고생까지 납치해서 이 방에서 사육하고 있는데? 은둔형 외톨이가 그런 일을 할 수 있어? 집 안에만 틀어박힌 놈이 이런 일을 할 수 있느냐고! 흥, 나는 할 때는 하는 사람이란 말이야!"

노부히코의 혼잣말을 엿들은 순간 후미에는 등줄기가 얼어붙었다. 역시 계획적인 범행이다. 저자는 자신이 무슨 짓을 하고 있는지 똑똑히 알고 있다.

"할망구, 죽여버리겠어! 뭣 때문에 외삼촌을 불러들여? 여고생을 들키면 온 가족이 교도소에 갈걸? 자기들도 공범이면서! 잠깐만 머리를 굴리면 뻔히 알 일이잖아!"

뭔가를 방바닥에 패대기치는 소리가 들렸다. 파편이 방안에 흩어진다. 자명종 시계였는지 찌리링 하고 벨이 울리는 소리가 났다.

다시 노부히코가 방을 나갔다. "야아아"하고 고함을 지르며 본채로 걸어간다. 자글자글 큰 걸음으로 자갈을 밟는 소리가 들렸다. 본채로 가서 제 어머니에게 폭력을 휘두를 게 틀림없었다. 저 험악한 기세로 봐서는 그 어머니, 혹시 살해되는 게 아닐까.

후미에는 벽장 속에서 그저 열심히 몸을 웅크리고 있었다. 오감이 둔해져서 날씨가 더운 건지 추운 건지도 알 수 없었다. 이대로 동물이 되어 겨울잠이라도 자고 싶은 기분이었다.

37

　머리 부상은 열상(裂傷)으로 전치 2주의 진단을 받았다. 검사를 받기 위해 하루 동안 입원했지만 그다음은 통원 치료를 받으면 된다고 해서 가토 유야는 사건 다음날 저녁에는 회사에 나갔다.

　머리에 붕대를 감고 네트를 뒤집어쓴 꼴이었다. '이것 참, 나를 어떻게 맞아주려나'하고 불안한 마음으로 회사에 나갔는데, 사원들은 존경의 눈빛을 보내며 "고생 많았다" "선배, 괜찮으세요?"라고 저마다 한마디씩 위로의 말을 해주었다. 폭주족 출신들인지라 싸움에서 귀환한 동료는 영웅인 것이다. 사장 가메야마도 흐뭇해했다. 사원들을 모아놓고 "회사 일을 생각하면 싸움판에 기웃거리는 건 별로 안 좋지만"이라고 전제한 다음에 "너희들, 스네이크 후배를 도와주겠다고 달려간 가토와 사카이에게 박수라도 쳐줘"라고 호명하며 칭찬한 것이다. 유야는 얼굴을 붉혔다. 사실은 뒤통수 일격에 녹아웃된 것뿐이지만, 그래도 현장에 뛰어갔던 자신의 판단을 스스로 칭찬하고 싶었다. 가메야마는 "이번 주는 푹 쉬어. 그 머리로는 영업 못하잖아?"라고 사흘간의 유급 휴가를 주었다. 이번 일로 얼굴과 이름은 확실하게 눈도장을 찍었다고 가슴이 벅찬 기분이었다.

　그날 밤은 결국 한바탕 난투극이 벌어졌다. 몇 분 뒤에 경비원이 달려오고 경찰에 신고가 들어가서 일단 제1라운드는 종료라는 식으로 양측이 모두 걸음아 날 살려라 하고 도망쳤다. 부상을 입은 몇몇은 자리를 뜨지 못해 경찰서에 잡혀갔다. 유야도 그중 한 사람이었지만 중재 역할을 맡았던 것과 뒤에서 얻어맞고 기절해서 난투에는 참여하지 않았다는 점이 인정되어 그날 밤 안으로 풀려났다. 브라질인들의 취조에 나선 청소년계 형사가 답답한 기색으로 "누구, 브라질어 할 줄 아는 놈 없냐?"라고 소리치고 있었다. 브라질어라는 게 따로 있는지 어떤지 유야는 알지도 못 하지만.

좀 진정이 되고 생각해보니 요즘은 싸우는 방식이 확연히 달라졌다는 실감이 났다. 폭주족들끼리의 항쟁이면 입으로는 "다 죽인다"고 을러대지만 쌍방에 암묵의 약속 같은 것이 있어서 막장까지 치닫는 일은 없었다. 적당한 시점에서 중재 역할을 하는 자가 나타나 싸움을 화해로 이끌어주었다. 하지만 그런 호흡이 브라질인들에게는 통하지 않았다. 자신의 뒤통수에 쇠파이프를 내리친 소년에게 명확한 살인 의도는 없었는지 모르지만, 그 행위에는 한 치의 망설임도 없었다. 자칫하면 살인자가 될 수도 있다는 두려움과는 전혀 다른 차원이었다. 다시 한번 싸움이 벌어진다면 과연 자신이 침착하게 그 자리에 나갈 수 있을까. 유야는 앞으로 브라질 그룹과는 결코 관여하고 싶지 않았다. 오기로라도 그들이 무섭다는 말은 하지 않겠지만 가능하면 피하고 싶었다.

내 집에 있어봐야 불편하기만 해서 쉬는 동안에는 부모님 집에 들어가 몸을 추스르기로 했다. 예전에 쓰던 2층 자기 방 이부자리에 누워 북오프에서 사온 만화책에 푹 빠져 있었다. 이렇게 느긋하게 쉬어보는 것도 오랜만이다. 자신도 모르는 사이에 일만 하는 인간이 되었다. 불량 학생으로 놀던 시절을 생각하면 참으로 크나큰 변화다.

"유야, 잠깐 나갔다 올 테니까 쇼타 좀 봐라."

아래층에서 아버지 목소리가 날아왔다. 시계를 보니 오후 3시였다.

"엄마는?" 누운 채로 소리를 내질렀다.

"주민센터에 부인회 모임이 있어서 갔어. 여편네들 수다 떨기."

별 수 없이 이불에서 기어 나와 퉁탕퉁탕 1층으로 내려갔다. 아버지는 나들이용 재킷을 차려입고 있었다. 머리도 무스를 발라 빗어 올렸다.

"아버지, 어디 가?"

"응, 잠깐 좀."

"경륜? 아니면 파친코?"

"참내, 아니야. 그런 얘기 네 엄마한테는 하지 마라. 또 눈 뒤집어져서 화낸다."

"그럼 어디 가시는데?"

"나도 모임이 있어. 거기 들렀다가 회사로 곧장 갈 거니까 저녁밥은 필요 없다." 아버지가 슬그머니 시선을 돌린다. 아무래도 행선지를 밝히기 싫은 눈치였다.

"아버지, 또 노름하면 나도 화낸다? 아들한테 빚까지 떠넘긴 처지에⋯⋯."

"글쎄 아니라고 했잖아." 아버지가 불끈했다. "무슨 불교 공부하는 모임이 있어서 거기 가는 거야."

"불교 공부? 아버지가?" 유야는 저도 모르게 미간을 찌푸렸다.

"뭐야, 그 얼굴은? 내가 불교 공부 좀 하겠다는데 그게 그렇게 이상해?"

"그건 아니지만, 아버지가 불교 공부라니⋯⋯."

"너는 부모 알기를 우습게 알더라? 돈을 못 벌어도 부모는 부모야."

"괜히 꼬인 말씀을 하시네. 내가 언제 부모를 우습게 알았어? 그냥 아버지는 옛날부터 절이라면 질색을 했으니까 그렇지. 남의 장례식으로 돈벌이한다고 노상 욕했잖아."

"지금 가는 데는 절이 아니야. 사슈카이라는 종파에서 설교회를 한다니까 나도 한번 들어보려고."

아버지가 발길을 돌려 현관으로 향했다. 유야도 뒤를 따라갔다.

"아버지, 그거 혹시 신흥 종교 아니야?"

"글쎄다, 나도 자세한 건 몰라."

"저런 저런. 우리 아버지가 그런 사이비에 걸려들 나이가 됐나? 요즘 유메노에 사이비 신흥 종교들이 판을 쳐서 저희들끼리 싸우고 야단이 래. 그런 얘기 들어본 적 없어?"

"어허, 난 괜찮아. 첫째로, 기부금 내라고 해봤자 낼 돈도 없다."

아버지가 스스로를 비웃으며 말했다. 현관 마루 끝에 앉아 구두를 신는다.

"아버지, 요상한 항아리라든가 불상이라든가 그런 거 사라고 해도 절대 사지 마."

"아, 글쎄 돈이 없다니까?"

아버지는 결국 부루퉁한 얼굴로 집을 나섰다. 그 등을 바라보며 유야가 한숨을 내쉬었다. 사는 게 팍팍하면 사람들은 하느님이나 부처님에게 매달리게 되는 걸까. 어머니는 걸핏하면 점쟁이를 찾아가곤 한다. 유야로서는 도무지 이해할 수 없는 행동이다. 유메노에 신흥 종교 단체나 점쟁이가 유독 많은 것은 불행한 인간이 그만큼 많기 때문인지도 모른다.

거실 고타쓰에서 쇼타가 자고 있었다. 유야도 그 옆에 나란히 누웠다. 창문에 투닥투닥 뭔가 닿는 소리가 나서 뭔가 하고 내다보니 어느새 옆으로 후려치는 눈이 내리고 있었다. 마침 적당한 때에 휴가를 얻었다고 생각하자 어깨 힘이 스르르 풀렸다. 스토브에 얹힌 주전자 물이 끓고 있다. 솟아나오는 김이 방을 적당히 축축하게 해주었다.

오후에 잠깐 집에 들른 어머니가 저녁식사를 마친 뒤 주점에 일을 나가 다시 유야는 아들과 둘만 남았다. 어머니는 나가는 길에 바깥 날씨를 내다보며 "금요일 밤인데 이렇게 눈이 퍼부으니 오늘도 가게에 손님 오기는 글렀다"며 흐린 표정으로 말했다.

아들과 함께 목욕을 하고 파자마를 입혀주고 있는데 고타쓰 위의 휴대전화가 울렸다. 발신자를 보니 시바타였다. 무슨 일인가.

"유야냐? 미안하다, 몸도 불편한 때에." 시바타가 낮은 목소리로 말했다.

"아뇨, 괜찮아요. 그냥 놀고 있는데요, 뭘."

"머리 다친 건 좀 나았나?"

"별 거 없어요. 유급 휴가 끝나면 곧바로 회사 나갈 겁니다."

"그래? 지금 어디 있냐?"

"저요? 어머니 집에 와 있어요."

"좀 나올 수 있겠냐?"

"지금요?"

유야는 저도 모르게 창밖으로 시선을 던졌다. 어둠 속에 흰 눈이 날렸다. 벽시계도 보았다. 밤 9시였다.

"잠깐 부탁할 게 있어서 그래."

"뭔데요?"

"전화로는 말 못 해."

"아, 예……."

"잠깐 나와줘. 일생일대의 부탁이야." 시바타의 말투에서 유야는 심상치 않은 기척을 느꼈다.

"선배, 무슨 일 있어요?"

"응, 그건 만나서 얘기하자."

"내가 지금 쇼타 봐주고 있어요. 아버지 어머니가 일 나가셔서요."

"부탁한다. 아이는 다른 사람한테 좀 맡기면 안 되겠냐?"

"근데 선배, 지금 어디예요?"

"미소노 초의 주차장. 두 개 중의 안쪽에 있는 주차장이야."

"미소노 초? 술 마시는 중이에요?"

"아니, 술집이 아니라 주차장이라니까. 부탁이니까 제발 좀 나와라."

시바타가 집요하게 애원했다. 이런 일은 처음이라서 유야는 당황스러웠다. 하지만 시바타가 부탁하는데 거절할 수는 없다.

"알았습니다. 그럼 쇼타 재워놓고 갈게요. 잠깐만 기다리십쇼."

"알았어. 기다릴게."

전화가 끊겼다. 하얀 입김을 토해내는 게 눈에 선히 떠오를 만큼 낮게 속삭이는 목소리였다.

어쨌거나 나갈 준비를 했다. 쇼타를 고타쓰 옆에 재워놓고 자신은 두툼한 스웨터를 입었다. 머리에는 털모자를 썼다. 스토브는 위험하니까 꺼놓고 문단속이 잘 되었는지 둘러보았다. 어린아이를 혼자 두고 나가는 게 아무래도 마음에 걸려서 급히 아버지에게 문자를 보냈다. '급한 볼일이 있어 나감. 택시 한가하면 빨리 들어와요'라는 문장이다. 10분 뒤에 답장이 왔다. '눈이 와서 손님도 없다. 지금 간다'라고 찍혀 있었다. 쇼타도 푹 자고 있어서 유야는 집을 나섰다.

바깥에 나오니 눈이 10여 센티미터나 쌓였다. 그래서 그렇게 조용했구나. 바람이 잦아들어 조용조용 쌓인 것이다. 창고에서 스노우 체인을 꺼내 네 바퀴에 장착했다. 장갑을 끼었어도 금세 손이 곱았다. 차의 배기가스가 살아있는 동물처럼 하얗게 피어올랐다. 이런 밤에는 돌아다니는 사람도 없겠구나. 택시 아버지와 주점 어머니의 난감해하는 얼굴이 떠올랐다.

운전석에 올라 조심조심 출발했다. 와이퍼 속도를 최고로 맞춰놓고 목을 앞으로 내민 채 운전했다. 1킬로미터를 달렸는데 마주 오는 차가 한 대도 없었다.

미소노 초 유흥가의 주차장은 눈에 덮여 케이크처럼 하얗게 물들어 있었다. 차들의 출입을 보여주는 타이어의 흔적도 거의 없었다. 몇 대가 서 있기는 하지만 눈 때문에 집에 타고 가는 걸 포기한 차일 것이다. 미소노 초 상가들이 공동으로 운영하는 무료 주차장이지만 따로 담당자도 없었다. 시바타의 하얀 크라운은 금세 눈에 들어왔다. 비상등을 켜놓고 부지 한쪽 끝에서 눈을 맞고 있었다. 시바타도 유야를 알아보고 운전석에서 내려왔다. 회사 작업복을 입고 있는 걸 보니 영업 끝내고 돌아오는 길인 것 같았다. 어슴푸레한 외등 탓인지 얼굴색이 유난히 창백하게 보여서 깜짝 놀랐다. 유야는 그 바로 앞에 차를 세웠다.

"선배, 무슨 일이에요?" 윈도우를 열고 물었다.

"미안하다, 잠깐 내려봐." 시바타가 등을 웅크리고 뛰어오며 말했다.

유야는 차의 시동을 켜둔 채 밖에 나갔다. "웬일입니까? 안색이 안 좋은데요." 추워서 양손을 비비고 발을 동동 구르며 물었다.

"유야, 내가 큰일을 저질렀어." 시바타가 잔뜩 굳은 얼굴로 말했다.

"큰일이라뇨?"

"이리 좀 와봐."

턱짓을 하더니 자기 차 트렁크 쪽으로 걸어갔다. 유야가 그 뒤를 따라갔다. 시바타가 키를 꽂고 돌렸다. 트렁크 뚜껑이 벌컥 뛰어올랐다.

어두워서 안이 잘 보이지 않았다. 뭔가 큼직한 짐 덩어리가 있었다. 무심코 들여다보다가 그게 사람이라는 것을 깨닫고 유야는 저도 모르게 펄쩍 뒤로 물러섰다. 엉덩방아를 찧고 뒤편 철망에 뒤통수를 부딪쳤다. 울타리에 쌓였던 눈이 머리로 쏟아졌다.

"어, 어……." 소리가 나오지 않았다. 온몸이 부르르 떨린다.

"유야, 내가, 사람을 죽였어."

"주, 주, 죽여요?"

"그래."

"누, 누, 누구를?"

"사장을."

"사장?" 하마터면 턱이 떨어질 뻔했다.

철망에 손을 짚고 몸을 일으켰다. 생침을 꿀꺽 삼키고 다시 한 번 트렁크 안의 물체를 찬찬히 살펴보았다. 확실히 사장 가메야마다. 거구의 가메야마가 눈을 감고 누워 있다. 거무스레한 얼굴을 보고 다시 펄쩍 뛰게 놀랐다. 이번에는 주저앉지 않고 가까스로 철망을 붙잡고 매달렸다.

"서, 선배. 진짜 죽었어요? 잘못 보는 수도 있잖아요. 그냥 기절을 했다든가."

"아냐, 호흡이 없어. 내가 넥타이로 목을 졸랐어."

"모, 목을 조르다니, 어째서……."

침이 바짝 마르면서 목젖이 아플 만큼 갈증이 났다. 무릎의 떨림이 멈추지 않는다.

"나도 모르겠다."

시바타가 고개를 저었다. 망연자실한 얼굴로 우두커니 서있었다.

"모르다니, 그런 말이 어디 있어요?"

"나한테만 배지를 안 준 거, 도저히 이해할 수가 없어서 아까 저녁 때 사장이 단골로 다니는 술집, 거기 있잖아, 사장 애인이 운영하는 이 근처 주점, 거기로 찾아갔어. 죽을 용기를 내서 사장에게 직접 담판을 한 거야. 그랬더니 사장이 너는 뭐가 부족한지 스스로 잘 생각해보라 는 거야. 나는 진짜 뭐가 부족한지 모르겠어서 솔직히 모르겠다고 대 답했어. 그랬더니 너는 그래서 앞으로도 출세는 못할 거래. 유야, 사람 이 그럴 수는 없는 거잖냐. 죽을 둥 살 둥 열심히 일하는 사원에게 어 떻게 그런 말을 하느냐고. 내가 절대로 이해를 못하겠다고 대들었더 니, 완전히 사람을 바보로 몰면서 코웃음을 치고 가버리는 거야. 그 순 간에 뭔가 팍 터져버려서 사장 뒤를 쫓아갔어. 여기 주차장에 들어선 순간에 뒤에서 사장의 등을 툭 치면서 네가 나를 무시하는 거냐고 따 졌어."

"그, 그런 소리를……."

"나도 술이 들어가서 흥분했던 거 같아……. 사장이 눈을 허옇게 부 릅뜨며 이놈 죽인다고 주먹으로 치고 들어오더라고. 정신없이 그 턱에 박치기를 먹였는데 그게 마침 카운터였다고 할까, 정통으로 맞아서 뒤 로 벌렁 나가떨어졌어."

시바타가 몸짓을 섞어가며 설명했다. "그래서요?" 유야가 다음 말을 재촉했다.

"땅바닥에 뒤통수로 퍽 떨어져서 반쯤 기절을 했더라고. 순간적으로 사장 넥타이를 빼내서 모가지에 감고 그냥 꽈악……."

"왜, 왜 그런 짓을?" 유야가 얼굴을 뒤틀었다. "머리만 좀 다치고 그냥 싸움으로 끝났을 일이잖아요."

"나도 흥분해서 반쯤 넋이 나갔었어. 문득 정신을 차렸는데 내가 목을 조르고 있더라고……. 그제야, 아, 이건 돌이킬 수 없겠구나, 하고 그 순간만은 왠지 냉정하게 머리가 돌아가더라고."

"이제 어쩌려고요?"

"진짜 어쩌지? 그걸 너하고 좀 상의해보려고……."

"상의라니……. 지금 그런 태평한 소리를 할 때가 아니잖아요."

유야는 저도 모르게 목소리를 높였다. 그 음량에 놀라 흠칫 주위를 둘러보았다. 인적은 없었다. 누가 보기라도 했다가는 만사 끝장이다.

"유야, 내가 말이다, 도저히 용서할 수가 없더라. 나도 진짜 미친 듯이 일했잖냐. 근데 왜 안도한테만 배지를 주고 나는 무시하냐고. 이건 너무 심한 거 아니냐?"

"그러니까요, 지금 그런 얘기를 할 때가 아니라니까요."

유야는 우선 차 트렁크부터 닫았다. 더 이상 사체를 보고 싶지 않았다.

"그나저나 선배 혼자서 사장을 떠메서 트렁크에 넣었어요?"

"그래."

"어떻게 100킬로그램 가까운 거구를……."

"그러게나 말이다. 내가 생각해도 신기하다."

시바타가 굳어버린 얼굴로 말했다. 발밑으로 사람을 질질 끌고 온 흔적이 있는 걸 보니 정말로 혼자서 트렁크에 처넣은 모양이었다.

"경찰서로 갈 거예요?"

"내가?"

"그럼 선배가 아니고 누가 갑니까. 그나마 자수를 하면 죄가 가벼워질 거예요."

"하지만 처자식도 있는 몸인데."

"있어도 별 수 없잖습니까. 일이 이렇게 되었는데."

"어떻게 대충 넘어갈 수는 없을까?"

"어, 어떻게요?" 유야는 불을 토해내듯이 속닥였다.

"실종된 걸로 한다든가."

"그건 어렵죠. 실종된 이유가 있어야 할 거 아닙니까. 사장한테도 처
자식이 있잖아요."

"하지만 사장은 예전부터 적이 많은 사람이잖아. 갑자기 사라져도
여고생 행방불명 사건처럼 크게 떠들지 않을 수도 있어."

"무슨 소릴. 그건 안 돼요. 자수해요."

"나, 교도소는 싫어."

"거기야 누구라도 싫죠."

"그럼 하룻밤만 생각 좀 해보자. 내일은 토요일이니까 회사 쉬는 날
이야. 월요일까지는 들킬 일도 없어."

"사장네 식구들은 어떻게 하고요?"

"사장은 여기저기 애인이 있어서 마누라도 반쯤은 포기하고 산다는
얘기가 있어. 그러니까 금세 찾아 나서지는 않을 거야."

"나는 어떻게 하지요?"

"네 아파트에서 하룻밤만 재워줘."

"아뇨, 그건……." 유야는 얼굴을 일그러뜨렸다.

"안 되겠냐?"

"아뇨, 안 되는 건 아니고……." 대답할 말이 막혀 시선을 허우적거
렸다.

"그럼 좀 재워줘. 부탁한다. 일생일대의 부탁이야."

"형수님은 어떻게 해요? 걱정할 텐데."

"조금 전에 유야네 집에 놀러 간다고 거짓말로 문자 보냈어."

"그런 일만 빈틈없이 처리하시는 건 좀……."

"야, 부탁 좀 하자." 시바타는 개가 우웅 울듯이 말했다. 눈을 맞아 머리가 하얘져 있었다.

"……알았어요. 우선은 내 방에 가서 몸부터 녹이죠. 거기서 찬찬히 고민해보세요."

"그래, 먼저 가라. 내가 뒤따라갈 테니까."

"스노우 체인도 없이 괜찮겠어요?"

"스노타이어 끼웠어. 이 정도 눈쯤은 별 거 없어."

시바타가 크라운에 올라탔다. 어쩔 수 없이 유야도 자신의 차로 돌아왔다. 와이퍼를 작동시켰다. 앞 유리에 쌓인 눈이 쓸려나간다. 눈앞에는 주인을 잃은 가메야마의 벤츠가 세워져 있었다. 가족이 경찰에 실종 신고를 하면 이 주차장에서부터 자취가 끊겼다는 게 금세 알려진다. 도대체 어떻게 해야 할지 유야는 알 수가 없었다. 아무튼 지금은 마음의 동요를 진정시키는 것만으로도 힘에 부쳤다.

눈 내리는 시내 도로를 슬금슬금 달렸다. 통행인은 한 명도 없었다.

38

인사차 권했을 뿐인데 가토라는 50대 택시 운전기사는 눈이 내리는 날 정말로 설교회에 나왔다. 나들이옷으로 보이는 재킷을 차려입고 머리는 기름으로 반지르르하게 빗어 넘겼다. 대기실에 들어서자마자 온통 여자로 가득한 도장을 보더니 실실 웃으며 "이것 참 부끄럽구먼"이라고 마치 자신이 인기 연예인이라도 된 것처럼 말하고 있다. 호리베 다에코는 그 넉살 좋은 모습에 어이가 없으면서도 우선은 선교 실적이 올라간 것에 마음이 둥실 떴다.

"사라님이라는 분이 우리 교주님이세요. 현세에서의 행복을 바라지 않는다는 가르침으로 많은 사람들에게 용기를 주셨습니다. 가토 씨도 꼭 사라님의 설교 말씀을 귀담아 듣고 우리와 동지가 되어주세요."

항상 하는 문구를 줄줄 늘어놓았더니 가토는 얼굴이 불그레해져서 "히야, 냄새 참 좋네. 우린 남자들만 있는 직장이라 여자 냄새도 못 맡거든. 이것만 해도 온 보람이 있네"라고 한층 더 싱글벙글했다.

"여기 이 여인네들이 죄다 독신이래?"

"아니에요, 보통으로 살림하는 주부가 대부분이죠."

"그래도 다들 불만이 많은 거야, 부부생활에."

"아니라니까요?" 다에코가 불끈해서 대꾸했다.

"아니, 욕구 불만이야. 남편이 제대로 사랑해주지 않으니까 종교로 몰려든 거야, 이히히."

가토가 음흉하게 웃으며 은근슬쩍 다에코의 허리에 팔을 감았다. 깜짝 놀라 뿌리치자 "아, 장난이야, 장난"이라고 과장스럽게 웃었다. 나이도 지긋한 사람이 어쩌면 이리도 색을 밝히는가. 가토의 시선은 계속 젊은 여자의 가슴과 엉덩이 쪽으로 향하고 있었다. 하지만 가토가 수더분하게 웃어대는지라 그다지 경계심은 들지 않았다.

빈자리에 둘이 나란히 앉았다. 앞자리 옆쪽에 미키 유카리가 있어서 인사를 나눴더니 가토가 잽싸게 "저 여자는 누구?"하고 물었다.

"내가 데려온 회원이에요. 예쁘죠?" 속삭이는 소리로 대답했다.

"남편은 뭐하는 사람?"

"이혼해서 지금 혼자예요. 다섯 살 난 딸하고 여기 도장에서 살아요."

"아이구, 아까워라. 어쩌다가 저런 미인이." 진심으로 탄식하고 있었다.

지역 리더 야스다 요시에가 통통하게 옷을 껴입은 모습으로 나타났다. "정말 춥다. 오늘은 눈까지 쌓였어." 곱은 손을 급하게 비벼댄다. "다에코 씨, 그 얘기 들었어? 만신쿄 사람들이 인터넷에 피해자 모임을 만들었대."

무슨 말인지 얼른 알아듣지 못하고 다에코가 고개를 갸우뚱했다. "인터넷? 피해자 모임?"

"모임 이름이 글쎄 '사슈카이 피해자 모임'이라는 거야. 지금 이사들이 엄청 화가 났어."

"난 무슨 소린지 모르겠어."

"실은 나도 뭔 소린지 몰라. 컴퓨터를 알아야 말이지." 빈 방석에 큼직한 엉덩이를 내려놓고 요란하게 재채기를 했다. "아무튼 전쟁이 시작된 거 같아. 오늘 설교회에서는 그 얘기부터 할 거야."

요시에의 말에 주위 참가자들이 술렁거렸다. "그러고 보니 출가한 회원들의 집을 만신쿄 사람들이 찾아다니면서 이래저래 캐물었대"라고 말하는 회원도 있었다.

"무슨 일이야?" 가토가 곁에서 물었다.

"다른 종교하고 좀 문제가 있었어요. 만신쿄라는 덴데, 유산된 아기한테 공양을 안 하면 큰일 난다고 협박하는 사이비 종교 단체예요. 거기서 자꾸 우리를 못살게 군다니까요."

"어허, 종교 전쟁이구먼. 옴진리교 같은 건가?"

"어떻게 옴진리교처럼 이상한 데하고 비교를……."

"아차차, 화내지 마. 그냥 농담이야." 눈 끝을 축 내리며 다에코의 허벅지에 손을 얹었다.

"왜 이래요?" 작은 소리로 나무라며 뿌리쳤다. 마치 술 취한 손님을 다루는 호스티스 같은 꼴이었다.

개회 시간이 다가오자 먼저 이사가 모습을 드러냈다. 굳은 표정으로 설교회 참가자들 앞에 섰다. 마이크를 향해 "아―, 아―" 하고 테스트를 한 뒤에 심각한 얼굴로 입을 열었다.

"여러분, 사라님께서 나오시기 전에 잠깐 할 얘기가 있습니다. 이미 소식을 들은 사람도 있겠지만, 어제 유메노 시 일부 지역에서 집집마다 우편함에 불온한 문서가 들어왔습니다. 우리 사슈카이를 비방하는 홍보지였어요." 이사가 종이 한 장을 펼쳤다. "너무 악의적인 글이라서 보고 싶지도 않지만, 우선 중요한 대목만 읽겠습니다. ―유메노에는 가족을 빼앗기고 고통 받는 사람들이 있다. 그 원흉은 사슈카이라는 종교 단체로, 불교를 방패로 내세워 돈벌이를 하는 집단이다. 그들은 삶에 지친 사람들을 유혹해서 전 재산을 바치게 하고, 시설 안에 가둬두고 있다……."

참가자들이 일제히 술렁거렸다. 모두 험악한 표정으로 "어떻게 그런 말도 안 되는 소리를"이라고 한마디씩 하고 있었다.

"……우리 시민들이 힘을 합쳐 사슈카이를 유메노에서 추방하자. 이웃에 사슈카이 신자가 있다면 그곳은 돈을 빼앗으려는 종교 단체라는 사실을 깨우쳐주자. 유메노에 사이비 종교는 필요 없다. 여러분의 정보 제공을 기다립니다. 자세한 내용은 홈페이지에. 유메노 사슈카이 피해자 모임ㅡ."

"그건 엉터리다!" 요시에가 허리를 쳐들며 말했다. "뭐야, 그게? 전부 거짓말이잖아!"

"조용, 조용! 여러분이 분개하는 것도 당연한 일이에요. 하지만 잠깐만 조용히 해주세요. 여러분, 오늘 아침에 내가 이 피해자 모임의 소재지로 적혀 있는 주소에 가봤습니다. 보통 맨션이었어요. 그 문패의 이름을 각종 명부를 통해 알아봤더니 그 집 주인이 만신쿄 간부라는 게 밝혀졌습니다. 그러니까 우리를 비방하고 중상한 범인은 만신쿄인 것입니다!"

도장이 웅성거리는 소리로 가득 찼다. 더 이상 조용히 있을 수 없다는 기색으로 저마다 분노의 말을 쏟아내고 있었다.

"내가 아주 재미있는 날에 왔구먼." 가토가 옆에서 태평하게 말했다.

"무슨 소리예요. 우린 지금 심각한 공격을 받았는데!" 다에코는 뾰족한 목소리로 쏘아붙였다. 속이 뒤집힌다는 건 바로 이런 경우일 것이다. 자신이 보안요원에서 해고된 것도 만신쿄의 공작 때문이었다. 참으로 비열한 자들이다.

소란스러운 분위기 속에 순백의 법의를 몸에 두른 교주, 사라님이 등장했다. 가면 같은 표정으로 바닥을 쿵쿵 울리며 등장하더니 무대에 올라서자 갑작스레 바닥을 슬슬 쓸며 걷는다. 참가자들이 한순간에 고요해졌다. 도장의 공기가 쨍하니 긴장되었다.

"아아, 세상이란 참으로 시끄러운 곳! 진정 창밖의 저 하얀 눈처럼 살아갈 수는 없는 것인가."

인사도 없이 온화한 어조로 이야기하기 시작했다. 다에코는 저절로 앉음새를 바로잡았다. 다른 참가자들도 여기저기서 허리를 꼿꼿이 펴고 있었다.

"세상이란 원래 그런 것이지요. 이해해주는 사람이 없다면 애당초 포기하는 게 나아요. 피를 나눈 혈육이라도 마찬가지예요! 부모들이란 제 속으로 낳은 자식이니까 내 자식은 내가 가장 잘 안다고들 하지요? 그렇지만 자식 입장에서 보면 이 세상에서 가장 이해를 못해주는 게 부모야! 시골은 특히나 더 그래요. 친 혈육이라도 별개의 인격이 있다는 건 생각도 못하는 거예요. 도무지 상상력이 없어! 알겠어요? 나는 부모자식 간을 갈라놓자고 이런 말을 하는 게 아니에요. 유메노처럼 작은 동네에서는 제 식구와 친척의 속박이 가장 사람을 괴롭힌다는 얘기를 하고 싶은 거예요."

정말 맞는 말이라고 다에코는 마음속에서 무릎을 쳤다. 지금 자신에게는 다름 아닌 친오빠가 재앙 덩어리 같은 존재다. 이 자리에 모인 회원 대부분이 가족이나 친척으로 인해 고통을 받고 어디론가 도망치고 싶은 사람들이다. 사슈카이 회원들만이 진정한 가족인 것이다.

"어떤 종교 단체가 우리를 시기하고 질투해서 어이없는 공격을 하는 모양이지요? 쏟아지는 불길은 뿌리쳐야겠지만, 여러분 일반 회원들은 그런 거 상대하지 말아요. 개가 짖어댄다고 마주 짖어대나요? 안 그렇죠? 네, 세상일이란 게 원래 그렇고 그런 거예요."

교주가 여기서 처음으로 흰 이를 내보였다. 회원들의 표정도 누그러들었다. 다에코는 저도 모르게 어깨의 긴장이 스르르 풀렸다.

"자, 안 좋은 얘기는 그만 끝내지요. 오늘은 윤회 전생의 이야기를 해볼까나? 여러분, 무릎을 풀고 편히 앉으세요. 얘기가 좀 길어질 테니까. 어차피 오늘은 눈이 내려서 밖에 나가기도 힘드니까 가끔은 이렇게 느긋하게 긴 이야기를 하는 것도 좋겠지요? 자아, 삼계육도라는 말은 들어본 적이 있으신가? 삼계는 중생이 생사윤회하는 세 종류의 세계를 가리키는 말이고 욕계, 색계, 무색계로 나눠져요. 즉 중생이 활동하는 모든 세계를 가리키는 거야. 육도라는 것은 중생이 각자 선의의 업에 따라 붙어 살게 되는 여섯 개의 미계(迷界)로서 지옥, 기아, 축생, 수라, 인간, 천(天)의 여섯 개로 나눠져요. 아, 메모 같은 건 안 해도 돼. 나중에 내 책을 읽어봐. 전부 다 적혀 있어. 지금 중요한 것은 귀로 내 말을 받아들이는 것. 읽어보고, 들어보고, 그때서야 비로소 나의 교양이 되는 게야."

"무슨 얘기래?" 가토가 얼굴을 찡그리며 속닥였다.

"쉿." 다에코가 눈을 흘기자 오십 먹은 남자가 어린애처럼 목을 바짝 움츠린다.

교주는 한마디도 막히는 일 없이 줄줄줄 말을 이어갔다. 마치 피아니스트의 연주를 듣는 것 같았다. 이런 게 천부적인 재능이라는 것이리라. 사람을 한없이 끌어들인다.

설교 내용은 상당히 어려워서 반절도 이해하지 못했지만 다에코는 만족스러웠다. 목소리만 들어도 귀에 큰 복이라는 게 이런 것이다. 사라님의 설교 뒤에는 항상 하던 대로 '처분'에 들어갔다. 오늘은 이혼한 지 얼마 안 되었다는 30대 여자가 지명을 받아 자기 인생의 궁상을 낱낱이 털어놓았다. 아직 어린아이 둘이 딸려 있어서 풀타임으로 일하지 못한다, 그보다 일할 자리도 없다, 생활보호 신청을 하려고 했지만 창구에서 쫓겨났다, 가족과 친척들은 아무도 도와주지 않는다, 가끔씩 애들하고 함께 죽어버릴까 하는 생각을 했다, 라는 하소연이었다. 이야기를 하면서 훌쩍훌쩍 울었다. 수많은 회원들이 덩달아 눈물을 흘렸다.

"그렇군요. 참으로 힘겹게 살았네. 현대의 불경기는 개인이 아무리 노력해도 해결되는 게 아니지요. 이 사회 구조가 그렇게 생겨먹었어요. 한번 가라앉으면 다시는 위로 떠오를 수가 없어! 나는 말이죠, 당신의 경우는 현세에서는 이제 더 이상 노력하지 않는 게 좋다고 생각해. 헛수고거든. 사회에 저항해봤자 당신만 힘들어! 하지만 인생을 포기해서는 안 되지. 그냥 다른 무대로 옮기기만 하면 돼! 세상의 피라미드에서 빠져나오면 돼! 우리에게로 와요, 우리에게로!"

사라님이 강한 어조로 말했다. 저렇게 단호하게 결론을 내려주니 다들 용기가 나는 것이다.

상담을 신청한 여자도 목소리가 커졌다. 고개를 번쩍 들고 눈물을 닦았다. 여자가 새로운 결의를 말할 때마다 회원들이 "그래, 잘한다!" "울면 안 돼!"라고 성원을 보냈다. 그 끝에 사라님이 "오호, 처분이닷!" 하고 고함을 질렀다.

"커허, 내가 굉장한 구경을 하네." 가토가 미간을 찌푸리며 말했다.

"조용히 해요!" 저도 모르게 팔꿈치로 쿡 찔렀다.

다에코는 온몸에 소름이 돋았다. 이 세상에 불행한 사람은 나 혼자만이 아니다. 애초에 현세의 이익 따위 바라지 않으면 무서울 게 하나도 없다. 마지막에는 우레와 같은 박수에 휩싸였다. 사람들의 입김으로 창유리가 흐려져 있었다.

설교회가 끝나자 가토가 차라도 한잔하자고 청했다.

"국도변의 '사프란'에 갈까? 거기 단팥죽도 있으니까 따뜻하게 몸을 녹일 수 있어. 그다음에 집까지 바래다줄게. 눈이 이렇게 퍼붓는데 자전거는 못 탈 거 아냐."

다시 허리를 은근슬쩍 휘감는다. 다에코는 반사적으로 몸을 틀어 가토에게서 멀찌감치 떨어졌다.

"어라, 나 미워하는 거야?"

"그런 건 아니지만 가토 씨가 금세 손을 대니 그렇죠."

"버릇이야, 버릇." 넉살도 좋게 웃는다.

그때 지도원 우에무라가 이름을 불렀다. "다에코 씨, 잠깐 시간 있어?" 손짓을 하더니 방 한쪽으로 데려갔다.

"아까 그 만신쿄 얘기, 사라님은 너그럽게 대처하시지만 이사회 입장에서는 내버려둘 수가 없어. 그래서 다에코 씨한테 부탁이 있는데, 그 피해자 모임이 활동하지 못하게 좀 도와줄래?"

일순 대답이 막혔다. "내가 뭘 하면 되는데요?" 다에코가 묻자 거기에는 대답하지 않고 "그 모임을 주재하는 여자가 하필 내 담당 구역에서 살지 뭐야. 정말 내 체면이 말이 아니야. 감독을 제대로 못했다고 어떤 이사가 나를 나무라기까지 하더라고. 하지만 그런 걸 내가 어떻게 막겠어. 그렇잖아?"라고 불만스러운 기색으로 말했다.

"아, 네." 애매하게 고개를 끄덕였다.

"난 그것들을 협박하는 수밖에 없다고 생각해."

"협박요?" 험한 말이 튀어나와서 다에코는 저도 모르게 되물었다.

"아니, 그거 말고 무슨 다른 방법이 있겠냐고. 다에코 씨, 무슨 좋은 생각 없어?"

"글쎄, 나한테 그런 얘기를 해봐야……."

"조사해보니까 그 모임의 주재자가 마루야마 노리코라고 도시락 공장에서 파트타임으로 일하는 주부야. 남편은 드림타운 주차장 담당자라는데 이쪽도 비정규직이야. 중학교 다니는 아이가 둘. 중1 아들은 등교 거부여서 매일같이 학교에 결석을 하고, 중3 딸은 머리를 노랗게 염색하고 다니는 불량 학생이래. 역시 제 집안이 불행하니까 그런 짓을 하는 거야."

그건 사슈카이 회원들도 비슷한 형편 아니냐는 말이 목구멍까지 나왔지만 꾹 참았다.

"하루 스물네 시간 아무 말도 안 하는 전화를 걸어보는 건 어떨까?"

"아이, 그건 좀……." 다에코는 미간을 찌푸렸다. 음험한 수단에 혐오감을 느꼈다. "그보다 왜 나한테 그런 얘기를?"

"싫어?"

"싫은 건 아니지만 다른 회원들도 많은데 하필 나를……."

"나름대로 믿을 만하고 시간도 넉넉한 사람이 다에코 씨밖에 없어. 보안요원 일을 했으니까 다부진 면도 있을 거 같아서 그래." 우에무라가 다에코의 팔을 잡고 흔들었다. "그 피해자 모임만 무너뜨리면 내가 지도원으로 추천해줄게."

"정말이에요?" 다에코는 저도 모르게 목소리 톤을 높였다.

"결원이 한 명 생겨서 이제 슬슬 보충하자는 얘기가 있어. 이런 때 실적을 쌓으면 아무도 이의 제기는 못하지. 어때? 내가 추천인이 되어줄게, 응?"

지도원이 되면 수당이 나온다. 한 달에 겨우 7만 엔이지만 수입이 없는 자신에게는 그것도 귀중한 돈이었다.

"아무튼 전화로 괴롭히는 건 효과가 없을 거 같아요."

"그럼 어떤 게 좋을까? 난 도무지 좋은 생각이 안 나."

"직장 쪽을 건드려보는 게 가장 빠르지 않을까요? 부부가 나란히 비정규직이라고 했죠? 고용주 측에서는 문젯거리가 생기는 걸 가장 싫어하니까 즉시 해고할 거예요. 나도 그런 식으로 계약이 끊겼잖아요."

"응, 맞다." 우에무라가 진지한 얼굴로 고개를 끄덕였다.

"도시락 공장에 홍보지를 보내서 당신네 종업원이 이런 걸 나눠주고 다니면서 남을 괴롭힌다, 이 공장도 이런 사람을 고용한 책임이 있다, 의견을 밝혀 달라, 경우에 따라서는 불매운동을 하겠다. 이런 걸 해보는 게 어떨까요? 식품 공장이라면 나쁜 소문을 두려워할 테니까요."

"그거 아주 좋네." 우에무라가 감탄하는 소리를 냈다. "다에코 씨, 당장 해봐."

"나 혼자요? 그건 좀……. 항의단은 많은 편이 좋을 텐데."

"알았어. 그렇다면 사람을 모아보자. 나도 갈게. 모두 함께 찾아가서 만신쿄 간부를 찍소리도 못하게 해야지. 아참, 이건 아직 다른 사람들한테는 말하지 마. 내가 다른 지도원들과 상의해보고 그다음에 시작할 거니까."

우에무라가 의욕을 보였다. 수훈을 세울 기회라고 판단한 모양이다. 자기가 참가하지 않으면 손해라고 잽싸게 계산한 눈치였다. 정말 약아빠진 여자라는 생각에 다에코는 내심 어이가 없었다. 하긴 그런 건 상관없다. 중요한 건 다에코 자신이 지도원으로 올라설 가능성이었다. 지역 리더인 요시에 씨는 은근히 시샘할지도 모르지만, 지금은 내가 더 급한 처지다. 다에코는 어떻게든 세속과의 얽매임에서 해방되고 싶었다.

이야기를 마치고 가토와 둘이 시슈카이 본부를 나섰다. 억지를 써서 자전거는 트렁크에 실어달라고 했다. 트렁크 문이 닫히지 않아 반쯤 열린 채였다.

차에 타고 찻집으로 향했다. 해가 완전히 저물어 차의 헤드라이트가 흩날리는 눈을 비췄다.

"어디 들러서 잠깐 쉬고 갈까? 오늘은 택시 손님도 없을 거고." 가토가 핸들을 쥔 채 가벼운 입을 놀렸다.

"쓸데없는 소리 마세요." 다에코는 차갑게 쏘아붙였다.

"그럼, 여자친구 좀 소개해줘."

"가토 씨는 아내가 있잖아요."

"유부남도 여자를 원하는 건 마찬가지야. 나는 아까 앞에 앉았던 그 젊은 여자가 좋은데."

"미키 유카리? 참내, 어이가 없네."

정말 제 분수도 모르는 사람이라는 생각에 화딱지가 났다. 시원찮은 아저씨 주제에 무슨 소리를 하는 건가.

"아까 인사했더니 아주 괜찮게 웃어주던데 그래."

"말을 했어요?"

"응, 회원 되면 나하고 드라이브 한번 하자고 했지."

다에코는 깊은 한숨을 내쉬었다. 어처구니없는 인간을 사슈카이에 끌어들이고 말았다.

그때 휴대전화가 울렸다. 여동생 하루코였다. 좋은 이야기는 아닐 거라고 직감했다. 아니나 다를까, 어머니 입원하시는 데 따라왔는데 너무 허름한 병실이라서 엄마가 너무 가엾다, 오빠가 안 된다면 우리 둘이 돈을 더 내서 좀 더 좋은 병실로 옮겨주자는 얘기였다.

"병실이 어떻게 생겼는데?" 다에코가 재우쳐 물었다.

"여섯 명쯤 들어갈 병실에 억지로 침대 여덟 개를 몰아넣은 거 같아. 벽이고 천장이고 얼룩이 져서 지저분해. 엄마는 병실에 들어서자마자 얼굴색이 홱 바뀌더라니까. 그래도 우리 앞에서는 '여기면 됐다, 됐다' 하시는 거야. 나, 뭔가 진짜 우울해."

"지금 어디서 전화하는 거야?"

"병원이야. 오빠는 입원 수속 끝내고 돌아갔는데, 난 정말 엄마를 그 병실에 두고는 도저히 발이 떨어지지를 않아."

"알았어, 내가 그쪽으로 갈게." 휴대전화를 끊었다.

"무슨 일이야?" 가토가 물었다.

"부탁 좀 할게요. 유다 초의 아이토쿠병원까지 태워다줘요. 거기에 어머니하고 여동생이 있는데 문제가 좀 생겼어요."

"문제라니, 무슨 문제?"

제 집안의 부끄러운 얘기 따위는 하고 싶지는 않았지만 부탁하는 처지라서 사정을 대략 설명했다. 일단 시작했더니 말이 줄줄줄 흘러나와서 결국 처음부터 끝까지 죄다 털어놓고 말았다.

"거참, 그런 일은 별다른 방법이 없어. 우리 집도 어머니가 여든 살이고 아직 살아계시는데, 모시고 있는 형수가 여간 미운소리를 하는 게 아니야. 난방비가 한 달에 2만 엔이나 든다고 징징거린다니까." 가토가 다정하게 위로해주었다. "형제지간이 사이가 틀어지면 가장 고약해. 그렇다고 절교를 할 수도 없고. 집집마다 다 똑같아. 다들 고민이 많아."

조금쯤 가토를 다시 보았다. 뭔가 꿍꿍이가 있어서 입에 발린 소리를 하는 거라고 해도 어떻든 편을 들어주니 고마웠다.

눈 쌓인 길이라서 서행했다. 자동차 라디오에서 흘러나오는 일기예보에서 밤중까지 눈이 계속 내려 강설량이 30센티미터를 넘을 전망이라고 말했다. 앞 유리에 비치는 경치는 살벌한 눈의 황야였다. 자연이 좋다느니 어떻다느니, 그런 말은 대체 누가 했을까.

병원에 도착하자 가토에게 고맙다고 인사하고 먼저 돌려보냈다. "다음에 파친코라도 함께 가자"라고 어리광부리듯이 조르는 바람에 쓴웃음을 지으며 고개를 끄덕였다. 현관 로비에서 하루코가 기다리고 있다가 음울한 얼굴로 "언니, 미안해. 근무 중 아니었어?"라고 물었다.

"괜찮아. 그보다 어머니는?"

"병실에 계셔."

"가보자."

자매간에 어둠침침한 병동을 걸었다. 복도의 전기가 반은 꺼져 있었다. 절전 때문에 그런지도 모르지만 썰렁함이 한층 더했다.

병실에 들어서자 비명을 지르고 싶은 심정이었다. 침대와 침대 사이의 틈새가 1미터도 안 되었다. 칸막이는 싸구려 커튼이었다. 환자들이 하나같이 노쇠한 할머니들이어서 노인네 냄새가 가득했다. 대화는 없었다. 어머니는 한가운데 침대에 누워 있었다.

"엄마." 다에코가 달려갔다.

"다에코, 와줘서 고맙다." 어머니가 가느다란 목소리로 대답했다. 보름 남짓 못 본 사이에 딴사람처럼 시들어 있었다.

"엄마, 여기 싫지?" 귓가에 대고 말했다. 저절로 입을 뚫고 나왔다. "우리 집으로 가자. 좁아터진 공동 주택이지만 나 혼자니까 남한테 신경 쓰지 않아도 돼. 엄마, 우리 집으로 가자."

"아이, 언니." 하루코가 등을 잡아당겼다. 굳은 표정으로 눈짓을 하더니 다에코를 복도로 데리고 나갔다. "그런 말을 하면 어떻게 해? 이제 혼자서는 걷기도 힘들다니까. 언니 집에서 어떻게 돌봐드리려고 그래?"

"어떻게든 해봐야지."

"'어떻게든'이라니." 하루코가 얼굴을 일그러뜨렸다. "보안요원 일은 어쩌고?"

"그 일, 사실은 관뒀어. 얼마 전에."

"저런, 왜?"

"그런 거 알면 뭐해?"

"일도 그만뒀으면서 엄마 모시고 어떻게 살려고?"

"어떻게든 될 거야."

"되긴 뭐가 돼? 지금해둔 거라도 있어? 언니, 그러지 말고 하룻밤만 더 생각해봐."

"하루코, 네 차로 나 좀 태워다줘. 어머니 모시고 집에 갈 거야."

얘기를 딱 잘라버리고 어머니에게로 돌아왔다. 어깨를 안아 올려 침대에 앉혔다. 지팡이를 손에 쥐어주고 옆에서 부축해서 가까스로 일으켜 세웠다.

"가자, 엄마."

다른 환자들이 노골적인 시선을 던져왔다. 중얼중얼 혼잣말을 하는 노파도 있었다. 다에코는 어머니를 껴안다시피 병실을 나왔다. 복도에 접이식 휠체어가 있어서 잠깐 빌리기로 했다.

"하루코, 차에 엄마 태울 거니까 좀 거들어줘."

"아이 참, 언니." 하루코가 울상이 된 얼굴로 뒤를 따라왔다.

다에코는 분노와 슬픔으로 온몸이 뜨거워졌다. 앞으로 어떻게 할 것인지는 생각도 나지 않았다. 지금 자신이 원하는 건 어머니를 데리고 이 병원을 빠져나가는 것뿐이었다.

39

눈이 내리는 가운데 후지와라 헤이스케의 통야(通夜)가 거행되었다.

2천 평은 될 듯한 부지 내에 조문객을 위한 대형 텐트가 설치되고 석유 스토브가 몇 개씩 켜져 있었다. 온기가 새어나가지 않도록 주위에 투명 비닐을 둘러쳤지만, 바닥에서 올라오는 냉기에 조문객들은 모두 발을 동동거려야 했다.

오랜 세월 이 지역의 유지로 행세해왔던 만큼 수많은 시의원들이 달려오고, 늘어선 화환에는 현직 각료가 보낸 것도 몇 개나 있었다. 후원회에서 동원된 아줌마들이 상복에 앞치마 차림으로 접객에 나섰다. 한편에서는 접대용 초밥을 어디에 주문하느냐는 문제로 노인네들이 입씨름을 하고 있었다. "왜 후쿠 초밥 집에 시키지 않는 게야. 이래서야 내 체면이 뭐가 되겠어?"라고 한 노인이 얼굴을 붉히며 큰소리를 냈다. 장례식장은 전체적으로 슬퍼하는 분위기가 거의 없었다. 여든 나이까지 권세를 휘두르며 지역 명사로 군림했던 것이다. 여한은 없을 거라고 다들 생각하고 있었다.

야마모토 준이치는 아내 도모요를 옆에 앉히고 파이프 의자에서 추위를 견디고 있었다. 코트 깃을 세우고 목을 움츠렸다. 차가 나왔지만 이미 차갑게 식었고, 잔을 받아주러 오는 사람이 없어서 내내 손에 든 채로 몸을 떨고 있었다.

"우리를 왜 이런 데서 기다리게 하지?" 도모요가 답답한 기색으로 말했다. "그래도 현직 의원이잖아. 혹시 당신이 미움 받아서?"

"조급하게 굴지 마. 그래도 우리 고장의 거물이야. 이래저래 순번이라는 게 있어."

"아무리 그래도 텐트에 앉혀놓는 건 예의가 아니죠. 5분만 더 기다려도 못 들어가면 난 집에 갈 테니까 그리 알아요."

"무슨 소릴 하는 거야, 상주에게 인사도 않고 가버리면 주위에서 뭐

497

라고 하겠어?" 준이치는 속삭이는 소리로 대꾸했다.

"몸이 안 좋아서 중간에 실례했다고 하면 되죠. 애초에 조문객 대접이 너무 형편없으니까 비난은 그쪽으로 갈 거예요."

"조금만 더 참아. 부부 동반이 아니면 이래저래 의심을 사."

"어떤 의심?"

"그거야……." 대답할 말이 막혔다. "이래저래 의심하지."

그러는데 후지와라의 후원회 간부가 다가왔다. "죄송합니다, 날씨도 추운데 기다리시게 해서." 손에 쟁반을 들고 나와 새 찻잔과 바꿔주었다. 받아들고 보니 덥힌 정종이었다.

"아뇨, 술은 됐어요. 차는 없습니까?" 준이치가 말했다.

"뭐가 어때서요? 저는 마실게요." 도모요는 술잔을 입을 대더니 단숨에 비워버렸다.

"부인, 한 잔 더 드릴까요?"

"그럴까요? 너무 추워서." 도모요가 은근한 미소를 지었다.

"아닙니다. 그만 됐어요." 준이치가 나서서 거절했다.

"이제 5분이면 안으로 들어가실 겁니다. 현 연합의 간사장과 이사들이 부하 의원들까지 모두 이끌고 오시는 바람에 예상했던 것보다 붐비는군요. 죄송합니다."

후원회 간부가 정중히 허리를 숙이고 지나갔다. 자리를 바꾸듯이 구의회의 노인이 다가왔다.

"자네가 야마모토 가이치 선생의 자제분인가?" 뭔가 억하심정이 있는 듯한 기색으로 옆의 의자에 털썩 자리를 잡았다. "후지와라 선생의 마지막 순간에 자네가 간호를 했다던데, 사실인가?"

"아뇨, 간호랄 것까지야. 마침 사무실에서 뵙는 동안에 발작이 일어나 황급히 심장 마사지를 해드렸으나 힘이 미치지 못하고 그만……."

"구급차는 몇 분 뒤에 도착했는가?"

"저 역시 크게 당황한 터라서 시간까지는 기억나지 않습니다만, 비서가 즉시 119에 연락한 건 틀림이 없습니다."

"약은 드시지 않았는가? 후지와라 선생은 항상 가까이에 약을 지니고 계셨을 텐데."

"그것까지는 저로서도 미처……. 심장에 지병이 있으신 줄도 알지를 못했으니까요."

준이치는 말을 골라가며 신중하게 대답했다. 혹시 이 노인이 나를 의심하는 건가. 물론 마지막 숨을 거두는 자리에 함께 있었던 사람이 이해관계가 상충되는 의원이고 보니 의심하고 싶은 마음도 있을 것이다.

"그때 비서는 어디에 있었나?"

"옆 사무실입니다."

"그러면 자네하고 단둘이 있었다는 얘기인가?"

"네, 그렇습니다만……."

"에헤헴, 알겠네. 거참, 큰일을 겪으셨군."

"아, 예. 그런데 왜 그러시는지……?"

"아닐세. 선생께서 눈을 감으신 순간쯤은 좀 알아두고 싶어서 잠시 물어봤네."

노인은 천천히 자리에서 일어나 쏘는 듯한 눈빛으로 준이치를 바라보더니, 중얼중얼 혼잣말을 하며 텐트 밖으로 나갔다.

"뭐야, 저 사람? 이런 실례가 어디 있어?" 도모요가 의자에서 벌떡 일어서며 말했다. "당신이 죽게 내버려뒀다는 식으로 말하잖아."

"신경 쓰지 마. 내가 그 자리에 있었던 게 영 마음에 안 들어서 그러는 거야."

당장이라도 쫓아가 항의할 것 같은 기세여서 준이치가 손을 잡아 앉혔다.

"그래도 이건 명예훼손 감이지. 이상한 소문이라도 내면 어떻게 할 거야?"

"그럴 일 없어. 후지와라 선생은 고령이시고, 다들 호상이라고 생각할 거야."

그 순간 불현듯 그때의 광경이 뇌리에 되살아났다. 가슴을 치며 괴로워하는 후지와라를 소파에 밀어붙이고 자신은 그 목에 팔꿈치를 댄 채 가볍게 몸무게를 실었다. 정말로 '가볍게' 실었을 뿐이다. 목을 졸랐다는 인식은 없다. 발작 때문에 버둥거리지 않게 잠깐 잡아 눌렀다. 하지만 눈앞에 다가든 것은 노인의 사상(死相)이었다. 죽어가는 인간을 생전 처음 바로 앞에서 보았다.

등줄기에 오한이 내달리면서 엘리베이터가 내려가듯이 핏기가 스윽 가셨다.

"여보, 왜 그래요?" 도모요가 얼굴을 들여다보며 말했다.

"아무것도 아냐. 잠깐 후지와라 선생이 발작을 일으켰을 때가 생각났어."

"그야 약간은 트라우마가 되겠죠. 신경 쓰지 말아요."

"응……."

준이치는 등을 쭉 펴고 천천히 심호흡을 했다. 제대로 숨이 들이쉴 수 없었다. 다시 기억이 되살아났다.

자신은 후지와라의 코와 입을 손으로 막았다. 그건 어쩌다 보니 그렇게 된 게 아니다. 고의로 호흡을 방해했던 것이다.

왜 그런 짓을 했을까. 자신이 한 일이지만 믿어지지 않았다. 살의라는 말이 머릿속에 떠올라 황급히 지워버렸다. 그럴 리 없다. 반쯤 패닉 상태에서 얼떨결에 취한 행동일 뿐이다. 나는 살인 같은 걸 할 수 있는 인간이 아니다. 게다가 후지와라는 그때 이미 절명한 상태였다. 틀림없다. 심장 마사지를 해본들 소생할 수 없었다.

"여보, 정말 괜찮아?" 도모요가 다시 물었다.

"괜찮아. 아무렇지도 않아."

이번에는 고개를 숙이고 호흡을 가다듬었다. 식은땀이 쏟아졌다.

"야마모토 선생님, 오래 기다리셨습니다. 안으로 들어오시지요."

호명을 해준 것은 그로부터 다시 15분 남짓 기다리게 한 뒤였다. 후원회의 안내를 받아 부부가 나란히 본채에 들어갔다. 베테랑 의원이 옆으로 다가와 "십여 분만 있다가 가면 돼. 뒤로도 조문객이 줄줄이 밀려있거든"이라고 귀엣말을 했다. 장지문을 떼어낸 안방에 호화로운 제단이 차려졌고 승려가 다섯 명이나 늘어서서 독경을 하고 있었다. 중앙에는 하얀 이불이 깔려서 고인이 된 후지와라가 누워 있었다. 방 안으로 올라가 가장 안쪽에 앉은 장남에게 인사했다. 줄을 서 있었기 때문에 형식적인 몇 마디를 나누었을 뿐이다. 후지와라 쪽은 되도록 쳐다보지 않았다. 얼굴에 천이 씌워져 있어도 애써 피하고 싶었다. 독경이 흐르는 속에서 준이치는 의원들이 앉아있는 맨 뒷줄에 자리를 잡았다. 아내는 그 자리가 싫었는지 여자들이 모여 있는 아랫방으로 옮겨갔다.

"이봐, 준이치 의원. 아스카 산의 산업폐기물 처리시설 어떻게 되는 거야?" 옆에 앉은 선배 시의원이 느닷없이 귓가에 속닥거렸다. "타 도시의 폭력단이 몰려와서 당분간 공사를 못할 거라고 소문이 파다하던데?"

"그렇지 않아요. 신청이 통과되는 대로 측량에 들어갈 겁니다."

"나도 들은 얘기가 있어. 상대가 사다케 조직이라면서? 우리 쪽 패거리들도 가만있지는 않을 거고. 이것 참, 일이 복잡해지지 않으면 다행이겠네만."

"그건 후지와라 선생이 토지를 매각했기 때문이니까 누군가 다시 사들여버리면……."

"누가 다시 사들여?"

"여차하면 내가 사들이면 될 거 아닙니까." 깜빡 말이 튀어나와버렸다.

"그래? 역시나 야마모토 가이치 선생의 아드님은 다르시네. 아주 좋은 소식이야. 이제 지역 건설업계도 한시름 놓겠군."

"아뇨, 잠깐. 다른 사람들한테는 아직 발설하지 마십시오." 당황해서 덧붙였다.

"뭐야, 아직 결정된 건 아니었어?" 선배 시의원이 유감스럽다는 듯 한숨을 내쉬었다. "그나저나 이번 일로 이 댁 셋째 아들 다이조의 출마설은 날아가버렸군."

"그렇습니까?"

"당연하지. 그런 억지소리를 부친이 세상 떠난 터에 어느 누가 인정해주겠나."

그 말에 준이치는 마음이 놓였다. 선배 시의원이 이야기를 계속했다.

"당의 현 연합에서도 마침 좋은 때에 죽어줬다고 생각하지. 다들 마음속으로는 박수를 치고 있어. 엉엉 우는 건 아버지라는 사다리가 없어져버린 다이조 씨뿐이야."

그 말을 듣고 조문객들 너머로 다이조를 찾아보았다. 제단 옆에 앉

아 있었다. 나이도 지긋한 사람이 눈썹을 가늘게 다듬고 요즘 유행하
는 바짝 올려 세운 헤어스타일을 하고 있었다. 예복도 유행하는 꽉 끼
는 타입이었다. 저러고도 은행원이라니, 어지간히 한가한 부서였을 것
이다. 준이치는 저런 얼간이에게 시의원 자리를 내줘서는 안 된다는
의분을 느꼈다.

"이건 어디까지나 소문이니까 별로 신경 쓸 건 없는데 말이야." 선배
시의원이 한층 목소리를 낮추며 말했다. "다이조 씨가 아버지는 살해
되었다고 떠들고 다니는 모양이야."

"뭐, 뭐라고요?" 준이치는 말문이 턱 막혔다. 동시에 입술이 파르르
떨렸다. 텐트에서 시비를 건 옛 구 의원도 그 소문을 듣고 자신을 떠보
려고 일부러 다가왔던 모양이다.

"괜히 시끄럽게 구는 거야. 아무도 상대해주지 않거든."

"나는 심장 마사지까지 해가면서 허둥거렸는데 어떻게 그런 소리를!"

"그러니 아무도 귀를 기울이지 않는다니까."

"아무리 그래도……."

불끈 화가 나면서 겨드랑이에 식은땀이 났다. 그 자리에 있었던 사
람은 자신과 후지와라의 비서뿐이다. 비서는 정신없이 구급차를 부르
느라 준이치의 행동을 지켜보지 못했다. 그래서 목격자도 없고 증거
따위 있을 턱이 없다. 다이조는 단순한 억하심정으로 그런 말을 하는
것뿐이다.

하지만 그렇게 생각하면서도 마음의 동요가 가라앉지 않았다.

"잠깐 다이조 씨에게 항의 좀 해야겠어요." 준이치가 몸을 일으켰다.

"이보게, 대체 어쩔 셈이야?" 선배 시의원이 깜짝 놀라서 만류했다.

"그대로 뒀다가는 호사가들의 입방아에 오르내릴 거라고요."

"어리석게 굴지 마. 통야 자리 아닌가."

"그러니 사람들이 모두 있는 자리에서 확실하게 해두는 게……."

"아, 글쎄 진정해, 진정해."

무슨 일인가 하고 주위 조문객들이 돌아보았다. "어이, 조용히 못하겠나?" 원로 시의원이 꾸짖고 나섰다. 준이치는 콧숨을 씩씩거리며 목구멍까지 치민 충동과 씨름을 했다.

"알았어, 나중에 내가 후지와라 씨의 후원회에 주의하라고 말해두겠네. 황당한 소리 떠들지 말라고 할게. 그러면 됐지?"

"뭐, 그러시다면 저도 이 자리에서는 입을 다물겠습니다만……."

"자네가 화가 나는 것도 당연한 일이지. 다이조 씨가 너무 오냐오냐 자란 사람이라서 영 상식이 없어."

준이치는 할 말을 꿀꺽 삼키고 다이조를 노려보았다. 길쭉한 얼굴로 후원회의 똘마니들과 뭔가 한참 얘기를 하고 있었다. 혹시 내 얘기를 하는 게 아닌가 하고 얼굴이 불끈 달아올랐다.

그때 호주머니의 휴대전화가 진동했다. 매너 모드여서 소리는 나지 않는다. 슬쩍 꺼내 화면을 들여다보니 야부타 게이타에게서 온 것이었다. 가슴이 철렁 내려앉았다.

잊어버린 건 아니지만 생각하고 싶지 않아서 머릿속에서 깨끗이 지워놓고 있었다. 동생 고지가 시민운동가 사카가미 이쿠코를 납치해서 감금하고 있다는 소식을 들은 게 어제의 일이다. 당장 풀어주라고 지시했는데 그 뒤로 어떻게 되었는지는 알지 못한다. 혹시 나쁜 뉴스라면 듣고 싶지도 않다. 어떻게 해야 하나. 전화를 받을까.

망설이는 사이에 진동이 뚝 멈췄다. 녹음 메시지는 없었다. 착신 마크만 찍혀 있다. 급한 볼일은 아닌가. 하지만 그 일은 대체 어떻게 되었을까.

납덩이라도 삼킨 것처럼 위가 묵직해졌다. 그런 야만적인 자들이 저지른 일에 어째서 자신이 이렇게 휘둘려야 한단 말인가.

3분쯤 지나 다시 휴대전화가 진동했다. 이번에도 야부타 게이타였다. 받아야 하나. 하지만 사카가미 이쿠코 일이라면 어떻게도 대응해줄 수가 없다. 그 일에 대한 이야기를 들은 순간, 이미 자신은 최악의 입장에 서게 될 터였다. 머리가 피이잉 돌았다. 사고가 제대로 작동하지 않는다.

준이치는 떨리는 손끝으로 휴대전화의 전원을 꺼버렸다.

"어디 몸이라도 안 좋은가?" 선배 시의원이 물었다.

"감기 기운이 있어서요."

"그럼 그만 돌아가도 돼. 피곤하기도 할 거야. 이번 선거는 무풍지대니까 한동안은 아스카 산 쪽의 일에만 집중해. 어떤 의원이든 후원회는 모두 토건업자들이야. 산업폐기물 처리시설에는 다들 기대가 크단 얘기야."

"알았어요. 먼저 실례하겠습니다."

자리에서 일어나 주위에 인사를 건넸다. 아내 쪽으로 가서 그만 돌아가자고 눈짓을 보냈다. 아내는 지역 유지의 부인들과 한창 이야기를 나누고 있었다.

"우리 맛있는 거 먹으러 가기로 했는데?"

도모요가 말했다. 술 냄새가 훅 풍기는 바람에 흠칫했다.

"이렇게 눈이 퍼붓는 밤에?"

"안 될까?"

"아니, 안 될 거야 없지. 다녀와요."

"야마모토 씨, 마음도 너그러우셔." 한 부인이 교태를 부리며 공치사를 했다. 준이치는 이곳은 통야 자리라고 꾸짖고 싶은 걸 꾹 참았다.

혼자서 저택 밖으로 나왔더니 조문객을 노린 택시들이 줄을 서있었다. 맨 앞의 차에 올랐다. 집에 돌아가봤자 마음만 들썽거릴 거 같아서 교코의 맨션에 가기로 했다. 젊은 살을 만지며 현실에서 도피하고 싶었다.

그나저나 야부타 형제는 그 여자를 어떻게 했을까. 좌석에 깊숙이 몸을 묻고 눈을 감았다. 풀어줬다면 사카가미 이쿠코는 당장 경찰서로 달려갔을 것이다. 그렇다면 경찰이 즉시 움직여 자신에게로 연락이 왔을 것이다. 야마모토 토지개발과 야부타 형제의 관계는 이 도시 사람이라면 모두가 알고 있다. 아직까지 그런 연락이 없다는 건 아직 풀어주지 않았다는 얘기인가.

다시금 위가 묵직해졌다. 준이치는 휴대전화를 꺼냈다. 전원을 켜려다가 손이 멈춰버렸다. 아니, 지금 야부타 형제의 일에 관여해서는 안 된다. 관여하는 순간 그 피해가 내게로 덮쳐든다.

그러면 어떻게 해야 할까. 가만 내버려두면 동생 야부타 고지는 사카가미 이쿠코를 죽일지도 모른다. 그렇게 되면 온 도시를 진동시킬 대 사건이다. 자신이 흑막이라는 의심을 받을 수밖에 없다.

난방이 잘된 택시 안인데도 몸이 파르르 떨렸다. 아예 경찰에 신고해버릴까. 이쪽과 관계가 있는 산업폐기물 업자가 사람을 납치 감금한 것 같다, 즉시 찾아내 구출해주기 바란다—. 그건 야부타 형제를 배신하는 일이 되겠지만 지금 그런 의리를 따지고 있을 때가 아니다. 그들은 스스로 무덤을 판 것이다. 동정의 여지는 없다.

휴대전화를 열어 전원 스위치에 엄지손가락을 얹었다.

아니, 신고할 거라면 어제 시점에 했어야 한다. 이미 하루가 지나가 버렸다. 그 점에 대해 경찰에 어떻게 변명해야 하는가. 아무리 부서장이 동창이라지만 이런 일까지 무마해주지는 못한다.

에이, 설마 그 여자를 죽이지는 않았겠지. 억지로라도 그렇게 생각하기로 했다. 동생 야부타 고지는 들개나 다름없는 사람이지만, 형인 야부타 게이타는 그래도 말이 통하는 인물이다.

아무튼 그 동생, 참으로 황당한 짓거리를 한다. 그동안 자신은 거친 행동을 자제해달라고 수없이 당부했고, 애초에 강압적인 수단 따위는 좋아하지도 않는다. 언제라도 대화로 해결해온 사람이다.

초조함이 몰려오면서 가슴이 답답해졌다.

아무튼 어제 연락은 듣지 않은 것으로 하자. 그것밖에는 방법이 없다. 앞으로 어떤 형태로 사건이 발각되건 모조리 야부타 동생이 단독으로 저지른 일이고 나는 일절 알지 못한다는 것으로 밀고 나가는 수밖에 없다.

휴대전화를 내던져버리고 싶었다. 이런 물건이 있어서 일이 더 복잡하게 꼬이는 것이다.

뭔가 예감이 안 좋아ㅡ. 준이치는 그 말을 가슴속에서 수없이 되풀이했다. 세상 떠난 아버지에게라도 매달리고 싶은 심정이었다.

40

다행히 덤프트럭의 습격을 당한 그다음 날이 주말이어서 아이하라 도모노리는 자기 아파트 침실에서 이불을 둘러쓰고 누워 있었다. 만일 평일이었다면 시청은 결근했을 것이다. 일이 손에 잡힐 리가 없다. 식욕도 뚝 떨어져 아침부터 아무것도 먹지 못했다. 무의식중에 몸이 긴장하는 탓인지 자꾸만 신트림이 나서 그걸 가라앉히려고 연거푸 물만 마셨다.

일개 시민으로서 누군가에게 생명의 위협을 받는 게 얼마나 무시무시한 일인지 도모노리는 몸으로 체험했다. 그때의 공포감은 다시 떠올리기만 해도 부르르 떨린다. 지금은 어딘가로 꽁꽁 숨어버리고 싶은 마음뿐이다.

습격을 당한 그날은 차를 구입한 딜러에게 전화해서 레커차를 불러 차를 논바닥에서 끌어올렸다. 그 길로 함께 따라가 다른 차를 빌리고, 그 참에 찢어진 이마도 응급 치료를 받았다. 피는 상당히 흘렸지만 봉합 수술까지는 할 필요가 없는 것 같아 반창고만 붙이고 끝냈다. 흙이 덕지덕지 묻은 옷도 거기서 벗고 예비 작업복 하나를 빌려 입었다.

그 뒤 시청에 들어가 우사미와 이나바에게 세 번째 습격을 당했다고 말하고 도움을 청하려고 했는데, 두 사람 다 외출 중이고 그날은 시청에 들어오지 않는다고 하기에 어쩔 수 없이 터덜터덜 집에 돌아왔다. 아이미가 도모노리의 이마에 붙은 반창고와 작업복 차림을 보고 "앗, 무슨 일이에요?"라고 걱정스럽게 물었지만 너무 지쳐서 설명할 마음도 나지 않았다.

집에 돌아오니 조금쯤 냉정해져서 상사에게 털어놓기에는 이래저래 불리한 점이 많다는 것을 깨달았다. 첫째로, 왜 그 자리에서 경찰에 신고하지 않았는가. 그건 조수석에 여자가 있었기 때문이다. 게다가 러브호텔밖에 없는 농로 한가운데였고, 근무 시간 중이었다. 두 번째로, 그 여자는 그날 처음 만난 유부녀이자 원조교제 상대였다. 즉 매춘이다. 이것만으로도 공무원으로서는 치명적이다. 여자는 없었다고 잡아뗄까도 생각했지만 그날 근처 농사꾼의 도움을 받았던 터라서 역시 감추는 건 불가능하다. 혹시 니시다 하지메가 체포된다면 자신이 여자와 함께였다는 것쯤은 금세 밝혀지는 것이다. 여자 쪽의 사정을 생각해줄 여유는 없지만, 그 일이 밝혀진다면 그 여자도 무사하지는 않을 것이고 려인서클까지 포함하여 일이 상당히 복잡해질 게 틀림없다. 한마디로 지금 경찰서에 달려가봤자 순수한 피해자로서 도움을 받기가 어려운 것이다.

도모노리는 끔찍한 재앙이라고 생각했다. 주부 매춘에 관한 건 그렇다 쳐도 니시다 하지메에 관해서는 완전히 애꿎은 화풀이일 뿐, 자신은 하나도 잘못한 게 없다.

눈을 감은 채 한숨만 내쉬었다. 띄엄띄엄 얕은 잠에 빠졌다. 밤에는 작은 소음에도 화들짝 놀라서 거의 잠을 못 잤기 때문에 낮 시간에 이렇게나마 보충할 수밖에 없었다. 니시다 하지메가 이 아파트를 파악하고 있을 가능성은 아주 높다. 한밤중에 집으로 쳐들어오는 장면은 상상만 해도 간이 오그라들었다.

대체 어떻게 해야 하나. 니시다 하지메는 이제 생활보호 대상자로 선정되는 것도 원하지 않는다. 별다른 요구 조건도 없다는 얘기다. 오로지 어머니가 동사한 원한을 도모노리에게 들이대고 있을 뿐이다.

그자는 교도소에 가는 것도 두려워하지 않는다. 어쩌면 교도소 담장 안으로 들어가고 싶은지도 모른다. 남들과 제대로 말도 나누지 못하는 사람에게 이쪽 사회는 고통일 뿐이다. 도모노리는 상식이 통하지 않는 인간의 무서움을 새삼 실감했다.

오후에 도모노리는 니시다 하지메의 집에 가보기로 했다. 방 안에 처박혀 있어봤자 일이 해결되는 것도 아니고 이대로 밤을 맞이해야 하는 게 더 두려웠다. 상대의 상황을 확인하면 그나마 마음이 편할 것이다. 다행히 바깥은 눈이 내려 자동차 경주를 펼칠 만한 컨디션이 아니었다.

두툼한 스웨터에 다운코트를 껴입고 변장용으로 야구모자에 마스크까지 쓰고 집을 나섰다. 주차장으로 들어가 빌려온 카롤라 차에 타이어체인을 장착하고 슬금슬금 출발했다. 눈은 좀 약해졌으나 하늘이 두툼한 구름에 뒤덮여 도시 전체가 침침했다. 아이들이 눈싸움을 하는 것 외에는 돌아다니는 사람도 없었다. 그 을씨년스러운 풍경이 더욱 더 도모노리의 기분을 침울하게 했다. 하루 빨리 이 도시를 벗어나고 싶다. 현청으로 복귀하기만 하면 우울한 모든 일에서 도망쳐 재출발도 할 수 있을 것 같다. 아직 서른 둘, 인생은 이제부터다.

서행 운전으로 30분쯤 차를 몰아 니시다 하지메가 사는 공영단지에 도착했다. 우선 주차장에서 중고 세르시오부터 찾아보았다. 눈을 10센티미터 넘게 뒤집어쓴 채 주차되어 있었다. 집에 있는 걸까. 만일 그렇다면 참으로 대담한 사람이다. 벌써 세 번이나 도모노리를 습격했으니 언제든 경찰이 들이닥칠 수 있는데도 버젓이 제 집에 앉아 있다.

차에서 내려 야구모자를 눈까지 깊숙이 눌러썼다. 앞마당 쪽에서 이층 맨 끝에 니시다의 집 창문을 올려다보았다. 커튼이 닫혀 있었다. 전기불은 켜져 있지 않았다. 하긴 전력 회사에서 전기를 끊어버려서 불을 켜고 싶어도 켤 수 없을 것이다.

건물 입구에서 사람이 없는 것을 확인한 뒤에 우편함을 살펴보았다. 각종 독촉장이 산더미처럼 쌓여 있었다. 이렇게 방치해둔 걸 보면 돈을 낼 생각이 없는 것이다.

할머니 한 분이 장을 보고 돌아오는 길이었다. 온몸에 눈투성이였다. 도모노리는 마스크를 벗고 "할머니, 잠깐만요. 사회복지사무소에서 나온 사람인데요"라고 말을 건넸다.

"맨 끝 집에 사는 니시다 씨, 항상 집에 있습니까?"

"글쎄. 서로 왕래하는 사이가 아니라서 모르겠네. 그 집 어머니가 돌아가셨지? 아들 혼자 남은 뒤로는 좀체 보이질 않던데?"

"어디 일하러 다니던가요?"

"모르겠어. 아하, 시청 생활보호과 사람이구먼? 우리 단지에 생활보호비 타먹는 사람이 한둘이 아니거든. 그나저나 뻔질나게 조사하러 온다니까. 오늘도 조사하러 나왔수? 흥, 알고 싶으면 직접 가서 물어봐. 나는 아무것도 몰라." 할머니는 즉각 적개심을 드러내며 도모노리를 향해 말했다. "이봐요, 젊은이. 나는 그런 돈 안 받아. 우리 영감이 세상 떠나면서 남겨준 게 있거든. 게다가 나도 예순다섯 살까지 공장에서 일했어. 그리 대단하진 않아도 저금해둔 게 있어. 다들 제 살 궁리는 제가 해야지, 저금도 안하고 펑펑 쓰다가 먹고살기 힘들다고 나라에 매달려 징징거리다니. 그건 한심한 사람이지. 나는 그런 짓 안한다우."

귀가 잘 안 들리는지 목소리가 유난히 컸다. "할머니, 좀 작게 말씀하셔도 되는데요"라고 도모노리가 속이 타서 말을 가로막았다. 그래도 할머니는 대화에 굶주린 사람처럼 계속 떠들었다.

"하긴 나도 금세 죽기나 하면 다행이지만 이러다 병들면 큰일이야. 자식한테 기댈 수 있는 사람이야 좋겠지만, 나는 안 돼. 우리 아들이 마흔다섯 나이에 여기저기 아르바이트하고 다닌다니까. 그동안 다니던 회사가 망해버렸거든. 처자식 딸린 장정이 시급 몇 백 엔짜리 일을 하고 다녀요. 그런 아들한테 나까지 손을 벌릴 수는 없잖아."

"저기요, 미안하지만 조금만 작은 소리로……."

"그러니 나라에서도 좀 잘해주셔야지, 안 그러면 우리 같은 사람 참 말로 힘들어. 착실하고 부지런하게 살아온 사람들을 내팽개치지는 말 아야지. 젊은이, 나 병들면 그때는 좀 도와줘."

"알겠습니다."

"참말이야?"

"예, 참말입니다."

"괜찮으면 우리 집에 가서 차나 한잔하고 갈텨?"

"아뇨, 지금 근무 중이라서요."

도모노리는 할머니의 등을 슬슬 밀어 겨우겨우 자기 집 쪽으로 보냈다. 그 뒷모습을 지켜보며 한숨이 나왔다. 저 할머니는 그저 사람이 그리운 것이다.

그나저나 어떻게 해야 할까. 혼자서 궁리했다. 기왕 여기까지 왔으니 얼굴쯤은 확인해보고 싶었다. 현재로서는 니시다가 어디 있는지 모르는 게 가장 무서운 일이다.

보는 사람이 없는지 재차 확인한 뒤에 고양이 걸음으로 복도 안쪽을 향해 들어갔다. 현관문 앞에서 몸을 움츠리고 귀를 기울였다. 아무 소리도 들려오지 않는다. 전기가 끊겼으니 텔레비전도 못보고 고타쓰도 켜지 못할 터였다. 추운 날씨를 어떻게 견디는 걸까. 이불을 둘둘 감고 있을까. 하지만 혼자 상상해봤자 알 도리도 없다.

노크를 해보자고 생각했다. 다시 생활보호를 미끼로 살살 달래면서 마음속 응어리를 풀어주는 것이다. 아니, 그래봤자 지난번처럼 쫓겨나기 십상이다. 니시다는 악마처럼 계속 내 뒤를 맴돌 것이다.

추위로 무릎이 벌벌 떨렸다. 가만히 서 있기도 힘들었다.

"집에 있는 거야?" 갑자기 등 뒤에서 누군가 말을 걸어왔다. 화들짝 놀라 돌아보니 조금 전의 할머니가 바로 뒤에 서있었다.

"쉿!" 검지를 손에 댔다. 울상을 지으며 제발 조용히 해달라고 사정했지만, 할머니는 아랑곳하지 않고 큰소리를 내질렀다.

"집에 없다면 돌아올 때까지 우리 집에서 기다려도 되는구먼. 차 한잔 대접할 테니까 사양할 거 없어. 이봐, 니시다 씨. 안에 있수?"

탕탕탕 철문을 두드린다. 도모노리는 할머니를 뒤로 밀쳐냈다.

"어라, 왜 이런대? 내가 불러준다니까?"

"그러지 마세요. 제발요." 속닥거리는 소리로 애원했다.

문 너머에서 발소리가 들렸다. 흠칫 놀라서 우뚝 서버렸다. 달칵. 자물쇠가 풀리고 문이 열렸다. 수염이 덥수룩한 니시다가 얼굴을 쑥 내밀었다. 저지 옷 위에 솜저고리를 걸치고 있었다.

"무, 무슨 일이야?" 매번 들어온 더듬는 소리지만 자고 있었는지 목소리까지 컬컬했다.

"이 사람, 시청에서 나온 사람이구먼. 생활보호 일로 니시다 씨한테 볼일이 있다나봐." 할머니가 옆에서 말했다.

"사회복지사무소의 아이하라입니다. 주제넘은 얘기지만, 일단 생활보호 신청을 하시는 게 좋지 않겠습니까? 전기도 가스도 끊긴 것 같은데 이렇게 추운 날씨에 건강에 문제가 생길까 걱정되는군요."

"어라, 이렇게 친절한 공무원도 있었어? 그러면 나도 부탁 좀 할까?"

"할머니는 좀 조용히 해주세요." 손으로 할머니를 밀쳐냈다.

"밀칠 것까지는 없잖아."

"글쎄, 방해하지 마세요, 상담을 못하잖아요."

"말투가 어째 그래? 나이 먹은 사람한테 그러는 거 아니지."

"됐으니까 저쪽으로 가세요." 진지한 얼굴로 복도 건너편을 가리켰다. 할머니는 혼자 투덜거리며 떨떠름하게 걸음을 옮겼다.

"아, 미안합니다."

다시 몸을 돌려 니시다를 보았다. 험악한 표정으로 노려보고 있었다.

"저어, 생활보호 신청—."

"보, 볼일이 그거야?"

"예, 그렇습니다만."

"피, 필요 없다고 말했지?"

니시다가 문을 닫으려고 했다. 도모노리는 졸지에 문 손잡이를 움켜잡았다.

"니시다 씨, 제발 그만하세요. 나한테 무슨 앙심을 품고 이러십니까. 어머님이 돌아가신 건 나도 가슴이 아파요. 하지만 그건 내 잘못이 아닙니다. 애초에 생활보호를 신청하러 사무소에 나온 게 어머님 돌아가시기 불과 며칠 전이잖습니까. 그걸 즉시 통과시키기는 어려운 거라고요."

문 틈새에 얼굴을 들이대고 50센티미터도 안 되는 거리에서 마주보며 사정사정했다.

"어지간히 하셔야지, 아니면 나도 경찰한테 얘기할 겁니다. 그렇게 되면 교도소 행이에요. 아셨어요?"

파르르 떨리는 소리로 말을 이어나갔다. 니시다는 입을 꾹 다문 채 온몸에 빳빳이 힘을 넣고 있었다.

"지금이라면 없었던 일로 해드릴게요. 어때요, 서로 좋은 얘기잖아요?"

니시다가 툭툭 발길질을 했다. 그 발에 허벅지를 맞았다.

"덤프트럭 타고 쫓아오는 거, 이제 절대로 하지 마세요. 하마터면 죽을 뻔했다고요. 이제 충분하잖아요?"

갑자기 몸이 뒤로 홱 쏠렸다. 니시다가 잡고 있던 문 손잡이를 놓아 버렸기 때문이다. 도모노리는 복도 바닥에 엉덩방아를 찧으며 쓰러졌다. 벽에 머리를 쿵 부딪쳤다. 아파서 이를 악물고 있는데 시커먼 물체가 이쪽을 향해 덮쳐들었다. 생각할 틈도 없이 반사적으로 몸을 굴렸다. 터엉 하고 뭔가 부딪치는 소리가 들렸다. 삽이었다. 니시다가 삽을 들고 나와 휘두른 것이다.

이제 나는 죽었다—. 도모노리는 복도를 데구루루 굴러 가까스로 삽 끝을 피했다. 몸을 일으키고 싶었지만 허릿심이 빠져서 네 발로 건중건중 도망칠 수밖에 없었다. "사람 살려!" 가까스로 비명이 터져 나왔다. 자기 집으로 가던 할머니가 돌아보더니 눈앞의 광경에 소스라치며 "아이쿠, 저걸 어째!" 하고 소리를 질렀다.

"경찰, 경찰 불러요!"

"미야타 씨, 여기 좀 나와 봐!" 할머니가 동동 뛰면서 이웃의 누군가를 부르고 있었다.

도모노리는 복도를 벅벅 기어나가 계단으로 몸을 굴렸다. 니시다는 으르렁거리며 뒤를 쫓아온다. 건물 밖으로 나왔을 때 가까스로 몸을 일으킬 수 있었다. 눈 속을 내달렸지만 초조함에 다리가 엉켜 몇 번이나 넘어졌다. 주차장으로 들어서다가 단차에 정강이를 찧고 주저앉았다. 바로 뒤쪽에서 니시다가 삽을 휘둘렀다. 도모노리는 순간적인 판단으로 벌떡 몸을 일으켜 니시다의 다리에 태클을 걸었다. 니시다가 풀썩 쓰러진다. 삽이 손을 떠나 날아갔다.

"이 새끼야, 어지간히 좀 하라잖아!" 도모노리는 니시다를 덮쳐 배에 올라탔다. "내 차는 다 부서졌어. 수리하는 데 얼마나 들었는지 알아?"

주먹으로 한 방 먹였더니 그간의 울분이 한꺼번에 터져 나왔다. 하지만 평생 싸움이라고는 해본 적이 없어서 방법을 알지 못했다. 다시 주먹을 휘둘렀지만, 간단히 몸을 피해버려서 눈 쌓인 아스팔트를 정통으로 내려쳤다. 고통에 얼굴이 뒤틀렸다. 다음 순간 큼직한 손이 날아와 목을 졸랐다. 어느새 자신이 밑에 깔려 있었다. 숨이 쉬어지지 않는다. 다리를 버둥거렸다. 온몸으로 저항했다. 하지만 거구의 니시다에게는 통하지 않았다.

멀리서 사이렌 소리가 들렸다. 누군가 경찰을 불러준 모양이다. 이런 난장판이 벌어졌으니 당연한 일이다.

조금만 더 견디면 구해줄 사람이 온다. 그리고 니시다는 체포된다.

얼굴이 뜨거워졌다. 필사적으로 이를 악물었다. 눈물이 쏟아졌다.

조금만, 조금만 있으면 끝난다. 경찰차가 도착할 때까지만 견디면 된다.

도모노리는 눈밭에 깔린 채 열심히 자신을 격려했다.

41

이곳에 감금되고 나서 두 번째로 목욕할 기회를 얻었다. 땀에 전 머리카락이 철떡철떡 달라붙어 더 이상 견디지 못하고 구보 후미에는 노부히코에게 애걸했다.

"루크, 목욕하고 싶어."

태연한 척 게임 속의 이름을 부르며 머뭇머뭇 말해보았다.

노부히코는 키보드를 두드리던 손을 멈추고 본채 쪽을 쳐다보며 잠시 고민하더니 "그래, 좋아"라고 시원스레 허락했다. 벽장으로 들어가라고 턱짓으로 지시하고 후미에가 자기 손으로 수갑을 채우는 걸 지켜보더니 목욕물을 받아야겠다면서 방을 나갔다.

아무래도 노부히코의 어머니는 집에 없는 모양이었다. 집에 있다면 그 어머니부터 밖에 내보냈을 것이다. 어쩌면 노부히코의 폭력에 어머니가 크게 다쳐 병원 신세를 지고 있는지도 모른다. 어제 외삼촌이 돌아간 뒤에 노부히코는 본채에 들어가 그야말로 미친 듯이 날뛰었다. 성난 고함과 뭔가를 때려 부수는 소리를 듣고 끔찍한 폭력을 휘두르는 장면이 머릿속에 그려졌다. 그런 폭력에 어머니가 다치지 않았을 리 없다. 그러고 보니 오늘 아침 식사는 요구르트와 냉동 고기만두였다. 점심은 컵라면이다. 역시 어머니가 집에 없을 공산이 컸다.

얼마나 다친 걸까. 후미에가 그런 걸 걱정해줄 이유도 없고, 오히려 이상한 낌새를 감지하고서도 별채에 와보지 않는 어머니는 공범이라고 할 수 있지만, 이곳에 감금된 지 일주일이 되고 보니 그런 이론은 서서히 의미를 잃었다. 지금 바라는 것은 가능하면 어떤 변화도 일어나지 않는 것이었다. 후미에는 현실에서 도피하는 방법을 차츰 몸으로 익혀나가고 있었다. 이보다 더 상황이 악화되는 것만 무서웠다. 노부히코의 어머니가 병원에 가면 앞으로 식사는 어떻게 되는 건가. 생각만 해도 우울해졌다.

20분쯤 뒤에 노부히코가 돌아왔다.

"자, 가자."

후미에를 벽장에서 풀어주고 지난번과 마찬가지로 수건으로 눈을 가렸다. 옷소매를 잡고 이끌어주는 대로 발끝으로 바닥을 더듬더듬 짚으며 따라갔다. 현관에서 샌들을 신고 오랜만에 밖으로 나왔다.

눈이 내린다는 걸 알았다. 눈가루가 뺨을 쓰다듬었다. 그래서 그렇게 조용했구나. 새 한 마리 울지 않았다. 뽀득뽀득 눈을 밟았다. 발바닥의 감촉으로 보면 10센티미터는 쌓인 것 같았다. 입술이 건조해지고 차가운 공기가 뺨을 찌르는 것처럼 아팠다.

부엌문을 지나 본채에 들어가 욕실로 향했다. 마루 위를 지나갔다. 그때 어딘가에서 소리가 들려왔다. 노부히코 외에도 누군가 있는 걸까. "여기서 잠깐 기다려." 노부히코가 옷소매를 잡고 있던 손을 놓고 자리를 떴다.

갑작스레 안내자가 사라지자 후미에는 평형 감각을 잃었다. 휘청거리다가 겨우 균형을 잡았다. 무의식중에 눈을 가린 수건을 슬쩍 쳐들고 발치를 확인했다. 자연스럽게 시선이 옆으로 날아가고, 5센티미터쯤 열린 장지문 사이로 안이 보였다. 어슴푸레한 방 안에 이불이 깔렸고 거기에 여자가 누워 있었다. 그 위를 가리듯이 노부히코가 여자의 얼굴을 들여다보며 뭔가 소곤거렸다. "얌전히 누워 있어." 그런 목소리가 희미하게 들려왔다.

후미에는 전율했다. 어머니가 바로 옆방에서 누워 있다. 집에 없는 게 아니었다. 심하게 다쳐 일어나지를 못하는 것이다.

갑작스럽게 심장이 두근두근 뛰었다. 동시에 등줄기가 얼어붙었다. 이 상황을 어떻게 판단해야 좋을지 알 수가 없었다. 살려달라고 비명을 질러야 할까. 아니, 노부히코의 어머니는 아무 도움도 안 된다. 지금 분명하게 깨달았다. 아들이 별채에 누군가를 가둬둔 사실을 이 어머니는 똑똑히 알고 있다. 다 알면서도 아무 조치도 하지 않는 것이다. 아들의 폭력이 두려워 벌벌 떨면서 잔뜩 웅크린 채 생존을 이어가는 인간이다.

아니, 그보다 몸의 어느 부분이 마비된 것처럼 소리가 나오지 않았다. 그저 숨을 삼키고 있을 뿐이다. 다리도 꼼짝을 하지 않는다.

눈을 가린 수건을 다시 원래 위치로 되돌리고 후미에는 마음을 가라앉히려고 했다. "가자." 갑자기 노부히코가 등을 미는 바람에 소스라치게 놀랐다.

"지난번처럼 속옷은 세탁기에 넣어둬. 잠깐만 남자 속옷을 입고 있으라구."

노부히코가 귓가에 대고 말했다. 그 온유한 목소리에서 어느 때보다 더 강한 광기가 느껴졌다.

욕조에 몸을 담그고 후미에는 깊은 절망감을 맛보고 있었다. 이제 노부히코의 부모에게는 어떤 기대도 할 수 없다. 분명 아버지도 비슷한 사람일 것이다. 별채의 이변을 깨닫지 못했을 리가 없다. 그들은 아들의 행동을 애써 못 본 척하며 현실에서 눈을 돌리고 자신을 속이고 또 속이며 살아가는 것이다.

인간은 과연 어디까지 마음의 지배를 받는 걸까. 어제 노부히코의 외삼촌이 별채 앞에 왔을 때 자신은 살려달라는 비명을 지르지 못했다. 그런 용기는 머릿속 어디를 찾아봐도 없었다. 더 이상의 위험한 상황은 한사코 피하고 싶었고, 안전에 대한 확증이 없는 한 어떤 행동에도 나설 수 없었다. 후미에의 소원은 한시바삐 구출되는 것이지만 이제는 정말로 구출을 원하는지조차 미심쩍었다. 뭔가 생각을 해보려고 해도 뇌의 일부가 마비된 것처럼 의식이 애매모호한 베일에 가려지는 것이다.

욕실 창문을 살짝 열었다. 지난번에 창문을 열지 말라고 노부히코가 말했었지만, 이번에는 그런 말이 없었기 때문에 무심코 손이 갔다.

반절쯤 열고 바깥을 내다보았다. 뒤편은 산이었다. 나무 잎사귀마다 하얀 눈을 얹고 거대한 빙수 얼음처럼 솟아 있었다. 시선을 아래로 내리자 작은 단층 건물이 보였다. 아, 저게 별채구나. 노부히코에게는 '스카이어 3호'라는 곳이다. 자신이 감금된 곳을 바라보며 후미에는 한숨을 내쉬었다. 의외로 새 건물이었다. 알루미늄 새시에는 아직 광택이 남아 있다. 지붕에 소복이 눈이 덮여 과자로 만든 집처럼 귀엽게 보였다. 그나마 유령의 집 같은 꼴은 아니어서 마음이 놓였다. 그 안에서 벌어지는 일들은 정말 이상하기 짝이 없지만.

저녁식사는 제대로 된 밥이었다. 햄버거와 채 썬 양배추도 나왔다. 몸져누운 어머니를 억지로 깨워 밥을 차리게 한 모양이었다. 노부히코는 여느 때처럼 묵묵히 밥을 떠 넣었다. 그 손가락이 너무 가늘어서 남자다운 싸움이라고는 한 번도 해본 적이 없는 것 같았다. 하지만 전기충격기를 목에 매달고 한시도 풀어놓는 일이 없다.

식사 때마다 후미에는 매번 공상을 했다. "루크, 눈에 먼지가 들어갔나 봐"라고 말한다. 노부히코가 다가와 들여다보는 순간에 전기충격기를 홱 낚아챈다. 그리고 이 사이코패스 놈의 가슴팍에 들이대고 스위치를 켠다. 전기를 먹고 놈이 기절해버린 사이에 잽싸게 이 방을 탈출한다─.

물론 머릿속으로 그려보는 것뿐이다. 무엇보다 전기충격기의 스위치가 어디에 달렸는지도 모른다. 실패하면 어떻게 될지, 그게 훨씬 더 끔찍했다. 결국 의식은 현재의 상황을 긍정하는 방향으로 흘러간다.

애초에 여태까지 살아있는 것만도 행운이다. 요즘 세상에 강간 살인 사건이라면 빗자루로 쓸어 담을 만큼 널려있다. 그나마 노부히코가 망상에 빠진 사이코패스여서 다행이다. 혹시라도 강간마였다면 자신은 이미 혀를 깨물고 죽었을 것이다.

후미에도 말없이 밥을 떠 넣었다. 데미그라스 소스를 끼얹은 레토르트식품 햄버거를 한 입 먹었다. 맛이 그럭저럭 괜찮아서 왠지 마음이 놓였다.

노부히코도 그의 부모도 이런 음식으로 나를 위로해주려는 걸까. 인간이란 비참한 상황이 오래도록 이어지면 자신이 처한 상황을 어떻든 긍정해보려고 한다. 좀 더 끔찍한 사태를 상정하면서 지금은 그나마 낫다고 스스로를 위로한다. 후미에는 범죄 심리학자가 된 듯한 마음으로 그런 생각들을 더듬었다.

"메일린, 또 필요한 거 있어?" 노부히코가 불쑥 물었다. 게임의 세계에 있을 때의 말투였다. 후미에는 잠깐 생각해보다가 "루크"라고 이름을 부르고 "갈아입을 옷이 필요해"라고 대답했다. 실제로 지금 가장 원하는 건 옷이다.

"갈아입을 옷? 그건 좀 어려워. 내가 사올 수도 없고."

"괜찮아. 내가 여기서 꼭 기다릴 거니까."

노부히코는 일순 말문이 막힌 기색이었다. "정말이야, 메일린?"

"정말이야. 바깥에는 온통 적뿐이잖아." 시치미를 뚝 떼고 말했지만 마음속은 '될대로 되라'였다.

노부히코는 혼란스러운 모양이었다. 고개를 숙인 채 생각에 잠겨 있었다. 계속 루크로 있을까, 아니면 맨정신으로 돌아올까. 한참이나 대답이 나오지 않았다.

그때 내선 전화가 울렸다.

"뭐야, 이 할망구. 한참 밥 먹는 때에."

노부히코가 갑작스레 난폭한 말투로 변한 채 수화기를 집어 들었다.

　　"뭐야? 왜 전화질이냐고! ……외삼촌이 뭘 어쨌다고?"

　　이번에는 목소리 톤이 내려간다. 외삼촌이라는 건 분명 어제 왔던 그 아저씨다.

　　"안 된다고 해! 난 만날 생각 없어. ……싫다고 했지! 취직 같은 건 안 해! ……글쎄 올 거 없다니까? 왜 자꾸 외삼촌이 우리 일에 끼어들어?"

　　아무래도 외삼촌이 다시 취직을 하라고 설득하러 오는 모양이다.

　　"내일? 안 돼, 절대로 안 된다고 말해!"

　　수화기를 통해 어머니의 목소리가 희미하게 들렸다. "스물다섯 살까지는 그래도 고칠 수 있대. 그걸 넘기면 평생 은둔형 외톨이가 된대."

　　후미에는 어머니의 가느다란 목소리에 가슴이 아팠다.

　　"듣기 싫어! 누가 그런 쓸데없는 소리를 해? 나는 그냥 놔둬. 지들이 무슨 상관이냐고!"

　　노부히코가 격노했다. 얼굴이 벌겋게 변했다. 항상 똑같은 패턴이다.

　　"이 할망구야, 지금 당장 전화해! 오지 말라고 하란 말이야!"

　　"얘, 노부히코. 그럼 네가 전화해봐. 무코다의 외삼촌이 이번에는 기어코 너를 만나시겠다는데 내가 어쩌겠니." 다시 어머니의 목소리가 들렸다.

　　"당신이 해! 밥 먹고 내가 그쪽으로 갈 테니까 그때 꼭 전화해. 뒤에서 지켜보겠어. 외삼촌이 또 찾아오면 당신, 칼로 찔러버릴 거야. 알았어?"

　　전화를 끊고 식사로 돌아갔다. 씩씩거리며 밥을 몰아넣고 있다. 후미에는 괜히 불똥이 튈까봐 "잘 먹었습니다"라고 작은 소리로 말하고 슬며시 벽장으로 들어갔다.

　　오늘도 저 어머니는 아들에게 두들겨 맞는 걸까. 어떻든 죽지는 않게 해주세요. 후미에는 마음속으로 빌고 있었다. 지금은 노부히코가 막바지에 몰리는 게 더 두려운 것이다.

노부히코가 다시 돌아온 건 30분 뒤였다. 그 동안 별채의 방 안에 내내 스테레오가 왕왕 울렸기 때문에 본채에 들어가 또다시 미쳐 날뛰었는지 어떤지는 알 수 없었다. 문을 열고 수갑을 풀어줬기 때문에 나오라는 뜻인 줄 알고 후미에는 벽장 밖으로 나왔다.

노부히코는 창백한 얼굴로 고개를 푹 숙이고 있었다. "쳇, 큰일 났네." 혼자 중얼거리며 혀를 찬다. 바닥에 주저앉아 진한 한숨을 들이쉬었다.

"루크, 무슨 일이야?" 안색을 흘끔흘끔 살피면서 후미에가 조심스럽게 물었다.

"루크 아냐!" 날카로운 대꾸가 돌아오는 바람에 후미에는 당황해서 입을 다물었다.

"진짜 귀찮게 굴고 있어. 내 방에는 왜 들어오겠다는 거야? 남의 일에 뭔 상관인데? 뭐가 '인생은 이제부터'야? 흥, '아직 스물세 살이니까 얼마든지 가능성이 있다'고? 그런 거 나도 다 알아. 다 알지만 그래도 난 여기가 좋아. 밖에서 일할 생각 눈곱만큼도 없어. 뭐가 '너를 생각해서'야? 참내, 친척이랍시고 남의 집안일까지 참견해도 돼?"

말하는 내용으로 봐서 노부히코는 그 외삼촌과 직접 통화한 모양이었다. 어머니한테 전화를 걸게 했지만 노부히코가 곁에 있다는 낌새를 채고 직접 받으라고 했든가, 분명 그런 상황이었을 것이다. 부모 이외의 사람들 앞에서는 꿰다놓은 보릿자루처럼 얌전해지는 놈이니까 수화기를 통해 들려오는 외삼촌의 설교를 찍소리도 못하고 듣고 있었을 것이다. 그 외삼촌도 꽤 진지하게 덤비는 모양이다. 방에 틀어박혀 부모에게 폭력을 휘두르는 조카를 더 이상 두고 볼 수만은 없다고 작심을 했는지도 모른다.

"에잇, 왜 일이 이렇게 꼬이지? 진짜 난 재수도 없어. 애초에 이 지구에 태어나고 싶지도 않았어. 제발 은하계로 다시 돌아가게 해줘. 이러다가는 월 성좌에 도착하기도 전에 인간에게 가로막히겠어. 아아, 나를 이렇게 버리시나이까? 평화의 검이 다이너소어 측으로 넘어가도 되는 거야?"

다시 의미를 알 수 없는 소리를 늘어놓는다. 나름대로 진지하게 탄식하는 모양이었다.

"별 수 없지. 내일은 도망치는 수밖에 없어. 얼른 스노타이어로 교체해둬야겠군."

노부히코가 말을 내뱉더니 자리에서 일어났다. 후미에에게 다시 벽장에 들어가라고 재촉했다.

말없이 벽장 안에 들어가 무릎을 끌어안고 귀를 기울였다. 노부히코는 현관 밖에 나가 뭔가 작업을 하고 있었다. 차의 타이어를 바꾸는 것 같았다. 내일은 도망치는 수밖에 없겠다고 말했었다. 외삼촌이 이 방에 들어오는 걸 피하기 위해 눈이 오는데도 차를 몰고 나가겠다는 걸까.

그럼 나는 어떻게 되지? 벽장에 가둬둔 채로 갈까? 아니면 나를 차 트렁크에 처넣고? 아무래도 함께 데려갈 가능성이 컸다.

시커먼 불안 덩어리가 가슴속에서 쑥쑥 커져갔다. 후미에는 더 이상 생각하지 말자고 애써 그 덩어리를 밀쳐냈다. 마침내 나는 살해되는 걸까. 아니, 그럴 리 없다. 루크는 메일린을 수호하기 위해 싸우고 있다. 나는 게임의 세계에서는 공주다. 여차하면 나도 미쳐버릴 거다. 어차피 내 인생은 이미 엉망진창이니까.

후미에는 벽장에서 자문자답을 하며 가슴을 끌어안고 겨울잠이라도 자듯이 몸을 한껏 웅크렸다.

42

잠이 깬 것은 점심 가까운 시각이었다. 가토 유야는 이불 속에서 천장을 바라보다 친가가 아니라 자신의 아파트라는 것을 깨닫고 다시 현실로 끌려나왔다.

목이 컬컬했다. 어제 밤늦게까지 집에서 술을 마셨기 때문이다. 맨 정신으로는 도저히 견딜 수 없어서 편의점에서 사온 소주를 들이켰다. 천천히 몸을 반대쪽으로 뒤집었다. 그 술을 함께 마신 사람이 고타쓰에서 자고 있었다. 시바타 선배다. 담요를 뒤집어써서 머리 일부분밖에 보이지 않지만 베개에 눌린 머리칼을 삐죽이 내민 채 조용히 자고 있다. 그 모습을 보자 고릴라에게 가슴을 밟힌 것처럼 답답함이 몰려왔다.

유야는 살그머니 침대에서 내려와 화장실로 갔다. 냉장고 속처럼 추워서 오줌이 요란하게 김을 올린다. 주방 석유 스토브에 불을 켜고 잠시 그 앞에 쪼그리고 앉아 언 손을 녹였다. 찻물이라도 끓이려고 싱크대 앞에 섰다. 창유리 너머로 부연 빛이 보였다. 아직도 눈이 내리는가. 슬쩍 열고 밖을 내다보았다. 가랑눈이 흩날리고 있었다. 맞은편 집의 지붕에 쌓인 눈을 보니 적설량이 15센티미터 정도나 된다. 토요일이기도 해서 어디에도 인기척이 없었다. 도시 전체가 고요히 가라앉아 멀리서 제설차 소리만 들려왔다.

어떻게 해야 한단 말인가. 하얀 입김과 함께 한숨이 나왔다. 이제는 자신까지 이 일에 깊숙이 관계를 맺고 말았다. 법률 지식은 없지만 자동차 트렁크에 사체가 있는 걸 알면서도 경찰에 신고하지 않은 게 큰 죄라는 것쯤은 안다. 시바타를 집에 데려와 재워준 것도 상황에 따라서는 무사히 넘어가지 못할 일이다.

살인이라는 말이 뇌리에 떠올라 무릎이 후르르 떨렸다. 어쩌자고 그런 짓을 저질렀는가. 중학교 때부터 함께 못된 장난을 쳐온 사이지만, 그래도 크게 도리에 어긋나는 일은 없었던 선배다. 싸움을 해도 무기를 쓰지는 않았다. 슬슬 공갈을 쳐서 돈을 뜯어내기는 해도 훔치지는 않았다. 친구들도 많은 명랑한 불량 선배였다. 강아지를 귀여워하는 다정함도 지닌 사람이다. 그런데 어째서 사람을 죽이는 엄청난 짓을……. 게다가 살해 동기가 회사 사장에게서 인정받지 못했다는 것이라니. 인간이란 참으로 별별 이유로 막다른 궁지에 내몰리는 모양이다.

어젯밤에는 시바타 스스로도 사람을 죽였다는 실감이 들지 않는지 하는 말이며 행동이 건성이었다. 끊임없이 사장을 비난하고 자신의 분노가 당연하다고 변명을 늘어놓았다. 그러는 사이에 취기가 오르자 이야기가 엉뚱하게 아이들의 장래 문제로 옮아갔다. 중요한 얘기는 피해가며 우리 자식들은 점점 먹고살기가 힘들겠다는 둥 텔레비전에서 노상 떠드는 빈부격차에 대한 얘기를 한참이나 이어갔다. 차 트렁크에 가메야마 사장의 사체가 들었다는 건 둘 다 말하고 싶지 않았던 것이다. 대화가 끊기는 게 두려워 소주를 연거푸 들이켜며 계속 주절거렸다. 텔레비전을 계속 켜두어서 젊은 개그맨까지 시끄럽게 떠들어댔다. 창밖은 무음(無音)의 세계였다. 새벽 3시쯤이 되어서야 시바타가 고타쓰 밑에 누웠다. "난 그만 잘란다." 한마디 던지고는 담요를 머리 위로 뒤집어썼다. 유야도 침대에 눕자마자 1분도 안 되어 낙하하듯이 잠이 들었다. 수면 시간이 있다는 게 고마웠다. 의식을 쉴 틈이 없었다면 인간은 간단히 미쳐버렸을 것이다. 하긴 밤새 악몽을 잔뜩 꾸었다. 가메야마가 거느린 폭력단에게 쫓겨 다니는 구체적인 꿈까지 꾸었다.

"유야, 아직도 눈 오냐?"

돌연 시바타가 말했다. 돌아보니 방석에 얼굴을 묻고 엎드려 있다.

"가랑눈이 뿌리는 정도지만 아직도 내리네요."

"얼마나 쌓였어?"

"15센티미터쯤?"

"타이어에 체인 감아야 할까?"

"스노타이어잖아요. 그거면 충분할 걸요?"

"하긴."

"선배, 어디 가려고요?"

"딱히 갈 데도 없다만 계속 여기 있을 수도 없잖냐."

"예, 그야 뭐……."

유야는 자수하러 간다고 말해주기를 기대했지만 시바타는 확실한 말을 하지 않았다.

"우선 뭐 좀 먹을까요?"

"아무것도 먹기 싫어."

"그럼 인스턴트 스프만이라도."

"응, 그거라면 먹어볼까."

유야는 사다둔 인스턴트 스프를 꺼내 머그컵에 2인분을 만들었다. 그리고 자신은 냉장고에 있던 고기만두를 전자레인지에 데워 고타쓰에 차려놓고 함께 먹었다.

시바타가 후루룩 소리 내어 스프를 마셨다. 침묵이 무서워서 텔레비전을 켰더니, 시사 프로그램에서 어느 대학교수가 불황으로 연말이면 실업자가 수십만 명에 달할 거라고 겁주는 소리를 하고 있었다.

"저기, 유야." 시바타가 불쑥 말했다.

"왜요?"

"나도 그 고기만두 먹고 싶다."

"알았어요."

유야는 자리에서 일어나 레인지에 한 개를 더 데웠다.

시바타가 덥석 베어 먹는다. 뜨거워서 한 입 먹고는 접시에 털썩 내려놓았다.

"파친코에나 갈까?" 시바타가 말했다.

귀를 의심했지만 아무렇지도 않은 얼굴로 "예, 좋죠"라고 대답했다.

"오늘은 한산하겠지? 게임기 마음대로 골라잡을 수 있을 거야."

"그렇겠죠."

"이거 먹고 바로 갈까?"

"예."

물론 전혀 내키지 않지만 거절할 말이 떠오르지 않았다. 게다가 시바타를 혼자 있게 하는 건 너무도 딱한 일이다. 이런 때를 위해 선후배가 있는 게 아닌가. 자신도 혼자서는 살아갈 수 없다.

대책이 없다는 게 바로 이런 건가. 아무 생각도 나지 않는다.

배를 채운 뒤 둘이서 시바타의 크라운에 올라탔다. 트렁크에는 가메야마의 사체가 들어 있지만 그 일에 대해서는 둘 다 말을 꺼내지 않았다. 하지만 음산한 기분이 들어서 조수석의 유야는 등받이에 편히 몸을 기댈 수 없었다. 사체라는 건 얼마 동안이나 썩지 않고 버틸까. 그런 쪽의 지식은 전혀 없지만 겨울이어서 그나마 다행이라는 건 알고 있다. 게다가 눈까지 내리는 추운 날씨다. 약간은 시간을 벌 수 있을 것이다.

새 눈에 바퀴 자국을 내며 차가 출발했다. 통행량은 거의 없었다.

"어쩐지 옛날로 돌아간 거 같다. 쉬는 날에 유야하고 놀러 나가다니." 시바타가 간절한 감정이 담긴 어조로 말했다.

"정말 그러네. 옛날에는 주말이면 항상 함께였는데."

"평일에도 함께였지. 너 주유소 일 끝나면 집에 안 가고 곧장 우리 아파트로 왔었잖냐."

"아, 맞아요, 아사히 초의 부용장 맨션. 2층 모퉁이 집이었죠? 옆집에 서른 살 난 뚱뚱한 호스티스가 살았고……."

"그렇지, 미나미고등학교 다니던 가쓰한테, 말만 잘하면 하게 해준다고 했더니만 그 바보가 진짠 줄 알고 한밤중에 찾아갔다가 당장 쫓겨났잖아."

"뭐야, 쫓겨났었어요? 그 새끼 처음에는 맥주만 얻어먹었지만 두 번째 찾아갔을 때는 하고 왔다고 나한테 자랑 쳤는데?"

"그거 허풍이야, 허풍. 경찰 부른다고 고함을 쳐서 꽁지가 빠지게 도망쳤어, 하하하."

"그나저나 그 아파트 시절에는 엄청 세게 놀았어요. 조커의 친위대장을 감금하고, 그러다가 친해져서 시간도 때울 겸 마작도 했었잖아요."

"맞다, 그 새끼 진짜 늘쩍지근한 놈이었어. 인질로 잡혀온 주제에 배고프다고 떼를 쓰질 않나, 아하하하. 그 대장 지금은 유다 초에서 홈센터 점장으로 근무하잖냐."

"엇, 그 사람이 점장을 해요?"

"워낙 말을 잘 하니까 주부들한테 인기가 굉장하대."

"그 사람이 점장이라니. 인간이란 참 어떻게 될지 모르겠네."

유야가 가볍게 웃었다. 화려했던 시절의 이야기를 하다 보니 시간이 멈춰버린 것 같아서 어깨의 긴장이 스르르 풀렸다. 조수석에서 몸을 웅크린 채 구두를 벗고 발을 대시보드에 얹었다. 담배를 꺼내 불을 붙였다. 시바타가 "나도 좀 줘"라고 하길래 나눠줬다.

"유야, 그 맨션에 한번 가볼까?" 연기와 함께 말을 토해낸다.

"좋죠."

"진짜 오래된 맨션이었는데 혹시 철거된 거 아냐?"

"그렇지는 않을걸요?"

"벌써 4년 전이야."

"벌써 그렇게 됐어요?"

"당연하지. 우리 큰애 낳고서 지금 사는 집으로 이사했잖냐."

"그렇구나. 벌써 4년이나 지나갔네."

"진짜 세월 빠르다. 그러니 우리 애가 그만큼 컸지."

국도에 나선 참에 시바타가 핸들을 예전에 살던 맨션 쪽으로 꺾었다. 딱히 할 일도 없던 터라 유야도 이의가 없었다.

제설차가 눈을 치운 뒤라서 국도는 차들이 부드럽게 흘러갔다. 사거리에 경찰차가 멈춰 서서 사고 방지 감시를 하고 있었다. 시바타는 전혀 당황하지 않고 그 앞을 태연히 지나갔다. 유야도 별 동요 없이 앉아 있었다. 아니, 그보다 의식이 작동하지 않았다.

15분 만에 시바타가 예전에 살던 맨션 앞에 도착했다.

"아직 있네." 코를 훌쩍 들이키며 차 안에서 올려다본다. "잠깐 들여다볼까."

"엇, 밖에 나가려고요?"

"너는 그냥 있어. 나 혼자 얼른 둘러보고 올 테니까."

시바타가 차에서 내렸다. 구부정하게 등을 웅크리고 눈 속을 걸어간다. 바깥 계단으로 올라가나 했더니만, 거기까지는 가지 않고 입구의 우편함을 살펴보고 있었다. 3분쯤 뒤에 다시 차로 돌아왔다. "야, 그 호스티스 아직도 그 집에 살더라." 히터의 따뜻한 바람에 손을 쬐며 말했다.

"진짜요?"

"우편함의 명함이 옛날 그대로더라고."

"어째 좀 안 좋은데요?"

"그래, 별로 행복한 거 같진 않다."

"유메노의 나이 든 호스티스라니, 앞날이 캄캄하네요."

"이런 시골에서 술장사 해봤자 좋은 일이 뭐가 있겠냐."

다시 차를 몰았다. 논에서는 아이들이 눈싸움을 하며 놀고 있었다. 몇 년 만에 처음이라고 할 만큼 눈이 쌓였으니 아이들에게는 절호의 기회일 것이다.

"파친코에 갈까?" 시바타가 말했다.

"그럴까요."

"모나코 쪽이 좋겠지? 거기 새 기계 들어왔다던데."

"좋죠."

페인트칠을 하고 싶을 만큼 하늘이 온통 하얀 색이었다. 산의 능선은 흐릿해서 어디에도 날씨가 회복될 만한 조짐은 보이지 않았다. 라디오에서 트로트가 흘러나왔다. 그 음악을 따라 시바타가 운전석에서 콧노래를 불렀다.

    손님도 뜸한 파친코에서 유야는 구슬을 튕겼다. 구슬의 행방을 제대로 따라가지 못한 채, 시끄러운 전자음 속에서 멍하니 게임 판을 바라보고 있었다. 시바타는 나란히 옆자리에서 한참 구슬을 튕기다가 몇천 엔을 딴 참에 다른 자리로 옮긴다면서 떨어져나갔다.

    유야가 고른 기계는 간간이 당첨이 나왔다. 처음에 3천 엔을 투자하고는 계속 구슬이 끊기는 일 없이 이어졌다. 큰 박스 한 개 범위에서 늘었다 줄었다를 반복했다. 시간 때우기로는 마침 좋은 페이스였다.

    "어라, 유야 아니냐?" 아버지하고 같은 택시 회사에 다니는 아저씨가 지나가다가 말을 건넸다. "네 아버지 오늘 일 나가셨어?"

    "모르겠어요. 아마 집에서 뒹굴뒹굴하실 거예요."

    "넌 요즘 돈벌이가 꽤 좋다면서?"

    "누가 그래요?"

    "너희 아버지가 그랬지. 여차하면 둘째 아들 덕분에 호의호식하겠다고 좋아하더라."

    "에이, 말도 안 되는 소리." 유야는 저도 모르게 얼굴을 찌푸렸다.

    "너희 아버지가 아들 칭찬하려고 한 얘기야." 옆자리에 앉아 흐뭇하다는 얼굴로 어깨를 툭툭 쳤다. "유메노는 요즘 다들 불경기야. 브라질 공원들도 죄다 해고해서 평일 대낮부터 드림타운을 어슬렁거린다니까. 그놈들이 갱단이라도 만들었다가는 일본 사람은 무서워서 시내에도 못 나갈 게야. 여고생을 납치해간 것도 그 브라질 사람들이라잖아."

    "아, 예에." 유야는 대충 맞장구를 쳐주었다.

    "정말 무서운 세상이야."

"그렇죠."

"사람들이 도통 바깥나들이를 안 하니 택시는 완전 파장이지 뭐야. 아버지한테 그런 얘기 들었어? 요즘 하루 매상이 만 엔도 안 될 때가 있어. 집의 대출금도 남았는데 앞날이 캄캄하다."

"그래요?"

"어쩌다 이 지경이 됐는지 모르겠어. 이 나이에 이렇게 허덕거릴 줄은 몰랐어. 설마 내가 하층민으로 떨어지다니."

아저씨가 투덜투덜하면서 다른 자리로 옮겨갔다. 그 뒷모습을 지켜보며 유야는 왠지 부러운 마음이 들었다. 먹고살기 힘든 것쯤이야 고민거리에 끼지도 않는다. 자신은 지금 절친한 선배가 사람을 죽여서 그 사체가 차 트렁크 안에 있는 것이다. 시바타의 앞날을 생각하면 유야는 가슴이 찢어질 것만 같았다. 자신 역시 무사히 넘어갈 리가 없다.

회사는 어떻게 되는 건가. 구슬을 튕기며 생각했다. 사장 가메야마가 비명횡사했으니 직원들은 해산할 수밖에 없을 것이다. 그 뒤를 이을 만한 인재는 없을 것 같다. 그렇다면 이제 자신은 실업자다. 한숨이 터져 나왔다.

진짜로 타임머신이 간절했다. 시바타 선배를 구할 수만 있다면 전 재산을 다 내던져도 좋다.

문득 그 선배가 어쩌고 있는지 궁금해서 손을 멈추고 점내를 둘러보며 찾아 나섰다. 맨 끝 통로에서 캔 커피를 마시며 혼자 기계를 마주하고 있었다. 눈은 멍하고 얼굴빛은 창백하다. 화면이 번쩍번쩍 내쏘는 불빛에 그 얼굴이 빨강 노랑으로 물들었다. 아마 휴대전화는 전원을 꺼버렸을 것이다. 형수와는 일단 연락을 취하고 싶지 않은 눈치였다. 시바타는 힘든 시간을 내던지려는 마음 하나로 파친코에 골몰하고 있는 것이다.

말을 건네려 해도 더 이상 할 이야기가 없어서 다시 자신의 기계로 돌아왔다. 손목시계를 보니 아직 오후 1시였다. 오늘 대체 우리는 어떻게 될까. 한숨밖에 나오지 않았다.

파친코는 오후 2시쯤에 끝을 냈다. 3만 엔 넘게 털린 시바타가 스스로 자리를 털고 일어난 것이다.

"유야, 된장라면이라도 먹으러 갈까?" 시바타의 말에 파친코 옆의 라멘 체인점으로 들어갔다.

"넌 결국 얼마 땄냐?" 시바타가 물었다.

"만 엔하고 조금 더."

"평소에 파친코도 안 하는 편치고는 꽤 많이 땄네."

"어쩌다 붙은 거예요. 기계 이름도 모르는데요, 뭘."

"라면은 네가 사라."

"물론이죠. 새삼스럽게 섭섭한 말씀을."

시바타는 교자만두까지 주문해서 덥석덥석 입에 넣었다. 하지만 유야는 라면 하나를 위에 몰아넣는 것도 고역일 만큼 식욕이 없었다. 별할 일이 없는 아르바이트 직원이 구석에서 담배를 피우고 있었다. 계산대에서는 점장이 부하 직원을 향해 "오늘 구매는 실패야. 본부에서 또 잔소리깨나 하겠네"라고 투덜거렸다.

라면집을 나와 다시 차에 탔다. 어디로 가는지는 묻지 않았다. 갈 곳이 없는 것이다.

"고딩 때 미나미고등학교 애들하고 역에서 난투극 벌였던 거 생각나냐?" 시바타가 불쑥 말했다.

"그야 생각나죠. 그날 내 앞니가 부러졌는데."

"그때 네가 경찰봉 휘두르는 놈한테 덤볐었지?"

"뭐, 아무 정신이 없어서 경찰봉이고 뭐고 보이지도 않았어요."

"그래도 그걸로 네가 유명해졌잖아. 상고 2학년의 가토 유야 진짜 대단하다고."

"아이, 뭘 그렇게까지." 유야는 조수석에서 쓴웃음을 지었다.

"학교에서도 2학년 대장으로 통했지? 여학생들한테도 인기 짱이었고."

"그렇지도 않았어요."

"아냐, 3학년 여학생들까지 너 소개해달라고 난리였어."

"아하하, 그런 얘기 나는 처음 들었어요."

"참 재미있었어, 그때만 해도."

"진짜 재미있었어요."

"결국 우리 전성기는 그때쯤이었다는 건가?"

"아이, 무슨⋯⋯." 유야는 대답할 말이 막혀 어물거렸다.

바람이 일고 가랑눈이 휘날렸다. 학교 동아리 활동을 끝낸 중학생이 아르마딜로처럼 몸을 말고 자전거 페달을 밟으며 지나갔다.

"선배, 그만 자수하셔야죠." 유야가 용기를 내어 말했다. 그것 외에 다른 길은 없다. "자수하면 그래도 죄가 가벼워지잖습니까."

"나도 그거 생각하고 있어, 어제 저녁부터 계속." 시바타가 시선을 앞으로 향한 채로 대답했다. 담담한 어조였다.

"그럼 가시죠, 유메노 경찰서. 바로 저 앞인데."

"잠깐만 기다려라."

재촉하지 말라는 식으로 시바타가 말했다. 갑자기 침착성을 잃고 고개를 쑥 내민 채 핸들을 움켜쥔다.

"자수하면 죄가 얼마나 경감될까?"

"그런 것까지는 모르겠는데요."

"20년이나 10년쯤은 나오겠지?"

"글쎄, 몇 년이나 될지 잘 모르겠는데요……."

"설마 무기징역은 아니겠지?"

"그렇지는 않죠. 살인이 아니라 상해치사잖아요."

"그건 어떤 차이지?"

시바타의 물음에 유야는 텔레비전 형사 드라마에서 얻은 지식을 토로했다. 하지만 말을 하면서도 자신이 없었다. 시바타는 넥타이로 가메야마의 목을 졸랐다. 죽일 마음이 없었다고 주장하기에는 아무래도 무리가 있다.

"그럼 역시 10년쯤일까?"

"아마 그 정도 아닐까요?"

"좀 더 가볍게 나온 경우는 없어?"

"착실하게 살면 형기를 반절만 채우고 나올 수 있다는 얘기는 들은 적이 있는데요."

"그래?"

"있었잖아요, 스네이크 선배 중에 강도상해죄로 교도소에 들어갔던 사람."

"아, 검은색 글로리아 타던 선배? 이름은 잊어버렸네."

"그 선배가 징역 3년이었는데 1년 반 만에 나왔어요."

"그러고 보니 그렇군. 나는 그럼 5년?"

"예, 아마."

확신 따위는 없었지만 위로해줄 마음으로 그렇게 대답했다. 형기가 어떻게 나올지는 짐작도 가지 않지만 좁은 일본 땅에서 도망칠 데도 없고 결국 자수를 권하는 수밖에 없다.

"마누라는 이혼하자고 하겠지?" 시바타가 말했다.

"그럴 리가요……."

"아니, 오히려 그게 나아. 애들 장래를 위해서도 나 같은 건 잊어버리는 게 좋지. 아빠가 살인자라니, 틀림없이 학교에서 손가락질 받을 거야. 취직할 때도, 결혼할 때도 애초에 조건이 불리해져."

"으음……."

말이 막혀서 유야는 신음 소리를 낼 수밖에 없었다.

"친형제들도 눈물 짤 거고. 진짜 내가 어쩌다 그런 짓을 저질렀을까."

시바타가 깊은 한숨을 내쉬었다. 차는 어느새 경찰서 방향으로 가고 있었다. 이제 5분만 달리면 유메노 경찰서에 도착한다.

"사장도 말이지, 그렇게 심한 소리는 안 했으면 좋았잖아. 어떻게 죽을 둥 살 둥 일하는 나한테 뭔가 부족하다는 말을 할 수가 있나. 조금만 더 따뜻하게 말해줬어도, 간부를 통해서 조금만 더 참으라는 말 한마디만 건네줬어도 내가 막장까지 몰리는 일은 없었어." 시바타가 억울하다는 듯이 입술을 깨물었다. "제정신이 아니었어, 내가. 절대로 보통 심리 상태가 아니었다고. 유야, 심신상실(心神喪失)인지 뭔지 그런 걸로 형이 가벼워진 경우도 있지? 나도 그런 거에 해당되지 않을까?"

"그래요. 재판에서 주장하면 인정해줄 겁니다."

유야는 억지로라도 힘을 주었다.

"재판이라. 그거 일반인에게 공개되는 거지? 방청석도 있어서 요즘은 그것만 구경하고 다니는 마니아도 생겼다잖아. 내 재판에도 사람들이 몰려올까?"

"관계자만 오겠죠, 무슨 큰 사건도 아닌데."

"하지만 친형제는 올 거 아니냐."

"그건, 글쎄요."

"너도 올래?"

"선배가 오라고 하시면."

"아니, 오지 마. 죽어도 보여주기 싫다야."

"예, 안 가겠습니다."

드림타운 사거리에서 좌회전해서 오르막길로 들어서자 저 앞쪽에 유메노 경찰서 간판이 보였다. 분명 유야가 나서서 자초지종을 설명해야 할 것이다. 시바타는 완전히 동요하고 있다. 회사 내부 사정에서부터 이번 일의 발단까지 자신이 나서서 순서에 맞게 얘기할 것이다. 트렁크에는 가메야마의 사체가 들어있다. 그걸 본 순간 경관은 어떤 얼굴을 할까. 유야의 무릎이 가늘게 떨렸다. 정신 똑바로 차려. 온몸에 힘을 넣고 스스로를 격려했다.

차가 서행하는 채로 경찰서 앞을 통과한다.

"서, 선배. 자수 안 해요?" 저도 모르게 혀가 꼬였다.

"아냐, 하룻밤만 더 생각해볼게. 너희 집에서 한 번만 더 재워줘."

"뭘 생각하는데요."

"이거저거 많아. 결단을 내릴 수가 없어."

시바타가 물끄러미 앞을 바라보며 새파랗게 질린 얼굴로 하소연했다. 유야는 차마 말릴 수가 없었다.

간헐적으로 휘날리는 눈가루가 앞 유리를 쳤다. 라디오의 일기예보가 오늘밤까지만 눈이 내리고 내일은 맑아질 거라고 말했다.

43

어머니를 집에 모셔와 침실에 자리를 마련해드렸더니 자신이 누울 자리가 없었다. 어쩔 수 없이 간밤에는 고타쓰 밑에서 잤다. 한동안 이런 식으로 지낼 수밖에 없다. 하지만 호리베 다에코는 후회하지 않았다.

어제 어머니를 그 병실에 두고 왔다면 자신은 아마 한숨도 못 잤을 것이다. 인간의 존엄을 따져보고 싶을 만큼 그 어둠침침한 병실에는 죽음으로 향하는 자의 고통스런 고약한 냄새가 떠돌았다. 경비 절감을 위해서인지 형광등까지 반절은 꺼져 있었다. 그 광경은 떠올리기만 해도 기운이 빠졌다. 죽음이란 누구도 피해갈 수 없는 숙명이지만, 성실히 살아온 사람은 최소한 꽃향기가 나는 방에서 영면하도록 해주고 싶다. 그 병실에서 죽는다면 고독사(孤獨死)와 전혀 다를 게 없었다.

아침에는 쌀 한 공기로 밥을 하고 두부 넣은 된장국을 끓였다. 요즘 한참 동안 시슈카이 식당에서만 밥을 먹었던 터라 오랜만에 해보는 요리였다.

고타쓰에서 어머니가 등을 웅크리고 식사를 했다. "애, 맛있다, 맛있어"라고 몇 번이나 말했다. "미안하구나"라는 탄식도 흘렸다. 딸이 어떤 형편인지 어머니는 알고 있었다. 자신을 돌봐주기가 상당히 어렵다는 것도 어렴풋이 짐작하고 있었다. 그런데도 기대지 않을 수 없는 것이다. 앞으로 어떻게 해야 할지 다에코는 알지 못했다. 자신도 없었다. 하지만 지금은 무엇이 어찌됐건 어머니를 돌봐드리자고 결심했다. 오빠와의 대결도 불사할 생각이다.

"어머니, 전에 무릎이 아프다고 했었지? 앉는 거 힘들지 않아?" 다에코가 물었다.

"응, 나지막한 의자가 있으면 좋겠다만."

"알았어. 내가 나가서 사올게. 외출하실 때 휠체어도 있는 게 좋겠어. 지팡이 짚고는 멀리 가지도 못하잖아."

"얘, 그런 건 안 사도 돼. 휠체어는 비싸지 않니?"

"걱정 마세요. 내가 사슈카이라는 데 다니거든. 분명히 누군가 도와줄 거야. 휠체어도 한마디만 하면 금세 누군가 챙겨줄걸?"

허세를 부려본 말이지만 실제로 지금 다에코가 기댈 곳은 사슈카이밖에 없었다. 지도원 우에무라에게 전화해서 이것저것 상의해볼 생각이다. 가장 좋은 건 어머니와 함께 사슈카이에 입주 허락을 받는 것이다. 지금도 노인네들이 몇 명 있으니까 그리 무리한 얘기도 아니다.

밥을 먹고 어머니를 다시 자리에 눕혔다. 이제는 정말 혼자 거동하기가 어려운 모습이었다. 오빠 부부가 집에서 모시기를 거부한 것도 어쩔 수 없는 일이다. 하지만 여럿이 쓰는 병실에 입원시킨 건 또 다른 문제다. 사랑이 없어도 너무 없는 처사였다.

우에무라에게 전화를 했다. 토요일이라 마침 집에 있었는데 다에코인 줄 알자마자 급한 말투로 만신쿄 건에 대해 물었다.

"그 일은 어떻게 됐어? 마루야마 노리코, 피해자 모임의 주재자라는 사람이 도시락 공장에서 일한다고 했지? 거기 쳐들어가서 좀 따져봤어?"

"어제 한 얘기인데 그렇게 금세 할 수 있나요?" 다에코가 대답했다.

"안 돼. 이런 일은 빨리 행동에 옮겨야지."

"항의하러 갈 때는 우에무라 씨도 함께 가기로 하지 않았어요?"

"내가? 왜?"

"어제 말했잖아요, 사람들 모아서 우에무라 씨도 함께 간다고."

"그랬나?"

"그랬죠."

다에코는 한숨을 내쉬었다. 어떻게 이런 여자가 지도원인지 이해할
수가 없다.

"그보다 상의할 게 좀 있어서 전화했는데요……."

다에코는 자신이 처한 상황을 대강 설명했다. 거동이 불편한 어머니
를 맡게 되어 사슈카이 일에 전념하기가 어렵다, 이참에 어머니와 함
께 사슈카이에 입주할 수 없겠느냐고 물었다. 동정을 이끌어내려고 힘
든 사연을 구구절절 털어놓았다.

"아, 그건……." 우에무라는 말끝을 흐렸다. "좀 어려울 거 같은데?
건강하다면 또 모를까 옆에서 시중을 들어드려야 하잖아?"

"아예 거동을 못하는 건 아니에요. 식사 정도는 스스로 하실 수 있
어요."

"그래도 그건 좀……."

큰 민폐라는 듯한 우에무라의 말투에 다에코는 충격을 받았다. 도움
의 손길을 내밀어줄 거라는 기대를 갖고 있었는데 전혀 아니었다.

"사슈카이 숙소에 노인네들도 몇몇 있잖아요. 우리도 거기에 끼워주
면 좋겠는데요." 마음이 급해진 다에코가 물고 늘어졌다.

"거기는 출가 회원이잖아. 전 재산을 사슈카이에 기부한 사람들이야."

"그럼 우리 어머니는 안 돼요?"

"안 된다고 할 건 없지만, 이런 걸 인정해주면 다들 사슈카이를 노인
요양소로 알고 몰려올 거 아냐."

"그럼 일주일이라든가, 당분간만이라도 부탁 좀 할게요. 내가 다시
직장 구해서 어머니를 모셔올 테니까요."

"취직하려고? 아이, 안 되지. 다에코 씨는 우리 사슈카이의 중요한 인

541

력이야?" 밑에 사람이 없으면 자기들이 힘들어질까 봐 그런지 우에무라는 저 좋을 소리만 하고 있었다. "그보다 빨리 지도원이 되어야지. 그러면 어머니도 여기 들어올 수 있지 않겠어? 아무튼 시슈카이를 위해 공적을 쌓아야 해. 재산을 기부하든가, 회원을 많이 모아오든가."

"그게 당장 되는 것도 아니고……. 우선 나는 돈이 없어요."

"그러니까 다에코 씨가 만신쿄의 그 피해자 모임을 뭉개버리고 그 공적으로 지도원이 되면 아무도 잔소리를 못할 거라고. 어쩌면 당장 간부 자리에 오를 수도 있을 걸?"

"그럴까요?"

"당연하지. 지금 있는 이사들, 아무 도움도 안 되는 사람들뿐이야."

다에코는 잠시 생각에 잠겼다. 어차피 이대로는 저금한 돈을 곶감 빼먹듯 빼먹을 뿐이다. 그밖에 기댈 만한 사람이라고는 없었다.

"알았어요. 해볼게요."

"마루야마 노리코라는 주재자가 일하는 도시락 공장, 우선 거기부터 공략해봐. 인력이 필요하다면 말해. 내가 힘이 되어줄 수 있을지도 모르니까. 아참, 절대로 법률에 저촉되지 않는 범위에서 해야 돼. 시슈카이에 불똥이 튀는 일만은 피해야 해."

"네……."

제 실속만 차리는 우에무라의 말에 다에코는 화가 났다. 힘든 일은 모두 떠넘기면서 그 공적만은 함께 따먹으려는 속셈인 것이다.

전화를 끊고 고타쓰에 앉아 턱을 괴었다. 어떻게 해야 하나. 뾰족한 수는 하나도 떠오르지 않았다. 지역 리더 요시에 씨에게 부탁해볼까. 아니지, 자기 일이 있는데 시간을 낼 수 있을 리 없다. 게다가 그녀를 귀찮게 하는 얘기일 뿐이다.

다에코는 고독감을 느꼈다. 가족이 있어도 그 가족이 고민의 씨앗이다. 형제는 타인과 그다지 차이가 없다. 자식들은 그보다 더 무서워서 하소연할 용기가 나지 않는다. 조금이라도 냉대가 돌아온다면 자신은 나락의 밑바닥에 굴러 떨어질 것이다.

고개를 빼고 창밖을 보았다. 양은 적지만 눈은 아직도 내렸다. 우선은 쇼핑부터 하자. 노인용 종이 기저귀에 통조림도 사야 한다. 쇼핑이 빨리 끝나면 마루야마라는 여자가 일하는 도시락 공장을 살펴보러 가도 된다. 시영 버스는 운행할까. 시간표를 확인하고 나가도 눈길이라서 시간대로 오지 않을 것이다. 나는 어쩌면 이렇게도 사회적 약자인가. 이런 시골에 살면서 차도 없다니.

"엄마." 옆방에 말을 건넸다. "화장실은 혼자서 갈 수 있지?"

"응, 갈 수 있어. 걱정 마라." 가느다란 목소리가 돌아왔다.

대체 어머니는 어느 정도나 상황을 파악하고 있을까. 문득 의문이 솟구쳐서 "병원하고 우리 집하고 어느 쪽이 좋아?"라고 물어보았다.

"그야 물론 너희 집이 좋지."

어머니가 바로 답해줘서 조금은 마음이 흐뭇해졌다. 고타쓰에서 일어나 두툼한 스웨터를 걸쳤다. 그 위에 다운재킷까지 껴입어 만전의 방비 태세를 갖췄다.

"엄마, 두 시간 정도만 혼자 계세요. 혹시라도 급할 때는 휴대전화로 연락하면 돼." 번호를 적은 메모와 무선 전화기를 머리맡에 놓았다. "스토브는 켜놓고 가니까 불조심해야 해?"

어머니가 응응 고개를 끄덕였다. 혼자 두고 가는 건 불안하지만 걱정만 하고 있어봤자 아무 소용없다.

부츠를 꿰신고 밖으로 나왔다. 우산을 펴고 새 눈을 밟으며 큰길까지 걸어 나갔다. 차바퀴 자국이 있을 뿐, 아직 제설 작업은 안 되어 있었다. 단지 앞 버스 정류장에는 차를 기다리는 사람이 아무도 없었다. 주말에는 한 시간에 한 대 밖에 없지만, 정류장에서 기다리는 것 외에는 다른 방법이 없어서 목을 잔뜩 움츠리고 서 있었다. 이따금 자동차가 지나갔다. 안에서 딱하다는 듯한 시선으로 내다본다. 동정이라면 필요 없어. 다에코는 가슴속에서 중얼거렸다. 나는 현세의 행복 따위는 원하지 않아. 이 정도 불행이라면 얼마든지 처분할 수 있어.

호주머니 속에서 휴대전화가 울렸다. 어머니인가 하고 가슴이 철렁해서 발신자를 보니 지난번에 번호를 교환한 택시 운전기사 가토였다. 한숨과 함께 힘이 쭉 빠졌다. 벌써 또 만나자는 전화인가. 정말 이 중년 남자는 무슨 꿍꿍이인지 모르겠다.

"다에코 씨, 지금 뭐해?" 느닷없이 다정하게 이름을 부른다. 어이가 없었지만 화는 나지 않았다. 그 환한 목소리에 구원을 받은 부분도 있었다.

"버스 기다려요. 마트에 안 가면 당장 먹을 것도 없어서."

"외출할 거면 택시 좀 타. 요즘 우리 장사가 영 형편이 없다니까."

"그럴 돈이 있어야 말이죠."

"그럼 데이트해주면 공짜로 태워주지."

"어떤 데이트?"

"그야 성인끼리 영화관이나 드림타운 관람차를 타는 데이트는 아니겠지?"

"그런 거라면 사양합니다." 다에코는 정중하게 거절했다.

"아이, 알았어. 그럼 찻집에서 만나는 것만이라도 좋아. 그나저나 어디로 갈 건데?"

"드림타운."

544

"내가 어디로 데리러 가면 되지?"

"단지 앞 버스 정류장에 있는데……. 정말 공짜로 태워줄 거예요?"

"그래. 어차피 한가한 시간이야. 영업소에 대기하고 있어봐야 전화 한 통 안 와. 역 앞에 줄을 서 있어도 기차에서 내리는 손님이 없어."

"그래도 공짜는 좀……."

"사양할 거 없다니까. 어차피 가스비는 회사에서 대줘."

"네……."

"10분이면 갈 거야."

"그 전에 버스가 오면 그거 탈 건데, 그래도 괜찮아요?"

"알았어. 그때는 내가 포기하지. 운명이구나, 하고."

전화가 끊겼다. 그때는 포기한다고? 시원찮은 중년 남자가 말하는 건 제법 멋있다. 어쩐지 그 말투가 그리웠다. 젊은 시절에는 그저 젊다는 것만으로도 남자들이 은근슬쩍 다가오곤 했다. 그런 옛일들이 가슴에 뭉클하게 다가왔다.

버스는 올 기척도 없었다. 혹시 쉬는 걸까. 눈길에서는 다른 때보다 두 배는 시간이 걸릴 것이다.

잠시 뒤에 택시가 모습을 드러냈다. 뿡뿡 가볍게 클랙슨을 울렸을 때는 우스워서 푸웃 웃음이 터져버렸다.

"정말로 어머니를 모시려고? 그건 좀 힘들지 않겠어?"

핸들을 쥔 채 운전석에서 가토가 말했다. 택시 조수석에 타보는 건 남 보기에 부자연스러워서 다에코는 뒷좌석에 앉았다.

"그래도 여럿이 쓰는 병실에 팽개쳐두다니. 난 그렇게는 못하겠어요."

"다에코 씨, 효녀구나."

"에이, 경제력이 없으니 그저 마음뿐이죠."

"그래도 훌륭한 일이야."

가토가 과장스럽게 칭찬해주었다. 딴 꿍꿍이가 있다고 해도 긍정을 해주니 흐뭇했다. 우에무라에게 냉대를 받은 뒤라 더욱 그랬다. 다에코는 자진해서 집안 사정을 털어놓았다. 그리고 현재 자신이 처한 입장, 만신쿄라는 단체와 분쟁하는 중이고 그 피해자 모임을 해체시키라고 간부가 압력을 넣는다는 것까지 모두 얘기했다.

"저런, 이래저래 힘들겠네."

"진짜 세상일이 다 싫다니까요."

"종교도 서로 간에 싸움질을 안 하면 좋을 텐데."

"그렇죠? 다들 사이좋게 지내면 좋을 텐데 왜들 그러나 싶어요."

"하지만 종교도 야쿠자하고 같아서 영역 확보가 생명이니까 그렇겠지. 한마디로 돈이야. 돈이 얽히면 본성이 나오는 거야."

가토가 뻔히 다 아는 듯한 말을 했다.

"아니죠, 시슈카이는 그런 종교가 아니에요. 이사들 몇몇이 욕심이 많은 건 사실이지만."

"아, 미안. 그나저나 그 피해자 모임은 어떻게 하려고?"

"어떻게 해야 할지 정말 마음이 무겁네요."

"지금 가볼까, 그 도시락 공장에?"

"어머, 괜찮아요. 그런 것까지는 안 해줘도 돼요." 다에코가 고개를 저었다.

"한번 둘러보기만 하면 되잖아. 어차피 드림타운 가는 길목인데."

"그래도……."

"드라이브야, 드라이브."

"토요일이라 쉴지도 모르는데."

"도시락 공장이라면 주말에도 일해. 회사 친구 부인이 전에 거기서 일했기 때문에 내가 잘 알아. 야근도 있다던데? 편의점 도시락은 이른 아침에 가게에 내놓아야 하니까 당연히 그렇겠지. 무슨 고급 도시락도 아니고, 거기는 불경기라도 공장이 쌩쌩 돌아가더라고."

가토가 "이쪽이지?"라면서 마음대로 사거리를 굽어 들어갔다. 다에코는 흘러가는 대로 내맡기는 것을 조금쯤 즐기고 있었다. 남자가 이렇게 적극적으로 다가오다니. 이런 건 생각도 안 날 만큼 먼 옛날 일이다.

도시락 공장에는 10여 분만에 도착했다. 논 가운데 선 시민회관 정도 규모로, 굴뚝에서 증기가 피어오르고 있었다. 파트타임 종업원들이 타고 온 울긋불긋한 경자동차가 주차장에 퍼즐처럼 줄지어 있었다. 출입문은 활짝 열린 채였다. 수위도 없고 인적도 없었다. 길 쪽으로 파트타임 모집 중이라는 큼직한 간판이 내걸려 있었다.

기왕 여기까지 온 김에 다에코는 가토를 운전석에 남겨두고 택시에서 내려 부지로 들어갔다. 창문으로 안을 들여다보았다. 흰옷 차림의 여자들이 스무 명쯤 있었다. 바쁘게 도시락을 만들고 있다. 학교 급식 센터 같은 곳인 줄 알았는데, 벨트 컨베이어가 면적의 대부분을 차지하는 번듯한 공장이었다. 위생 점검을 까다롭게 하는지 전원이 머릿수건에 마스크까지 쓰고 있었다. "와아, 이런 곳이 있었구나"하고 다에코는 혼잣말을 했다. 가족이 제각각 흩어져 살면서 도시락의 수요는 나날이 늘어나고 있다. 여기서 일하는 여자들도 틀림없이 하루 세 끼 요리를 하지 않을 것이다. 그들도 구매자인 것이다. 다에코는 '세상은 참 잘 짜여서 돌아가는구나'라며 감탄했다.

"무슨 일이세요?" 뒤에서 누군가 말을 걸어왔다. 작업복을 입은 젊은 남자가 서 있었다.

"아, 미안해요. 파트타임 모집 광고판을 보고 어떤 곳인가 하고……." 다에코는 졸지에 거짓말을 둘러댔다.

"그래요? 고맙습니다. 안에 잠깐 들어가서 구경해보세요." 그 즉시 상냥해졌다. 하얀 이를 내보이며 "우린 근무 시간대를 자유롭게 고를 수 있으니까 주부들이 아르바이트 하기가 좋아요. 꼭 오십쇼"라고 쾌활하게 말했다.

"아, 예……."

"광고지도 가져가세요. 집에 가서 찬찬히 생각해보시면 되니까."

"네."

남자의 재촉에 뒤를 따라갔다. 건물에 들어가 응접실 같은 곳에서 광고지를 받았다. 대충 훑어보니 급여 체계가 상세히 적혀 있어서 야근이면 한 시간에 최고 1500엔이나 받을 수 있었다.

"우린 시급이 좋거든요. 파트타임 아주머니들 사이에서도 인기예요. 아참, 파트타임 반장 아주머니가 있으니까 질문할 게 있으면 한번 얘기해보세요."

남자가 그렇게 말을 남기고 안으로 뛰어갔다. 잠시 뒤에 자신과 같은 또래로 보이는 여자를 데리고 나왔다.

"이쪽은 반장 마루야마 씨. 우리 공장에서 일한 지 벌써 4년째예요. 나는 자리를 비켜드릴 테니까 뭐든 물어보세요."

마루야마라는 이름을 듣고 가슴이 철렁했다. 만신쿄에서 만든 피해자 모임이라는 곳의 주재자다. 이건 또 무슨 우연한 만남인가. 너무 일찍 얼굴을 들켜버렸다.

"마루야마라고 해요. 아주머니, 이름만이라도 알려줄래요?"

웃는 얼굴로 바라보는 바람에 다에코는 이름을 말해버렸다.

"네에, 호리베 다에코 씨. 어디 사세요?"

"시영 단지예요."

"가족은?"

갑작스럽게 사적인 얘기를 물어왔지만 말투가 자연스러워서 불쾌한 느낌은 들지 않았다. 다에코는 남편과는 이혼했다, 아이들 둘은 따로 나가 살고, 지금은 어머니와 함께 산다는 것을 대충 말했다.

"그럼 생활이 힘드시겠네." 마루야마가 친한 사이처럼 말했다. 웃는 얼굴의 느낌이 좋았다. "어머님은 건강하세요?"

"아뇨, 나이가 많으셔서…… 자유롭게 거동을 못하세요."

"저런, 그래요?" 마루야마가 문득 얼굴이 흐려지며 딱하게 여겨주었다. "그럼 여기서 일하시면 되겠네. 아직 어린아이 둘을 재워놓고 야근을 나오는 사람도 있거든요. 그 엄마는 실수입으로 한 달에 18만 엔쯤은 가져갈 걸요?"

"그렇게 많아요?"

"낮밤이 바뀐 일이잖아요. 그 정도는 받아야죠."

그 말에 다에코는 마음이 설레었다. 야근이라면 어머니가 잠든 시간에 일할 수 있다.

"여기 사람들이 다 착해요. 전부 여자들이라 따로 신경 쓸 것도 없고."

"전부 여자들이에요?"

"물론이죠. 경영 방침이 그런 건 아니지만, 주로 여자가 하는 일이라서 자연스럽게 그렇게 됐어요. 시간 괜찮으면 공장도 한번 둘러봐요."

마루야마가 먼저 방을 나선다. 완전히 상대의 페이스에 말린 다에코는 따라가보기로 했다. 적의 동태를 파악하려고 나왔는데 일이 전혀 엉뚱한 방향으로 흘러간다.

복도 게시판에 업무 연락과 나란히 보살 그림의 포스터가 붙어 있었다. 그 밑에는 '설법회 개최'라는 글씨도 보였다. 다에코는 깜짝 놀랐다. 그렇구나. 이 도시락 공장은 만신쿄 신자들이 주로 일하는 곳이다. 마루야마가 반장으로 지명된 걸 보면 경영자도 그걸 알고 있다는 뜻이다.

멈춰 서서 포스터를 바라보는 다에코에게 마루야마가 말했다.

"아, 그거? 혹시 관심 있으면 한번 참가해볼래요? 살아가는 데 크게 도움이 되는 이야기를 들을 수 있어요."

"그래요……."

왠지 적개심도 경계심도 들지 않았다. 지금은 친절하게 해주기만 한다면 화성인에게라도 매달릴 것 같은 처지다.

"이상한 종교 아니니까 안심해요."

마루야마가 미소를 지었다. 다에코는 어깨의 긴장이 스르르 풀리는 것을 느꼈다.

44

토요일이라서 점심때까지 잠을 잤다. 현실에서 도피하고 싶은 마음에 야마모토 준이치는 이불 속에서 한없이 꾸물거렸다.

간밤에는 교코의 맨션에서 몇 시간이나 머물렀다. 젊은 여자의 몸속에 좀 더 오래 빠져있고 싶었지만, 외박만은 아내에게 변명할 여지가 없어서 밤 2시쯤에 집으로 돌아왔다. 도모요는 술 냄새를 풍풍 풍기며 자고 있었다. 세상에 이런 부부가 있을까. 스스로를 비웃었다. 분명 앞으로도 부부애 따위는 살아날 리 없다. 완전히 식어버린 부부다. 준이치가 시의회 의원이라서 도모요는 정치가의 아내 역할을 연기하고 있지만, 그것조차 없어지면 관계는 완전히 끊길 것이다. 준이치가 의원직을 상실하는 순간 야마모토 가는 붕괴되는 것이다. 언제 어디서부터 이렇게 되었을까. 부부의 세월을 거슬러 올라가봤지만, 아버지가 들고 온 혼담에 집안과 얼굴이 쓸 만하다는 것으로 결혼했을 뿐이다. 사랑한 여인이라고 할 사람은 아니었다.

어린 시절부터 정치 후계자로서 커왔기 때문인지 준이치는 미리 깔아놓은 레일 위를 착실히 나아가는 것만이 자신의 사명이라고 믿어버렸다. 애초에 다른 삶의 방식은 생각해본 적도 없었다.

준이치는 이불 속에서 몸을 웅크렸다. 베갯머리에는 자신의 휴대전화가 나뒹굴고 있었다. 어제 후지와라의 통야 때부터 전원은 꺼두었다. 다시 켜기가 두려웠다. 분명 야부타 게이타가 보낸 부재중 전화가 들어있을 터였다. 급히 연락해달라고 절박한 목소리로 호소하고 있는 것이다.

사카가미 이쿠코는 지금 어디서 무슨 일을 당하고 있을까. 아직도 풀려나지 않았다면 꼬박 이틀째 행방불명이라는 얘기다. 그렇다면 가족들도 실종 신고를 했을 것이다. 주부가 행방불명이라면 경찰도 움직일 터였다.

가장 바람직한 건 야부타 형제가 이미 사카가미 이쿠코를 풀어주고 모든 일이 해결된 것이다. 야부타의 형 쪽이 사카가미 이쿠코에게 사죄하고 상응하는 위자료를 내주며 없었던 일로 덮기로 했다든가.

하지만 그럴 가능성은 거의 없다. 준이치는 크게 한숨을 내쉬었다.

사카가미 이쿠코라는 여자가 그런 회유에 넘어갈 리 없다. 경찰에 신고했다가는 가족을 몰살시키겠다고 협박하는 시나리오가 오히려 더 실현 가능성이 높다. 냉정히 생각해보면 잘해야 감금 중이고, 최악의 경우에는…….

준이치는 이불 속 깊은 곳에 파묻히는 듯한 현기증을 느꼈다. 어째서 처음 그 얘기를 들었을 때 곧바로 경찰에 신고하지 않았을까. 그런 조폭 형제를 상대로 의리를 지키는 바람에 자신까지 사건에 휘말리고 말았다.

혹시라도 야부타 고지가 여자를 죽였다면 나는 어떤 죄를 받게 될까. 살인 방조죄까지 떨어지지는 않더라도, 사실을 알고서 즉시 경찰에 신고하지 않은 점에 대해서는 어떤 형태로든 추궁이 들어올 것이다. 매스컴도 입 다물고 있을 리 없다. 그렇게 되면 정치가로서는 끝장이다. 가족에게도 누가 미칠 것이고, 아내는 더욱 더 망가져버린다. 경우에 따라서는 이혼을 청구할지도 모른다.

이대로 어딘가에 숨어버리고 싶었다. 오늘이 주말이라는 게 그나마 다행이었다. 평일이라면 회사나 사무실에서 어쩔 수 없이 야부타 형제에게 붙잡혀 그야말로 궁지에 몰릴 터였다.

소변을 참을 수 없어서 결국 준이치는 자리에서 일어났다. 가운을 걸치고 화장실에 들어가 볼일을 봤다. 목이 말라 주방을 들여다보니 가정부가 요리를 하고 있었다.

"의원님, 안녕히 주무셨어요?"

"예, 안녕하시죠?" 냉장고에서 우유를 꺼내자 가정부가 재빨리 컵을 준비해줬다. 직접 컵에 따라 단숨에 마셨다. "집사람은 어디 갔어요?"

"사모님은 건축가 선생님과 상의도 할 겸 식사하러 나가셨어요."

"이 눈 속에?"

"네."

아내가 바람이 난 걸까. 하긴 그렇다고 해도 자신에게는 비난할 자격이 없었다.

"애들은?"

"방에서 공부하고 있어요."

"알았어요."

"저어, 의원님. 한 시간쯤 전에 야부타 씨라는 분에게서 전화가 왔었어요."

"야부타?" 등줄기에 오한이 내달렸다.

"아직 주무시는 중이라고 했더니 급히 전화를 좀 해달라고 하셨어요."

"말하는 게 어땠어요?"

"글쎄요, 딱히 이상한 기척은 없었는데요."

갑자기 위가 묵직해졌다. 방금 마신 우유가 도로 나올 것만 같았다. 그때 전화가 울렸다. 가정부가 무선 전화기에 손을 내민다. "아, 나는 나갔다고 해요." 준이치가 황급히 지시했다.

"네, 야마모토 댁입니다. ……저어, 의원님은 외출하셨어요. ……글쎄요, 어디 가셨는지, 저는 듣지 못했는데요."

수화기 너머로 희미하게 들리는 남자 목소리는 야부타 게이타의 음성이었다.

"아뇨, 그게 저는……." 가정부가 제대로 대답을 하지 못하고 있었다. 준이치에게 도와달라는 눈빛을 보내왔다. 수화기에서는 게이타의 고함 소리가 들려왔다.

준이치는 일단 전화를 보류시키라고 손짓 발짓으로 전했다. 가정부가 "잠깐만 기다리세요"라고 양해를 구하고 보류 버튼을 눌렀다.

"야부타라는 분이 아침부터 계속 집 앞에 와 있었대요. 그래서 의원님이 외출하셨다는 건 거짓말이고 분명 집에 계실 거라고……."

준이치는 그 자리에서 허리를 꺾고 무릎을 움켜쥐었다. 우유가 목구멍까지 거꾸로 치밀었다.

"어떻게 할까요?" 가정부가 난처한 얼굴로 물었다.

"알았어요. 내가 받지요." 무선전화기를 들고 복도로 나왔다. "여보세요, 야마모토입니다." 태연한 척 할 생각이었는데 목소리가 파르르 떨려나왔다.

"의원 선생, 너무하는 거 아니야? 집에 있으면서 없다고 하다니! 어젯밤부터 휴대전화는 왜 안 받아!"

"아, 미안해요. 감기 기운이 있어서 어제부터 컨디션이 엉망이었습니다."

"그래도 우린 그 여자를 붙잡고 있는데 이런 비상사태에 전화도 안 받으면 어떡하라는 거냐고."

"아직도 가둬두었어요?"

준이치는 짐짓 깜짝 놀랐다는 듯 과장스럽게 되물었다. 동시에 반쯤은 안도했다. 다행이다, 죽이지는 않았구나. 최악의 사태만은 면했다. 말을 하면서 급히 서재로 들어갔다. 가정부나 아이들이 듣기라도 하면 큰일이다.

"지난번에 당장 풀어주라고 아스카 산에서 말했잖습니까."

"일단 납치한 이상 우리는 무사할 수가 없어. 나는 어떻게든 동생을 구해야겠단 말이야."

"사장님, 그건 어려워요. 고지 씨를 경찰에 출두시키세요."

"그렇게 매정한 소리를 할 거야? 큰 어르신이라면 절대로 그런 말씀은 안 하실 텐데."

"다시 한 번 말하지요. 얼른 경찰에 출두시키세요. 그다음의 일이라면 나도 전력을 다해 도와드리겠습니다. 재판 비용도 대 드릴 겁니다. 유메노 경찰서 부서장이 내 친구니까 편의도 봐 드리겠습니다."

"아니, 고지가 도무지 말을 안 들어. 그놈은 이제 교도소에는 절대 가고 싶지 않다는 거야. 의원 선생, 부탁이니까 제발 좀 도와줘."

"뭘 어떻게 하라는 겁니까?"

"일단 집 앞으로 나와. 직접 얼굴 보고 얘기해야겠어."

게이타가 강한 어조로 말했다. 추운 날씨에 새벽부터 집 앞을 지키고 있느라 잔뜩 화가 난 모양이었다.

"알았어요. 지금 나가죠."

준이치는 서둘러 옷을 갈아입고 털모자를 둘러쓰고 방을 나섰다. 갑작스러운 찬 바람에 온몸이 부르르 떨렸다. 정원의 새 눈을 밟으며 미끄러지지 않도록 조심조심 대문을 열었다. 새파래진 얼굴로 게이타가 발을 동동 구르며 서 있었다. 뒤에는 엔진을 켜둔 차가 세워져 있었다.

"의원 선생, 폐를 끼쳐서 미안해. 하지만 나도 지금 죽을 지경이야."

게이타가 하얀 입김을 뿜으며 말했다.

"알았습니다. 차 안에서 얘기하지요."

둘이서 차에 올랐다. 그러자 게이타가 기어를 넣고 차를 출발시켰다.

"잠깐, 어디 가는 거예요?"

"아스카 산에 가야지. 고지 좀 설득해봐. 내가 무슨 소리를 해도 안 들어. 그리고 간 김에 그 여자도 좀 달래줘. 우리가 말해봐야 무서워하기만 하고 도무지 대화가 안 돼. 선생은 가방끈도 긴 사람이니 어떻게든 되겠지."

"무슨 소리예요? 잠깐만요, 나는 못 갑니다. 내려줘요."

준이치는 얼굴이 하얘져서 항의했다. 자신이 여자를 감금한 곳에 가다니, 절대 안 될 일이다.

"그러지 말고, 의원 선생. 제발 부탁이야."

게이타가 울상을 지으며 애원했다. 평소의 대범하던 모습은 어디에도 없었다.

"안 됩니다. 내가 가면 괜히 일이 더 복잡해져요. 그 여자가 경찰에 신고하면 나까지 공범 취급을 받아 의원직을 상실한다니까요. 그렇게 되면 사장님 회사도 끝장이에요."

"그러니까 그렇게 되지 않도록 의원 선생이 얘기를 잘 해달라고."

"무리한 요구예요, 그건."

"자꾸 매정한 말만 하지 말고."

게이타는 필사적인 얼굴이었다. 콧숨을 씩씩거리고 눈에는 핏발이 서 있었다.

"아니, 그래도……."

"이대로 두면 고지는 자포자기해서 큰일을 저질러. 이번에 사람을 죽이면 두 번째야. 재판에서도 최악의 결과가 나올 거라고."

"두, 두 번째라니……." 이건 처음 듣는 소리였다. 놀라서 목소리가 뒤집혔다.

"젊은 시절에 간토 지역에서 상해치사 사건을 일으킨 적이 있어. 그래서 5년 전에 공갈과 상해죄로 체포되었을 때도 집행유예가 나오지 않았어."

"이제야 그런 소리를 해봤자……."

"그놈이 교도소 생활 세 번 만에 완전히 폐쇄공포증 환자가 됐어. 담장 안에 들어가느니 차라리 죽는 게 낫다고 대드는데, 정말 어쩔 줄을 모르겠어."

"그렇다면 애초에 납치 감금을 하지 말았어야지요."

"이미 엎질러진 물인데 그런 얘기를 해서 뭐해?"

"아무튼 나는 내려야겠어요." 팔에 매달렸지만 게이타는 거칠게 뿌리쳤다. "부탁합니다, 제발 내려줘요." 준이치는 울먹거리는 목소리로 말했다.

"아니, 내가 부탁할게. 우리 좀 도와줘. 그놈은 의원 선생을 위해 그런 짓을 한 거잖아."

"어휴, 나 좀 봐주십쇼."

준이치는 조수석에서 몸부림을 쳤다. 머릿속은 공포만 가득해서 판단 능력이 사라져버렸다. 조금 전에는 추워서 덜덜 떨렸는데 이제는 감기에 걸린 것처럼 온몸이 뜨겁고 목이 바작바작 탔다.

눈이 내리는 속에 차는 무서운 속도로 내달렸다.

몇 번이나 집에 보내달라고 애걸했지만 결국 차는 아스카 산에 들어섰다. 원래부터 인기척이 없는 곳에 눈까지 내리니 홋카이도 깊은 산중에라도 헤매든 듯한 착각이 들었다. 큰 소리로 부르짖어도 누구 한 사람 달려오지 않을 것이다. 야생 동물조차 겨울잠을 자고 있었다.

조립식 사무실에서 동생 고지가 기다리고 있었다. 스토브 불을 쬐어 흙빛이 된 얼굴로 술을 들이켜고 있다. 척 보자마자 섬뜩한 느낌이 드는 모습이었다. 이 사내는 태생이 범죄자인 것이다. 사회 규범이 통하지 않는 영역에서 살고 있다.

"고지, 여자는 어떻게 했어? 설마 일 저지른 건 아니지? 나하고 약속한 건 지켰지?" 게이타가 재우쳐 물었다.

"아무 짓도 안 했어. 숲 속 컨테이너에 던져뒀지." 고지는 혀 꼬부라진 소리로 대꾸하더니 또 다시 잔에 술을 따랐다.

"술은 그만 마셔." 게이타가 말했다.

고지는 대꾸도 하지 않고 말없이 잔을 기울였다.

"그 여자, 어디 다친 데는 없어요?" 준이치가 머뭇머뭇 물었다.

"손도 안 댔다니까." 고지가 불쑥 대답했다.

"묶었어요?"

"아냐, 그냥 컨테이너에 있어."

"거기 난방은 돼요?"

"난방이 될 리가 있어? 담요를 줬으니까 그걸 둘둘 감고 있겠지."

"식사는 어떻게 했어요?"

"어제 저녁에 편의점의 불고기 도시락을 줬어. 하지만 안 먹은 거 같아."

"지금이라면 그나마 괜찮아요. 어서 사카가미 씨를 풀어줍시다. 그리고 경찰에 출두해요. 나중 일은 내가 어떻게든 해볼 테니까."

"어떻게든 해보다니, 어떻게 할 건데?"

"그건 지금부터 생각해볼게요. 아무튼 지금은 한시라도 빨리 풀어줘야 해요."

"의원 선생, 어떻게든 해볼 거라면 지금 저 여자를 어떻게든 달래주쇼."

"그래. 여자하고 얘기 좀 해봐. 돈이라면 낼 거야." 게이타도 옆에서 거들고 나섰다.

"그, 그건……."

준이치는 말이 막혀버렸다. 두 사람의 얼굴을 보았다. 너무도 야만적인 인상이어서 깊은 틈새를 느끼지 않을 수 없었다. 이 형제와 옳고 그름을 따져봤자 쓸데없는 짓이다.

"알았어요. 내가 일단 집에 가서 변호사와 어떻게 하는 게 가장 좋은 방법인지 상의해보겠습니다. 그리고 곧바로 돌아올게요. 앞에 트럭이 있죠? 그거 좀 빌립시다. 내가 운전해서 잠깐 다녀올 테니."

말은 그렇게 하면서도 돌아가는 대로 즉시 경찰에 신고하기로 결심했다. 이런 흉포한 자들을 도와줄 이유는 없다. 나만이라도 살아야 한다.

"의원 선생, 그렇게는 안 되지. 당장 경찰에 신고할 거잖아."

게이타가 잽싸게 알아차리고 파이프 의자를 문 옆에 들고 가서 자리를 잡았다.

"이럴 거야, 의원 선생?" 고지가 눈을 부릅뜨며 말했다. 당장이라도 덤벼들 기세다.

"나를 의심하는 겁니까? 이것 참 너무하시네. 내가 그럴 리가 있어요?" 준이치는 과장스럽게 연극을 했다. 그야말로 천만뜻밖의 말이라는 듯 양팔을 번쩍 쳐들었다. 하지만 얼굴이 붉어졌다. "법률 문제가 얽힌 이상 전문가의 지혜를 빌리는 게 가장 효과적이죠."

"의원 선생, 그건 안 돼. 변호사를 부를 일이 아니야. 고지가 경찰에 잡혀가지 않고 일을 끝내야 한다니까."

게이타가 답답하다는 듯 내뱉었다. 그건 애초에 안 될 일이다. 하지만 그렇다고 섣불리 대답할 수는 없었다. 준이치의 맥박이 빨라졌다.

"알았어요. 설득해보죠. 사카가미 씨를 만나겠어요."

말은 했지만 방법은 없었다. 하지만 이대로 말씨름을 해봤자 결론이 나지 않는 데다 자신까지 감금해버릴 기세였다.

"의원 선생, 미안해. 고지만 살려준다면 평생 그 은혜는 잊지 않을게.

고지, 너도 어서 인사해."

야부타가 자리에서 벌떡 일어나 동생의 머리통을 잡아당겼다.

"아니, 인사는 됐어요. 아직 협상이 끝난 것도 아니잖아요."

"여자한테 위자료를 주라면 얼마든지 줄게. 2백만 엔 정도까지는 줄 수 있어."

"알았어요."

셋이서 조립식 사무실을 나와 숲 속 컨테이너로 향했다. 반쯤 넋이 나가서 발을 헛디디는 바람에 자꾸 미끄러졌다. 비틀비틀 숨을 헐떡거리며 걸어갔다. 이제 어떻게 할 것인가. 준이치는 자문했다. 사카가미이쿠코의 가족은 틀림없이 실종 신고를 했을 것이다. 이틀씩이나 행방불명이라면 경찰도 당연히 신고를 받아들였을 것이다. 그렇다면 지금 풀어줘서 집에 돌아가더라도 경찰이 조사에 들어갈 것이다. 결국 사카가미의 입을 막는 건 불가능하다. 우선 살기 위해 위자료 제안에 응한다고 해도 산에서 내려가면 경찰서로 뛰어갈 게 틀림없다. 어쨌든 야부타 고지는 체포될 수밖에 없는 것이다.

적갈색으로 녹슨 컨테이너가 시야에 들어왔다. 걸을 때마다 점점 큼직하게 눈에 뛰어든다. 등줄기가 떨렸다. 입술이 바짝 말랐다. 뇌의 일부가 마비된 느낌이었다. 눈을 밟는 소리만 고막을 울렸다.

야부타 고지가 큼직한 자물쇠를 따고 문을 열었다. 안을 찬찬히 들여다보니 여자가 가장 안쪽 구석에 등을 대고 담요를 껴안은 채 겁에 질린 눈으로 작은 동물처럼 떨고 있었다. 위세 좋던 여성 활동가의 자취는 어디에도 없었다.

준이치 자신도 크게 동요했다. 죽음의 공포에 내던져진 인간을 목격하는 건 처음이었다. 한눈에 확신했다. 이 여자는 구조되어도 반드시 누군가에게 이 일을 털어놓을 것이다. 절대로 침묵하지 않을 인물이다.

"사카가미 씨? 시의원 야마모토예요. 이제 괜찮습니다. 구해주려고 왔어요."

준이치는 졸지에 그렇게 말했다. 여기서 위자료 얘기를 꺼낸다면 그것만으로도 자신은 의원으로서 끝장이다. 회사의 신용도 땅에 떨어진다.

허를 찔린 야부타 형제는 잠시 할 말을 잃고 멀뚱히 서버렸다.

"어서 나갑시다."

컨테이너에 발을 넣고 허리를 숙여 손을 내밀었다. 사카가미는 미처 상황을 파악하지 못한 듯 겁에 질린 얼굴로 벽에서 떨어지지 않았다.

"겁낼 거 없어요. 내가 구해주려고 왔습니다. 집으로 돌아갑시다."

"의원 선생, 이건 또 무슨 소리야?"

게이타가 입을 열었다. 믿을 수 없다는 표정으로 미간을 찌푸리고 있었다.

"컨테이너에 안내해달라고 한 건 사카가미 씨를 구해주기 위해서예요. 나는 범죄에 가담할 사람이 아닙니다. 사장님, 그리고 고지 씨. 더 이상 이런 짓은 하지 말아요."

고개를 돌려 바라보며 배에 힘을 꾹 넣고 말했다.

"당신, 우리를 배신할 거야?"

"이제 그만 정신들 차려요. 이런 짓을 하고도 무사할 것 같아요?"

"이 여자를 설득해준다고 했잖아."

"불법 감금을 해놓고 무슨 설득입니까? 차 좀 빌려야겠어요. 사카가미 씨를 데려가겠습니다."

"내 동생을 팔아먹을 생각이야? 의원 선생, 자기만 살려고?"

"아무튼 차 좀 빌리자고요."

준이치는 그렇게 쏘아붙이고 다시 한 번 사카가미에게 손을 내밀었다.

"크아아~!" 문득 고지가 외쳤다. 야수 같은 표정으로 돌진해왔다. "교도소에는 못 가!" 작업용 방한복 호주머니에서 권총을 꺼냈다. 은색의 싸구려 토카레프 총인 것 같았다.

준이치는 전율했다. 고지가 권총까지 갖고 있을 줄은 몰랐다. 순간적으로 컨테이너 벽에 찰싹 붙었다.

"고지, 안 돼!"

게이타가 당황해서 막으려고 했지만 눈에 미끄러져 넘어지고 말았다. 고지가 사카가미 이쿠코를 향해 총을 겨눴다. 준이치는 그 자리에 자지러들었다. 네 발로 기어서 컨테이너 밖으로 뛰쳐나왔다.

등 뒤에서 총소리가 울렸다. 탕, 탕, 탕. 세 발이다. 눈 덮인 산에 메아리쳤다.

"이놈아!" 게이타가 고함을 지른다. "총 이리 내!" 덮쳐들어 총을 빼앗고 고지의 머리를 때렸다. "이 멍청한 놈아." 몇 번이고 내리친다.

고지는 방심 상태에서 우두커니 선 채 형이 하는 대로 몸을 맡기고 있었다.

준이치는 눈밭에 네 발을 짚은 채 뒤를 돌아보았다. 컨테이너 안쪽에 사카가미 이쿠코가 쓰러져 있었다. 저도 모르게 눈을 홱 돌리고는 더 이상 확인하지 않았다.

바로 눈앞에서 일어난 일을 도저히 믿을 수가 없었다. 자신과 친하게 지내던 산업폐기물 업자가 시민을 살해했다. 그 살해 현장에 자신이 함께 있었다. 더 이상 어떤 변명도 통할 리 없다. 갑작스럽게 구토감이 몰려와 그 자리에서 욱욱 토했다. 옅은 갈색 토사물이 하얀 눈을 더럽혔다. 온몸이 부들부들 떨려왔다. 몸을 세우지 못해 앞으로도 뒤로도 갈 수 없었다.

"고지, 이게 무슨 짓이야. 이래서는 돌이킬 수가 없잖아."

게이타가 총에 맞은 사카가미 이쿠코를 들여다보며 말했다. 고지는 거친 숨을 몰아쉬며 어깨를 들먹거리고 있었다.

"의원 선생, 당신도 책임이 있어. 고지를 막다른 길로 몰아넣은 건 당신이야."

준이치는 목소리가 나오지 않았다.

"고지, 어쩔 거냐. 네가 결정해. 경찰에 자수할래? 아니면 사체를 처리하고 시치미를 뗄래?"

"시치미를 뗄 거야." 고지가 즉시 대답했다. "교도소에 들어가느니 차라리 자살하겠어."

"알았어. 그렇다면 나도 각오를 정했어. 의원 선생도 괜찮지? 이번에도 배신하면 아무리 큰 어르신 아들이라도 가만두지 않아."

준이치는 절실히 후회했다. 이런 형제와는 관계를 맺지 말았어야 한다. 하지만 이미 때늦은 후회다. 나는 이제 어떤 길로 가야 하는가.

더 이상 춥다는 감각도 없는데 떨림이 멈추지 않았다. 정신이 가물가물해질 것만 같다.

45

목 주위에 자줏빛 멍 자국이 생겼다. 아이하라 도모노리는 세면대 거울 앞에서 색이 변한 부분을 조심조심 쓰다듬었다. 어제의 기억이 생생히 되살아나 치골에서 등줄기까지 핥는 듯한 오한이 내달렸다. 이어서 가슴이 욱신거렸다. 온몸이 공포로 오그라들어 칫솔을 든 손이 움직이지 않았다.

내가 목을 졸리다니. 그건 도모노리처럼 지극히 평범한 사람에게는 너무도 특별한 경험이라서 어떻게도 침착해질 수가 없었다. 덤프트럭을 타고 쫓아왔을 때도 충분히 공포감을 느꼈지만, 직접적인 폭력은 그것과는 비교가 되지 않았다. 자신이 얼마나 허약한 인간인지 분명하게 깨달았다. 그런 자에게 맞설 용기라고는 어디를 뒤져봐도 없었다. 하긴 폭력에 맞설 수 있는 사람은 그리 많지 않을 것이다. 법치국가라는 건 얼마나 고마운 인간의 예지인가. 마치 설산에서 귀환한 조난자처럼 숨을 할딱거리며 감사했다.

어제는 경찰차가 도착하기 전에 택배기사 청년이 마침 곁을 지나가다가 용감하게도 니시다 하지메에게 덮쳐들어 도와주었다. 그야말로 생명의 은인이었다. "무슨 짓이야!" "그만두지 못해!" 그런 고함 소리를 들은 것 말고는 구출 때의 장면이 신기루처럼 희미하기만 하다. 정신을 차렸을 때는 눈 속에 웅크리고 앉아 컥컥거리고 있었다. 눈물이 줄줄이 흘러 땀이며 침과 뒤섞여 도모노리의 얼굴은 엉망진창이었다.

청년의 부축을 받으며 처마 밑으로 옮겨갔다. "니시다는?" 도모노리가 묻자 청년은 "아, 그 남자요? 자기 집으로 들어갔어요"라고 대답했다. 격투를 하느라 흥분했는지 상기된 얼굴로 떠들었다. "그 아저씨 진짜 큰일 내겠네. 머리가 돈 거 아냐?"

단지에 사는 사람들도 마당으로 몰려나와 두 사람을 에워쌌다.

"니시다 씨 아들이 길길이 날뛰었다니까."

"그 사람 노이로제에 걸렸다더니만."

"아휴, 딱해라."

그런 대화를 나누고 있었다. 딱하다니, 대체 누가 딱하다는 것인지. 도모노리가 불끈 화가 나서 노인네들에게 따지려는 참에 경찰이 나타났다. 전혀 급할 것 없다는 듯이 느릿느릿 걸어온다. 눈까지 내리는데 왜 사람을 귀찮게 하느냐는 속마음이 뻔히 보였다.

먼저 도모노리의 상태를 살펴보더니 확인차 구급차를 수배했다. 그리고 네 명의 경찰이 각자 흩어져서 목격자 탐문 조사에 들어갔다. 도모노리에게는 나이 든 경관이 붙었다. "형씨, 무슨 일이야?" 웃는 얼굴로 묻는다. 아무래도 이웃 간의 다툼이라고 생각하는 모양이었다. 신고한 영감은 대체 어떤 식으로 신고를 한 건가.

도모노리가 신분증을 제시하고 사정을 설명했다. 경찰이 서서히 사태를 이해하고 표정이 딱딱하게 굳었다. 네 명의 경찰이 니시다가 사는 201호로 향했다. 바깥 복도 쪽 현관문에 두 명, 베란다로 뛰어내려 도망칠 것을 예상하고 뒷마당 쪽에 두 명이 포진하면서 그제야 겨우 경찰다운 면모를 보여주었다. 현관의 벨을 누르자 바깥 상황을 이미 다 알고 있었는지 니시다가 밖으로 나와 몇 마디 나눈 뒤에 순순히 연행에 응했다. 왜 갑작스럽게 얌전해졌는가. 도모노리는 진한 아쉬움을 느꼈다. 경찰에도 그 흉포한 면을 보여줘야지. 그러지 않고서는 자신이 얼마나 심각한 위협에 시달렸는지 제대로 전달되지 않는다. 하지만 니시다는 침울한 얼굴로 고개를 푹 숙이고 있을 뿐이었다.

도모노리는 병원에서 간단한 진찰을 받고 경찰서에 들어가 형사에게 사정을 설명했다. 러브호텔에서 돌아오는 길에 습격당한 일만 빼고는 모두 다 사실대로 말했다. 이건 살인미수 사건이라고 책상머리에 고개를 내밀며 주장했다.

"그 덤프트럭을 운전한 게 니시다라는 증거가 있어요?"

취조하는 형사는 그 점을 고집했다. 대답을 못하자 "증거가 없으면 사건으로 몰아가기가 어렵지. 차로 쫓아왔다는 것뿐인데"라고 떨떠름한 얼굴로 팔짱을 끼고 있었다.

도모노리는 러브호텔에서 돌아오던 길에 겪은 일만은 감춰야 하는 처지라서 트럭의 추돌로 자신의 차가 대파되었다는 얘기를 하지 못하는 게 답답하기 짝이 없었다. 그래도 급박한 상황이라는 것을 열을 내어 강조했지만, 형사는 형식적인 대응을 할 뿐이었다.

경찰서에서 니시다는 그저 조용히 묵비권만 행사한 모양이었다. 심하게 말을 더듬는 모습을 보고 경찰은 그를 장애인으로 생각하는 눈치였다. 도모노리는 절대 그렇지 않다, 즉시 구속해서 감옥에 처넣어달라고 울면서 애원하고 싶었다. 하지만 조사 과정에 전혀 긴장감이 없어서 경찰이 본격적으로 수사에 나서는 건 큰 사건뿐이라는 통설이 이제야 이해가 되었다. 게다가 유메노 경찰서는 여고생 행방불명 사건만으로도 일손이 딸리는 것이다.

저녁까지 경찰서에 있다가 겨우 풀려났을 때는 곧 쓰러질 것처럼 지쳐서 걷기조차 힘들었다. 하지만 앞으로 한참 동안은 바깥 기척에 화들짝 놀라며 잠을 깨는 일도 없을 것이고, 백미러의 공포에서도 해방될 것이다. 그것만이 유일한 위안이었다. 니시다는 당분간 유치장 신세다. 그 점은 담당 형사에게 끈덕지게 확인했다. 동사무소 창구에나 앉아 있는 게 더 어울릴 법한 초로의 형사는 차를 홀짝홀짝 마시면서 "응? 그야 뭐, 계속 묵비권을 행사한다면 유치장에 들어가야지"라고 귀찮은 듯이 대꾸했다.

거실로 돌아와 창 앞에 섰다. 어제부터 내리던 눈은 이제야 겨우 그쳤지만 여전히 해는 보이지 않았다. 일요일인데도 돌아다니는 사람이라고는 없었다. 소리조차 들려오지 않는다. 아무리 눈 때문이라지만 정말 죽은 듯한 도시다. 내가 어쩌다 이런 곳에 와 있나. 한숨을 내쉬었다. 내 인생이지만 정말 활짝 피지 않는 시원찮은 삶이다. 결코 이럴 리가 없었는데.

어렸을 때는 학교 성적도 좋았고 자신의 장래를 믿어 의심치 않았다. 특별한 야심은 없었지만, 괜찮은 대학 나와서 남부럽지 않은 일자리를 가질 거라고 생각했다. 실제로 현청 공무원이 되었다. 지방에서는 현청 공무원이라면 최상층이다. 그런데도 사회복지사무소에 배속되어 문제 케이스나 담당하던 끝에 결국 정신이 이상한 놈에게 쫓기는 처지가 되었다. 아마도 진정한 엘리트 코스라는 건 중앙 대도시 이외에는 없는 모양이다.

게다가 이혼까지 했다. 최대의 타격은 그것이다. 요즘 세상에 이혼이야 드물 것도 없는 일이지만, 아내가 바람을 피워 이혼했다는 건 남자로서 체면이 서지 않는 일이다. 작은 도시라서 주위 사람들 모두가 알고 있다. 길목에 내묶여 구경거리가 된 죄인 같은 기분이었다. 아내의 배신이 이토록 큰 상처를 남길 줄은 상상도 못했다. 언제쯤 이 상처가 치유될까. 아니면 평생 짊어지고 가야 하는 것일까.

휴대전화가 울렸다. 화면을 들여다보니 려인서클에서 온 것이었다. 그쪽에서 걸어온 건 처음이었다. 받아보니 매니저가 사근사근한 목소리로 "쉬시는 중에 죄송합니다"라고 속삭인다.

"오늘은 계속 집에 계시지요?" 유난히 공손한 말투였다.

"예, 그런데요."

"눈길에 외출하기도 힘들고 당연히 그러시겠죠. 일요일에는 집에서 쉬시는 게 최고예요."

"무슨 일이죠?"

"아뇨, 딱히 무슨 일이라기보다……. 이 세상에는 시간이 남아돌아 어쩔 줄 모르는 젊은 유부녀들이 있는 법이거든요."

매니저의 말에 도모노리는 의아했다. 이거 영업 전화인가?

"그래도 일요일인데 가정주부가 집을 비워도 돼요?"

"그건 사람마다 다르지요. 남편이 서비스업이거나 마작을 하느라 돌아오질 않아서 혼자 심심해하는 경우도 간혹……."

"그래서 나한테 손님이 되라고요?"

"네에, 말하자면 그렇죠. 어떠세요?"

"오늘은 좀……."

별로 내키지 않았다. 밖에 나가는 것조차 귀찮았다.

"손님, 부탁합니다. 실은 이번 달에 장사가 형편없어서 제가 아주 죽을 지경이에요. 경호비라고 할까, 다음 주에는 이 지역 야쿠자한테 내야 할 돈도 있고 해서요."

그새 낯을 익혀서 그런지 매니저가 자기 사정을 털어놓았다.

"역시 뒤에 폭력단이 있었군요?"

"그야 가끔 이상한 손님들이 있으니까 경호가 필요하죠. 하지만 평소에는 전혀 관여하지 않으니까 안심하세요. 게다가 저는 그야말로 성실한 시민이에요. 손님께 폐를 끼치는 일은 절대로 없습니다."

"당연히 그래야죠."

"그나저나 오늘은 마음대로 골라잡으실 수 있어요. 젊고 예쁜 유부녀로만 쫘악 모여 있습니다."

568

그 말에 문득 와다 마키가 생각났다. 순간적으로 "어떤 여자들인데요?"라고 물어보고 말았다.

"즉시 출동할 수 있는 여자가 네 명이에요. 손님의 취향을 말씀해주세요."

"글쎄……." 잠시 거드름을 피우며 뜸을 들였다. "전에도 말했던 거 같은데, 나이는 서른이 좀 안 됐고, 자그마한 몸집에 청초하고 짧은 머리의 여자라면 한번 생각해볼까……."

"아, 있습니다, 있어요. 딱 맞는 여자."

"그 여자는 이름이……?"

"레이예요."

그야말로 호스티스 같은 이름에 어처구니가 없는 가운데서도 도모노리는 낙담했다. 이름을 물어본 건 와다 마키인지 아닌지 알고 싶던 것이다.

"휴대전화로 사진 좀 보내줘요."

"그건 안 됩니다. 내 휴대전화로 찍어서 그 자리에서 손님께 보여드리는 건 가능합니다만."

"마음에 안 들면 정말 취소해도 되죠?"

"앗, 그럼 와주시는 겁니까?"

"나가기는 할 텐데 손님이 되느냐 마느냐는 그다음 얘기."

"네네, 좋아요. 항상 만나던 그 주차장에서 기다리겠습니다. 나오시는 데 얼마나 걸릴까요?"

"20분쯤? 아참, 내 차는 수리중이라서 오늘은 빌린 차 타고 갈 거예요, 은색 카롤라."

"알겠습니다. 잘 부탁합니다."

도모노리는 전화를 끊고는 자신을 비웃었다. 하마터면 죽을 뻔한 바로 그다음 날에 이게 무슨 짓인지.

지갑을 들고 안을 확인했다. 다행히 돈은 있었다. 차를 수리하느라 갑작스럽게 돈이 많이 나갔지만, 자포자기하는 심정으로 이참에 저금을 몽땅 써버리자고 생각했다. 어차피 4월이면 현청으로 복귀한다. 유메노에서의 악몽 같은 일을 깨끗이 잊어버리기 위해 돈을 펑펑 써보는 것도 나쁘지 않다.

아니, 벌써 펑펑 쓰고 있다. 지난 열흘 동안에 대체 몇 번이나 여자를 샀는가. 그리고 오늘도 나가려고 하고 있다. 어처구니없는 바보짓이다.

파자마를 벗고 스웨터와 면바지로 갈아입었다. 여자가 와다 마키였을 경우를 생각해서 호감이 가는 인상으로 헤어스타일도 다듬었다. 차 키를 집어 들고 아파트를 나섰다. 냉기가 살을 찔렀다. 얼굴이 얼얼할 정도의 추위였다. 아예 이 도시의 모든 것이 꽁꽁 얼어버리면 좋겠다. 마음에 드는 게 하나도 없으니.

파친코 주차장에 도착하자 예상과는 달리 70퍼센트쯤 차로 메워져 있었다. 도로가 동결되어 아무도 집밖에 나오지 않을 거라고 생각했는데 파친코는 예외인 모양이다. 그러고 보니 그 옆의 드림타운도 평소의 일요일처럼 붐비는 건 아니지만 나름대로 사람들이 드나들고 있었다. 일단 그 안에 들어가면 얼마든지 시간을 때울 수 있으니까 이런 날일수록 더 요긴하게 이용하는지도 모른다.

주차를 하고 나자 즉시 매니저가 자신의 왜건에서 나왔다. 거북이처럼 목을 코트 깃 속에 움츠리고 뛰어온다. 단 1초도 추운 바깥에 있고 싶지 않은지 잽싸게 조수석에 올라탔다.

"눈길에 나오시라고 해서 죄송합니다. 여자들을 대기시켜놓고 손님을 붙여주지 못하면 제 체면이 영 말이 아니거든요."

매니저가 주머니에서 캔 커피를 꺼내며 말했다. "드시죠." 도모노리에게 건넨다.

"어, 고마워요."

"허참, 경기가 안 좋으니까 남편 월급은 줄어들고 원조교제를 시작하는 주부들은 점점 많아져요. 그러니 이런 시골에서도 과당 경쟁이 벌어지죠. 올해 들어 이웃 도시에서 다른 서클이 들어오는 통에 이 장사 해먹기도 정말 힘들군요. 여자들을 어떻게든 우리 서클에 붙잡아두려고 손님 모셔다가 대주고 기분도 맞춰줘야 하고……."

"그래요?"

도모노리는 캔 커피를 마시면서 뜻밖의 업계 사정을 듣고 놀랐다.

"요즘은 어딜 가건 다 힘들어요. 여자들도 자기들끼리 서로 연락을 하거든요. 저쪽 서클이 조건이 좋다더라, 이쪽이 좀 잘해준다더라, 그런 정보를 교환한다니까요. 다들 어찌나 천연덕스러운지. 내가 아직 마흔다섯 살인데, 그새 시대에 뒤떨어진 노친네가 된 기분이에요."

그 말을 듣고 매니저의 얼굴을 찬찬히 바라보았다. 머리에 새치가 있어서 얼핏 나이 지긋한 사람으로 보이지만 자세히 보니 피부에 팽팽함이 남아 있었다.

"전에는 무슨 일을 하셨어요?"

"나요? 예전에는 세탁소를 했죠. 노카타 시장통에서 아버지 때부터 했어요. 근데 주말이고 한밤중이고 세탁물을 걷으러 다니는 체인점이 유메노에 들어오는 바람에 잠깐 사이에 깨끗이 망해버렸어요."

감추고 말고 할 것도 없이 매니저가 자기 얘기를 줄줄 털어놓았다. 유난히 사람 대하는 게 사근사근하다 했더니만 세탁소 주인이었다면 어쩐지 그것도 이해가 되었다. 게다가 주부들을 상대하는 일이라서 여자를 다루는 데도 익숙할 터였다.

"힘드셨겠네."

"힘이 드네 마네 할 정도가 아니에요. 마누라하고 애들한테는 친구하고 대리 운전 사업을 시작했다고 거짓말을 하고 있어요. 내가 미리 벽을 딱 쌓아버리니까 마누라도 자세한 얘기는 캐묻지 않더라고요. 부부간에 눈치 보며 사는 것도 피곤한 노릇이죠. 아버지는 돌아가셨는데 어머니는 일흔다섯에 아직도 쌩쌩해요. 이 어머니가 아들에게는 도무지 스스럼이 없으시니 일은 잘 되느냐, 몇 명이서 하느냐, 회사는 어디냐, 꼬치꼬치 묻는 통에 날마다 거짓말하기도 피곤해요."

매니저의 이야기는 멈추지 않았다. 평소에 남자와는 이야기할 기회가 별로 없어서일까. 마침 잘 됐다는 듯 부지런히 입을 놀렸다.

"게다가 요즘 들어 지역 야쿠자들이 여간 시끄럽게 구는 게 아니에요. 야쿠자들도 처음에는 내 사정을 뻔히 다 아니까 너무 딱하다고 경호비를 싸게 해주기도 하고 그럭저럭 사이가 좋았죠. 근데 올해 들어서 본가(本家)에 보낼 상납금이 높아졌다면서 경호비를 올려달라고 하니, 이것 참……. 유메노의 야쿠자는 그래도 순한 사람들이에요. 시골이라서 돈 뜯어낼 데도 별로 없잖아요. 서로 슬슬 도와주고 도움 받는 정도라는 걸 다 알죠. 근데 그 본가라는 데는 대도시니까 이런 시골 사정을 몰라요. 지난번에도 유메노 야쿠자 간부가 찾아와서 툴툴거리더라니까. 대형마트가 속속 들어와서 재래시장 상점들이 망해버리는 것처럼 지방 야쿠자들도 슬슬 끝장이래요. 그거야 당연히 그렇겠지. 드림타운 같은 대형 쇼핑몰에 들어간 점포에 지역 야쿠자가 경호비 명목으로 화분이니 물수건을 강매하기는 어렵거든요."

"저어, 여자 건은······."

"아차차, 미안. 내 얘기만 했네. 근사한 여자들이 현재 네 명입니다. 다들 파친코에서 시간을 때우고 있죠." 매니저가 휴대전화를 꺼내 렌즈를 도모노리 쪽으로 향했다. "아이, 미안합니다. 매번 사진을 찍고 지우고 하는 게 번거롭긴 하지만, 손님 얼굴 사진을 데이터에 남겨둘 수도 없고······." 잽싸게 도모노리의 얼굴 사진을 찍더니 조수석 문을 열었다. "여자들한테 보여주고 그 대신 그쪽도 사진을 찍어서 금세 돌아오지요. 잠깐만 기다려요."

매니저가 등을 웅크리고 뛰어갔다. 어쩐지 그가 딱하게 보였다. 세탁업에서 매춘 알선으로 직업을 바꿨다는 건 너무도 엉뚱한 일이지만, 딸린 식구를 먹여살릴 돈이 필요할 때는 인간이란 어떤 짓이라도 하는 것이다. 매춘은 범죄인지도 모르지만 피해자는 어디에도 없다.

5분쯤 뒤에 매니저가 파친코에서 나왔다. 그의 손에 들린 휴대전화를 바라보며 도모노리는 갑자기 기대감이 높아지면서 마음이 달아올랐다. 와다 마키도 나와 있을까. 혹시 나왔다면 자신은 오늘 드디어 그 여자를 품게 된다.

"우선 손님 사진부터 지우겠습니다. 자아, 잘 보세요." 항상 하던 순서대로 도모노리의 얼굴 사진을 삭제했다. "그리고 이번에는 여자 사진을 보여드려야지."

매니저가 휴대전화 화면을 도모노리에게 내보이며 버튼을 눌렀다. 먼저 머리를 노랗게 염색하고 눈 주위에 무시무시한 화장을 한 젊은 여자가 보였다.

"이건 좀……."

"그러실 줄 알았어요. 수더분하고 말 잘 듣는 여자애인데 이제 막 들어왔고 아직 스무 살밖에 안 됐어요. 성인다운 만남에는 별로……. 자, 그럼 이 여자는 어때요? 신인인데."

다음에 보여준 여자는 신인이라고는 하는데 아무리 봐도 도모노리보다 연상으로 보이는 평범한 인상이었다.

"이 여자 몇 살……?"

"그럼 다음으로 넘어가겠습니다." 질문에는 대답하지 않고 매니저가 재빨리 화면을 넘겼다. 환하게 웃는 여자 얼굴이 나타났다.

"이 여자라면 알죠."

도모노리가 말했다. 전에 만났던 이름이 미호라고 하던 유부녀다. 애교도 있고 붙임성이 있어서 금세 친해졌고 섹스도 즐거웠다.

"손님 사진을 보고 그쪽에서도 기억하더라고요. 괜찮으시면 또 만나 달라고 하던데?"

"그래요?"

도모노리는 쓴웃음을 지었다. 여차하면 이 여자도 괜찮겠다고 생각했다. 한 차례 살을 맞댄 사이라서 심리적으로도 여유를 가질 수 있다.

"그러면 마지막으로……."

화면에 나온 것은 와다 마키였다. 척 보자마자 알았다. 얼굴이 후끈 달아올랐다.

"이 여자 괜찮은데요?" 도모노리는 흥분을 억누르고 태연한 척하며 말했다.

"그렇죠? 손님들 사이에서도 아주 인기가 있어요."

"어떤 사람이에요?"

"평범한 주부. 나이는 스물여섯."

그건 거짓말이라고 마음속으로 비웃었다. 주민등록을 확인해서 스물아홉이라는 건 이미 알고 있다.

"이 여자로 해볼까요?"

"네에, 고맙습니다."

"여기, 선금."

지갑에서 만 엔을 꺼내주었다. 그 사이에도 심장이 크게 물결쳤다. 도모노리의 흥분 따위는 털끝만큼도 알지 못하는 매니저는 돈을 챙겨 넣고 다시 파친코로 뛰어갔다.

마침내 와다 마키를 품에 안는다. 그렇게 생각하니 어제 하마터면 살해될 뻔한 일까지 까맣게 잊어버리고 몸이 바르르 떨려왔다. 실제로 무릎 아래쪽은 둥실둥실 떠오른 기분이다.

파친코에서 매니저의 뒤를 따라 와다 마키가 나왔다. 틀림없었다. 지난 보름여 동안 눈 속에 낙인처럼 찍혀 있던 여자다.

매니저가 이쪽을 가리키자 와다 마키가 발돋움을 하며 바라보았다. 차 안의 도모노리를 확인하더니 고개를 끄덕인다. 그런 몸짓까지도 귀여웠다. 오종종한 걸음으로 뛰어온다. 차 앞에 다가와 꾸벅 고개를 숙이더니 조수석 문을 열었다.

"안녕하세요? 레이랍니다~!"

머리꼭지를 뚫고 지나가는 듯한 쩽쩽한 목소리였다. 이미지와는 너무 달랐다. 한순간의 공백 뒤에 흥분의 열기가 내리막길을 굴러가듯이 주르륵 떨어졌다.

"아, 예…… 예쁘시네." 도모노리가 피식 웃으며 말했다.

"아이, 그렇지도 않아요~!"

여자가 어린애처럼 말꼬리를 늘이며 고개를 저었다. 인간이란 목소리 하나로 이토록 인상이 바뀌는 것인가.

"저야말로 멋진 분이라서 다행이에요."

"그래요? 기분 좋은데?" 장단을 맞춰주며 대꾸했다. 속으로는 마음이 점점 식어갔다.

"기름 잔뜩 낀 중년 아저씨는 좀 싫잖아요."

"응, 그렇겠네."

"가끔 수염도 안 깎고 오는 사람이 있거든요. 왕짜증이랄까?"

말하는 내용에도 낙담했다. 좀 더 달콤한 상상을 했었다. 누구에게라도 다정한 간호사 같은 여자. 혹은 남자의 기를 살려주고, 자상하게 챙겨주는 아내 같은 여자.

도모노리는 가까스로 웃는 얼굴을 유지했지만 역시 어색한 웃음이었다. 그동안 짝사랑을 하며 부풀려왔던 상상이 모조리 마이너스 쪽으로 작동했다. 혼자 북 치고 장구 친다는 게 바로 이런 것이리라. 하긴 원조교제에 나설 만한 여자가 자신의 취향에 맞는 사람일 리 없다. 나이도 먹을 만큼 먹은 터에 이 무슨 바보짓인가. 가슴속에서 자기혐오의 감정이 소용돌이쳤다.

"항상 어디로 가세요? 난 겐곤야마 모퉁이의 '파리잔느' 모텔이 좋은데."

"나도 그래요. 거기로 가죠."

도모노리는 차를 출발시켰다. 평소의 일요일에 비해 국도의 교통량은 5분의 1쯤일까. 스노타이어를 끼우기는 했지만 조심조심 서행 운전을 했다.

여자는 어려운 기색도 없이 내내 수다를 떨었다. 올 겨울은 날씨가 너무 엉망이다, 드림타운 관람차는 손님이 없어서 평일에는 계속 서 있다, 라는 그저 그런 화제였다. 조수석에 시선을 던지자 코트와 부츠 사이로 검은 스타킹에 감싸인 허벅지가 보였다. 몸매는 꽤 괜찮은 것 같다. 가슴도 제법 풍성하다. 작으면서도 육감적인 몸매를 '트랜지스터 글래머'라고 한다더니, 이 여자도 그런 건가. 도모노리는 마음을 추스르며 이제부터 하게 될 섹스만 생각하기로 했다. 시답잖은 짝사랑이 끝나버린 건 어쩌면 좋은 일인지도 모른다. 현실이란 원래 이런 것이다.

도로가 얼어붙은 날씨에도 러브호텔은 거의 만실이었다. 유메노는 시들한 도시인지 활기찬 도시인지 문득 어리둥절해질 때가 있다. 동화적인 분위기의 방만 남아 있어서 별 수 없이 거기로 들어갔다. 샤워를 하고 막상 할 단계에 이르렀는데 성기가 도무지 말을 듣지 않았다.

애무를 했더니 여자가 연기를 하는 것이었다. 그게 뻔히 보여서 더욱더 시들해져버렸다. 발기하지 않은 경험은 전에도 있었기 때문에 그리 큰 충격은 아니지만, 하필 이런 때에. 도모노리는 몹쓸 타이밍이 원망스러웠다.

"이런 일도 가끔 있으니까 너무 속상해 할 거 없어요."

여자가 위로해주었다. 하지만 그건 이미 돈을 받았기 때문이고, 어쩌면 속으로는 도리어 잘됐다고 생각하는지도 모른다. 여자는 텔레비전을 켜고 예능 프로그램에 푹 빠져 있었다. 도모노리는 이래저래 분통이 터져서 시간을 채우지도 않고 호텔을 나왔다.

"네에, 그런 일도 가끔 있지요."

여자를 태워다 주려고 파친코 주차장에 돌아오자 매니저가 조수석에 올라와 여자와 똑같은 소리를 했다. 은근히 속이 상해서 "하지도 않았는데 돈은 다 받아요?"라고 공연한 트집을 잡았던 것이다. 매니저는 걱정스러운 눈빛으로 미소를 지으며 위로의 말을 건넸다. 그리고는 여자가 맞지 않았던 거라면 액땜으로 다른 여자를 골라보는 건 어떻겠느냐고 제안했다.

"선금은 반만 내도 되니까요. 이대로 집에 가기도 좀 그렇잖아요?"

"그야 그렇지만……."

도모노리가 말끝을 흐렸다. 정말로 머리가 잘 돌아가는 매니저다.

"눈길에 일부러 나오시라고 했는데, 나도 책임이 있죠. 그 뒤로 새 여자도 들어왔어요. 어떻습니까, 사진 보시고 마음에 들면 놀다 들어가시죠."

"그럼 사진만……."

뚱한 얼굴로 승낙했더니 매니저는 다시 도모노리의 얼굴 사진을 찍고는 차에서 내렸다. 이번에는 자신의 왜건으로 달려간다. 여자가 차 안에서 대기하는 모양이었다. 왠지 3분쯤이나 지난 뒤에야 매니저가 왜건 차에서 나온다. 먼눈으로도 금세 느껴질 만큼 얼굴이 굳어 있었다. 처음 보는 표정이었다.

이번에는 조수석에 타지 않고 운전석 쪽으로 돌아와 창을 두드렸다. 도모노리가 차창을 내렸다.

"아, 미안한데 갑자기 몸이 좀 안 좋다고 해서……." 그렇게 말하는 입가가 경직되어 있었다.

"그래요? 그럼 별 수 없지만……. 근데 대체 뭡니까?"

"오늘은 이쯤에서 끝내시고 다시 다음에 부탁합니다."

시선을 맞추지 않았다. 빨리 자리를 뜨고 싶은 눈치였다.

"아, 잠깐." 도모노리가 말했다. 한 가지 생각이 번쩍 떠오른 것이다.

여자는 자신의 얼굴 사진을 보고 거부한 게 아닐까. 그건 말하자면 아는 사람이라는 얘기가 아닌가.

도모노리는 차에서 내렸다. "아, 아뇨. 아닙니다." 앞을 가로막으려고 하는 매니저를 밀쳐내고 도모노리는 왜건으로 뛰어갔다. 안이 보이지 않는 유리였다. 슬라이드식 문을 잡고 힘껏 당겼다. 뒷좌석의 여자가 굳은 표정으로 얼굴을 홱 돌리고 있었다. 머리형은 바뀌었지만 금세 알아봤다. 얼굴을 감추듯이 손으로 머리를 짚고 있었다. 그 약지에는 결혼 반지가 있었다.

"노리코……." 저도 모르게 이름을 불렀다.

헤어진 아내였다. 얼굴을 보는 건 이혼한 뒤로 처음이었다.

"유나는 어디 있어?"

가장 먼저 두 살 난 딸아이의 이름을 들이댔다. 친권을 아내에게 넘겨준 채 이혼한 뒤로 한 번도 딸아이를 만난 적이 없었다. 헤어진 여자와는 연락을 취하는 것도 싫었기 때문이다.

"추우니까 문 닫아." 노리코가 부루퉁한 얼굴로 말했다.

"유나는 어디 있어?"

"자기가 무슨 상관이야? 문이나 닫아. 추워."

"유나는 어디 있냐고!" 도모노리는 헛소리처럼 딸의 이름만 내뱉었다.

"큰소리 내지 마. 유나는 친정집에 있어. 제 외할머니가 봐준다니까?"

"재혼한 거야?"

"안 했어. 이 반지는 가짜. 유부녀 서클이라고 해서 그냥 끼고 나왔어."

"유나는 계속 친정에 처박아두고?"

"아냐, 잠깐 외출할 때만 맡겨. 거기, 문 좀 닫아. 춥다니까?"

"손님, 웬만하면 조용히……." 뒤에서 매니저가 도모노리를 껴안듯이 말했다. "큰소리를 내시면 파친코 직원이 나온다고요."

"당신은 입 다물어. 부부간의 얘기야. 당신과는 관계없는 얘기라고." 도모노리가 매니저의 손을 뿌리쳤다.

"관계없는 건 그쪽이지. 전에 부부였고 지금은 타인이야." 노리코가 말했다. "진짜 추우니까 문이나 닫아. 여기서 말씨름해봤자 별 볼일 없잖아?"

"흥, 결국은 정체를 드러내는구나. 이 창녀!"

"뭐야, 그게? 요즘은 두 시간짜리 드라마라도 그런 시시한 대사는 안 나와."

"시끄러워! 유나 데려와!" 왠지 그 말이 튀어나왔다.

"진짜 웃기네. 여태까지 한 번 만나겠다고 한 적도 없으면서."

"데려와. 딸은 내가 키우겠어. 너 같은 창녀에게 아이를 맡길 수 없어!"

"말은 잘하시네. 아까 매니저한테 다 들었어. 발정난 개처럼 유부녀를 마구 사들였다면서? 그쪽이야말로 아이 키울 자격 없어!"

"유나를 만나야겠어!"

"그럼 변호사 통해서 말해. 1년이나 팽개쳐두다가 갑자기 그래봤자 어려울 거야."

"지금 당장 만나야겠다고!"

격정이 치밀었다. 이런 일은 처음이었다. 아내의 불륜 사실을 알았을 때도 고함은 지르지 않았다.

"뭐야, 진짜. 좀 진정해."

"친정집에 있다고 했지? 좋아. 지금 데리러 간다."

지금 이 감정이 어떤 건지 잘 알 수 없었다. 정말 딸을 만나고 싶은

지, 그것도 알 수 없었다. 하지만 너무도 비참해서 고함이라도 치지 않으면 몸을 세우고 서 있을 수도 없을 것 같았다.

"그건 안 돼. 경찰에 전화할 거야."

"해봐. 네가 하는 매춘 행위도 다 말해줄 테니까."

"그쪽은 어떻게 변명하려고? 매춘은 범죄라서 시청에서 징계면직될 걸?"

"시끄러워!" 목소리가 떨렸다. 이런 흥분은 기억에 없었다.

"손님, 잠깐만 마음을 가라앉히고……." 매니저가 사이에 끼어들었다.

"당신은 입 다물어!" 세게 밀쳤더니 발이 미끄러져 그 자리에 엉덩방아를 찧었다.

"……이것 참, 말이 안 통하네. 이렇게 되면 무서운 형씨들을 불러야겠네. 그래도 괜찮겠어?"

매니저가 천천히 일어나 바지에 묻은 눈을 털어내며 굳은 표정으로 말했다.

더 이상 여기에 있어봐야 소용없었다. 도모노리는 발길을 돌려 차로 성큼성큼 걸어갔다.

"어딜 가려고? 설마 우리 집에 가는 거 아니지?" 등 뒤에 노리코의 목소리가 쏟아졌다.

차에 타고 출발했다. 딸을 데리러 간다. 피를 나눈 내 딸을.

딸아이의 울음소리가 귓속에서 울렸다. 팔뚝에서부터 가슴팍까지 품에 안았던 때의 감촉이 생생히 되살아났다. 마치 눈앞에 있는 것처럼 딸의 존재를 느꼈다.

액셀을 힘껏 밟았다. 타이어가 동결된 노면을 드드득 씹었다.

도모노리가 운전하는 차는 국도를 서쪽으로 향해 달렸다. 마주 오는 차는 드물고, 인도에도 통행인은 없었다. 풍경 속에 색깔이라고는 신호등 불빛뿐이었다. 평소에는 독한 빛으로 번쩍거리던 간판도 성에가 껴서 모조리 회색빛으로 보였다.

조금 전에 만난 전처 노리코를 생각했다. 친척이 하는 회사에서 사무직으로 일한다는 소식을 전해 들었다. 돈이 궁했을 리는 없다. 그동안 자신이 충분한 양육비를 지불했고 친정에서도 도와주는 걸로 알고 있다. 한마디로 애초부터 매춘녀의 소양을 가진 여자인 것이다. 나는 그런 여자와 결혼했었다—.

도모노리는 핸들을 팡팡 내리치며 혼자 소리 높여 웃었다. 자신 속에서 광기 비슷한 것을 느꼈다. 지금까지 이성을 담아두던 그릇이 깨지고 감정의 액체가 뚝뚝 떨어졌다.

"하하하하." 웃음이 멈추지 않았다. 자신이 아닌 다른 누군가의 웃음처럼 전혀 제어할 수 없었다.

돌연 굉음이 고막을 울렸다. 동시에 검은 그림자가 뒤쪽을 덮쳤다. 도모노리는 백미러를 본 순간 그대로 얼어붙었다. 백미러에는 덤프트럭의 프론트 그릴이 당장 튀어나올 것처럼 떠있었다.

이런, 말도 안 돼. 니시다는 분명 유치장에 있을 터였다. 다음 순간 쾅 소리와 함께 차 전체에 충격이 오면서 몸이 앞으로 쏠렸다. 안전벨트가 오른쪽 쇄골을 파고들었다.

추돌이다—. 도모노리는 이를 악물고 핸들을 그대로 유지하려고 했다.

다시 차를 들이받는 충격이 몰려왔다. 이번에는 차체의 후미가 왼쪽으로 밀리면서 차가 스핀하려고 했다. 순간적으로 핸들을 반대로 돌려 균형을 잡았다. 정신없이 액셀을 밟았다. 앞쪽은 드림타운 사거리다. 내리막길이라 덤프트럭은 무게만큼 가속이 붙어 훨씬 유리해진다. 어떻게든 그곳을 무사히 지나 오르막길까지 달아나야 한다. 제발 신호등이 파란불이기를. 도모노리는 부르르 떨며 기도했다. 하긴 빨간불이라도 정지하는 건 불가능하다. 노면은 얼어붙어서 미끄럽다. 급브레이크를 밟자마자 차는 제어력을 잃는다.

앞쪽으로 차가 보였다. 스카이라인 신차다. 당연히 서행 운전을 하고 있었다. 이대로 가다가는 부딪친다. 반대쪽 차선으로 빠지려고 하는 순간, 덤프트럭이 괴물 같은 엔진 소리를 올리며 세 번째 추돌을 해왔다. 차가 시계 방향으로 옆을 향해 홱 돌았다. 덤프트럭 운전석이 옆쪽 정면 위로 보였다. 그곳에 있는 것은 분명 니시다 하지메였다. 목을 졸렸을 때와 똑같이 무서운 얼굴로 내려다보고 있었다.

경찰은 도대체 일을 하는 건가. 유메노 경찰서는 증거를 수집하기가 귀찮아서 처분 보류 상태로 니시다 하지메를 석방해버린 것이다.

다음 순간 측면에서도 충격이 몰려왔다. 상반신이 좌우로 뒤흔들렸다. 옆 방향으로 미끄러지면서 그대로 스카이라인을 들이박았다. 조수석 창이 깨지고 냉기와 배기가스가 단숨에 차 안으로 흘러들었다.

스카이라인도 제어력을 잃고 미끄러지기 시작했다. 두 대가 나란히 내리막길을 미끄러져갔다. 스카이라인이 가드레일에 부딪쳐 그 반동으로 반대 차선으로 튀어나간다. 앞이 텅 비었다. 거기에 흰색 크라운이 있었다. 그 차도 들이박았다. 뒤쪽 덤프트럭이 스핀하는가 싶더니 그대로 옆으로 쓰러졌다. 거센 굉음을 울리며 거꾸로 뒤집혔다. 네 개의 타이어가 하늘을 향하고 있었다. 도모노리는 아무런 판단도 내릴 수 없었다. 눈에 뛰어드는 장면을 멍하니 바라볼 뿐이었다.

도모노리의 차를 포함한 도합 네 대의 차가 두 개 차선을 온통 차지하고 내리막길을 미끄러져 내려갔다. 바로 앞에서 빨간 경자동차가 신호를 기다리고 있었다. 또 다시 충돌했다. 한 대가 더 불어난 채 사거리로 돌진한다. 다른 차도 차례차례 사거리로 들어와 충돌했다. 대체 몇 대의 연쇄 충돌인가. 하얀 연기가 뭉클뭉클 피어오른다. 옴폭한 계곡 모양의 사거리에서 가까스로 차가 멎었다.

시야가 겹겹이 겹쳐 뒤흔들렸다. 거센 현기증에 의식이 오락가락한다. 자신이 지금 어떤 상황인지도 알 수 없었다. 문득 오른편을 바라보니 위아래가 뒤바뀐 채 반쯤 찌부러진 덤프트럭의 운전석이 보였다. 니시다 하지메가 이마에서 피를 흘리며 거꾸로 매달려 있었다. 기절한 것 같았다. 아니면 죽었을까. 똑바로 바라볼 용기가 나지 않았다.

도모노리는 떨리는 손으로 안전벨트를 풀었다. 운전석 쪽으로 덤프트럭이 파고들어서 조수석의 깨진 창문으로 탈출했다. 정신없이 기어나와 길바닥에 털썩 누워버렸다. 젊은 여자의 목소리가 들려왔다. "나 좀 살려주세요"라고 말하고 있었다. 몸을 일으켜 바라보니 스카이라인의 트렁크가 열렸고 거기에서 저지 차림의 여자가 떨어졌다. 이 여자는 대체 누구인가.

몸을 일으켜 허리를 펴자 오른편 어깨에 통증이 몰려왔다. 뼈가 부러진 모양이었다. 이만한 사고에 다치지 않을 리가 없다.

"좀 도와주세요." 다시 여자가 말했다. 얼굴이 창백했다. 찬찬히 보니 아직 10대인 여학생이었다. 어째서 이 여학생은 차 트렁크에 들어가 있었는가.

"구급차 부를 테니까 조금만 기다려." 도모노리가 대답했다.

휘발유 냄새가 났다. 어떤 차에서 새는 걸까. 아무튼 이 자리를 벗어나야 한다. 여학생의 팔을 잡았다. "빨리 이쪽으로!"

그때 펑 하는 폭발음과 함께 벌건 불길이 솟구쳤다. 덤프트럭에서였다. "어이, 여기 사람이 갇혀 있어!" 작업복 차림의 남자가 외쳤다. 지나가던 차의 운전자였다.

검은 연기가 뭉클뭉클 피어오른다. 도모노리에게는 니시다를 구해줄 여유가 없었다. 아니, 구해줄 마음도 없었다. 이대로 죽어주기를 빌었다. 이자가 죽어버리면 평온한 나날이 돌아온다.

"누구, 이리 와서 도와줘!" 운전기사의 화난 고함 소리를 무시하고 인도로 도망쳤다.

다시 한 번 폭발이 일어났다. 이번에는 좀 더 큰 폭발이었다. 운전석이 불길에 휩싸였다.

도모노리는 그것을 보고 진심으로 안도했다. 니시다는 죽을 것이고 나는 살아난다.

맥이 빠져서 털썩 엉덩방아를 찧으며 주저앉았다. 가드레일에 몸을 기대고 주위를 둘러보니 사고에 휘말린 사람들이 우왕좌왕하고 있었다.

거친 숨을 몰아쉬었다. 타는 듯이 목이 마르다. 이마에 뜨거운 게 느껴져 손등으로 닦았더니 물큰하게 피가 묻어났다. 아, 찢어졌구나. 남의 일처럼 중얼거렸다. 아픔은 없었다.

옆에서는 여학생이 긴 장대를 휘두르고 있었다. 머릿속이 대혼란에 빠져 뭐가 어떻게 된 것인지 파악할 수 없었다.

어서 봄이 되어라. 도모노리는 마음속으로 부르짖었다.

봄이 되면 이 도시를 떠날 수 있다.

46

하룻밤이 지나자 노부히코는 아침부터 들썽들썽하기 시작했다. 아무 일도 손에 잡히지 않는 기색으로 아침식사로 나온 빵도 반을 남겼다. 오늘 외삼촌이 찾아오기로 했기 때문이다. 그쪽은 이번에야말로 방에 틀어박힌 조카를 세상 밖으로 끌어내기로 작심한 모양이었다. 노부히코는 항상 하던 게임이 아니라 인터넷 항공사진을 보며 피난 장소를 찾고 있었다. 구보 후미에는 고타쓰 앞에 앉아 그 뒷모습을 살펴보고 있었다.

"메일린, 어디가 좋을까?"

노부히코가 컴퓨터 화면을 바라보며 말했다. 표정은 어둡고 불안해 보였다.

어떻게 대답해야 좋을지 알 수 없었다. 하지만 아무 말도 안 하면 불같이 화를 낼 것 같은 눈치였다.

"드림타운이 좋아요. 사람들 사이에 숨을 수도 있고."

저도 모르게 말이 튀어나왔다.

"흥, 거기서 도망치려고?"

고개를 돌려 이쪽을 보며 어린애 같은 목소리로 말했다. 당연하다. 물론 도망칠 것이다.

"아니에요. 그럴 힘도 없어요."

몹시 피곤한 척 연기를 하며 고개를 저었다.

"내가 그런 말에 속을 줄 알아? 게다가 오늘은 다이너소어가 융단폭격을 해올 거야. 쇼핑몰 같은 데 나갔다가는 집중 표적이 돼."

후미에는 한숨을 내쉬었다. 진짜로 이 사이코패스는 현실 세계와 게임 세계를 수시로 오락가락한다.

"메일린, 다른 피난 장소 좀 생각해봐, 응?" 어린아이가 부모에게 조르듯이 다시 끈질기게 물었다.

"도서관은 어때요? 따뜻한 곳이 좋으니까."

"사람들이 많은 곳은 안 된다니까."

"그럼 영화관은요? 컴컴하니까 아무도 못 봐요."

"거기 들어갈 때까지가 너무 힘들잖아. 아, 그렇지. 학교가 좋겠어! 일요일이니까 아무도 없을 거야." 노부히코가 손바닥을 탁 치며 말했다. "초등학교는 이웃 주민들에게 체육관을 개방하니까 안 되고. 그래, 중학교 쪽이 좋겠지? 눈이 쌓여서 오늘은 동아리 활동도 없을 거야. 어때, 메일린. 중학교 좋지?"

"추울 텐데요……." 후미에가 힘없이 대꾸했다. 내킬 리가 없다.

"난방기를 켜면 되지."

"열쇠를 채웠을 거예요."

"그거야 유리창을 깨고 들어가면 되잖아. 그래, 망치와 장갑을 준비해야겠군."

외출 준비를 하라고 지시했다. 꾸물꾸물 고타쓰에서 몸을 일으켰다. 스포츠가방을 건네줘서 거기에 학교 가방과 교복을 넣었다. 교복에 달린 학교 마크가 눈에 들어온 순간 슬픔으로 가슴이 미어지는 것 같았다. 나는 과연 다시 고등학교 생활을 할 수 있을까.

그때 전화가 울렸다. 노부히코가 화들짝 놀랐다. 발신번호를 보고 내선 전화라는 것을 알자 지겹다는 듯 수화기를 들었다.

"왜, 뭐냐고. 그딴 거 내가 알 게 뭐야? 외삼촌 따위 오든지 말든지 맘대로 하라고 해. ……시끄러워! 방에 있건 말건 그건 내 자유야.

……울지 좀 말라니까? 울고 싶은 건 나야. 나를 낳았으니까 당신 책임이지. 그러니까 책임지고 죽어! 죽으라고! 죽어버려!"

노부히코가 이마에 파란 힘줄을 세우며 몇 번이고 죽으라고 소리를 질렀다. 눈은 충혈되고 입술이 파르르 떨리는 게, 쳐다보기가 딱할 만큼 패닉에 빠진 모습이었다. 이 사이코패스에게는 여유라는 게 전혀 없다. 오로지 세상을 두려워하고 사람들과의 교류에서 도망치고 하루하루 시간을 허비하는 나날을 보낼 뿐이다. 공상의 세계에서만 구원을 찾으며 멀쩡한 정신조차 상실해버렸다.

죽어야 할 사람은 너야! 후미에는 마음속에서 부르짖었다. 살아 있을 가치가 없다면 제발 죽어줘. 인간의 권리 따위 이런 일을 당한 마당에 더 이상 믿지 않는다. 이 집 안에서 살아 있을 권리가 있는 사람은 나 하나뿐이다. 노부히코의 부모 역시 죽음으로 이 죄를 갚아야 한다.

"메일린, 가자."

손을 내밀어왔다. 죽어도 그 손을 잡고 싶지 않아 시선을 맞추지 않은 채 혼자 일어섰다. 하지만 그 손은 맞잡으려는 게 아니라 수건을 건네려고 내민 것이었다.

후미에는 말없이 수건을 받아 스스로 눈을 가렸다.

소맷자락을 잡고 방을 나섰다. 감금된 뒤로 몇 차례 신었던 로퍼를 현관에서 발에 꿰고 밖으로 나왔다. 눈은 그친 모양이었다. 하지만 살을 찌르는 냉기는 어제보다 더 차가웠다. 한 걸음씩 내밀 때마다 얼어붙은 눈이 발밑에서 뽀드득 소리를 냈다.

"메일린, 미안하지만 잠깐 여기 들어가 있어."

손으로 더듬어보고 차 트렁크라는 걸 알았다. 대충 손짐작으로 다리를 걸고 안으로 들어갔다. 바닥에는 이불이 깔려 있었다. 담요도 있다.

눕힌 몸을 웅크리는데 덜컹 하고 트렁크 문이 닫혔다.

그 순간 납치당했을 때의 공포가 되살아나 패닉에 빠졌다. 온몸이 부들부들 떨리고 뇌가 무중력 상태처럼 앞뒤로 흔들렸다. 하지만 금세 잦아들었다. 그나마 조금쯤은 환경에 익숙해진 것이다.

부르릉 시동이 걸린다. 차가 출발했다. 결국 노부히코의 부모는 마지막까지 내다보지 않았다.

노부히코는 정말로 중학교에 불법 침입했다. 교문을 열고 뒤쪽 정원으로 돌아가 차를 세우고 사람이 없는 것을 확인한 뒤에 현관 유리창을 깼다. 그가 들어간 곳은 양호실이었다. 망설임 없이 곧장 들어가는 걸 보면 예전에 노부히코가 다니던 중학교인 것 같았다.

"저거 봐. 가스 스토브가 있어."

노부히코는 그 스토브에 불을 켜더니 책상 서랍을 차례차례 열어보며 뭔가를 찾기 시작했다.

후미에는 양호실 침대에 앉아 무릎을 끌어안았다. 소독약 냄새가 코를 찔렀다. 커튼을 들추고 교정을 내다봤더니 발자국 하나 없는 눈 덮인 운동장이 펼쳐져 있었다. 주변에 인가는 없었다. 논밭에 에워싸인 중학교였다.

"흥, 여기 있군." 노부히코가 한 서랍에서 과자 봉지를 쳐들었다. "내가 이 학교 다닐 때하고 하나도 달라진 게 없어. 양호실 선생, 포테이토칩이니 쿠키를 서랍에 감춰놓고 틈만 나면 먹더니만. 도무지 자기계발이라는 건 모르는 여자야. 어이, 메일린. 이거 먹어도 돼."

초코쿠키를 획 던져준다. 전혀 먹고 싶지 않았지만 화를 낼까봐 봉투를 뜯어 하나를 입에 넣었다.

"쳇, 멍청한 여자. 나한테 '노부히코는 체육하고 과학 시간만 되면 배가 아프니?'라고 괜히 의심하는 소리나 하고……. 정말 그 시간만 되면 배가 아픈데 날더러 어쩌라는 거야?"

노부히코가 중얼중얼 혼잣말을 하기 시작했다. 얼굴이 상기된 채 손짓 발짓을 섞어 투덜거리며 주위를 어슬렁거린다. 그 눈빛이 다른 때보다 더 이상했다. 마치 이 자리에 누군가가 있고 그 사람을 향해 욕을 해대는 것 같았다.

"당신이 교무실에서 자꾸 그런 소리를 하니까 다른 선생들까지 내가 꾀병을 부린다고 생각한 거야. 체육 선생은 사람을 멸시하는 눈으로 '정로환 먹고 운동장으로 나와'라고 호통을 쳤어. 애들은 킬킬거리고. 그러니 아무리 배가 아파도 아프다는 말도 못했어."

노부히코가 목에 매달고 있던 전기충격기를 치켜들고 공중을 향해 방전했다. 파파팟. 날카로운 소리가 울리며 파란 불꽃이 흩어졌다. "으하하, 으하하하"라고 소리 높여 웃는다. 광기가 노골적으로 드러난 모습이었다.

"학교라는 데는 공부 잘하는 놈 아니면 싸움 잘하는 깡패 같은 놈의 전용 놀이터야. 그 밖의 학생들에게는 교도소하고 전혀 다를 게 없어. 날마다 학교에 갇혀서 듣기도 싫은 수업을 듣는 게 무슨 얼어죽을 의무교육이야? 난 이 학교 진짜 죽도록 싫었어. 수학여행 때는 어땠는 줄 알아? 나를 깡패새끼들하고 한 팀에 몰아넣었지. 여행하는 사흘 내내 짐꾼 노릇만 했어. 애초에 수학여행 같은 거 가고 싶지도 않았어. 일주일 전부터 배탈이 났었다고. 왜 내 말을 믿어주지 않느냔 말이야."

약품 케이스를 발로 걷어찼다. 유리가 와창창 소리를 내며 깨졌다. 후미에는 무서워서 몸을 바짝 움츠렸다.

"좋아, 마침내 기회가 왔어. 복수해주지. 내가 이렇게 용감한 전사라는 걸 너희에게 똑똑히 알려주겠어. 다이너소어 기동대와 날마다 결사 항전을 펼친다는 거, 너희는 몰랐지?"

노부히코가 호주머니에서 수갑을 꺼냈다. 침대 쪽으로 다가오더니 한쪽을 후미에의 손에, 그리고 또 한 쪽은 침대 파이프에 걸었다.

"메일린, 잠깐만 기다려. 기막힌 아이디어가 떠올랐어. 이 학교는 아테나의 숲과 연결되어 있어. 그곳으로 통하는 루트를 특정할 수 없도록 유리창을 모조리 파괴해야 돼."

이번에는 또 무슨 해괴한 소리인가. 후미에는 무서워서 시선을 아래로 떨어뜨렸다. 노부히코의 목소리를 듣는 것조차 고통스러웠다.

"당장 실행에 옮겨야 해. 무기가 될 만한 걸 찾아봐야지."

노부히코가 양호실 구석의 로커에서 대걸레를 꺼내왔다. 콧김을 씩씩거리며 복도로 나섰다. 잠시 뒤에 유리창 깨지는 소리가 났다. 무엇 때문에 저런 짓을 하는 건지, 노부히코가 하는 행동은 하나같이 이해할 수가 없다.

문득 책상 위를 보니 전화기가 있었다. 저걸로 경찰에 신고할 수 있을까? 후미에의 등에 소름이 돋았다. 수갑을 만져봤다. 플라스틱이지만 정교하게 만들어진 물건이라 쉽게 풀릴 것 같지 않았다. 무슨 방법이 없을까. 바닥으로 내려서 침대를 통째로 당겼다. 조금씩이지만 움직였다. 양호실 침대는 싸구려 파이프로 만든 것이었다.

복도 쪽에 귀를 기울여보니 노부히코는 창유리를 깨며 점점 멀어져 간다. 의미 불명의 고함 소리도 들려온다. 제발 한참 동안 돌아오지 말기를. 후미에는 신께 기도하며 침대를 잡아당겼다. 퍼뜩 생각나서 이불과 매트리스는 바닥으로 끌어내렸다. 이제 침대는 파이프 본체만 남아서 어린애라도 들어 올릴 수 있을 만한 무게였다. 전화기가 바로 저 앞이다.

침대 다리가 바닥에 떨어진 매트리스에 걸렸다. 그래도 힘껏 침대를 당겼다. 수갑이 채워진 왼쪽 손목이 잘려나갈 것처럼 아팠다. 이를 악물고 참았다. 납치된 뒤로 처음 해보는 탈출 시도였다. 여태까지 공포로 움츠러들었던 마음이 비로소 필사적인 행동에 나섰다.

침대가 옆 침대에 부딪쳐 다시 멈춰버렸다. "안 돼!" 쇳소리 같은 비명을 질렀다. 흰 천을 씌운 칸막이가 쓰러졌다. 요란한 소리가 울린다. 수갑에 매이지 않은 오른손으로 침대 밑을 붙잡았다. 몸을 숙여 온힘을 다해 끌어당겼다. 바닥에 떨어진 매트리스며 이불도 한쪽으로 밀쳐냈다.

책상에 손이 닿을락 말락한다. 이제 조금만 더 가면 된다. 50센티미터만. 후미에는 손을 뻗쳤다.

뒤편에서 검은 그림자가 쓰윽 나타났다. 노부히코였다. 시뻘건 얼굴로 전기충격기를 치켜들었다. 그대로 후미에의 등에 들이댄다.

"메일린, 감히 나를 배반해?"

온몸에 전류가 흐르고 한순간에 허리가 툭 꺾였다. 바닥에 무너져 내렸다. 이미 때늦은 일이다. 구조될 기회를 놓치고 말았다. 시야에 안개가 서렸다. 조명 스위치를 꺼버린 것처럼 문득 캄캄해지면서 딸깍 의식이 끊겼다.

정신을 차렸을 때는 자동차 트렁크 속이었다. 깜깜한 어둠과 추위, 그리고 잘게 진동하는 것으로 알았다. 얼마나 오랫동안 정신을 잃고 있었을까. 시계가 없으니 알 수가 없다. 암흑 속에서 무의식중에 자신의 몸을 더듬어보았다. 옷은 제대로 입고 있었다. 폭력을 당한 흔적은 없었다. 배가 고픈 걸로 짐작컨대 점심시간은 지난 느낌이 들었다. 하긴 식욕 따위는 없다. 어디까지나 위 속이 그렇다는 얘기다.

나는 이제 어떻게 되는 건가. 다시 그 별채로 돌아가는가. 또 다른 곳에 갇혀 있느니 그나마 그 '스카이어 3호' 쪽이 낫다. 고타쓰도 있고 하루 세 끼의 식사도 나온다. 노부히코가 집을 떠나 헤매고 다닌다면 앞으로는 먹을 것도 제대로 못 먹게 된다.

다음에 다시 태어날 때는 꼭 남자로 태어났으면. 문득 그런 생각이 들었다. 여자이기 때문에 이런 사이코패스에게 납치되어 인생을 망치는 것이다. 변태들이 노리는 건 언제나 약한 여자다. 설령 구조된다고 해도 여자이기 때문에 매스컴의 좋은 먹잇감이 된다. 인터넷에는 실명과 주소가 떠돌아다니고 틀림없이 성폭행을 당했을 거라느니 낙태를 했을 거라느니, 지들 좋을 대로 마구 지껄이는 것이다.

아예 후지산 마그마가 폭발해버렸으면 좋겠다. 최악의 대재앙으로 이런 자잘한 납치 감금 사건 따위는 어디론가 날아가버린다면 얼마나 좋을까. 내가 죽건 말건 그런 건 상관없다.

그때 쿠앙 하는 격한 충격이 몰려왔다. 후미에의 몸이 트렁크 앞뒤의 벽에 이리저리 내동댕이쳐졌다. 아픔 때문에 얼굴이 일그러졌다. 대체 무슨 일일까.

이어서 두 번째 충격이 덮쳐왔다. 몸이 팝콘처럼 통통 튀었다. 머리와 팔꿈치를 어딘가에 세게 부딪쳤다. 암흑 속에서 별이 번쩍번쩍 튀었다. 다른 차의 엔진 소리가 바로 가까이에서 윙윙거리고 있었다. 교통사고일까. 다른 차에 들이받힌 것 같다. 클랙슨 소리가 울렸다. 대형 트럭의 나팔이 내지르는 시끄러운 소리였다.

또 한 차례의 충격과 함께 차체가 움푹 파였다. 파앙 터지는 소리와 함께 눈으로 환한 빛이 쏟아져 들어왔다. 하얀 것이 보였다. 하늘이었다. 트렁크가 열린 것이다. 어떻게 된 것인지 알 수가 없었다.

몸이 붕 떴다가 다시 내동댕이쳐졌다. 까아악. 비명을 올렸다. 뒤에서 달려오는 차가 보였다. 다시 그 뒤편에는 거대한 덤프트럭이 옆으로 쓰러진 채 하얀 연기를 올리며 무서운 속도로 미끄러져 내려왔다. 교통사고다. 틀림없는 교통사고였다.

노부히코의 차가 차선을 벗어나 어딘가에 충돌했다. 목이 꺾일 것처럼 세게 트렁크 벽에 부딪쳤다. 차가 멈췄다. 후미에는 정신없이 트렁크 밖으로 몸을 내밀었다. 다리가 후들거려 일어설 수가 없었다. 아스팔트로 몸을 굴려 떨어졌다. 도로는 얼어붙어 있었다. 사람이 보였다. 노부히코가 아닌 보통 사람이다. 몇 명이나 눈에 들어왔다. "살려주세요!" 후미에는 힘껏 소리를 지르고 있었다. "살려주세요, 살려주세요, 살려주세요!" 몇 번이고 똑같은 말을 거듭했다.

주위를 살펴볼 여유는 없었지만 엄청난 사고라는 것만은 알 수 있었다. 거대한 덤프트럭이 거북이처럼 벌렁 뒤집혔고 그 밖에도 몇 대의 자동차가 찌그러져 있었다.

한 남자가 깨진 유리창으로 기어 나왔다. 이마에서 피가 흐르고 있었다. "나 좀 살려주세요!" 그쪽을 향해 정신없이 부르짖었더니 "구급차 부를 테니까 조금만 기다려"하고 자신의 부상은 아랑곳하지 않고 손을 내밀어 후미에를 일으켜주었다. 남자의 어깨에 기대고 휘청거리는 걸음으로 그 자리를 벗어났다. 그제야 후미에는 날아갈 듯한 해방감을 느꼈다. 아아, 드디어 구조되었다. 노부히코의 손에서 벗어났다!

길가로 이동했다. 중고차 가게의 깃발이 보여서 그것을 붙잡고 몸을 지탱했다. 구해준 남자는 차도에 털썩 주저앉아 망연자실한 얼굴로 거친 숨을 몰아쉬고 있었다.

평 하는 굉음에 뒤를 돌아보니 10미터쯤 떨어진 곳의 덤프트럭에서 불길이 솟구치고 검은 연기가 로켓처럼 하늘을 향해 올라갔다. 덤프트럭의 운전석에 사람이 있는 것 같았다. "어이, 여기 사람이 갇혀 있어!" 누군가 외쳤다. 후미에는 거기까지는 미처 생각이 미치지 못했다. 그저 눈앞에서 벌어지는 일을 갓난아기처럼 멍하니 바라볼 뿐이었다.

지나가던 차에서 사람들이 내려섰다. 길가의 점포에서도 직원들이 뛰어나왔다. 모두가 구조대처럼 보였다. 그중 누구에게 구조를 청해도 금세 달려와 자신을 구해줄 것 같았다.

문득 옆을 보니 가드레일을 들이박은 스카이라인 차 안에서 노부히코가 기어 나오고 있었다. 눈에 녹아들 것처럼 창백한 얼굴이었다. 찍소리도 못한 채 어물거렸다. 후미에와는 눈도 마주치지 못했다. 기역자로 우그러져버린 자신의 차를 보더니 "어어, 미치겠네……"라며 전기충격기를 목에 매단 채 우물우물 중얼거렸다.

저런 허약해빠진 놈에게 며칠씩이나 내 자유를 빼앗겼던 거야? 후미에의 눈에 눈물이 핑 돌았다. 가슴속에 격한 감정이 치밀었다. 내 소중한 인생에 대체 무슨 짓을 한 거야.

후미에는 가드레일에서 중고차 가게의 깃발을 쑥 뽑아냈다. 그 파이프를 은장도처럼 머리 위로 높이 치켜들고 노부히코를 향해 내리쳤다.

"이 사이코, 죽어버려!"

머리에 명중했다. 노부히코가 제 머리통을 부여잡고 허리를 꺾었다.

"미친놈아!"

이어서 등판을 따악 내리쳤다. 풀쩍 몸을 쳐들며 얼굴이 일그러진다. 노부히코는 저항하지도 도망치지도 못하고 프로그램이 망가진 로봇처럼 그 자리에 서있을 뿐이었다.

"누가 메일린이야? 네깟 놈의 미친 짓에 왜 나를 끌어들여!"

큰 소리로 부르짖으며 이번에는 가슴팍을 퍽 찔렀다. 망상의 세계에서는 우주 전사 루크였던 노부히코가 바깥 세계에서는 벌거벗은 포로처럼 쩔쩔매고 있었다.

"나는요, 대학교는 도쿄로 갈 거야. 너 따위는 절대로 손도 못 댈 도회지로 갈 거라고. 두고 봐. 넌 평생 그 방일걸? 절대로 못 나와!"

줄줄줄 말이 튀어나왔다. 그것과 연동하듯이 오열이 터졌다.

"이 변태, 미친놈. 교도소에서 목매달아 죽어버려. 엄마!" 중간부터 엄마를 부르고 있었다. "엄마, 엄마ㅡ." 울음 섞인 목소리가 되었다. 눈 위에 덜썩 주저앉았다.

"어이, 여기 사람이 갇혀 있다!" 다른 곳에서 누군가 외치고 있었다.

"엄마, 엄마……."

후미에는 엉엉 소리 내어 울었다. 더 이상 아무 생각도 나지 않았다.

멀리서 사이렌 소리가 들려왔다. 점점 가까이 다가온다.

피어오르는 검은 연기 너머로 드림타운의 관람차는 인간이 무슨 짓을 하건 말건 차갑게 느릿느릿 돌아가고 있었다.

47

차 트렁크에는 여전히 가메야마의 사체가 들어있다. 가토 유야는 집 2층 창문으로 주차장에 서있는 시바타의 크라운을 내려다보며 깊은 한숨을 내쉬었다. 오늘은 틀림없이 시바타를 자수시켜야 한다. 이대로 미적거리다가는 사체는 부패할 것이고 경찰의 심증도 나빠진다. 게다가 월요일인 내일은 분명 가족과 회사 간부들이 가메야마의 행방을 찾아 나설 것이다. 어떻게든 오늘 안으로 매듭을 짓는 수밖에 없다.

"유야, 너도 컵 스프 먹을래? 감자 스프야."

주방에서 시바타가 물을 끓이며 말했다. 대체 어쩔 생각으로 저러는지 모르겠다. 유야의 파자마와 솜저고리까지 걸치고 시바타는 완전히 태평한 얼굴이었다.

"예, 먹어요."

"식빵도 있네? 유효 기간이 오늘까지야. 얼른 구워 먹자."

"그러죠."

시바타가 직접 오븐 토스터에 빵을 끼웠다. 그 사이에 냉장고에서 마가린을 꺼내고 접시도 꺼내고 있다.

"내가 할게요."

"됐어. 넌 고타쓰에 가서 기다려."

부지런하게 척척 움직이는 시바타의 모습이 유야는 아무래도 불안스럽게 보였다.

고타쓰에 마주앉아 아침과 점심을 겸한 식사에 들어갔다.

"눈이 겨우 그쳤네." 시바타가 토스트를 아삭 베어 먹으며 말했다. "올 겨울은 날씨가 정말 이상하다."

"그러게 말예요. 이렇게 추운 건 처음이에요."

식욕은 없지만 유야도 토스트에 손을 내밀었다.

"도로도 얼었겠지?"

"선배의 크라운이면 괜찮아요. 스노타이어니까요."

"응, 그건 그렇지……."

대화가 끊겨서 텔레비전을 보았다. 유메노의 여고생 실종 사건을 버라이어티 프로그램으로 방영하고 있었다. 지난 일주일을 돌아보는 내용으로, 해설자가 "한시라도 빨리 발견되었으면 좋겠습니다"라고 누구든지 할 수 있는 빤한 말을 늘어놓는다.

"저게 벌써 언제 일이냐. 이미 죽었을 거다."

"그렇겠죠?"

"참 안 됐어. 무코다고등학교라면 공부도 잘하는 여학생일 텐데."

"그러게 말예요."

"아마 처녀였겠지. 당하고 살해된 거야."

"흠."

"세상 참 무섭다."

"누가 아니랍니까."

다시 침묵이 흘렀다. 시바타가 무슨 생각을 했는지 휴대전화를 꺼내 전원을 켰다. "어휴, 이렇다니까"라고 혼자 중얼거리더니 자리에서 일어선다.

"마누라가 수없이 전화하고 문자를 보냈네. 하긴 당연하지. 소식도 없이 이틀씩이나 외박을 했으니 엄청 걱정할 거야."

어떻게 하나 지켜보고 있으려니 창가로 다가가 별로 망설일 것도 없이 집으로 전화를 걸었다.

"응, 나야. 미안하다. 휴대전화 배터리가 떨어져서." 아내를 상대로 이야기하기 시작했다. "그래서 내가 문자 보냈잖아. 유야네 집이라니까? 회사 일로 문제가 좀 생겼거든. 나한테 이래저래 상의할 게 있다고 해서 얘기를 하다 보니까 이틀이 훌쩍 지나가버렸어. ……뭐? 거짓

598

말 아니라니까. 에이, 잠깐 기다려." 시바타가 휴대전화를 유야에게 내밀었다. "야, 미안한데, 좀 받아줘."

유야는 당황하면서도 휴대전화를 받아들었다.

"네, 여보세요, 유야예요. 지난번에 쇼타 얘기 고마웠어요."

"지금 둘이 뭐하는 거야?" 시바타의 아내가 화난 소리를 냈다.

"미안해요. 제가 회사에서 큰 실수를 저질러서요. 지금 선배가 뒷수습을 해주는 중이거든요. 여기저기 사과도 하러 다니고. 예, 그런 거예요."

거짓말이 술술 나왔다. 우선은 이 자리를 무사히 넘겨야 한다는 생각밖에 없었다.

"마작했다면서? 애 아빠는 문자로 마작한다고 했는데?"

"아, 그건 선배가 나 잘못했다는 말 안 하려고 대충 둘러댄 거예요. 형수님, 폐 끼쳐서 죄송합니다. 다 내 탓이에요."

"알았어. 그럼 애 아빠 좀 바꿔줘."

휴대전화를 돌려주었다. 시바타는 전혀 허둥거리지 않고 아내와 평소대로 대화하고 있었다. 애들은 어떠냐. 집에 별일은 없느냐.

"응, 오늘은 일찍 들어갈게."

마지막에는 그런 말까지 하는지라 유야는 제 귀를 의심했다.

"저녁에 찌개 끓인다고? 응, 알았어. ……아무거나 좋아, 된장이든 간장이든."

대체 어쩔 생각인가. 당분간 집에 돌아갈 수 있을 리가 없다. 혹시 자수를 안 할 생각인가? 그렇다면 사체는…….

"선배, 자수 안 할 거예요?" 머뭇머뭇 물어보았다.

"아냐, 해야지." 얼굴이 슬쩍 험악해지면서 대답한다.

"그럼 그 전화는……."

"별 수 없잖아. 사실대로 말해봤자 마누라가 패닉에 빠지기밖에 더 하겠어? 오늘 밤이면 다 드러나겠지만 그때까지 단 몇 시간만이라도 마음 편하게 해줘야지. 그게 지금 내가 할 수 있는 최선의 배려야."

"그건 그렇죠……." 어쩐지 그 심정을 알 것 같았다. 분명 지금 사실 대로 말해봤자 어쩔 도리도 없다. "그럼 이제 슬슬 경찰서로 갈까요? 아니면 신고를 하고 어딘가로 와달라고 해도 될 텐데."

"서두르지 마. 급하게 가봤자 더 좋아지는 것도 없잖나."

"그, 그래도……."

"사장은 이미 죽었어. 자수를 빨리한다고 다시 살아날 것도 아니고."

갑자기 기분이 상한 얼굴이었다. 짜증난 기색으로 뺨을 파르르 떨고 있었다.

"이틀이나 지나서 자칫 사체가 부패할 수도 있어서……."

"괜찮아. 날씨가 엄청 춥잖아. 냉동고에 넣어둔 셈이야. 그보다 유야, 스테이크 먹으러 안 갈래? 마지막으로 맛있는 것 좀 먹자."

"방금 밥 먹었잖아요."

"겨우 토스트 한 장? 야, 갈 거야, 말 거야?"

"알았어요. 가요."

유야는 답답함을 느끼면서도 고개를 끄덕였다. 이렇게 되면 철저히 시바타와 동행하는 수밖에 없다. 선배는 도망칠 마음은 없다. 결단을 내리지 못할 뿐이다.

국도변의 스테이크 체인점에 들어가 창가의 4인 테이블에 앉았다. 마침 점심때였지만 도로가 얼어붙은 탓인지 가게 안은 비어 있었다. 종업원이 플로어 한쪽에서 하품을 씹고 있다. 두 사람 모두 등심 스테이크 200그램을 주문했다. 달아오른 철판에 얹힌 스테이크가 소스 튀는 소리와 함께 나왔다.

"그래, 이거야." 시바타가 헤벌쭉 웃으며 나이프와 포크를 집어 들었다. "역시 고기가 맛은 있어. 교도소에서는 설마 스테이크는 안 나오겠지?"

"안 나오겠지만, 그래도 고기 요리는 있겠죠."

유야도 고기를 입에 넣었다. 신경이 날카로워진 탓인지 맛이 느끼했다. 곁들인 버터는 옆으로 밀어내고 소스를 조금 적게 해서 먹었다.

"나 생맥주 한 잔 마셔도 되겠냐?" 시바타가 물었다.

잠시 말이 막혔지만 얼른 "좋죠"라고 대답했다. 그러는 편이 낫다. 시바타가 술을 마시면 운전대는 자신이 맡게 되고, 경찰서 앞을 그대로 지나칠 일도 없다.

"너도 마셔."

"둘 다 마시면 어쩝니까. 음주 운전으로 잡히면 벌금 3만 엔이에요."

"아차, 그렇지."

순순히 물러서줘서 마음이 놓였다.

시바타는 나온 음식을 깨끗이 비우고 디저트로 초콜릿 케이크까지 먹었다. 어떻게 식욕이 날 수 있는 건지. 유야는 믿어지지 않았다. 그냥 모른 척하는 건가. 혹은 체념해버린 건가. 아니면 될 대로 되라는 건가. 이쑤시개를 물고 중년 아저씨처럼 "어, 잘 먹었다"하고 중얼거리더니 한참이나 창밖을 바라본다.

"교도소 면회는 횟수에 제한이 있냐?" 갑작스럽게 질문을 던져왔다.

"모르겠는데요."

"마누라가 날마다 면회를 오면 만날 수는 있을까?"

"글쎄요."

"아이들을 데려와도 되나?"

"그것도 잘 모르겠네요."

"누구한테 좀 물어봐라."

"그런 걸 누구한테?"

시바타가 침묵했다. 담배 필터 쪽을 테이블에 톡톡 쳐서 잎을 재우더니 의자에 깊숙이 몸을 묻고 라이터로 불을 붙인다. 그 동작 하나하나를 몹시도 아쉬운 듯이 해내고서 담배 연기를 피워 올렸다.

"아, 싫다. 담배는 진짜 못 끊는데." 다시 다른 넋두리를 시작했다.

"아이 생겼을 때 금연했잖아요."

"그거 두 달 만에 포기했어."

"주위가 온통 담배 피우는 사람이라서 그랬죠. 거기는 아무도 안 피울 테니까 괜찮아요."

위로할 생각으로 말했지만 전혀 위로가 안 되었다.

종업원이 테이블을 치우자 커피와 물만 남았다. 시바타는 연달아 세 개비의 담배를 피웠다. 천장 스피커에서는 배경 음악으로 서던 올 스타즈의 노래가 흘러나왔다. 시바타가 노래방에서 단골로 부르던 곡이다. 나지막한 소리로 따라서 흥얼거린다. 가게 안을 형제인 듯한 아이 둘이 마구 뛰어다녔다. 진짜 머리 나빠 보이는 젊은 부부는 그런 아이들을 나무라지도 않고 각자 휴대전화만 꾹꾹 누르고 있었다. 아이가 통로에 넘어져서 큰 소리로 울음을 터뜨렸다. 시바타가 표정이 확 바뀌어 "거참, 시끄럽네. 쟤들 아빠 엄마는 대체 누구야?"라고 낮게 말하며 그쪽을 노려보았다.

"선배, 그만 가죠." 유야가 고개를 쓰윽 내밀며 말했다. "이러다 보면 한이 없어요. 게다가 너무 늦게 가면 자수하는 효과도 떨어지잖습니까."

"나도 알아."

"내가 운전할 테니까요."

"그래, 알았다."

"자, 일어나요."

유야가 계산서를 들고 일어섰다. 자기가 내겠다는 시바타에게 "그럴 돈 있으면 형수님한테 주세요"라고 타이르고 계산대로 향했다.

통로를 지나갈 때 시바타가 젊은 부부를 향해 "당신들, 자식새끼 버르장머리 제대로 가르쳐"라고 험상궂게 나무랐다. 남편 쪽은 순간 얼굴색이 변해서 노려봤지만, 시바타와 눈이 마주치자마자 상대가 안 되겠다고 생각했는지 시선을 돌리며 우물거렸다.

주차장으로 나와 둘이서 크라운에 올랐다. 유야가 핸들을 잡고 국도를 따라 경찰서 방향으로 몰고 갔다. 드디어 선배를 보내야 하는가. 마음이 착잡하게 갈라졌다.

시바타 본인이 말하는 것보다 제삼자인 자신이 설명하면 경찰은 더 귀를 기울여줄 거라고 유야는 생각했다. 그래서 똑똑하게 말할 수 있을지 걱정스러웠다. 이런 때야말로 세일즈로 다져온 화술을 발휘해야 한다.

정신적으로 막판에 몰려 우발적으로 저지른 범행이다. 사장 가메야마는 카리스마가 있는 사람이지만, 직원들을 경쟁으로 내몰고 남의 마음을 갖고 노는 경향이 있었다. 시바타는 결코 난폭한 사람은 아니다. 오히려 항상 후배를 배려해주는 착한 성품이다. 게다가 누구보다 성실했다. 성실했기 때문에 더더욱 이런 비극이 일어나고 말았다. 이건 비극이다―.

유야는 어젯밤부터 생각해온 대사를 머릿속에서 짜내려갔다. 발표
회를 앞둔 초등학생처럼 신경이 예민해져 있었다.

　하지만 경찰이 예전에 폭주족이던 우리 얘기를 진지하게 들어줄까.
이틀이나 집에서 재워준 것 때문에 공범으로 취급할 가능성도 있었다.
아니, 그건 아니다. 자신은 계속 자수를 권했고 실제로 경찰서까지 데
려가고 있지 않은가. 감사를 받을지언정 비난받을 이유는 전혀 없다.

　"드림타운에서 영화나 한 편 보고 갈까?" 조수석에서 시바타가 말
했다.

　"선배, 안 돼요. 그건 포기해요." 즉답으로 거부했다.

　"너, 너무 냉정한 거 아니냐?"

　"무슨 섭섭한 말씀을. 사장 해치웠을 때도 내가 달려갔어요. 이틀 밤
을 재워줬고 충분히 선배를 위해 노력했잖습니까."

　"하긴 나야 할 말 없지. 면목이 없다."

　"형수님과 아이들은 내가 돌봐드릴게요."

　"응, 부탁한다."

　"힘들 때는 함께 상의해주고, 돈이 필요할 때는 스네이크 OB들한테
모금도 하고, 아이들하고 함께 놀아주기도 할게요."

　유야가 진심을 담아 말했다. 정말로 좋아한 선배를 위해 어떤 일이
든 다 해주고 싶었다.

　"고맙다. 왠지 눈물이 난다."

　시바타가 돌연 눈물 젖은 목소리를 냈다. 콧물을 훌쩍이며 오열을
삼켰다.

　"내가 진짜 어리석은 짓을 했다. 타임머신이 있다면 아무리 비싸도
내가 사버릴 텐데. 금요일 밤으로 돌아가 집에서 마누라와 애들하고

냄비 요리 먹고 싶어."

유야의 눈에도 눈물이 차올라 뺨을 타고 투두둑 떨어졌다.

"인생이 두 번이라면 얼마나 좋으냐. 딱 한 번이니 다시 살아볼 수도 없잖아."

"다시 살 수 있어요." 유야가 울면서 말했다.

"그럴까?"

"그럼요. 몇 년 교도소에 들어갔다 나와도 아직 30대예요. 사나이 인생, 그때부터 본격적으로 시작하는 거 아닙니까."

"서른까지는 나올 수 있을까?"

"나올 수 있다니까, 선배."

둘이서 소리 내어 울었다.

차는 언덕길을 내려갔다. 그 앞의 드림타운 사거리에서 좌회전해서 5백여 미터만 가면 유메노 경찰서다. 그때 뒤에서 굉음이 울렸다. 백미러를 들여다보고 순간적으로 추돌 사고라고 판단했다.

뒤쪽 승용차의 모습이 백미러를 점거했다. 졸지에 핸들을 움켜쥐고 몸을 시트에 바짝 붙였다. 콰쾅 하는 소리와 함께 등판에 큰 충격이 몰려왔다.

"아아악!" 시바타가 비명을 올렸다. 미처 대응할 준비를 못했는지 몸이 앞으로 왈칵 쏠리면서 안전벨트 하나로 겨우 버텼다.

차가 제어력을 잃고 언덕길을 미끄러져 내려갔다. 브레이크를 힘껏 밟았더니 타이어가 잠겨버려 사태를 더욱 악화시키고 말았다.

그대로 빨간 신호의 사거리로 돌진했다. 바로 앞의 빨간 경자동차를 피하지 못한 채 추돌했다. 경자동차는 그야말로 가볍게 노면을 미끄러져 다른 차에 부딪치면서 장난감처럼 데굴데굴 굴렀다. 다음에는 이쪽이 구를 차례였다. 왼편 방향에서는 시영 버스가 달려왔다. 유야가 운전하는 크라운은 당구공처럼 튕겨나갔다. 유리가 깨진다. 파편이 차 안에 흩어졌다. 유야는 셰이커 안의 얼음처럼 사방에 머리와 어깨를 쿵쿵 쳤다.

가까스로 차가 정지했다. 둘이 함께 신음 소리를 내는 것밖에는 아무것도 할 수 없었다. 현기증이 일면서 시야가 부옇게 흐려졌다. 제대로 힘이 주어지지 않는 손으로 안전벨트를 풀어 몸을 자유롭게 했다. 운전석 문을 열려고 했지만 차체가 찌그러져 꿈쩍도 하지 않았다.

"유야, 나갈 수 있어?" 시바타가 말했다.

"창문으로 나가죠. 선배, 괜찮아요?"

"잘은 모르겠지만, 뼈가 부러지진 않은 모양이다."

시바타는 나무에서 떨어진 개구리처럼 납작해져 있었다. 조수석 쪽은 다른 차가 처박고 들어와서 도저히 열릴 것 같지 않다.

일단 유야부터 운전석 창으로 기어 나왔다. 주위를 둘러보고는 입이 떡 벌어졌다. 거대한 덤프트럭이 뒤집혀 검은 연기를 뭉클뭉클 뿜어낸다. 처음에 이쪽 차를 추돌했던 스카이라인은 가드레일을 들이박고 서 있었다. 빨간 경자동차는 옆으로 누워버렸다. 그밖에도 몇 대의 차가 뒤엉켜서 차선을 온통 가로막았다. 생전 처음 보는 규모의 대형 연쇄 추돌 사고였다.

뒤편 트렁크가 심하게 찌부러져 있었다. 허둥지둥 다가가보니 뚜껑이 변형되어 후크 하나로 가까스로 열리지 않고 버티고 있었다. 안의 사체는 과연 어떻게 되었을까.

우선 시바타부터 구출하려고 운전석 창문 안으로 팔을 뻗어 웃옷을 움켜잡았다.

"선배, 들어낼 테니까 안전벨트 풀어요."

"아, 잠깐. 이러다 경찰 오면 트렁크 안을 들키게 돼." 시바타가 통증으로 얼굴을 찡그리며 말했다. "유야, 다시 타라. 차가 움직이는지 운전 좀 해봐."

"움직이면 어떻게 하려고요?"

"경찰서에 가야지. 여기서 사체를 들켰다가는 내가 자수하는 것하고는 완전히 달라져."

"아차, 맞네."

유야는 정말 맞는 말이라는 생각에 다시 창문으로 기어들어가 운전석에 앉았다.

기어를 중립으로 놓고 시동을 걸어보았다. 걸렸다. 앞쪽에는 장애물이 없었다. 살금살금 액셀을 밟았다. 움직였다. "후우, 살았다." 시바타의 입에서 탄식이 흘러나왔다.

하지만 사거리에서 경찰서 방향으로 올라가자 보닛에서 연기가 피어오르고 잠깐 달려간 참에 시동이 꺼져버렸다.

"뭐야? 왜 그래?"

"모, 모르겠어요."

"모른다고만 하지 말고 어떻게 좀 해봐."

키를 돌려봤지만 이번에는 꿈쩍도 하지 않았다.

"안 되는데요? 어쩌죠?"

"내가 할게. 유야, 넌 내려서 차 뒤를 밀어봐."

"하지만 오르막길이에요."

"아, 그렇지. 안 되겠네……."

사이렌 소리가 들렸다. 경찰서는 바로 저 앞이었다. 등줄기에 식은

땀이 주르륵 흘렀다.

"종 치고 막 내렸다." 시바타가 멍하니 앞을 바라보며 체념한 기색으로 중얼거렸다. 유야는 할 말을 잃어버렸다.

경찰차들의 적색등이 눈에 들어오기 시작했다. 두 줄로 이쪽을 향해 달려오고 있었다.

"자수하러 가는 길이었다고 하면 믿어줄까?" 시바타가 말했다.

"그렇다고 말해야죠. 아니, 사실이 그렇잖아요?"

"흠……."

유야는 핸들에 머리를 기대고, 목구멍까지 치미는 안타까움을 꾹꾹 참고 있었다. 그 감정은 써늘하고, 메마르고, 서글픈 것이었다.

어떻게도 치고 올라갈 수가 없구나─. 마음속으로 중얼거렸다.

깨친 창으로 찬 바람이 들이쳐 유야와 시바타를 비웃듯이 한바탕 휘저으며 체온을 빼앗고는 나가버렸다.

48

호리베 다에코는 도시락 공장에 다니기로 결심했다. 지금 자신에게 가장 필요한 것은 무엇이 어찌됐건 돈이라는 걸 깨달았기 때문이다.

어제 그 공장을 둘러보고 분위기가 괜찮은 일터여서 그만 그 자리에서 면접을 보고 말았다. 원래는 거기서 일하는 마루야마를 골탕 먹이는 게 목적이었는데, 이건 정말 일이 엉뚱하게 흘러가고 있다.

마루야마는 무척 개방적인 사람으로 보였다. 자기네 종교에 끌어들이기 위한 허세라고 대충 감이 잡히기는 했지만, 적어도 파트타임 종업원의 반장을 맡을 정도니까 회사 측에서 신뢰하는 사람이라는 건 틀림없었다. 피부가 깨끗한 미인이어서 마주하면 왠지 마음이 편안해지는 것도 좋았다. 생각해보면 사슈카이의 여자들은 다들 몸단장에 신경을 쓸 여유가 없는 사람들이다.

신앙에 대해서는 생각하지 않기로 했다. 사슈카이를 배신할 마음도 없고, 사라님을 흠모하는 마음에도 흔들림이 없지만, 자신에게 어떤 도움도 주지 않는 터에 봉사까지 할 의무는 없다고 생각했다. 게다가 지금은 어머니를 모시는 것만으로도 힘에 부친다.

어제는 그 뒤에 가토와 러브호텔에 갔다. 끈질기게 졸라대는 바람에 은근슬쩍 넘어가는 식으로 몇 년 만에 남자와 살을 섞었다. 그걸 허락한 것은 누군가 감싸주는 것에 굶주렸기 때문인지도 모른다. 문득 깨닫고 보니 자신은 내내 고독했던 것이다.

섹스는 어이없는 것이었다. 하지만 녹슬어 있던 여러 가지 것에 기름칠을 한 듯한 기분에 그리 나쁘지는 않았다. 가토처럼 시원찮은 중년 남자라도 자신을 여자로 봐주는 것에서 자존심이 채워졌다. 앞으로 이따금 만나서 해도 괜찮을 듯한 마음이 들었다.

오늘은 어머니의 휠체어를 사러 갈 생각이다. 시영아파트 단지의 내부는 고령자를 배려한 시설이고 뭐고 없지만, 어머니를 계속 방에 가둬둘 수만은 없다. 하루에 한 번쯤은 바깥에 나가는 것도 필요하다. 현관까지 어떻게든 부축해서 나가면 그다음은 휠체어로 별 어려움 없이 바깥 출입을 할 수 있다.

"엄마, 나 내일부터 일 나가기로 했어." 식사를 하면서 다에코가 어머니에게 말했다.

"그랬구나. 어디인데?" 어머니가 천천히 밥을 씹으며 물었다.

"도시락 공장. 야근이면 시급이 좋아. 매일 밤 10시부터 아침 5시까지 일할 거야. 엄마는 주무시는 시간이니까 불안할 것도 없지?"

"얘, 미안하다."

"무슨 섭섭한 소릴. 모녀지간인데."

"땅 팔면 돈이 나와. 그건 너한테 줄게."

"그 땅에 오빠가 새 집 지었잖아."

"아냐, 땅이 있어. 네 아버지 땅이야. 그걸 내가 상속했으니까 없어질 리가 없다니까."

"엄마, 정신 잃으시면 안 돼. 그 땅은 엄마 돌봐드린다고 오빠가 상속했잖아. 아주 한참 전 일이야."

"아니, 그런 적 없어. 권리서가 네 오빠 집에 있을 게다."

어머니는 자신을 의심하는 일 없이 항변했다. 치매가 이런 것인가 다에코는 슬퍼졌다. 참으로 인생이란 잔혹하다. 스스로 원하는 방식으로 죽지도 못하다니.

"엄마, 점심 먹고 두 시간만 시장에 다녀올 테니까 집 좀 봐주세요."

"응, 알았다."

"화장실 다녀와서 안방에서 주무시고 계세요."

"얘, 다에코. 실은 침대가 있었으면 좋겠다만, 그건 안 되겠니?"

"그래요, 내가 나간 김에 침대도 보고 올게."

그렇구나. 노인네는 이불보다는 침대가 다리와 허리에 부담이 적은 것이다. 어머니가 어려워하면서도 말을 해줘서 다에코는 마음이 놓였다. 이렇게 기대주시니 더욱 열심히 뛰어볼 의욕이 생긴다.

오후에 시영 버스를 타고 드림타운에 나갔다. 전화로 문의했더니 접이식 휠체어도 있다고 했다. 역시나 대형 마켓이다. 가장 싼 것은 6800엔이라는 것에도 놀랐다. 하긴 자전거가 그 정도 가격이라는 걸 생각하면 별로 이상할 것도 없지만.

금요일부터 내리던 눈이 오늘 아침에야 겨우 그쳤지만 적설량이 30센티미터를 넘어서 도로는 동결되어 있었다. 그 탓에 평소 일요일이면 제대로 걸어다닐 수도 없는 쇼핑몰이 오늘은 손님이 60퍼센트 정도뿐이었다.

휠체어는 1층 드러그스토어 쪽이다. 눈에 띄지 않는 한쪽 구석에 노인 용품 코너가 있고 그 뒤에 몇 대의 접이식 휠체어가 줄지어 있었다.

펼쳐보았다. 역시 싸구려 느낌이 풍풍 풍겼지만 어떻든 탈 수만 있으면 된다고 마음을 접었다. 두 손으로 들어보니 의외로 가벼웠다. 배달을 부탁할까 생각했지만 웬만하면 직접 들고 가도 별 문제는 없을 것 같았다. 아니, 그보다 손잡이를 잡고 밀면서 가면 된다.

색깔은 더러움을 타지 않을 갈색으로 선택했다. 고개를 쭉 빼고 점원을 찾아봤지만 근처에서는 보이지 않았다. 어쩔 수 없이 계산대로 가져가려고 휠체어를 안고 나갔다. 중앙 통로 쪽을 보니 흠집 난 상품을 파는 특설 코너가 만들어졌고, 가구도 몇 가지 나와 있었다. 나온 김에 보자는 생각에 그쪽으로 발을 옮겼다. 나무판에 흠집이 있는 싱글베드 프레임이 있었다. 가격이 5천 엔인 걸 보니 거의 떨이 상품이다. 매트리스를 따로 사면 얼마 정도나 들까. 어머니는 앞으로 자리보전을 할 가능성이 있으니까 바닥이 밀리지 않는 딱딱한 것이 좋다.

그런 생각을 하면서 휠체어를 든 채 마트 안을 걸었다. 침구 매장은 어느 층에 있는 건가. 이리저리 찾으며 시선을 허우적거리고 있으려니 아는 얼굴이 보였다. 고등학교 때의 같은 반 친구다. 가족 넷이 함께 쇼핑을 하고 있었다.

마주치고 싶지 않아서 갑작스레 코스를 바꾸었다. 행복하게 사는 친구에게서 요즘 어떻게 지내느냐는 질문을 받는 게 싫었다. 급한 걸음으로 그 자리를 벗어나 무의식중에 출구 밖으로 나왔다. 문득 깨닫고 보니 출구였다. 자동문 하나만 넘어서면 바깥이다. 아차, 안 되지.

다시 돌아서려는데 발이 뚝 멈췄다. 휠체어를 일단 바닥에 내려놓고 태연한 척하는 얼굴로 주위를 둘러보았다. 아무도 없다. 적어도 자신을 바라보는 시선은 없었다. 이곳을 나가 30미터만 걸어가면 시영 버스 승차장이다.

6800엔이면 참치회도, 최상급 부위의 쇠고기도 몇 번쯤 사먹을 수 있는 돈이다. 어머니한테 필요한 물품도 아직 여러 가지 사들여야 한다. 속옷도 사드려야 하고 편한 단화 같은 것도 필요하다.

다시 한 번 휠체어를 집어 들었다. 심장의 두근거림도, 양심의 거리낌도 없었다. 극히 자연스럽게 몸이 바깥으로 나가고 있었다. 이곳 버스 정류장은 14분에 한 대다. 행선지가 다른 버스가 오더라도 냉큼 타버리자. 어딘가에서 다시 갈아타면 된다.

"저기, 손님." 여자 목소리가 등 뒤에 쏟아졌다. 돌아보자마자 두 사람이 동시에 양쪽 팔을 잡았다. 그야말로 보안요원다운 느낌의 비슷한 또래의 여자가 앞에 서 있었다. 낯선 얼굴이었다. 드림타운은 거대 쇼핑몰이라서 경비 보안 회사도 구역에 따라 각각 다르다.

"깜빡 잊은 게 있으신 거 같은데요."

"엇, 미안해요. 이거 계산대가 어딘지 잘 몰라서."

다에코가 환하게 대답하며 휠체어를 바닥에 내려놓았다.

"우선 사무실까지 가시겠습니까?"

"돈 낼게요. 낼 거예요. 지갑 보여줄까요? 나, 돈 있어요."

"그런 문제가 아니죠. 손님은 계산대를 통하지 않고 상품을 들고 나왔어요."

이 단계에 이르러서 비로소 핏기가 싹 가셨다. 사무실에 끌려갔다가는 끝이다. 가족을 호출하게 된다.

"아이 참, 계산대가 어딘지를 몰랐다니까."

"그런 얘기는 사무실에 가서 하세요."

여자가 눈짓을 하자 제복 경비원이 달려왔다. 동행에 응하지 않을 경우를 대비해 대기시켜둔 모양이었다.

다에코는 얌전히 끌려갔다. 체념한 게 아니었다. 마음속 어딘가에서 아직도 충분히 해명이 가능하다고 생각하고 있었다.

1층의 창고 겸 사무실로 들어갔다. 종이 박스가 켜켜이 쌓인 방에서 낡은 테이블 앞에 앉혀졌다. 용지를 내밀며 이름과 주소, 전화번호를 쓰라고 했다. 보안요원이 캐물었다.

"손님, 우선 확실히 해두죠. 당신이 방금 한 행위는 소매치기예요. 그건 인정하죠?"

조금 전과는 말투가 크게 달라졌다. 찌르는 듯한 눈빛으로 다에코를 빤히 바라보고 있었다.

"아니, 그럴 생각은 없었다니까."

"그럼 어떻게 할 생각이었는데요? 버스 정류장에서 돈을 내려고 했다는 건 안 통하죠."

"내가 좀 멍하니 딴 생각을 했어요."

"말이 되는 소리를 해요. 그러기로 하자면 이 세상 소매치기들은 모두 무죄겠지. 솔직하게 말해요. 안 그러면 경찰 부를 겁니다."

"미, 미안해요. 잠깐만 봐줘요."

"봐줄 수가 없어요. 당신, 여기저기서 소매치기 하고 다니죠?"

"나, 그런 짓 하는 사람 아니에요. 하느님께 맹세코 아니에요."

"당신, 생각이 있어요? 어떻게 휠체어를 훔쳐요?"

"어머니가 아파 누워 계셔서 그래요."

"또 거짓말! 자꾸 그러면 진짜 화냅니다!"

여자가 테이블을 내리쳤다. 어느새 점퍼 차림의 관리직 남자가 곁에 다가와 모멸에 찬 표정으로 다에코를 내려다보고 있었다.

"우리는 한가하게 당신 변명이나 들어줄 시간이 없어요. 틀림없이 스트레스가 쌓였거나 생리중이라 우울했거나 아니면 중간상에게 팔아먹으려고 훔쳤겠죠. 뻔해요. 어서 솔직히 말해요!"

그렇구나. 이 사람들은 나를 결코 용서해주지 않는다. 이 보안요원은 얼마 전의 자신인 것이다.

"집에 전화하죠."

"잠깐만요. 집에는 어머니 혼자 누워 계세요." 갑자기 눈물이 났다.

"어휴, 질질 짜는 거 또 나왔네. 이봐요, 여기서는 그런 거 안 통해."

"거짓말 아니에요. 어머니 혼자 누워 계시는 건 사실이라니까요."

"남편은?"

"이혼했어요."

"자식들은?"

"다 커서 따로 나가 살아요."

어째서 이런 사적인 일들을 여기서 말해야 하는가. 맹렬한 슬픔이 밀려와 눈물이 멈추지 않았다.

"거짓말이면 정말 가만 안둘 거예요. 처음으로 돌아가서, 소매치기

행위는 인정합니까?"

"네, 인정합니다. 미안합니다. 용서해주세요."

다에코는 의자에서 내려와 바닥에 무릎을 꿇었다. 왜 이렇게까지 하는지 스스로도 알 수 없었다.

"글쎄, 무릎 꿇지 마세요. 그래봤자 안 통한다니까요."

"정말 죄송합니다." 이마를 바닥에 비볐다.

"안 된다니까요. 부모가 와병 중이라면 형제라도 호출합니다. 오빠나 여동생에게 당신이 직접 연락하세요."

"제발 용서해주세요." 다에코는 울면서 계속 머리를 숙였다.

"내가요, 그렇게 무릎 꿇고 비는 소매치기들을 날이면 날마다 봐온 사람이에요. 절대 안 됩니다." 여자가 테이블 전화를 손에 들었다. "경찰을 부를 거예요."

"아이구, 안 돼요. 어머니 혼자 계신 집에 스토브를 켜놓고 나왔어요."

"그럼 어쩔 거예요?"

"……여동생을 부를게요."

"처음부터 그랬으면 좋았잖아요. 괜히 기운 빼지 말고."

여자가 흥 콧방귀를 뀌며 파이프 의자에 난폭하게 등을 기댔다. 서류에 뭔가 써넣고 있었다. 관리직 남자는 차가운 태도로 페트병의 차를 마시며 끝내 한마디도 하지 않았다. 그의 시선에는 다에코뿐만 아니라 보안요원까지 포함한 사회적 하층민 전체가 지긋지긋하다는 기색이 담겨 있었다.

전화를 받은 여동생 하루코는 화장도 못한 맨얼굴로 20분 만에 뛰어나왔다. 그다음에는 보안요원에게서 인간답게 살라는 기나긴 설교를 들은 뒤에야 겨우 풀려났다.

"언니, 도시락 공장에 다니려면 자동차 필요하지? 밤중에 자전거 타고 다니는 건 안 돼. 중고 경차 하나 사자. 여기저기 뒤져보면 싼 건 20만 엔짜리도 있어." 하루코가 운전석에서 환하게 말했다. "나, 오빠한테 낸 10만 엔 다시 받아서 언니한테 줄래. 나머지는 대출로 하면 되잖아? 내가 보증 서줄게."

다에코는 고개를 폭 숙인 채 조수석에 앉아 있었다. 자신은 그런 여동생에게 드림타운 사무실에서 나올 때 직접 마주보지도 못한 채 미안하다는 한마디만 했을 뿐이다.

소매치기 언니를 데리러 달려 나오면서 하루코도 뭔가 생각한 게 있었는지 단 한마디도 비난 섞인 말은 하지 않았다. 이게 무슨 망신이냐는 표정도 없었다. 그저 열심히 보안요원에게 머리를 조아려서 휠체어 값을 내기로 하고 풀려나자 문 앞에서 "사람이 살다 보면 자칫 마가 끼는 일도 있나봐"라고만 말하고 곧장 화제를 바꾸었다. 그 다정한 배려가 마음에 스몄다.

경자동차로 국도를 달렸다. 눈길이라서 뛰는 걸음과 별로 차이가 나지 않는 서행 운전이었다.

"언니가 엄마를 병원에서 데려갔다는 거 다 알면서도 오빠는 일절 모르는 척하고 있어. 진짜 너무 못난 인간이야." 하루코가 콧김을 내쉬며 분개한 듯이 말을 이어갔다. "이번 일 아무래도 오빠가 너무 잘못했어. 올케언니가 힘들다는 거야 나도 알지만, 입원을 시킬 거면 엄마 예금 통장은 돌려줘야지. 일이 이렇게 됐으니까 그건 언니한테 맡겨야 해."

"이제 아무려나 괜찮아." 다에코가 말했다. 그런 일로 다투기도 귀찮았다.

"괜찮지 않아. 내가 알기로는 아직 백만 엔쯤은 남았을 거란 말이야."

"그래?"

"아니, 그보다 우리 몫의 토지 상속분까지 자기가 가져가고서 어떻게 이럴 수가 있어?"

차가 언덕길을 내려갔다. 평소에는 혼잡한 드림타운 앞의 국도도 오늘은 한산했다.

"노인 보험 수당도 이제부터는 언니가 받는 걸로 바꿔. 우리가 말하지 않으면 오빠는 먼저 나서서 해줄 사람이 아니야. 내가 46년을 살면서 형제간이라도 사이좋게 지낼 수만은 없다는 걸 이제야 알았어."

사거리 신호등은 빨간불이었다. 천천히 브레이크를 밟는다. 막 정차한 참에 뒤에서 꽝 하는 굉음이 울렸다. 깜짝 놀라 뒤를 돌아보려는 순간에 충격이 몰려왔다. 흰색 대형 승용차가 코뿔소처럼 돌진해온 것이다. 뒤를 들이받혔다.

그대로 사거리로 튕겨져 나가 옆 방향에서 달려온 왜건과 충돌했다. 격한 충격이 몰려오더니 차체와 함께 몸이 부웅 떠올랐다. 창유리가 깨져 그 파편이 얼굴에 쏟아졌다. 와장창 소리가 날 때마다 하늘과 땅이 뒤바뀌었다. 차가 주사위처럼 구르고 있었다.

몇 번이나 굴렀는지 알 수도 없지만, 다른 차에 부딪치면서 옆으로 눕혀진 채 가까스로 멈췄다.

"언니……." 하루코가 신음 소리를 올렸다. 다에코의 몸을 덮친 자세였다.

"하루코, 괜찮니?" 밑에 깔린 채 다에코가 물었다. 목소리가 갈라져 나왔다. 머리가 핑그르르 돌았다. 시야가 겹겹이 겹쳐져서 흐릿했다.

"모르겠어. 언니는?"

"나도 잘 모르겠다. 하지만 무사하지는 않은 거 같아."

몸을 움직이려고 해도 두 다리 모두 꿈쩍도 하지 않았다. 차체가 찌부러져서 몸 어딘가가 그 틈새에 낀 것이다. 아픔은 없었다. 느낄 여유가 없는 것이다.

"이봐요, 괜찮아요?" 남자들의 목소리가 들렸다. 지나가던 자동차에서 사람들이 내려온 모양이다.

위를 덮친 하루코의 체중이 문득 사라졌다. 창문 밖으로 끌어내준 것이다. "언니, 안에 있는 사람 우리 언니예요. 살려주세요!" 하루코가 어서 구해달라고 호소하고 있었다.

누군가 팔을 잡았다. 돌아보니 낯선 남자의 얼굴이 있었다. 지나가던 사람인 모양이다.

"안전벨트 풀어요."

"움직일 수가 없어요."

정말로 손가락 하나 움직여지지 않았다. 온몸에 마비가 와서 힘이 주어지지 않는다. "다리가 끼었어!" "구조대 불러야지!" 그런 말소리들이 들려왔다. 어느새 차 주위에 수많은 사람들이 몰려온 모양이었다.

이건 틀림없이 입원이겠구나. 최소한 다리뼈는 부러졌다. 이걸로 모든 일이 다 틀어진다. 내 인생, 어느 누구에게도 축복을 못 받는구나. 다에코는 마치 높은 곳에서 내려다보는 듯한 감각으로 생각했다. 내일부터 도시락 공장에 나가는 것도, 어머니를 돌봐드리는 것도, 시슈카이에서 지도원을 목표로 노력해보는 것도 이제 다 틀렸다. 참으로 모든 게 허망하기만 하다. 생활 기반이 너무도 불안하니 한 가지 사고만 생겨도 모든 게 다 어그러져버린다.

"언니! 언니!" 하루코가 몇 번이고 불러댄다. 나는 어떤 상태일까.

시야가 캄캄하다는 것을 깨달았다. 내가 눈을 감고 있는가. 뜨려고 해도 떠지지 않는다.

"조금만 참아요." 낯선 사람들이 격려해주었다. "구조대 금방 올 거야." "그때까지 정신 차리고 견뎌내요." 필사적인 성원이 귀에 와 닿았다. 내내 잊고 있던 인간의 다정함이었다.

얼마나 고마운 일인가. 이런 고마움을 좀 더 일찍 느꼈더라면 좋았을 텐데.

빛이 비쳐들었다. 다에코는 눈을 뜨고 주위를 향해 응응 고개를 끄덕였다.

49

완전히 막다른 궁지에 몰렸다. 야마모토 준이치는 자택 서재에서 머리를 감싸 쥐었다. 야부타 고지가 살인을 저지르고 말았다. 자신은 그 자리에 함께 있었고, 사체 유기까지 거들어야 했다. 가정주부 한 사람이 실종되었는데 이대로 무사히 넘어갈 리가 없다. 실종된 여고생처럼 경찰은 대대적인 수색에 들어가고, 곧 자신에게도 수사의 손길이 뻗쳐올 터였다.

어제는 형 게이타에게서 동생을 신고했다가는 가만두지 않겠다는 협박을 당했다. 지금까지 도련님이라면서 떠받들던 충성심은 흔적도 없이 사라졌다. 야쿠자의 본성을 목격한 듯한 섬뜩함에 몸을 떨어야 했다. 그들에게 양심의 가책이라는 건 없었다. 철두철미 자기중심적이고, 죄를 죄라고도 생각할 줄 모르는 자들이다.

나는 어떻게 해야 하는가. 야부타 형제는 오늘이라도 소각로를 산으로 가져와 사체를 태워버리겠다고 말했다. 사체가 발견되지 않으면 경찰은 절대로 체포하지 못한다고 마치 변호사처럼 호언장담했다. 그들은 모르쇠로 일관할 작정이겠지만, 자신에게 추궁이 들어왔을 때 준이치는 끝까지 시치미를 뗄 자신이 없었다. 나는 회사를 경영하는 사장이며 시의회 의원이자 아내와 두 아이가 있는 가장인 것이다. 그들과는 사회적인 위치가 너무나도 다르다.

어제는 일단 사체를 자루에 넣어 창고 한쪽 구석에 던져두었다. 준이치는 게이타의 지시에 따라 자루 윗부분을 펼쳐들고 사체를 집어넣는 작업을 거들어야 했다. 여자의 허연 얼굴과 옷에 얼룩진 벌건 피를 똑바로 바라볼 수 없어서 내내 눈을 돌리고 있었다. 설마 자신의 인생에 이런 장면이 닥치리라고는 꿈에도 생각하지 못했다. 아버지가 살아계신다면 뭐라고 한탄하실까.

간밤에도 갈등에 빠졌다. 경찰서에 달려가 야부타 형제가 시민운동가를 살해했다고 말하고 싶었다. 자신은 그들에게 협박을 당해 사체 유기를 거들었지만, 그건 자신과 가족을 지키기 위해 어쩔 수 없이 한 일이다. 아스카 산에 갔던 것은 사카가미 이쿠코를 구하기 위해서였고, 그것을 실천에 옮기려고 했더니 야부타 고지가 격노해서 총으로 쏘아죽이고 말았다―. 변명이라면 얼마든지 할 수 있을 것도 같았다. 하지만 그때마다 게이타의 말이 머릿속에 소용돌이쳐서 팔다리가 얼어붙었다. 만일 자신들이 체포된다면 지금까지의 경위를 모조리 경찰에 밝히겠다고 한 것이다. 그렇게 된다면 자신이 감옥에 들어가지는 않는다 해도 결국 모든 것을 잃는다. 정치가의 일대 스캔들로 세상의 주목을 받고 매스컴에게는 최고의 먹잇감이 될 것이다.

그들 쪽의 가능성에 걸어볼까. 그런 생각이 마음속에서 싹트고 있었다. 사카가미 이쿠코의 실종에 대해 유메노 시민연합회에서 시끄럽게 떠들어대고 경찰이 수사에 나서더라도 자신은 전혀 알지 못하는 일이라고 발뺌하는 것이다. 의심하는 자들은 명예훼손으로 고소하겠다는 강경 자세로 밀어붙일 것이다. 야부타 형제가 자백할 일은 없다. 열쇠를 쥐고 있는 것은 자신뿐이다.

하지만 자신은 없었다. 다른 명목으로 구속되어 산전수전 다 겪은 검사의 호통을 듣게 된다면 그 즉시 자아가 붕괴되어 어린애처럼 엉엉 울면서 용서를 빌게 될 것이다.

창밖을 보니 정원 나무에 눈이 소복이 쌓여 가지가 휘어졌다. 아내는 집을 개축하면서 이 정원도 뭉개버릴 생각이다. 프랑스식 정원으로 바꾸고 석상이며 앤티크 장식품을 늘어놓을 계획이라고 한다. 한없이 태평한 아내가 부러웠다. 다시 태어날 수 있다면 여자가 되고 싶다.

"여보, 잠깐 시간 있어?" 그 아내가 서재로 찾아왔다. "집 견적서 받아 왔어."

거창한 꼴의 책자를 건네줘서 첫 페이지를 펴봤더니 '견적 금액'으로 아홉 자리 숫자가 적혀 있었다.

"1억8천만 엔이라니, 이게 웬 황당한 숫자야?"

준이치는 보자마자 입이 떡 벌어졌다. 토지는 이미 있다. 윗부분만의 가격이 이렇다는 것이다.

"그 정도는 들지. 총 건평이 450제곱미터잖아. 평으로 치면 136평. 나눗셈을 해보면 평당 단가가 130만 엔 정도야. 그렇다면 적당한 가격이지."

"적당하긴 뭐가 적당해?"

게다가 자세히 보니 그건 건축 비용만 계산한 것이었다. 설계비 명목으로 다시 15퍼센트가 추가되어 도합 2억이 넘었다.

"건축가를 불러와."

불끈 성질이 뻗쳤다. 술에 빠진 부잣집 유한마담이라고 생각하고 왕창 덤터기를 씌운 것이다. 이런 야비한 놈들.

"오늘 일요일이야. 왜 화부터 내고 그래?"

"화가 안 날 수가 있어? 이런 견적 절대로 허락 못해."

준이치가 큰소리를 내자 도모요는 얼굴빛이 변해서 견적서를 낚아챘다.

"그래요? 말씀도 잘하시네. 그렇다면 다음 선거는 당신 혼자서 치르시죠. 나는 일절 관여하지 않을게요. 후원회가 와도 절대로 얼굴 내밀지 않을 테니까 그리 아세요."

"왜 얘기가 그쪽으로 빠져?"

"뭘, 항상 당신 좋을 대로만 하잖아!" 눈을 치켜뜨고 부르짖는다. 여느 때 없이 강한 감정 표출이었다.

"내가 언제 나 좋을 대로만 했어? 회사 일에 쫓기고 의원 연합에 시달리고 후원회 살살 달래고 다니느라 지금껏 휴일다운 휴일 한 번 없었어!"

준이치가 항변하자 도모요가 뺨을 파들파들 떨었다. 당장이라도 분화해버릴 뭔가를 가슴에 꾹꾹 눌러 담은 채 붉어진 얼굴로 우뚝 서있다. 아차, 큰일 났다고 직감했다.

"아무튼 건축가하고 얘기할 테니까 약속 잡아줘."

준이치가 말을 끝내기도 전에 도모요는 서재를 뛰쳐나갔다. 문을 쾅 닫는 바람에 벽시계가 삐뚜름하게 기울었다. 하지만 서로 험한 소리를 하며 싸우지 않은 것만도 다행이다. 더 이상 골치 아픈 문제는 일으키고 싶지 않았다.

잠시 뒤에 딸 리카가 올라왔다. 근심스런 표정으로 다가와 "저기, 아빠"라고 속삭인다.

"왜, 무슨 일 있니?"

"엄마 술 마셔."

내버려 두라고 쏘아붙이려다가 입을 꾹 다물었다.

"알았다."

"요즘 날마다 저래."

"그랬어?" 준이치는 의자를 돌려 딸을 바라보며 다정하게 웃었다. "엄마가 지금 마음의 병에 걸렸어. 다음에 의사 선생을 찾아가볼 거니까 너는 걱정하지 않아도 돼."

"지난번에 오빠 친구 왔을 때 엄마가 술에 취해서…… 오빠가 엄청 화나서 요즘 말도 안 해."

"그랬어?"

"벌써 일주일이나 말을 안 해."

준이치는 가장이면서 그런 것도 알지 못했다. 온 가족이 식탁에 둘러앉아 도란도란 얘기하며 밥을 먹은 게 대체 언제였던가.

"알았어, 네 오빠한테도 말해두마. 너희 둘 다 엄마한테 잘해 드려."

"엄마가 인터넷 쇼핑으로 물건들을 마구마구 사들여. 최고급 공기청정기가 우리 집에 네 대나 돼."

"그래? 집 안 공기가 깨끗해져서 좋지, 뭘."

리카는 어른스러운 몸짓으로 어깨를 으쓱하더니 "아빠, 화 안 내는구나?"라고 뜻밖이라는 표정을 보였다.

"아빠가 화내야 하는 건가?"

"아니, 화내지 마. 엄마한테도 오빠한테도."

머리채를 휘리릭 날리며 서재를 나서더니 계단을 퉁퉁 뛰어 제 방으로 돌아갔다.

준이치는 의자에 깊숙이 몸을 기대고 눈을 감았다. 따로따로 살아가는 가족이지만 그래도 나는 이걸 지키지 않으면 안 된다. 특히 아이들에게만은 어떻게든 멋진 인생을 선사해야 한다. 그러기 위해서라면 나는 어떤 일이라도 할 것이다.

휴대전화가 울렸다. 야부타 게이타였다. 반쯤은 체념한 상태라 그리 겁을 내는 일도 없이 전화를 받았다.

"무슨 일입니까?"

"지금 아스카 산으로 소각로를 실어갈 생각이야. 의원 선생도 함께 가주셔야겠어. 부탁이니까 거절하지 말아주쇼. 우리는 이미 각오가 됐어. 문제는 의원 선생이야."

"그보다 왜 사체를 실어내지 않고 굳이 소각로를 그쪽으로 옮겨가려는 겁니까?"

"동물용 소각로를 써보려는 거야. 내 친구가 식육 가공 공장을 하는데 차마 거기서 사체를 태울 수는 없잖아. 대충 이유를 둘러대고 빌렸어."

"그렇군요. 알았습니다, 지금 가죠."

"오옷, 나와줄 거야?" 게이타의 목소리가 싱싱해졌다.

"그것밖에 방법이 없잖습니까."

"의원 선생, 고마워. 이 은혜는 평생 갚을게. 역시 큰 어르신의 자제분이시네. 우리는 의원 선생을 위해서라면 정말 무슨 짓이든 다 할 거야."

아무 짓도 안 하시는 게 도와주는 겁니다, 라고 내뱉을 뻔했다.

집까지 데리러 가겠다는 게이타의 청을 거절하고 드림타운 근처 공터에서 만나기로 했다. 마침내 나도 범죄에 가담하는 건가. 마치 남의 일처럼 그런 생각을 했다. 아니, 협박을 당해 어쩔 수 없이 끌려가는 것이다. 나 역시 피해자다. 자신에게 그렇게 변명을 했다.

처음으로 본 동물용 소각로는 무기질적인 거대한 쇳덩어리였다. 한쪽 변이 1.5미터쯤 되는 상자 모양으로, 크레인 차의 짐칸에 실려 있었다. 준이치는 한참을 멍하니 바라보았다. 그 시민활동가가 이 속에서 불에 타 재가 되는 건가. 사람의 목숨이란 얼마나 허망한 것인지.

"이걸로 끝을 봐야지. 여자는 행방불명된 지 사흘째야. 현재까지도 경찰에서 아무 소리가 없는 걸 보면 고지가 납치했을 때 목격자가 없었다는 얘기야. 이대로 사체를 없애버리면 경찰에서는 단순 실종자로 취급하고 조용히 넘어갈 거야."

게이타가 핏발 선 눈으로 말했다. 새삼 서로 사는 세계가 다르다고 실감할 만큼 태연한 모습이었다. 피해자에게도 남편과 자식이 있고 낳아준 부모도 있다. 그런 배경 쪽으로는 전혀 상상력이 발동하지 않는다.

"의원 선생, 이거 하나만 확실히 해두자. 설령 그 여자 주위에서 떠들어대고 산업폐기물 처리시설 반대 운동과 얽혀서 우리 쪽으로 의심의 시선이 쏟아지더라도 일절 무시해야 돼. 매스컴이 캐고 들어와도 처음부터 끝까지 모른다고 밀고 나가자고. 경찰은 증거가 없으면 아무것도 못해. 흉흉한 소문이 돌더라도 절대 동요하면 안 돼. 사람들 입방아도 한 철이면 끝이라는 옛말도 있어. 다들 금세 잊어버릴 거야."

준이치는 말없이 고개를 끄덕였다. 인정할 수도 동의할 수도 없는 얘기지만, 그것 말고는 다른 방법이 없었다. 지금은 어느 누구에게도 들키지 않게 사카가미 이쿠코의 사체를 불에 태워 없애버리고 원래의 일상으로 돌아가는 것만이 소원이다.

운전석에는 고지가 탔다. 모든 일의 원흉이면서도 미안해하는 표정 하나 없이 그저 부루퉁하게 차 키를 돌린다. 우르르릉 하고 천둥 같은 소리를 내며 디젤 엔진이 움직였다. 낡은 트럭인지 뒤쪽에서 검은 연기가 요란하게 피어올랐다.

준이치는 야부타 형제의 틈새에 낀 모양새로 일렬 시트 한가운데 앉았다. 혹시라도 아는 사람의 눈에 띌까봐 야구모자를 푹 눌러쓰고 선글라스를 착용했다.

"고지, 천천히 달려. 도로가 얼어붙었어."

"알았어."

대답을 그렇게 하면서도 손짓 하나하나가 난폭하기 짝이 없다. 안전벨트조차 매지 않고 있었다. 이자는 끝까지 지성이라고는 눈곱만큼도 없는 야만적인 인간이다.

주차장을 나서 국도로 들어섰다. 그 앞은 내리막이었다.

"의원 선생, 내일부터는 사다케 조직을 손볼 생각이야. 우린 이제 한 발자국도 물러설 수 없어. 아스카 산의 도로 확장 공사는 절대로 다른 곳에 뺏기지 않게 해주쇼. 사다케 조직도 이번 공사에 절대 끼어들지 못하게 해야 돼."

"예에, 그러지요."

"의원 선생이 기껏 후지와라를 없애줬는데 그걸 쓸모없게 해서는 안 되지."

"후지와라를 없애주다니…… 그게 무슨 소립니까?"

준이치는 야부타 형제한테까지 그런 소문이 들어갔다는 게 어이가 없었다.

"에이, 됐어. 자세한 얘긴 할 거 없어."

"지금 무슨 오해를 하는 모양인데요, 물론 내가 임종 자리에 함께 있기는 했지만……."

"아, 글쎄 됐다니까. 소문이야 뭐, 그냥 소문이겠지."

게이타가 좁은 차 안에서 담배를 피우며 말했다. 준이치는 가슴이 답답해졌다. 최근 며칠 사이에 자신은 두 사람의 죽음을 목격하고 거기에 어떤 형태로든 관여했다. 이건 대체 내가 무슨 짓을 하는 건가.

드림타운 사거리로 접어드는 참에 고지가 "사고 났네!"라고 짧게 내뱉었다. 사거리 옆 방향에서 빨간 차가 냅다 달려 들어와 직진 차량과 충돌했다. 빨간 차가 그야말로 가볍게 튕겨져 날아가는 게 보였다. 뒤를 이어 흰색 크라운 차가 뛰어들었다. 시영 버스와 요란한 소리를 내며 부딪쳤다.

고지가 급브레이크를 밟았다. 얼어붙은 도로에서 브레이크가 말을 듣지 않고 비스듬히 돌려진 채로 주르륵 미끄러져 내려갔다. 준이치는 졸지에 두 발을 대시보드에 대고 버티며 등으로 시트를 밀었다.

"으아아아!" 게이타가 비명을 올렸다. 클랙슨이 빠앙 울린다. 눈가루가 휘날렸다. 트럭은 앞에 달려가던 승용차를 간단히 들이박더니 차체 뒷부분이 팽그르르 옆으로 돌았다. 그 순간 짐칸에 뭔가가 콰앙 부딪친 충격이 전해져왔다. 나란히 달리던 차량을 휘감은 모양이었다. 준이치의 몸이 붕 떠오르고 엄청난 소리와 함께 트럭은 옆으로 쓰러졌다.

필사적으로 이를 악물었다. 그래도 머리가 전후좌우로 뒤흔들려 잇몸이 맞지 않았다. 앞 유리가 깨져 파편이 얼굴에 떨어졌다. 선글라스

덕분에 눈은 괜찮은 모양이다.

핸들이 가슴팍을 파고들었다. 숨이 쉬어지지 않았다. 운전석에 있던 고지가 사라지고 없었다. 게이타는 곁에서 물구나무를 서고 있었다.

일순 의식이 끊겼다. 눈앞이 캄캄했다. 퍼뜩 정신을 차렸을 때 트럭은 멈춰 섰고 준이치는 입을 크게 벌리고 켁켁거렸다.

배기가스였다. 웬 자동차의 배기통이 옆으로 누운 트럭 바로 앞에 있었다.

준이치는 정신없이 안전벨트를 풀고 깨진 앞 유리를 통해 밖으로 기어 나왔다. 통증을 느낄 새는 없었다. 팔다리를 확인해봤지만 출혈도 없었다. 준이치는 몸을 일으켰다.

믿을 수 없는 광경이었다. 덤프트럭 한 대는 거꾸로 뒤집힌 채 불길에 휩싸였다. 찌그러진 차 안에서 피투성이의 운전기사가 굴러 떨어졌다. 길가에서는 여학생이 울부짖고 있었다.

이게 대체 무슨 일인가. 뒤를 돌아보니 소각로는 국도 한복판에 덜렁 놓여 있었다.

준이치는 얼굴을 일그러뜨리며 깊은 한숨을 내쉬었다. 이제 정말 끝났다. 무색투명한 감정으로 생각했다. 경찰이 사고 현장을 검증하면 소각로를 운반하려던 사람들이 있었다는 움직일 수 없는 증거가 남는 것이다.

머리를 더듬었다. 야구모자는 벗겨지지 않았다. 좀 더 깊숙이 눌러 썼다.

길가에 한 남자가 누워 있었다. 야부타 고지였다. 운전석 밖으로 거기까지 튕겨져 나간 것이다. 죽었을까. 제발 그랬으면 좋겠다고 빌었다.

게이타는 아직 트럭 안에 있었다. 목을 빼고 들여다보니 눈을 감고 축 처져 있었다. 이쪽은 아직 숨이 붙어 있는 것 같다고 방관자처럼 생각했다.

"어이, 안에 사람이 있다!"

지나가던 차량에서 사람들이 내려와 게이타를 구출하려고 했다. 다른 곳에서도 시민들에 의한 구출 작업이 펼쳐지고 있었다.

자아, 나는 이제 어떻게 해야 하는가. 부상을 입지 않은 자신에게는 아무도 주의를 기울이지 않았다.

준이치는 냅다 뛰고 있었다. 어찌 됐건 이 자리에서 벗어나고 싶었다. 공터에 세워둔 자신의 차로 돌아가고 싶었다. 거기서 휴대전화로 경찰에 연락하는 것이다. 야부타라는 형제가 여성 시민운동가를 살해했고, 소각로에 그 사체를 넣어 태워버리려고 한다. 목격자인 나는 가족을 몰살시킨다는 협박 때문에 차마 신고하지 못했지만, 이제는 말하기로 결심했다.

쌓인 눈을 밟으며 죽을 둥 살 둥 뛰었다. 평소에 변변히 운동도 하지 않아서 금세 숨이 찼다. 허억허억. 자신의 거친 호흡이 고막을 뒤흔든다. 이명이 울리면서 그 밖의 소리는 모두 웅웅거리는 것처럼 들렸다.

경찰차의 사이렌이 울렸다. 경찰서가 가까워서 즉각 출동 지령이 떨어진 것이다. 폭발음도 들려왔다. 돌아보니 덤프트럭이 본격적으로 화염에 휩싸였다.

준이치는 언덕길을 내달렸다. 아아, 내 변명은 여기저기 빈틈이 많다. 게이타가 살아있다면 그의 증언과도 상치될 것이다. 내가 과연 끝까지 잡아뗄 수 있을까―.

지난 보름 남짓한 시간 동안 내 판단은 하나같이 잘못된 것이었다. 방금도 사고 현장에 남아 있다가 모든 것을 솔직히 털어놓는 게 그나마 나왔을지도 모른다.

하지만 때는 늦었다. 이미 내달리기 시작한 것이다.

인도에 통행인은 없었다. 평소에는 울긋불긋 요란하던 간판들도 춥고 흐린 날씨 때문인지 모두 다 회색으로 보였다.

그건 마치 이 도시의 색깔인 것만 같았다.

꿈의 도시

1판 1쇄 발행 2010년 12월 20일
1판 12쇄 발행 2023년 4월 28일

지은이 · 오쿠다 히데오
옮긴이 · 양윤옥
펴낸이 · 주연선

책임편집 · 박은경
편집 · 이진희 김준하 김류미 오가진
디자인 · 정혜욱 홍세연
마케팅 · 장병수 윤우성
관리 · 윤석호 구진아

(주)은행나무
04035 서울특별시 마포구 양화로11길 54
전화 · 02)3143-0651~3 | 팩스 · 02)3143-0654
신고번호 · 제 1997-000168호(1997. 12. 12)
www.ehbook.co.kr
ehbook@ehbook.co.kr

ISBN 978-89-5660-423-7 03830